Das Nibelungenlied entstand um 1200 im Donauraum. Das mittelalterliche Heldenepos eines namentlich nicht bekannten Dichters schildert Siegfrieds Werbung um die Burgundenprinzessin Kriemhild, seine Vermählung mit ihr, seine Ermordung durch Hagen und Kriemhilds blutige Rache. Die Stoffgeschichte reicht in die Völkerwanderungszeit zurück (Untergang der Burgunden im Jahre 437; Tod des Hunnenführers Attila in der Nacht seiner Hochzeit mit der Germanin Hildico im Jahre 453). Aber auch ältere Elemente des Mythos, des Märchens und der Sage haben in das gewaltige Epos Eingang gefunden, dessen archaische Kraft und heroisches Ethos der höfisch-verfeinerten Stauferzeit entgegengehalten wurde. Wie beliebt das Nibelungenlied seinerzeit gewesen ist, beweisen die 34 z. T. nur fragmentarisch überlieferten Handschriften. Seit der Wiederentdeckung des Nibelungenliedes in der zweiten Hälfte des 18. Jahrhunderts hat es zahlreiche Bearbeitungen des Stoffes gegeben (u. a. durch Friedrich Hebbel und Richard Wagner). – Die Taschenbuchausgabe ist ein Nachdruck der neuhochdeutschen Übertragung durch Gotthard Oswald Marbach, die 1841 (nicht 1840, wie auf dem Titelblatt angegeben) mit 44 Holzschnitten von Eduard Bendemann, Julius Hübner, Alfred Rethel und C. Stilke veröffentlicht wurde. Originalformat: 22 × 30 cm.

Das

Nibelungenlied.

Uebersetzt

von

Gotthard Oswald Marbach.

Mit

Holzschnitten nach Originalzeichnungen

von

Eduard Bendemann und **Julius Hübner.**

Leipzig.

Verlegt durch die Brüder Otto und Georg Wigand.

1840.

Die bibliophilen Taschenbücher

Gesamtherstellung: Karl Hitzegrad, Dortmund
Printed in Germany

Daz ist der
Nibelunge
Liet
1840
F. Unzelmann sc. Berlin.

Erstes Abenteuer.

Uns ist in alten Mären des Wunders viel gesagt
Von Helden, reich an Ehren, in Mühsal unverzagt.
Von Freude und Festzeiten, von Weinen und von Klagen,
Von kühner Recken Streiten mögt ihr nun Wunder hören sagen.

Es wuchs in Burgunden ein schönes Mägdelein,
So daß in allen Landen kein schönres mochte sein.
Sie war Kriemhild geheißen und war ein herrliches Weib;
Um sie verloren viele Degen Leben und Leib.

Mit Fug es kühnen Recken wohl in die Sinne kam
Die Minnige zu kosen; niemand war ihr gram.
Schön ohne Maßen war ihr edler Leib;
Mit ihrer Tugend schmückte sich noch manch andres Weib.

Sie pflegten drei Könige, die waren edel und reich
Und hießen: Günther und Gernot, die Recken lobesreich,
Und Geiselher der junge, ein auserwählter Degen.
Als ihre Schwester hatten die Fürsten sie zu pflegen.

Die Herren waren milde, von Stamme hochgeboren,
Mit Kraft ohnmaßen kühne, die Recken auserkoren;
Das Reich der Burgunden, so war ihr Land genannt.
Sie schufen starke Wunder seitdem in Etzels Land.

Zu Worms beim Rheine wohnten sie mit ihrer Kraft;
Ihnen diente im Lande viel stolze Ritterschaft
Mit lobenswerthen Ehren all ihre Lebenszeit.
Seitdem starben sie kläglich durch zweier edlen Frauen Neid.

Eine reiche Königin, Frau Ute die Mutter hieß,
Ihr Vater hieß Dankrat, der ihnen das Erbe ließ,
Als er sein Leben endete; ein gar gewaltiger Mann,
Der auch in seiner Jugend viel großer Ehren gewann.

Die drei Könige waren, wie ich kund gethan,
Von gar hoher Stärke; sie hatten unterthan
Auch die besten Recken, von denen je gesagt,
Stark und kühnen Muthes, in scharfen Streiten unverzagt.

Das war Hagen von Tronje und auch der Bruder sein:
Dankwart der schnelle, und der von Metz Ortwein,
Die zwei Markgrafen Gere und Eckewart,
Volker von Alzeie, mit ganzer Stärke wohlbewahrt;

Raumold, der Küchenmeister, ein auserwählter Degen,
Sindold und Haunold. Die Herren mußten pflegen
Des Hofes und der Ehren. Der Könige Dienstmann
War noch mancher Recke, den ich nicht nennen kann.

Dankwart, der war Marschall; es war der Neffe sein
Truchseß des Königs, der von Metz Ortwein;
Sindold, der war Schenke, ein auserwählter Degen;
Und Kämmerer war Haunold: sie konnten hoher Ehren pflegen.

Von des Hofes Ehre und ihrer großen Kraft,
Von ihrem hohen Adel und ihrer Ritterschaft,
Deren die Herren pflegten mit Freuden all ihr Leben,
Davon kann euch wahrlich Niemand genugsam Kunde geben.

In diesen hohen Ehren träumte Kriemhild,
Wie sie zög einen Falken, stark, schön und wild,
Den ihr zween Aare würgten. Daß sie das mußte sehn:
Ihr konnte auf dieser Erden kein größer Leid geschehn.

Den Traum nun erzählte sie ihrer Mutter Uten,
Die wußte nicht anders zu deuten ihn der guten:
„Der Falke, den du ziehest, das ist ein edler Mann.
Den mußt du bald verlieren, Gott nehme sich seiner an!" —

„Was sprecht ihr mir vom Manne, liebe Mutter mein!
Ich will von keinem Recken jemals geminnet sein.
So rein will ich bleiben bis an meinen Tod,
Dann komme ich nimmer durch einen Mann in Noth." —

Da sagte ihre Mutter: „Verrede es, Kind, nicht so!
Denn wirst du je auf Erden recht von Herzen froh:
So geschieht es durch Mannesminne. Du wirst ein selig Weib,
Bescheeret Gott dir einstens eines guten Ritters Leib.“ —

„Laßt diese Rede bleiben, liebe Mutter mein!
Es ist an manchem Weibe ein gar klarer Schein:
Wie Liebe mit Leide am Ende lohnen kann.
Ich will sie beide meiden, kein Mißgeschick erreicht mich dann.“

Kriemhild hat vor der Minne ihr Herze wohl bewacht:
So hat die Maid die gute manch lieben Tag verbracht,
Daß keiner ist gewesen, dem sie Minne sann,
Bis sie ein werther Ritter mit Ehren zum Weibe gewann.

Der war derselbe Falke, der ihr im Traume kam,
Den ihr die Mutter deutete. Wie sehr sie Rache nahm
An ihren nächsten Sippen, die ihn erschlugen dann! —
Aus dieses Einen Sterben manch Mutterkind den Tod gewann!

Wie Siegfried erzogen ward

Zweites Abenteuer.

Es wuchs in Niederlanden eines reichen Königes Kind,
Deß Vater hieß Siegemund, seine Mutter Siegelind,
In einer stolzen Veste, die war weit bekannt,
Lag an dem Rheine unten und war Santen genannt.

Ich sage euch von dem Degen, wie schön der ward:
Er war vor aller Schande allezeit bewahrt.
Stark und hochberühmet ward drauf der kühne Mann; —
Hei, was der großer Ehren in dieser Welt gewann!

Es war Siegfried geheißen derselbe Degen gut;
Er versuchte viel der Reiche durch seinen kühnen Muth;
Durch seines Leibes Stärke fuhr er in manches Land.
Hei, was er schneller Degen bei den Burgunden fand!

In seinen besten Zeiten, bei seinen jungen Tagen
Mochte man mächtig Wunder von Siegfrieden sagen:
Wie Ehre an ihm wüchse und wie so schön sein Leib.
Es hegte seitdem Minne zu ihm manch herrlich Weib.

Man zog ihn mit Fleiße, wie ihm wohl zukam;
Aus seinem eignen Herzen was Zucht er an sich nahm!
Dadurch ward noch gezieret seines Vaters Land,
Daß man in allen Dingen ihn so recht herrlich erfand.

Als er nach Hofe zu reiten nun in den Jahren war,
Da sahn ihn gern die Leute; der Fraun und Fräulein Schaar,
Die wünschten nur, er möchte allzeit nach Hofe kommen;
Ihm waren hold gar Viele, wie er wohl wahrgenommen.

Sehr selten ließ man ohne Hüter das Kind reiten;
Ihm hieß seine Mutter herrliche Kleider bereiten;
Auch pflegten sein die Weisen, denen Ehre bekannt:
Drum mochte er wohl beides gewinnen, Leute und Land.

Nun war er in der Stärke, daß er wohl Waffen trug;
Weß er dazu bedurfte, deß hatte er genug.
Er warb in seinen Sinnen um manch ein schönes Weib,
Die kosten wohl in Ehren des schönen Siegfrieds Leib.

Da hieß sein Vater Siegemund seinen Mannen sagen:
Er lade liebe Freunde zu festlichen Tagen.
Es kam davon die Kunde in fremder Könige Land, —
Den Fremden und Bekannten gab er Rosse und Gewand.

Wer irgend nur zu finden, der Ritter sollte sein
Nach seiner Sippen Weise: die edlen Junker fein, —
Die lud man zu dem Lande und zu dem Festgelag,
Mit dem jungen Könige das Schwert zu nehmen an Einem Tag.

Man könnte Wunder sagen von diesem Freudenfeste.
Siegmund und Siegelinde, die gaben an die Gäste
So reiche Festgeschenke: sie mochten Preis verdienen;
Drum ritten auch der Fremden gar viele ins Land zu ihnen.

Vierhundert Schwertdegen sollten mit Siegfried Kleid
Am Ehrentage tragen. Manch eine schöne Maid
War da gar viel geschäftig; ihm waren alle hold.
Es legten edle Steine die Frauen in das Gold,

Die sie auf die Gewande der Recken jung und fein
Mit Borten wirken wollten; dem mußte also sein.
Der Wirth ließ Plätze schaffen für manchen kühnen Mann
Zur Zeit der Sonnenwende, da Siegfried Ritternamen gewann.

Da ging zu einem Münster gar mancher reiche Knecht
Und mancher edle Ritter. Die Alten hatten Recht,
Daß sie den Jungen dienten, wie ihnen eh geschah;
Sie hatten Kurzweile und auch gar manche Freude da.

Es war Gotte zu Ehren, daß man die Messe sang.
Da ward von den Leuten gewaltig der Gedrang,
Als sie nach ritterlichem Brauche das Schwert bekommen,
Mit also großen Ehren, wie man nimmer vernommen.

Sie eilten und sie fanden gesattelter Rosse viel;
Da ward im Hof Siegmundens so stark das Ritterspiel:
Palast und Saal erdröhnten vom lauten Wiederhall —
Die hochgemuthen Degen gaben fröhlichen Schall.

Von Alten und von Jungen hörte man manchen Stoß,
Der Schäfte Brechen füllte die Lüfte mit Getos;
Vor dem Palaste flogen aus den Händen der Ritter,
Die wenig Rast sich gönnten, empor die Lanzensplitter.

Der Wirth bat nun zu enden: man führte die Rosse fort.
Da sah man manchen starken Schild zerbrochen dort
Und viel der edlen Steine, von lichten Schildes Spangen
Hin auf das Gras gestreuet, die von den Stößen sprangen.

Es gingen hin die Gäste, wo man zu sitzen lud,
Und viel der edlen Speise gab ihnen frischen Muth,
Und Wein der allerbeste, den man die Fülle trug;
Den Fremden und Bekannten bot Ehren man genug.

Wie viel der Kurzweile den Tag sie auch gepflegt,
Noch haben die Spielleute sich nicht zur Ruhe gelegt.
Sie dienten um die Gabe, die man da reichlich fand,
Und schmückten mit Lobliedern Siegmundens ganzes Land.

Der König hieß Siegfrieden, wie einst durch ihn geschehn,
Land und Burgen vertheilen, den Mannen sein in Lehn.
Die Schwertgenossen haben aus seiner Hand genommen
So viel, daß sie nicht reute, daß sie ins Land gekommen.

Bis zum siebenten Tage währte die Herrlichkeit.
Sieglind die reiche pflegte der Sitte alter Zeit:
Sie schenkte ihrem Sohne zu Liebe rothes Gold,
Und mochte wohl verdienen, daß ihm die Leute hold.

Gar wenig war, was dorten man noch von Armen fand;
Rosse und Kleider stoben ihnen von der Hand,
Als ob mit diesem Einen ihr letzter Tag entschwinde.
Traun, größrer Milde pflegte noch nie ein Ingesinde.

Es folgten Ruhm und Ehre den freudenreichen Tagen.
Man hörte von den Fürsten des Landes wohl sagen:
Daß sie bereit dem jungen als Herrn zu dienen wären.
Siegfried der herrliche Degen trug danach kein Begehren.

So lange noch am Leben Siegemund und Siegelind,
Begehrte nach der Krone nicht ihr liebes Kind;
Doch wollte der kühne Degen mit all der Macht schalten,
Die nöthig, um die Lande in Furcht und Zucht zu halten.

Ihn durfte Niemand schelten: seitdem er Waffen nahm,
Ruhete gar selten der Recke lobesam.
Er suchte nichts als Streiten; seine mächtige Hand
Machte ihn zu allen Zeiten in fremden Reichen bekannt.

Wie Siegfried gen Worms kam

Drittes Abenteuer.

Den Herren mühte selten irgend ein Herzeleid;
Da hörte er es sagen, daß eine schöne Maid
In Burgunden wäre, wie man nur wünschen kann —
Von der er noch viel Freuden und viel Mühsal gewann.

Ihre Schönheit ohne Maßen war weithin kund,
Und ihr hohes Gemüthe ward zu derselben Stund
An der edlen Jungfrau von manchem Helden erkannt.
Das ladete viel der Gäste in König Günthers Land.

Wie viel um ihre Minne der Werbenden man fand,
Kriemhild in ihrem Herzen sich selber nie gestand,
Daß sie irgend einen zum trauten Lieb begehr.
Er war ihr noch gar fremde, dem sie ward unterthan nachher.

Da dachte auf hohe Minne das Siegelindenkind;
Der andern aller Werben ward wider ihn ein Wind.
Ihm mochte schöner Frauen Liebe wohl gebühren.
Drauf glückte es ihm Kriemhild als Weib heimzuführen.

Ihm riethen seine Sippen und seine Männen alle:
So ihm auf stäte Minne zu sinnen je gefalle,
Mög er die werben, deren er sich nicht dürfe schämen.
Da sprach der edle Siegfried: „So will ich Kriemhild nehmen,

Das schöne Königsfräulein von Burgundenland,
Um ihrer Schönheit willen. Es ist mir wohlbekannt,
Kein Kaiser ist so mächtig, wollt er ein Weib gewinnen,
So dürfte er ohne Schämen die edle Fürstin minnen.“

Das Wort hatte König Siegemund vernommen,
Durch seiner Leute Rede war es vor ihn gekommen.
Der Wille seines Kindes, der war ihm schwer und leid,
Daß Siegfried werben wollte die wunderherrliche Maid.

Es ward auch der Königin Sieglinde Kunde gegeben,
Die hatte große Sorge um ihres Kindes Leben,
Denn sie kannte König Günthern und seine Mannen;
Weßhalb sie dem Degen die Werbung zu verleiden begannen.

Da sprach der kühne Siegfried: „Viel lieber Vater mein,
Ich will von edlen Frauen nimmer geminnet sein,
Werb ich nicht da, wo große Liebe mein Herze hat.“
Was man auch reden mochte, er hörte keinen andern Rath.

„Willst du davon nicht lassen,“ sprach der König da:
„Sag ich zu deinem Willen von ganzem Herzen ja,
Und will dirs helfen enden, wie ich aufs beste kann;
Doch hat der König Günther manch übermüthigen Mann.

Und hätte er nur den Einen, Hagen den kühnen Degen,
So mag doch schon der Eine soviel der Hoffahrt hegen,
Daß ich gar sehr befürchte, daß wirs bereuen sollen,
Wenn wir um die herrliche Jungfrau werben wollen.“

„Was mag uns das irren!“ hub darauf Siegfried an:
„Was ich mir nicht im Guten von ihnen erbitten kann,
Das mag ich wohl mit meiner Stärke mir erringen.
Ich traue mir ihnen Leute und Land abzuzwingen.“

Da sprach der Fürst Siegemund: „Die Rede sei beklagt!
Denn würde diese Rede am Rheine angesagt,
Du dürftest wohl nimmer in König Günthers Land.
Günther und Gernot, die sind mir längst bekannt;

Mit Gewalt gewinnet Niemand die schöne Magd!“
So sprach der König Siegemund: „Das ist mir wohl gesagt;
Willst du jedoch mit Recken in der Burgunden Land,
So wird, wo irgend Freunde wir haben, hingesandt.“

Dagegen sagte Siegfried: „So ist mir nicht zu Sinn!
Ich führe keine Recken mit mir zum Rheine hin.
Nein, sollte ich mir erzwingen die wunderherrliche Maid
Durch Heeresmacht — das wäre mir wahrlich ewig Leid.

Ich will sie mir erzwingen allein mit meiner Hand.
Mit zwölf Gesellen will ich in König Günthers Land.
Dazu sollt ihr mir helfen, Vater Siegemund."
Da gab man seinen Degen zu Kleidern Rauchwerk grau und bunt.

Es hörte auch die Rede seine Mutter Siegelind,
Die begann zu trauern um ihr liebes Kind,
Vor Furcht es zu verlieren durch König Günthers Mannen,
So daß ihr von den Wangen die lichten Thränen rannen.

Als sie nun Herr Siegfried also weinen sah,
Gar freundlich sprach zu seiner Mutter er da:
„Mutter ihr sollt nimmer weinen meinetwegen,
Denn ich fürchte mich wenig vor feindlichen Degen.

Und helft mir zu der Reise in Burgundenland,
Schafft mir und meinen Recken also gut Gewand,
Wie solche stolze Degen wie wir mit Ehren tragen;
Dafür will ich wahrlich in Treue Dank euch sagen." —

„Willst du davon nicht lassen," sprach Frau Siegelind:
„So helf ich dir zur Reise, mein einziges Kind,
Mit den besten Kleidern, die je ein Ritter trug.
Für dich und deine Degen schaffe ich Kleider genug."

Drauf neigte sich mit Züchten Siegfried der kühne Mann;
Er sprach: „Ich nehme zur Reise niemand weiter an,
Als nur zwölf Gesellen; denen schafft Gewand.
Nach Kriemhilden ist mir das Herz entbrannt."

Da saßen schöne Frauen bei Tage und bei Nacht,
So daß ihrer keine hat lange Rast gemacht,
Bevor Siegfriedens Kleider alle fertig wären.
Siegfried wollte seiner Reise nimmer entbehren.

Sein Vater hieß ihm zieren sein ritterlich Gewand,
Womit er räumen wollte das Siegemundenland,
Auch waren ihnen allen die lichten Panzer bereit,
Und ihre festen Helme, ihre Schilde schön und breit.

Nun sollte bald die Reise gen Burgunden geschehn;
Es sorgten Frauen und Männer, wies ihnen würde ergehn,
Ob sie jemals wieder nach Hause kehren würden.
Die Helden ließen Waffen und Gewand auf Rosse bürden.

Schön waren ihre Rosse, ihr Reitzeug roth von Gold.
Es wäre ein Thor, der stolzer sich noch schmücken wollt,
Als Siegfried der kühne und seine eilf Mannen.
Die wollten gen Burgunden mit Urlaube von dannen.

Den Urlaub gab mit Trauern der König und sein Gemahl;
Er tröstete gar freundlich die beiden zumahl.
Er sprach: „Ich bitte, weinet nimmer meinetwegen,
Ihr sollet nimmer Sorge um mein Leben hegen.“

Es war auch leid den Recken; es weinten die Mägdelein;
Fürwahr es gab ihr Herze es ihnen wohl ein:
So vielen ihrer Freunde brächte die Reise Tod.
Sie hatten Grund zur Klage, hatten des Leides Noth.

An dem siebenten Morgen, da ritten auf den Sand
Zu Worms die kühnen Ritter. Alles ihr Gewand
War von rothem Golde, ihr Reitzeug wohlgethan —
Es ritten Siegfrieds Mannen gar zierlich heran.

Ihre Schilde waren strahlend, breit und neu,
Ihre Helme köstlich, als Siegfried sonder Scheu
Allda zu Hofe geritten in König Günthers Land.
Man sah an Helden nimmer so herrliches Gewand.

Der Schwerter Enden gingen nieder bis zu den Sporen,
Es führten scharfe Speere die Ritter auserkoren.
Siegfried, der führte einen, der zweier Spannen breit,
Der hatte schauerliche Schneiden beiderseit.

Sie hielten goldesrothe Zäume in der Hand,
Die Brustriemen von Seide, so kamen sie ins Land;
Weßhalb allenthalben die Leute zu gaffen begannen.
Es liefen ihnen entgegen viele von Günthers Mannen.

Die hochgemuthen Recken, Ritter zumahl und Knecht,
Gingen zu den Herren, sowie es Brauch und Recht,
Und empfingen die Gäste in ihrer Herren Land.
Sie nahmen ihnen die Rosse und Schilde aus der Hand.

Sie führten nach den Ställen die Pferde mit sich fort,
Da sprach der kühne Siegfried schnell dieses Wort:
„Lasset uns die Rosse, mir und meinen Mannen;
Denn so wie mir zu Muthe, reiten wir bald von dannen.

Wer kann mir Kunde geben — er soll es nicht verschweigen —
Wo ich den König finde? Man soll den Weg mir zeigen
Zu Günthern dem reichen König von Burgundenland.“
Da sagte es ihm einer, dem es wohl bekannt:

„Wollt ihr den König finden, das mag gar wohl geschehn.
Auf jenem weiten Saale habe ich ihn gesehn,
In Mitten seiner Degen. Da mögt ihr hingehn,
Ihr werdet bei ihm manchen herrlichen Degen sehn.“

Nun hatte auch König Günther es vernommen:
Es wären wohlgethane Ritter angekommen,
Die führten lichte Panzer und herrliches Gewand
Die erkenne niemand in der Burgunden Land.

Den König nahm es Wunder, aus welchen fernen Landen
Die stolzen Recken kämen mit glänzenden Gewanden
Und mit so schönen Schilden, so neu und licht und breit.
Daß ihm das Niemand sagte, war König Günthern leid.

Da sagte zu dem Könige Herr Ortwein,
Ein Held, der kühnen Muthes und herrlich mochte sein:
„Da wir sie nicht erkennen, so heißet jemand gehn,
Daß meinen Oheim Hagen er rufe, sie zu sehn.

Der kennt alle Reiche und jedes fremde Land;
Er sage uns, ob die Herren ihm irgend wie bekannt.“
Der König hieß mit seinen Mannen ihn vor sich bringen —
Was da der herrlichen Recken mit ihm zu Hofe gingen!

Als Hagen fragte, sagte der König ihm entgegen:
„Es sind in meinem Hause unbekannte Degen,
Die hier Niemand kennet. Darum sollt ihr mir, Hagen,
Ob ihr sie je gesehen, auf Treu und Glauben sagen.“ —

„Das thu ich!“ sagte Hagen, der zu dem Fenster schritt
Und dessen Auge seitwärts hin nach den Fremden glitt.
Da gefiel ihm ihr Aufzug so wie ihr Gewand,
Doch waren sie ihm fremde in der Burgunden Land.

Er sprach: „Woher auch immer die Recken an den Rhein
Gekommen, sie mögen Fürsten oder Fürstenboten sein.
Sie haben schöne Rosse und Kleider schön und gut:
Woher sie auch gekommen, es sind Helden hochgemuth.“

Und weiter sagte Hagen: „Ich will es euch gestehn,
Obschon ich Siegfrieden noch niemals gesehn,
So möchte ich doch schier glauben, wie es auch zugeht,
Daß es der Recke wäre, der dort so herrlich steht.

Er bringet neue Kunde her in dieses Land.
Die kühnen Nibelungen schlug des Helden Hand,
Eines reichen Königs Söhne, Schilbung und Nibelungen.
Seitdem sind seiner Stärke große Wunder gelungen.

Als einst der Held alleine ohn alle Hilfe ritt,
Fand er vor einem Berge — so theilte man mirs mit —
Beim Nibelungenhorte manch einen kühnen Mann,
Von dem er erst an diesem Tage Kunde gewann.

Aus einem hohlen Berge ward Nibelungens Hort
Hervorgetragen. Höret, was sich begeben dort!
Es sah der Degen Siegfried der Nibelungen Mannen,
Wie sie, es nahm ihn Wunder, den Schatz zu theilen begannen.

Er kam so nah zu ihnen, daß er die Helden sah
Und auch ihn die Degen; ihrer einer sagte da:
„Hier kommt der starke Siegfried, der Held von Niederland.“ —
Welch seltsam Abenteuer der bei den Nibelungen fand! —

Es grüßten wohl den Recken Schilbung und Nibelung,
Und baten ihn beide, die edlen Fürsten jung,
Den Schatz für sie zu theilen. Von dem herrlichen Mann
Begehrten sies so eifrig, bis ers zu thun begann.

Er sah so viel Gesteines, wie wir hören sagen,
Hundert Rüstwagen vermochtens nicht zu tragen;
Noch mehr des rothen Goldes von Nibelungenland:
Das sollte ihnen alles theilen des kühnen Siegfrieds Hand.

Da gaben sie ihm zum Danke das Nibelungenschwert.
Es war zu ihrem Schaden ihnen der Dienst gewährt,
Den ihnen der kühne Siegfried leisten sollte.
Sie begannen zu streiten, als er theilen wollte.

Es blieb von seinen Händen der Schatz ungetheilt,
Weil wider ihn der Könige Mannen zum Streit geeilt.
Mit ihres Vaters Schwerte, das Balmung war genannt,
Stritt ihnen ab der kühne den Hort und Nibelungenland.

Sie hatten da ihrer Freunde zwölf kühne Mann,
Die starke Riesen waren, — was hatten sie daran?
Sie schlug in seinem Zorne des kühnen Siegfrieds Hand;
Er zwang siebenhundert Recken von Nibelungenland

Mit dem guten Schwerte, das hieß Balmung.
Es ward überwunden manch ein Recke jung
Durch Furcht vor dem Schwerte und vor dem kühnen Mann,
So daß er Land und Burgen den Recken abgewann.

Dazu die reichen Könige, die schlug er beide todt.
Doch kam durch Albrichen er noch in große Noth;
Der seine Herren zu rächen sich eilig unterwand,
Bis er die große Stärke Siegfriedens empfand.

Es unterlag im Streite dem Helden der starke Zwerg.
Gleich wie die wilden Löwen liefen sie an den Berg,
Wo er die Tarnkappe Albrichen abgewann.
So ward er Herr des Hortes, Siegfried der schreckliche Mann.

Die da zu streiten wagten, die lagen alle erschlagen.
Den Schatz hieß er alsbalde wieder führen und tragen
Dahin, von wo die Mannen Nibelungs ihn her gebracht.
Albrich der starke wurde zum Kämmerer gemacht.

Er mußte sich durch Eide dem Degen zum Knecht verpflichten,
Daß er in allen Dingen ihm wollte Dienst verrichten."
So sprach Hagen von Tronje: „Das that der kühne Mann,
Der solche Kraft besitzet, wie nie ein Recke gewann!

Noch andre kühne Thaten sind mir von ihm bekannt.
Einen Lindbrachen schlug des Helden Hand.
Vom Bad im Drachenblute ward hörnen ihm die Haut,
Daß sie kein Schwert durchschneidet, wie man das oft geschaut.

Wir sollen den jungen Helden um so besser empfangen,
Auf daß wir nicht des schnellen Recken Haß erlangen.
Sein Leib der ist so herrlich, man soll ihn hold empfahn:
Er hat mit seiner Stärke gar große Wunder gethan."

Da sprach der reiche König: „Mich dünkt, du habest Recht!
Sieh nur wie er so ritterlich dasteht wie zum Gefecht,
Der wunderkühne Recke, und bei ihm seine Degen —
Laßt uns hinuntergehen, dem kühnen Recken entgegen."

Und Hagen sprach: „Mit Ehren geschiehts, wenn ihr es thut.
Er ist von hohem Stamme, aus reichen Königes Blut.
Er steht mit der Geberde, mich dünket, weiß der Christ,
Als sei nicht klein die Sache, darum er hergeritten ist."

Da sprach des Landes König: „Er sei uns hochwillkommen!
Denn er ist kühn und edel, das hab ich wohl vernommen:
Dessen soll er genießen in Burgundenland."
Da ging der König Günther hin, wo er Siegfried fand.

Der Wirth und seine Recken hießen den Gast willkommen,
Man hat niemals edlere Sitten wahrgenommen.
Da begann sich zu neigen der herrliche Mann,
Darum, weil er von ihnen so schönen Gruß gewann.

Da sprach der König Günther: „Ich hätte es gern vernommen,
Von wo ihr, edler Siegfried, zu uns her gekommen,
Mit welcherlei Begehren gen Worms an den Rhein?"
Da sprach der Gast zum Könige: „Das soll euch unverholen sein.

Ich hörte oft die Rede in meines Vaters Land,
Die allerkühnsten Recken, die je ein König fand,
Daß die hie bei euch wären, das hab ich oft vernommen,
Und kennen sie zu lernen bin ich hieher gekommen.

Auch von eurer eignen Tugend hörte ich sagen,
Es lebe kein kühnrer König in diesen Tagen.
Das sprechen viel die Leute weit und breit im Land;
Nun will ich nicht nachlassen, bis ich es selbst erkannt.

Ich bin auch ein Recke und soll die Krone tragen;
Und möchte gern es fügen, daß sie von mir sagen,
Ich habe mit gutem Rechte beides Leute und Land.
Dafür setze ich meine Ehre und Haupt zu Pfand.

Seid ihr nun also tapfer, wie man es mir gesagt,
Acht ichs gering, ob einer sich freuet oder klagt:
Alles, was ihr besitzet, will ich euch entringen,
Eure Lande und Burgen in meine Gewalt bringen."

Den König nahm es Wunder und seine Mannen alle,
Als sie so sondre Rede sich hörten entgegenschallen,
Daß er Begehren trage zu nehmen ihm sein Land —
Hei, wie des Königs Degen in lichtem Zorn entbrannt!

„Wie hätte ich das verdienet!" sprach Günther der Degen:
„Was mein Vater lange mit Ehren wußte zu pflegen,
Das wollen wir nicht durch Jemands Uebermacht verlieren,
Sonst zeigten wir uns unwerth, uns ritterlich zu zieren." —

„Ich will davon nicht lassen;" sprach der kühne Mann:
„Wenn deine Kraft dem Lande nicht Frieden geben kann,
So solls mein eigen werden; wie auch das Erbe mein,
Erwirbst du es im Kampfe, dein soll nach Rechte sein.

Dein Erbe und das meine sollen beisammen liegen;
Und wer dann von uns beiden den andern mag besiegen,
Dem diene alsdann beides, die Leute und das Land."
Dawider sprachen Hagen und Gernot unverwandt.

„So ist uns nicht zu Sinnen," sprach Herr Gernot:
„Daß wir ein Land gewinnen, dadurch daß jemand todt
Von Heldenhänden liege. Wir haben ein reiches Land,
Das dient uns, wie es Rechtens, ist keinem andern zugewandt."

In grimmem Muthe standen da die Freunde sein;
Es war auch unter ihnen der Herr Ortwein,
Der sprach: „Diese Sühne wird von mir beklagt!
Euch hat der starke Siegfried grundlos Fehde angesagt.

Und hättet sammt den Brüdern ihr Waffen nicht noch Wehr,
Und ob er selber hätte ein ganzes Königsheer;
Wißt, daß ich doch den kühnen Degen bekämpfen wollte,
Daß sich sein übermüthig Wesen balde legen sollte."

Da zürnte gar gewaltig der Held von Niederland:
„Erhebe du Vermessner nicht wider mich die Hand:
Ich bin ein reicher König, du eines Königs Mann,
Mich greifen deines gleichen nicht ihrer zwölfe an."

Da hat Ortwein heftig und laut Schwerter begehrt
Und sich als Sohn der Schwester Hagens wohl bewährt.
Daß der so lange geschwiegen, das war dem Könige leid.
Da schlichtete es Gernot, ein kühner Ritter allezeit.

Er sprach zu Ortwein: „Nehmet euren Zorn gefangen;
Noch hat der Herr Siegfried nicht solche That begangen.
Mein Rath ist der, wir schlichten es noch, und mags gelingen,
Zum Freunde ihn zu gewinnen, das wird uns größre Ehre bringen.

Da sprach der starke Hagen: „Wir mögens wohl beklagen,
Wir eure Degen alle, daß er in diesen Tagen
Zum Rhein auf Streit geritten. Griff er nicht selbst uns an;
Ihm hätten meine Herren niemals solch Leid gethan."

Da hörte man den starken Siegfried die Antwort sagen:
„Verdrießt, was ich gesprochen habe, euch Herr Hagen,
So will ich sehen lassen: es sollen die Hände mein
Allhie noch gar gewaltig bei den Burgunden sein." —

„Das will allein ich wenden!" sprach wiederum Gernot,
Indem er allen seinen Degen zu reden verbot.
Es waren ihm die Reden, die übermüthigen leid; —
Da gedachte auch Siegfried an die herrliche Maid.

„Wie ziemte uns zu streiten mit euch," sprach Gernot:
„Und was dabei von Helden auch sänke in den Tod,
Uns brächte es wenig Ehre und euch gar kleines Frommen."
Da ward Siegemundens Sohn also vernommen:

„Warum zögert Hagen und auch Ortwein?
Was eilt er nicht zum Streite mit sammt den Freunden sein,
Deren er so viele bei den Burgunden hat?" —
Die beiden mußten schweigen; solches war Gernots Rath.

„Wir heißen euch willkommen!" so sagte Utens Kind:
„Sammt euren Heergesellen, die hie bei euch sind;
Wir stehen euch zu Diensten, ich und die Sippen mein."
Darauf bot man den Gästen von König Günthers Wein.

Auch sprach der Wirth des Landes: „Was uns gehöret an,
Begehret ihrs in Ehren, das sei euch unterthan;
Es sei mit euch getheilet mein Leben und mein Gut."
Da ward dem Herrn Siegfried ein wenig sanfter zu Muth.

Man ließ ihnen bewahren alles ihr Gewand,
Und gab die besten Herbergen, die man fand,
Siegfriedens Knappen, sie hatten gut Gemach. —
Man sah bei den Burgunden den Gast noch gern hernach.

Man bot ihm große Ehre danach an vielen Tagen,
Tausendmal größere Ehre, als zu sagen.
Das machte seine Stärke, wie ihr wissen sollt,
Man fand selten einen, der ihm nicht hold.

Uebten Ritterspiele die Könige und ihre Mannen,
Da war er stets der beste; was sie auch begannen,
Ihn konnte Niemand erreichen, so groß war seine Kraft,
Ob mit dem Stein sie warfen oder schossen mit dem Schaft.

Und wenn in edlen Sitten die Ritter kampfbereit
Vor den holden Frauen ritten zum Wettstreit:
Da wurde gern gesehen der Held aus Niederland,
Dem alle seine Sinne auf hohe Minne gewandt.

Die schönen Frauen bei Hofe, die trugen wohl Begehr
Zu wissen, wer der stolze fremde Recke wär:
„Sein Leib der ist so herrlich, so prächtig sein Gewand!" —
Da sprachen ihrer viele: „Es ist der König von Niederland."

Was man beginnen mochte, er war dazu bereit.
Er trug in seinem Sinne eine minnigliche Maid,
So wie auch ihn die Jungfrau, die nie sein Blick noch fand,
Die sich von ihm im Herzen gar Liebes viel gestand.

Schickten sich auf dem Hofe zum edlen Kampfesspiel
Die Ritter und die Knappen, dann schaute oft und viel
Kriemhilde durch die Fenster, die hehre Königin.
Kein ander Spiel erfreute fortan mehr ihren Sinn.

Wüßte er, daß sie ihn sähe, die er im Herzen trug,
Er hätte für sein Leben davon der Lust genug.
Ja wahrlich, dürften seine Augen sie jemals sehn,
Ihm könnte auf der Erde kein größer Heil geschehn.

Wenn er bei den Recken auf dem Hofe stand,
Wies noch in unsern Tagen als Zeitvertreib bekannt,
Da war so minnereizend Sieglindens Kind zu schauen —
Ihn sahn mit trauter Liebe im Herzen viele Frauen.

Er dachte auch zu Zeiten: „Wie mag es doch geschehn,
Daß ich die Maid, die edle, mit Augen möge sehn?
Die ich von Herzen minne, seit schon so langen Tagen,
Die ist mir noch gar fremde, drum mag ich billig klagen.“

Wollten die reichen Könige in ihre Lande reiten,
So mußten alle Recken sie immerdar begleiten.
Mit ihnen ritt auch Siegfried, das war den Frauen leid —
Auch er litt noch durch Minne gar viel Mühseligkeit! —

Also wohnte Siegfried bei den Herren fürwahr,
In König Günthers Lande, über ein volles Jahr,
Indeß die minnigliche er auch nicht einmal sah,
Von der ihm noch viel Liebes und auch viel Leid geschah.

Wie Siegfried mit den Sachsen stritt.

Viertes Abenteuer.

Nun kommen fremde Mären in König Günthers Land
Durch Boten, die von Ferne an sie daher gesandt
Von unbekannten Recken, die trugen ihnen Haß.
Wahr ist, daß Leid sie hatten, als sie erfuhren das.

Die Recken will ich nennen: Es war Lüdiger
Aus dem Sachsenlande, ein Fürst reich und hehr,
Und auch von Dänemarke der König Lüdegast.
Die schickten sich zur Heerfahrt mit manchem herrlichen Gast.

Es waren angekommen die Boten in Günthers Land,
Seine Widersacher hatten sie hergesandt;
Da forschte man nach Kunde von den unbekannten Helden
Und eilte sie bei Hofe dem Könige zu melden.

Es grüßte sie der König und sprach: „Seid mir willkommen.
Ich habe, wer euch sandte, bis jetzt noch nicht vernommen,
Das sollt ihr hören lassen!" So sprach der König gut;
Sie fürchteten nicht wenig des grimmen Günthers Muth.

„Wollt, König, ihr erlauben, daß wir die Botschaft sagen,
Die wir euch überbringen, so thun wirs sonder Zagen.
Wir nennen euch die Herren, die uns daher gesandt:
Lüdegast und Lüdiger, die wollen euch fallen ins Land.

Ihr habts um sie verschuldet, so hörten wir sagen,
Daß euch die Herren beide großen Haß tragen.
Sie rüsten eine Heerfahrt gen Worms an den Rhein.
Viel Degen helfen ihnen; deß sollt ihr gewarnet sein.

Binnen zwölf Wochen soll diese Fahrt geschehn;
Habt ihr gute Freunde, das lasset balde sehn,
Die euch beschirmen helfen die Burgen und das Land.
Sie werden hier verhauen manchen Helm und Schildesrand.

Oder wollet ihr dingen, sagt eure Meinung klar,
Eh eure starken Feinde mit mancher guten Schaar
Zu großem Herzeleide euch allzu nahe reiten
Und manchem guten Ritter ein jähes Ende bereiten." —

„Nun harret eine Weile," sprach der König gut:
„Bis ich mirs übersonnen; ich künde euch meinen Muth.
Ich muß es den Getreuen, die ich habe, sagen,
Und muß so schlimme Kunde wohl meinen Freunden klagen."

Es war dem reichen Könige die Rede leid genug,
Die er gehört und schweigend in seinem Herzen trug.
Er rief Hagen von Tronje und manchen andern Mann,
So wie auch Herrn Gernoten an seinen Hof heran.

Da kamen ihm die besten, soviel man deren fand.
Er sprach: „Man will mit starkem Heere in unserm Land
Uns feindlich heimsuchen, euch sei mein Leid geklagt;
Mir ist nicht kund, weßwegen man uns die Fehde angesagt." —

„Das wehren wir mit Schwertern!" sprach da Gernot:
„Es fällt nur, wen erkoren sich ohnedem der Tod.
Wohlan denn, ich vergesse nimmer der Ehre mein —
Unsre Feinde sollen uns willkommen sein!"

Da sprach Hagen von Tronje: „Das dünket mich nicht gut!
Lüdegast und Lüdiger, die tragen Uebermuth.
Wir können uns nicht sammeln in so kurzen Tagen."
So sprach der kühne Recke: „Ihr sollt es Siegfried sagen."

Man gab den Boten gute Herbergen in der Stadt.
Wie feind man ihnen wäre, der reiche Günther hat
Gebeten, daß man ihrer gütlich pflegen sollte,
Bis er erkundet, welcher der Freunde ihm helfen wollte.

Dem Könige voll Sorgen war aber trüb zu Muth;
Da sah ihn trauern ein Degen wohlgemuth,
Der nicht wissen konnte, was sich zugetragen;
Er bat den König Günther ihm, was es sei, zu sagen:

„Mich nimmts nicht wenig Wunder," sprach Siegfried der Held:
„Wie ihr die frohe Weise so gänzlich eingestellt,
Und seid der frühern Sitte mit uns so ganz entgegen?"
Drauf sagte ihm zur Antwort Günther der zierliche Degen:

„Nicht mag ich allen Leuten den schweren Kummer sagen,
Den ich muß verschwiegen in meinem Herzen tragen:
Niemand als sichern Freunden klagt man des Herzens Noth."
Siegfriedens Farbe wurde beides bleich und roth.

Er sprach zu dem Könige: „Traut auf meinen Eid;
Ich wills euch helfen wenden, habt irgend ihr ein Leid.
Habt ihr der Freunde nöthig, so will ich einer sein,
Und denke es zu vollbringen mit Ehren bis ans Ende mein." —

„Nun lohn euch Gott, Herr Siegfried, die Rede dünkt mich gut.
Und hülfe mir auch nimmer eure Kraft und euer Muth,
Ich freue mich doch der Kunde, daß ich bei euch in Huld,
Und bin, so lange ich lebe, darum in eurer Schuld.

Ich will euch hören lassen, was traurig mich gemacht.
Von Boten meiner Feinde ward dieß mir hinterbracht:
Daß sie mit einem Heere nach meinem Lande kommen,
Solches haben nimmer noch Degen unternommen."

Da sprach Siegfried der kühne: „Das laßt euch wenig grämen,
Beruhigt euer Herze; wollt meinen Rath ihr nehmen,
So will ich für euch werben um Ehre und um Frommen,
Bevor noch eure Feinde hieher zu Lande kommen.

Und hätten eure Feinde zur Hülfe sich ersehn
Auch dreißigtausend Degen: ich wollte sie bestehn,
Und hätte ich auch nur tausend; verlasset euch auf mich!"
Da sprach der König Günther: „Ich verdiene es noch um dich." —

„So heißet mir gewinnen tausend von euren Mannen,
Weil ich aus meiner Heimat zwölf Degen nur von dannen
Mit mir geführet habe; so schirme ich euer Land.
Es dienet stets mit Treue für euch Siegfriedens Hand.

Gesellen sollen uns Hagen von Tronje und Ortwein,
Dankwart und Sindolt, die guten Recken sein.
Auch möge mit uns reiten Volker, der kühne Mann,
Der soll die Fahne tragen, weils Keiner besser kann.

Und laßt die Boten wieder nach ihrem Lande gehn,
Sie mögen Kunde bringen: daß sie uns balde sehn,
Auf daß von unsern Burgen den Krieg wir abwenden."
Da ließ der König beide Sippen und Mannen besenden.

Als Lüdigers Boten nach Hofe nun gekommen,
Da haben sie die Reise nach Hause gern vernommen.
Günther, der reiche König, bot ihnen reiche Gaben
Und gut Geleit, was gerne sie angenommen haben.

„Nun saget" sprach da Günther: „den starken Feinden mein,
Ihre Reise würde besser geblieben sein.
Doch wollen sie mich suchen dahier, in meinem Land,
Wird ihnen, so die Freunde mir bleiben, Noth bekannt."

Als man die reichen Gaben vor die Boten trug —
Es hatte ihnen zu geben der reiche König genug —
Verschmähten sie nicht des Königs Lüdiger Mannen,
Und als sie Urlaub genommen, schieden sie froh von dannen.

Als nun die Boten wieder gen Dänemark gekommen,
Und der König Lüdegast von ihnen das vernommen,
Was sie am Rhein gehöret, als ihm das ward gesagt,
Da hat ihr starker Uebermuth gar wenig ihm behagt.

Sie sagten, manch ein Degen trage von Günthern Lehn,
Auch hätten sie darunter einen sehen stehn,
Der wäre geheißen Siegfried, ein Held aus Niederland —
Es verdroß Lüdegasten, da er die Botschaft erkannt.

Als die von Dänemarke dieses Wort vernommen,
Da eilten sie der Hilfe desto mehr zu bekommen.
Es führte der König Lüdegast seiner kühnen Mannen
Zwanzigtausend Degen zum Streit mit sich von dannen.

Da waffnete auch von Sachsen der kühne Lüdiger,
Bis sie vierzigtausend hatten und noch mehr;
Mit denen wollten sie reiten in Burgundenland.
Auch König Günther hatte indessen sich bemannt

Mit seinen Sippen allen und seiner Brüder Mannen,
Die zu dem Heereszuge sie in den Dienst gewannen,
Dazu noch Hagens Recken. Sie hatten dessen Noth;
Es fanden von den Degen gar viele noch den Tod.

Sie eilten mit der Reise, und als sie nun ins Feld
Ausrückten, trug die Fahne Volker der kühne Held.
Also wollten sie reiten von Worms an den Rhein.
Es mußte Hagen von Tronje Schaarmeister sein.

Mit ihnen ritt auch Sindolt und der kühne Haunolt,
Die verdienten beide König Günthers Gold.
Auch Dankwart, Hagens Bruder, deßgleichen Ortwein
Mochten wohl mit Ehren bei der Heerfahrt sein.

Da sprach der starke Siegfried: „Herr König, bleibet hier,
Derweile eure Recken ziehen zu Feld mit mir.
Bleibet bei den Frauen und heget frohen Muth,
Ich will euch beides schirmen, Ehre sowohl als Gut.

Die euch zu Worms am Rheine heimsuchen wollen,
Die will ich so behüten, daß heim sie bleiben sollen.
Wir wollen ihnen reiten so nahe in ihr Land,
Daß ihnen noch in Sorgen ihr Uebermuth gewandt."

Sie ritten mit den Helden vom Rheine durch Hessenlan
Nach dem Sachsenlande, wo drauf der Kampf entbran
Sie wüsteten im Lande mit Feuer und mit Schwert;
Da ward den beiden Fürsten Mühsal genug beschert.

Sie kamen auf die Grenze, die Knechte zogen voran,
Als der starke Siegfried also zu fragen begann:
„Wer soll des Ingesindes allhie der Hüter sein?"
Nie ritten schlimmre Gäste in das Sachsenland hinein.

Sie sprachen: „Laßt den kühnen Dankwart auf den Wegen
Des Ingesindes hüten, der ist ein schneller Degen.
Um so mindern Schaden wird Lüdiger uns bereiten;
Laßt ihn und Ortweinen die Nachhut leiten." —

„So will ich selber reiten," sprach Siegfried der Degen:
„Und will mich auf Kundschaft wider die Feinde legen,
Bis daß ich recht erkunde, wo die Recken sind."
Da ward alsbald gewappnet der schönen Siegelinde Kind.

Eh er von dannen eilte, befahl er noch an Hagen
Das Volk und an Gernoten, den Helden sonder Zagen;
Drauf ritt er ganz alleine in der Sachsen Land.
Er hat an diesem Tage verhauen manches Helmes Band.

Da sah er auf dem Felde das Heer der Feinde liegen,
Dagegen schien gar wenig des Helden Macht zu wiegen.
Es waren wohl vierzigtausend oder auch noch mehr;
Der Held in hohem Muthe ward darob fröhlich sehr.

Da hatte sich auch ein Recke gegen der Feinde Macht
Auf Kundschaft geleget und hatte fleißig Acht.
Den sah der Herr Siegfried und ihn der kühne Mann,
Worauf jeder den andern mit Hasse zu hüten begann.

Und wollet ihr es wissen, wer hie Wache stand —
Ein lichter Schild von Golde lag ihm vor der Hand:
Es war der König Lüdegast, der hütete sein Heer.
Der edle Fremdling sprengte gar ritterlich daher.

Nun hatte Herr Lüdegast auch ihn feindlich erkoren;
Sie stachen ihre Rosse beide mit den Sporen,
Sie richteten auf die Schilde die Lanzen mit voller Kraft,
Das hat dem reichen Könige große Noth geschafft.

Es trugen die gespornten Rosse so geschwind
Die Könige vorüber, als wehte sie ein Wind.
Dann wandten mit den Zäumen sie um gar ritterlich;
Es versuchten mit den Schwertern die zween grimmen Helden sich.

Da schlug der Herr Siegfried, weit dröhnete das Land;
Es stoben aus dem Helme, gleich einem Feuerbrand,
Die feuerrothen Funken von des Helden Hand.
Es war ein würdiger Gegner, den jeder an dem andern fand.

Es schlug auch ihm Herr Lüdegast gar manchen grimmen Schlag;
Hei, wie der beiden Stärke fest auf den Schilden lag!
Da nahmen es an dreißig Mannen der Dänen wahr,
Doch es geschah, daß Siegfried, noch eh sie kamen, Sieger war,

Indem er durch den lichten Harnisch, der gut genug,
Dem feindlichen Könige drei starke Wunden schlug.
Es drang aus den Fugen des Harnisches das Blut;
Da ward dem König Lüdegast gar traurig zu Muth.

Er bat ihn um sein Leben und bot ihm all sein Land,
Und sagte ihm, er wäre Lüdegast genannt.
Da kamen seine Recken, die hatten wohl gesehn,
Was da von jenen beiden auf der Vorhut geschehn.

Als er ihn fortführte, ward er angerannt
Von dreißig seiner Mannen; da wehrte des Helden Hand
Seinen reichen Geisel mit ungefügen Schlägen.
Bald that noch mehr des Schadens der zierliche Degen.

Die dreißig hat erschlagen der streitbare Held.
Nur einen ließ er leben, der räumte schnell das Feld
Und brachte heim die Kunde von dem, was hie geschehn;
Die Wahrheit konnte jeder an seinem rothen Helme sehn.

Die Dänemarken haben gar schmerzlich geklagt,
Als man ihnen ihres Herrn Gefängniß gesagt.
Auch Lüdiger erfuhr es, der hub zu toben an
Vor ungefügem Zorne, so leid war ihm gethan.

Es ward der reiche Lüdegast zu König Günthers Mannen
Von Siegfriedens Stärke geführet von dannen.
Er übergab ihn Hagen. Als ihnen ward gesagt,
Daß es der König wäre, haben sie wenig geklagt.

Nun hieß man den Burgunden: „Bindet die Fahnen an!" —
„Wohl auf!" rief Siegfried: „Hie wird noch mehr gethan,
Eh der Tag sich neiget, behalte ich das Leben.
Manch schönem Weibe der Sachsen wird das noch Mühsal geben.

Ihr Helden von dem Rheine, nehmet meiner wahr;
Ich führe euch mitten hinein in Lüdigers Schaar.
Da seht ein Helmehauen von guter Recken Hand! —
Bevor wir wieder wenden, wird ihnen Sorge bekannt."

Da stieg zu Rosse Gernot sammt seinem Heeresbann,
Es schwenkte hoch die Fahne der kühne Spielmann,
Herr Volker von Alzeie, er ritt der Schaar voraus.
Auch das Gesinde eilte gar herrlich in den Strauß.

Doch es waren ihrer nicht mehr als tausend Mann
Und zwölf Recken drüber. Von der Straße begann
Der Staub empor zu stieben, als sie über das Land
Ritten; es glänzte herrlich manch ein Schildesrand.

Da waren auch die Sachsen mit ihren Schaaren gekommen,
Die trugen scharfe Waffen, das hat man wohl vernommen.
In der Recken Händen schnitt heftig das Schwert:
Sie hätten gern die Fremden von Burgen und Landen abgewehrt.

Der Könige Schaarmeister führten das Volk von dannen.
Da war auch Siegfried gekommen mit seinen Mannen,
Die er mit sich geführet daher aus Niederland.
Es ward den Tag im Sturme blutig manch eine Hand.

Sindolt und Hunolt und auch Gernot,
Die schlugen in dem Streite manch einen Helden todt,
Eh ihres Leibes Kühnheit zur Genüge sie erfunden.
Das thät mit ihren Thränen noch manch ein Weib bekunden.

Volker und Hagen und auch Ortwein
Löschten in dem Streite gar manches Helmes Schein
Mit fließendem Blute, die sturmkühnen Helden.
Von Dankwarten wären viel große Wunder zu melden.

Auch die Dänenrecken versuchten ihre Hand;
Es dröhnte von den Stößen manch ein Schildesrand
Und von den scharfen Schwertern, deren man viel zerschlug.
Die streitkühnen Sachsen thaten Schaden genug.

In des Streites Mitte drangen die Burgunden
Und schlugen allda viele weite und tiefe Wunden;
Es rann von den Sätteln nieder das rothe Blut.
Um Ehren warben also die Degen kühn und gut.

Man hörte laut erklingen den Helden in der Hand
Die scharfen blanken Schwerter, als die von Niederland
Ihrem Herren folgten in der Feinde Heer.
Sie kamen mit Siegfrieden gar ritterlich daher.

Keiner von den Recken vom Rheine folgte ihm nach.
Da sah man entspringen manchen blutigen Bach
Unter lichten Helmen, den schuf Siegfriedens Hand,
Bis daß er Lüdigeren vor seinen Mannen fand.

Schon zum dritten Male war durch der Feinde Heer
Der kühne Held geritten; da kam Hagen daher.
Der half ihm in dem Streite recht nach seinem Sinn.
Manches Ritters Leben raffte ihr Schwert dahin.

Als der starke Lüdiger Siegfrieden fand,
Wie der Balmungen, das Schwert, in seiner Hand
So hoch erhaben führte und so manch einen schlug,
Da regte ihm im Herzen sich Zorn und Grimm genug.

Es wurde groß das Drängen und laut der Schwerter Klang,
Als beider Ingesinde wider einander drang;
Da versuchten sich die Recken beide desto baß,
Das Volk begann zu weichen, gewaltig ward der Haß.

Es hatte wohl erfahren der Vogt von Sachsenland,
Sein Bruder sei gefangen, und war von Zorn entbrannt.
Wohl wußte er auch, daß solches Sieglindens Kind gethan;
Man zieh es Gernoten: wohl fand er, daß es Wahn.

Lüdigers Schläge, die waren also groß,
Daß ihm unter dem Sattel strauchelte das Roß.
Als sich das Roß erholte, wurden, je mehr sie stritten,
Um so fürchterlicher Siegfriedens Kampfessitten.

Dabei halfen dem Helden Hagen und Gernot,
Ortwein und Volker; das brachte vielen den Tod.
Sindolt und Haunolt, und Ortwein der Degen
Konnten im Streite manchen zum Tode niederlegen.

Es schieden sich die hehren Fürsten im Streite nicht.
Da sah man über Helme durch die Schilde licht
Manchen Speer fliegen aus der Helden Hand.
Es färbte sich mit Blute manch herrlicher Schildesrand.

In dem harten Sturme stürzte manch ein Mann
Nieder von den Rossen. Es liefen einander an
Siegfried der kühne und Fürst Lüdiger;
Da sah man Schäfte fliegen und manchen scharfen Speer.

Des Königes Schildgespänge zerbrach Siegfriedens Hand.
Da dachte obzusiegen der Held von Niederland
Ueber die kühnen Sachsen. Die kamen in Ungemach.
Hei, was da lichter Panzer der schnelle Dankwart zerbrach!

Es stand auf dem Schilde in Siegfriedens Hand
Eine Krone gemalet; als Lüdiger die erkannt,
Da wußte er auch, es wäre der kräftereiche Mann,
Weßhalb der Held den Freunden sein laut zuzurufen begann:

„Begebet euch des Streites, all meine Mannen ihr,
Den Sohn Siegemundens sah ich im Streite hier!
Ich habe den starken Siegfried von Niederland erkannt,
Den hat der leidige Teufel zu den Sachsen hergesandt."

Da ließ er in dem Streite, weil er Frieden begehrte,
Die Fahnen niedersenken. Den Frieden man gewährte;
Doch mußte er als Geisel mitziehn in Günthers Land;
So hatte ihn bezwungen Siegfriedens starke Hand.

Nach gemeinsamem Rathe ließen den Streit sie ruhn.
Viele zerschlagne Helme und Schilde legten nun
Die Recken aus den Händen. Soviel man deren fand,
Die hatte mit Blut gefärbet der Burgunden Hand.

Sie fingen, wen sie wollten, dazu hatten sie Macht.
Gernot und Hagen, die Helden in der Schlacht,
Hießen die Wunden bahren. Fünfhundert Mannen
Führten sie gefangen zum Rheine mit sich von dannen.

Es sind die Siegberaubten gen Dänemark geritten.
Auch die Sachsen hatten nicht also gestritten,
Daß man sie loben konnte. Das war den Helden leid —
Auch um die Todten trugen Freunde Traurigkeit.

Zurück zum Rheine ging es mit Waffen und Gewand.
Es hatte wohl geworben des Recken Siegfrieds Hand,
Es war genug im Streite durch seine Kraft geschehn,
Das mußten Günthers Mannen alle ihm zugestehn.

Nach Worms an dem Rheine sandte Herr Gernot,
Indem er seinen Freunden daheim die Kunde entbot:
Wie ihm und seinen Mannen nach Wunsche es gelungen,
Und wie die kühnen Recken Ehre und Ruhm errungen.

Die Boten hatten Eile — die Kunde ward gesagt:
Da freuten sich von Herzen, die eben noch geklagt,
Dieser lieben Kunde, die ihnen war gekommen;
Da hat man von den Frauen der Fragen viel vernommen:

Wie des Königes Mannen der Sieg gelungen wäre?
Verstohlen wurde einer der Boten von dem Heere
Zu Kriemhild gerufen; es durfte nicht verlauten:
Sie wußte ja darunter ihren lieben Herztrauten.

Als sie in ihre Kammer den Boten kommen sah,
Gar freundlich sagte die schöne Kriemhild da:
„Sag an mir liebe Kunde; ich gebe dir mein Gold!
Thust du es ohne Lüge, bin ich dir immer hold.

Wie gingen aus dem Streite mein Bruder Gernot
Und meine andern Freunde? Blieb deren einer todt?
Oder wer that das Beste? Das sollst du mir sagen."
Da sprach alsbald der Bote: „Wir hatten nicht Einen Zagen.

Doch keiner ritt im Streite, o edle Königin,
Soll ich euch recht berichten, so ritterlich dahin,
Als wie der edle Fremdling, der Held aus Niederland:
Es schuf große Wunder des kühnen Siegfrieds Hand.

Was die Recken alle im Streite auch begannen,
Dankwart und Hagen und andre Königsmannen,
Was sie um Ehren stritten, war Alles nur ein Wind
Wider den Einen Siegfried, König Siegmundens Kind.

Sie haben in dem Streite der Helden viele erschlagen,
Doch Niemand könnte alle die Wunder euch sagen,
Die Siegfried geschaffen, als in den Kampf er ritt,
Durch den der Frauen manche groß Leid an ihren Sippen litt.

Es mußte allda bleiben manch eines Weibes Traut.
Man hörte seine Schläge auf den Helmen also laut,
Sie schlugen aus den Wunden das fließende Blut.
Er ist in allen Dingen ein Ritter kühn und gut.

Auch der von Metz Herr Ortwein hat kühne That begangen,
Was er mit seinem Schwerte nur immer mochte erlangen,
Denen schlug er Wunden, die meisten blieben todt.
Da schuf auch euer Bruder die allergrößte Noth,

Die in einem Streite wohl jemals geschehn;
Das muß dem auserwählten Degen man zugestehn.
Die stolzen Burgunden haben sich so gebahrt,
Daß sie vor aller Schande sich gar wohl verwahrt.

Sie haben manchen Reiter aus dem Sattel geschwungen,
Es ist von ihren lichten Schwertern das Feld erklungen.
Die Recken von dem Rheine haben so gestritten:
Heil ihren Feinden, wären sie nimmer ausgeritten!

Auch die kühnen Tronjer kämpften wacker mit,
Als mit Volkeskräften das Heer zusammenritt.
Da schuf manch einen Todten des kühnen Hagens Hand,
Man könnte davon Vieles melden gen Burgundenland.

Sindolt und Haunolt, die Mannen von Gernot,
Und Raumolt der kühne, die schufen solche Noth,
Daß Lüdiger wohl immer, was er gethan, beklagt:
Daß er euren Sippen am Rheine Fehde angesagt.

Doch von allen denen, die gekämpft allda,
Vom ersten bis zum letzten, die man dort streiten sah,
That doch das allerbeste des kühnen Siegfrieds Hand;
Er bringet reiche Geiseln in König Günthers Land.

Sie zwang mit seiner Stärke der ritterliche Mann,
Durch den der König Lüdegast Schaden genug gewann,
Gleich seinem Bruder Lüdiger, dem Vogt von Sachsenland.
Vernehmet hehre Königin, wie es damit bewandt.

Es fing sie alle beide Siegfriedens Hand.
Man brachte nie so viele Geiseln in dieses Land,
Als wie durch seine Thaten jetzt zum Rheine kommen."
Kriemhilde hatte selten so liebe Kunde vernommen.

„Wisset, edle Königin, man bringet der Gesunden
Ueber fünfhundert, und deren, die an Wunden
Daniederliegen, achtzig blutige Bahren ins Land;
Die hat meist getroffen des starken Siegfrieds Hand.

Sie, die im Uebermuthe die Fehde uns zum Rhein
Gebracht, die müssen Günthers Gefangene nun sein,
Die bringet man mit Freuden her in unser Land."
Da ist auf ihren Wangen ein helles Licht entbrannt.

Ihr schönes Angesichte glich einem Rosenfeld,
Weil Siegfried der junge und herrliche Held
Mit solchem Heil entronnen der drohenden Gefahr;
Auch ihrer Freunde freute sie sich, wie Pflicht es war.

Es sprach die Minnigliche: „Du hast mich wohl belehrt,
Darum sei dir zum Lohne ein reiches Kleid gewährt.
Zehn Mark Goldes heiße ich dir verleihn." —
Wer möchte da bei reichen Frauen nicht Bote sein! —

Der Lohn ward ihm gegeben, das Gold und auch das Kleid. —
Da ging nach den Fenstern manche herrliche Maid
Und schaute auf die Straße, auf der die wohlbewährten
Degen nach der Burgunden Lande heimkehrten.

Da kamen die Gesunden und auch die Wunden kamen,
Die ohne Scham der Freunde freundlichen Gruß vernahmen.
Der Wirth ritt seinen Gästen entgegen in Fröhlichkeit:
In Freude war geendet sein allergrößtes Leid.

Da empfing er wohl die Seinen und auch die Fremden dann,
Denn es stand nicht anders dem reichen Könige an:
Als von Herzen danken denen, die angekommen,
Daß sie in dem Kampfe mit Ehren den Sieg genommen.

Günther bat ihm Kunde von seinen Freunden zu sagen:
Wer ihm auf dem Zuge im Streite etwa erschlagen?
Da hatte er verloren nicht mehr als sechzig Mann;
Die mußte man verschmerzen — wie noch gar manchen dann.

Die Gesunden brachten zerhauen manchen Rand
Und viel zerschrotene Helme in König Günthers Land.
Zu liebem Empfange sprangen sie nun all
Von den Rossen nieder. Man hörte fröhlichen Schall.

Man gab den kühnen Recken Herbergen in der Stadt,
Indem sie wohl zu pflegen der Wirth gebeten hat.
Er hieß die Wunden warten und mit Gemach versehn —
Man konnte seine Tugend an seinen Feinden sehn.

Er sprach zu Lüdegasten: „Nun seid mir hie willkommen;
Ich hab durch euer Verschulden des Schadens viel genommen.
Der wird mir nun vergolten, so mir das Glücke hold;
Gott lohne meinen Freunden, die Freude mir gezollt.“ —

Drauf Lüdiger: „Sie mögen wohl euren Dank empfangen,
So hohe Geiseln mochte kein König noch erlangen.
Um ein mild Gefängniß bieten wir großes Gut,
Auf daß ihr gnädiglich an euren Feinden thut.“ —

„Ihr sollet,“ sprach der König: „frei und ledig gehn.
Doch will ich auch die Bürgschaft für meine Feinde sehn,
Daß sie nicht wider meinen Willen aus dem Land
Mir weichen.“ Dieß gelobend bot Lüdiger die Hand.

Nun brachte man zur Ruhe in gut Gemach die Gäste,
Besonders war den Wunden gebettet auf das Beste.
Man schenkte den Gesunden Meth und guten Wein;
Da konnte das Gesinde nimmer fröhlicher sein.

Die zerhauenen Schilde ließ man aufbewahren;
Auch die blutigen Sättel, deren genug da waren,
Barg man, damit die Frauen darob nicht möchten weinen.
Der wegemüden Ritter erschaute man manch einen.

Der Wirth pflegte der Gäste recht wie ein Wirth es soll;
Von Fremden und von Freunden waren die Lande voll.
Er bat die Fährlichwunden aufs beste zu verpflegen:
Wie war ihr übermüthig Wesen so gar erlegen!

Den Arzeneikundigen bot man reichen Sold,
Silber ungewogen, dazu auch lichtes Gold,
Um nach der Noth des Streites die Helden nun zu heilen.
Auch ließ man an die Gäste reiche Gaben vertheilen.

Die wiederum nach Hause heimreisen wollten,
Bat man wie liebe Freunde, daß sie noch bleiben sollten.
Der König ging zu Rathe, wie er seine Mannen
Belohnte, die so große Ehren für ihn gewannen.

Da sprach Gernot der Degen: „Laßt jetzt die Degen reiten;
Doch sagt ihnen, ihr würdet ein Freudenfest bereiten,
Zu dem sie in sechs Wochen alle geladen wären.
Dann ist mancher geheilet, den Wunden noch beschweren.

Es begehrte auch Urlaub der Held aus Niederland.
Als der König Günther seinen Willen erkannt,
Bat er ihn gar minniglich noch nicht von ihm zu gehn. —
Wars nicht um seine Schwester — es wäre nicht geschehn.

Der hohe Fürst verschmähte jedweden Lohn und Sold.
Er hatte wohl verdienet, daß ihm der König hold
Wie alle seine Sippen. Sie hatten ja gesehn,
Was von seinen Händen in dem Streite geschehn.

Um der Schönen willen wollte er noch nicht gehn,
Ob er sie sehen möchte. Das ist hernach geschehn:
Es ward die Maid ihm endlich nach Herzenswunsch bekannt;
Drauf ritt er frohen Muthes in Siegemundens Land. —

Der Wirth bat alle Tage der Ritterschaft zu pflegen;
Das that mit gutem Willen gar mancher junge Degen.
Indessen ließ er Sitze errichten an dem Strand
Zu Worms für seine Gäste in der Burgunden Land.

Als es nun hieß, es würden die Helden nächstens kommen,
Da hat die schöne Kriemhild die Kunde wohl vernommen:
Daß für liebe Freunde ein Fest bereitet sei.
Da hatten schöne Frauen zu schaffen vielerlei

Mit Kleidern und mit Bändern, die sie tragen wollten.
Ute, die reiche Königin, hörte auch, es sollten
Viele stolze Degen zu den Burgunden kommen:
Da wurde aus den Schreinen viel schön Gewand genommen.

Um ihrer Kinder willen ließ sie manch ein Kleid
Bereiten, um zu zieren manch eine Frau und Maid
Und manchen jungen Recken aus Burgundenland.
Auch schuf sie für die Fremden viel herrliches Gewand.

Wie Siegfried Chriemhilden zuerst ersah.

Fünftes Abenteuer.

Man sah nun alle Tage hin nach dem Rheine reiten:
Sie kamen zu dem Feste vom Nahen und vom Weiten;
Und die zu Lieb dem Könige den Weg ins Land genommen,
Die haben zur Genüge Rosse und Kleider bekommen.

Es waren allen Sitze trefflich aufgeschlagen,
Den Höchsten und den Besten, wie wir uns lassen sagen:
Zweiunddreißig Fürsten, zu dem Freudenfeste.
Es schmückten sich die Frauen dazu aufs allerbeste.

Geiselher der junge hatte wenig Muße,
Weil er nebst Gernoten mit zierlichem Gruße
Die Heimischen und die Fremden empfing. Mit ihren Mannen
Begrüßten sie die Degen, daß Ehre sie gewannen.

Sie führten goldrother Sättel viel ins Land;
Zierliche Schilde und herrliches Gewand
Brachten sie zum Rheine, zu dem Festgelag.
Man sah drauf fröhlich manchen, der noch wund daniederlag.

Die in den Betten lagen, in Wunden und in Noth,
Die mußten deß vergessen sogar, wie hart der Tod.
Der siechen Ungesunden mußten sie sich entschlagen;
Sie freuten sich der Kunde von den nahen Freudentagen,

Wie sie da leben sollten bei Trank und reichem Mahl!
Ja Wonne ohne Maßen und Freuden ohne Zahl
Hatten die Leute alle, so viel man deren fand.
Es hob sich große Freude über Günthers ganzes Land!

An einem Pfingstmorgen geschah es: da sah man
In wonniglichen Kleidern gar manchen kühnen Mann,
Ueber fünftausend, zum Freudenfeste gehn.
Da konnte man Kurzweile an allen Enden sehn.

Es trug der Wirth im Sinne, was ihm gar wohl bekannt:
Wie recht herzinniglich der Held von Niederland
Seine Schwester liebte, die er noch nie ersah,
Von deren Schöne vor allen Jungfrauen Rühmens geschah.

Er sprach: „Nun rathet alle, Sippen und Mannen mein,
Wie das Festgelage aufs löblichste mag sein?
Daß man darum nicht später uns schelte, weil, ihr wißt:
Ein jeglich Lob zum jüngsten nach dem Werke gemessen ist."

Da sagte zu dem Könige der Degen Ortwein:
„Wollt ihrs, soll reich an Ehren das Festgelage sein:
So lasset die Jungfräulein die wonniglichen schauen;
Es stehn bei den Burgunden in Ehren hoch die Frauen.

Was wäre Mannes Wonne, weß freute sich sein Leben,
Wenn ihm nicht schöne Mägdlein und Frauen Wonne gäben?
Lasset eure Schwester vor eure Gäste gehn!"
Der Rath war manchem Helden zu Lieb geschehn.

„Dem will ich gerne folgen!" Als der König so
Gesprochen, waren alle, die es erfuhren, froh.
Frau Ute und ihre holde Tochter haben vernommen:
Sie sollten mit ihren Mägdelein nach Hofe hin kommen.

Sie suchten aus den Schreinen gar herrliches Gewand,
Und was sich in den Kisten der edlen Stoffe fand, —
Von Borten und von Spangen lag ihnen viel bereit:
Es zierte sich gar minniglich manch eine herrliche Maid.

Es trug an diesem Tage manch junger Held im Sinne,
Wie er der holden Frauen Blicke für sich gewinne;
Und nicht um Königreiche hätte er es mögen missen:
So waren sie die nimmer Gesehenen zu schaun beflissen.

Es ließ der König hundert Recken aus seinem Lehn
Mit seiner Schwester gehen, zu Dienste ihr zu stehn,
Ihren und seinen Sippen. Sie trugen Schwert in Hand:
Das war das Hofgesinde in der Burgunden Land.

Man sah die reiche Ute mit Kriemhilden kommen.
Sie hatte schöne Frauen zur Begleitung genommen;
Die trugen, mehr als hundert, reiches Ehrenkleid.
Auch ihrer Tochter folgte manch eine herrliche Maid.

Man sah aus einer Kammer die Frauen alle kommen:
Da ward ein großes Drängen von Helden wahrgenommen,
Die alle auf die Hoffnung in ihrem Herzen bauten:
Daß sie die holde Jungfrau fröhlichen Auges schauten.

Nun kam die Minnigliche, gleich wie das Morgenroth
Aus trüben Wolken leuchtet; da mußte manche Noth
Vom Herzen deß, der lange sie hegte, endlich gehn:
Er sah die Minnigliche nun herrlich vor sich stehn.

Von ihrem Kleide strahlte manch ein Edelstein,
Ihre rosige Farbe gab minniglichen Schein.
Ob einer wünschen sollte, er müßte wohl gestehn,
Daß er auf dieser Erde nie Schöneres gesehn.

Gleich wie vor allen Sternen strahlet des Mondes Licht,
Sein Schein durch die Wolken klar und lauter bricht:
So stand Kriemhilde vor andern Frauen schön.
Der Anblick mußte manchem Helden den Muth erhöhn.

Man sah vor ihnen reiche Kämmerlinge schalten,
Doch ließen die hochgemuthen Degen sich nicht halten,
Sie drängten um zu schauen die minnigliche Maid.
Das war dem edlen Siegfried beides lieb und leid.

Er dachte im Gemüthe: „Wie könnte das geschehn,
Daß ich dich minnen sollte? deß ich mich doch versehn.
Doch soll ich von dir lassen, so wäre ich besser todt!“
Er wurde von Gedanken bald bleich bald wieder roth.

Man sah allda so minniglich das Kind Sieglindens stehn,
Als hätten Meisterhände sein Bild auf Pergamen
Mit rechter Kunst entworfen. Man mußte wohl gestehn,
Daß man noch nimmer einen so schönen Helden gesehn.

Die mit Kriemhilden gingen, die hießen aus den Wegen
Allenthalben weichen. Das that mancher Degen.
Es schwoll da manches Herze in Freuden vor den Frauen:
Es war in hohen Züchten manch herrlich Weib zu schauen.

Da hörte man Gernoten zu König Günthern sagen:
„Dem, der euch seine Dienste so freundlich angetragen,
Dem sollt ihr, lieber Bruder, ein Gleiches nun erzeigen,
Vor allen diesen Recken. Nicht mag ich das verschweigen.

Heißet ihr Siegfrieden zu meiner Schwester kommen,
Auf daß sie ihn begrüße, — das wird uns immer frommen.
Die niemals Recken grüßte, soll grüßend ihn empfangen,
So werden wir des herrlichen Degen Gunst erlangen."

Da gingen des Wirthes Sippen, wo man den Helden fand,
Und sprachen zu dem kühnen Recken aus Niederland:
„Der Wirth hat euch erlaubet, zu Hofe hinzugehn;
Seine Schwester soll euch grüßen; das wird zu Ehren euch geschehn."

Der Held in seinem Sinne war gern dazu bereit,
Er trug nun in dem Herzen Liebe ohne Leid:
Er sollte ja der schönen Ute Kind nun sehn!
Ihr Gruß — mit minniglicher Tugend ist er geschehn.

Als sie den Hochgemuthen sah, wie er vor ihr stand,
Da sprach die holde Jungfrau, das Angesicht entbrannt:
„Willkommen, edler Ritter! Herr Siegfried willkommen!"
Da hat in seinem Herzen er hohen Flug genommen.

Als er sich vor ihr neigte und seinen Dank ihr bot,
Da zwang sie eins zum andern der sehnenden Minne Noth.
Der Held und auch die Jungfrau, sie sahn einander an
Mit lieben Augesblicken — es ward gar heimlich gethan.

Ob da in herzinniger Minne die weiße Hand
Freundlich gedrücket wurde — es ist mir unbekannt.
Doch mag ich nimmer glauben, daß es nicht geschah:
Groß Unrecht hätten begangen zwei liebende Herzen ja!

In des Sommers Zeiten und in des Maien Tagen
Hat er in seinem Herzen nie mehr soviel getragen,
So viel der hohen Freude, wie er damals empfing,
Als sie, die er zur Trauten begehrte, Hand in Hand ihm ging.

Da dachte mancher Recke: „Hei, wäre mirs geschehn,
Neben ihr zu gehen, wie ich Siegfried gesehn —
Sie innig zu umfangen, mir wäre wohl zu Muth." —
Es diente nie ein Recke einer Königin so gut.

Aus welcher Könige Landen die Gäste auch gekommen,
Sie haben nur alleine die beiden wahrgenommen.
Es wurde ihr erlaubet den herrlichen Mann zu küssen:
Er hat auf Erden nimmer so Liebes dulden müssen.

Der König von Dänemarke sagte unverwandt:
„Des hohen Grußes wegen hat Siegfriedens Hand
Manche Wunde geschlagen; ich habe es wahrgenommen.
Gott lasse ihn nimmer wieder gen Dänemarke kommen!"

Da hieß man vor der schönen Kriemhilde von den Wegen
Allenthalben weichen. Manchen kühnen Degen
Sah man in edlen Sitten mit ihr zur Kirche gehn.
Drauf mußte sich der herrliche Degen von ihr geschieden sehn.

Sie ging hin nach dem Münster, ihr folgten viele Frauen;
So reich an hoher Zierde war die Königin zu schauen:
Es ward der hohen Wünsche gar mancher dort verloren —
Sie war zur Augenweide gar manchem Helden geboren.

Siegfried harrte mit Schmerzen, daß man die Messe ende.
Er mochte ewig danken, daß so sein Heil es wende,
Daß ihm die Maid gewogen, die er im Herzen trug.
Auch war er der Schönen hold nach Recht und Fug.

Als sie nun nach der Messe aus dem Münster getreten,
Hat man den Helden wieder zu ihr zu gehn gebeten.
Da erst hub die minnigliche Maid ihm zu danken an,
Daß er vor allen Recken so männlichen Streit gethan.

„Nun lohne euch Gott, Herr Siegfried!“ sprach das edle Kind:
„Daß ihr das habt verdienet, daß euch die Recken sind
So hold in guten Treuen, wie Kunde ich gewann.“
Da schaute er Kriemhilden minnigen Blickes an.

„Stets will ich ihnen dienen,“ sprach Siegfried der Degen:
„Und will mein Haupt nimmer zur Ruhe niederlegen,
Bis ihre Huld ich habe, mag ich das Leben sehn.
Und das soll euch zu Diensten, Herrin Kriemhild, geschehn!“

Während zwölf Tagen sah man allezeit
Bei dem kühnen Recken die hochbelobte Maid,
Wenn sie vor ihre Freunde nach Hofe sollte gehn:
Es ist mit diesem Dienste dem Recken große Liebe geschehn.

Großen Jubel und Wonne und Freuden ohne Zahl:
Das gab es alle Tage vor König Günthers Saal,
Und draußen so wie drinnen manch einen kühnen Mann:
Was Wunder da Herr Hagen und Herr Ortwein begann!

Die schnellen Degen waren nach jedes Wunsch bereit —
Sie ließens nimmer fehlen — zu Waffenspiel und Streit.
Das haben an den Recken die Gäste wohl erkannt;
Sie rühmten auch deßwegen Günthers ganzes Land.

Die wund danieder lagen, die wurden wieder heil;
Mit dem Gesinde nahmen am Waffenspiel sie theil:
Am Schirmen mit den Schilden, am Schießen mit dem Schaft.
Es halfen ihnen Viele; sie zeigten große Kraft.

Der Wirth befahl aufs beste mit Speisen und mit Trank
Am Freudenfest zu sorgen; womit es ihm gelang
Vor Tadel sich zu wahren, der Fürsten je geschah.
Wie man zu seinen Gästen ihn freundlich gehen sah!

Er sprach: „Ihr guten Recken, eh ihr von dannen geht,
Empfangt noch meine Gaben; weil mir im Sinne steht
Um euch es zu verdienen. Mein Gut — nehmt gern es an,
Weil ichs mit euch zu theilen den festen Muth gewann."

Die von Dänenmarke sprachen unverwandt:
„Eh wir von hinnen reiten heim in unser Land,
Bitten wir stäten Frieden; deß ist uns Recken Noth,
Denn eure Degen schlugen manch lieben Freund uns todt."

Geheilt von seinen Wunden ist Lüdegast gewesen,
Und auch der Vogt der Sachsen nach dem Streite genesen;
Sie ließen manchen Todten zurücke in dem Land.
Da ging der König Günther, wo er Siegfrieden fand.

Er sagte zu dem Recken: „Jetzt rathe mir aufs beste.
Es wollen morgen reiten von hinnen unsre Gäste,
Und bitten stäten Frieden von mir und von den Meinen.
Drum rathe, Degen Siegfried: was mag das Beste scheinen?

Was mir die Herren bieten, das will ich dir sagen.
Was fünfhundert Rosse an Golde mögen tragen,
Das geben sie mir gerne, wenn sie Freiheit empfahn."
Da sprach der kühne Siegfried: „Das wäre nicht gut gethan!

Ihr sollt sie frei und ledig von hinnen fahren lassen,
Und daß die edlen Recken es künftig unterlassen
Feindlich mit Heereskräften in euer Land zu kommen:
Darauf werde beiden der Handschlag abgenommen." —

„Dem Rathe will ich folgen; so werden sie entsandt!"
Drauf machte man es seinen beiden Feinden bekannt:
Daß Niemand ihres Goldes, das sie geboten, verlange. —
Daheim den lieben Freunden war nach den Heermüden bange. —

Manch einen Schild es füllte, was man des Schatzes trug:
Er theilte ohne Wage, die Freunde empfingen genug —
Bei fünfhundert Marken und mehr noch ungezählt.
Günther hatte des kühnen Gernot Rath erwählt.

Die Gäste nahmen Urlaub, sie wollten nicht mehr weilen;
Da sah man sie alle vor Kriemhilden eilen,
Und auch zur reichen Königin Ute sind sie gegangen:
Es haben niemals Degen bessern Urlaub empfangen.

Leer wurden die Herbergen, als sie von dannen ritten.
Der König mit den Seinen in herrlichen Sitten
Mit manchem edlen Manne blieb daheim bestehn.
Die sah man alle Tage zu Kriemhilden gehn.

Noch war ein guter Degen, der Urlaub nehmen wollte,
Im Wahne, daß ihm nimmer, was er wünschte, werden sollte.
Es wolle Siegfried reiten, ward Günthern hinterbracht;
Daß er die Reise gelassen, hat Geiselher der junge gemacht.

„Wohin, edler Siegfried, wohin wollt reiten ihr?
Nein, thut, was ich bitte: bleibt bei den Recken hier!
Bleibet bei König Günthern und denen, die ihm dienen.
Hier sind viel schöne Frauen, gern läßt man euch zu ihnen."

Da sprach der starke Siegfried: „So laßt die Rosse stehn.
Von dannen wollte ich reiten, das soll nun nicht geschehn.
Und traget fort die Schilde! Ich wollte in mein Land,
Davon hat mich Geiselher mit Ehren abgewandt."

So blieb der kühne Degen durch Freundesliebe dort.
Auch wäre ihm so gütlich an keinem andern Ort
Gewesen als wie dorten. Wodurch solches geschah? —
Weil er nun alle Tage die schöne Kriemhilde sah.

Um ihrer Schönheit willen ist dort der Herr geblieben.
Man hat mit mancher Kurzweil nun die Zeit vertrieben,
Nur daß ihn zwang die Minne; die schuf ihm große Noth:
Die gab dem Kühnen endlich noch jammervollen Tod.

Wie Günther gen Island fuhr.

Sechstes Abenteuer.

Wieder neue Kunde erhob sich über Rhein.
Es sprachen zu dem Könige die höchsten Sippen sein:
Mit einer Gattin möchten sie ihn vermählet sehn.
Da sprach der reiche König: „Wohlan, es soll geschehn!

Ich will mich deß berathen, von wo ich heim mag führen,
Die mir und meinem Reiche zur Herrin mag gebühren,
Durch Adel und durch Schönheit. Der gebe ich mein Land.
Sobald ich sie gefunden, wird sie euch wohl bekannt."

Fern über Meer gesessen war eine Königin,
Nach ihres Gleichen suchte umsonst man her und hin:
Sie war schön ohne Maßen und groß war ihre Kraft;
Sie schoß mit schnellen Degen um Minne mit dem Schaft.

Sie warf fern mit dem Steine und sprang ihm weithin nach.
Wer ihre Minne begehrte, der mußte ohne Schmach
Gegen die edle Königin in dreien Spielen siegen.
Es war sein Haupt verloren, mußte er in Einem unterliegen.

Schon oft war es geschehen, daß die Maid das Spiel gewann.
Da vernahm es bei dem Rheine ein stolzer Rittersmann,
Der hat in seinen Sinnen das schöne Weib erkoren:
Darum der Helden viele das Leben noch verloren.

Es saßen eines Tages der König und seine Mannen,
Indem sie aller Weise hin und her sannen:
Wen ihr Herr und König zum Weibe nehmen sollte,
Die dem Lande ziemte und die zur Frau er wollte.

Da sprach der Vogt vom Rheine: „Ich will an die See
Hin zu Brünhilden, wie es mir ergeh.
Ich will um ihre Minne das Leben selber wagen;
Mein Weib muß sie werden, sonst will ich sein entsagen.

Da sprach der kühne Siegfried: „Das schlaget aus dem Sinn.
So schreckliche Sitte pfleget die Königin:
Wer wirbt um ihre Minne, dem kommt es hoch zu stehn.
Drum lasset diese Reise ihr besser ungeschehn."

Da sprach der König Günther: „Es giebt kein Weib auf Erden,
Deß ich, wie stark es wäre, nicht wollte Meister werden,
Das ich nicht wollte zwingen mit dieser meiner Hand!"
Da sagte Siegfried: „Schweiget, sie ist euch nicht bekannt!

Vor ihrem grimmen Zorne, und wären Eurer vier,
Würdet ihr nicht genesen; das glaubt auf Treue mir.
Drum laßt den Willen fahren und macht euch keine Noth
Um dieses Weibes Minne, begehrt ihr nicht den Tod." —

„Sei sie so stark sie wolle, mag es mir wies will ergehn;
Die Reise zu Brünhilden muß einmal doch geschehn.
Um ihrer Schönheit willen muß es gewaget sein,
Ob mir es Gott vergönnet, daß sie mir folgt zum Rhein." —

„So will ich das euch rathen," sagte darauf Hagen:
„Daß ihr mit euch die Reise, die fährliche, zu wagen
Siegfrieden bittet; also mein Rath ergeht:
Weil er so kundig dessen, wies um Brünhilden steht."

Er sprach: „Edler Siegfried, willst du mir Hülfe leihn,
Die Minnige zu werben? Thu die Bitte mein!
Und wird sie meine Traute, das minnigliche Weib,
So wage ich dir zu Liebe die Ehre und den Leib."

Zur Antwort gab ihm Siegfried: „Was mir auch mag geschehn,
Giebst du mir deine Schwester, so will ich bei dir stehn.
Für alle meine Mühsal begehre ich zum Gewinn
Die schöne Kriemhilde, die hehre Königin."

„Das gelob ich," sagte Günther: „Siegfried in deine Hand.
Und kommet einst die schöne Brünhilde in das Land,
So will ich dir zum Weibe meine Schwester geben,
So magst du mit ihr immer in Lust und Freude leben."

Die hehren Recken schwuren sich solches zu mit Eiden,
Und mußten danach Mühsal nur destomehr noch leiden,
Eh sie Frau Brünhilden zum Rheine hingebracht. —
Wie große Noth hat dieses den Kühnen noch gemacht!

Ich habe wohl von wilden Zwergen hören sagen,
Die in Bergeshöhlen wohnen. Zum Schutze tragen
Ein Ding sie, Tarnkappe genannt, von seltener Art.
Wers an dem Leibe träget, der, heißt es, sei gar bewahrt

Vor Schlägen und vor Stichen, auch könne ihn Niemand sehn,
Wenn er darinnen wäre. Er selbst kann hören und spähn,
Was er nur will, indessen Niemand ihn gewahrt;
Ist auch um vieles stärker, wie uns die Sage offenbart.

Es nahm der starke Siegfried jene Kappe mit,
Die einst der kühne Degen mit Sorgen sich erstritt,
Als er sie dem Zwerge Alberich abgewann.
Es schickten sich zur Reise die kühnen stolzen Recken an.

Sobald der starke Siegfried die Tarnkappe trug,
So hatte er darinnen der Kräfte genug:
Die Stärke von zwölf Männern zu der im eignen Leib.
Er gewann mit großen Listen das herrliche Weib.

Auch war die Tarnkappe also noch beschaffen:
Es konnte, wer sie hatte, darunter alles schaffen,
Was er nur wollte, ohne daß Jemand ihn ersah.
So gewann er Brünhilden, davon ihm Leid geschah. —

„Nun sage mir Degen Siegfried, eh meine Fahrt ergeh,
Wie kommen wir mit vollen Ehren an die See?
Sollen wir Recken führen in Brünhildens Land?
Dreißig tausend Degen wären alsbald besandt." —

„Und führten wir," sprach Siegfried: „noch mehr des Volkes hin:
Es pflegt so grimmer Sitte die edle Königin,
Sie müßten alle ersterben durch ihren Uebermuth.
Ich will euch besser rathen, Degen kühn und gut.

Wir fahren nach der Weise von Recken hinab den Rhein,
Und ich will sie euch nennen, die dabei sollen sein.
Wir nehmen zu uns beiden nicht mehr als noch zween;
So werben wir die Königin, es mag uns dann, wies will, ergehn.

Der Gesellen bin ich einer, der andre sollst du sein,
Der dritte das ist Hagen — wir mögen wohl gedeihn;
Der vierte das sei Dankwart, der viel kühne Mann:
Es greifen tausend Helden uns nicht mit Streite an."

Drauf sprach der König wieder: „Ich möchte wohl im klaren
Noch dieses Eine sehen, eh wir von hinnen fahren:
Was sollen wir für Kleider vor Brünhilden tragen,
Die uns da wohl geziemen? Siegfried, das sollst du mir sagen." —

„Die allerbesten Kleider, die man jemals fand,
Trägt man zu allen Zeiten in Brünhildens Land.
Drum sollen wir reiche Kleider vor der Königin tragen,
Daß wir nicht Schande haben, hört man einst von uns sagen."

Da entbot er seiner Schwester, daß er sie wollte sehn
Mit Siegfried dem Degen. Eh solches nun geschehn,
Schmückte sich die schöne mit herrlichem Kleid;
Daß die Herren kamen, deß hatte sie gar wenig Leid.

Nun war auch ihr Gesinde, wie es ihm zugekommen,
Geschmückt. Die Fürsten kamen. Als solches sie vernommen,
Erhob sie sich vom Sessel, daß sie mit Züchten ginge
Und da bei ihrem Bruder den edlen Gast empfinge.

„Sei willkommen, mein Bruder, sammt dem Gesellen dein!
Ich möchte gern vernehmen," so sprach das Mägdelein:
„Was ihr Herren begehret, daß ihr zu Hofe geht.
Sagt mir, ihr edlen Recken, was euch im Sinne steht?"

Da sprach der König Günther: „Herrin, ich wills euch sagen:
Wir müssen große Sorge bei hohem Muthe tragen.
Wir wollen freien reiten fern in fremdes Land,
Und brauchten zu der Reise zierliches Gewand." —

„Nun sitzet, lieber Bruder!" sprach das Königskind:
„Lasset mich recht hören, wer die Frauen sind,
Die ihr zur Minne begehret, in andrer Könige Land?"
Sie nahm die Auserwählten beide bei der Hand,

Und ging mit ihnen beiden hin, wo zuvor sie saß,
Auf reichgeschmückte Kissen, wohl weiß ich das,
Gewirkt mit guten Bildern, mit Golde wohlerhaben.
Sie mochten bei der Frauen gute Kurzweil haben.

Freundliches Blicken und wonnigliches Sehen,
Deß mochte von den beiden dorten genug geschehen.
Er trug sie in dem Herzen, sie war ihm wie sein Leib —
Seitdem ward die schöne Kriemhild des kühnen Siegfrieds Weib.

Da sprach der König Günther: „Viel edle Schwester mein,
Ohne deine Hilfe kann es nimmer sein,
Weil nach dem Land Brünhildens wir abenteuren wollen,
Und dort vor den Frauen herrlich Kleid tragen sollen."

Da sprach die edle Jungfrau: „Viel lieber Bruder mein,
Kann euch meine Hilfe darin nützlich sein,
So bin ich, sollt ihr sehen, gern dazu bereit.
So es Jemand euch versagte, wäre es Kriemhilden leid.

Ihr sollt mich, edler Ritter, nicht in Sorgen flehen;
Wie euch als Herrn geziemet, laßt den Befehl ergehen.
Was immer euch gefalle, dazu bin ich bereit,
Und thu es mit gutem Willen!" sprach die herrliche Maid.

„Wir trügen, liebe Schwester, gern herrliches Gewand,
Dazu sollt ihr uns helfen mit eurer weißen Hand;
Es sorgen eure Mägdelein, daß es uns zierlich kleidet,
Weil diese Fahrt mein Herze auf keine Weise meidet."

Da sprach die edle Jungfrau: „Nun merket, wie ichs meine.
Ich habe selber Seide: nun lasset mir Edelsteine
Auf den Schilden bringen, so wirken wir das Kleid."
Günther und Siegfried waren zu ihrem Willen bereit.

„Wer sind die Gesellen," sprach die Königin:
„Die mit euch gekleidet zu Hofe gehen hin?"
Er sprach: „Ich selbvierter. Es sollen ihrer zween
Von meinen Mannen, Dankwart und Hagen, mit mir gehn.

Herrin, merket richtig, was ich euch noch sage:
Daß ich selbvierter dreierlei Kleider trage
An vier verschiednen Tagen, und also gut Gewand,
Daß wir nicht Schande haben, räumen wir Brünhildens Land."

Mit gutem Urlaub mochten die Herrn geschieden sein;
Da ließ die schöne Königin dreißig Mägdelein
Von ihren Jungfrauen aus ihrer Kammer gehn,
Die zu solchem Werke mit Sinn und Kunst versehn.

Aus Seide von Arabien, so weiß als wie der Schnee,
Und von Zazamank der guten, so grün als wie der Klee,
Darein sie Steine legten, das gab manch prächtig Kleid!
Das schnitt Kriemhilde, die herrliche Maid.

Sie nahmen zum Unterfutter, wie solches nie die Leute
Noch gesehen hatten, fremde Fischhäute,
Und deckten sie mit Seide, so sollten sie sie tragen.
Nun höret Wunder von den lichten Kleidern sagen.

Sie hatten von Marocco und auch von Libya
Die allerbeste Seide, die man noch jemals sah,
Die je ein Fürst getragen, der Fülle dort genug.
Kriemhilde ließ wohl sehen, daß sie ihnen holden Willen trug.

Nachdem die edlen Degen so stattlicher Fahrt begehrt,
Schienen Hermeline derselben einzig werth,
Worüber Pfeller schwarz wie Kohle lagen:
Das ziemte schnellen Degen an Festen noch zu tragen.

Aus arabischem Golde glänzte Edelgestein.
Der Frauen Müh und Arbeit war dabei nicht klein:
Sie hatten sieben Wochen an dem Gewand zu schaffen.
Da erhielten auch die guten Recken ihre Waffen.

Als sie bereit nun waren, war ihnen auf dem Rhein
Mit Fleiße hergerichtet ein starkes Schiffelein,
Das sollte sie hinunter nach dem Meere tragen.
Die edlen Mägdelein mochten wohl über Müde klagen.

Nach den Heergesellen ward ein Bote gesandt,
Ob sie wollten schauen ihr neues Gewand,
Ob es etwa den Helden zu kurz oder zu lang.
Als es gerecht sich zeigte, sagten sie den Frauen Dank.

Es wurde großen Dankes gar wenig da gespart.
Als darauf von den Recken Urlaub genommen ward —
In ritterlichen Sitten thaten die Herren das:
Da wurden lichte Augen von Weinen trüb und naß.

„Ach," sprach sie, „lieber Bruder, wie gerne würde ichs schauen,
Ihr ließet diese Reise und würbet andre Frauen,
Wo ihr nicht wagen müßtet das Leben und den Leib;
Ihr findet in der Nähe wohl ein gleichhochgebornes Weib.

Ich meine, ihnen sagte ihr Herze, was danach
Geschah; sie weinten alle, was wer auch immer sprach.
Es wurde feucht von Thränen das Gold an ihrem Mieder,
Die fielen ihnen reichlich von den Augen nieder.

Sie sprach: „Herr Siegfried, lasset den lieben Bruder mein
Auf Treue und auf Gnade euch befohlen sein,
Auf daß ihn nichts gefährde in Brünhildens Land."
Das gelobte der kühne Degen Kriemhilden in die Hand.

Es sprach der stolze Degen: „Besteht das Leben mein,
So sollt ihr aller Sorgen, Herrin, ledig sein.
Ich bringe ihn unversehret euch wieder an den Rhein,
Das wisset." Darauf neigte sich dankend das Mägdelein.

Man trug ihnen die goldigen Schilde nach dem Strand
Und brachte nach dem Schiffe alles ihr Gewand;
Man hieß die Rosse bringen, sie schickten sich zur Fahrt,
Da ward von schönen Frauen der Thränen nicht gespart.

Es stund da in den Fenstern manch minnigliches Kind;
Das Schiff mit seinen Segeln rührte ein hoher Wind.
Die stolzen Heergesellen saßen auf dem Rhein;
Da sprach der König Günther: „Wer soll Schiffmeister sein?" —

„Das will ich!" sprach Siegfried: „Ich kann euch auf der Flut
Wohl von hinnen führen, das wisset, Helden gut;
Die rechten Wasserstraßen sind mir wohlbekannt."
Sie schieden fröhlichen Herzens aus Burgundenland.

Es faßte Herr Siegfried eilig ein Ruder an,
Worauf er vom Gestade zu stoßen schnell begann;
Es nahm der kühne Günther ein Ruder selbst zur Hand:
So fuhren die schnellen Ritter, die hochbelobten, aus dem Land.

Sie führten reiche Speise, dazu auch guten Wein,
Den besten, den man finden konnte um den Rhein.
Die Rosse standen richtig, sie hatten gute Ruh,
Es ging das Schiff auch richtig; kein Leid stieß ihnen zu.

Die starken Segelseile spannten sich mit Macht,
So fuhren sie zwanzig Meilen bis zur Nacht;
Es führte sie ein guter Wind hinab zur See:
Ihr starkes Arbeiten schuf noch vielen Frauen Weh.

An dem zwölften Morgen, wie wir hören sagen,
Hatten sie die Winde fern dahin getragen
Gen Isenstein, der Feste in Brünhildens Land:
Das war nur alleine Siegfrieden noch bekannt.

Als der König Günther die vielen Burgen sah
Und auch die weiten Marken, wie balde sprach er da:
„Saget mir, Freund Siegfried, ist euch das bekannt,
Weß sind die Burgen und das herrliche Land?"

Da gab Siegfried zur Antwort: „Es ist mir wohlbekannt!
Es gehören Brünhilden die Burgen und das Land,
Sammt Isenstein, der Feste, wie ihr mich höret sagen.
Da mögen euch viel schöne Frauen heut behagen.

Ich will euch Helden rathen: ihr sollet Einen Muth
Und Eine Rede haben, so dünket es mich gut; —
Wenn wir noch heute vor Brünhilden gehn,
So müssen wir mit Sorgen vor der Königin stehn: —

Wenn wir die Minnigliche vor ihrem Gesinde sehn,
Sollt ihr, gelobte Helden, nur Einer Rede stehn:
Mein Herr sei König Günther und ich sein Dienstmann,
Und was er von uns heischet, vollbringen wir alsdann."

Sie waren dazu willig, was er geloben hieß —
In seinem Uebermuthe es keiner unterließ:
Sie sprachen, was er wollte; das frommte ihnen da,
Als der König Günther Brünhilden sah.

Wie Günther Brünhilden gewann.

Siebentes Abenteuer.

Das Schifflein der Recken, das war indeß so nah
Zu der Burg gefahren: der König Günther sah
Oben an den Fenstern manche schöne Maid;
Daß er sie nicht erkannte, das war ihm wahrlich leid.

Er fragte Siegfrieden, den Gesellen sein:
„Könnt ihr mir Kunde geben von den Mägdelein,
Die dort auf uns nieder nach dem Wasser schauen?
Wie sie sich zeigen, scheinen sie hochgemuthe Frauen.“

Da sprach der Herr Siegfried: „Nun sollt ihr heimlich sehn
Nach den Jungfrauen und sollt mir dann gestehn,
Welche ihr nehmen wolltet, hättet die Wahl ihr nun.“
Da sprach der schnelle Degen Günther: „Das will ich thun!

Ich sehe ihrer Eine in jenem Fenster stehn
In schneeweißem Kleide, die herrlich anzusehn:
Die wählen meine Augen um ihren schönen Leib;
Wäre mir die Macht gegeben, ich nähme sie zum Weib.“ —

„Es haben deine Augen die rechte ausersehn.
Nach der dein Herze ringet und Muth und Sinne stehn,
Sie ists — die edle Brünhild, das schöne Mägdelein.“
All ihr Thun und Lassen schien Günthern gut zu sein.

Da mußten die schönen Mägdelein aus den Fenstern gehn,
Weil die Königin nicht wollte, daß sie dort sollten stehn,
Wo sie die Fremden sähen. Nachdem sie dieß vollbracht,
Da thaten die herrlichen Frauen, was man uns kund gemacht:

Sie schmückten sich entgegen den unbekannten Degen,
Wie allezeit die zierlichen Frauen solches pflegen.
Es gingen zu den engen Fenstern hin die Frauen,
Wo sie die Helden sahen; sie thatens um zu schauen.

Nicht mehr als ihrer viere kamen in das Land.
Siegfried der starke führte ein Roß an seiner Hand,
Das haben durch die Fenster die holden Frauen gesehn:
Dadurch ist König Günthern noch große Ehre geschehn.

Er hielt ihm bei dem Zaume das zierliche Roß,
Das stattlich anzusehen und dabei stark und groß,
Bis daß der König Günther in dem Sattel saß.
Also diente ihm Siegfried — was er nachher doch gar vergaß.

Drauf führte er auch seines aus dem Schiffe heraus —
Er übte wohl noch nimmer solche Dienste aus,
Daß er je einem Degen den Stegereif gehalten.
Die Frauen an den Fenstern sahen den Helden schalten.

Die stattlichen Helden waren ohn Unterscheid
Der eine wie der andre an Rossen und an Kleid
Von schneeweißer Farbe; die Schilde in den Händen
Der herrlichen Degen sah man Glanz entsenden;

So ritten sie herrlich vor Brünhildens Saal,
Die Sättel wohlgesteinet, die Brustriemen schmal,
An denen Schellen hingen von lichtem Golde roth.
Sie kamen zu dem Lande, wies ihnen ihre Kraft gebot.

Auch kamen mit dem Könige Dankwart und Hagen.
Die Degen trugen — solches ließen wir uns sagen —
Von rabenschwarzer Farbe prachtvolles Kleid,
Und führten neue Schilde, die stark und gut und breit.

Von India dem Lande trugen sie Edelgestein,
Das gab auf ihren Kleidern gar gleißenden Schein.
Sie ließen unbehütet das Schifflein bei der Flut;
So ritten sie zur Feste, die Helden kühn und gut.

Sechsundachtzig Thürme sahen sie drinnen stehn,
Drei weite Paläste und herrlich anzusehn
Einen Saal von edlem Marmel, grün wie Gras,
In welchem Brünhilde mit ihren Frauen saß.

Die Burg war erschlossen und weit aufgethan,
Da sahen sie in Eile Brünhildens Mannen nahn.
Sie empfingen die Gäste in ihrer Herrin Land,
Und nahmen ihnen die Rosse und Schilde von der Hand.

Da sprach der Kämmerer Einer: „Nun gebet uns Schwert
Und lichte Panzer.“ — „Nimmer wird solches euch gewährt!“
Sprach Hagen von Tronje: „Wir wollens selber tragen.“
Da eilte Siegfried ihnen die Hofsitte zu sagen.

„In dieser Burg vergönnt man — das will ich euch sagen —
Keinem Fremden irgend welche Waffen zu tragen.
Drum laßt, daß man sie nehme, nur immerhin geschehn.“
Günthers Mann, Hagen, mochte es ungern zugestehn.

Man hieß den Gästen schenken und gut Gemach verleihn.
Da sah man manchen schnellen Recken aus und ein
In fürstlichem Gewande am Hofe Brünhildens gehn:
Da war man beflissen die Kühnen anzusehn.

Da sprach die edle Königin: „Ihr sollet mir vermelden:
Wer sind die unbekannten und stattlichen Helden,
Die ich dort im Hofe so herrlich sehe stehn?
Wem zu Liebe ist ihre Reise hieher geschehn?“

Drauf Einer vom Gesinde: „Herrin, ich muß gestehn,
Daß ich ihrer keinen jemals noch gesehn;
Doch einer gleicht Siegfrieden, der unter ihnen steht,
Den sollt ihr wohl empfangen, wenn es nach meinem Rath ergeht.“

Der andre der Gesellen, der ist so lobesreich:
Er scheinet einem Könige von weiten Landen gleich,
Wenn er die Macht besäße, würde er sie wohl verwalten,
Man sieht ihn so recht herrlich bei den andern halten.

Der dritte der Gesellen, der hat wohl grimmen Sinn,
Doch ist er schön an Leibe, edle Königin;
Weil er so viele jähe Blicke um sich thut,
Meine ich, er nährt im Herzen wohl einen grimmen Muth.

Der jüngste unter ihnen, der ist so lobesreich,
Man sieht den stolzen Degen schier einem Mägdlein gleich
An sittiger Geberde so minniglich da stehn.
Wir müßten alle fürchten, wäre ihm hie ein Leid geschehn:

Wie hold auch seine Sitten, wie schön sein junger Leib,
Er schüfe doch wohl Thränen gar manchem edlen Weib,
Wenn ihm sein Zorn entbrennte. Sein Leib ist so bestellt,
Er ist in allen Tugenden ein schneller und kühner Held."

Da sprach die edle Königin: „Bringt mir mein Gewand;
Und kam der starke Siegfried darum nach meinem Land,
Meine Minne zu werben, so gehts ihm an das Leben.
So sehr fürchte ich denselben noch nicht, mich zu ergeben!"

Da brachte man der schönen Brünhilde schnell ihr Kleid.
Es ging mit ihr von dannen manch eine schöne Maid,
Hundert und darüber. Die minniglichen Frauen
Gingen geschmückt aufs beste die Fremden anzuschauen.

Mit ihnen gingen ferner die Degen von Island,
Brünhildens Recken, die trugen Schwert in Hand,
Fünfhundert oder drüber. Das war den Gästen leid;
Aufstanden von den Sesseln die Degen kühn und schnellbereit.

Als die edle Königin Siegfrieden sah,
Zu dem Gaste sagte sie mit edlen Züchten da:
„Seid willkommen, Herr Siegfried, hier in diesem Land!
Was meinet eure Reise? Das hätte ich gern erkannt." —

„Mein großer Dank, Herrin Brünhild, an euch ergeht,
Daß vor diesem edlen Recken, der hie vor mir steht,
Ihr, reiche Fürstentochter, mich zu grüßen geruht.
Da er mein Herr, verzichte ich darauf gern in meinem Muth.

Er ist König zu Rheine — und was soll mehr ich sagen?
Es hat zu dir die Liebe uns hieher getragen!
Er wirbt um deine Minne, was ihm geschehe hier —
Bedenke dies bei Zeiten, er läßt nicht ab von dir.

Er ist geheißen Günther, ein König reich und hehr;
Erwürbe er deine Minne, nichts sonst begehrte er mehr.
Ich bin mit ihm gefahren her in dein Land nach dir:
Wenn er mein Herr nicht wäre, sähst du mich nimmer hier."

Sie sprach: „Wenn du ihm dienest als sein Lehnsmann:
Besteht er meine Spiele, wie ich sie setze an,
Und behält er die Meisterschaft, so werde ich sein Weib —
Gewinne ich aber Eines, so geht es euch allen an den Leib."

Da sprach Hagen von Tronje: „Die Spiele laßt uns sehn,
O Herrin, ehe Günther, mein Herr, euch zugestehn
Müßte, daß er besieget, das müßte übel sein.
Er traut sich zu erwerben wohl solch ein schönes Mägdelein." —

„Den Stein soll er werfen und springen hinterdrein,
Den Speer mit mir schießen; — geht nicht zu hastig ein:
Ihr könnt hier wohl verlieren die Ehre und auch den Leib!
Das mögt ihr wohl bedenken!" sprach das minnigliche Weib.

Siegfried, der schnelle Degen, trat zu dem Könige hin,
Und bat ihn unverholen gegen die Königin
Zu sagen, was er wolle, und ohne Angst zu sein:
„Ich will mit meinen Künsten dir wohl Schutz verleihn."

Da sprach der König Günther: „Königin, reich und hehr,
Ordnet, was ihr gebietet. Und wäre es auch noch mehr,
Um eurer Schönheit willen würde ich es doch bestehn:
Wenn ihr mein Weib nicht werdet, seis um mein Haupt geschehn.“

Als die edle Königin die Rede sein vernommen,
Bat sie sogleich zu streiten, wie ihr es zugekommen.
Sie forderte alsbalde zum Streite ihr Gewand,
Einen goldnen Panzer und einen guten Schildesrand.

Es legte an die Jungfrau ein Waffenhemd von Seiden,
Das konnte in dem Streite kein Waffen nie durchschneiden.
Es war gar wohl bereitet von Pfeller aus Libya
Mit hellgewirkten Borten, die man hell glänzen sah.

Es sahen sich die Recken von Uebermuth bedräut;
Dankwart und Hagen waren unerfreut.
Sie sorgten, wie dem Könige es ginge, in ihren Muth
Und dachten: „Unsre Reise kommt uns Fremden nicht zu Gut.“

Derweile ging auch Siegfried, der waidliche Mann,
Eh es jemand merkte, zu dem Schifflein heran,
Wo er die Tarnkappe verborgen liegen fand,
In die er eilig schlüpfte: so kannte ihn Niemand.

Er eilte drauf zurücke, wo er viel Recken sah,
Es ordnete die Königin ihr hohes Spiel allda.
Von allen, die da waren, nahm ihn nicht einer wahr,
So ging er dort durch Zauber verborgen ganz und gar.

Der Kreis war abgemessen: es sollte das Spiel geschehn
Vor vielen kühnen Recken, die solches sollten sehn.
Man sah an siebenhundert allda Waffen tragen,
Die sollten dort die Wahrheit, wer Sieger wäre, sagen.

Auch Brünhild war gekommen, die man gewaffnet fand,
Als ob sie streiten wollte um aller Könige Land.
Wohl trug sie auf der Seide manch einen Stab von Gold,
Es glänzte ihre lichte Farbe darunter hold.

Da kam ihr Ingesinde und trug daher zuhand
Ganz von rothem Golde einen Schildesrand
Mit Spangen hart von Stahle, gewaltig groß und breit,
Darunter wollte kämpfen die minnigliche Maid.

An einer edlen Borte wurde der Schild getragen,
Auf der grasgrüne Edelsteine lagen;
Die glänzten auf dem Golde, mit mancherlei Schein. —
Wem die Maid hold werden sollte, der mußte muthig sein.

Von dreier Spannen Dicke, also hörten wir sagen,
War der Schild unter den Buckeln, den die Maid sollte tragen.
Er war mit Stahl und Golde geschmücket reich genug,
Den der Königin Kämmerer selbvierter kaum ertrug.

Als der Degen Hagen den Schild bringen sah,
Mit grimmem Muthe sagte der Held von Tronje da:
„Wie nun, König Günther? Wie verlieren wir den Leib!
Nach der ihr da begehret, die ist des Teufels Weib!“

Drauf brachte man der Jungfrau einen scharfen Speer,
Den sie zu schießen pflegte. Er war groß und schwer,
Stark und ungefüge, gewaltig auch und breit,
Und schnitt gar entsetzlich an den Kanten beiderseit.

Von des Speeres Schwere höret Wunder sagen:
Viertehalb Centner waren dazu verschlagen;
Mit Noth trugen drei Mannen Brünhildens ihn heran,
Weßhalb der edle König Günther zu sorgen begann.

Da sagte Hagens Bruder, der kühne Dankwart:
„Mich reuet in der Seele diese unsre Fahrt.
Nun hießen wir einst Recken! Wir müssen schmählich sterben,
Wenn uns in diesem Lande nun die Weiber verderben!

Daß ich hieher gekommen, ist mir zu Leid gewandt!
Hätte mein Bruder Hagen sein Waffen in der Hand
Und auch ich das meine: es sollten all die Degen
Brünhildens ihren Uebermuth wohl legen.

Ich sage euch meiner Treuen: sie sollten sich bescheiden!
Und hätte ich den Frieden beschworen mit tausend Eiden:
Eh daß ich meinen lieben Herren ließe sterben,
Müßte die schöne Jungfrau an Leib und Leben verderben." —

„Wir räumten ungefangen wohl wieder dieses Land,"
Sprach sein Bruder Hagen: „Hätten wir das Gewand,
Deß wir zur Noth bedürfen und unsre Schwerter gut.
So würde wohl gesänftet der schönen Jungfrau Uebermuth!"

Wohl hörte die Maid die edle seiner Rede Sinn,
Sie sah lächelnden Mundes über die Achsel hin:
„Nun er so kühn sich dünket, bringt ihnen ihr Gewand,
Gebt ihre scharfen Waffen den Helden in die Hand!"

Als sie die Schwerter gewonnen, wie die Maid gebot,
Da ward der kühne Degen Dankwart vor Freuden roth.
„Nun spielet, wie ihr wollet!" sprach der kühne Held:
„Günther ist unbezwungen, seit uns die Schwerter zugesellt."

Brünhildens Stärke gab herrlichen Schein.
Man trug ihr zu dem Kreise einen schweren Stein,
Groß und ungefüge, rund, mächtig und schwer,
So daß zwölf kühne Helden ihn mit Mühe trugen daher.

Wenn sie den Speer verschossen, warf sie ihn allezeit:
Wohl wuchs noch den Burgunden die Sorge und das Leid.
„O weh, was hat der König," rief Hagen: „für ein Traut!
Die nehme in der Hölle der leidige Teufel zur Braut!"

Sie streifte von den weißen Armen das Gewand
Und faßte nach dem Schilde darauf mit ihrer Hand,
Sie schwang den Speer in Lüften: da ging es an den Streit.
Den fremden Gästen wurde vor ihrem Zorne leid.

Und wäre ihm Siegfried nicht zu Hilfe gekommen,
Sie hätte König Günthern sein Leben dort genommen.
Er nahte ungesehen und rührte seine Hand,
So daß der sorgenvolle Günther seine Kunst empfand.

„Was hat mich berühret?" dachte der kühne Degen;
Er sah sich um und schaute Niemanden allerwegen.
Da sprachs: „Ich bin es, Siegfried, der liebe Freund dein,
Du sollst ohn alle Sorge vor der Königin sein!

Gieb mir von deinen Händen den Schild, laß mich ihn tragen,
Und merke dir aufs beste, was du mich hörest sagen:
Du habest die Gebärde, das Werk will ich bestehn."
Als Günther ihn erkannte, da war ihm Freude geschehn.

Da schoß mit großen Kräften die herrliche Maid
Auf einen Schild, der mächtig und neu und groß und breit,
Den trug in seinen Händen das Siegelindenkind:
Das Feuer sprang vom Stahle als wehte es der Wind.

Des scharfen Speeres Schneide, die den ganzen Schild durchdrang,
Machte, daß aus dem Panzer das Feuer lohend sprang.
Von dem Schuße strauchelten die beiden starken Degen,
Ohne die Tarnkappe wären sie todt erlegen.

Siegfried dem kühnen Helden schoß aus dem Munde Blut.
Bald war er aufgesprungen und nahm, ein Degen gut,
Den Speer, den sie ihm eben geschossen durch den Rand:
Den schoß nun zurücke des starken Siegfrieds Hand.

Er dachte: „nicht verwunde ich das schöne Mägdelein!"
Und kehrte des Speeres Schneide hinter den Rücken sein.
Mit der Speerstange schoß sie der kühne Mann
Mit so großen Kräften, daß sie zu straucheln begann.

Das Feuer stob vom Panzer, als ob es triebe der Wind:
Den Speer schoß mit Stärke das Siegemundenkind.
Sie konnte mit ihren Kräften dem Schusse nicht widerstehn:
Ein solcher wäre nimmer durch König Günthern geschehn.

Brünhild die schöne gar schnell aufsprang:
„Edler Ritter Günther, des Schusses habe Dank!"
Sie meinte, daß ers selber mit seiner Kraft vollbracht —
O nein, sie hatte straucheln ein viel stärkerer Mann gemacht.

Sie ging dahin in Eile — gar zornig war ihr Muth:
Sie hob den Stein in die Höhe, die Maid edel und gut,
Und warf mit großen Kräften ihn ferne von der Hand,
Drauf sprang sie nach dem Wurfe, laut klirrte ihr Gewand.

Der Stein war gefallen zwölf volle Klaftern weit:
Ihn hatte in dem Sprunge erreicht die schöne Maid.
Der schnelle Siegfried eilte zum Steine auf dem Feld —
Günther hat ihn gewuchtet, den Wurf selbst that der Held.

Siegfried war muthig, kraftvoll und lang,
So daß er den Stein weiter warf und weiter sprang.
Durch seine schönen Künste hatte er Kraft genug,
Daß er in dem Sprunge den König Günther mit sich trug.

Zu ihrem Ingesinde sagte die Königin da,
Als sie am Ende des Kreises gesund den Helden sah:
„Tretet alsbalde näher, Sippen und Mannen mein,
Ihr sollet alle König Günthers Unterthanen sein!“

Da legten die viel Kühnen die Waffen von der Hand
Und boten dem reichen Günther von Burgundenland
Sich allzumal zu Füßen — gar manch ein kühner Mann.
Sie wähnten, daß er die Spiele mit seiner Kraft gewann.

Er grüßte sie gar minniglich: wohl war er tugendreich:
Da nahm ihn bei den Händen die Maid so ruhmesreich.
Sie sagte ihm, er solle der Macht als König pflegen;
Deß freuten sich die kühnen und hochgemuthen Degen.

Sie bat den edlen Ritter mit ihr hinweg zu gehn
In den weiten Palast. Als solches nun geschehn,
Hat man es um so besser den Recken bieten wollen;
Dankwart und Hagen mußten es dulden ohne Grollen.

Siegfried der schnelle, der war wohl klug,
Daß er die Tarnkappe wieder von dannen trug.
Danach ging er zurücke, wo manche Jungfrau saß,
Wo er mit andern Degen alles Leides vergaß.

„Heil dieser frohen Kunde!“ so sprach Siegfried der Degen:
Daß euer übermüthig Wesen also erlegen,
Daß Jemand lebt, der eurer möge Meister sein.
Nun, edle Maid, folget ihr uns von hinnen an den Rhein.“

Da sprach die Wohlgethane: „Noch nicht mag solches sein,
Ich muß mich erst berathen mit Sippen und Mannen mein.
Nicht darf ich so geschwinde verlassen dieß mein Land,
Erst wird zu meinen besten Freunden von mir gesandt.“

Drauf hieß sie Boten reiten, die schickte sie von dannen,
Um allerwärts zu laden die Sippen ihr und Mannen.
Sie bat, sie möchten alle zum Isensteine eilen
Und ließ ihnen Gewande die herrlichsten ertheilen.

Da kamen früh und späte sie Tag für Tag gefahren
Nach Brünhildens Feste in mächtigen Schaaren.
„Wehe!" sagte Hagen: „seht zu, was wir begannen!
Wir erharren uns zum Schaden hie der schönen Brünhild Mannen.

Wenn sie mit ihren Kräften nach dem Lande kommen, —
Wir haben nicht den Willen der Königin vernommen:
Wie nun, wenn sie uns zürnet, also, daß wir verloren?
So ist zu großen Sorgen die edle Maid uns geboren!"

Da sprach der starke Siegfried: „Dem will ich widerstehn.
Was ihr da besorget, das lasse ich nicht geschehn!
Ich will euch Hilfe bringen her in dieses Land
Von auserwählten Recken, die euch noch nie bekannt.

Ihr sollt nach mir nicht fragen, ich will von hinnen fahren;
Gott möge eure Ehre indessen wohl bewahren.
Ich komme bald wieder und bringe euch tausend Mann
Der allerbesten Degen, davon ich Kunde je gewann." —

„So bleibet nicht zu lange!" Der König sagte so:
„Wir sind eurer Hilfe, wie recht und billig, froh."
Er sprach: „In kurzen Tagen kehre ich zurück ins Land.
Indessen sagt der Königin, daß ihr mich fortgesandt."

Wie Siegfried nach den Nibelungen fuhr.

Achtes Abenteuer.

Von dannen ging da Siegfried zum Hafen an den Strand
In seiner Tarnkappe, wo er ein Schifflein fand.
Unsichtbar stand darinnen das Siegemundenkind,
Und führte es schnell von dannen, als wehte es ein Wind.

Man sah da keinen Schiffer, doch schnell das Schifflein fahren
Von Siegfriedens Kräften, die also mächtig waren:
Man meinte, der es führe, das sei ein starker Wind. —
Nein, es war Herr Siegfried, der schönen Siegelinde Kind!

In Zeit von einem Tage und dann noch einer Nacht
Kam er zu einem Lande mit gewaltiger Macht,
Zum Land der Nibelungen. Dort waren die Mannen sein,
Das Land mit sammt den Burgen mußte ihm gehorsam sein.

Der Held fuhr ganz alleine an einer Insel Strand,
Wo der schnelle Ritter eilig das Schiff anband.
Er ging zu einem Berge, drauf eine Burg gelegen,
Und suchte Herberge, wie müde Wandrer pflegen.

So kam er an die Pforte, die ihm verschlossen war;
Sie nahmen ihrer Ehren, wie noch geschieht, wahr.
Ans Thor begann zu pochen der unbekannte Mann;
Das war wohl behütet; er traf darinnen an

Einen Ungeschlachten, der dort der Wache pflegte
Und der sich stets zur Seite seine Waffen legte.
Der sprach: „Wer pochet so heftig an das Thor?"
Da wandelte seine Stimme der kühne Siegfried davor

Und sprach: „Ich bin ein Recke, auf, öffne mir das Thor!
Ich erzürne manch einen heute noch davor,
Der gerne ruhig läge und hätte gut Gemach!"
Das ärgerte den Pförtner, daß Siegfried solches sprach.

Der kühne Riese legte seine Waffen an,
Den Helm aufs Haupt er setzte, der viel starke Mann;
Er hob den Schild in Eile, stieß auf das Thor
Und lief mit großem Grimme wider Siegfrieden vor.

„Wie er zu wecken wage so manchen kühnen Mann!"
Hei, was er schneller Schläge mit seiner Hand begann!
Der herrliche Fremde suchte sich zu decken,
Doch schlug ihm der Pförtner mit einem Eisenstecken

Den Schildreif auseinander. So kam der Held in Noth;
Er fürchtete beinahe, der Held, den grimmen Tod,
Als der starke Pförtner mit solchen Kräften schlug.
Herr Siegfried war deßwegen gewogen ihm genug.

Sie stritten also heftig, daß all die Burg ertönte
Und im Saal der Nibelungen das Toben wiederdröhnte.
Drauf zwang der Held den Pförtner so daß er ihn band:
Im Lande der Nibelungen ward überall der Streit bekannt.

Alberich der kühne, ein wilder starker Zwerg,
Hörte dieses Streiten fernhin durch den Berg.
Er waffnete sich eilig und lief hin, wo er fand
Den edlen Fremden, welcher eben den Riesen band.

Alberich war muthig, an Kräften nicht gering;
Er trug an seinem Leibe Helm und Panzerring
Und eine schwere Geißel von Gold in seiner Hand.
Er eilte zu dem Orte, wo er Siegfrieden fand.

Mit sieben schweren Knöpfen, die an der Geißel vorn
Befestigt, schlug er also stark in seinem Zorn
Auf den Schild des Helden, bis er ihn schier zerschlagen:
Da mochte um sein Leben der Herrliche Sorge tragen.

Worauf er den zerborstnen Schild aus den Händen ließ
Und sein langes Waffen in die Scheide stieß:
Er wollte seinen Kämmerer nicht zu Tode schlagen,
Ihn lehrte seine Tugend für die Seinen Sorge tragen.

Mit seinen starken Händen lief er Albrichen an
Und fing bei dem Barte den altersgreisen Mann,
Er zog ihn ungefüge, so daß er schrie vor Weh:
Der Zug des jungen Helden that Alberichen weh.

Laut rief der Kühne: „Nun lasset mir das Leben;
Und dürfte ich mich zu eigen noch einem andern geben,
Als dem, dem ich geschworen, der mich zum Knecht gewann,
Ich diente euch, eh ich stürbe!“ So sprach der listige Mann.

Er band auch Alberichen, wie den Riesen eh,
Siegfriedens Kräfte thaten ihm gar weh.
Der Zwerg begann zu fragen: „Wie seid ihr genannt?“
Er sprach: „Ich heiße Siegfried, ich bin euch wohl bekannt.“ —

„Nun Heil mir dieser Kunde!“ sprach Alberich der Zwerg:
„Nun habe ichs wohl erfunden an eurem starken Werk,
Daß ihr mit gutem Rechte mögt Herr des Landes sein.
Ich thu was ihr gebietet, daß ihr mich laßt gedeihn“.

Da sprach der Herr Siegfried: „So gehet unverwandt
Und bringt mir von den besten Recken in dem Land
Tausend Nibelungen, daß sie mich hie ersehn:
So soll kein Leid euch weiter durch meine Hand geschehn.“

Drauf löste er dem Riesen und Albrichen die Banden.
Albrich eilte dahin, wo sich die Helden fanden,
Und weckte sie gar sorglich, die Nibelungenrecken.
Er rief: „Wohl auf, ihr Helden! Herr Siegfried läßt euch wecken!“

Sie sprangen von den Betten und waren schnell bereit:
Tausend schnelle Ritter warfen sich ins Kleid.
Sie gingen hin zum Orte, wo sie Siegfrieden sahn;
Da ward ein schönes Grüßen zum Theil mit Furcht gethan.

Es brannten viele Kerzen; man schenkte ihm Lautertrank.
Daß sie so schnell gekommen, deß sagte er ihnen Dank.
Er sprach: „Mit mir zusammen sollt ihr hin über Flut!“
Dazu fand er gar willig die Helden kühn und gut.

An dreißig hundert Recken waren herbei gekommen,
Aus denen er tausend der Besten sich genommen.
Man brachte ihnen ihre Helme und andres Streitgewand,
Weil er sie führen wollte in das Brünhildenland.

Er sprach: „Ihr guten Ritter, das will ich euch sagen:
Ihr sollt viel reiche Kleider allda zu Hofe tragen,
Weil uns viel minnigliche Frauen dorten sehn.
Drum sollet ihr gezieret mit guten Kleidern gehn.

An einem Morgen frühe huben sie sich von dann:
Was schneller Gefährten Siegfried da gewann!
Sie führten gute Rosse und herrliches Gewand;
Sie kamen reich an Ehren in das Brünhildenland.

Da stand in den Zinnen manch minnigliches Kind;
Da sprach die edle Königin: „Weiß Jemand, wer die sind,
Die ich dort sehe schiffen, so ferne auf der See?
Sie führen weiße Segel, noch weißer, denn der Schnee.“

Da sprach der Vogt vom Rheine: „Es sind die Mannen mein,
Ich ließ sie unterweges nicht weit von hier allein.
Die habe ich besendet; nun, Herrin, sind sie gekommen!“
Der herrlichen Gäste ward mit Zuchten wahrgenommen.

Man sah den kühnen Siegfried, der stand im Schiff vorn an
In herrlichem Gewande, mit manchem andern Mann.
Da sprach die edle Königin: „Herr König, ihr sollt mir sagen,
Soll ich die Gäste grüßen, oder den Gruß versagen?“ —

„Ihr sollt ihnen entgegen vor den Palast gehn,"
Sprach er: „daß sie erkennen, wie ihr sie gern gesehn."
Es that die edle Königin nach seinem Wohlgefallen:
Sie grüßte Siegfrieden vor den andern allen.

Man gab Herberge ihnen, bewahrte ihr Gewand:
Da waren so viel Gäste gekommen in das Land,
Daß sie sich allenthalben drängten mit den Schaaren.
Es wollten die kühnen Degen heim gen Burgunden fahren.

Da sprach die hehre Königin: „Dem wäre ich wohl hold,
Der meinen und des Königs Gästen Silber und Gold
Aus meinem reichen Schatze geziemend spenden kann."
Da antwortete Dankwart des kühnen Geiselhers Mann:

„Laßt mich, edle Königin, des Amts der Schlüssel pflegen.
Ich traue mir so zu theilen," sprach der kühne Degen:
„Was Schande ich erwerbe, die trage ich allein."
Er gab von seiner Milde einen gar klaren Schein.

Als sich Hagens Bruder der Schlüssel unterwand,
Da bot so manche reiche Gabe des Helden Hand:
Wer Einer Mark begehrte, dem ward so viel gegeben,
Daß die Armen alle fröhlich mußten leben.

Er gab zu hundert Pfunden, nicht achtend auf die Zahl.
Es gingen in reichen Kleidern gar viele vor dem Saal,
Die nie zuvor getragen solch herrliches Kleid.
Die Königin erfuhr es: es war ihr schwer und leid.

„Herr König," sprach die Königin: „deß hätte ich gerne Rath,
Daß mir euer Kämmerer von allem meinem Staat
Gar nichts will übrig lassen; er verschwendet all mein Gold.
Wer dem noch wehren wollte, dem bliebe ich immer hold."

Da sagte Hagen: „Herrin, euch soll gesaget sein:
Es hat an Gold und Kleidern der König von dem Rhein
Also viel zu geben, daß wir es nicht verspüren,
Wenn wir den Staat Brünhildens auch nicht von hinnen führen.“

Da sprach die edle Königin: „O nein, wenn ihr mir hold,
So laßt mich zwanzig Kisten mit Seiden und mit Gold
Füllen, welche drüben in der Burgunden Land,
Wenn wir hinüber kommen, vertheile meine Hand.“

Drauf lud man ihr die Kisten mit edelem Gestein,
Dabei mußten ihre eignen Kämmerer sein.
Sie vertraute Geiselhers Manne es nicht an;
Worüber König Günther und Hagen zu lachen begann.

Da sprach die Jungfrau: „Saget, wem lasse ich mein Land?
Für das muß erst noch sorgen meine und eure Hand.“
Da sprach der edle König: „So lasset einen kommen,
Der euch dazu gefalle, der sei zum Vogt genommen.“

Zu einem ihrer höchsten Sippen, der bei ihr stand,
Ihrer Mutter Bruder, hat sich die Maid gewandt:
„Laßt euch befohlen bleiben meine Burgen und mein Land!“
Sie schickten sich zur Reise, sie ritten an den Strand.

Sie führte mit von dannen sechs und achtzig Frauen
Und dazu hundert Mägdlein, gar herrlich anzuschauen.
Sie säumten sich nicht länger, sie eilten nun von dannen;
Die sie daheim verließen, was Weinens die begannen!

In tugendlichen Züchten schied sie aus ihren Landen,
Sie küßte ihre nächsten Sippen, die bei ihr standen.
Mit gutem Urlaub kamen hinaus sie auf das Meer:
Nie fand zum Vaterlande die Jungfrau Wiederkehr.

Auf ihrer Reise hörte man manch ein frohes Spiel,
Sie hatten unterweges des Zeitvertreibes viel.
Auch wehte zu der Reise ein rechter Wasserwind:
Sie stießen von dem Lande: das beweinte manch ein Mutterkind.

Doch wollte sie der König nicht minnen auf der Fahrt,
Es ward das Spiel der Liebe bis in sein Haus gespart,
Zur Hochzeit in der Feste, zu Worms an dem Rhein; —
Dort trafen sie bald fröhlich mit ihren Helden ein.

Wie Siegfried gen Worms gesandt ward.

Neuntes Abenteuer.

Als sie gefahren waren volle neun Tage,
Sprach Hagen von Tronje: „Nun höret, was ich sage!
Wir säumen mit der Kunde gen Worms an den Rhein;
Eure Boten sollten schon bei den Burgunden sein!“

Darauf der König Günther: „Ihr habet wahr gesagt!
Ich wüßte nicht wer uns besser zu dieser Fahrt behagt,
Als ihr, Freund Hagen! drum reitet in mein Land.
Unsre Hofreise macht Niemand besser dort bekannt.“ —

„Ersuchet Siegfrieden die Botschaft zu sagen,
Der kann mit seiner Stärke gar wohl die Reise wagen.
Versagt er euch die Reise, sollt ihr mit guten Sitten
Bei eurer Schwester Liebe ihn freundlich darum bitten.“

Er sandte nach dem Recken, der kam, als man ihn fand; —
Und sprach: „Nachdem wir ferne nicht mehr von meinem Land,
Möchte ich Boten senden an die liebe Schwester mein,
So wie an meine Mutter, daß wir nahe bei dem Rhein.

Ich wünschte nun, Herr Siegfried, daß ihr die Reise thut,
Ich wills um euch verdienen!“ So sprach der Degen gut.
Dem war Siegfried entgegen, der viel kühne Mann,
Bis daß ihn Günther sehr zu bitten begann.

Er sprach: „Ihr sollet reiten, zu Willen mir zu sein
Und um Kriemhilden, das schöne Mägdelein;
Sie wirds um euch verdienen mit mir, die schöne Maid.“
Als Siegfried dieses hörte, da war er schnell bereit.

„Entbietet, was ihr wollet, ich werde nichts verschweigen,
Der schönen Maid zu Liebe will ich bereit mich zeigen.
Die ich im Herzen trage, werde ich auf sie verzichten?
Was ihr gebieten möget, um sie will ichs verrichten.“ —

„So saget Frau Uten der reichen Königin:
Wir trügen auf der Reise hohen Muth im Sinn.
Laßt meine Brüder wissen, wies uns gelang zu siegen;
Auch unsern Freunden werde die Botschaft nicht verschwiegen.

Meiner schönen Schwester sollt ihr nichts verschweigen,
Sollt euch vor ihr in meinem und Brünhilds Namen neigen.
Grüßt auch mein Hofgesinde und alle meine Mannen,
Weil das, wonach mein Herze gerungen, wir gewannen.

Und saget Ortweinen, dem lieben Neffen mein,
Er soll mir dafür sorgen, daß man Gestühle am Rhein
Errichte. Es werde meinen Sippen kund gethan,
Ich stelle mit Brünhilden eine große Hochzeit an.

Und saget meiner Schwester, sobald als sie vernommen,
Ich sei mit meinen Gästen im Lande angekommen,
Dann möge sie empfangen gütlich die Traute mein;
Dafür will ich Kriemhilden immer zu Diensten sein."

Von Frau Brünhilden und ihrem Ingesinde
Nahm Siegfried, der kühne Degen, Urlaub geschwinde,
Wie solches ihm geziemte. Drauf ritt er an den Rhein; —
Es konnte wohl auf Erden kein besserer Bote sein.

Mit vier und zwanzig Recken ist er gen Worms gekommen.
Er kam ohne den König: als man das vernommen,
Ward all das Ingesinde in Angst und Noth getrieben,
Vor Furcht es sei ihr König in fremden Landen todt geblieben.

Sie sprangen von den Rossen, sie waren hochgemuth;
Da kamen balde Geiselher, der junge König gut,
Und Gernot sein Bruder. Wie balde sprach er da,
Als er den König Günther nicht bei Siegfrieden sah:

„Seid willkommen, Herr Siegfried, ihr sollt mich wissen lassen,
Wo ihr meinen Bruder, den König, habt gelassen.
Ich fürchte, daß Brünhildens Stärke ihn uns genommen;
So wäre ihr stolzes Lieben zu großem Schaden uns gekommen."—

„Laßt fahren eure Sorgen! der Heergeselle mein
Entbietet seine Dienste euch und den Sippen sein.
Den ich gesund verlassen, der hat mich euch gesandt,
Daß ich ihm Bote wäre mit Kunde her in euer Land.

Ihr möget schnell bedenken, wie dieses geschehe,
Daß ich die edle Königin und eure Schwester sehe.
Ich soll sie hören lassen, was Gruß an sie ergeht
Von Günthern und Brünhilden, um die es herrlich steht.“

Da sprach der junge Geiselher: „Ihr sollt zu ihnen gehn,
Dadurch wird meiner Schwester große Freude geschehn:
Sie trägt gar große Sorge um den Bruder mein;
Die Maid sieht euch gerne, deß will ich euer Bürge sein.“

Da sprach der Herr Siegfried: „Wo ich ihr dienen kann,
Da gehe ich in Treue mit gutem Willen dran.
Wer zeigt nun, daß ich kommen will, den Frauen an?“
Da wurde Bote Geiselher, der viel herrliche Mann.

Es sprach der junge Geiselher zu seiner Mutter da
Und auch zu seiner Schwester, als er sie beide sah:
„Uns ist gekommen Siegfried, der Held aus Niederland,
Ihn hat mein Bruder Günther zum Rheine hergesandt.

Er bringet uns die Kunde, wies um den König steh;
Nun sollt ihr ihm erlauben, daß er zu Hofe geh.
Er bringt die rechte Kunde von Island her.“
Noch war den edlen Frauen das Herze sorgenschwer.

Nachdem sie voller Eile die Gewande umgenommen,
Luden sie Siegfrieden, nach Hofe hin zu kommen.
Er thats mit gutem Willen, weil er sie gerne sah;
Die edle Kriemhild sagte zu ihm gar gütlich da:

„Seid willkommen Herr Siegfried, Ritter lobesreich:
Wo ist mein Bruder Günther, der edle König reich?
Durch Brünhilden haben, fürchte ich, wir ihn verloren.
O weh mir armem Mägdlein, daß ich je zur Welt geboren!"

Da sprach der kühne Ritter: „Gebet mir Botenbrot!
Ihr herrlichen Frauen weinet ohne Noth.
Ich ließ ihn wohlbehalten, das thu ich euch bekannt:
Er hat mich zu euch beiden mit Botschaft hergesandt.

Seinen Dienst entbietet er und die Traute sein
Mit freundlicher Liebe euch, edle Fürstin mein.
Nun lasset euer Weinen: sie wollen balde kommen."
Sie hatte in langen Zeiten so liebe Botschaft nicht vernommen.

Sie hieß den Boten sitzen, der gern dazu bereit.
Es sprach die Minnigliche: „Es wäre mir nicht leid,
Sollt ich mein Gold euch geben zu einem Botensold.
Dazu seid ihr zu edel; so bleibe ich euch denn hold." —

Er sprach: „Ob ich alleine dreißiger Könige Land
Besäße, nähme ich gerne doch Lohn aus eurer Hand."
Da sprach die Tugendreiche: „So soll es denn geschehn."
Sie hieß ihren Kämmerer nach dem Botenlohne gehn.

Vier und zwanzig Spangen gab sie als Lohn ihm hin,
Mit Steinen reich gezieret. So stund des Helden Sinn:
Er wollte es nicht behalten, er gab es unverwandt
Den schönen Jungfrauen, die er in der Kammer fand.

In Güte bot ihre Mutter ihren Dienst ihm an.
„Ich soll euch ferner sagen," sprach der kühne Mann:
„Was euch der König bittet, kommt er an den Rhein;
Wenn ihr es, Herrin, leistet, wird er euch immer dankbar sein.

Ihr sollt ihm wohl empfangen, hörte ich ihn begehren,
Seine reichen Gäste, und sollt ihm das gewähren,
Daß ihr ihm kommt entgegen bis an den Strand geritten,
Darum läßt euch der König in guter Treue bitten."

Da sprach die Minnigliche: „Dazu bin ich bereit;
Worin ich ihm kann dienen, das thu ich allezeit.
Mit freundlicher Treue soll, was er will, geschehn."
Da konnte man vor Freuden ihr Angesicht sich röthen sehn.

Nie ward ein Fürstenbote also gut empfangen;
Sie hätte ihn gern geküsset, wäre es angegangen.
Doch war es immer minniglich, wie er von ihnen schied.
Da thaten die Burgunden, wie ihnen der Bote rieth.

Sindolt und Haunolt und Raumolt der Degen
Mußten dort gar großer Unmuße pflegen.
Sie richteten Gestühle vor Worms an dem Strand:
Was man des Königs Schaffner in großer Arbeit fand!

Ortwein und Gere, die säumten sich nicht dort:
Sie sandten nach den Freunden nach allen Enden fort
Und kündeten die Hochzeit, welche sollte sein.
Der schmückten sich entgegen die holden Mägdelein.

Palast und Wände waren gezieret allzumal,
Die Gäste zu empfangen. Des Königs Günther Saal
Ward herrlich hergerichtet für manchen fremden Mann.
Dieß hohe Fest der Freuden, das hub gar fröhlich an.

Da ritten allenthalben die Wege durch das Land
Der drei Könige Sippen. Man hatte sie besandt,
Um jene zu erwarten, die da sollten kommen.
Da wurde aus der Lade viel reich Gewand genommen.

Nun brachte man die Kunde, man sähe sie schon reiten,
Brünhildens Freunde; da gabs von allen Seiten
Ein mächtig Volksgedränge in Burgundenland.
Hei, was man kühner Degen so hie wie dorten fand!

Da sprach die schöne Kriemhild: „Ihr meine Mägdelein,
Die ihr bei dem Empfange wollt mir zur Seite sein,
Nun suchet aus den Kisten die Kleider euch, die besten,
Damit wir Lob und Ehre erlangen bei den Gästen."

Da kamen auch die Recken und hießen, daß man dar
Die schönen Sättel bringe von rothem Golde gar;
Auf denen sollten reiten die Frauen zu Worms am Rhein:
Es konnte nie ein besser Pferdgeräthe sein.

Hei, was da lichten Goldes von den Rossen schimmerte,
Was da edlen Gesteines von den Zäumen flimmerte!
Die goldnen Sattelschemel auf lichtem Pfeller gut,
Die brachte man den Frauen: sie waren wohlgemuth.

Sechs und achtzig Frauen mit Binden um das Haar
Sah man heraustreten. Sie gingen herrlich dar,
Wo sie Kriemhilden fanden, sie trugen reiches Kleid.
Da kam auch wohl gezieret manch eine schöne Maid:

Fünfzig und viere aus Burgundenland,
Die herrlichsten von Allen, die man jemalen fand,
Die sah man blond von Locken unter lichten Bändern gehn.
Was der König begehret, das ist mit Fleiße geschehn.

Sie trugen reiche Pfeller, die besten, die man fand,
Vor den fremden Recken; so manch gutes Gewand,
Das sich zu ihres Angesichts schöner Farbe schickte;
Es wäre schlecht bei Sinnen, wer sie nicht gern erblickte.

Von Hermelin und Zobel fand sich da manch Gewand,
Und herrlich war geschmücket mancher Arm und manche Hand
Mit Spangen auf der Seide, die sie sollten tragen.
Wie sehr sie sich beflissen, kann man genug nicht sagen.

Es war manch köstlicher Gürtel, reich und lang,
Den über lichte Kleider die Hand der Frauen schlang,
Auf seidnen Röcken aus Pfeller von Arabia zu schauen.
Voll hoher Freude waren die edlen Jungfrauen.

Es war in Brustgeschmeide manche schöne Maid
Gar minniglich geschnüret. Die trüge wahrlich Leid,
Deren Kleid nicht überstrahlte ihr lichtes Angesicht.
So schönes Ingesinde hatte keine Königin nicht.

Als nun die Minniglichen angethan das Gewand,
Da kamen die sie führen sollten unverwandt,
Die hochgemuthen Recken, in mächtiger Schaar daher.
Auch brachte man mit Schilden manch einen starken Speer.

Wie Brünhild zu Worms empfangen ward.

Zehntes Abenteuer.

Jenseit des Rheines sah man mit großen Schaaren
Den König mit seinen Gästen zu dem Gestade fahren;
Auch sah man da bei Zaume geleitet manche Maid.
Die sie empfangen sollten, die waren alle bereit.

Als drauf die von Island kamen angefahren,
Mit den Nibelungen, die Siegfrieds Mannen waren,
Eilten sie zu dem Lande, fleißig war ihre Hand,
Wo man des Königs Freunde jenseit am Gestade fand.

Laßt euch von der Königin gesagt die Kunde sein,
Wie die herrliche Ute die schönen Mägdelein
Von der Burg führte, von wo sie selbst gekommen;
Da haben wohl Maid und Ritter einander wahrgenommen.

Da sah man manchen stolzen Buhurt dorten treiben
Von lobesreichen Helden (wie mochte das wohl bleiben?)
Vor Kriemhild der Schönen bis zu den Schiffen fort.
Manch holde Frau huben sie von den Rossen dort.

Der König war gekommen, manch werther Gast ihm nach.
Hei, was man starker Schäfte da vor den Frauen brach!
Man hörte auf den Schilden manch einen harten Stoß.
Hei, war da im Gedränge der reichen Buckeln Krachen groß!

Als aber an dem Hafen die Minniglichen standen,
Begann mit seinen Gästen König Günther zu landen.
Er führte Brünhilden selber an seiner Hand;
Da glänzten wider einander Gesteine und Gewand.

Mit gar großen Züchten Herrin Kriemhilde ging,
Wo sie Herrin Brünhilden und ihr Gesinde empfing.
Man konnte weiße Hände die Bänder rücken sehn,
Als sie sich beide küßten: das ist mit Lust geschehn.

Da sprach in edlen Sitten Kriemhild das Mägdelein:
„Ihr sollt in diesen Landen uns willkommen sein,
Mir und meiner Mutter und allen die uns eigen,
Als unsre treuen Freunde!“ Drauf sah man sie sich neigen.

Wie sich allda die Frauen mit Armen oft umfangen!
Ein minniger Empfangen ist nimmer noch ergangen,
Als hier die beiden Frauen Kriemhilde und Ute kund
Der Braut gethan; sie küßten oft ihren süßen Mund.

Nachdem Brünhildens Frauen all an den Strand gekommen,
Da ward manch ein schönes Weib bei der Hand genommen;
Das ist von stolzen Recken gar minniglich geschehn.
Man sah die edlen Mägdelein vor Herrin Brünhild stehn.

Es währte gute Weile, eh daß ihr Gruß ergangen;
Da haben rothe Lippen manch einen Kuß empfangen.
Noch sah man bei einander die Königstöchter stehn,
Gar manchen werthen Recken ergetzte das zu sehn.

Da prüften mit den Augen, die oftmals schon vernommen,
Es sei noch nie so Schönes vor Augen je gekommen,
Als die Frauen beide; das fand man ohne Lug:
Man schaute an ihrem Leibe auch nicht den kleinsten Trug.

Die sich auf Frauen verstanden und minniglichen Leib,
Die lobten ob ihrer Schöne König Günthers Weib;
Doch sprachen da die Weisen, dies hatten baß besehn:
Man möge vor Brünhilden den Preis Kriemhilden zugestehn.

Nun gingen zu einander so Mägdelein als Weib.
Man sah da wohl gezieret manch einen schönen Leib.
Da stunden seidne Hütten und manch ein gutes Zelt,
Davon war ganz erfüllet vor Worms all das Feld.

Nun waren auch die Gäste alle zu Rosse gekommen,
Da hat man herrliche Stöße durch Schilde wahrgenommen:
Das Feld begann zu stäuben, als ob das ganze Land
In Flammen aufgegangen: da wurden Helden wohlbekannt.

Was da die Helden schufen, das sah viel manche Maid:
Da ritt mit seinen Degen Herr Siegfried in dem Streit
Vor Zelten und vor Hütten manch eine Wiederkehr.
Er führte tausend Degen, der Nibelungen Heer.

Da kam Hagen von Tronje, wie ihm der König rieth;
Der Held mit minniglichen Sitten den Buhurt schied,
Auf daß die schönen Mägdelein sie unbestäubet ließen.
Da durfte es die Gäste zu folgen nicht verdrießen.

Der Buhurt war beendet, es ruhte all das Feld,
Da gingen auf Ergetzen in manch ein hohes Zelt
Die Ritter zu den Frauen; wohl hohe Lust sie sannen.
Sie vertrieben die Stunden, bis daß man ritt von dannen.

Der Abend rückte näher, die Sonne barg ihr Licht
Und es begann zu kühlen, da ließ mans länger nicht:
Es machten nach der Feste sich Ritter auf und Frauen.
Da gabs um schöne Frauen manch trautes Augenschauen.

Da ward von guten Knappen um Kleider viel geritten,
Von den Hochgemuthen gemäß des Landes Sitten,
Bis vor den Palast; nieder sprang König Günther nun.
Da ward gedient den Frauen, wie hochgemuthe Helden thun.

Da mußten auch die reichen Königinnen sich scheiden.
Frau Ute und ihre Tochter gingen da, die beiden
Mit ihrem Ingesinde, in ein weit Gemach hinein.
Man hörte allenthalben ein lautes Freudenschrein.

Mit seinen Gästen wollte der Wirth zu Tische gehn,
Bereit die Sessel waren; da sah man bei ihm stehn
Die schöne Brünhilde, welche die Krone trug
In des Königs Lande: wohl war sie herrlich genug.

Des Wirthes Kämmerlinge mit Becken goldesroth,
Die kamen mit dem Wasser. Es hätte wenig Noth,
Daß Einer sagen sollte, man diente jemals baß
An einem Königsfeste: ich glaubte nimmer das.

Bevor der Vogt vom Rheine das Wasser da genommen,
Da that der Herr Siegfried, was ihm wohl zugekommen:
Er mahnte ihn seines Wortes, das er ihm zugestand,
Bevor er noch Brünhilden daheim in Island fand.

Er sprach: „Ihr sollt gedenken, was ihr mit Wort und Hand
Mir schwuret: käme Brünhild hieher in dieses Land,
Gäbt ihr mir eure Schwester. Wo bleibt nun euer Eid?
Ich fand auf eurer Reise große Mühseligkeit.“

Da sprach zum Gast der König: „Ihr habt mit Recht gesprochen;
Was meine Hand gelobte, das werde nicht gebrochen!
Ich will dazu euch helfen, wie ich aufs beste kann.“
Freundlich zu Hofe zu kommen bat er Kriemhilden dann.

Sie kam mit vielen schönen Mägdelein zum Saal.
Da sprang von einer Stiege Geiselher zuthal:
„Heißet wieder kehren diese Mägdelein;
Meine Schwester soll alleine hie bei dem Könige sein.“

Man brachte hin Kriemhilden, wo man den König fand.
Dort standen edle Ritter aus manches Fürsten Land
In dem weiten Saale. Man hieß sie stille stehn;
Auch sah man Brünhilden eben zu Tische gehn.

Da sprach der König Günther: „Schwester, edle Maid,
Um deiner Tugend willen löse meinen Eid!
Ich schwur dich einem Recken; würde er dein Mann:
Mit großer Treue thätest du meinen Willen dann.“

Da sprach das edle Mägdelein: „Lieber Bruder mein,
Ihr sollet mich nicht bitten. Gehorsam will ich sein:
Was ihr mir gebietet, soll allezeit geschehn.
Gern will ich den erwählen, den ihr mir, Herr, zum Mann ersehn.“

Von Liebe und von Freude ward Siegfried roth,
Worauf der Held Kriemhilden sich zu Dienste erbot.
Man bat, daß eins beim andern im Kreise stehen sollte,
Man fragte, ob Kriemhilde den stolzen Degen wollte?

In magdlichen Züchten war sie von Scham befangen,
Doch mochte der kühne Siegfried zu Glück und Heil gelangen,
Daß sie sich nicht beeilte allda zu sagen nein.
Sie nahm der edle König von Niederland zum Weibe sein.

Als er sich ihr gelobet, sich ihm die edle Maid,
Da waren Siegfrieds Arme gar gern dazu bereit,
Das Kind, das minnigliche, herzinnig zu umfangen.
Man sah die edle Königin vor Helden seinen Kuß empfangen.

Es theilte sich das Gesinde; was also geschah,
Daß man dem Wirthe genüber Siegfrieden sah
Mit Kriemhilden sitzen. Ihm diente manch ein Mann;
Die Nibelungen schlossen sich an Siegfrieden an.

Es saß der König Günther bei Brünhilden der Maid,
Die als sie sah Kriemhilden (ihr ward noch nie so leid!)
Bei Siegfrieden sitzen, sehr zu weinen begann,
Daß von den lichten Wangen ihr manche Thräne rann.

Da sprach der Wirth des Landes: „Was ist euch Herrin mein,
Daß ihr euch lasset trüben der lichten Augen Schein?
Freuet euch unverweilet, denn euch gehören an
Mein Land und meine Burgen und manch ein stolzer Mann.“ —

„Ich mag wohl besser weinen," sprach drauf die schöne Maid:
„Ich trage um deine Schwester von Herzen großes Leid,
Da ich sie sitzen sehe bei dem Dienstmanne dein:
Deß muß ich immer weinen, soll sie so verderbet sein."

Da sprach der König Günther: „Darüber lasset das Klagen;
Ich will zu andern Zeiten, wie sichs verhält, euch sagen,
Warum ich Siegfrieden die Schwester mein gegeben.
Wohl mag sie mit dem Recken immer in Freuden leben."

Sie sprach: „Um ihre Schöne und Zucht muß ich mich grämen;
Wüßt ich wohin, ich möchte vor euch die Flucht wohl nehmen,
Daß ich euch nimmer nahe läge bei,
Bis ihr gesagt, weßwegen Kriemhild die Braut Siegfriedens sei."

Da sprach der König Günther: „Ich thue es euch bekannt.
Er hat gleich mir wohl Burgen und manch ein weites Land;
Das wisset sonder Zweifel: er ist ein König reich,
Drum gab ich ihm zum Weibe die Maid so schön und lobesreich."

Was auch der König sagte, doch hatte sie trüben Muth.
Da eilte von den Tischen manch ein Ritter gut.
Ihr Buhurt ward so heftig, daß all die Burg erklang;
Dem Wirth bei seinen Gästen ward solches viel zu lang.

Er dachte er läge sanfter der schönen Frauen bei.
Er ward in seinem Herzen nimmer des Trostes frei,
Ihm müsse Lust und Liebe durch sie gar viel geschehn.
Mit holdem Blick begann er Brünhilden anzusehn.

Man bat vom Ritterspiele die Gäste abzustehn,
Der König mit seinem Weibe wollte zu Bette gehn.
Kriemhilde und Brünhilde, die kamen sich entgegen
Vor des Saales Stiege; noch fühlten nicht sie Haß sich regen.

Da kam ihr Ingesinde, sie säumten damit nicht,
Die reichen Kämmerlinge brachten ihnen Licht.
Es theilten sich die Recken, der beiden Könige Mannen;
Viele Degen gingen mit Siegfrieden von dannen.

Die Herren gingen beide hin, wo sie sollten liegen;
Da dachte ihrer jeder mit Minnen obzusiegen
Ueber die schönen Frauen; sie hatten frohen Sinn.
Wohl ging in Lust und Wonne Siegfriedens Nacht dahin.

Als der kühne Siegfried sich zu Kriemhilden legte,
Und er so minneselig der schönen Jungfrau pflegte
Mit seiner edlen Minne, ward sie ihm wie sein Leib,
Was sie auch wohl verdienet, als ein tugendreiches Weib.

Ich sage euch nicht weiter, wie er die Frau umfangen,
Doch will ich euch berichten, wie Günthern es ergangen
Bei Frau Brünhilden, dem reichgezierten Degen:
Fürwahr er hätte sanfter bei andern Frauen gelegen.

In linnenweißem Hemde ging in das Bette sie;
Da dachte der edle Ritter: „Nun habe ich alles hie,
Wonach ich je begehret in allen meinen Tagen."
Durch ihre Schönheit mußte sie ihm mit Recht behagen.

Nachdem das Licht geborgen des edlen Königes Hand,
Ging hin der kühne Degen, wo er die Jungfrau fand.
Er legte sich ihr nahe, wie groß war seine Lust,
Als er die minnigliche nun drückte an die Brust!

Sie sprach: „Edler Ritter, laßt ab von dem Beginnen;
Wohl mag nicht geschehen, was ihr da tragt in Sinnen.
Ich will noch Jungfrau bleiben, wie ihr wissen sollt,
Bis jenes ich erfahren." Da hat ihr Günther gegrollt.

Er rang nach ihrer Minne und raufte ihr das Kleid,
Da griff nach einem Gürtel die stolzgesinnte Maid,
Nach einer starken Borte, die sie ob den Hüften trug:
Sie that dem edlen Könige da großes Leid genug.

Die Füße und die Hände sie ihm zusammenband,
Trug ihn zu einem Nagel und hing ihn an die Wand.
Als er im Schlaf sie störte, sie Minne ihm verbot:
Von ihren Kräften hätte er gewonnen fast den Tod.

Darauf begann zu flehen, der Meister sollte sein:
„Viel edle Königin, löset die Banden mein!
Ich traue mir, schöne Jungfrau, euch nimmer obzusiegen,
Und werde auch gar selten so nahe bei euch liegen." —

„Nun saget mir, Herr Günther: ist solches euch nicht leid,
Wenn eure Kämmerlinge", so sprach die schöne Maid:
„Euch gebunden finden von eines Weibes Hand?"
Da sprach der edle Ritter: „Das würde euch übel gewandt!

Auch hätte ichs wenig Ehre!" sprach der edle Degen:
„Um eurer Tugend willen lasset mich zu euch legen;
Und wenn euch meine Minne so gar gewaltig leid,
Soll meine Hand gar selten berühren euer Kleid."

Da löste sie alsbalde das Band ihn zu befrein.
Er ging zu der Jungfrau wieder ins Bett hinein:
Er legte sich so ferne, daß er ihr schönes Kleid
Selten hernach berührte — deß war sie gern befreit.

Drauf kam auch ihr Gesinde, die brachten neu Gewand,
Deß war an diesem Morgen ihnen genug zur Hand.
Wie froh man sich gebahrte, traurig war sein Muth:
Den Herrn des Landes däuchte ihre Freude nimmer gut.

Nach ihres Landes Sitte, die man mit Recht bekannt,
Gingen Brünhilde und Günther unverwandt
Zusammen zu dem Münster, wo man die Messe sang.
Es kam auch Herr Siegfried; da hub sich großer Gedrang.

Nach königlichen Ehren war ihnen dort bereit,
Was sie tragen sollten, die Krone und das Kleid.
Da wurden sie geweihet. Als solches nun geschehn,
Sah man alle viere herrlich unter Krone stehn.

Ueber sechshundert Degen, deß lasset euch belehren,
Haben dort Schwert genommen den Königen zu Ehren.
Es hub sich große Freude in der Burgunden Land,
Es krachten laut die Schäfte in der Schwertdegen Hand.

Da saßen in den Fenstern die schönen Mägdelein,
Sie sahen vor ihnen leuchten manch eines Schildes Schein.
Man fand den König geschieden von seinen Mannen stehn,
Was einer auch begonnen, man sah ihn trauernd gehn.

Wie anders war Siegfrieden, wie anders ihm zu Herzen:
Wohl wußte der edle Ritter den Grund von seinen Schmerzen.
Siegfried ging zu dem Könige, zu fragen er begann:
„Wie ists euch heut gelungen? Das bitte ich, sagt mir an.“

Da sprach der Wirth zum Gaste: „Ich habe Schmach und Schaden
Mit meinem Weib Brünhilde mir in das Haus geladen.
Als ich sie minnen wollte, da band mich ihre Hand;
Sie trug mich zu einem Nagel und hing mich an die Wand.

Da hing ich nun in Aengsten die Nacht bis an den Tag,
Eh sie mich losgebunden. Wie sanfte sie da lag!
Das klage ich dir freundlich in aller Heimlichkeit.“
Da sprach der starke Siegfried: „Fürwahr, das ist mir leid.

Deß sollt ihr inne werden: laßt ihr es ohne Groll,
Schaffe ich, daß sie noch heute so nah euch liegen soll,
Daß sie euch ihre Minne versagt nie wieder so.“
Der Rede ward da Günther nach seiner Mühsal froh.

Er sprach: „Ich will noch heute in eurer Kammer sein
So heimlich und verborgen in der Tarnkappe mein,
Es soll sich dieser Künste Niemand wohl versehn.
Laßt nur die Kämmerlinge nach ihrer Herberge gehn;

Dann lösche ich den Dienern die Lichter in der Hand,
Daran sei, daß ich drinnen bereits, von euch erkannt.
Weil ich euch gerne diene, so zwinge ich euch das Weib,
Daß ihr sie heute minnet — ich käme denn um den Leib.“ —

„Nur daß du sie nicht minnest“ der König sagte so:
„Meine liebe Frauen, sonst bin ich dessen froh;
Thu ihr, was du auch wollest, ja nähmst du ihr den Leib,
Ich wollte es verwinden, sie ist ein furchtbar Weib.“ —

„Das thu ich," sagte Siegfried: „auf die Treue mein,
Daß ich sie nimmer minne. Die liebe Schwester dein
Gehet mir über alle, die ich noch je ersah."
Wohl glaubte Günther alles, was Siegfried sagte da.

Da gabs im Ritterspiele wie Freude so auch Noth:
Worauf Buhurt und Schallen man alles verbot.
Es sollten da die Frauen hin nach dem Saale gehn;
Da hießen Kämmerlinge die Leute von den Wegen stehn.

Von Rossen und von Leuten ward geräumet der Hof:
Der Frauen jedwede führte ein Bischof,
Als sie vor den Königen sollten zu Tische gehn;
Manch stolzen Degen konnte man ihnen folgen sehn.

Kaum konnte Günther erwarten von Tische aufzustehn.
Da ließ man beide Frauen nach ihrer Kammer gehn,
Die schöne Brünhilde und auch Kriemhilde. Ha,
Was man da schneller Degen vor den Königinnen sah.

Siegfried der kühne Degen, der saß gar minnevoll
Bei seinem schönen Weibe mit Freuden ohne Groll.
Sie koste seine Hände mit ihrer weißen Hand,
Bis er vor ihren Augen, sie wußte nicht wie, verschwand.

Als sie noch mit ihm spielte, war plötzlich er dahin;
Da sprach zum Ingesinde die edle Königin:
„Mich wundert, wo der König so plötzlich hingekommen?
Wer hat seine Hände aus den meinen genommen?"

Damit ließ sies bewenden; er aber ging zuhand,
Wo er die Kämmerlinge mit Lichtern stehend fand:
Die löschte er alsbalde den Dienern in der Hand;
Da hatte König Günther, Siegfried sei da, erkannt.

Wohl wußte er, was er wollte; er hieß von dannen gehn
Die Mägdlein und die Frauen; als solches nun geschehn,
Da schloß der edle König selber gar wohl die Thür,
Und schob in aller Eile zween starke Riegel für.

Hinter des Bettes Vorhang verbarg er bald das Licht.
Ein Liebesspiel begannen — denn anders ging es nicht —
Siegfried der starke Degen und auch die schöne Maid;
Das war dem Könige Günther beides lieb und leid.

Siegfried legte nieder sich zu der Königin.
Sie sprach: „Nun laßts Herr Günther, wenn euch nicht so zu Sinn,
Daß euch dieselbe Mühsal wie gestern Nacht gescheh:
Oder euch geschiehet von meinen Händen weh.“

Da barg er seine Stimme und sprach dazu kein Wort.
Günther, obschon nicht sehend, der hörte doch, daß dort
Nichts Heimliches von ihnen beiden geschah:
Sie hatten in dem Bette gar wenig Ruhe da.

Er gebarte sich als wäre er Günther der König reich
Und schloß in seine Arme die Maid so lobesreich.
Sie warf ihn aus dem Bette, dabei auf eine Bank,
Daß ihm an einem Schämel laut sein Haupt erklang.

Wieder empor mit Kräften sprang der kühne Mann,
Er wollte es baß versuchen. Als er das begann,
Daß er sie zwingen wollte, geschah ihm solches Weh,
Mich dünkt, daß solch ein Wehren nie mehr von einer Frau gescheh.

Da ers nicht lassen wollte, sprang auf das Mägdelein:
„Euch ziemt nicht zu zerreissen das weiße Hemde mein!
Ihr seid ein Ungeschlachter, das soll euch werden leid!
Deß sollt ihr inne werden!“ so rief die herrliche Maid.

Sie umschloß mit ihren Armen den hochgelobten Degen
Und wollte ihn in Banden gleichwie den König legen,
Damit sie nicht der Ruhe im Bette dürfte missen.
Hei, rächte sich die Fraue, daß er ihr Hemd zerrissen.

Was half da seine Stärke und seine große Kraft?
Sie gab ihm zu erkennen ihres Leibes Meisterschaft.
Sie trug ihn vielgewaltig, dem mußte also sein,
Und drückte ihn ungefüge bei dem Bette an einen Schrein.

„O weh," dachte der Recke: „soll ich Leben und Leib
Durch eine Maid verlieren, so mag ein jedes Weib
Fortan zu allen Zeiten gegen ihren Mann
Uebermuth tragen, die sonst nicht denkt daran."

Der König hörte alles, er bangte um den Mann.
Es schämete sich Siegfried, zu zürnen er begann:
Er setzte sich ihr entgegen mit ungestümer Kraft,
Und versuchte an Brünhilden sich darauf sorgenhaft.

Den König däuchte es lange, bis daß er sie bezwang.
Sie drückte ihm die Hände, von ihren Kräften sprang
Das Blut ihm aus den Nägeln; das war dem Helden leid:
Er zwang sie aufzugeben darauf, die herrliche Maid,

Den ungefügen Willen, deß sie sich erst versehn.
Er schwieg, doch hörte alles der König, was geschehn.
Er drückte sie ans Bette, daß sie laut zu schrein begann:
Wie faßten seine Kräfte sie da so schmerzlich an!

Da griff sie nach der Seite, wo sie die Borte fand,
Und wollte ihn binden; da wehrte es seine Hand,
Daß ihr die Glieder krachten, dazu der ganze Leib:
Da ward der Kampf entschieden, da ward sie Günthers Weib.

Sie sagte: „Edler König, du sollst mich lassen leben,
Ich will für das, was immer ich that, dir Buße geben.
Ich wehre mich nicht wieder der edlen Minne dein:
Ich habe wohl erfunden, daß du kannst Frauen Meister sein.“

Siegfried stand auf — es weilte die Maid indeß im Bette —
Als ob er auszuziehen sein Kleid im Sinne hätte.
Er nahm von ihrem Finger ein goldenes Ringelein fort,
Ohne daß es bemerkte die edle Königin dort.

Auch nahm er ihren Gürtel, der war eine Borte gut;
Vielleicht daß ers vollbrachte aus großem Uebermuth:
Er gab ihn seinem Weibe, daraus erwuchs ihm Leid.
Da lagen bei einander der König und die schöne Maid.

Drauf war auch sie nicht stärker als jedes andre Weib.
Er koste gar minniglich ihren schönen Leib.
Ob sies noch mehr versuchte, was konnte das ihr frommen?
Das hatte ihr alles Günther mit seinem Minnen genommen.

In welch trauter Minne er bei der Frauen lag
Mit inniglicher Liebe bis an den lichten Tag!
Es war der kühne Siegfried wieder hinausgegangen,
Wo eine schöne Fraue aufs beste ihn empfangen.

Er widerstand der Frage, deren sie wohl gedacht;
Er hehlte ihr noch lange, was er ihr mitgebracht,
Bis daß sie unter Krone in seinem Lande ging.
Was er ihr geben sollte, wie gerne sie das empfing!

Der Wirth ward an dem Morgen bei weitem baß gemuth,
Als er zuvor gewesen. Darüber wurde gut
Manch edlen Mannes Freude in all den Landen sein.
Denen ward viel gedienet, die er zum Fest lud ein.

Das Freudenfest das währte bis zum vierzehnten Tag,
Daß unterweilen nimmer der Jubel niederlag
Von allerhand Freuden, die jemand wollte kiesen.
Des Königes Bewirthung ward hoch und viel gepriesen.

Des edlen Wirthes Sippen gaben, wie ers gewollt,
Damit er Preis gewönne, Kleider und rothes Gold,
Und Silber auch und Rosse gar vielen kühnen Mannen.
Die Herren, die gekommen, die ritten froh von dannen.

Auch der König Siegfried, der Held von Niederland,
Und seine tausend Mannen, haben all ihr Gewand
Und schöne Rosse und Sättel alles dahingegeben,
Was mitgebracht sie hatten: sie wußten herrlich zu leben.

Bis man die reichen Gaben alle verschwendet dort,
Däuchte es die zu lange, die nach Hause wollten fort.
Man sah nie ein Gesinde so gut wie dieß verpflegen.
So endete die Hochzeit; es schied von dannen mancher Degen.

Wie Siegfried mit seinem Weibe heimkam.

Eilftes Abenteuer.

Als nun die Gäste alle fortgeritten waren,
Da sprach der Sohn Siegmundens zu seiner Leute Schaaren:
„Nun lasset uns auch rüsten, daß wir nach Hause kommen!"
Lieb war es seinem Weibe, als sie das Wort vernommen.

Die Fürsten zu ihm gingen und sprachen alle drei:
„Wisset, König Siegfried, das euch immer sei
Unser Dienst in Treue bereit bis in den Tod."
Er dankte drauf den Herren, daß man ihm solche Liebe bot.

„Wir wollen auch mit euch theilen," sprach Geiselher das Kind:
„Die Lande und die Burgen, die unser eigen sind.
Was wir nah und ferne haben unterthan,
Deß sollt ihr samt Kriemhilden ein gutes Theil empfahn."

Der Sohn Siegemundens sprach zu den Fürsten da,
Als er der drei Herren Willen hörte und sah:
„Gott lasse euer Erbe immer gesegnet sein;
Ich will dem gern entsagen mit dem lieben Weibe mein."

Da sprach Kriemhilde: „Wollet dem Erbe ihr entsagen,
Doch sind Burgundendegen so leicht nicht auszuschlagen,
Sie führet gern ein König mit sich in sein Land;
Es soll sie mit mir theilen meiner lieben Brüder Hand."

Da sprach der Herr Gernot: „Nimm wen du willst mit dir.
Die gerne mit dir reiten, du findest viele hier.
Aus dreißig hundert Recken nimm dir tausend Mannen;
Die seien dein Hausgesinde." Kriemhilde schickte von dannen

Nach Hagen von Tronje und nach Ortwein,
Ob die mit ihren Sippen Kriemhildens wollten sein.
Darüber gewann Hagen ein zorngliches Leben;
Er sprach: „Es mag uns Günther an Niemanden vergeben.

Nehmt anderes Gesinde mit euch auf die Reise;
Ihr kennt ja zur Genüge der Tronjer alte Weise.
Wir müssen bei den Königen bei Hofe hie bekleiben
Und, wie bisher wir thaten, in ihren Diensten bleiben."

Sie ließen es beruhen und eilten fortzukommen.
Es hat Kriemhilde ihr edles Gesinde mitgenommen,
Zweiunddreißig Mägdelein und fünfhundert Mannen.
Eckewart der Markgraf zog mit Kriemhilden von dannen.

Sie nahmen Urlaub beide der Ritter und der Knecht,
Die Mägdlein und die Frauen, gewißlich war das recht!
Sie küßten sich und schieden also unverwandt —
Sie räumten frohen Muthes des Königs Günther Land.

Da sah man ihre Sippen sie weit hinaus begleiten;
Man ließ ihnen immer das Nachtlager bereiten,
Wo sie es gerne nahmen durch der Könige Land.
Boten wurden balde an Siegemund gesandt,

Damit er wissen sollte mit Frau Siegelind,
Daß sein Sohn käme und Frau Utens Kind,
Kriemhilde die viel schöne von Worms über Rhein.
Da konnte ihnen nimmer eine Botschaft lieber sein.

„Wohl mir!" so sagte Siegemund: „daß ich den Tag soll sehn,
An dem die schöne Kriemhild soll hie gekrönet gehn.
Deß müssen hoch sich preisen alle die Lande mein.
Mein Sohn Siegfried soll hie selber König sein."

Da gab die Frau Sieglinde manch einen Sammet roth;
Schweres Gold und Silber, das war ihr Botenbrot.
Sie freute sich der Kunde, die eben sie vernommen:
Es kleidete ihr Gesinde sich wies ihm zu gekommen.

Man sagte, wer da käme mit ihm in das Land:
Da ließ sie Festgestühle errichten unverwandt,
Da sollte er vor Freunden gekrönet gehn, der Degen. —
König Siegmundens Mannen ritten ihm entgegen.

Ward besser wer empfangen, mir ist es unbekannt,
Als die werthen Helden in Siegemundens Land.
Die schöne Siegelinde ritt Kriemhilden entgegen
Mit mancher schönen Frauen und manch stattlichem Degen

Um eine Tagereise, bis man die Gäste sah.
Die Heimischen und Fremden litten Beschwerde da,
Bis sie zu einer weiten Feste hinkamen,
Wo sie dann Krone trugen. Santen hieß sie mit Namen.

Siegmund und Siegelinde küßten manch liebes Mal
Mit lachendem Munde Kriemhilden und zumahl
Siegfrieden auch. Ihr Kummer war ihnen abgenommen.
Alles ihr Gesinde war ihnen hochwillkommen.

Man leitete die Gäste vor Siegemundens Saal,
Dort hob man die schönen Jungfrauen zuthal,
Von den Rossen nieder. Da gab es manchen Mann,
Der den schönen Frauen mit Fleiße zu dienen begann.

Sie saßen in großen Ehren und hatten viel genug;
Was goldfarbener Kleider ihr Ingesinde trug,
Borten und Edelsteine gewirkt und eingelegt!
So hat die edle Königin mit Fleiße sie gepflegt.

Da sprach vor seinen Freunden der König Siegemund:
„Siegfriedens Sippen allen thue ich hiemit kund,
Er soll vor diesen Recken meine Krone tragen."
Die Märe hörten gerne die von Niederlanden sagen.

Er befahl ihm seine Krone, Gericht auch und Land;
Seitdem war er ihr König. Wenn er das Recht wem fand,
Und wo er richten sollte: das griff er also an,
Daß man gewaltig scheute der schönen Kriemhilde Mann.

In diesen großen Ehren lebte er, das ist wahr,
Und herrschte als ein König bis an das zehnte Jahr,
Bis die schöne Fraue ihm einen Sohn gebar;
Was wohl nach Wunsch und Willen des Königes Sippen war.

Den eilte man zu taufen und seinem Ohme nach
Nannte man ihn Günther, das war ihm keine Schmach.
Gerieth er nach den Sippen, das wäre ihm gut bekommen.
Da zog man ihn mit Fleiße, wies ihnen mochte frommen.

In denselben Zeiten starb Frau Siegelind,
Da trat in alle Würden der edlen Ute Kind,
Die so reichen Frauen ob Landen zugekommen.
Da klagten ihrer Viele, daß sie ihnen der Tod genommen.

Nun hatte auch bei Rheine, wie wir hören sagen,
Die schöne Brünhilde einen Sohn getragen
Günthern dem reichen Könige in Burgundenland.
Dem kühnen Helden zu Liebe ward er Siegfried genannt.

Zu allen Zeiten wurde Kunde so viel gesagt,
Wie zu allen Stunden die Recken unverzagt
Zu Preis und Ruhme lebten in Siegemundens Land.
So that auch König Günther mit seinen Sippen weit bekannt.

Das Land der Nibelungen diente Siegfrieden hie —
Von allen seinen Sippen gabs einen reichern nie —
Und Schilbungens Recken und ihr beider Gut.
Drum trug der kühne Siegfried desto höher seinen Muth.

Den Schatz, den allergrößten, den je ein Held gewann,
Außer den frühern Herren, hatte der kühne Mann.
Vor einem Berge hatte ihn seine Hand erstritten,
Darum manch stolzer Ritter von ihm den Tod erlitten.

Sein war der Ehren Krone: und wäre es nicht geschehn,
Doch müßte man von Schulden dem edlen Recken gestehn,
Daß er der beste wäre, der je zu Rosse saß.
Man scheute seine Stärke und that viel billig das.

Wie Günther Siegfrieden zum Festgelage bat.

Zwölftes Abenteuer.

Da dachte König Günthers Weib auch Tag für Tag:
„Wie sich Frau Kriemhilde also brüsten mag?
Und doch ist ihr Mann Siegfried unser Unterthan;
Er hat uns nun schon lange wenig Dienste gethan.“

Das trug sie in dem Herzen und hielt es still verborgen.
Daß sie ihr ferne waren, das schuf ihr große Sorgen;
Daß ihr das Land Siegfriedens so selten zu Diensten stand,
Woher das kommen möge, das hätte sie gern erkannt.

Sie versuchte es bei dem Könige, ob das möchte gehn,
Daß sie Kriemhilden bei sich könnte sehn.
Sie hielt es gar verborgen, was sie im Herzen trug;
Es gefiel ihre Rede dem Herrn wenig genug.

Da sprach der reiche König: „Wie möchten wir sie her
Zu diesem Lande bringen? das würde uns wahrlich schwer.
Sie wohnen uns zu ferne, ich darf sie nicht drum bitten."
Da sagte Brünhilde mit übermüthigen Sitten:

„Wie reich und hochgeboren auch eines Königs Sassen,
Was ihr Herr geboten, das sollen sie nicht lassen."
Da lächelte König Günther, als er dieß Wort vernommen;
Er nahm es nicht für Dienstpflicht wie oft Siegfried gekommen.

Sie sagte: „Mir zu Liebe thu es, Günther mein,
Und schaffe, daß Siegfried und die Schwester dein
Nach dem Lande kommen, damit wir hie sie sehn.
Mir könnte wahrlich nimmer was lieberes geschehn.

Deiner Schwester Sitten, ihr wohlgezogner Sinn —
So oft ich daran denke, wie ich erfreuet bin,
Wie wir beisammen saßen, an unserm Hochzeittag!
Gewiß, daß sie mit Ehren den kühnen Siegfried minnen mag."

Sie bat ihn also lange, bis daß der König sagte:
„Nun wisset, daß mir nimmer ein Gast so wohl behagte —
Ihr habet leichtes Bitten. Ich will die Boten mein
Nach jenen beiden senden, daß sie herkommen an den Rhein."

Da sprach die hehre Königin: „So bitte ich mir zu sagen,
Wann ihr nach ihnen sendet, oder in welchen Tagen
Unsere lieben Freunde nach dem Lande kommen.
Wen ihr nach ihnen sendet, das hätte ich gern vernommen." —

„Das sollt ihr," sprach der König: „Dreißig aus meinem Lehn
Laß ich zu ihnen reiten." Er ließ sie vor sich gehn
Und schickte sie als Boten in Siegfriedens Land.
Brünhilde gab ihnen gerne viel herrliches Gewand.

Der König sprach: „Ihr Recken sollet von mir sagen
Und nichts von dem verschweigen, was ich euch aufgetragen,
Siegfrieden dem starken und auch der Schwester mein:
Es könne ihnen Niemand auf Erden holder sein.

Und bittet, daß sie beide zu uns zum Rheine kommen,
Von mir und meiner Frauen wirds dankend aufgenommen.
Er soll mit seinen Mannen vor dieser Sonnenwende
Hie noch manch Einen sehen, der ihnen große Ehre spende.

Dem König Siegemunden entbietet die Dienste mein,
Daß ich und meine Freunde ihm stets gewogen sein,
Und saget auch meiner Schwester, daß sies nicht lassen solle,
Zu ihren Freunden zu kommen: kein Fest ihr besser ziemen wolle."

Brünhilde so wie Ute, und was man Frauen dort fand,
Die entboten ihre Dienste in Siegfriedens Land
Den minniglichen Frauen und vielen kühnen Mannen.
Vom Könige ausgerüstet eilten die Boten von dannen.

Sie waren reisefertig; ihre Pferde und ihr Gewand
Waren ihnen angekommen, da räumten sie das Land.
Sie eilten mit der Reise, wohin sie wollten fahren;
Es ließ sie mit Geleite der König wohl bewahren.

Sie kamen in drei Wochen geritten in das Land
Nach Nibelungens Feste, dahin man sie gesandt;
Zu Norwegen in der Marke fanden sie den Degen.
Rosse und Leute waren müde von den langen Wegen.

Siegfrieden und Kriemhilden ward es da hinterbracht,
Daß Ritter angekommen, die trügen solche Tracht,
Wie man bei den Burgunden der Sitte nach gepflegt.
Sie sprang von einem Bette, wohin sie sich zu ruhn gelegt.

Da hieß sie ihrer Mägdlein eines zum Fenster gehn,
Die sah den kühnen Gere auf dem Hofe stehn,
Ihn und die Gesellen, welche man hergesandt.
Was sie da liebe Kunde wider ihr Herzeleid fand!

Sie sagte zu dem Könige: „Seht ihr sie dorten stehn,
Die mit dem starken Gere auf dem Hofe gehn,
Die uns mein Bruder Günther gesendet von dem Rhein?“
Da sprach der starke Siegfried: „Sie sollen uns willkommen sein.“

Alles das Gesinde lief hin wo man sie sah.
Es sagte ihrer jeder viel traute Worte da,
Das beste was sie wußten, den Boten der Burgunden.
Es freute ihre Ankunft von Herzen Herr Siegmunden.

Gere und seine Mannen erhielten gut Gemach.
Die Rosse ließ man bewahren. Die Boten gingen hernach,
Wo Herr Siegfried bei Kriemhilden saß:
Sie waren zu Hofe geladen; darum thaten sie das.

Der Wirth mit seinem Weibe erhob sich unverwandt;
Sie empfingen gütig Geren aus Burgundenland
Mit seinen Heergesellen in König Günthers Lehn.
Man bat den stolzen Gere zum Sessel hinzugehn.

„Erlaubet uns die Botschaft, eh wir zu sitzen gehn,
Lasset uns wegemüde Fremde die Weile stehn:
Wir sollen euch verkünden, was Botschaft euch ergeht
Von Günthern und Brünhilden, um die es herrlich steht,

Und was Frau Ute eure Mutter her entbot.
Geiselher der junge und auch Herr Gernot
Und eure nächsten Sippen haben uns hergesandt,
Die entbieten ihre Dienste euch aus Burgundenland.“ —

„Lohne ihnen Gott!" sprach Siegfried: „Wie Freunden soll geschehn,
Mag ich mich ihrer Treue und Güte wohl versehn.
So thut auch ihre Schwester. Man soll uns weiter sagen,
Ob daheim unsere Freunde hohen Muth tragen?

Hat man seit wir geschieden den edlen Schwägern mein
Ein Leid gethan? ihr sollet davon mir Kunde leihn.
Das will ich ihnen immer mit Treue helfen tragen,
Bis daß ihre Feinde meinen Dienst beklagen."

Da sprach der edle Markgraf Gere, ein Ritter gut:
„Sie sind in allen Tugenden so recht hochgemuth,
Sie laden euch zum Rheine zu einem Freudenfeste.
Sie sähen euch gar gerne, das glaubet nur aufs beste.

Bittet meine Herrin, sie möge mit euch kommen,
Sobald dieser Winter ein Ende genommen.
Vor dieser Sonnenwende wünschen sie euch zu sehn."
Da sprach der starke Siegfried: „Das mag schwerlich geschehn."

Da sprach wieder Gere von Burgundenland:
„Eure Mutter Ute hat sich an euch gewandt,
Gernot auch und Geiselher, ihr sollet es nicht versagen.
Daß ihr ihnen so ferne, das höre ich täglich klagen.

Brünhilde meine Herrin und ihre Mägdelein
Freuen sich der Kunde: ob das möchte sein,
Daß sie euch noch sähen, das machte sie frohgemuth."
Da däuchte diese Kunde der schönen Kriemhilde gut.

Gere war ihr Sippe; der Wirth hieß ihn sich setzen;
Auch ließ er alsbalde mit Wein die Gäste letzen.
Da kam auch König Siegemund, wo er die Boten sah;
Der Herr sagte freundlich zu den Burgunden da:

„Seid willkommen, Recken, Günthers Mannen ihr!
Seit mein Sohn Siegfried Kriemhilden hier
Zum Weibe sich gewonnen, hätte man öfter sollen
Euch hie zu Lande sehen, wollt ihr uns Freundschaft zollen."

Sie sprachen: „wenn er wollte, sie würden gerne kommen."
Ihnen ward große Müde mit Freuden benommen.
Man hieß die Boten sitzen, worauf man Speisen brachte,
Womit der König Siegfried seine Gäste reichlich bedachte.

Sie mußten dort verbleiben volle neun Tage.
Darob erhuben endlich die schnellen Ritter Klage:
Daß sie nicht wieder durften nach ihrem Lande fahren.
Da kamen Siegfrieds Freunde, die von ihm besendet waren.

Er fragte, was sie riethen, er sollte an den Rhein:
„Es hat nach mir gesendet Günther, der Schwager mein,
Er und seine Sippen, ob einer Festlichkeit.
Nun käme ich wohl gerne, nur daß sein Land zu weit.

Sie bitten Kriemhilden, daß sie mich begleiten wolle.
Nun rathet lieben Freunde, wie sie hin kommen solle? —
Sollte ich in dreißig Lande für sie zu Felde ziehn,
Ihnen wäre gerne Siegfriedens Hand geliehn."

Da sprachen seine Recken: „Habet ihr Reisemuth
Zu Günthers Festgelage: wir rathen was ihr thut.
Ihr sollt mit tausend Recken reiten an den Rhein —
So möget ihr wohl mit Ehren bei den Burgunden sein."

Da sprach von Niederlanden der König Siegemund:
„Wollet ihr zum Festgelage, was thut ihr mirs nicht kund?
Wenn ihr es nicht verschmähet, so will ich mit euch fahren.
Ich führe hundert Degen, damit mehre ich eure Schaaren." —

„Wollet ihr mit uns reiten, lieber Vater mein,"
Sprach der kühne Siegfried: „deß will ich fröhlich sein.
Innerhalb zwölf Tagen räume ich mein Land."
Allen, die es begehrten, gab man Rosse und Gewand.

Als nun der edle König zur Reise wohlgemuth,
Da hieß man wieder reiten die schnellen Degen gut.
Er verkündete seinen Schwägern an den Rhein,
Er wollte herzensgerne bei ihrem Feste sein.

Siegfried und Kriemhilde, wie wir hören sagen,
Gaben so viel den Boten, daß alles zu ertragen
Die Rosse nicht vermochten. Er war ein reicher Mann.
Sie trieben ihre starken Saumthiere froh zur Reise an.

An Siegfrieds und Siegmundens Volk ward Gewand vertheilt;
Eckewart der Markgraf, der ließ unverweilt
Frauenkleider suchen, die besten die man fand,
Und die irgend zu erwerben in Siegfriedens ganzem Land.

Die Sättel sammt den Schilden begann man zu bereiten.
Den Rittern und den Frauen, welche sie begleiten
Sollten, gab man reichlich, was immer sie begehrt.
Er brachte seinen Freunden manchen Gast, der ehrenwerth.

Die Boten zogen eilig heimwärts auf den Wegen;
Da kehrte Gere der Degen zurück von Norwegen.
Er wurde wohl empfangen. Da sprangen sie zuthal
Von Rossen und von Mähren vor König Günthers Saal.

Die Jungen und die Alten gingen, wie man thut,
Um Kunde zu erfragen. Da sprach der Ritter gut:
„Wenn ich sie dem Könige sage, hört ihr sie unverwandt!"
Er ging mit den Gesellen hin, wo er Günthern fand.

Wie da der Fürst vor Freude von dem Sessel sprang.
Die schöne Brünhilde sagte ihnen Dank,
Daß sie so schnell gekommen. Günther sagte da:
„Wie gehabt sich Siegfried, von dem mir Liebes viel geschah?“

Da sprach der kühne Gere: „Er wurde freudenroth,
Er und eure Schwester. Nimmer noch entbot
Ein Mann seinen Freunden solch freundliches Wort,
Als euch Herr Siegfried und auch sein Vater dort.“

Da sprach zu dem Markgrafen die reiche Königin:
„Saget mir, kommt uns Kriemhild? schmückt sie noch immerhin
Die edle Zucht und Sitte, wie sonst man wahrgenommen?“
Da sprach der Degen Gere: „Sie wird gewißlich kommen!“

Ute ließ gar balde die Boten vor sich gehn.
Man konnte ohn ihr Fragen deutlich genug verstehn,
Daß sie gerne wüßte, ob Kriemhild noch gesund.
Er that, wie er sie gefunden und daß sie bald käme, ihr kund.

Sie wollten dort bei Hofe die Gaben nicht verschweigen,
Die ihnen Siegfried reichte: sie eilten dort zu zeigen
Das Gold und auch die Kleider der drei Könige Mannen,
Die seine großen Milde zu rühmen da begannen.

„Er hat,“ sagte Hagen: „fürwahr ein leichtes Geben.
Er könnte es nicht verschwenden, und sollte er ewig leben:
Den Hort der Nibelungen hält er in seiner Hand.
Hei, käme der dereinstens in der Burgunden Land!“

Alles das Gesinde freute sich der Kunde,
Daß sie kommen sollten. Zu jeder Tagesstunde
Schafften ohne Rasten der drei Könige Mannen,
Die manch hohes Gesiedel aufzurichten begannen.

Haunolt der kühne und Sindolt der Degen
Hatten wenig Muße: mußten sie doch pflegen
Des Schenk- und Truchseßamtes und richten manche Bank.
Dabei half ihnen Ortwein — Günther sagte ihnen Dank.

Raumolt der Küchenmeister, wie herrschte der zur Zeit
Unter seinen Leuten. Manch einen Kessel weit,
Häfen auch und Pfannen, hei was man deren fand!
Da schuf man denen Speise, die da kamen in das Land.

Wie sie zum Festgelage fuhren

Dreizehntes Abenteuer.

Alle ihre Geschäftigkeit lassen wir nun sein
Und sagen, wie Frau Kriemhild und ihre Mägdelein
Hin zum Rheine fuhren von Nibelungenland.
Niemals trugen Rosse so manch herrliches Gewand.

Viele Reisekisten sandte man auf den Wegen.
Da ritt mit seinen Freunden Siegfried der Degen
Und die edle Königin, sie zog der Freuden Wähnen —
Das schuf noch ihnen allen gar vieles Leid und Thränen.

Sie ließen in der Heimath Siegfriedens Kindelein,
Den Sohn Kriemhildens; dem mußte also sein.
Durch diese Fahrt nach Hofe ist ihnen Leid geschehn:
Das Kindlein hat nicht Vater noch Mutter wieder gesehn.

Mit ihnen ritt von dannen auch König Siegemund.
War ihm, was dann beim Feste geschah, im Voraus kund:
Er hätte dann wohl nimmer dieß Freudenfest gesehn —
Ihm konnte an lieben Freunden kein größer Leid geschehn.

Voraus sandte man Boten, die sollten sie vermelden.
Viele von Utens Freunden und König Günthers Helden
Ritten ihnen entgegen mit wundersamer Schaar,
Indeß für seine Gäste der Wirth beflissen war.

Er ging zu Brünhilden, wo er sie sitzen fand:
„Wie empfing euch meine Schwester, als ihr kamet in das Land?
So will ich, daß Siegfriedens Weib ihr empfangen sollt.“ —
„Das thue ich,“ sprach sie, „gerne, es ziemt sich wohl, daß ich ihr hold.“

Da sprach der reiche König: „Wohlan, sie kommen morgen;
Wollet ihr sie empfangen, so müsset ihr balde sorgen,
Daß wir nicht in der Feste sie erwarten hie.
Nie sind noch liebere Gäste gekommen mir als sie.“

Da hieß sie ihre Mägdelein und Frauen unverwandt
Gute Kleider suchen, die besten, die man fand,
Die sollte ihr Ingesinde vor den Gästen tragen.
Das thaten sie wohl gerne; das mag man leichtlich sagen.

Auch eilte da zu dienen, wer König Günthers Mann;
Alle seine Recken der Wirth zu sich gewann.
Von dannen ritt die Königin, gar herrlich anzusehn;
Da ist den lieben Gästen freundlicher Gruß geschehn.

Hei, wie so voller Freuden empfing man die Gäste hie!
Sie däuchte, daß Frau Kriemhild Frauen Brünhilden nie
Also gut empfangen in Burgundenland.
Allen die es sahen ward hoher Muth bekannt.

Nun kam auch König Siegfried mit der Seinen Heer;
Man sah die Helden wenden die Rosse hin und her
Auf dem Felde allenthalben mit ungefügen Schaaren.
Vor Drängen und vor Stäuben konnte Niemand bewahren.

Als der Wirth des Landes Siegfrieden sah
Und auch Siegemunden, wie freundlich sprach er da:
„Nun seid mir hoch willkommen und all den Freunden mein:
Ob eurer Reise sollen wir hohen Muthes sein.“ —

„Nun lohne euch Gott!“ sprach Siegmund der ehrestrebende Mann:
„Seit daß euch Siegfried zum Freunde sein gewann,
Rieth mir mein eignes Herze, daß ich euch sollte sehn.“
Da sprach der König Günther: „Nun ist mir Freude dran geschehn.“

Siegfried ward empfangen, wie ihm das wohl zukam,
Mit viel großen Ehren; Niemand war ihm gram.
Da halfen mit edlen Sitten Geiselher und Gernot,
Daß man es lieben Gästen so gütlich nie erbot.

Nun naheten einander der beiden Könige Frauen.
Da gab es leere Sättel; da war manch Weib zu schauen,
Das edler Helden Hände zum Rasen niedersetzten.
Wie wenig Muße hatten, die sich am Frauendienst ergetzten!

Da sah man zu einander die minnigen Frauen gehn;
Das ist manch einem Ritter zu hoher Lust geschehn,
Daß ihrer beider Grüßen so minniglich geschah.
Was man da Recken fleißig im Frauendienste sah!

Das herrliche Gesinde nahm sich bei der Hand:
Was man da züchtigliches Neigen so vieles fand
Und minnigliches Küssen von wohlgethanen Frauen.
Günthers und Siegfrieds Mannen mochten es gerne schauen.

Sie harrten da nicht länger, sie ritten zur Stadt hinein.
Es bat der Wirth zu zeigen den lieben Gästen sein,
Sie würden in Burgunden von Allen gern gesehn.
Manch stolzes Lanzenrennen ist vor den Jungfrauen geschehn.

Man sah Hagen von Tronje und auch Ortweinen,
Die ließen, daß gewaltig sie wären, wohl erscheinen:
Was sie gebieten wollten, daß mußte auch geschehn.
Sie ließen große Dienste den lieben Gästen sehn.

Viel Schilde hörte man krachen bei dem Burgthore dort
Von Stichen und von Stößen. Es hielt an diesem Ort
Der Wirth mit seinen Gästen lange, eh ein sie zogen.
In hoher Kurzweil waren die Stunden ihnen hingeflogen.

Als sie nun vor den weiten Palast in Freuden ritten,
Da sah man manchen schönen Pfeller wohlgeschnitten
Ueber den reichen Sätteln der Frauen allerwegen
Niederhangen. Die Mannen Günthers kamen entgegen.

Man führte bald die Gäste, wo ihnen Ruh bereit.
Da sah man Brünhilden immer von Zeit zu Zeit
Nach Kriemhilden blicken, die schön genug wohl war:
Es strahlte vor dem Golde ihr rosiges Antlitz klar.

Man hörte das Gesinde zu Worms dort in der Stadt
Allenthalben jubeln. König Günther hat
Dankwarten seinen Marschall gebeten sie zu pflegen,
Der eilte das Gesinde aufs Beste einzulegen.

Draußen so wie drinnen speiste man trefflich sie;
Es wurde fremder Gäste besser gepfleget nie.
Alles was sie begehrten, das wurde nicht gespart —
Es war so reich der König, das Niemand nichts versaget ward.

Man diente ihnen freundlich und ohne allen Haß;
Und als der Wirth zu Tische mit seinen Freunden saß,
Bat man Siegfried zu sitzen, wie er vormals gethan.
Manch herrlicher Degen trat mit ihm zu Tische heran.

Zwölf hundert Recken saßen im Kreise hin
Da bei ihm zu Tische. Brünhild die Königin
Dachte, nimmer könne ein Dienstmann reicher sein.
Sie war ihm noch so gewogen, daß sie ihn gerne ließ gedeihn.

An jenem Abende, da Günther zu Tische saß,
Wurden viele reiche Kleider vom Weine naß,
Wohin zu den Tischen die Schenken mußten gehn;
Da ist viel reichlich Dienen mit großem Fleiße geschehn.

Wie man bei Festgelagen immer mochte pflegen,
Ließ man Frauen und Mägdelein sich zur Ruhe legen.
Der Wirth bewieß, daß Jedem er guten Willen trüge:
Man gab ihnen allen in Ehren zur Genüge.

Als die Nacht vergangen, bei Tages erstem Schein
Glänzte auf gutem Gewande manch ein Edelstein
Aus den Reisekisten. Das schaffte Frauenhand;
Da ward hervorgesuchet manch herrliches Gewand.

Eh es nun völlig tagte, da kamen vor den Saal
Viele Ritter und Knechte, hub Lust sich abermahl
Vor einer Frühmesse, die man dem Könige sang;
Da ritten junge Helden dem Könige zu Dank.

Manche Posaune dröhnte mit kräftiglichem Hall,
Von Flöten und Trommeten ward also groß der Schall:
Das weite Worms erbebte im lauten Widerhall.
Die hochgemuthen Helden kamen zu Rosse überall.

Da hub sich in dem Lande ein hohes Waffenspiel
Von manchem guten Recken; deren sah man viel.
Da sah man unter Schilden viel ziere Ritter gut,
Denen gaben ihre jungen Herzen hohen Muth.

Es saßen in den Fenstern die herrlichen Frauen
Und die viel schönen Mägdelein, gar lieblich anzuschauen;
Sie sahen manchen Kühnen dort in dem Spiele streiten.
Der Wirth mit seinen Freunden begann selber zu reiten.

So vertrieben sie die Stunden, die däuchten sie nicht lang.
Da hörte man zum Dome manch einer Glocke Klang:
Es kamen ihre Pferde, die Frauen ritten von dannen;
Den edlen Königinnen folgten viele kühne Mannen.

Sie stiegen vor dem Münster von den Pferden nieder.
Noch war Brünhilde ihren Gästen nicht zuwider.
Sie gingen unter Krone in das Münster weit —
Drauf ward die Liebe geschieden, das schuf feindlicher Neid.

Als sie Messe gehöret, ritten sie wieder fort
Mit gar manchen Ehren; darauf sah man sie dort
Fröhlich zu Tische gehen. Ihre Freude erlag
Bei diesem Feste nimmer — bis an den eilften Tag.

Wie die Königinnen einander schalten.

Vierzehntes Abenteuer.

Eines Tages vor der Vesper erhob sich lauter Schall,
Den schuf dort auf dem Hofe viel mancher Recken Schwall.
Sie trieben Ritterspiele um zu kurzweilen:
Da sah man Frauen und Männer um zuzuschauen eilen.

Da saßen bei einander die Königinnen reich;
Sie gedachten zweier Recken, die waren lobesreich.
Da sprach die schöne Kriemhild: „Ein solcher Mann ist mein,
Dem alle diese Reiche sollten unterthänig sein.“

Da sagte Frau Brünhilde: „Wie möchte dieses sein?
Ja, lebte Niemand weiter als du und er allein,
Möchte er wohl diese Reiche sich unterthänig sehn:
So lange Günther lebet, mag nimmer es geschehn.“

Da sprach Kriemhilde wieder: „Siehst du wohl, wie er steht,
Wie er recht wie ein König vor all den Recken geht,
Gleich wie der Mond der lichte vor den Sternen thut?
Drum trage ich wohl billig einen fröhlichen Muth.“

Da sagte Frau Brünhilde: „Wie herrlich auch dein Mann,
Wie schön und unbescholten, mußt du ihm doch voran
Noch deinen Bruder stellen, Günthern den edlen Degen;
Der geht vor allen Königen, das wisse, allerwegen.“

Da sprach Kriemhilde wieder: „So theuer ist mein Mann,
Daß er nicht unverdienet solch Lob von mir gewann.
In viel manchen Dingen ist er an Ehre reich;
Glaube mir, Brünhilde, er ist wohl Günthern gleich.“ —

„Du sollst es mir zum Argen, Kriemhilde, nicht verstehn,
Denn es ist auch meine Rede nicht ohne Grund geschehn.
Ich hörte es beide sagen, da ich zuerst sie sah;
Und als des edlen Königes Willen an mir geschah,

Und er meine Minne so ritterlich gewann,
Damals sagte Siegfried: Er sei des Königes Mann.
Drum halte ich ihn für eigen, ich hörte es ihn gestehn.“
Da sprach die schöne Kriemhild: „So wäre mir Schmach geschehn!

Wie hätten so geworben die edlen Brüder mein,
Daß ich des Eigenmannes Weib sollte sein?
Drum will ich dich, Brünhilde, in aller Liebe bitten:
Laß meinetwegen diese Rede mit guten Sitten." —

„Ich mag von ihr nicht lassen," sprach die Königin drauf:
„Wie gäbe ich so viele Rittersleute auf,
Die uns mit dem Degen zugleich sind unterthan?"
Da hub die schöne Kriemhild sehr zu zürnen an:

„Du mußt ihn wohl aufgeben, wird er dir nimmer doch
Irgendwie Dienste leisten. Er ist wohl besser noch
Als Günther mein Bruder, der viel edle Mann.
Verschone mich mit den Reden, welche dein Mund begann.

Doch nimmt michs immer Wunder, wenn er dein eigen ist,
Und du über uns beide also gewaltig bist,
Daß er dir so lange den Zins versessen hat.
Deines Uebermuthes bin ich mit Recht nun satt." —

„Du bist allzu vermessen!" sagte die Königin nun:
„Laß sehn, ob man dir eben wird solche Ehre thun,
Wie mir geschieht. Ja wahrlich, das möchte ich doch sehn."
Da sah man beide Frauen in großem Zorne stehn.

Da sagte Frau Kriemhilde: „Ja wohl muß es sich zeigen.
Da du gesagt, es wäre Siegfried, mein Mann dir eigen:
So sollen heute beider Könige Mannen sehn,
Ob ich vor Königes Weibe zur Kirche möge gehn.

Du sollst es heute schauen, daß ich bin edelfrei,
Und daß mein Mann besser als der deine sei,
Damit werde ich von Niemand, denke ich, bescholten sein.
Du sollst noch heute sehen, wie die Hörige dein

Vor Recken zu Hofe gehet in Burgundenland.
Ich will für besser gelten, als irgend noch Jemand
Eine Königin kannte, die je hie Krone trug."
Da hub sich unter den Frauen großen Hasses genug.

Da sagte wieder Brünhild: „Willst du nicht eigen sein,
So mußt du abgeschieden vom Ingesinde mein
Mit deinen Frauen kommen, wenn wir zum Münster gehn."
Kriemhilde sprach entgegen: „Führwahr, das soll geschehn." —

Es sprach das Weib Siegfriedens: „Ihr Maide sollt euch kleiden,
So daß ich keine Schande hie nimmer müsse leiden.
Wohlan, nun lasset sehen, ob ihr reiche Kleider tragt:
Sie soll noch gerne läugnen, was sie mir heute gesagt!"

Leicht wars, sie dessen mahnen; sie suchten reiches Kleid;
Und herrlich ward gezieret manch eine Frau und Maid.
Drauf ging mit ihrem Gesinde des edlen Königes Weib; —
Da ward auch wohl gezieret der schönen Kriemhilde Leib

Mit dreiundvierzig Maiden, die sie zum Rheine gebracht,
Die lichte Pfeller trugen, in Arabia gemacht.
So zogen zu dem Münster die schönen Mägdlein fort,
Ihrer harrten vor dem Hause Siegfrieds Mannen alle dort.

Die Leute nahm es Wunder, wovon das geschah,
Daß man die Königinnen also geschieden sah,
Daß sie nicht bei einander gingen, so wie eh? —
Das schuf noch manchem Degen gar harte Sorge und Weh.

Nun stund vor dem Münster König Günthers Weib;
Da hatte mancher Ritter gar holden Zeitvertreib
Mit den schönen Frauen, die sie da nahmen wahr.
Da kam die schöne Kriemhild mit mancher herrlichen Schaar.

Was edler Ritter Kinder jemals von Kleid getragen,
Das durfte wider Kriemhilds Gesinde sich nicht wagen.
Sie war so reich an Gute, daß dreißiger Könige Frauen
Nicht mochten schauen lassen, was sie allein ließ schauen.

Ob Jemand wünschen sollte, er könnte doch nicht sagen,
Man hätte je so reicher Kleider wo mehr getragen,
Als dazumalen ihre Maide angethan;
Nur Brünhilden zu Leide hatte es Kriemhild gethan.

Sie kamen dort zusammen vor einem Münster weit.
Da that es Frau Brünhilde durch einen großen Neid,
Sie hieß Kriemhilden mit bösen Worten stehn:
„Es soll vor Königs Weibe nimmer die Hörige gehn."

Da sprach die schöne Kriemhild, zornig war ihr Muth:
„Konntest du noch schweigen, wahrlich das wäre dir gut.
Du hast geschändet deinen schönen Leib.
Wie würde eines Mannes Kebse je eines Königes Weib?" —

„Wen nennest du hie Kebse?" sprach des Königes Weib.
„So nenne ich dich!" sprach Kriemhild: „Deinen schönen Leib
Minnte zum ersten Siegfried, mein viel lieber Mann —
Nein es war nicht mein Bruder, der dein Maidthum gewann.

Wo waren deine Sinne? es war wohl arge List,
Daß du ihn ließest minnen, da er dein eigen ist.
Ich höre dich," sprach Kriemhild: „ohne Ursach klagen." —
„Beim Himmel!" sagte Brünhild: „das will ich Günthern sagen!"—

„Dich hat," sagte Kriemhild: „dein Uebermuth betrogen:
Da hast mit deinen Reden zur Hörigen mich gelogen.
Das wisse auf Treu und Glauben, es wird mich immer kränken;
Vertrauen so wie Treue kann ich dir nie mehr schenken!"

Brünhilde weinte: Kriemhild harrte nicht länger dort,
Vor des Königes Weibe ging sie ins Münster fort
Sammt ihrem Ingesinde. Da hub sich großer Haß,
Da wurden lichte Augen nicht wenig trüb und naß.

Wieviel man Gott gedienet, oder was man sang,
Es däuchte Brünhilden die Weile viel zu lang,
Denn ihr war tief betrübet der Sinn und auch das Herz.
Manch kühner Held noch mußte entgelten ihren Schmerz.

Man sah mit ihren Frauen Brünhilden vors Münster gehn.
Sie dachte: „Mir soll Kriemhild noch weiter Rede stehn,
Was mir das lästerliche Weib hat Schuld gegeben.
Hat er sichs gerühmet, so gehts ihm wahrlich an das Leben.“

Nun kam die schöne Kriemhild mit manchem kühnen Degen;
Da sprach die edle Brünhild: „Haltet ein auf euren Wegen!
Ihr machtet mich zur Kebse: laßt die Beweise sehn,
Denn wißt, durch eure Rede ist mir Schmach und Leid geschehn!“

Da sagte Frau Kriemhilde: „Ließt ihr mich lieber gehn!
Ich beweise es mit dem Golde, an meiner Hand zu sehn,
Das brachte mir Siegfried, als er bei euch lag.“
Nie noch erlebte Brünhild einen leidvolleren Tag.

Sie sprach: „Der Ring von Golde, der wurde mir gestohlen
Und ward mir schon lange freventlich verhohlen.
Nun endlich kommts zu Tage, wer ihn mir genommen.“
Die Frauen waren beide in großen Zorn gekommen.

Da sagte wieder Kriemhild: „Nicht nenne du mich Dieb.
Du hättest schweigen sollen, wäre dir Ehre lieb.
Ich beweise es mit dem Gürtel, den ich mir legte an,
Daß ich nicht gelogen: wohl ward Siegfried dein Mann.“

Es war von Seide aus Ninnive der Gürtel, den sie trug,
Mit edelem Gesteine; wohl war er gut genug.
Als den Brünhild erkannte, begann sie sehr zu weinen.
Das mußte Günther wissen, dazu alle die Seinen.

Es sprach das Weib des Königs: „Bittet her zu kommen
Den Fürsten von dem Rheine. Es werde von ihm vernommen,
Wie hier seine Schwester schimpflich verhöhnet mich:
Ich sei das Weib Siegfriedens, sagt sie hie öffentlich.“

Der König kam mit Recken. Als er sein Weib nun hier
So heftig weinend schaute, sprach er freundlich zu ihr:
„Saget mir, liebe Fraue, was ist euch geschehn?“
Sie sagte zu dem Könige: „Wohl muß ich traurig stehn.

Aller meiner Ehren hat die Schwester dein
Mich berauben wollen. Dir soll geklaget sein:
Sie sagt es habe Siegfried zur Kebse mich gewonnen.“
Da sprach der König Günther: „Schmach dem, der das ersonnen!“—

„Sie trägt hie meinen Gürtel, welchen ich verloren,
Und meinen Ring von Golde. Ach, daß ich je geboren,
Das muß ich wohl beklagen. Befreie, König, mich
Von dieser großen Schande; nie mehr sonst liebe ich dich.“

Da sagte König Günther: „Er möge zu uns gehn;
Hat er sich deß gerühmet, soll er es eingestehn,
Oder er soll es läugnen der Held von Niederland.“
Da wurde alsbalde nach dem kühnen Siegfried gesandt.

Als der Degen Siegfried die Mißgemuthen sah —
Er hatte keine Kunde — wie balde sprach er da:
„Was weinen diese Frauen? das hätte ich gern erkannt—
Oder aus welchem Grunde hat man nach mir gesandt?“

Da sprach der König Günther: „Das sei von mir beklagt!
Mir hat mein Weib Brünhilde so eben hie gesagt:
Du habest dich gerühmet, du seist ihr erster Mann.
So sagt dein Weib Kriemhilde. Thatest du das? sage an." —

„Nein!" sagte Siegfried: „Und hat sie das gesagt,
Will ich nicht eher ruhen, bis daß sie es beklagt;
Und daß ichs nicht gesaget, will ich bezeugen dir
Mit meinem hohen Eide vor allen deinen Mannen hier."

Da sprach der Fürst vom Rheine: „Das sollst du lassen sehn.
Der Eid den du geboten, wird der allhie geschehn:
Will ich dich ledig lassen aller falschen Dinge."
Die von Burgunden traten zusammen zu einem Ringe.

Siegfried der kühne Degen bot zum Schwure die Hand.
Da sprach der stolze König: „Nun habe ich wohl erkannt,
Daß keine Schuld ihr traget; ihr seid von mir befreit
Von alle dem, dessen euch meine Schwester zeiht."

Da sagte wieder Siegfried: „Es soll ihr wenig frommen,
Daß durch sie dein schönes Weib in Leid gekommen.
Wahrlich, ohne Maßen ist mir leid, was sie gethan."
Da sahen einander die kühnen Ritter an.

„Man soll Frauen so ziehen," sprach Siegfried der Degen:
„Daß sie in ihrem Munde nicht üppige Reden hegen.
Verbiete es deinem Weibe, ich will es dem meinen sagen.
Mich hat mit Scham und Schande der Uebermuth geschlagen."

Schon viele schöne Frauen entzweiten sich mit Worten.
Da trauerte so heftig die edle Brünhild dorten,
Daß es erbarmen mußte jeden, der Günthers Mann.
Da kam Hagen von Tronje zu seiner Herrin heran.

Er fragte, was ihr wäre, als er sie weinend fand.
Sie sagte, was geschehen; da schwur er ihr zuhand,
Der Mann Kriemhildens müßte es theuer büßen,
Oder er wolle nimmer frohen Tag begrüßen.

Als sie noch sprachen, kamen Ortwein und Gernot;
Da beriethen die Helden Siegfriedens Tod.
Dazu kam auch Geiselher der schönen Ute Kind;
Als der die Rede hörte, sagte er treugesinnt:

„Ihr viel guten Recken, warum thut ihr das?
Wahrlich, Siegfried verdiente nimmer solchen Haß,
Daß er deßwegen sollte das Leben sein verlassen.
Es sind geringe Dinge, um die sich Frauen hassen.“ —

„Sollen wir Gäuche ziehen?“ sagte dawider Hagen:
„Das möchte so guten Degen wenig Ehre tragen.
Daß er sich hat gerühmet der lieben Herrin mein,
Darüber will ich sterben, geht es ihm nicht ans Leben sein!“

Da sprach der König selber: „Er hat uns nichts gethan
Als Gutes nur und Ehre. Greift nicht sein Leben an!
Was frommte es, trüge ich diesem Recken Haß?
Er zeigte stets uns Treue, und willig that er das.“

Da sprach von Metz der kühne Degen Ortwein:
„Ihm soll seine Stärke wenig Schutz verleihn;
So mirs mein Herr erlaubet, thue ich ihm alles Leid.“
So waren ohne Ursach die Helden ihm zu schaden bereit.

Doch folgte solchem Niemand, außer daß Tag für Tag
Hagen dem Degen Günther damit in Ohren lag:
Wenn Siegfried nicht mehr lebte, würden ihm unterthan
Vieler Könige Lande. Da fing der Held zu trauern an.

Sie ließen dort es ruhen: da sah man Ritterspiel.
Hei, was man vor dem Münster starker Schäfte viel
Vor Siegfriedens Weibe bis zu dem Saale brach!
Von Günthers Mannen waren genug in Unmuth ob der Schmach.

Der König sprach: „Laßt fahren den mörderischen Zorn!
Es ist uns dieser Degen ein Heil und Ehrenborn.
Auch ist so stark und grimmig der wunderkühne Mann:
Würde er dessen inne, vor ihm bestände keiner dann.“ —

„Nein,“ sagte Hagen: „Ihr sollet mir beipflichten,
Ich traue mir es heimlich so klüglich einzurichten,
Daß Brünhildens Weinen von ihm noch wird beklagt.
Ihm hat Hagen für immer Feindschaft angesagt.“

Da sprach der König Günther: „Wie möchte das geschehn?“
Da gab ihm Hagen Antwort: „Ich wills euch lassen sehn.
Wir heißen Boten reiten, die kommen in das Land
Und künden offne Fehde; sie kennet hie Niemand.

Dann sagt ihr vor den Gästen, daß ihr mit eurem Lehn
Heerfahrten wollet. Ist dieses nun geschehn
Und beut er seine Dienste — das kostet ihn das Leben —
Das Weib des kühnen Recken muß mir dann Kunde geben.“

Zum Unheil folgte der König seinem Dienstmann Hagen.
Mit solch argem Verrathe begannen sich zu tragen,
Eh Jemand es erfahren, die Ritter auserkoren.
Durch zweier Frauen Hader ward manch ein Held verloren.

Wie Siegfried verrathen ward

Funfzehntes Abenteuer.

Am vierten Morgen ritten zweiunddreißig Mann
An den Hof. Man sagte es König Günthern an.
Es hieß, daß sie gekommen ihm Fehde anzusagen.
Die Lüge schuf den Frauen viel Jammer, Leid und Klagen.

Als sie vor den König zu kommen Urlaub gewannen,
Sagten sie, sie wären Lüdigers Mannen,
Den Siegfried vor Zeiten zum Gefangenen gemacht
Und als seine Geisel in Günthers Land gebracht.

Er grüßte da die Boten und hieß sie sitzen gehn;
Da sprach von ihnen Einer: „Herr, lasset uns stehn,
Bis wir die Kunde sagen, deren wir Boten sind.
Wisset, ihr habt zum Feinde manch einer Mutter Kind.

Euch sagen Lüdegast und Lüdiger Fehde an,
Denen ihr einstens Schaden und Schande angethan:
Die wollen euch mit Heere in eure Lande fahren."
Der König begann zu zürnen, als er die Botschaft erfahren.

Man hieß die Hinterlistigen in die Herberge gehn.
Wie konnte der kühne Siegfried vor dem Verrath bestehn,
Er oder sonst wer immer, den jene dort gesponnen? —
Sie habens noch ihnen selber zu großem Leide begonnen.

Der König mit den Seinen ging raunend ab und zu —
Der grimme Hagen von Tronje ließ ihm keine Ruh.
Manche von Günthers Mannen hätten es noch gewendet,
Doch Hagen der beharrte, bis daß er es geendet.

Als sie eines Tages Siegfried raunend fand,
Fragte er alsbalde, der Held von Niederland:
„Warum sehe ich den König und die Seinen traurig stehn? —
Ich helfe es immer rächen, ist euch ein Leid geschehn!"

Da sprach der König Günther: „Wohl hab ich Grund zu klagen,
Da Lüdegast und Lüdiger mir feindlich widersagen:
Sie reiten mir zu offener Fehde in das Land."
Da sprach der kühne Degen: „Dem soll Siegfriedens Hand

Nach allen euren Ehren mit Fleiße widerstehn,
Ich thue noch den Degen, wie ihnen eh geschehn:
Ich lege ihnen wüste ihre Burgen und ihr Land,
Eh ich nachlasse: darauf setze ich mein Haupt zum Pfand.

Ihr und eure Recken sollt hie zu Hause weilen,
Mich lasset mit den Meinen nach ihrem Lande eilen.
Daß ich euch gerne diene, das lasse ich euch sehn:
Von mir soll euren Feinden, das wisset, Leid geschehn." —

„Heil mir der frohen Kunde!" Der König sagte so,
Als wäre er im Ernste seiner Hilfe froh.
Tief neigte sich in Falschheit der ungetreue Mann;
Da sagte Herr Siegfried: „Habet keine Sorge fortan."

Sie schickten sich als wollten sie mit den Knechten fort,
Damit es Siegfried sähe mit den Seinen dort.
Da hieß er sich rüsten die von Niederland:
Siegfriedens Recken suchten Streitgewand.

Da sprach der starke Siegfried: „Mein Vater Siegemund,
Ihr sollet hie verweilen. Wir kehren in kurzer Stund,
Giebt uns Gott Gelingen, zurücke nach dem Rhein.
Ihr sollet hie in Fröhlichkeit bei dem Könige sein."

Sie banden an die Fahnen und wollten so von dannen.
Da gab es noch viele von König Günthers Mannen,
Die hatten noch nicht Kunde, warum dieses geschehn.
Man konnte groß Gesinde dort bei Siegfrieden sehn.

Sie eilten Helme und Panzer den Mähren aufzulegen;
Es schickte sich zur Reise manch ein starker Degen.
Da ging Hagen von Tronje, wo er Kriemhilden fand,
Und bat sie um Urlaub: sie wollten aus dem Land.

„Wohl mir," sagte Kriemhild: „daß ich den Mann gewann,
Der meine lieben Freunde so wohl beschirmen kann,
Wie mein Herr Siegfried thut den Freunden mein.
Deß will ich", sprach die Königin: „hohen Muthes sein.

Ich bitte euch deß zu gedenken, lieber Freund Hagen,
Daß ich euch gerne diene und nie noch Haß getragen.
Das möget ihr mir vergelten an meinem lieben Mann:
Er entgelte es nimmer, that ich Brünhilden etwas an.

Ich selber habe es müssen bereuen und beklagen,
Ich hatte an seinem Zorne schwer genug zu tragen,
So war er mißgemuthet, daß ich das Wort gesprochen;
Das hat der kühne Degen an mir gar schwer gerochen."

Er sprach: „Gewiß, ihr werdet versöhnt in diesen Tagen.
Kriemhilde, liebe Herrin, ihr sollet mir sagen,
Wie ich bei eurem Manne Siegfried euch dienen könne,
Da ich es gerne thue und es Niemand lieber gönne."

Da sprach das Weib das edle: „Ich würde mich wenig grämen,
Daß ihm Jemand das Leben im Sturme könnte nehmen:
Der kühne Degen wäre sicher allezeit,
Wäre er seinem Uebermuth nur zu entsagen bereit." —

„Herrin," sagte Hagen: „wenn ihr Sorge traget,
Daß man ihn verwunde, so trauet mir und saget,
Mit welcher Art von Künsten soll ich dem widerstehn?
Ich will ihm zur Behütung immer reiten und gehn."

Sie sprach: „Du bist mein Sippe und ich die Sippe dein:
Ich befehle dir auf Treue den lieben Gatten mein,
Daß du ihn wohl behütest den herzgeliebten Mann."
Da gab sie, was sie besser verschwiegen hätte, ihm an.

Sie sprach: „Mein Mann ist kühne, dazu auch stark genug.
Als er den Linddrachen an dem Berge erschlug,
Da badete sich im Blute der herrliche Mann,
Weshalb ihn nun im Sturme kein Waffen schneiden kann.

Jedoch bin ich in Sorgen, wenn er im Streite steht,
Und vieles Speerwerfen von Heldenhand ergeht,
Daß ich alsdann verliere ihn meinen lieben Mann.
Ach, was ich oft schon Sorge um Siegfrieden gewann!

Ich melde es auf Gnade, lieber Freund, dir,
Damit du deine Treue beweisen magst an mir,
Wo man meinen lieben Mann verwunden kann.
Das zeige ich, auf Gnade geschieht es, dir jetzt an.

Als aus des Drachen Wunde das Blut das heiße brach
Und sich der gute Ritter drin badete hernach,
Da fiel ihm zwischen die Schultern ein Lindenblatt gar breit;
Dort kann man ihn verwunden; das macht mir Sorge und Leid."

Da sprach Hagen von Tronje: „Auf des Helden Gewand
Nähet ein kleines Zeichen, dabei ist mir bekannt,
Wo ich ihn schirmen müsse, wenn wir im Kampfe stehn."
Sie wähnte ihn zu retten — auf seinen Tod wars abgesehn.

Sie sprach: „Mit feiner Seide will ich auf sein Gewand
Heimlich ein Kreuze nähen. Da, Held, soll deine Hand
Meinen Mann beschirmen, wenns ins Gedränge geht,
Wenn er in dem Sturme vor seinen Feinden steht." —

„Das thue ich," sagte Hagen: „viel liebe Herrin mein."
Da wähnte wohl Kriemhilde, es wäre zum Frommen sein:
Es ward der Mann Kriemhildens also verrathen dort;
Da nahm Hagen Urlaub und ging gar fröhlich fort.

A. Vogel

Des Königes Gesinde war alles wohlgemuth.
Ich meine, daß kein Recke nimmer wieder thut
So große Untreue, wie man an Hagen schaute,
Als auf seine Treue die schöne Königin baute.

Es ritt am andern Morgen mit tausend seiner Mannen
Der kühne Degen Siegfried in Fröhlichkeit von dannen.
Er wähnte, daß der Freunde Leid er rächen sollte;
Hagen ritt ihm so nahe, weil sein Kleid er schauen wollte.

Als er erkannt das Zeichen, da schickte er seiner Mannen
Zween, um andere Kunde zu bringen, heimlich von dannen.
Sie sagten, daß sie Lüdiger zum Könige gesandt,
Es sollte in Frieden bleiben des edlen Günthers Land.

Wie ungerne Siegfried wieder zurückgeritten,
Bevor er seine Freunde zu rächen noch gestritten!
Kaum konnten Günthers Mannen zur Rückkehr ihn bewegen.
Er ritt zu dem Könige, der dankte dem kühnen Degen:

„Nun lohne, Freund Siegfried, euch Gott deßwegen,
Daß ihr meinen Bitten so freundlich kommt entgegen;
Ihr sollet, wie es billig, mich immer dankbar schauen,
Vor allen meinen Freunden will ich auf euch vertrauen.

Nun wir des Feldzuges mögen ledig sein,
So will ich jagen reiten. Wir wollen Bär und Schwein
Im Wasgauwalde jagen, wie wirs schon oftmals thaten."
Dazu hatte Hagen der ungetreue Mann gerathen.

„Allen meinen Gästen soll man das nun sagen;
Ich denke früh zu reiten. Die mit mir wollen jagen,
Die mögen sich bereiten. Wer will, mag hie bestehn
Die Frauen zu unterhalten; ich werde es gerne sehn."

Da sprach der starke Siegfried mit edlen Sitten frei:
„Wenn ihr jagen wollet, so bin ich gern dabei.
So sollet ihr mir geben einen Jägersmann
Mit etlichen Bracken; so reite ich in den Tann.“ —

„Brauchet ihr mehr als Einen,“ sprach Günther unverwandt:
„Ich gebe euch, wollt ihr, viere, denen wohlbekannt
Der Wald und auch die Orte, wo des Wildes Gassen,
Die euch nicht unverrichtet wieder heimreiten lassen.“

Da ritt zu seinem Weibe der Degen unverzagt.
Alsbald hatte Hagen dem Könige gesagt:
Wie er verderben wollte den hochgelobten Degen.
So großer Untreue sollte nie ein Mann pflegen.

Wie Siegfried erschlagen ward.

Sechzehntes Abenteuer.

Günther und Hagen, die Recken wohlgestalt,
Versprachen mit Untreuen ein Pirschen in den Wald.
Mit ihren scharfen Spießen wollten sie Bär und Schwein
Und Buckelochsen jagen: was konnte kühner sein?

Mit ihnen ritt auch Siegfried, wies einem Herrn mag frommen;
Mancherlei Speise ward für sie mitgenommen.
An einem kalten Brunnen verlor er drauf das Leben:
Den Rath hatte Brünhilde, Günthers Weib, gegeben.

Es ging der kühne Degen, wo er Kriemhilden fand.
Da wurde aufgesäumet für ihn das Pirschgewand
Und auch für die Gesellen; sie wollten über Rhein:
Da konnte nie Kriemhilden mehr weh ums Herze sein.

Seine Herztraute küßte er auf den Mund:
„Gott gebe, daß wir einander, Kriemhilde, noch gesund
Mit Augen sehen mögen. Mit den holden Sippen dein
Verkürze dir die Stunden; ich kann daheim nicht sein."

Da dachte sie der Kunde — nicht wagte sies zu sagen —
Die sie Hagen gegeben, und begann zu klagen,
Daß sie jemals geboren, die edle Königin.
Wie flossen da die Thränen des wunderschönen Weibes hin!

Sie sagte zu dem Recken: „Laßt euer Jagen bleiben.
Ich habe heut schlimm geträumet: zween Eber sah ich treiben
Euch vor sich auf der Heide; da wurden Blumen roth.
Daß ich so heftig weine, deß habe ich wahrlich Noth.

Ich fürchte voller Bangen irgendwie Verrath,
Ob man ihrer einen etwa beleidigt hat,
Die uns verfolgen können mit feindlichem Haß.
Bleibet, lieber Siegfried, ich rathe euch treulich das." —

„Meine liebe Herztraute, ich kehre in kurzen Tagen.
Ich kenne hie Niemanden, der Haß mir möchte tragen,
Da alle deine Sippen mir Huld und Treue hegen;
Auch habe ichs nicht anders verdienet um die Degen." —

„Nein doch, lieber Siegfried, ich fürchte für dein Leben.
Ich habe heut schlimm geträumet: zween Berge sah ich beben
Und auf dich niederstürzen, ich sah dich nimmermehr.
Willst du von mir scheiden, das schmerzt mich ach wie sehr.“

Er umfing mit Armen das tugendreiche Weib
Und koste mit minnigem Kusse ihren schönen Leib.
Gar balde nahm er Abschied um von ihr wegzugehn —
Sie hat ihn leider nimmer lebendig wieder gesehn.

Da ritten sie von dannen in einen tiefen Tann.
Man sah der Kurzweil wegen gar manchen Rittersmann
Mit Günthern und Siegfrieden nach dem Walde eilen.
Gernot und Geiselher wollten daheim verweilen.

Vor ihnen kamen viele Saumrosse über Rhein,
Die trugen für die Jäger Brot sowohl als Wein,
Und Fleisch sowohl als Fische und Vorrath mancher Art,
Wie ein so reicher König wohl führt auf einer Fahrt.

Sie hießen Herberg nehmen hinter dem Walde grün,
Wider des Wildes Ablauf, die Jäger stolz und kühn,
Auf einem breiten Anger; allda wollten sie jagen.
Auch Siegfried war gekommen, das eilten sie Günthern zu sagen.

Von den Jagdgesellen wurde da umstellt
Der Wald an allen Enden. Da sprach der kühne Held,
Siegfried der starke Degen: „Wer führt uns auf den Wegen
Im Walde nach dem Wilde, ihr kühnen schnellen Degen?“ —

„Wollen wir uns theilen,“ sagte darauf Hagen:
„Eh daß wir beginnen hie im Walde zu jagen?
So wird es sich uns zeigen, mir und den Herren mein,
Wer die besten Jäger bei dieser Waldreise sein.

Wir wollen uns in die Leute und in die Hunde theilen,
Dann mag, wohins gelüstet, dahin ein jeder eilen.
Wer dann am besten jaget, der erntet Preis und Dank."
Die Jäger bei einander, die weilten nicht mehr lang.

Da sprach der Degen Siegfried: „Der Hunde habe ich Rath.
Ich will nur einen Bracken, der so genossen hat,
Daß er im Wald die Fährte der Thiere zeigen kann:
Wir kommen wohl zum Jagen!" sagte Kriemhildens Mann.

Da nahm ein alter Jäger einen Spürhund
Und brachte den edlen Herren dahin in kurzer Stund,
Wo sie viel Wildes fanden. Was sich da mochte regen,
Das jagten die Gesellen, wie noch gute Jäger pflegen.

Was der Bracke auftrieb, das schlug mit seiner Hand
Siegfried der kühne, der Held von Niederland;
Sein Roß lief so behende, daß ihm kein Thier entrann:
So daß vor all den andern im Jagen er den Preis gewann

Er war in allen Dingen brav und geschickt genug.
Das erste von den Thieren, die er zu Tode schlug,
War ein starkes Halbschwein, er trafs mit seiner Hand;
Worauf er gar balde einen ungefügen Löwen fand.

Als ihn der Bracke auftrieb, schoß er ihn mit dem Bogen;
Er hatte einen scharfen Bolzen aufgezogen:
Der Leu lief nach dem Schusse nur noch drei Sprünge lang.
Seine Jagdgesellen sagten Siegfrieden Dank.

Darauf schlug er alsbalde einen Büffel und einen Elk,
Starker Ure viere und einen grimmen Schelk.
Sein Roß trug so behende ihn, daß ihm nichts entrann,
Kein Hirsch und keine Hinde den Lauf ihm abgewann.

Es geschah, daß der Bracke einen großen Eber fand;
Als der begann zu fliehen, da kam er unverwandt,
Der edle Jägermeister, und warf sich ihm entgegen:
Es lief das Schwein im Zorne wider den kühnen Degen.

Da schlug ihn mit dem Schwerte Kriemhildens Mann:
Kein andrer Jäger ginge so leicht wie er daran.
Nachdem er ihn gefället, fing man den Spürhund:
Da ward sein reiches Jagen allen Burgunden kund.

Sie hörten allenthalben Lärmen und Getos;
Von Leuten und von Hunden ward der Schall so groß,
Daß ihnen Antwort gaben der Berg und auch der Wald;
Vierundzwanzig Koppeln hatten die Jäger losgeschnallt.

Es mußten viele Thiere lassen dort das Leben.
Da meinten die Burgunden, man würde ihnen geben
Den Preis bei diesem Jagen: das konnte nicht geschehn,
Als man den starken Siegfried bei der Feuerstatt gesehn.

Die Jagd war nun vorüber, doch noch nicht ganz und gar.
Die zur Feuerstatt wollten, die brachten mit sich dar
Viel mancher Thiere Häute und des Wildes auch genug:
Hei, was man zu der Kuchel vor das Gesinde trug!

Da hieß der König künden den guten Jägern sein,
Daß er zum Imbiß wollte: man stieß ins Horn hinein
Einmal; an diesem Zeichen ward jedermann bekannt,
Daß man den edlen Fürsten bei der Herberge fand.

Da sprach der Degen Siegfried: „Nun räumen wir den Tann!"
Sein Roß trug ihn gemächlich; sie eilten ihm nach fortan.
Mit ihrem Schalle scheuchten sie ein Thier gar fürchterlich,
Einen wilden Bären; da sprach der Degen hinter sich:

„Ich will uns Jagdgesellen eine Lust gewähren.
Ihr sollt den Bracken lösen, ich sehe einen Bären;
Der soll mit uns von hinnen zu den Herbergen fahren.
Flieht er nicht gar behende, kann er sich nicht bewahren.“

Der Bracke ward gelöset, der Bär lief zu entweichen,
Der Mann Kriemhildens dachte ihn reitend zu erreichen.
Er kam in ein Gestrüppe, da konnte es nicht geschehn,
Das starke Thier das wähnte dem Jäger zu entgehn.

Da sprang von seinem Rosse der Ritter auserkoren
Und begann ihm nachzulaufen. Das Thier war nun verloren,
Es konnte ihm nicht entrinnen: er fing es unverwandt;
Ohne alle Wunden der Held es eilig band.

Weder kratzen noch beißen konnte es den Mann;
Er band es zu dem Sattel. Auf saß der Schnelle dann;
Er brachte es an die Feuerstatt durch seinen hohen Muth
Um eines Scherzes Willen, der Degen kühn und gut.

Wie ritt er zur Herberge, in welcher Herrlichkeit!
Sein Spieß, der war gewaltig, stark dazu und breit,
Ihm hing ein zieres Waffen nieder bis zum Sporn;
Von rothem Golde führte der Held ein schönes Horn.

Von besserm Pirschgewande hörte ich nimmer sagen:
Man sah von schwarzem Pfeller einen Rock ihn tragen
Und einen Hut von Zobel, der war prächtig genug;
Hei, was er edler Borten an seinem Köcher trug!

Des süßen Ruches wegen war er überzogen
Mit einem Pantherfelle. Auch führte er einen Bogen;
Es brauchte eine Winde, die Sehne anzuziehn,
That es nicht Siegfried selber, wer spannen wollte ihn.

Von der Haut des Luchses war sein ganz Gewand,
Das man bunt geflecket von oben bis unten fand.
Dem kühnen Jägermeister glänzten viel goldne Borten
Aus dem lichten Rauchwerk hervor, so hie wie dorten.

Auch sah man ihn Balmungen ein zieres Waffen tragen,
Das war so scharf, das nimmer es pflegte zu versagen,
Wenn man es schlug auf Helme; seine Schärfen waren gut.
Der herrliche Jäger trug gar hohen Muth.

So ich euch die Märe gar bescheiden soll:
Ihm war sein edler Köcher guter Pfeile voll;
Die Tüllen waren golden, die Eisen händebreit.
Was er damit getroffen, dem war der Tod nicht weit.

So ritt der edle Degen gar jagdgerecht heran.
Als ihn Günthers Mannen zu ihnen kommen sahn,
Liefen sie ihm entgegen, das Roß ihm zu empfangen;
Da hatte er am Sattel den starken Bären hangen.

Als er vom Roß gesprungen, nahm er von Fuß und Munde
Dem Bären ab die Bande. Da erhuben bald die Hunde
Ein überlautes Bellen, als sie den Bären erkannt.
Das Thier wollte zu Walde, woraus groß Ungemach entstand.

Als von dem Lärm zur Küche der starke Bär gerieth,
Hei, was er Küchenknechte da von dem Feuer schied!
Manch ein Kessel ward gestoßen, zerrissen manch ein Brand —
Hei, was man guter Speise in der Asche liegen fand!

Da sprangen von den Sesseln die Herrn und ihre Mannen.
Der Bär begann zu zürnen: der König hieß von dannen
Alle Hunde lassen, was noch an Seilen lag;
Und nähms ein gutes Ende: sie hätten fröhlichen Tag.

Sie ließen es nicht länger: mit Bogen und mit Speeren
Folgten die schnellen Degen, wo er lief, dem Bären;
Doch Niemand schoß, von Hunden war es dort zu voll.
So laut war das Getöse, daß Berg und Thal erscholl.

Als vor den Hunden eilig der Bär zu fliehn begann,
Konnte ihm Niemand folgen als nur Kriemhildens Mann,
Der ihn mit dem Schwerte ereilte und erschlug,
Worauf man zu dem Feuer wieder den Bären trug.

Da sprachen, die das sahen, er wäre ein starker Mann.
Man rief die Jagdgesellen zu Tische nun heran.
Auf einem schönen Anger saß ihrer da genug:
Hei, was man Ritterspeise den stolzen Jägern trug!

Die Schenken kamen säumig, sie sparten mit dem Wein:
Sonst mochten nimmer Helden so gut bedienet sein.
Hätten sie nicht darunter so falschen Sinn verborgen,
So wären wohl die Recken vor aller Schande geborgen.

Da sprach der edle Siegfried: „Mich wundert es mit Fug:
Bringt man uns aus der Küche so mancherlei genug,
Was bringen uns die Schenken dazu nicht auch noch Wein?
Pflegt man nicht baß der Jäger, will ich nicht Jagdgeselle sein.

Ich hätte wohl verdienet, man nähme baß mich auf."
In Falschheit sprach der König von seinem Tische drauf:
„Man soll euch gerne büßen, was heute wir vermissen:
Die Schuld davon trägt Hagen, er will uns dürsten wissen."

Da sprach Hagen von Tronje: „Lieber Herre mein,
Ich wähnte, heute sollte wo anders Pirschen sein,
In dem Spessartwalde: dort sandte ich hin den Wein.
Heut missen wir des Trunkes; doch solls nicht wieder sein."

Da sprach der Niederländer: „Deß weiß ich wenig Dank:
Sieben Saumthiere mit Meth und Lautertrank
Hätte man mir bringen sollen. Wenn das nicht mochte sein,
So sollte man uns siedeln näher an den Rhein.“

Da sprach Hagen von Tronje: „Ihr edlen Ritter schnell,
Ich weiß hie in der Nähe einen kühlen Quell:
Daß ihr nicht zürnen möget, dahin lasset uns gehn.“
Der Rath war manchem Degen zu großen Sorgen geschehn.

Siegfrieden den Recken, den zwang des Durstes Noth,
Weßhalb er desto eher den Tisch zu rücken gebot;
Er wollte nach den Bergen zu dem Brunnen gehn.
Wohl war mit argen Listen der Rath der Recken geschehn.

Man hieß das Wild aufladen und führen in das Land,
Das dort erschlagen hatte des kühnen Siegfrieds Hand.
Es zieh ihn großer Ehren, wer irgend es ersah.
Wie sehr brach Hagen an Siegfried seine Treue da!

Als sie von dannen wollten zu einer Linde breit,
Da sprach Hagen von Tronje: „Ich hörte allezeit,
Dem Manne Kriemhildens, versuche er sich im Rennen,
Könne Niemand folgen: ließe er uns das erkennen!“

Da sprach von Niederlanden der Degen kühn und schnell:
„Das möget ihr wohl versuchen, wollet ihr zu dem Quell
Mit mir die Wette laufen. Wenn solches nun geschehn,
Soll man dem, den gewinnen man sah, den Preis zugestehn.“

„So laßt es uns versuchen!“ sagte Hagen der Degen.
Da sprach der starke Siegfried: „So will ich mich legen
Vor eure Füße nieder in das Gras.“
Als er solches hörte, wie lieb war Günthern das!

Da sprach der kühne Degen: „Ich will euch mehr noch sagen:
All mein Jagdgeräthe will ich mit mir tragen,
Den Spieß zusammt dem Schilde und auch mein Pirschgewand."
Worauf er schnell den Köcher zum Schwerte um sich band.

Drauf zogen sie die Kleider von dem Leibe da:
In zwei weißen Hemden man beide stehen sah.
Gleich zween wilden Pardeln liefen sie durch den Klee,
Doch sah man bei dem Brunnen den kühnen Siegfried eh.

Er trug in allen Dingen den Preis vor manchem Mann.
Er legte schnell bei Seite das Schwert, den Köcher dann,
Und lehnte seinen starken Spieß an der Linde Ast:
Bei der rieselnden Quelle stand der herrliche Gast.

Siegfriedens Tugenden, die leuchteten wohl hell.
Er legte auch zur Erde den Schild noch bei dem Quell.
Wie sehr der Durst ihn brannte, entsagte er doch dem Trank,
Bevor der König getrunken. Ihm ward ein böser Dank!

Der Brunnen, der war kühle, war rein und gut und hell;
Es neigte König Günther sich nieder zu dem Quell.
Als er getrunken hatte, wandte er sich zu gehn.
Dasselbe wäre auch gerne vom kühnen Siegfried geschehn.

Da ward ihm seine Tugend vergolten. Es eilte Hagen
Sein Schwert und seinen Bogen von ihm wegzutragen,
Und sprang alsbald zurücke, wo er den Jagdspieß fand.
Er sah nach einem Zeichen an des kühnen Helden Gewand.

Als der edle Siegfried aus dem Brunnen trank,
Schoß er ihn durch das Kreuze, und aus der Wunde sprang
Das Blut aus seinem Herzen mit Macht auf Hagens Kleid.
Nein, solche Schandthat übet kein Held zu dieser Zeit.

Er ließ ihm in dem Herzen den Jagdspieß stecken.
Wohl nimmer hat auf Erden vor irgend einem Recken
Der grimme Hagen also eilig die Flucht gewonnen.
Als sich der starke Siegfried der großen Wunde versonnen,

Da sprang er wild und rasend von dem Born empor:
Eine Speerstange ragte ihm zwischen den Schultern vor.
Der Fürst wähnte zu finden Bogen oder Schwert —
So würde nach seinem Dienste Hagen der Lohn gewährt.

Als der zum Tode Wunde nicht Schwert noch Bogen fand,
Da hatte er nichts weiter als seinen Schildesrand.
Er riß ihn von dem Brunnen empor, lief Hagen an:
Da konnte ihm nicht entrinnen König Günthers Mann.

Wie wund er war zum Tode, so kräftig schlug er drein,
Daß von seinem Schilde viel edeles Gestein
Zur Erde niederflirrte; der Schild war ganz zerbrochen.
Der herrliche Fremdling hätte sich gern gerochen.

Von seiner Hand war Hagen zum Boden hingefallen,
Von den starken Schlägen hörte das Thal man hallen:
Hätte er sein Schwert in Händen, so wäre es Hagens Tod;
Groß war des Wunden Zürnen: ihn zwang die herbe Noth.

Erblichen war sein Antlitz, er konnte nicht mehr stehn,
Seines Leibes Stärke mußte ganz zergehn,
Weil er des Todes Zeichen in bleicher Farbe trug.
Es haben schöne Frauen ihn noch beweinet genug.

Da fiel in die Blumen Kriemhildens Mann,
Man sah, wie aus der Wunde das Blut mit Macht ihm rann.
Da begann er zu schelten (wohl zwang ihn große Noth)
Auf die, welche treulos gerathen zu seinem Tod.

Da sprach der Todtwunde: „Weh ihr bösen Zagen!
Was helfen meine Dienste, nachdem ihr mich erschlagen?
Ich war euch treu, für Treue habe ich den Lohn empfangen:
Weh euch! ihr habet Frevel an euren Freunden begangen.

Es ist damit geschändet, was ferner von dem Weibe
Wird je geboren werden. Ihr habt an meinem Leibe
Euren Zorn gerochen mit allzuschwerer Pein.
Ihr müsset von guten Recken mit Schmach geschieden sein."

Die Ritter liefen alle, wo er erschlagen lag;
Es hatten ihrer viele einen freudenlosen Tag.
Die irgend Treue kannten, die klagten seinetwegen —
Wohl hatte es um alle verdient der herrliche Degen.

Der König von Burgunden beklagte auch seinen Tod;
Da sprach der Todtwunde: „Das ist ohne Noth,
Daß der um Schaden weinet, der selber ihn betrieben,
Den mag man hart wohl schelten; besser es wäre geblieben."

Da sprach der grimme Hagen: „Ich weiß nicht, was ihr klagt:
Nun hat es all ein Ende, was je uns mißbehagt.
Nun giebt es ihrer Wenige, die zu bestehn uns wagen.
Wohl mir, daß ich des Helden uns habe jetzt entschlagen." —

„Ihr habet leicht euch rühmen!" sprach Siegfried der Degen:
„Hätte ich gewußt, ihr könntet der Mördersitte pflegen,
Ich hätte wohl bewahret vor euch meinen Leib.
Nichts giebts, was mehr mich grämet, als wie Kriemhild mein Weib.

Nun müsse es Gott erbarmen, daß ich gewann den Sohn;
Der wird hören müssen die Schmach, den bittern Hohn,
Daß seine Sippen Jemand mörderlich erschlagen.
Möchte ichs zu Ende bringen, darum sollte ich wohl klagen."

Da sprach in seinem Jammer der todtwunde Held:
„Wollt ihr, edler König, an Jemand auf der Welt
Noch eure Treue zeigen, laßt euch befohlen sein
Auf eure Huld und Gnade die liebe Huldin mein.

Lasset sie deß genießen, daß sie eure Schwester sei,
Durch aller Fürsten Tugenden steht ihr mit Treue bei.
Mein Vater, meine Mannen, die harren lange mein —
Es that noch Niemand übler am lieben Freunde sein.“

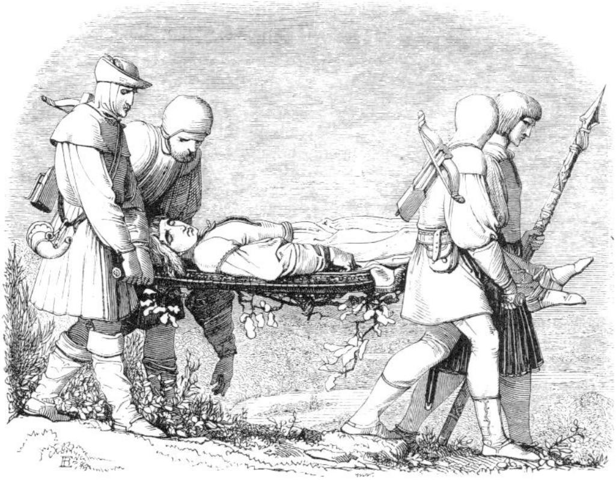

Es waren allenthalben die Blumen vom Blute naß.
Da rang er mit dem Tode, nicht lange that er das,
Denn des Todes Waffen schnitt immer allzusehr:
So mußte auch ersterben der Recke kühn und hehr.

Als die Herren sahen, daß der Held war todt,
Legten sie ihn auf einen Schild, von Golde roth;
Und pflegten dann des Rathes, wie es möchte gehn,
Daß man verhehlte, daß es durch Hagen geschehn.

Da sprachen ihrer Viele: „Wir sind mit Noth geschlagen!
Ihr sollt es alle hehlen und sollet alle sagen:
Als er allein zum Jagen ritt, Kriemhildens Mann,
Erschlugen ihn die Schächer, wie er fuhr durch den Tann."

Da sprach Hagen von Tronje: „Ich bringe ihn in das Land.
Mich soll es wenig grämen, so es ihr wird bekannt,
Ihr, die so schwer betrübet Brünhildens Herz.
Ich achte es geringe, wie sie nun weint vor Schmerz."

Da harrten sie der Nachtzeit und fuhren über Rhein.
Von Helden konnte nimmer schlimmer gejaget sein.
Das Wild, das sie erschlagen, beklagte manch ein Weib —
Sein mußte noch entgelten manch guten Reckens Leib.

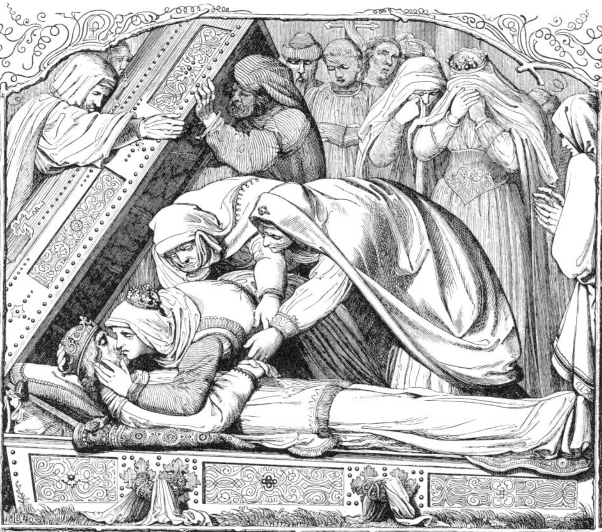

Wie Siegfried beklagt und begraben ward.

Siebenzehntes Abenteuer.

Von großem Übermuthe möget ihr hören sagen
Und schauderhafter Rache: Es ließ der grimme Hagen
Den also todten Siegfried von Nibelungenland
Vor eine Kammer tragen, drin sich Kriemhild befand.

Er ließ ihn in der Stille vor die Thüre legen,
Damit sie dort ihn fände, wenn noch vor Tages Regen
Sie nach der Mette ginge, so wie sie träte hervor.
Selten geschahs, daß Kriemhild eine Mette verlor.

Man läutete zum Münster, wies Sitte allezeit;
Kriemhilde die viel schöne weckte manch eine Maid
Und bat ein Licht zu bringen so wie auch ihr Gewand.
Da kam dahin ein Kämmerer, wo er Siegfrieden fand.

Er sah ihn roth von Blute, sein ganz Gewand war naß —
Daß es sein Herr wäre, noch wußte er nicht das.
Da trug er zu der Kammer das Licht in seiner Hand,
Bei dem gar schlimme Kunde Frau Kriemhilde erfand.

Als sie mit ihren Frauen zur Kirche wollte gehn,
Da sagte jener Kämmerer: „Herrin, bleibet stehn;
Es liegt vor dem Gemache ein Rittersmann erschlagen.“ —
„Wehe“ sprach da Kriemhild: „was willst du damit sagen?“

Bevor sie noch erkannte, es sei Siegfried ihr Mann,
Geschahs, daß sie auf Hagens Frage sich besann:
Wie er ihn schirmen sollte? damit begann ihr Leid:
Sie ließ mit seinem Tode von aller Freudigkeit.

Hinsank sie auf die Erde und sprach kein Wort allda:
Die schöne Freudenlose, wie man sie liegen sah!
Kriemhildens Jammer ward über Maßen voll,
Sie schrie als sie erwachte, daß all die Kammer erscholl.

„Vielleicht ist es ein Fremder!“ das Ingesinde sprach;
Das Blut aus ihrem Munde vor Herzensjammer brach,
Sie rief: „Nein es ist Siegfried, mein herzgeliebter Mann;
Brünhilde hats gerathen und Hagen hats gethan.“

Sie bat sie hinzuführen, wo sie den Helden fand,
Sie hob sein Haupt das schöne mit ihrer weißen Hand.
Wie roth es war von Blute, sie hat es bald erkannt:
Da lag, kläglich zu schauen, der Held von Niederland.

Da rief in ihrer Trauer die edle Königin mild:
„Weh mir dieses Leides. Nun ist dir doch dein Schild
Mit Schwertern nicht zerhauen, Mord hat dich umgebracht:
Stets sänne ich sein Verderben, wüßte ich, wer es vollbracht.“

All ihr Ingesinde klagete und schrie
Mit seiner lieben Herrin; wohl trugen Leid auch sie
Um ihren edlen Herren, deß Leben da gebrochen.
Viel übel hatte Hagen Brünhildens Zorn gerochen.

Da sprach die Jammerhafte: „Gehet sogleich von dannen
Und wecket in der Eile Siegfriedens Mannen.
Auch möget ihr Siegemunden meinen Jammer sagen,
Ob er mir helfen wolle um den kühnen Siegfried klagen.“

Da lief ein Bote eilig, wo er sie liegen fand,
Siegfriedens Helden von Nibelungenland.
Er brachte schlimme Kunde, die sie der Freude benahm;
Sie wollten es nicht glauben, bis man das Weinen vernahm.

Auch kam der Bote balde, wo der König gelegen.
Herr Siegemund der konnte nicht des Schlafes pflegen:
Ich meine, daß sein Herze ihm sagte, was geschehn,
Daß er Siegfrieden nimmer sollte wiedersehn.

„Wachet Herr Siegemund! mich bat nach euch zu gehn
Kriemhilde, meine Herrin; ihr ist ein Leid geschehn,
Das ihr vor allem Leide nah an ihr Herze geht;
Das sollt ihr klagen helfen, da es auch euch ergeht.“

Aufrichtete sich Siegemund und sprach: „Weßwegen klagt
Die schöne Kriemhilde, wovon dein Mund gesagt?“
Er sprach darauf mit Weinen: „Ich muß es leider sagen:
Es ward der kühne Siegfried von Niederland erschlagen.“

Da sprach der König Siegemund: „Laßt solches Scherzen sein
Und also böse Kunde um die Liebe mein;
Und saget Niemanden, daß er sei erschlagen.
Denn bis zum Tode könnte ich es nicht genug beklagen.“ —

„Wollet ihrs nicht glauben, was ihr mich höret sagen,
So vernehmet selber Kriemhildens Klagen
Und des Gesindes Schreien um Siegfriedens Tod.“
Da schrak Siegmund zusammen, wohl hatte er dessen Noth.

Wie er mit hundert Mannen da von den Betten sprang,
Wie sie empor da zückten die Waffen scharf und lang!
Sie liefen dahin jammernd, wo sie Geschrei vernahmen;
Auch des kühnen Siegfrieds Mannen, die tausend Recken kamen

Dahin, wo sie so kläglich die Frauen hörten klagen.
Einige riethen Streitgewand zu tragen:
Wohl mochten sie vor Jammer nicht ihre Sinne haben —
Es ward in ihre Herzen gar großer Kummer eingegraben.

Da kam der König Siegemund, wo er Kriemhilden fand.
Er sprach: „Wehe der Reise in der Burgunden Land!
Wer hat mich meines Kindes, euch eures Mannes beraubt
So mordlich! weh! ich habe bei Freunden zu sein geglaubt!“

Da sprach das Weib das edle: „Wäre er mir bekannt,
Mein Herze bliebe ewig in Haß ihm abgewandt.
Ich sänne ihm solch Verderben, daß all die Freunde sein
Durch mich in Noth und Klage immer müßten sein.“

Es nahm der edle Siegemund Siegfrieden an sein Herz;
Da schrieen seine Freunde so laut in ihrem Schmerz,
Daß von dem Wehgeschreie Saal und Palast erschallte
Und Worms an allen Enden davon widerhallte.

Da konnte Niemand trösten Siegfriedens Weib.
Man zog aus den Kleidern seinen schönen Leib,
Wusch seine Wunde und legte ihn auf die Bahre hin:
Wie weh war da den Seinen vor Schmerz in Herz und Sinn.

Es sprachen seine Recken aus Nibelungenland:
„Ihn zu rächen willig ist immer unsre Hand!
Er ist in diesem Hause, der diese That begangen!"
Da eilten Siegfrieds Mannen die Waffen zu erlangen.

Die auserwählten Degen kamen mit Schilden her.
Eilfhundert Recken hatte in seinem Heer
Siegemund der Reiche; seines Sohnes Tod
Wollte er gerne rächen, wie ihm seine Treue gebot.

Sie wußten nicht, wen streitend sie bestehen sollten,
Wenn sie nicht wider Günthern und seine Mannen wollten,
Mit denen der edle Siegfried zu dem Jagen ritt.
Kriemhild sah sie in Waffen, ein neues Leid sie litt.

Wie mächtig auch ihr Jammer, wie stark auch ihre Noth,
Doch bangte sie gewaltig vor der Nibelungen Tod
Durch ihrer Brüder Mannen; sie widerrieth es nun.
Sie warnte sie in Güte, wie Freunde lieben Freunden thun.

Es sprach die Jammerreiche: „Mein König Siegemund,
Was wollet ihr beginnen? Ist euch denn nicht kund:
Es hat ja König Günther so manchen kühnen Mann;
Ihr verderbet euch alle, greift ihr die Recken an."

Mit aufgeschwungnen Schwertern hatten sie Streites Noth.
Die Königin die edle, die bat sie und gebot,
Daß die schnellen Recken den Streit vermeiden sollten.
Wie es ihr Herz durchschnitten, da sies nicht lassen wollten!

Sie sprach: „Mein König Siegemund, stehet damit noch an,
Bis es sich besser füget, dann will ich meinen Mann
Immer mit euch rächen. Der mir ihn hat genommen,
Dem muß, wenn ich ihn kenne, es noch zu Schaden kommen.

Es giebt der Uebermüthigen bei Rhein so viele hie,
Drum rathe ich, streitet jetzt nicht wider sie.
Sie haben wider je Einen wohl an dreißig Mann.
Gott lasse sie entgelten, was sie uns thaten an.

Ihr sollet hie verweilen und mit mir um ihn klagen,
Ihr hochgemuthen Degen, bis es beginnt zu tagen:
Dann helfet meinen lieben Mann in den Sarg mir legen." —
„Herrin, das soll geschehen!" sprachen die kühnen Degen.

Wohl Niemand kann zu Ende euch dieses Wunder sagen
Von Rittern und von Frauen, wie man die hörte klagen,
Daß man das Klaggeschreie bis in die Stadt vernommen.
Da sind die edlen Bürger eilend daher gekommen.

Sie klagten mit den Gästen, sie trugen Leid um ihn,
Weil Siegfrieden Niemand einer Schuld geziehn,
Weßhalb der edle Recke Leben verlor und Leib.
Da weinte mit den Frauen manch guten Bürgers Weib.

Man hieß die Schmiede eilen, die schufen einen Sarg
Von Silber und von Golde, der mächtig groß und stark,
Und hieß ihn wohl beschlagen mit Stahle, der war gut.
Da trugen all die Leute gar tiefbetrübten Muth.

Die Nacht war vergangen, man sagte es wollte tagen:
Da hieß die edle Herrin ihn zu dem Münster tragen,
Siegfried den theuren Herren, ihren lieben Mann.
Was er da Freunde hatte, die kamen weinend heran.

Wie sie ihn zum Münster brachten, da gab es Glockenklang!
Da hörte man allenthalben manch eines Pfaffen Sang.
Da kam der König Günther daher mit seinen Mannen
Und auch der grimme Hagen; sie blieben besser von dannen.

Er sagte: „Liebe Schwester, wehe des Leides dein,
Daß wir nicht mögen ledig so großen Schadens sein!
Wir müssen immer klagen um Siegfriedens Tod.“
Da sprach die Jammerreiche: „Das thut ihr ohne Noth.

Denn wenn es euch verdrossen, so wäre es nicht geschehn.
Ihr hattet mein vergessen, das mag ich wohl gestehn,
Als ich geschieden wurde von meinem lieben Mann.
Ja, wollte Gott der wahre, ihr thatet es mir selber an!“

Sie blieben fest beim Läugnen; worauf Kriemhild begann:
„Wer sich unschuldig nennet, der zeige solches an:
Er soll vor allen Leuten zu der Bahre gehn;
Da wird man alsbalde die rechte Wahrheit sehn!“

Das ist ein großes Wunder, gar oft es noch geschieht:
Wenn man den Mordbefleckten bei dem Todten sieht,
So bluten dem die Wunden: also auch hie geschah,
So daß man klar am Tage Hagens Schuld ersah.

Die Wunden flossen wieder, wie kurz zuvor, so sehr;
Die schon zuvor geklaget, die klagten nun noch mehr.
Da sagte König Günther: „Ich will euch Wahrheit sagen:
Nicht Hagen that es — Schächer haben ihn erschlagen.“ —

„Mir sind," sagte Kriemhild: „die Schächer wohlbekannt.
Nun gebe Gott die Rache in seiner Freunde Hand!
Günther, du und Hagen, ja, ihr habt es gethan!"
Siegfriedens Degen schickten sich zum Streite an.

Kriemhild zwang großer Jammer. Zu derselben Noth
Kamen da die beiden, wo sie ihn fanden todt,
Gernot ihr Bruder und Geiselher das Kind:
Sie klagten ihn mit Treue; ihr Auge ward thränenblind.

Um den Mann Kriemhildens weinten sie bitterlich.
Man wollte Messe lesen: da schickten alle sich,
Die Männer und die Frauen, zum Münster hinzugehn.
Selbst die, die leicht ihn mißten, konnte man weinen sehn.

Gernot und Geiselher sprachen: „Schwester mein,
Tröste dich um sein Sterben, da es einmal doch muß sein.
Wir wollen dirs ersetzen, so lange als wir leben."
Da konnte ihr des Trostes Niemand auf Erden geben.

Sein Sarg war hergerichtet, es war schon hoher Tag;
Man hub ihn von der Bahre, auf welcher er noch lag.
Kriemhilde bat, man sollte ihn noch nicht begraben:
Drob mußten all die Leute noch großes Mühsal haben.

Als man in reiches Pfeller den edlen Todten wand,
Da meine ich, daß man Niemand wohl ohne Weinen fand.
Man hörte die edle Ute herzliche Klage erheben
Und all ihr Ingesinde um des herrlichen Siegfrieds Leben.

Als die Leute hörten, daß man im Münster sang,
Und daß man ihn besarget, da hub sich großer Drang:
Um seiner Seele willen was man da Opfer trug!
Er hatte bei den Feinden doch guter Freunde genug.

Es sprach die arme Kriemhild zu ihren Kämmerlingen:
„Ihr müsset mir zu Liebe Beschwerliches vollbringen:
Man soll an die, so Gutes ihm gönnen und mir hold,
Zu Siegfrieds Seelenheile vertheilen all sein Gold."

Da war kein Kind so kleine, mochte nur Verstand es haben,
Zum Opfer mußte es gehen, bevor er ward begraben.
Es waren wohl hundert Messen, was man des Tages sang.
Von Siegfriedens Freunden ward gewaltig der Drang.

Als man gesungen hatte, entfernten sich die Leute.
Da sagte drauf Kriemhilde: „Ihr sollt zur Nacht mich heute
Nicht einsam wachen lassen bei dem auserwählten Degen,
An dem ja noch alleine all meine Freude gelegen.

Ich will ihn lassen stehen drei Nächte und drei Tage,
Bis daß ich mich in Weinen ersättigt und in Klage.
Vielleicht daß Gott gebietet, daß mich auch nimmt der Tod,
So wäre wohl beendet der armen Kriemhilde Noth."

Es gingen von der Stätte die Leute nach Hause fort.
Die Pfaffen und die Mönche bat sie zu bleiben dort,
So wie all sein Gesinde, dem der Held am Herzen lag.
Sie hatten mühevolle Nacht und trüben Tag.

Ohne Essen und Trinken blieb da manch ein Mann;
Denen, dies nehmen wollten, zeigte man an,
Daß man es reichlich gäbe; das schuf Herr Siegemund.
Da war den Nibelungen viel großes Mühsal kund.

Was man da fand von Armen, die es nicht mochten haben,
Die hieß man doch zum Opfer gehn mit goldnen Gaben
Aus Siegfriedens Kammer. Da er nicht sollte leben,
So ward um seine Seele manch tausend Mark gegeben.

Urbares Land und Güter vertheilte sie im Land,
Wo man nur immer Klöster und Rittersleute fand.
Silber gab man und Kleider den Armen da genug:
Sie ließ wohl klar erscheinen, daß sie ihm holden Willen trug.

An dem dritten Morgen zur rechten Messezeit
Sah man bei dem Münster den Kirchhof groß und weit
Von weinenden Leuten aus dem Lande voll:
Sie dienten dem Verstorbenen, wie man lieben Freunden soll.

Es ward um seine Seele in den vier Tagen
An dreißigtausend Marken — so ließen wir uns sagen —
Oder auch noch drüber den Armen hingegeben.
Darnieder lag seine gepriesene Schönheit und sein Leben.

Man hatte Gott gedienet, zu Ende war der Sang:
Das Volk, es waren Viele, mit großem Leide rang.
Man hieß ihn aus dem Münster zu dem Grabe tragen —
Man fand nichts als Weinen und ungestümes Klagen.

Unter lautem Schreien ging das Volk mit ihm fort:
Es gab nicht Einen Frohen, sei Mann, sei Weib es, dort.
Eh man ihn begrub, da hörte man beten noch und singen:
Hei, was da guter Pfaffen mit ihm zu Grabe gingen!

Bevor das Weib Siegfriedens zum Grabe hingekommen,
Hat der Jammer die Getreue der Sinne oft benommen,
So daß man sie mit Wasser zum öfteren begoß.
Es war ihr Herzensleiden über die Maßen groß.

Es war ein großes Wunder, daß sie jemals genesen;
Gar manche Frau ist Beistand mit Klagen ihr gewesen.
Da sprach die edle Königin: „Siegfriedens Mannen ihr,
Erzeigt durch eure Treue eine Gnade mir.

Lasset mir nach meinem Leide eine kleine Freude geschehn:
Daß ich sein Haupt das schöne noch einmal möge sehn."
Da bat sies also lange mit Jammerssinnen stark,
Daß man aufbrechen mußte den herrlichen Sarg.

Man brachte hin die Fraue, wo sie ihn liegen fand.
Sie hub sein Haupt das schöne mit ihrer weißen Hand
Und küßte so den Todten, den edlen Ritter gut.
Ihre lichten Augen weinten vor Leide Blut.

Es war ein jammervolles Scheiden, was da geschehn.
Da trug man sie von dannen; sie konnte nicht mehr gehn.
Da fand man ohne Sinnen das herrliche Weib,
Vor Leid wollte ersterben ihr wonniglicher Leib.

Wie man den edlen Herren, Siegfrieden, nun begraben,
Sah man all die Degen Leid ohn Maßen haben,
Die vom Land der Nibelungen mit ihm hergekommen. —
Gar selten hat man fröhlich Siegmunden wahrgenommen.

Da gab es manch Einen, der die drei Tage lang
Vor allzugroßem Leide weder aß noch trank.
Doch mochten sies dem Leibe länger nicht versagen,
Sie fristeten sich nach Sorgen, wie noch geschieht in unsern Tagen.

Wie Siegemund wieder heimfuhr

Achtzehntes Abenteuer.

Der Schwäher Kriemhildens ging hin, wo er sie fand.
Er sagte zu der Königin: „Wir sollen in unser Land:
Wir sind unliebe Gäste, wähne ich, bei dem Rhein.
Kriemhilde, liebe Herrin, nun fahret nach dem Lande mein,

Nachdem uns Untreue hie in diesem Land
Eures edlen Mannes Leben hat entwandt.
Das sollt ihr nicht entgelten: ich will euch Treue erzeigen
Um eures Mannes willen und des Kindes, das ihm eigen.

Ihr sollet all des Ansehns fernerhin pflegen,
Das Siegfried euch verliehen, der wohlgemuthe Degen:
Das Land und auch die Krone sei euch unterthan,
Von Siegfrieds Mannen sollet ihr gerne Dienst empfahn."

Da sagte man den Knechten, man wolle wieder fort;
Da gabs ein großes Eilen nach den Rossen dort.
Bei ihren starken Feinden war ihnen das Leben leid.
Man hieß den Frauen und Mägdelein suchen Reisekleid.

Als nun der König Siegemund gerne wäre geritten,
Begann Kriemhilden ihre Mutter zu bitten,
Sie sollte doch nicht wieder von ihren Sippen gehn.
Da sprach die Freudenlose: „Das wird schwerlich geschehn.

Wie möchte den ich immer mit meinen Augen sehn,
Von dem mir armem Weibe solch großes Leid geschehn?"
Da sprach der junge Geiselher: „Liebe Schwester mein,
Du sollst durch deine Treue hie bei deiner Mutter sein.

Die dich beleidigt haben, betrübet deinen Muth,
Deren magst du entbehren: zehre von meinem Gut."
Sie sagte zu dem Recken: „Es mag doch nicht geschehn;
Ich stürbe noch vor Leide, wenn ich Hagen müßte sehn." —

„Ich weiß dir Rath dawider, liebe Schwester mein.
Du sollst bei deinem Bruder, bei Geiselheren sein.
Wohl will ich dir vergüten deines Mannes Tod."
Da sprach die Gottverlassene: „Das thut Kriemhilden Noth."

Als ihr Geiselher der junge so große Liebe bot,
Begannen auch zu flehen Ute und Gernot
Und ihre treuen Sippen, daß sie nicht ginge von dannen.
Sie hatte wenige Vettern unter Siegmundens Mannen.

„Sie sind euch alle fremde," also sprach Gernot:
„Niemand ist so mächtig, ihn trifft zuletzt der Tod.
Das bedenket, liebe Schwester, und tröstet euren Muth.
Bleibet bei den Freunden, das kommt euch wahrlich noch zu gut."

Sie gelobte Geiselheren, sie wollte nicht von dannen.
Da brachte man die Rosse Siegemundens Mannen,
Als sie reiten wollten gen Nibelungenland;
Es war aufgesäumet all der Recken Gewand.

Da kam zu Kriemhilden der König Siegemund.
„Siegfriedens Mannen," that er der Fraue kund:
„Warten bei den Rossen. Nun wollen wir reiten hin,
Weil ich so gar ungerne hie bei den Burgunden bin."

Da sagte Frau Kriemhilde: „Mir rathen die Freunde mein,
Die es treulich mit mir meinen, ich soll bei ihnen sein;
Ich habe keinen Sippen im Nibelungenland."
Es schmerzte Siegemunden, da dieß ihm ward bekannt.

Da sprach König Siegemund: „Das lasset euch Niemand sagen:
Vor allen meinen Sippen sollet ihr Krone tragen
Mit der Gewalt und Ehre, dazu ihr eh erkoren.
Ihr sollt es nicht entgelten, daß wir den Held verloren.

Auch kehret mit uns wieder um euer Kindelein,
Das sollet ihr nicht lassen ganz verweiset sein:
Wenn euer Sohn erwachsen, der tröstet euch den Muth.
Die Weile soll euch dienen manch kühner Recke gut."

Sie sprach: „Mein König Siegemund, ich darf nicht mit euch reiten,
Ich muß allhie verweilen, was man mir mag bereiten,
Hie bei meinen Sippen, die mir helfen klagen."
An solchen Worten fanden die Recken schlecht Behagen.

Sie sprachen sammt und sonders: „Wir möchten wohl gestehn,
Uns wäre nun zum ersten ein rechtes Leid geschehn,
Wolltet ihr verweilen bei unsern Feinden hie;
Dann ritten Helden nach Hofe schlimmer noch nie." —

„Ihr sollet ohne Sorgen Gott befohlen fahren,
Man giebt euch gut Geleite — ich heiße euch wohl bewahren —
Zu eurem Heimathlande. Mein liebes Kindelein,
Das soll euch guten Recken auf Gnade wohl befohlen sein."

Als sie wohl vernahmen, sie wollte nicht von dannen,
Da weinten sammt und sonders Siegemundens Mannen.
Mit ach wie großem Jammer schied da Siegemund
Von Frau Kriemhilden! Da ward ihm Sorge kund.

„Weh diesem Freudenfeste!" sprach der König hehr:
„Wohl geschieht um Kurzweil in Zukunft nimmer mehr
Einem Könige mit den Seinen also, wie uns geschehn.
Man soll uns nimmer wieder hie bei den Burgunden sehn!"

Da wurde von Siegfriedens Mannen laut vernommen:
„Wohl möchten wir noch einmal nach diesem Lande kommen,
Damit wir den noch träfen, der unsern Herrn erschlug.
Sie haben bei seinen Sippen starker Feinde genug."

Er küßte Kriemhilden; jammernd sprach er da,
Als sie dort bleiben wollte und er das recht ersah:
„Wir reiten als Freudenlose heim in unser Land,
Alle meine Sorgen sind mir erst jetzt bekannt."

Sie ritten ungeleitet von Worms über Rhein.
Sie mochten in dem Herzen wohl dessen sicher sein,
Ob sie etwa feindlich würden angerannt,
Daß sich wohl wehren sollte der kühnen Nibelungen Hand.

Sie baten Niemand, ihnen Urlaub zu ertheilen.
Da sah man Gernoten und Geiselheren eilen
Gar minnig zu Siegemunden; sie zeigten ihm wohl klar,
Die kühnen stolzen Degen, daß ihnen leid sein Schaden war.

Es sprach mit edlen Sitten zu ihm der Fürst Gernot:
„Wohl weiß es Gott im Himmel, an Siegfriedens Tod
Habe ich nie Schuld gewonnen; ich hörte nie auch sagen,
Wer ihm hie feind wäre. Ich muß ihn billig klagen."

Da gab ihm gut Geleite Geiselher das Kind:
Er brachte ohne Sorge, die noch bei Leide sind,
Den König sammt seinen Recken heim gen Niederland.
Wie wenige von den Sippen man dorten fröhlich fand!

Was weiter sie befahren, vermag ich nicht zu sagen.
Hie hörte man nur immer Kriemhilden klagen,
Daß ihr Niemand tröstete das Herze noch den Muth,
Es thäte es denn Geiselher; der war getreu und gut.

Die schöne Brünhilde saß in Uebermuth,
Kriemhildens Weinen trübte ihr nicht den Muth.
Sie war zu guter Treue ihr nimmermehr bereit. —
Seitdem that ihr Frau Kriemhild auch herzebrechend Leid.

Wie der Nibelüngen Hort gen Worms kam.

Neunzehntes Abenteuer.

Als die edle Kriemhild also verwittwet ward,
Blieb bei ihr im Lande der Markgraf Eckewart;
Mit seinen Mannen diente er ihr zu allen Tagen
Und half auch seiner Herrin um seinen Herren klagen.

Zu Worms bei dem Münster gab man ihr ein Schloß,
Das weit und geräumig, auch herrlich und groß,
Wo drauf die Freudenlose mit ihrem Gesinde saß.
Sie war gern in der Kirche und that andächtig das.

Wo man ihr Lieb begraben, da ging sie immer hin —
Gar selten sies versäumte — mit trauervollem Sinn,
Und bat Gott den guten, der Seele sein zu pflegen.
Gar oft ward beweinet mit großer Treue der Degen.

Ute und ihr Gesinde trösteten immerdar
Sie, der das Herz von Leide also verwundet war,
Daß nicht verfangen konnte, was man ihr Trostes bot.
Sie hatte nach liebem Freunde die allergrößte Noth,

Die nach liebem Manne jemals ein Weib gewann;
Man erkannte ihre große Tugend wohl daran.
Sie klagte bis an ihr Ende, bis daß ihr Leib gebrochen —
Es hat sich noch gewaltig des kühnen Siegfrieds Weib gerochen.

So saß sie nach dem Leide, das ihr geschehen war,
Nach ihres Mannes Tode wohl viertehalb Jahr,
Daß sie an Günthern nimmer ließ ein Wort ergehn
Und ihren Feind Hagen die Zeit durch nie gesehn.

Da sprach Hagen von Tronje: „Möchte es euch gelingen,
Daß ihr eurer Schwester Liebe könntet erringen,
So käme zu diesem Lande der Nibelungen Gold.
Deß möchtet ihr viel gewinnen, würde uns die Königin hold."

Er sprach: „Wir müssens versuchen. Meine Brüder stehn ihr bei,
Die bitten wir zu werben, daß sie uns freundlich sei;
Wenn wir den Hort gewinnen, daß sie das gerne sehe." —
„Ich traue nicht," sprach Hagen: „daß das jemals geschehe."

Da hieß er Ortweinen hin zu Hofe gehn
Und den Markgraf Gere. Als solches nun geschehn,
Brachte man auch Gernoten und Geiselherrn das Kind.
Sie versuchtens bei Kriemhilden mit Worten hold und lind.

Da sagte von Burgunden der kühne Gernot:
„Frau, ihr klagt zu lange um Siegfriedens Tod.
Der König will euch zeigen, daß er ihn nicht erschlagen.
Man hört euch zu allen Zeiten so recht herzzerreißend klagen.“

Sie sprach: „Deß zeihet ihn Niemand; ihn schlug Hagens Hand.
Wo man ihn treffen müsse hat er durch mich erkannt;
Wie mochte ich vermuthen, daß er ihm trüge Haß?
Sonst hätte ich“, sprach die Königin: „wohl vermieden das,

Daß ich verrathen hätte seinen schönen Leib:
So brauchte ich nicht zu weinen jetzt, ich armes Weib.
Hold werde ich denen nimmer, die das an mir gethan.“
Da hub der herrliche Degen Geiselher zu flehen an.

Sie sprach: „Ich muß ihn grüßen, liegt euch so viel daran.
Doch habt ihr großes Unrecht: der König hat mir gethan
So viel des Herzeleides ganz ohne meine Schuld;
Mein Mund kündet Sühne, mein Herze trägt ihm nimmer Huld.“ —

„Darnach wird es besser!“ die Freunde sprachen so:
„Vielleicht, daß es gelinget, daß sie noch werde froh.“ —
„Er mags ihr wohl entgelten!“ sprach Gernot der Held.
Da sprach die Jammerreiche: „Ich thue was euch gefällt;

Ich will den König grüßen.“ Als sie das zugesagt,
Hat er mit seinen Freunden bald zu ihr sich gewagt.
Nur Hagen getraute sich nicht zu ihr zu gehn:
Wohl wußte er sein Vergehen, es war ihr Leid durch ihn geschehn.

Als sie den Haß auf Günthern nun verschmerzen wollte,
Da mochte sichs wohl ziemen, daß er sie küssen sollte.
Hätte sie mit seinem Rathe nicht solches Leid empfangen,
Er wäre getrosten Muthes wohl oft zu ihr gegangen.

Es wurde keine Sühne mit so viel Thränen je
Unter Freunden geschlossen; ihr Schade that ihr weh,
Doch vergab sie allen, bis auf den Einen Mann:
That es nicht Hagen, Niemand hätte ihn erschlagen dann.

Drauf währte es nicht lange, da trugen sie das an,
Daß Frau Kriemhilde den großen Hort gewann
Vom Nibelungenlande und ihn führte an den Rhein:
Er war ihre Morgengabe und mußte billig ihre sein.

Es fuhren nach ihm Geiselher und auch Gernot
Mit achtzighundert Mannen, denen Kriemhild gebot,
Daß sie ihn holen sollten, wo man ihn heimlich hegte,
Wo sein der Degen Albrich mit seinen besten Freunden pflegte.

Als man die vom Rheine nach dem Schatze kommen sah,
Sagte zu seinen Freunden Albrich der kühne da:
„Wir dürfen ihnen die Schätze vorenthalten nicht,
Weil sie die edle Königin als Morgengabe anspricht.

Und dennoch würde es nimmer“, sprach Alberich: „geschehn,
Müßten wir mit Siegfrieden nicht auch verloren sehn
Die gute Tarnkappe, das müssen wir beklagen,
Sie trug der schönen Kriemhild Trauter zu allen Tagen.

Nun ist es Siegfrieden leider schlimm bekommen,
Daß uns der kühne Degen die Tarnkappe genommen
Und daß ihm dienen mußte alles dieses Land.“
Da ging dahin der Kämmerer, wo er bald die Schlüssel fand.

Es standen vor dem Berge Kriemhildens Mannen
Und einige ihrer Sippen: da trugen sie von dannen
Zum Meere hin die Schätze in die guten Schiffelein,
Und führten sie auf Wogen zu Berge in den Rhein.

Ihr möget von dem Horte Wunder hören sagen:
Es hatten zwölf Rüstwagen an ihm vollauf zu tragen,
In vier Tagen und Nächten ihn aus dem Berge zu bringen
Obschon sie alle zwölfe des Tages dreimal gingen.

Es war auch nichts anders als Gold und Edelstein;
Und ob die Welt die ganze man damit kaufte ein,
Er wäre drum nicht minder um eine Marke werth.
Wohl hatte Hagen Ursach, als er des Hortes begehrt.

Darunter lag das Beste, von Golde ein Rüthelein:
Wer das erkundet hätte, der möchte Meister sein
Ueber einen Jeden auf Erden an jedem Ort.
Der Sippen Albrichs gingen viele mit Gernoten fort.

Als sie in Günthers Lande den Hort nun hingebracht
Und ihn die edle Königin nun hatte in ihrer Macht,
Da wurden Kammern und Thürme mit ihm vollgetragen.
Man hörte nie von Schätzen größer Wunder sagen.

Doch wären auch der Schätze tausendmal mehr gewesen,
Und wäre von dem Tode Siegfried dafür genesen:
Mit ihm wäre Kriemhild arm bis aufs Hemd gegangen.
Getreuere Weibesliebe konnte nie ein Held erlangen.

Als sie den Hort nun hatte, da zog er in das Land
Viel unbekannter Recken. Es gab der Frauen Hand,
Daß man von größerer Milde in aller Welt nicht weiß.
Gar groß war ihre Tugend und groß auch war ihr Preis.

Den Armen und den Reichen begann sie so zu geben,
Daß Hagen überlegte, würde sie also leben
Noch geringe Weile, dann würde sie manchen Mann
In ihren Dienst gewinnen und ihnen ginge es übel dann.

Da sprach der König: „Eigen gehört ihr Leib und Gut.
Wie soll ich das verwehren, was sie damit thut?
Habe ich doch kaum erworben, daß sie mir wurde hold;
Was frage ich, wie sie theilet ihre Steine und ihr Gold."

Hagen sprach zu dem Könige: „Glaubt mir, ein rechter Mann
Vertrauet keinem Weibe so große Schätze an.
Sie bringts mit ihren Gaben noch bis auf einen Tag,
An dem es noch gereuen die kühnen Burgunden mag."

Da sprach der König Günther: „Ich schwur ihr einen Eid,
Ich schüfe nimmer wieder ihr irgend welches Leid,
Und will fortan ihn halten: sie ist die Schwester mein."
Da sagte wieder Hagen: „Laßt mich den Schuldigen sein."

Sie hatten ihre Eide gar schlecht in ihrer Hut:
Sie nahmen ab der Witwe das mächtige Gut.
Hagen wars, der aller Schlüssel sich unterwand;
Worüber Gernot zürnte, als das ihm ward bekannt.

Da sagte der Herr Geiselher: „Durch Hagen ist geschehn
Viel Leides meiner Schwester; dem sollte ich widerstehn.
Wäre er nicht mein Sippe, es ginge ihm an den Leib."
Da weinete aufs Neue Siegfriedens Weib.

Da sagte Herr Gernot: „Ehe wir immerdar
Mit diesem Golde uns plagen, sollten wirs ganz und gar
In den Rhein versenken lassen, zu Niemandes Gewinn."
Sie ging mit großen Klagen zu Geiselher ihrem Bruder hin.

Sie sagte: „Lieber Bruder, du sollst gedenken mein,
Des Lebens und des Gutes sollst du ein Vogt mir sein."
Da sprach er zu der Fraue: „Ja wohl das soll geschehn,
Sobald wir wiederkehren; wir wollen eine Fahrt bestehn."

Der König und seine Sippen, die räumeten das Land,
Dabei die allerbesten, die man irgend fand.
Es blieb Niemand als Hagen, der blieb durch seinen Haß,
Den er Kriemhilden hegte: zu großem Unheil that er das.

Ehe der reiche König wieder heimgekommen,
Die Weile hatte Hagen den Schatz schier ganz genommen.
Bei Lochheim da versenkte den Hort er in den Rhein; —
Er wähnte sein zu genießen, das sollte nimmer sein.

Die Fürsten kamen wieder,' mit ihnen manch ein Mann:
Es hub mit Frauen und Maiden Kriemhild zu klagen an
Um ihren großen Schaden; sie trugen großes Leid.
Gerne war ihr Geiselher zu aller Treue bereit.

Sie sprachen alle: „Schändlich ist das, was er begann."
Er entwich dem Zorn der Fürsten so lange, bis wieder dann
Er ihre Huld gewonnen; sie ließen ihn genesen.
Ohnmöglich war, daß Kriemhild ihm mehr noch Feind gewesen.

Bevor Hagen von Tronje den Schatz also verbarg,
Da hatten sies gelobet mit Eiden hoch und stark,
Daß er verhohlen bliebe, so lange sie am Leben;
So konnten sie ihnen selber ihn nicht, noch andern geben.

Es war mit neuem Leide beschwert Kriemhildens Muth:
Um ihres Mannes Ende und daß sie all das Gut
Ihr so genommen hatten. Da ruhte ihre Klage
Nie mehr in ihrem Leben bis zu ihrem letzten Tage.

Nach Siegfriedens Tode, das ist allwahr,
Lebte sie in manchem Leide dreizehn Jahr,
Ohne den Tod des Recken jemals zu vergessen.
Sie hielt ihm feste Treue; wohl rühmet man sie dessen.

Wie König Etzel um Kriemhilden sandte.

Zwanzigstes Abenteuer.

Es geschah in jenen Zeiten, da Frau Helke starb
Und der König Etzel um andre Frauen warb:
Da riethen seine Freunde in Burgundenland
Zu einer stolzen Wittwe, die war Frau Kriemhild genannt.

Sie sprachen: „Da die edle Helke mußte sterben,
Wollet ihr je auf Erden ein edles Weib noch werben,
Die höchste und die beste, die ein König je gewann;
So nehmet dieselbe Fraue, der starke Siegfried war ihr Mann."

Da sprach der reiche König: „Wie ginge solches an;
Ich bin ja ein Heide, der die Taufe nicht gewann,
Die Frau aber ist Kristin; drum wird sie mirs versagen;
Geschähs, so hätte sich wahrlich ein Wunder zugetragen."

Darauf sprachen die Schnellen: „Und ob sie nicht es thut;
Um euern hohen Namen und euer reiches Gut
Soll man es doch versuchen an das vieledle Weib.
Ihr möget gerne minnen ihren herrlichen Leib."

Da sprach der edle König: „Wem nun sind bekannt
Unter euch bei Rheine die Leute und das Land?"
Da sprach von Bechlaren der gute Rüdiger:
„Ich kenne die edlen Könige von jungen Jahren her.

Günther und Gernot, die edlen Ritter gut,
Der dritte heißet Geiselher: ihrer jeder thut,
Was er mag bester Ehren und Tugenden begehn,
So wie von ihren Vätern dasselbe stets geschehn."

Wiederum sprach Etzel: „Freund, du sollst mir sagen,
Ob sie ist würdig Krone in meinem Lande zu tragen?
Und ist ihr Leib so schöne, wie ich höre sagen,
So sollen es nimmer die besten Freunde mein beklagen." —

„Wohl mag sie meiner Herrin an Schöne verglichen werden,
Der reichen Helke; nimmer glaube ich, daß auf Erden
Ein Königsweib, das schöner als sie, es könne geben.
Wem Liebe sie gelobet, der mag wohl frohen Tag erleben."

Er sprach: „So schaffe es, Rüdiger, so lieb, als ich dir bin;
Und nehme ich je Kriemhilden zu meinem Weibe hin,
So will ich dich belohnen, so gut als ich vermag,
Auch hast du dann verrichtet, was mir am Herzen lag.

Ich lasse dir aus meiner Kammer so viel geben,
Daß du und deine Gesellen fröhlich mögen leben,
Von Rossen und von Kleidern wird dir, was dir gefällt,
Ich werde dafür sorgen, zu deiner Botschaft zugestellt."

Worauf zur Antwort Rüdiger der reiche Markgraf sprach:
„Begehrte ich deines Gutes, das wäre mir wahrlich Schmach.
Mit meinem eignen Gute, das von den Händen dein
Ich habe, will ich Bote dir werden an den Rhein."

Da sprach der reiche König: „Wann wollet ihr fahren
Nach der Minniglichen? Gott möge euch bewahren
Auf der Reise in allen Ehren und auch die Herrin mein;
Das Glücke mag mir helfen, daß sie uns möge gnädig sein."

Da sprach wieder Rüdiger: „Eh wir räumen das Land,
Müssen wir erst bereiten Waffen und Gewand,
Damit wir vor den Fürsten mit Ehren auch bestehn.
Fünfhundert Mannen sollen mit mir zum Rheine gehn,

Daß, wenn sie in Burgunden mich und die Meinen sehn,
Mir jeder, der uns siehet, müsse zugestehn,
Daß nimmer noch ein König in also fernes Land
So viele Mannen besser, wie du, zum Rheine gesandt.

Und daß du edler König nicht darum stehest an:
Sie war dem besten Manne, Siegfrieden, unterthan,
Dem Sohne Siegemundens; du hast ihn hie gesehn,
Man mochte ihm große Ehren mit Wahrheit zugestehn."

Da sagte König Etzel: „War sie des Recken Weib,
So war wohl also theuer des edlen Fürsten Leib,
Daß ich nicht verschmähen darf die Königin.
Durch ihre große Schönheit behagt sie meinem Sinn."

Da sprach der Markgraf weiter: „So will ich das euch sagen,
Daß wir von hinnen reiten in vier und zwanzig Tagen.
Ich entbiete es Gotelinden, der lieben Fraue mein,
Daß ich nach Kriemhilden selber will Bote sein."

Der edle Markgraf sandte gen Bechlaren hin,
Da wurde der Markgräfin traurig und froh der Sinn.
Er entbot ihr, daß er wollte ein Weib dem Könige werben,
Da dachte sie in Liebe an der schönen Helke Sterben.

Als die Markgräfin die Botschaft hörte sagen,
War es ihr leid nicht wenig; sie hatte Grund zu klagen,
Ob sie gewinnen würde eine Herrin wie eh.
So sie an Helken dachte, that es ihr innig weh.

Rüdiger ritt in sieben Tagen von Ungarland,
Woran der König Etzel Lust und Behagen fand.
Man schuf ihnen die Gewande in der Stadt zu Wien,
Er eilte unverweilet von dannen fort zu ziehn.

Zu Bechlaren harrte seiner Gotelind,
Auch die junge Markgräfin, Rüdigerens Kind,
Mochte den Vater gerne mit seinen Mannen sehn;
Da ist ein liebes Harren von schönen Frauen geschehn.

Bevor der edle Rüdiger aus der Stadt zu Wien
Gen Bechlaren reiste, war des Gewands für ihn
Auf den Saumrossen die Fülle angekommen,
Die fuhren so: gar wenig ward ihnen abgenommen.

Als sie zu Bechlaren in die Stadt geritten,
Hörte man gar freundlich den Wirth um Herberge bitten
Für seine Reisegesellen, sie wurden wohl empfangen.
Es sah Gotelind die reiche den Wirth gern angelangen,

Gleich der jungen Markgräfin, der lieben Tochter sein,
Der konnte sein Kommen nimmer lieber sein.
Wie gerne sie die Helden vom Heunenlande sah!
Mit lachendem Herzen sagte die edle Jungfrau da:

„Seid uns hochwillkommen, mein Vater und seine Mannen!"
Wie da die edlen Ritter mit allem Fleiße begannen
Der jungen Markgräfin aufs zierlichste zu danken!
Wohl kannte Gotelinde Herrn Rüdigers Gedanken.

Als Gotelind und Rüdiger des Nachts beisammen lagen,
Begann die Markgräfin gar freundlich ihn zu fragen,
Wohin daß ihn gesendet der König von Heunenland?
Er sagte: „Frau Gotelinde, ich mache es euch gern bekannt.

Nachdem die schöne Helke leider mußte sterben,
Soll ich für meinen Herren um eine Andere werben.
Ich will zu Kriemhilden reiten an den Rhein,
Die soll hie bei den Heunen gewaltige Herrin sein." —

„Das wolle Gott" sprach Gotelind: „möchte das geschehn,
Da wir so hohe Ehren ihr hören zugestehn.
Sie ersetzte uns meine Herrin noch leicht in alten Tagen;
Wir möchten sie bei den Heunen gern lassen Krone tragen."

Da sprach der Markgraf Rüdiger: „Herzenstraute mein,
Ihr sollet allen denen, die mit mir an den Rhein
Reiten sollen, minniglich erbieten euer Gut.
Wenn Helden herrlich fahren, so sind sie hochgemuth."

Sie sagte: „Auch nicht Einem werde ich versagen,
Ders gerne von mir nehmen mag, was ihm wird behagen,
Bis ihr mit euern Mannen werdet von hinnen gehn.“
Da sprach der Markgraf: „Solches wird mir zu Dank geschehn.“

Hei, was man reicher Pfeller von ihrer Kammer trug!
Es erhielten deren die edlen Recken genug,
Genäht mit allem Fleiße vom Haupte bis zu den Sporen;
Die ihm davon gefielen hatte Rüdiger sich erkoren.

Es war am siebenten Morgen, als von Bechlaren ritt
Der Wirth mit seinen Gästen. Sie führten Waffen mit
Und auch Gewand die Fülle durch der Baiern Land.
Sie wurden unterweges von Räubern selten angerannt.

Binnen zwölf Tagen ritten sie an den Rhein.
Da konnte diese Märe nicht verhehlet sein;
Man sagte es dem Könige und seinen Mannen an,
Es kämen fremde Gäste; der Wirth zu fragen begann:

So sie jemand kenne, so solle mans ihm sagen.
Man sah ihre Säumer große Lasten tragen,
Daran man ihren Reichthum gar wohl erfunden hat.
Da schuf man ihnen eilig Herberge in der weiten Stadt.

Als die Unbekannten bei ihnen angekommen,
Ward derselben Herren eilig wahrgenommen.
Sie staunten: Woher kommen die Recken an den Rhein?
Der Wirth fragte Hagen, wer die Herren möchten sein?

Da sprach der Held von Tronje: „Ich habe sie nicht gesehn.
Sobald wir sie erschauen, mag es wohl geschehn,
Daß ich euch sage, von wannen sie kommen in dieß Land.
Sie müßten weit herkommen, habe ich sie nicht gleich erkannt.“

Der Gäste Herbergen waren nun genommen.
Der Bote war in reichen Kleidern angekommen
Mit seinen Heergesellen: wie sie zu Hofe ritten,
Führten sie gute Kleider, gar zierlich zugeschnitten.

Da sprach der schnelle Hagen: „So viel ich mag verstehn,
Nachdem daß ich den Herren lange nicht gesehn:
Sie gleichen Rüdigerens Mannen nach den Gewanden,
Des stolzen kühnen Degens aus der Heunen Landen.“ —

„Wie soll ich glauben,“ sagte der König unverwandt:
„Daß der von Bechlaren käme in dieses Land?“
Kaum hatte ausgesprochen der König dieses Wort,
So ersah der kühne Hagen den guten Rüdiger dort;

Worauf seine Freunde mit ihm hinuntergingen.
Da sah man fünfhundert Ritter von Rossen springen.
Da wurden wohl empfangen die Herrn von Heunenland —
Es trugen nimmer Boten so herrliches Gewand.

Da rief mit lauter Stimme Hagen ihnen entgegen:
„Nun seien gottwillkommen alle diese Degen,
Der Vogt von Bechlaren und alle die mit ihm kommen.“
Die schnellen Heunen wurden mit Ehren aufgenommen.

Des Königes nächste Sippen kamen an den Ort,
Es sprach zu Rüdigeren Ortwein von Metze dort:
„Wir sahen also gerne schon seit langen Tagen
Keine Gäste. Solches mag ich in Wahrheit sagen.“

Sie dankten dieses Grußes den Gästen allzumahl,
Und gingen mit den Schaaren der Ihren in den Saal,
Wo sie den König fanden bei manchem kühnen Degen;
Der Herr hob sich vom Sessel der edlen Sitte wegen.

Wie er in edlen Sitten da zu den Boten ging!
Wie es ihm wohl geziemte, also mit Fleiß empfing
Den Gast und seine Mannen Günther wie Gernot,
Indem er seine Hände dem guten Rüdiger bot.

Er brachte ihn zu dem Sessel, wo er selber saß,
Und hieß den Gästen schenken (gar gerne that man das)
Von dem guten Methe und von dem besten Weine,
Den man finden konnte in all den Landen an dem Rheine.

Geiselher und Gere waren auch gekommen.
Dankwart und Volker hatten bald vernommen,
Daß diese Gäste kamen. Sie waren frohgemuth,
Sie empfingen vor dem Könige die Rittter edel und gut.

Es sprach zu seinem Herren der von Tronje Hagen:
„Wahrlich, diese Herren mögen wohl Dank sagen,
Daß uns der Markgraf also Liebes hat gethan;
Der Mann der schönen Gotlinde soll dafür Lohn empfahn."

Da sprach der König Günther: „Ich kann es nicht verschweigen:
Wie gehaben sich die beiden, das sollet ihr mir zeigen,
Etzel und Frau Helke in der Heunen Land?"
Da sagte der edle Markgraf: „Ich mache es euch gern bekannt."

Da stund er von dem Sessel mit seinen Mannen allen
Und sagte zu dem Könige: „Mag es euch denn gefallen,
Daß ihr mirs, Fürst, erlaubet, so will ichs nicht verschweigen,
Und euch was ich euch bringe, die Märe, willig zeigen."

Er sprach: „Was man uns immer durch euch entboten hat,
Das erlaube ich euch zu sagen ohne der Freunde Rath.
Ihr sollet mirs verkünden vor allen meinen Helden;
Ihr möget eure Botschaft nach allen Ehren melden."

Da sprach der biedre Bote: „Euch entbietet an den Rhein
Seine getreuen Dienste der große König mein,
Dazu allen Freunden, welche bei euch stehn.
Auch ist diese Botschaft mit großen Treuen geschehn.

Euch hieß der edle König klagen seine Noth:
Sein Volk ist ohne Freude; meine Herrin, die ist todt,
Helke die herrliche, meines Herrn Gemahl,
An der ist nun verwaiset der Jungfrauen große Zahl,

Der edlen Fürsten Kinder, die sie erzogen hat,
Deßwegen hat im Lande Jammer und Klage statt.
Sie haben nun leider Niemand, der ihrer treulich pflegt,
Drum, meine ich, sich auch schwerlich des Königes Sorge legt." —

„Nun lohne ihm Gott," sprach Günther: „daß er die Dienste sein
So williglich entboten mir und den Freunden mein.
Ich habe hie mit Freuden seinen Gruß vernommen;
Drum mögen meiner Sippen und Mannen Dienste ihm frommen."

Da sagte von Burgunden der Recke Gernot:
„Die Welt mag immer klagen um der schönen Helke Tod
Ob der vielen Tugenden, die sie gehegt im Leben."
Dafür hörte man Hagen und andre Degen Zeugniß geben.

Da sprach wieder Rüdiger der edle Bote hehr:
„Da ihrs, o Fürst erlaubet, so sage ich euch mehr,
Was von meinem lieben Herren Botschaft an euch ergeht,
Seit es nach Helkens Tode um ihn so traurig steht:

Man sagte meinem Herren, Kriemhilde wäre frei,
Nachdem Siegfried gestorben; wenn dem nun also sei,
So soll sie vor den Recken Etzels Krone tragen,
Wenn ihr ihr solches gönnet: das hieß mein Herr ihr sagen."

Da sprach der reiche König mit wohlgezogenem Muth:
„Sie höret meinen Willen, wenn sie es gerne thut,
Den will ich euch verkünden in diesen dreien Tagen.
Wie sollte ich es Etzeln, eh ich sie sprach, versagen?"

Indeß ließ man die Gäste aufs trefflichste verpflegen.
Sie wurden so bedienet, daß Rüdiger der Degen
Gestand, er treffe Freunde bei Günthers Mannen an.
Ihm diente Hagen gerne, dem er ein Gleiches einst gethan.

So blieb bis zu dem dritten Tage Rüdiger da.
Der König rief zum Rathe (gar weislich das geschah):
Ob es seine Sippen gut dünken wolle,
Daß Kriemhild zum Manne den edlen König nehmen solle.

Sie riethen es einhellig, bis auf den Einen Hagen,
Den hörte man zu Günthern dem kühnen Degen sagen:
„Seid ihr recht bei Sinnen, so seid auf eurer Hut,
Daß, ob sie es auch wollte, ihr es doch nimmer thut.“ —

„Warum“ sagte Günther: „ließe ich es nicht geschehn?
Was der edlen Königin noch Frohes mag ergehn,
Das soll ich ihr wohl gönnen, denn sie ist die Schwester mein.
Wir solltens selbst betreiben, so es ihr Ehre möchte sein.“ —

„Lasset ab von dieser Rede!“ sprach Hagen unverwandt:
„Wäre euch König Etzel so gut wie mir bekannt,
Und sollte sie ihn minnen, wie ich euch höre sagen,
Ihr müßtet dann mit Grunde erst über Sorge klagen.“ —

„Weßwegen?“ sagte Günther: „ich kann mich wohl bewahren,
Daß ich so nah ihm komme, um von ihm zu befahren,
Daß, wenn sein Weib sie würde, ich seinen Haß erführe.“
Doch wieder sagte Hagen: „Den Rath ich nimmer kühre!“

Man fragte bei Gernoten und Geiselheren an:
Ob es die beiden Herren dünke gut gethan,
Wenn Kriemhilde zum Manne nähme den König hehr.
Noch widerrieth es Hagen und sonst Niemand mehr.

Da sagte von Burgunden Geiselher der Degen:
„Nun möget ihr, Freund Hagen, noch der Treue pflegen;
Entschädiget sie des Leides, das ihr ihr angethan:
Mag ihr noch was gelingen, hindert sie nicht daran."

„Ihr habet meiner Schwester so manches Leid gethan,"
Hub aufs neue Geiselher der stolze Recke an:
„Daß sie wohl Ursach hätte, wäre sie euch gram;
Noch Niemand einem Weibe so alle Freude nahm!" —

„Ich will euch nicht verhehlen, was ich erkennen mag:
Freiet sie König Etzel und erlebt sie diesen Tag,
Sie thut uns viel des Leides, wie sie nur immer kann,
Wird ihr doch unterthänig so manch ein kühner Mann."

Da sagte wider Hagen der kühne Gernot:
„Das mag wohl unterbleiben, bis daß sie beide todt,
Daß wir in König Etzels Lande jemals kommen.
Wir sollen ihr treu uns zeigen, das wird uns Ehre frommen."

Wieder sagte Hagen: „Mir soll das Niemand sagen;
Soll die edle Kriemhild Helkens Krone tragen,
So wird sie Leid uns fügen, wie sie uns auch mag fassen;
Euch Recken ziemet besser: ihr sollet es bleiben lassen."

Mit Zorne sprach da Geiselher der schönen Ute Kind:
„Wir sind denn doch nicht alle verrätherisch gesinnt!
Was Ehre ihr geschiehet, deß sollen froh wir sein;
Was ihr auch redet, Hagen, ich diene ihr durch die Treue mein."

Als Hagen dieses hörte, wurde er mißgemuth.
Gernot und Geiselher die stolzen Ritter gut
Und Günther auch der reiche riethen zum letzten das:
So es Kriemhild begehrte, so litten sie es ohne Haß.

Da sprach der edle Gere: „Ich will der Herrin sagen,
Daß sie den König Etzel sich lasse wohl behagen.
Dem ist so mancher Recke mit Fürchten unterthan:
Er mag ihr wohl ersetzen, was man ihr je zu leid gethan.“

Es ging der schnelle Recke, wo er Kriemhilden sah.
Sie empfing ihn gütig; wie balde sprach er da:
„Grüßet mich immer freundlich und gebet mir Botenbrot,
Es will das Glück euch scheiden von aller eurer Noth.

Es hat um eure Minne, Herrin, daher gesandt
Ein Fürst der allerbeste, der je ein Königsland
Gewann mit allen Ehren, der Krone je getragen;
Es werben edle Ritter; das hieß euch euer Bruder sagen.“

Da sprach die Jammersreiche: „Verwehre euch doch Gott
Und allen meinen Freunden, daß sie irgend Spott
Mit mir Armer üben. Was sollte ich für den Mann,
Der je Herzensliebe von einem guten Weibe gewann?“

Sie sprach heftig dawider, bis Geiselher das Kind
Und ihr Bruder Gernot nachher gekommen sind.
Die baten sie in Liebe und erhoben ihr den Muth:
So sie den König nähme, das wäre ihr wahrlich gut.

Aber keiner konnte das edle Weib gewinnen,
Daß sie sich entschlossen hätte noch einen Mann zu minnen.
Da baten sie die Degen: „Wenn ihr darauf bestehet,
So lasset doch geschehen, daß ihr den Boten sehet.“ —

„Das will ich nicht versagen“ sagte die edle Frau:
„Weil ich den edlen Rüdiger gern mit Augen schau,
Um seiner Tugend willen. Wäre nicht er gesandt, —
Wer anders Bote wäre, dem bliebe ich immer unbekannt.“

Sie sprach: „Ihr sollet morgen ihn heißen zu mir kommen
In meine Kammer. Dorten wird von ihm vernommen,
Was ich im Willen trage; ich selber wills ihm sagen.“
Da begann aufs Neue ihr herzzerreißend Klagen.

Auch der edle Rüdiger begehrte da nichts mehr,
Als daß er sie ersähe, die edle Fürstin hehr:
Er wußte sich so weise, mochte es sich irgend passen,
Sie mußte sich den Recken wohl überreden lassen.

Des andern Morgens frühe, als man die Messe sang,
Kamen die edlen Boten: da ward großer Gedrang.
Manch herrlichen Degen sah man im Schmucke stehn,
Der mit Rüdigeren zu Hofe wollte gehn.

Es harrte Kriemhilde die schöne reingemuth
Auf Markgraf Rüdigeren den edlen Boten gut.
Der fand sie in dem Kleide, das sie alle Tage trug,
Dabei trug ihr Gesinde reicher Gewande genug.

Sie trat ihm entgegen zu der Thüre heran
Und empfing mit Güte König Etzels Mann.
Es waren eilf Gesellen, nicht mehr, die mit ihm gingen;
Was sie mit großen Ehren der Boten besten da empfingen!

Dem Herrn mit seinen Mannen hieß man Sitze gewähren;
Die beiden Markgrafen, Eckewarten und Geren,
Die guten edlen Ritter, sah man vor ihr stehn.
Der Hausfrau wegen war Niemand froh zu sehn.

Sie sahen vor sich sitzen manch eine schöne Maid,
Die edle Herrin zeigte Jammer nur und Leid.
Ihr Kleid war vor den Brüsten von heißen Thränen naß:
Wohl sah der edle Markgraf an Frau Kriemhilden das.

Da sprach der hehre Bote: „Viel edles Königskind,
Mir und meinen Gesellen, die mit mir gekommen sind,
Sollet ihr erlauben, daß wir vor euch stehn,
Und, wonach wir ritten hieher, euch lassen sehn.“ —

„Das sei euch erlaubet,“ sagte die Königin:
„Was ihr sagen möget, also steht mein Sinn,
Daß ich es gerne höre; ihr seid ein Bote gut.“
Wohl vernahmen die andern ihren ungeneigten Muth.

Da sprach der edle Rüdiger, der Markgraf von Bechlaren:
„Etzel ein hehrer König läßt euch offenbaren
Mit Treue große Freude, Herrin, in dieses Land;
Er hat nach eurer Minne viel gute Recken hergesandt.

Er entbeut euch minniglich Freude ohne Leid;
Er sei zu steter Freundschaft euch immerdar bereit,
Wie er Frau Helken hegte, die ihm am Herzen lag;
Er hat nach ihren Tugenden manch freudenlosen Tag.“ —

„Markgraf Rüdiger;“ sagte die edle Königin:
„Wer wüßte, wie mit Schmerzen betrübet mir der Sinn,
Der bäte mich nicht zu minnen noch einen andern Mann;
Denn ich verlor den besten, den je ein Weib gewann.“ —

„Was mag im Leide trösten,“ sprach der viel kühne Mann:
„Als freundliche Liebe? Wer die erlangen kann,
Und einen sich erkühret, der ihm zu Herzen kommt —
Was giebt es, das wie dieses bei Herzensleiden frommt!

Und geruhet ihr zu minnen den edlen Herren mein,
Ueber zwölf reiche Kronen sollet ihr gewaltig sein.
Dazu giebt euch von dreißig Fürsten mein Herr das Land,
Die alle er bezwungen mit seiner starken Hand.

Auch seid viel werthen Mannen zur Herrin ihr erlesen,
Die meiner Herrin Helke unterthan gewesen,
Und vielen edlen Frauen, die ihr dienten allerwegen,
Von hoher Fürsten Stamme;" sagte der kühne Degen:

„Dazu giebt euch mein König (das heißet er euch sagen)
So ihr geruhet Krone bei dem Fürsten zu tragen,
Gewalt die allerhöchste, die Helke je gehegt,
Deren ihr gewaltig vor Etzels Mannen pflegt."

Da sprach die edle Fürstin: „Wie möchte mir auf Erden
Je noch danach gelüsten eines Helden Weib zu werden?
Mir ist durch Eines Sterben so großes Leid geschehn,
Daß ich bis an mein Ende muß ohne Freude stehn." —

„Edle Königin" sagten die Heunen wieder drauf:
„Es gehet euch bei Etzeln ein frohes Leben auf,
Daß es euch nimmer reuet, findet solches statt,
Da der reiche König manch zieren Degen hat.

Helkens Jungfrauen und eure Mägdelein,
Sollten die bei einander Ein Hofgesinde sein,
Davon müßten Recken zu hohem Muthe kommen:
Lasset euch Herrin rathen; es wird zu eurem Heile frommen."

Sie sprach in edlen Züchten: „Ihr habet genug gesprochen,
Nun harret bis daß morgen der Tag ist angebrochen.
Dann kommet her, ich werde euch eure Antwort geben."
Die kühnen Recken mußten nach ihrem Willen leben.

Als sie zu den Herbergen alle zurückgekehrt,
Hat nach Geiselheren die edle Frau begehrt,
Und auch nach ihrer Mutter. Den beiden sagte sie:
Es zieme ihr zu weinen und etwas andres nie.

Da sprach ihr Bruder Geiselher: „Schwester, mir ist gesagt,
Und gerne will ichs glauben, daß was dein Herze klagt,
Dir König Etzel wende; und nimmst du ihn zum Mann,
Was jemand anders rathe, mich dünkt, du thuest gut daran.“ —

„Er mag dirs wohl entgelten,“ sprach weiter Geiselher:
„Vom Rhodan bis zum Rheine, von der Elbe bis ans Meer
Giebt es keinen König so gewaltig und so werth.
Gewiß, du magst dich freuen, wenn er zum Weibe dich begehrt.“

Sie sagte: „Lieber Bruder, wie räthst du mir das?
Zu weinen und zu klagen ziemet mir immer baß.
Wie sollte ich vor Recken dort zu Hofe gehn?
Bin je ich schön gewesen, darum ist es geschehn.“

Da redete Frau Ute ihrer lieben Tochter zu:
„Was deine Brüder rathen, liebes Kind, das thu;
Folge deinen Freunden, so mag dir wohl geschehn.
Ich habe dich ach so lange in großem Jammer gesehn.“

Da bat sie Gott gar ofte, er möge ihr bescheeren,
Daß sie wieder könne Gold und Gewand gewähren,
Wie sonst bei ihrem Manne, da er noch war am Leben;
Es ward ihr nie doch wieder so gute Zeit gegeben.

Sie dachte in ihrem Herzen: „Und soll ich meinen Leib
Einem Heiden geben — ich bin ein Christenweib:
Ich müßte mich auf Erden immer geschändet sehn;
Gäbe er mir alle Reiche, ich ließe es ungeschehn.“

Sie blieb hierauf bestehen; worauf sie bis zum Tag
Die ganze Nacht im Bette mit viel Gedanken lag.
Die lichten Augen wurden ihr trocken nicht vor Sorgen,
Bis sie zur Mette wieder ging am nächsten Morgen.

Auch die Könige waren zur Messezeit gekommen,
Sie hatten ihre Schwester bei der Hand genommen,
Und riethen ihr, den König von Heunenland zu minnen.
Es fand da ihrer keiner sie fröhlicher von Sinnen.

Da hieß man Etzels Mannen wieder zu ihr kommen,
Die nun gerne hätten wieder Urlaub genommen,
Wie es sich fügen mochte, mit Nein oder mit Ja.
Rüdiger kam zu Hofe; die Helden riethen da:

Er möchte recht erkunden des edlen Fürsten Muth,
Und solches bald vollbringen, das däuchte alle gut —
Sie hätten weit zu reisen bis wieder in ihr Land.
Man brachte Rüdigeren, wo man Kriemhilden fand.

Da begann der Recke die edle Königin
Gar minniglich zu bitten, sie möge ihren Sinn
Ihm sagen, was sie entbiete in König Etzels Land.
Da war es nichts als Weigern, was er an ihr erfand:

Sie wollte nimmer minnen noch irgend einen Mann.
Der Markgraf sprach: „Ihr thätet wahrlich Unrecht daran.
Wie, wolltet ihr verderben einen so schönen Leib?
Ihr werdet noch mit Ehren eines guten Mannes Weib.“

Da half ihnen kein Bitten, bis Rüdiger hernach
Die edle hehre Königin alleine heimlich sprach:
Er wolle ihr entgelten, was ihr je geschehn;
Da ließ sie in ihrem Leide ein wenig sich getröstet sehn.

Er sagte zu der Königin: „Lasset euer Weinen sein.
Und hättet ihr bei den Heunen Niemand als mich allein,
Meine treuen Sippen und auch die Mannen mein;
Hätte euch wer gekränket, es müßte schwer gerochen sein.“

Davon ward wohl getröstet die Frau in ihrem Leid;
Sie sprach: „Wohlan, so schwöret, daß ihr der nächste seid,
Der mich zu rächen trachtet, thut man ein Leid mir an."
Da sprach der edle Markgraf: „Herrin, das sei gethan."

Da schwur mit seinen Mannen ihr Rüdiger den Eid:
Ihr immer treu zu dienen, und daß auch allezeit
Die hochgelobten Recken aus König Etzels Land
Für ihre Ehre stritten. Solches gelobte seine Hand.

Da dachte die Getreue: „Kann ich mir gewinnen
So viele Freunde, wahrlich, dann schlage ich aus den Sinnen,
Was die Leute reden, ich jammerhaftes Weib.
Was, ob noch wird gerochen meines lieben Mannes Leib!"

Sie dachte: „König Etzel hat so viele Recken,
Gebiete ich ihnen, werden sie was ich will vollstrecken.
Auch ist er reich, daß wieder ich spende milde Gabe:
Mir hat der leidige Hagen genommen meine Habe."

Da sagte sie zu Rüdigern: „Hätte ich nicht vernommen,
Daß er ein Heide wäre, ich würde gerne kommen
Und wäre ihm zu Willen und nähme ihn zum Mann."
Drauf sprach der Markgraf: „Herrin, stehet darum nicht an.

Es giebt so viele Christen in seiner Recken Schaaren,
Daß ihr bei dem Könige nichts habet zu befahren.
Vielleicht läßt er sich taufen, wenn ihr ihn bekehret,
Und also möchte euch ziemen, daß Etzels Weib ihr wäret."

Da sprach ihr Bruder wieder: „Gelobet es, Schwester mein,
Lasset euren Kummer und eure Klagen sein."
Sie baten also lange, bis daß die kummervolle
Vor den Helden gelobte, daß Etzels Weib sie werden wolle.

Sie sprach: „Ich will euch folgen, ich arme Königin,
Daß ich zu den Heunen alsbald fahre hin,
Wenn ich Freunde habe, die mich bringen in sein Land.“
Darauf bot vor den Helden die schöne Kriemhild die Hand.

Da sprach der edle Markgraf: „Habet ihr der Mannen zween
Und ich noch mehr zu diesen, so mag es wohl geschehn,
Daß wir euch mit Ehren führen über Rhein.
Ihr sollet nicht länger, Herrin, hie bei den Burgunden sein.

Ich habe fünfhundert Mannen und auch der Sippen mein,
Die sollen euch hie zu Dienste und auch daheime sein,
Herrin, wie ihr gebietet. Ich selber diene euch dort,
Und will es nie verleugnen, mahnet ihr mich an mein Wort.

Was Rüdiger euch rathet, das wird euch nimmer leid:
Befehlet, daß man zur Reise euch halte die Rosse bereit,
Und saget es euren Mägden, die ihr wünscht mitgenommen;
Manch auserwählter Degen wird unterwegs uns kommen.“

Sie hatten noch Geschmeide, das man zu Siegfrieds Zeit
Vorgerichtet hatte, so daß sie manche Maid
Mit Ehren führen mochte, wenn sie wollte von dannen.
Hei, was sie schöner Sättel den schönen Frauen gewannen!

So sie jemals trugen köstliches reiches Kleid,
So war zu dieser Reise dessen manch eins bereit,
Weil ihnen von dem Könige so viel gerühmet ward.
Sie schlossen auf die Kisten, womit sie sonst gespart.

Sie hatten wenig Muße bis an den fünften Tag,
Sie nahmen aus den Laden, deß viel darinnen lag.
Kriemhildens Kammern zu öffnen sich begannen,
Weil sie reich machen wollte alle Rüdigers Mannen.

Sie hatte noch des Goldes von Nibelungenland,
Sie meinte, daß den Heunen es gäbe ihre Hand, —
Hundert Mäuler konnten es nicht von dannen tragen;
Solches hörte Hagen von Kriemhilden sagen.

Da sprach er: „Frau Kriemhilde wird mir doch nimmer hold,
Darum muß hie verbleiben Siegfriedens Gold.
Wie sollte ich meinen Feinden lassen so großes Gut?
Ich weiß gar wohl, was Kriemhild mit diesem Schatze thut.

Bringt sie ihn von hinnen, ich weiß es sicherlich,
So wird er doch vertheilet zum Hasse wider mich.
Sie haben auch nicht die Rosse, die ihn könnten tragen:
Hagen will ihn behalten, das soll man Kriemhilden sagen."

Als sie vernahm die Kunde, schuf es ihr grimme Pein.
Es wurde auch gemeldet den Königen allen drein.
Die wolltens gerne wenden; als solches nicht geschah,
Wie so fröhlich sagte der edle Rüdiger da:

„Warum, reiche Königin, beklaget ihr das Gold?
Euch ist der König Etzel so zugethan und hold:
Ersehn euch seine Augen, er giebt euch wohl genug,
Daß ihr es nie verschwendet, das gelobe ich ohne Trug." —

„Edler Rüdiger" sagte Kriemhild: „ihr sollet wissen,
Daß mir so großer Reichthum durch Hagen ward entrissen,
Wie keine Königstochter niemals noch mochte erlangen."
Da kam ihr Bruder Gernot zur Kammer hingegangen.

Mit Gewalt des Königes schloß er auf die Thüren,
Und hieß das Gold Kriemhildens aus der Kammer führen,
An dreißig tausend Marken, oder auch noch mehr.
Er hieß es die Gäste nehmen; das freute Güntheren sehr.

Da sagte von Bechlaren Gotelindens Mann:
„Gehörte auch Kriemhilden noch all der Reichthum an,
Der je geführet worden aus Nibelungenland:
Doch sollte ihn nie berühren meine oder ihre Hand.

Lasset es von hinnen schaffen, weil ich es all verachte,
Und wisset, daß vom Hause genug ich mit mir brachte,
Um unterwegs die Fülle zu haben allezeit,
Uns auf den Weg zu machen in Pracht und Herrlichkeit."

Es hatten ihre Mägde zuvor schon immerdar
Zwölf Schreine voll von Golde, das wohl das beste war,
Was jemals es gegeben: das führten sie von dannen,
Und viel des Frauenschmuckes, den sie zur Reise gewannen.

Die Gewalt des grimmen Hagen däuchte sie zu stark:
Sie hatte des Opfergeldes wohl noch tausend Mark,
Sie gabs zum Seelenheile für ihren lieben Mann;
Es erkannte ihre Treue Rüdiger daran.

Da sprach die klagende Königin: „Wo sind die Freunde mein,
Die mir zur Liebe wollen in fremden Landen sein?
Die sollen mit mir reiten in der Heunen Land;
Die nehmen meines Gutes und kaufen Rosse und Gewand."

Da sagte zu der Königin der Markgraf Eckewart:
„Vom ersten Tage, an welchem ich euer Dienstmann ward,
Habe ich euch treu gedienet," also sprach der Degen:
„Und dessen will ich immer bis an mein Ende pflegen.

Auch will ich mit mir führen fünfhundert Mannen mein,
Die ich euch treulich gönne, daß sie euch dienstbar sein.
Wir bleiben ungeschieden, es thu es denn der Tod."
Der Rede dankte ihm Kriemhild: wahrlich sie hatte es noth.

Da brachte man die Rosse, sie wollten von dannen fahren;
Da gab es viele Freunde, die trüb und traurig waren.
Ute die reiche Königin und manche schöne Maid,
Die zeigten daß sie trugen um Frau Kriemhilden Leid.

Die hundert reichen Mägde, die sie mit sich führte,
Waren so gekleidet, als ihnen das gebürte.
Es fielen ihnen die Thränen aus lichten Augen nieder —
Kriemhild erlebte Freuden nachher bei Etzeln wieder.

Da kamen der Herr Geiselher und auch der Herr Gernot
Mit ihrem Ingesinde, wie ihnen Zucht gebot,
Daß sie die liebe Schwester geleiteten von dannen,
Sie führten ihrer Recken wohl tausend stattliche Mannen.

Da kam der schnelle Gere und auch Ortwein;
Auch wollte der Küchenmeister Raumolt nicht ferne sein.
Sie richteten bis zur Donau Nachtherbergen vor.
Günther ritt mit ihnen nur wenig bis vors Thor.

Eh sie vom Rheine fuhren, waren vorausgesandt
Ihre schnellsten Boten nach der Heunen Land,
Die trugen zu dem Könige Rüdigers Botschaft hin:
Daß er für ihn geworben die edle Königin.

Wie Kriemhilde zu den Heunen fuhr.

Einundzwanzigstes Abenteuer.

Die Boten mögen reiten: wir wollen euch offenbaren,
Wie die edle Königin durch manches Land gefahren,
Und wo der junge Geiselher und Gernot sie verließ:
Sie hatten ihr gedienet, wie ihnen ihre Treue hieß.

Nachdem sie bis zur Donau gen Veringen geritten,
Begannen sie um Urlaub die Königin zu bitten;
Denn sie wollten wieder heim zum Rheine gehn.
Das konnte nicht ohne Weinen von guten Freunden geschehn.

Geiselher der schnelle sprach zur Schwester sein:
„Herrin, wenn du jemals bedürfen solltest mein,
Ob dich etwas gefährde, das thue mir bekannt,
So reite ich dir zu dienen in König Etzels Land.“

Die ihre Sippen waren, die küßten sie auf den Mund.
Es schieden da gar minniglich zu derselben Stund
Die schnellen Burgunden von Rüdigerens Mannen.
Es führte die Königin mit sich manch schöne Maid von dannen:

Hundert und viere, die trugen reiches Kleid
Von gestickten reichen Pfellern. Viel der Schilde breit
Führte man der Königin nach auf den Wegen.
Da kehrte von ihr heimwerts gar mancher herrliche Degen.

Sie zogen voller Eile nieder durch Baierland;
Da sagte man die Märe: viel Gäste unbekannt
Wären angekommen. Wo noch ein Kloster steht
Und wo der Inn mit Fluten in die Donau geht,

In der Stadt zu Passau saß ein Bischof.
Da leerten sich die Herbergen und auch des Fürsten Hof:
Sie eilten schnell den Gästen entgegen gen Baierland,
Wo der Bischof Pilgerin die schöne Kriemhilde fand.

Den Recken aus dem Lande ward es wenig leid,
Als sie ihr folgen sahen so manche schöne Maid.
Der edlen Ritter Kinder sah man mit Wohlgefallen,
Man gab Herbergen den edlen Gästen allen.

Als mit seiner Niftel der Bischof gen Passau kam,
Und man davon die Kunde in der Stadt vernahm:
Das Schwesterkind des Fürsten Kriemhilde sei angekommen;
Da haben sie die Krämer aufs Beste aufgenommen.

Es hätte gern der Bischof sie länger weilen gesehn;
Da sprach der Herr Eckewart: „Das mag nicht geschehn,
Wir müssen nieder fahren in Rüdigerens Land:
Es harren viele Degen, denen es allen bekannt."

Nun hatte wohl die Kunde die schöne Gotelind:
Sie schickte sich mit Fleiße und ihr gar edles Kind.
Es hatte ihr Rüdiger entboten, daß es gut
Ihn dünke, wenn der Königin sie damit tröste den Muth,

Daß sie ihr zur Ense hinauf mit seinen Mannen
Entgegen geritten käme. Als sie den Ritt begannen,
Da sah man es allenthalben sich auf den Wegen regen.
Sie eilten ihren Gästen zu Fuß und Roß entgegen.

Nun war die edle Königin gen Efferdingen gekommen.
Man hatte im Baierlande von frechem Volke vernommen,
Das auf den Straßen lagerte, auf Beute auszugehn;
Es konnte durch sie den Gästen gar leicht groß Leid geschehn.

Dem wurde wohl gewehret von dem Markgrafen hehr:
Er führte tausend Ritter und wohl noch mehr.
Da kam auch Gotelinde, des edlen Rüdigers Weib,
Mit ihr in Pracht und Herrlichkeit gar manches guten Recken Leib.

Sie kamen über die Traune bei Ense auf das Feld,
Da sah man aufgespannet Hütten und Gezelt.
Allda sollten die Gäste Nachtherberge haben.
Der Markgraf ließ die Recken mit Trank und Speise laben.

Die schöne Gotelinde ging ihnen entgegen
Aus der Herberge. Da ging auf den Wegen
Manch ein Roß mit klingenden Zäumen wohlgethan.
Der Empfang war herrlich; Rüdiger hatte Freude daran.

Es ritten wohl zu Lobe, die ihnen auf den Wegen
Zu beiden Seiten kamen, gar manch ein edler Degen.
Sie pflegten Ritterspieles; das sah manch eine Maid.
Es war der Dienst der Ritter der Königin nicht leid.

Es kamen zu den Gästen des edlen Rüdigers Mannen:
Was da der Lanzensplitter empor zu stieben begannen
Von der Recken Händen nach ritterlichen Sitten.
Da wurde vor den Frauen wohl um den Dank geritten.

Nachdem sie abgelassen, da grüßte mancher Mann
In Freundlichkeit den andern; da führten sie heran
Die schöne Gotelinde, wo sie Kriemhilden sah.
Wer Frauen dienen konnte, der hatte wenig Muße da.

Als der Vogt von Bechlaren zu seinem Weibe geritten,
Hat die edle Markgräfin wenig darum gelitten,
Daß er so wohlbehalten vom Rheine heimgekommen.
Ihr ward durch große Freude ein Theil der Sorge genommen.

Als sie ihn nun empfangen, hieß er vom Roß sie heben
Sammt allen ihren Frauen, die ihr Geleit gegeben.
Da hatte wenig Muße gar mancher edle Mann,
Die nahmen sich des Dienstes der Frauen fleißig an.

Da sah Frau Kriemhilde die Markgräfin stehn
Mit ihrem Ingesinde: sie ließ nicht näher gehn;
Sie hielt mit dem Zügel den Lauf des Rosses an,
Und bat daß man vom Sattel herab sie hebe dann.

Da sah man wie der Bischof seiner Schwester Kind
Mit Eckewarten führte hin zu Gotelind.
Es wich jedweder, wer zwischen ihnen stund:
Da küßte Gotelinden die Fremde auf den Mund.

Da sprach minniger Sitte Rüdigerens Weib:
„Heil mir, liebe Herrin, daß ich euern schönen Leib
Hie in diesem Lande mit den Augen mein gesehn:
Mir konnte in diesen Tagen nichts Freudigeres geschehn." —

„Nun lohne Gott" sprach Kriemhild: „euch edle Gotelind.
Verbleibe ich wohlbehalten mit Botelungens Kind,
Soll es euch zu Gute kommen, daß ihr mich heut gesehn."
Unkund war ihnen beiden, was noch mußte geschehn.

Es ging da zu einander in Züchten manche Maid;
Da waren ihnen die Recken zu Dienste viel bereit.
Sie saßen nach dem Gruße nieder in den Klee:
Sie gewannen mancher Kunde, die ihnen fremde eh.

Man hieß den Frauen schenken, der Mittag kam herauf;
Das edle Ingesinde machte nun sich auf.
Sie ritten, wo sie fanden manch eine Hütte weit:
Da war den edlen Gästen manch großer Dienst bereit.

Sie pflegten Nachts der Ruhe bis an den Morgen früh.
Die zu Bechlaren hatten Fleiß und Müh,
Wie man die werthen Gäste alle wohl empfinge.
Rüdiger hatte gesorget, daß ihnen wenig abginge.

Sie sahen in den Mauern die Fenster offen stehn;
Es war die Burg Bechlaren weit aufgethan zu sehn.
Da ritten ein die Gäste, die man gerne sah;
Der edle Wirth hieß ihnen schaffen gut Gemach allda.

Rüdigerens Tochter mit ihrem Gesinde ging,
Wo sie die edle Königin gar minniglich empfing.
Da war auch ihre Mutter, die edle Markgräfin:
Da nahm manch eine Jungfrau freundliche Grüße hin.

Sie fingen sich bei Händen und so sah man sie gehn
Zu einem weiten Saale, der herrlich anzusehn,
An welchem dicht vorüber rauschte der Donau Flut.
Sie saßen in der Kühle und waren wohlgemuth.

Weß sie da weiter pflegten, davon kann ich nicht sagen.
Kriemhildens Recken hörte man da klagen,
Daß sie so eilen müßten, gar ungern sie es litten.
Hei, was da guter Recken mit ihnen von Bechlaren ritten.

Was minnigliche Dienste Rüdiger ihnen bot!
Da gab die edle Königin zwölf Armspangen roth
Der Tochter Gotelindens und also gut Gewand:
Sie führte selbst kein besseres mit sich gen Heunenland.

Und ob ihr auch genommen der Nibelungen Gold,
Sie machte dennoch alle, die sie ersahn, sich hold
Noch mit dem kleinen Gute, das sie da mochte haben;
Des Wirthes Ingesinde empfing auch große Gaben.

Dagegen nun bot Ehre die edle Markgräfin
Den Gästen von dem Rheine mit also mildem Sinn,
Daß man allda gar wenige von den Fremden fand,
Die nicht ihre Steine trugen oder ihr reich Gewand.

Bevor sie nach dem Imbiß wieder von dannen ritten,
Erbot des Hauses Wirthin mit minniglichen Sitten
Ihre treuen Dienste an König Etzels Weib;
Da wurde viel gekoset der schönen Jungfrau Leib.

Es sprach die Maid zur Königin: „Dünket euch solches gut,
Ich weiß wohl, daß es gerne mein lieber Vater thut,
Daß er mich zu euch sendet in der Heunen Land.“
Wie große Treue Kriemhild an der Jungfrau fand!

Die Rosse waren fertig und vor Bechlaren gekommen,
Da hat die edle Königin Abschied nun genommen
Von Rüdigerens Weibe und von der Tochter sein.
Mit Gruße schied von dannen auch manch ein schönes Mägdelein.

Sie sahen gar selten einander nach diesen Tagen.
Aus Medilike ward herausgetragen
Manch reiches Goldgefäße, drin man den Gästen Wein
Nach der Straße brachte; sie sollten willkommen sein.

Ein Wirth war da gesessen, Astolt genannt,
Der zeigte ihnen die Straße in das Osterland
Gegen Mutaren die Donau hernieder.
Da ward der schönen Kriemhild gar wohl gedienet wieder.

Wie freundlich da der Bischof von seiner Nichte schied,
Daß sie sich wohl gehabe, wie sehr er das ihr rieth,
Und daß sie Ehre werbe, wie Helke sonst gethan.
Hei, was ihr großer Ehren die Heunen darauf angethan!

Zu der Traisem zogen die Gäste nun von dannen;
Es pflegten ihrer fleißig Rüdigerens Mannen,
Bis daß hernach die Heunen über Land gekommen;
Da ward die edle Königin mit großen Ehren aufgenommen.

Bei der Traisem hatte der König aus Heunenland
Eine weite Feste, die war wohl bekannt,
Geheißen Zeißenmauer: sonst saß Frau Helke da
Und pflegte so großer Tugenden, wie nie seitdem geschah,

Geschah es nicht durch Kriemhilden, die also konnte geben,
Daß sie nach ihrem Leide die Freude mochte erleben,
Daß ihr von Etzels Mannen ein jeder Ehre zollte,
Deren sie die Fülle bei den Helden gewinnen sollte.

Man erkannte König Etzels Herrschaft weit und breit;
Drum fand an seinem Hofe man zu jeder Zeit
Die allerkühnsten Recken, von denen man je vernommen
Unter Kristen und Heiden; die waren alle mit ihm gekommen.

Bei ihm war zu allen Zeiten — wo mag das noch geschehn? —
Zugleich der Kristenorden und heidnischer Brauch zu sehn:
Es schuf des Königs Milde, daß jeder genug empfing,
An wie gethaner Weise ein jeglicher auch hing.

Wie Kriemhilde bei den Heunen empfangen ward.

Zweiundzwanzigstes Abenteuer.

Sie war zu Zeißenmauer bis an den vierten Tag,
Indessen auf der Straße der Staub nicht ruhig lag.
Er stob da allerwegen empor als wie ein Brand,
Wo König Etzels Mannen ritten durch Osterland.

Da brachte man dem Könige die Kunde zur rechten Zeit —
Es schwand bei dem Gedanken daran ihm all sein Leid —
Wie herrlich Kriemhilde käme durch das Land.
Der König begann zu eilen, wo er die Minnigliche fand.

Man sah vor König Etzeln manchen kühnen Degen
Von gar manch einer Sprache reiten auf den Wegen,
Von Christen und von Heiden manche große Schaar;
Sie kamen, wo die Herrin sie fanden, herrlich dar.

Von Reußen und von Griechen ritt da mancher Mann,
Der Pole und Wallache kamen behende an;
Es waren die besten Rosse, die sie mit Kräften ritten,
Sie ließen offen sehen ihres Volkes Sitten.

Von dem Lande zu Kiew ritt da manch ein Degen,
Und die wilden Petschenegen; die schossen allerwegen
Mit Bogen nach den Vögeln, wo sie in Lüften flogen;
Wie sie mit Kraft die Pfeile zu des Bogens Enden zogen!

Es liegt an der Donau eine Stadt in Osterland,
Die ist geheißen Tulna: da wurde ihr bekannt
Gar manche fremde Sitte, die sie noch nie ersah,
Sie empfingen da Viele, denen noch Leid durch sie geschah.

Es ritt vor König Etzeln ein Ingesinde heran,
Gar reich und fröhlich, zierlich und wohlgethan,
Wohl vier und zwanzig Fürsten, die alle reich und hehr;
Die begehrten ihre Herrin zu schauen und sonst nichts mehr.

Der Herzog Ramung aus der Wallachen Land
Kam mit siebenhundert Mannen vor sie gerannt;
Gleich fliegenden Vögeln sah man daher sie fahren.
Auch kam der Fürst Gibeke mit gar herrlichen Schaaren.

Hornboge der schnelle kam mit wohl tausend Mann
Von dem Könige Etzel bei seiner Herrin an.
Es hob sich lautes Schallen nach des Landes Sitten;
Da ward auch von den Sippen der Heunen herrlich geritten.

Da kam von Dänemarke der kühne Hawart
Und Iring der viel schnelle, vor Makel wohl bewahrt,
Irnfried von Düringen, ein waidlicher Mann:
Sie empfingen Kriemhilden, daß sie der Ehren viel gewann.

Zwölfhundert Mannen waren in ihrer Schaar.
Da kam der Herr Blödel mit drei Tausenden dar,
König Etzels Bruder aus dem Heunenland.
Der kam mit großer Herrlichkeit, wo er die Fürstin fand.

Da kam der König Etzel und auch Herr Dieterich
Mit allen seinen Gesellen. Da war gar löbelich
Manch ein edler Ritter, bieder auch und gut.
Es wuchs Frau Kriemhilden höher darob der Muth.

Da ist vom edlen Rüdiger das Wort an sie ergangen:
„Ich will den hehren König, Herrin, allhier empfangen.
Wen ich euch küssen heiße, den empfangt mit Kuß;
Nicht gebühret Etzels Mannen allen gleicher Gruß.“

Da hub man von dem Rosse die edl. Fürstin hehr.
Der hochgewaltige Etzel zögerte nicht mehr:
Er sprang von seinem Rosse, mit ihm gar mancher Mann;
Er trat zu Kriemhilden fröhlichen Muthes heran.

Zween reiche Fürsten, also ist uns bekannt,
Gingen neben der Herrin und trugen reich Gewand,
Als der König Etzel ihr entgegen ging,
Und sie den edlen Fürsten mit Küssen wohl empfing.

Sie rührte ihr Geschmeide, ihr schönes Angesicht
Leuchtete aus dem Golde in Farben also licht:
Frau Helke, sagte mancher, konnte nicht schöner sein.
Es stund da in der Nähe des Königs Bruder Blödelein;

Der edle Markgraf Rüdiger hieß küssen sie den Herrn,
Deßgleichen König Gibeken; auch Dietrich stund nicht fern:
Zwölfe der Recken küßte König Etzels Gemahl;
Die sie mit Gruß empfangen, derer war groß die Zahl.

Während dem daß Etzel bei Kriemhilden stand,
Da thaten junge Degen, wie die Sitte noch bekannt:
Gar manches reiche Rennen wurde allda geritten.
Das thaten Kristenhelden und Heiden auch nach ihren Sitten.

Wie recht nach Rittersitte Herrn Dietrichs Mannen
Die Schäfte über Schilde hoch in die Luft von dannen
In Splittern fliegen ließen aus guter Ritter Hand;
Von den deutschen Gästen ward mürbe manch ein Schildesrand.

Es ward von Schäftebrechen gewaltiger Krach vernommen;
Es waren aus dem Lande die Recken alle gekommen
Und auch des Königs Gäste, gar viele edle Mannen;
Da ging der reiche König mit Frau Kriemhild von dannen.

Sie sahen in der Nähe ein herrliches Gezelt;
Von Hütten war erfüllet ringsumher das Feld,
Wo sie nach der Arbeit der Ruhe sollten pflegen.
Dahin ward manche schöne Jungfrau von den Degen

Mit der Königin geführet, wo diese sich alsdann
Auf reiche Kissen setzte. Gotelindens Mann
Hatte so wohl gesorget: es fanden alle Leute,
Daß Kriemhild herrlich throne, was Etzels Herz erfreute.

Was Etzel da geredet, das ist mir unbekannt.
In seiner Rechten ruhte ihre weiße Hand.
Sie saßen allda minniglich, da Rüdiger der Degen
Den König nicht wollte lassen Kriemhildens heimlich pflegen.

Es geschah, daß man allenthalben den Kampf zu lassen hieß,
Worauf man dann in Ehren den Schall sich enden ließ.
Da gingen zu den Hütten König Etzels Mannen,
Wo sie allenthalben weite Herberge gewannen.

Der Tag hatte ein Ende, sie fanden gut Gemach,
Bis der lichte Morgen wiederum anbrach.
Da war zu den Rossen manch ein Mann gekommen:
Hei, was man da dem Könige zu Ehren Kurzweil vorgenommen!

Der König bat die Heunen, es nach Ehren zu bereiten;
Da sah man sie von Tulna zur Stadt gen Wien reiten,
Da mochten sie in reichem Schmucke viele Frauen,
Die Etzels Weib mit Ehren empfingen, wohl erschauen.

Was sie haben sollten, das war da allerwegen
Bereit in großer Fülle. Manch wohlgestalter Degen
Freute sich auf die Feste. Man suchte Herberg auf:
Das Freudenfest des Königs erhub fröhlichen Lauf.

Die Stadt konnte nicht fassen alle die großen Schaaren,
Drum bat der edle Rüdiger die, so nicht Gäste waren,
Daß sie sich auf dem Lande möchten in Herberg legen.
Man schaute bei dem Könige Kriemhilden allerwegen,

Auch Herrn Dietrichen und manchen andern Degen,
Die wenig daran dachten in Ruhe sich zu pflegen,
Damit fröhlichen Muthes die Gäste sollten sein.
Es hatten gute Kurzweil Rüdiger und die Freunde sein.

Es fiel das Festgelage auf einen Pfingstentag,
Als der König Etzel bei Kriemhilden lag;
Zu Wien ist das geschehen. Wahrlich, sie gewann
Mit ihrem ersten Manne nicht so manchen dienenden Mann.

Sie befreundete sich mit Gaben dem, der sie nie ersah.
Gar mancher von ihnen sagte zu den Gästen da:
„Wir wähnten, daß Frau Kriemhild keinen Reichthum habe,
Nun thut sie große Wunder allhie mit ihrer Gabe."

Das Festgelage währte siebenzehen Tage.
Ich meine, daß man von keinem Könige weiter sage,
Deß Fest größer gewesen; uns ist es unbekannt.
Alle, die da waren, trugen von ihr neu Gewand.

Ich meine, daß sie niemals in Niederland gesessen
Mit also manchem Recken. Auch bin gewiß ich dessen,
Daß so viel edle Recken sich nie bei Siegfried fanden,
Wie reich er auch gewesen, als hie vor Etzeln standen.

Auch gab niemals ein König zu seinem Freudenfeste
So manchen reichen Mantel, der lang und weit aufs beste,
Noch so gute Kleider, deren sie viele mochten haben,
Die Kriemhilde gerne alle ließ vergaben.

Die Freunde und die Gäste, wohl Eines Sinnes sie waren:
Mit keiner Art von Gute wollten sie irgend sparen.
Was Jemand auch begehrte, sie waren gern bereit;
Gar viele Degen standen vor Milde ohne Kleid.

Sie dachte, wie dereinstens sie an dem Rheine saß
Bei ihrem lieben Manne; ihr Auge wurde naß.
Doch barg sie ihre Thränen und ließ sie Niemand sehn:
Ihr war nach manchem Leide der Ehren viel geschehn.

Was Einer that mit Milde, das war doch gar ein Wind
Wider Dietrichen; was Botlungens Kind
Ihm gegeben hatte, das eilte er zu verschwenden.
Auch geschah da großes Wunder von des milden Rüdigers Händen.

Aus dem Ungarlande der König Blödelein,
Der hieß da leer machen manch einen Reiseschrein
Von Silber und von Golde, alles ward hingegeben.
Man sah des Königs Helden in Lust und Freude leben.

Werbel und auch Schwemmel, des Königes Spielmannen,
Ich meine daß sie jeder an tausend Mark gewannen
Bei dem Festgelage, oder noch mehr als das,
Als die schöne Kriemhild bei Etzeln unter Krone saß.

Am achtzehnten Morgen brachen von Wien sie auf;
Da gingen viele Schilde im Ritterspiele drauf
Durch Speere, welche führten die Recken in der Hand.
So kam der König Etzel bis in das heunische Land.

Zu Heimburg der alten blieben sie über Nacht.
Da konnte Niemand wissen, wie groß des Volkes Macht,
Noch die Heereskraft, mit welcher durchs Land sie ritten, erkunden.
Hei, was man schöner Frauen in seiner Heimath gefunden!

Zu Misenburg der reichen hub man zu schiffen an,
Da bedeckte sich das Wasser also mit Roß und Mann,
Als ob es Erde wäre, was man da fließen sah.
Die wegemüden Frauen fanden sanfte Ruhe da.

Da schloß man fest zusammen die Schiffelein die guten,
Daß ihnen nicht schaden konnten die Wogen und die Fluten,
Und oben drüber spannte man manch ein gut Gezelt,
Als hätten sie noch beides das Land und auch das Feld.

Als man auf Etzels Feste die Kunde hievon gewann,
Da freuten sich darinnen beide, Weib und Mann.
Etzels Ingesinde, einst Helken untergeben,
Sollte noch bei Kriemhilden manch fröhlichen Tag erleben.

Es stund allda und harrte gar manche edle Maid,
Die nach Helkens Tode getragen schweres Leid:
Sieben Königstöchter, die noch Kriemhilde fand,
Die waren eine Zierde für Etzels ganzes Land.

Die Jungfrau Herrat, Helkens Schwesterkind,
Die viele Tugend schmückte, befahl noch dem Gesind.
Sie war die Braut Dieterichs, von Königen geboren,
Nentweins Tochter, zu hohen Ehren noch erkoren.

Sie freute sich im Herzen, daß bald die Gäste kämen,
Und hatte mit großem Gute gesorgt sie aufzunehmen.
Wer könnte euch bescheiden, wie der König drauf gethronet?
Gewiß, daß nie die Heunen bei einer Königin baß gewohnet.

Als der König mit seinem Weibe vom Strande ritt heran,
Da sagte man aufs beste der edlen Kriemhild an,
Wer eine jede führte; sie grüßte sie desto baß.
Hei, wie sie so gewaltig seitdem auf Helkens Throne saß!

Getreulichen Dienstes ward ihr viel bekannt.
Da vertheilte die edle Königin Gold und auch Gewand,
Silber und Gesteine: was sie deß über Rhein
Mit zu den Heunen brachte, das mußte all vergeben sein.

Auch all des Königs Sippen und alle Mannen sein
Mußten ihr unterthänig in der Folge sein,
So daß Frau Helke nimmer so gewaltiglich gebot,
Wie nun sie dienen mußten bis an Kriemhildens Tod.

Da stund in solchen Ehren der Hof und auch das Land,
Daß man allda Kurzweil zu allen Zeiten fand,
Weil alles, was im Herzen ein Jeglicher begehrte,
Des Königs Wohlgefallen, der Königin Gut gewährte.

Wie Kriemhild ihr Leid zu rächen gedachte.

Dreiundzwanzigstes Abenteuer.

Mit viel großen Ehren, das ist gewißlich wahr,
Wohnten sie bei einander bis in das siebente Jahr.
Die Weile ist die Königin eines Sohns genesen;
Worüber König Etzel gar frohen Muths gewesen.

Sie hat nicht nachgelassen, bis sie es mochte erlangen,
Daß des Königs Etzel Kind die Taufe empfangen
Nach kristlicher Sitte: Ortlieb ward es genannt.
Darob ward große Freude über Etzels ganzes Land.

Was von guten Tugenden Frau Helke je gehegt,
Deren hat Frau Kriemhild noch manchen Tag gepflegt.
Es lehrte sie, was Sitte, Herrat die fremde Maid,
Die hatte noch im Stillen um Helken großes Leid.

Den Fremden und den Heimischen war sie gar wohl bekannt;
Die sagten, daß noch nimmer eine Frau ein Königsland
Milder besaß und besser; das meinten sie fürwahr.
Sie hatte bei den Heunen dieß Lob ins dreizehnte Jahr.

Nun sah sie wohl, daß Niemand ihr mochte widerstreben,
Wie jetzt noch Königsrecken Fürstinnen zu Willen leben,
Und daß sie alle Tage zwölf Könige vor sich sah.
Sie gedachte auch manches Leides, daß ihr daheim geschah.

Sie gedachte auch mancher Ehren in Nibelungenland,
Die sie daselbst besessen, und die ihr Hagens Hand
Mit Siegfrieds Leben hatte abgenommen:
Ob ihm solches nimmer sollte zu Leide kommen?

„Das geschähe, wenn ich ihn bringen möchte in dieses Land!“
Ihr träumte mehr als einmal, sie ginge Hand in Hand
Mit ihrem Bruder Geiselher; sie küßte ihn jederzeit
Gar oft im sanften Schlafe. Daraus wuchs ihnen Leid.

Ich meine, daß der Böse Kriemhilden solches rieth,
Daß sie mit ihrer Freundschaft sich von Günthern schied,
Den sie zur Sühne küßte in Burgundenland.
Da benetzte sie aufs Neue mit heißen Thränen ihr Gewand.

Es lag ihr in dem Herzen bei Tage und bei Nacht,
Wie man sie ohn Verschulden hätte dahin gebracht,
Daß sie mit einem Heiden der Minne mußte pflegen.
Sie war in diesen Nöthen Hagens und Günthers wegen.

Sie ließ von dem Gedanken in ihrem Herzen nie.
„Ich bin so reich an Habe, so mächtig," dachte sie:
„Ich bringe meine Feinde noch einmal in ein Leid,
Dazu wäre ich Hagen von Tronje gern bereit.

Nach dem Getreuen jammert ofte das Herze mein;
Die dort mir Leides thaten, möchte ich bei denen sein,
So würde meines Freundes Leib wohl noch gerochen;
Was ich kaum erwarte." Also hat Etzels Weib gesprochen.

All des Königs Mannen waren ihr zugethan,
Kriemhildens Recken; das war viel wohlgethan.
Der Kammer pflegte Eckewart, der darum Freunde fand.
Wider Kriemhildens Willen wagte Niemand Widerstand.

Sie dachte alle Tage, sie wolle den König bitten,
Daß er ihr gönnen möge nach seinen milden Sitten,
Daß man ihre Freunde ins Land der Heunen brächte.
Niemand durchschaute die Königin, daß sie auf Arges dächte.

Als sie des Nachts dereinstens bei dem Könige lag —
Er hielt sie mit den Armen umfangen, wie er pflag,
Die edle Frau zu kosen: sie war ihm wie sein Leib —
Da dachte ihrer Feinde das hochherrliche Weib.

Sie sagte zu dem Könige: „Viel lieber Herre mein,
Ich wollte euch gern bitten, möchte es mit Hulden sein,
Wenn ich um euch solches verdient, daß ihr mir zeigt,
Ihr wäret meinen Freunden inniglich geneigt."

Da sprach der reiche König, er sprach getreuen Muthes:
„Das will ich euch beweisen: was Liebes und was Gutes
Den Recken widerführe, ich hätte Freude dran,
Dieweil ich bessere Freunde durch Weibesminne nie gewann.“

Und wieder sprach die Königin: „Ich brauch euch nicht zu sagen,
Ich habe hohe Sippen; deßwegen muß ich klagen,
Daß mich die so selten hie zu sehen streben.
Die Leute sagen, ich müsse fremd und verlassen leben.“

Da sprach der König Etzel: „Viel liebe Fraue mein,
Däuchte es sie nicht zu ferne, so lüde ich über Rhein,
Die ihr gerne sähet, zu fahren in mein Land.“
Da freute sich Kriemhilde, als seinen Willen sie erkannt.

Sie sprach: „Wollet ihr Treue mir leisten, Herre mein,
So sollet ihr Boten senden gen Worms über Rhein.
So lasse ich meinen Freunden mein Begehren melden,
So kommen in unsre Lande viel edle gute Helden.“

Er sprach: „Wenn ihr gebietet, so lasse ich es geschehn.
Ihr könnet eure Freunde nicht so gerne sehn,
Wie ich der edlen Ute Kinder zu sehn verlange.
Es hat mich oft verdrossen, daß sie uns fremd so lange.

So du dirs lässest gefallen, viel liebe Fraue mein,
Will ich meine Fiedler nach den Freunden dein
Gern als Boten senden gen Burgundenland.“
Er schickte nach den guten Fiedlern unverwandt.

Sie eilten ohne Säumen dem Könige zu dienen.
Der saß bei Frau Kriemhilden und sagte da zu ihnen,
Sie sollten Boten werden gen Burgundenland;
Er hieß ihnen bereiten viel herrliches Gewand.

Vier und zwanzig Recken bereitete man Gewand.
Auch that ihnen der König die Botschaft bekannt:
Sie sollten Günthern laden und auch die Mannen sein.
Kriemhild die Herrin wollte sie sprechen noch allein.

Da sprach der reiche König: „Ich sage, was ihr thut:
Ich entbiete meinen Freunden alles, was lieb und gut,
Daß es ihnen gefalle in mein Land zu kommen.
Ich habe so lieber Gäste noch wenig aufgenommen.

Und daß Kriemhildens Sippen es nicht lassen sollen,
Wenn sie nach meinem Willen irgend thuen wollen,
Und in diesem Sommer zu meinem Feste kommen.
Denn meines Weibes Sippen sind mir hochwillkommen."

Da sprach der Fiedelspieler, der stolze Schwemmelein:
„Wann soll euer Festgelage in diesem Lande sein?
Damit wir euern Freunden solches können sagen."
Da sprach der König Etzel: „In nächster Sonnenwende Tagen." —

„Wir thun, was ihr gebietet!" sagte Werbelein.
Es hieß darauf die Königin nach ihrem Kämmerlein
Sie in der Stille führen. Sie sprach die Boten da,
Wovon noch manchem Degen gar wenig Freude geschah.

Sie sprach zu beiden Boten: „Verdienet großes Gut,
Daß ihr meinen Willen aufs allerbeste thut,
Und saget, was ich entbiete, heim in unser Land.
Ich mache euch reich an Gute und gebe euch herrlich Gewand.

Und wen von meinen Freunden ihr immer möget sehn
Zu Worms bei dem Rheine, ihr sollt ihm nicht gestehn,
Daß ihr je gesehen betrübet meinen Muth:
Und saget meine Grüße den Degen kühn und gut.

Bittet, daß sie leisten, was ihnen der König entbot,
Und mich damit scheiden von aller meiner Noth;
Die Heunen möchten wähnen, daß ich ohne Freunde bin.
Wenn ich ein Ritter wäre, ich käme selbst zu ihnen hin.

Und saget auch Gernoten dem edlen Bruder mein,
Daß ihm Niemand auf Erden könne holder sein.
Bittet, daß unsre besten Freunde in dieses Land
Er bringen möge; solches sei uns zu Ehren gewandt.

So saget auch Geiselheren, daß er gedenke daran,
Daß ich durch ihn noch nimmer irgend ein Leid gewann,
Drum sähen ihn gar gerne allhie die Augen mein;
Ich hätte hie ihn gerne durch die große Treue sein.

Auch sollet ihr meiner Mutter von meinen Ehren sagen.
Und wenn Hagen von Tronje der Fahrt sich wolle entschlagen,
Wer sie dann führen solle die Wege durch das Land?
Dem ist der Weg zu den Heunen von früher her bekannt."

Es wußten nicht die Boten, weßhalb das sollte sein,
Daß sie Hagen von Tronje nicht dorten an dem Rhein
Bleiben lassen sollten. Sie habens noch beklagt:
Mit ihm war manchem Degen todgrimme Fehde angesagt.

Botschaft und Briefe waren den Boten übergeben.
Sie fuhren reich an Gute und mochten herrlich leben.
Urlaub gab ihnen Etzel und auch sein schönes Weib:
Sie hatten mit gutem Gewande wohl geziert den Leib.

Wie Werbel und Schwemmel Botschaft brachten.

Vierundzwanzigstes Abenteuer.

Als Etzel seine Boten an den Rhein gesandt,
Da flog diese Kunde fort von Land zu Land:
Mit gar geschwinden Boten bat er und entbot
Zu seinem Festgelage. Es holte mancher dort den Tod.

Die Boten fuhren von dannen aus der Heunen Land
Zu den Burgunden, wohin man sie gesandt,
Nach dreien edlen Königen und auch nach deren Mannen,
Sie sollten zu Etzeln kommen. Was Eilen sie begannen!

Es kamen zu Bechlaren die Boten angeritten
Und wurden wohl empfangen. Nicht ließ von seinen Sitten
Der edle Markgraf Rüdiger. Er und sein Weib Gotlind
Entboten ihre Dienste zum Rheine, und auch beider Kind.

Nicht ließen sie ohne Gaben sie wiederum von dannen,
Daß sie desto besser führen, des Königs Etzel Mannen.
Uten und ihren Söhnen entbot da Rüdiger,
Kein andrer Markgraf wäre ihnen gewogen wie er.

Sie entboten auch Brünhilden Gruß und alles Gute,
Sammt stätiglicher Treue und willfährigem Muthe.
Als sie das Wort vernommen, die Boten wollten fahren,
Bat die Markgräfin Gott im Himmel sie zu bewahren.

Noch durchfuhren nicht die Boten das ganze Baiernland,
Als der schnelle Werbel den guten Bischof fand.
Was der da seinen Freunden nach dem Rheine entbot,
Das habe ich nicht erfahren: aber sein Gold so roth

Gab er den Boten zur Letze; drauf ließ er reiten sie.
Da sprach der Bischof Pilgerin: „Möchte ich sie sehen hie,
Mir wäre wohl zu Muthe, die Schwestersöhne mein;
Denn ich komme gar selten zu ihnen an den Rhein.“

Welche Wege sie fuhren zum Rheine durch das Land,
Deß kann ich nicht bescheiden. Ihr Silber und Gewand
Ward ihnen nicht genommen aus Furcht vor ihrem Herrn.
Es war der edle König gewaltig nah und fern.

Binnen zwölf Tagen kamen sie an den Rhein,
Gen Worms zu dem Lande, Werbel und Schwemmelein.
Den Königen und ihren Mannen sagte man es an,
Daß fremde Boten kämen, worauf Günther zu fragen begann.

Es sprach der Vogt vom Rheine: „Wer kann uns offenbaren,
Von wannen diese Fremden in unser Land gefahren?“
Das konnte keiner sagen, bis daß sie Hagen sah;
Es sprach der Held von Tronje zu König Günthern da:

„Ich sage euch, wir werden neue Kunde bekommen:
Ich habe König Etzels Fiedler wahrgenommen.
Sie hat eure Schwester gesendet an den Rhein;
Sie sollen um ihre Herren uns hoch willkommen sein.“

Schon kamen die edlen Degen vor den Palast geritten:
Nie kamen Fürstenfiedler mit also herrlichen Sitten.
Des Königes Ingesinde empfing sie unverwandt,
Man gab ihnen Herberge und bewahrte ihr Gewand.

Ihre Reisekleider waren so prächtig anzusehn,
Sie mochten da mit Ehren vor dem Könige stehn;
Doch wollten sie dieselben nicht weiter bei Hofe tragen,
Drum ließen sie, ob Jemand sie haben wolle? fragen.

Da währte es nicht lange, daß man die Leute fand,
Die sie gerne nahmen, denen wurden sie gesandt.
Viel herrlichere Kleider legten an die Gäste,
Wie eines Königs Boten es ziemen mag aufs Beste.

Es kam mit Urlaube hin wo der König saß
Etzels Ingesinde: gar gerne sah man das.
Wie züchtiglich da Hagen hin zu den Boten sprang
Und minniglich sie grüßte; deß sagten ihm die Knappen Dank.

Er fragte sie und wollte von ihnen Kunde haben:
Wie sich König Etzel und die Mannen sein behaben?
Da sprach der Fiedler: „Nimmer stands besser um das Land,
Nie gabs so frohe Leute, das werde euch bekannt."

Sie gingen zu dem Wirthe, es war der Palast voll;
Da empfing man die Gäste mit Grüßen liebevoll,
So recht wie sichs geziemet in andern Königs Land.
Es waren viele Recken, die Werbel dort bei Günthern fand.

Es hat mit edlen Züchten der Wirth sie aufgenommen:
„Ihr Spielleute der Heunen, seid beide mir willkommen
Sammt euren Heergesellen. Weßhalb hat euch gesandt
Der reiche König Etzel in der Burgunden Land?"

Sie neigten sich dem Könige; da sagte Werbelein:
„Dir entbieten holde Dienste der liebe Herre mein
Und Kriemhild deine Schwester daher in dieses Land;
Sie haben uns euch Recken auf gute Treue hergesandt."

Da sprach der reiche König: „Der Kunde bin ich froh.
Wie gehabt sich Etzel?" der Degen fragte so:
„Und Kriemhild meine Schwester in der Heunen Land?"
Da sprach der Fiedelspieler: „Das thu ich euch bekannt.

Es haben nie noch Menschen besser sich befunden,
Als beide sich gehaben (das möget ihr erkunden)
Und alles ihr Gesinde, die Sippen und die Mannen;
Sie freuten sich der Reise, als wir schieden von dannen." —

„Dank ihm für seine Grüße, die er mir übersandt,
Und auch meiner Schwester, ist es also bewandt,
Daß er mit seinen Mannen lebt in Fröhlichkeit;
Ich fürchtete, als ich fragte, irgend ein Herzeleid."

Die zween jungen Könige waren nun auch gekommen,
Sie hatten diese Kunde nur eben erst vernommen.
Geiselher der junge, der die Boten gerne sah
Aus Liebe zu seiner Schwester, sagte zu ihnen da:

„Ihr Boten sollet höflich uns willkommen sein.
Wolltet ihr öfter reiten an den Rhein,
Ihr fändet hier die Freunde, die ihr gern möchtet sehn;
Euch sollte hie zu Lande viel wenig Leides geschehn." —

„Wir versehn uns aller Ehren zu euch!" sprach Schwemmelein:
„Ich könnte nicht beschreiben mit den Worten mein,
In welcher Liebe und Treue euch Etzels Gruß ergeht,
Und eurer edlen Schwester, um die es in hohen Ehren steht.

Der Gnade und der Treuen mahnt euch die Königin,
Und daß ihr stets gewogen ihr waret mit Herz und Sinn.
Zuvörderst an den König sind wir hieher gesandt,
Daß ihr geruht zu reiten in König Etzels Land.

Es hat der reiche Etzel gar dringend uns geboten,
Daß wir euch darum bäten, was er euch entboten:
Wollet ihr bei eurer Schwester euch nimmer lassen sehn,
Wollte er doch gerne wissen, was euch durch ihn geschehn,

Daß ihr so fremd ihm bleibet, ihm und seinem Land.
Und ob ihr die Königin nimmer mehr gekannt,
So möchte er doch verdienen, daß ihr kämet ihn zu sehn.
Wenn das geschäh, so wäre ihm große Freude geschehn."

Da sprach der König Günther: „Ueber die siebente Nacht,
So will ich euch verkünden, weß ich mich bedacht
Mit meinen Freunden habe. Gehet indessen fort
Nach euren Herbergen und pfleget guter Ruhe dort."

Da sagte wieder Werbelein: „Möchte das geschehn,
Daß wir meine Herrin zuvor noch möchten sehn,
Die hochgewaltige Ute, eh wir schüfen uns Gemach?"
Worauf mit rechten Züchten der edle Geiselher sprach:

„Das soll euch Niemand wehren; und wollet ihr vor sie gehn,
So wird meiner Mutter Willen dadurch geschehn:
Denn sie sieht euch gerne um die Schwester mein,
Um Frau Kriemhilden; ihr sollet willkommen sein."

Es brachte sie Geiselher, wo er die Herrin fand.
Sie sah gar gern die Boten aus der Heunen Land;
Durch ihre Tugend grüßte sie diese minniglich,
Die guten zieren Boten entledigten der Botschaft sich.

„Euch entbietet meine Herrin," sagte Schwemmelein:
„Ihren Dienst und ihre Treue; möchte solches sein,
Daß sie, ihr sollets glauben, euch ofte möchte sehn,
Ihr könnte größre Freude nicht in der Welt geschehn."

Da sprach die hehre Königin: „Das kann nun nicht geschehn,
Wie gern die liebe Tochter ich ofte möchte sehn,
Das Weib des edlen Königes ist leider gar zu weit.
So sei denn sie und Etzel gesegnet allezeit.

Ihr sollt michs lassen wissen, eh wiederum von hie
Ihr gehet, wann ihr scheidet. So gerne sah ich nie
In langen Zeiten Boten, als wie ich euch gesehn."
Es gelobten ihr die Boten, daß solches sollte geschehn.

Nach der Herberge gingen die von Heunenland.
Da hat der reiche König nach seinen Freunden gesandt;
Der edle König Günther fragte seine Mannen,
Wie ihnen die Rede gefiele. Gar viele da begannen,

Daß er wohl möchte reiten in König Etzels Land.
Das riethen ihm die Besten, die er darunter fand,
Bis auf den Einen Hagen, der hat es schwer geklagt;
Er sprach zum Könige heimlich: „Ihr habt euch selber widersagt.

Ihr habt doch nicht vergessen, was wir dereinst begangen?
Es mag uns vor Kriemhilden immer im Herzen bangen:
Ich habe ihr erschlagen den Mann mit meiner Hand.
Wie wagten wir zu reiten in König Etzels Land?“

Da sprach der reiche König: „Sie hat des Zorns vergessen.
Mit minniglichem Kuße vergaß sie alles dessen,
Das wir an ihr begangen, bevor sie fuhr von hinnen:
Sie müßte denn euch alleine, Hagen, Verderben sinnen.“ —

„Nun so laßt euch nicht betrügen,“ sprach Hagen: „was die zween
Boten der Heunen sagen: wollt ihr Kriemhilden sehn,
So mögt ihr dort die Ehre und auch das Leben lassen;
Das Weib des Königs Etzel, das nährt ein langes Hassen.“

Da sagte zu dem Rathe der edle Fürst Gernot:
„Fürchtet in dem Lande der Heunen ihr den Tod,
Weil ihrs um sie verschuldet: was sollen wirs drum meiden,
Daß wir die Schwester sehen; das würde schlecht uns kleiden.“

Man hörte Geiselheren zu dem Degen sagen:
„Wenn ihr euch schuldig wisset, wohlan Freund Hagen,
So bleibet hie zurücke, das Leben zu bewahren,
Und laßt, die sichs getrauen, zu meiner Schwester mit uns fahren!“

Da begann zu zürnen von Tronje der Degen:
„Ich will nicht, daß euch Jemand begleite auf den Wegen,
Der besser sich getraue mit euch dahin zu reisen;
Mögt ihr davon nicht lassen: ich will es euch beweisen.“

Da sprach der Küchenmeister, Raumolt der edle Degen:
„Der Fremden und der Freunde möget ihr heißen pflegen
Nach eurem eignen Willen, ihr habet reich zu leben;
Ich meine nicht, daß Hagen als Geisel euch vergeben.

Wollt ihr nicht Hagen folgen, so rathe ich, Raumolt,
Der ich euch treue Dienste noch immerdar gezollt:
Ihr sollet hie verbleiben, geschieht der Wille mein,
Und laßt den König Etzel dort bei Kriemhilden sein.

Wo wäret ihr auf Erden also wohl geborgen?
Es machen eure Feinde euch hie gar wenig Sorgen.
Ihr schmückt mit guten Kleidern aufs herrlichste die Leiber,
Trinkt Wein den allerbesten und minnet schöne Weiber.

Dazu giebt man euch Speise, kein König in der Welt
Hat bessre je gewonnen. Wenn das euch nicht gefällt,
So sollet ihr verbleiben um euer schönes Weib,
Eh ihr so thöricht waget das Leben und den Leib.

Darum rath ich euch zu bleiben. Reich sind eure Lande;
Und habt ihr Pfand zu lösen, hie kommt es baß zu Stande,
Als dorten bei den Heunen. Wer weiß wie dort es steht?
Ihr sollet, Herr, verbleiben: also Raumolts Rath ergeht." —

„Wir sollen nicht verbleiben," sagte darauf Gernot:
„Seit uns also freundlich die Schwester mein entbot
Und Etzel auch der reiche. Wie sollten wirs versagen?
Mag der zu Hause bleiben, ders nicht mag mit uns wagen."

Und Antwort gab ihm Hagen: „Mag was da will geschehn,
Ihr sollt zu meiner Rede nicht scheel und sauer sehn.
Ich rathe euch in Treuen, wollet ihr euch bewahren,
So sollt ihr zu den Heunen in Wehr und Waffen fahren.

Wollt ihr davon nicht lassen, so schickt nach euren Degen,
Den besten die ihr findet und habet allerwegen.
Aus ihnen sollen tausend Ritter erkieset werden,
So wird der argen Kriemhild Sinnen euch nicht gefährden." —

„Dem will ich gerne folgen" sprach Günther unverwandt.
Da schickte er alsbalde die Boten durch sein Land:
Da hat man ihm dreitausend Helden und mehr gebracht.
Daß sie solch Leid erwürben, sie habens nicht gedacht.

Sie ritten frohen Muthes in König Günthers Land.
Da gab man allen denen so Rosse wie Gewand,
Die aus der Burgunden Landen sollten fahren.
Der König fand der Ritter viele, die guten Willens waren.

Da hieß Hagen von Tronje Dankwart den Bruder sein
Achtzig ihrer Recken führen an den Rhein:
Die kamen recht wie Ritter; Harnisch und Gewand
Brachten die schnellen Degen in König Günthers Land.

Da kam der kühne Volker, ein edler Spielmann,
Er führte zu der Reise nach Hofe dreißig Mann,
Die solch Gewand hatten, es mochts ein König tragen;
Er wollte zu den Heunen, das hieß er Günthern sagen.

Wer der Volker gewesen, deß sollet ihr Kunde empfahn:
Es war ein edler Degen, ihm waren unterthan
Viele gute Recken in Burgundenland.
Dieweil er fiedeln konnte, ward er der Spielmann genannt.

Hagen wählte tausend, die hat er wohl gekannt,
Was sie in starken Stürmen vollbracht mit ihrer Hand;
Er hatte wohl gesehen, wie sie sich je betragen.
Von denen konnte Niemand anders als Bravheit sagen.

Die Boten Kriemhildens wären gern heimgefahren,
Weil sie vor ihrem Herren in großem Bangen waren.
Sie begehrten tagtäglich, daß man sie ließe gehn,
Doch Hagen wehrte ihnen: das ist aus List geschehn.

Er sprach zu seinem Herren: „Wir mögens wohl bewahren,
Daß wir sie reiten lassen, bevor wir selber fahren
Von jetzt nach sieben Nächten in König Etzels Land.
Trägt uns Jemand bösen Willen, das wird uns besser so bekannt.

So bereitet Frau Kriemhilde sich auch nicht dazu,
Daß uns nach ihrem Rathe Jemand Schaden thu.
Hat sies jedoch im Willen, mag sies beklagen dann:
Wir führen zu den Heunen mit uns manch auserwählten Mann."

Mit Schilden und mit Sätteln und all ihrem Gewand,
Das für manch kühnen Degen in König Etzels Land
Sie mit sich nehmen wollten, waren sie nun versehn.
Da hieß man Kriemhildens Boten vor Günthern gehn.

Als die Boten kamen, sagte Herr Gernot:
„Der König will dem folgen, was Etzel uns entbot.
Wir wollen gerne kommen zu seiner Festlichkeit
Und unsre Schwester sehen: daß ihr deß ohne Zweifel seid."

Da sprach der kühne Günther: „Könnet ihr uns sagen,
Wann sei das Festgelage, oder in welchen Tagen
Wir dahin kommen sollen?" Da sagte Schwemmelein:
„Zur nächsten Sonnenwende soll es gewißlich sein."

Der König wollte ihnen (es war noch nicht geschehn)
Vergönnen, so sie wollten Frau Brünhilden sehn,
Daß sie mit seinem Willen sollten vor sie gehn.
Doch Volker hintertrieb es; daran ihr lieb geschehn.

„Meiner Herrin Brünhild ist nicht so wohl zu Muth,
Daß ihr sie sehen könnet!“ sagte der Ritter gut:
„Wartet noch bis morgen, dann möget ihr sie sehn.“
Sie hofften sie zu schauen, da konnte es nicht geschehn.

Es ließ der reiche König (er war den Boten hold)
Auf den breiten Schilden durch seine Tugend Gold
In großer Fülle bringen; er mochte genug haben.
Auch empfingen sie von Freunden allda gar reiche Gaben.

Geiselher und Gernot, Gere und Ortewein
Haben erkennen lassen, daß sie milde sein.
Sie boten da den Boten so reiche Gaben an,
Daß sies vor ihrem Herren nicht wagten zu empfahn.

Da sagte zu dem Könige der Bote Schwemmelein:
„Herr König, eure Gaben laßt hie zu Lande sein,
Wir dürfen sie doch nicht führen, denn unser Herr verbot
Uns Gaben anzunehmen; auch haben wirs wenig noth.“

Der edle Vogt vom Rheine ward darob ungemuth,
Daß sie verschmähen wollten so reichen Königes Gut;
Da mußten sie empfangen sein Gold und sein Gewand
Und mußtens mit sich führen in König Etzels Land.

Eh sie von dannen schieden, wollten sie Uten sehn,
Da hieß Geiselher der junge mit sich die Fiedler gehn
Vor seine Mutter Ute. Die Frau entbot von hinnen:
Es freue sie, was Ehre Kriemhilde möge gewinnen.

Da ließ die hehre Königin ihre Borten und ihr Gold
Um Kriemhildens willen (denn der war sie hold)
Und um König Etzels willen den Spielleuten geben.
Sie mochtens gerne nehmen, es war in Treue gegeben.

Es hatten nun die Boten von Weiben und von Mannen
Urlaub zur Fahrt genommen; sie ritten fröhlich von dannen.
Sie fuhren bis in Schwaben, bis dahin hieß Gernot
Seine Helden sie begleiten, daß sie Niemand brächte in Noth.

Als sich von ihnen schieden, die ihrer sollten pflegen,
Da schirmte Etzels Herrschaft sie auf allen Wegen,
Daß Niemand ihnen raubte Rosse noch Gewand.
Sie eilten gar geschwinde in König Etzels Land.

Wo sie Freunde wußten, denen thaten sie kund,
Daß in wenigen Tagen die Herren von Burgund
Von dem Rheine kämen nach König Etzels Land.
Dem Bischof Pilgerin wurde die Märe auch bekannt.

Als sie die Straße nieder ritten vor Bechlaren,
Da hats der Markgraf Rüdiger (sie ließens nicht) erfahren,
Und Frau Gotelinde, die edle Markgräfin:
Daß sie sie sehen sollten, deß freute sich ihr Sinn.

Man sah die Spielleute eilen mit ihren Kunden
Bis Gran, allwo sie Etzeln in seiner Stadt gefunden.
Grüße über Grüße, soviel man ihm entbot,
Sagten sie dem Könige; der ward vor Freude roth.

Als die edle Königin die Märe recht vernommen,
Daß ihre Brüder wollten nach dem Lande kommen,
Da war ihr wohl zu Herzen; mit vielen reichen Gaben
Belohnte sie die Fiedler; deß mochte sie Ehre haben.

Sie sprach: „Nun saget beide, Werbel und Schwemmelein,
Welche von meinen Sippen beim Feste wollen sein,
Der Besten die wir luden in unser Land zu fahren:
Nun sprecht, was sagte Hagen, als er die Märe erfahren?“ —

„Er ist eines Morgens zum Rathe hingekommen,
Da hat man guter Sprüche wenig von ihm vernommen.
Es gelobten all die andern die Fahrt gen Heunenland,
Da hat sie der grimme Hagen die Todesfahrt genannt.

Es kommen eure Brüder die Könige alle drei,
Die hochgemuthen Degen. Wer mehr bei ihnen sei,
Das kann ich mit Gewißheit euch nicht offenbaren.
Volker der Fiedelspieler wollte mit ihnen fahren."

Da sprach die edle Königin: „Ich entbehrte es gern,
Bliebe Volker immer auch diesem Lande fern.
Hagen bin ich gewogen, der ist ein guter Held,
Daß den wir sehen sollen, das ists was mir gefällt."

Da ging die hehre Königin, wo sie den König sah;
Wie sagte Frau Kriemhilde so minniglich ihm da:
„Wie gefallen euch die Mären, viel lieber Herre mein?
Was ich so lange begehret, soll nun vollendet sein." —

„Dein Wille ist meine Freude," der König sagte so:
„Nicht wäre ich so von Herzen der eignen Sippen froh,
Wenn sie jemals sollten nach meinem Lande kommen,
Die Lust an deinen Freunden hat meine Sorgen mir entnommen."

Des Königes Amtleute hießen Palast und Saal
Aufs herrlichste rüsten mit Sesseln ohne Zahl,
Damit liebe Gäste gut würden aufgenommen.
Von ihnen ist dem Könige groß Weinen noch gekommen.

Wie die Herren alle zu den Heunen fuhren.

Fünfundzwanzigstes Abenteuer.

Wir lassen es bewenden, wie die sich hie gebahren. —
So hochgemuthe Recken sind nimmer noch gefahren
In solcher Pracht und Herrlichkeit in eines Königs Land.
Sie hatten was sie wollten, so Waffen als Gewand.

Der Vogt von dem Rheine kleidete seine Mannen,
Tausend und sechzig, wie Kunde wir gewannen,
Und neun tausend Knechte zu dem Festgelage.
Denen die heim geblieben schuf solches Weinen noch und Klage.

Zu Worms ward das Geräthe über den Hof getragen,
Da hörte man von Speier den alten Bischof sagen,
Er sprach zur schönen Ute: „Unsre Freunde wollen fahren
Zu einem Hofgelage — Gott möge sie bewahren."

Da sprach zu ihren Kindern die edle Fürstin Ute:
„Ihr solltet hie verbleiben, ihr Helden reich an Muthe.
Ich habe heut Nacht geträumet von ängstiglicher Noth:
Es wären alle Vögel in diesem Lande todt." —

„Wer sich an Träume kehret," sagte darauf Hagen:
„Der wird sich nimmer wissen richtig das zu sagen,
Wann ihm in vollen Ehren seine Sache stehe.
Ich rathe, daß mit Urlaub mein Herr zu Hofe gehe.

Wir sollen gerne reiten in König Etzels Land.
Dort dient den edeln Königen wohl guter Recken Hand,
Da wir dort schauen müssen Kriemhildens Festgelage."
Hagen rieth die Reise — es kamen Reuetage.

Er hätte es widerrathen, wenn ihm Gernot
Nicht vorher also spöttliche Rede bot:
Er mahnte ihn an Siegfried, Frau Kriemhildens Mann,
Und sprach: „deßhalb steht Hagen die große Fahrt nicht an."

Da sprach Hagen von Tronje: „Nein, nicht aus Furcht ichs thu;
Wenn ihr gebietet Helden, wohlan so greifet zu!
Ich will euch gern begleiten in König Etzels Land."
Es ward von ihm verhauen noch manch ein Helm und Schildesrand.

Die Schiffe waren fertig; es kam da manch ein Mann;
Was sie von Kleidern hatten, das trug man da heran.
Sie hatten wenig Muße bis zu der Abendzeit.
Sie huben sich von Hause in großer Fröhlichkeit.

Gezelt und Hütten baute man drüben überm Rhein,
Dort auf dem grünen Anger, wo das Lager sollte sein.
Den König bat noch zu bleiben sein viel schönes Weib:
Sie kosete Nachts noch einmal seinen herrlichen Leib.

Posaunenschall und Flötenspiel störten die Morgenruh,
Daß sie fahren sollten; da griffen alle zu.
Wer Liebes hielt in Armen, der koste Freundesleib:
Es schied mit Leid noch Viele des Königs Etzel Weib.

Der schönen Ute Kinder hatten einen Mann,
Gar kühn und treu, der sagte, als sie sich schickten an
Die Fahrt zu unternehmen, zum Könige im Stillen:
„Wohl traure ich ob der Reise, die ihr da habt in Willen."

Er war ein schneller Degen und war Raumolt genannt.
Er sprach: „Wem wollt ihr lassen die Leute und das Land?
Ach, daß Niemand euch Recken wenden mag den Muth,
Die Märe von Kriemhilden däuchte mich nimmer gut." —

„Das Land sei dir befohlen und auch meine Kindelein.
Diene wohl den Frauen; das ist der Wille mein.
Und siehst du Jemand weinen, so tröste du sein Herz:
Das Weib des Königs Etzel bereitet uns keinen Schmerz."

Als nun bereit die Rosse den Herrn und ihren Mannen,
Da schied mit minnigem Kusse manch ein Held von dannen,
Dem schlug in hohem Muthe in der Brust das Herz.
Das schuf manch edlem Weibe noch Thränen viel und Schmerz.

Als man die schnellen Recken sah zu den Rossen gehn,
Schaute man viele Frauen traurigen Muthes stehn.
Wohl sprachs in ihrem Herzen, das sei ein langes Scheiden;
Kein Herze mag sich freuen, gilts großes Weh zu leiden.

Als die schnellen Burgunden sich nun von dannen hoben,
Da hat sich in dem Lande ein großes Weh erhoben;
Beiderseits der Berge weinte Weib und Mann:
Sie fuhren fröhlich von dannen, was Jammer auch das Volk begann.

Auch Nibelungens Helden zogen mit ihnen aus
In tausend Halsbergen. Die ließen da zu Haus
Gar viele schöne Frauen: sie sahn sie nimmermehr.
Siegfriedens Wunden schmerzten Kriemhild zu sehr.

Da schickten sich zur Reise König Günthers Mannen,
Sie fuhren durch Osterfranken hinauf zum Main von dannen.
Es leitete sie Hagen, dem war der Weg bekannt,
Ihr Marschalk war Dankwart der Held von Burgundenland.

Als sie von Osterfranken gen Schwanefelde ritten,
Erkannte man an ihren ritterlichen Sitten
Die Fürsten und ihre Sippen als Helden lobesam.
Es war am zwölften Morgen, als der König zur Donau kam.

Da ritt vor ihnen allen Hagen von Tronje her,
Zur Hilfe und zum Troste dem Nibelungenheer.
Es sprang der kühne Degen nieder auf den Sand,
Worauf an einem Baume er schnell sein Roß anband.

Der Strom war ausgetreten, die Schiffe waren verborgen:
Da geriethen die Nibelungen bei sich in große Sorgen,
Wie der Fluß der allzubreite überwunden werde.
Es sprang da von dem Rosse manch stolzer Held zur Erde.

„Ein großes Leid“ sprach Hagen „kann hie dir wohl geschehn,
Edler Vogt vom Rheine, du kannst es selber sehn:
Der Strom ist ausgetreten, gar stark ist seine Flut.
Ich meine, wir verlieren heut noch manch einen Recken gut.“

Da sprach der hehre König: „Was strafet ihr mich Hagen?
Um eurer Tugend willen, machet uns nicht zagen!
Sucht eine Furt uns lieber hinüber zu gewinnen,
So bringen wir die Rosse und das Gepäck von hinnen.“ —

„Ja noch will mich“, sprach Hagen: „mein Leben nicht so kränken,
Um mich in diesem breiten Strome zu ertränken;
Zuvor soll manch ein Recke in König Etzels Land,
Deß hab ich guten Willen, noch sterben von meiner Hand.

Harret ihr stolzen Ritter hie bei dem Wasser mein,
Ich will indessen selber sehn, wo die Fergen sein,
Die uns hinüber bringen nach Gelfratens Land.“
Da nahm der starke Hagen seinen guten Schildesrand.

Er war wohl gewaffnet. Er trug den Schild mit sich.
Es stralte auf dem Haupte der Helm ihm prächtiglich;
Auch trug er auf dem Panzer ein Waffen, das war breit
Und hatte entsetzliche Schneiden beiderseit.

Er suchte nach den Fergen am Strome hin und her.
Da hörte er Wasser rauschen und lauschte, was es wär.
Das that in einem Brunnen manch kluges Wasserweib;
Die weilten dort im Bade und kühlten ihren Leib.

Hagen ward ihrer inne und schlich sich ihnen näher;
Da flohen sie behende, als sie bemerkt den Späher,
Und waren frohen Muthes, als sie ihm entronnen nun.
Da nahm er ihnen die Kleider, nichts schlimmres konnte er ihnen thun.

Es sprach von den Meerfrauen eine, Hadburg genannt:
„Edler Ritter Hagen, wenn ihr unser Gewand
Uns zurücke gebet, so thun wir euch bekannt,
Wie es mit eurer Reise zu den Heunen bewandt."

Sie schwebten auf den Wellen vor ihm wie Vögel hin;
Er traute ihrem klugen und wohlgemeinten Sinn,
Und glaubte um so eher, was sie ihm sagen wollten.
Gar bald erfuhr er alles, was sie ihm künden sollten.

Sie sprach: „Reitet fröhlich in König Etzels Land!
Ich setze meine Treue euch hie dafür zu Pfand:
Es sind noch niemals Helden zu also großen Ehren
Nach einem Lande gefahren. Ja glaubet meinen Lehren!"

Die Rede freute Hagen in seinem Herzen sehr,
Er gab ihnen die Kleider und zögerte nicht mehr.
Doch als sie angeleget ihr wunderlich Gewand,
Sagten sie ihm erst richtig die Reise in Etzels Land.

Es sprach das andre Meerweib, genannt Siegelind:
„Ich will dich warnen, Hagen, Aldrianens Kind!
Ihrem Gewand zu Liebe hat meine Muhme gelogen:
Kommst du zu den Heunen, so bist du arg betrogen.

Kehrt wieder um, ihr Helden: noch ist es an der Zeit;
Weil ihr zu diesem Feste also geladen seid,
Daß ihr alle sterben müßt in Etzels Land;
Wer dahin reitet, der faßt des Todes Hand!"

Hagen sprach dagegen: „Ihr lüget ohne Noth!
Wie möchte das sich fügen, daß wir alle todt
Dort bleiben sollten, weil wer uns Haß getragen?"
Da begann sie ihm noch näher die Wahrheit anzusagen.

Es sprach die eine wieder: „Also muß es geschehn!
Es wird von euch allen kein einziger entgehn;
Nur der Kaplan des Königs — das ist uns wohl bekannt —
Kommt heil nach Hause wieder in König Günthers Land.“

Da sprach in grimmem Muthe der kühne Degen Hagen:
„Das wäre schlimme Kunde den Herren mein zu sagen,
Es gehe bei den Heunen uns allen an den Leib.
Nun zeige uns übers Wasser du allerweisestes Weib!“

Sie sprach: „Soll diese Reise unwendbar denn geschehn:
So siehst du eine Hütte beim Wasser oben stehn,
Darinnen ist ein Ferge, sonst nirgends fern und nah.“
Nicht wollte er weitre Kunde auf seine Frage da.

Dem unmuthvollen Recken rief noch die eine nach:
„Wartet noch Herr Hagen, ihr eilet allzu jach;
Vernehmet noch die Kunde, wie ihr gewinnt den Strand.
Der Herr dieser Marke, der ist Else genannt.

Sein Bruder ist ein Degen, der ist Gelfrat genannt,
Ein Herr im Baierlande. Schlimm ists um euch bewandt,
Wollt ihr durch seine Marke: ihr sollt euch wohl bewahren
Und sollt auch mit dem Fergen fein säuberlich verfahren.

Der ist so grimmen Muthes, ihr mögt ihm nicht entrinnen,
Begegnet ihr dem Helden nicht mit klugen Sinnen.
Wollt ihr, daß er euch führe, so gebet ihm den Sold.
Er hütet dieses Landes und ist Gelfraten eigenhold.

Und kommt er nicht bei Zeiten, so rufet über Flut
Und sagt, ihr hießet Amelrich. Der war ein Degen gut,
Der um Feindschaft willen dieß Land hie mußte räumen.
Wenn der Ferge diesen Namen vernimmt, wird er nicht säumen.“

Es neigte sich den Frauen der übermüthige Hagen
Und ging dahin des Weges ohne ein Wort zu sagen.
Er ging längs dem Wasser weiter hinauf am Strand,
Bis er am andern Ufer des Fergen Hütte fand.

Da hub er an zu rufen fernhin über die Flut:
„Hole mich über Ferge!“ rief der Degen gut:
„So gebe ich dir zum Lohne eine Spange goldesroth;
Denn wisse, daß mir wahrlich die Ueberfahrt ist noth!“

Es war so reich der Ferge, er brauchte nicht zu dienen,
Und nahm, wie viele er führte, doch selten Lohn von ihnen.
Auch waren seine Knechte nicht minder hochgemuth.
Noch stand Hagen immer am Strande diesseit der Flut.

Da rief er mit Kräften, daß all die Flut erscholl
Von des Helden Stärke, die war so wundervoll:
„Hole mich, Amelrichen; ich bin es, Elses Mann,
Der um Feindschaft willen aus diesem Lande entrann.“

Er bot ihm an der Spitze des Schwerts die Spange dar,
Die herrlich anzusehen von rothem Golde war,
Daß man ihn überführte in Gelfratens Land:
Der übermüthige Ferge nahm selbst das Ruder in die Hand.

Es hatte sich derselbe erst jüngst ein Weib genommen.
Durch Gier nach großem Gute ist er in Noth gekommen:
Er wollte sich verdienen Hagens Gold so roth;
Da litt er von dem Degen den grimmen Schwertestod.

Der Ferge fuhr mit Kräften hinüber an den Strand,
Und als er den, deß Namen er hörte, dort nicht fand,
Da zürnte er gewaltig, als Hagen er ersah.
Mit grimmem Muthe sagte er zu dem Helden da:

„Ihr mögt wohl sein geheißen mit Namen Amelreich;
Deß ich mich hie versehen, dem seid ihr wenig gleich.
Von Vater und von Mutter war er der Bruder mein.
Nun ihr mich betrogen, sollet ihr diesseit sein.“ —

„Nein durch Gott den reichen!“ sprach Hagen dagegen:
„Ich bin ein fremder Recke und muß für andre Degen
Noch sorgen; nehmet freundlich diesen meinen Sold,
Daß ihr mich überführet; ich bin euch wahrlich hold.“

Und wieder sprach der Ferge: „Solches mag nicht sein.
Es haben viele Feinde die lieben Herren mein;
Deßhalb führe ich keinen Fremden in dieß Land.
So lieb als dir dein Leben, tritt aus dem Schiffe an den Strand.“ —

„Nein, thut es nicht,“ sprach Hagen: „mir ist trüb zu Muthe!
Nehmet von mir zu Liebe hie dieses Gold das gute,
Und führet uns über tausend Rosse und tausend Mann.“
Da sprach der grimme Ferge: „Das gehet nimmer an!“

Er hub ein starkes Ruder, das lang und stark und breit,
Und schlug damit auf Hagen, (es wurde ihm noch leid),
Daß er in dem Schiffe strauchelte in die Knie.
Solch einen grimmen Fergen fand der Held von Tronje nie.

Um den Gast den übermüthigen noch zu erzürnen mehr,
Schlug mit der Ruderstange er Hagen also sehr
Aufs Haupt, daß sie zerschellte — er war ein starker Mann.
Hei, was der Ferge Elses Schaden davon gewann!

Mit grimmigem Muthe griff Hagen unverwandt
Gar schnell nach einer Scheide, drin er ein Waffen fand:
Er schlug das Haupt ihm abe und warf es in den Grund.
Die Märe wurde balde den Burgunden kund.

Im selben Augenblicke, als er den Schiffmann schlug,
Fasste das Schiff die Strömung, das ward ihm leid genug,
Weil, eh ers wenden konnte, er zu ermüden begann.
Da ruderte mit Kräften König Günthers Mann.

Mit schnellen Ruderschlägen hat es der Gast gewandt,
Bis ihm das starke Ruder zerbrach in seiner Hand.
Er wollte zu den Recken es wenden an den Strand —
Da war kein Ruder weiter; — mit dem Schildriemen band

Der Held es schnell zusammen, mit einer Borte schmal.
Er lenkte mit dem Schiffe nach einem Wald zuthal;
Dort traf er seinen Herren an dem Gestade an,
Dort eilte ihm entgegen manch auserwählter Mann.

Es empfingen ihn mit Gruße die edlen Ritter gut;
Da sahen sie im Schiffe, wie dort das heiße Blut
Noch rauchte von der Wunde, die er dem Fergen schlug.
Da fragten die edlen Degen den grimmen Hagen genug.

Als der König Günther das heiße Blut ersah,
Das in dem Schiffe wallte, gar balde sprach er da:
„Saget mir Herr Hagen, wo der Ferge hingekommen?
Ich fürchte eure Stärke hat ihm den Leib genommen."

Da sagte er betrüglich: „Als ich das Schiff hie fand
Bei einer wilden Weide, löste es meine Hand.
Ich habe keinen Fergen heute hie gesehn;
Es ist auch Niemand Leides durch meine Schuld geschehn."

Da sagte von Burgunden der Degen Gernot:
„Heute muß ich sorgen um lieber Freunde Tod:
Wir kommen nie hinüber, können wir nicht gewinnen,
Die uns hinüberführen; drum ist mir trüb zu Sinnen."

Laut rief da Hagen: „Legt das Geräthe hin,
Ihr Knechte, auf den Rasen; ich denke doch, ich bin
Der allerbeste Ferge, den man bei Rheine fand.
Ich fahre traun euch über in Gelfratens Land!"

Sie trieben, um geschwinder über die Fluth zu kommen,
Die Rosse in das Wasser, die also gut geschwommen,
Daß ihnen die starken Wogen auch nicht Eines nahmen.
Einige wurden müde, daß sie weiter hinunter kamen.

Ihr Gold und ihre Kleider wurden zu Schiff getragen,
Da sie sich dieser Reise wollten nicht entschlagen.
Hagen der war Fährmann: er führte an den Strand
Manch einen zieren Degen in das unbekannte Land.

Zuerst brachte er über tausend Ritter hehr,
Dazu seine Recken. Noch waren ihrer mehr:
Neuntausend Knechte führte er an das Land.
Den Tag fand wenig Muße des kühnen Tronjers Hand.

Als er sie wohlbehalten über die Wogen brachte,
Geschah es, daß der Degen unheimlicher Kunde dachte,
Die ihm die wilden Meerfraun kurz zuvor gegeben:
Darob verlor der Kapellan des Königs schier sein Leben.

Es war beim Weihgeräthe, wo er den Pfaffen fand,
Der über dem Heiligthume sich lehnte mit der Hand.
Das mochte ihm wenig frommen; weil, als ihn Hagen sah,
Dem gottverlassnen Priester groß Ungemach geschah.

Er schwang ihn aus dem Schiffe, das mußte eilig sein.
Da riefen ihrer viele: „Halt ein, o Herr, halt ein!"
Geiselher der Junge hub zu zürnen an;
Er wollte es nicht lassen, bis er ihm Leid gethan.

Da sagte von Burgunden der Herre Gernot:
„Was hilft euch, Hagen, des Kapellanes Tod?
Thäte das ein andrer, er sollte es beklagen.
Um welcher Ursach willen mögt ihr dem Priester Feindschaft tragen?“

Der Pfaffe schwamm mit Ängsten; er wollte gern entrinnen,
So ihm Jemand hülfe: das mochte er nicht gewinnen;
Denn der starke Hagen (gar zornig war sein Muth)
Stieß ihn nach dem Grunde; das däuchte Niemand gut.

Als der arme Pfaffe keine Hilfe sah,
Da kehrte er zurücke, es ging die Noth ihm nah.
Doch konnte er auch nicht schwimmen, ihm half da Gottes Hand,
Er erreichte wohlbehalten wiederum das Land.

Da stand der arme Priester und schüttelte sein Gewand;
Daran erkannte Hagen, es würde nicht gewandt
Das Wort, so ihm verkündet das wilde Meereswelb.
Er dachte: „Diese Degen verlieren alle den Leib.“

Es ward das Schiff entladen, und alles was die Mannen
Der drei Könige dort hatten, trugen sie von dannen;
Dann schlugs Hagen in Stücken und warf es in die Flut.
Darob waren sehr verwundert die Recken kühn und gut.

„Warum thut ihr das, Bruder?“ sagte zu ihm Dankwart:
„Wie kommen wir hinüber, wenn wir zurück die Fahrt
Von den Heunen wieder nach dem Rhein bestehn?“
Da sagte ihm Hagen, nimmer werde dieß geschehn.

Es sprach Hagen von Tronje: „Ich thu es mit Bedacht.
So wir einen Feigen mit uns daher gebracht,
Der uns entrinnen wollte in seines Zagens Noth,
Der leide in diesen Wogen einen schmachvollen Tod.“

Es fuhr mit ihnen Einer aus Burgundenland,
Der war ein Held bei Handen und war Volker genannt;
Der wußte mit zieren Worten zu sagen was er dachte.
Den Fiedler däuchte alles trefflich, was Hagen machte.

Bereit die Rosse waren, die Säumer wohl beladen.
Sie hatten auf der Reise noch weiter keinen Schaden
Genommen, der sie kränkte, als des Königs Kapellan.
Der hat auf seinen Füßen zum Rheine heim die Fahrt gethan.

Wie Dankwart Gelfraten erschlug

Sechsundzwanzigstes Abenteuer.

Wie sie nun alle waren gekommen an den Strand,
Begann der König zu fragen: „Wer soll uns durch das Land
Die rechten Wege weisen, daß wir nicht irre fahren?“
Da sprach der starke Volker: „Deß will ich euch bewahren!“ —

„Nun seht euch vor," sprach Hagen: „ihr Ritter und ihr Knechte!
Man soll den Freunden folgen; das dünket mich das Rechte.
Eine grausige Märe thue ich euch bekannt:
Wir kehren nimmer wieder in der Burgunden Land.

Das sagten mir zwo Meerfraun heute am frühen Morgen:
Wir kehrten nimmer wieder. Nun rathe ich euch zu sorgen,
Daß ihr euch waffnet, Helden. Ihr sollt euch wohl bewahren, —
Wir haben hie starke Feinde — daß wir wehrhaft fahren.

Ich hoffte noch, daß trughaft die weisen Frauen wären.
Sie sagten, daß wir nimmer würden zur Heimath kehren,
Von allen auch nicht Einer als nur der Kapellan,
Drum hätte ich dem so gerne den Tod heut angethan."

Da flog die herbe Kunde von Schaaren fort zu Schaaren:
Hei, was da schnelle Helden so bleich von Farbe waren,
Als sie auf dieser Festfahrt vor dem harten Tod
Zu sorgen nun begannen; sie hattens wahrlich noth.

Es war bei Möringen, wo sie ans Land gekommen,
Und wo dem Elsenfergen das Leben war genommen.
Da sagte Hagen wieder: „Man greift uns sicher an,
Weil ich unterweges Feinde mir gewann.

Ich habe heute Morgen den Fergen umgebracht,
Sie wissen wohl die Märe. Nun habet wacker Acht,
Daß wenn Gelfrat und Else heute den Kampf bestehn
Mit unserm Ingesinde, es ihnen möge schlimm ergehn.

Ich kenne die kühnen Degen, sie werden es nicht lassen,
Drum sollt ihr desto sanfter die Rosse gehen lassen,
Daß keiner wähnen möge, wir flöhen auf den Wegen." —
„Dem Rathe will ich folgen;" sprach Geiselher der Degen:

„Wer ist für das Gesinde der Führer durch das Land?“
Sie sprachen: „Das thue Volker, denn er ist wohl bekannt,
Der kühne Fiedelspieler, mit Stegen und mit Wegen.“
Eh sie noch ausgesprochen, sah man den kühnen Degen

Bereits in Waffen stehen. Den Helm er überband,
Von herrlicher Farbe war sein Streitgewand.
Er band an eine Lanze ein Zeichen, das war roth:
Er kam noch mit den Königen in grausenhafte Noth.

Es war gewisse Kunde Gelfraten gekommen,
Und auch der starke Else hatte es vernommen:
Der Ferge sei erschlagen. Da hatten beide Leid;
Sie sandten nach ihren Helden, die waren schnell bereit.

Es währte nicht lange, — höret wie es geschah: —
Daß man einen mächtigen Haufen zu ihnen reiten sah,
Der in starken Kriegen schon Schadens viel gethan.
Wohl siebenhundert kamen zur Hilfe bei Gelfraten an.

Als sie ihren grimmen Feinden nachzureiten begannen,
Geführt von ihren Herren, verfolgte ein Theil der Mannen
Zu jach die kühnen Fremden, auf Rache nur bedacht:
Das hat von der Herren Freunden noch manchen umgebracht.

Da hatte Hagen von Tronje es also angestellt, —
Wo schirmte seine Freunde je besser noch ein Held? —
Daß er mit seinen Mannen die Nachhut hat versehn
Nebst Dankwart seinem Bruder; das ist gar gern geschehn.

Der Tag war ihnen zerronnen, es brach herein die Nacht;
Er sorgte, seine Freunde würden in Leid gebracht.
Sie ritten unter Schilden durch der Baiern Land;
Nach einer kleinen Weile wurden die Helden angerannt.

Beiderseits der Straße und hinter ihnen her
Hörten sie Hufe schlagen, es eilte schnell daher.
Da sprach der kühne Dankwart: „Man will uns hie bestehn.
Nun bindet auf die Helme! daran mag wohl geschehn.“

Und wie sichs ziemte, hielten sie ihre Rosse ein;
Da sahn sie in dem Finstern der lichten Schilde Schein.
Da schwieg der Held nicht länger, es rief der kühne Hagen:
„Wer folgt uns auf der Straße?“ Das mußte ihm Gelfrat sagen.

Es sprach Gelfrat der Markgraf aus der Baiern Land:
„Wir suchen unsre Feinde und sind ihnen nachgerannt.
Ich weiß nicht, wer mir heute meinen Fergen schlug:
Der war ein Held bei Handen, es ist mir Leid genug.“

Da sprach Hagen von Tronje: „War der Ferge dein?
Der wollte uns nicht führen, — die Schuld davon ist mein —
Da schlug ich den Recken: wahrlich, es that mir noth,
Ich hatte von seinen Händen beinah den grimmigen Tod.

Ich bot ihm zu Lohne Gold und auch Gewand,
Daß er uns überführe, Held, in dein Land.
Darob ward er erzürnet so sehr, daß er mich schlug
Mit einem starken Ruder: da ward ich grimm genug.

Ich griff nach meinem Schwerte und seinem Zorne bot
Ich Trotz mit einer Wunde, die war des Helden Tod.
Deß stehe ich euch zur Sühne, wie es euch dünket gut.“
Da ging es an ein Streiten; sie hatten wilden Muth.

„Ich wußte wohl,“ sprach Gelfrat: „als Günther mit den Seinen
Vorüber kam, daß von Hagen von Tronje an den Meinen
Ein Schimpf verübet würde. Nun soll er nicht entrinnen,
Ich will ihn mir zum Bürgen für des Fergen Tod gewinnen.“

Gelfrat und Hagen neigten über Schilde die Speere,
Zum Zeichen, daß jedweder des andern Tod begehre.
Else auch und Dankwart, wie herrlich die da ritten!
Sie versuchten wer sie wären; da ward grimmig gestritten.

Nie versuchten an einander sich bessre Helden wieder.
Hagen der kühne Recke saß hinter sein Roß nieder
Von einem starken Stoße durch Gelfratens Hand:
Ihm riß der Brustriemen, da ward ihm Streit bekannt.

Auch ihrer Mannen Speere krachten mit lautem Schalle.
Da erholte sich Hagen wieder von dem Falle,
Nachdem er von dem Stoße zum Rasen niedersank.
Ich meine, er wußte Gelfraten dafür geringen Dank.

Wer ihre Rosse gehalten — mir ist es unbekannt.
Gelfrat und Hagen, beide waren auf den Sand
Zur Erde niedergekommen: sie liefen einander an.
Es halfen ihre Mannen, da wurde Streiten kund gethan.

Hagen sprang auf Gelfrat gar bitterlich und wild,
Da schlug der edle Markgraf ihm von seinem Schild
Ein mächtig Stück herunter, das Feuer sprühte dran:
Da wäre schier erstorben des Königs Günther Mann.

Er rief mit lauter Stimme Dankwarten unverwandt:
„Hilf mir, lieber Bruder: mich hat mit seiner Hand
Ein Held bestanden, welchem ich nicht entrinnen kann."
Da sprach der kühne Dankwart: „Da bin ich ein Schiedsmann."

Der Held sprang zu Gelfraten und schlug ihm einen Schlag
Mit einem scharfen Waffen, daß er getödtet lag.
Else wollte rächen den erschlagnen Mann:
Hei, was er mit den Seinen für Schaden da gewann.

Sein Bruder war erschlagen, er selbst fand eine Wunde,
Wohl achtzig seiner Degen verfielen selbe Stunde
Dem grimmen Schwertestode. Der Herr mußte von dannen
Sich wenden und entfliehen vor König Günthers Mannen.

Die vom Baierlande wichen aus dem Wege,
Doch hinter ihnen hallten die fürchterlichen Schläge:
Da eilten die von Tronje ihren Feinden nach —
Denen, dies nicht wollten entgelten, viel zu jach.

Da sprach bei ihrem Fliehen Dankwart der Degen:
„Lasset uns wieder wenden alsbald auf diesen Wegen,
Und lassen wir sie reiten, sie sind von Blute naß.
Kehren wir zu den Freunden, ich rathe treulich das."

Als sie wieder kamen, wo der Schade geschehn,
Sagte Hagen von Tronje: „Helden, ihr sollt sehn,
Was wir hie vermissen: wer sind die Recken, die
Wir durch den Zorn Gelfratens im Streit verloren hie?"

Die sie verschmerzen mußten, das waren vier der Degen.
Die waren wohl vergolten: der Baiern hatten dagegen
Hundert oder mehre das Leben eingesetzt.
Davon waren den Tronjern die Schilde trübe und blutgenetzt.

Man sah den Mond ein wenig durch die Wolken scheinen;
Da sagte Hagen wieder: „Es soll noch Niemand meinen
Lieben Herren melden, was hie von uns geschehn.
Lasset sie bis zum Morgen ohne Sorge bestehn."

Als sie nun nachgekommen, die dort gestritten eh,
Da that dem Ingesinde die Müdigkeit gar weh.
„Wie lange sollen wir reiten?" so fragte manch ein Degen.
Da sprach der kühne Dankwart: „Wir mögen nicht der Ruhe pflegen.

Ihr müsset alle reiten, bis daß der Tag sich regte."
Es hieß der schnelle Volker, der des Gesindes pflegte,
Den Marschalk fragen: „Wo sollen zu Nacht wir heute sein,
Daß unsre Pferde rasten und auch die lieben Herren mein?"

Da sprach der kühne Dankwart: „Ich kann es euch nicht sagen.
Wir dürfen nimmer ruhen, bis es beginnt zu tagen:
Wo wirs dann finden mögen, da legen wir uns ins Gras."
Als sie die Märe hörten, wie leid war Manchem das!

Vom heißen Blute geröthet blieben sie doch verborgen,
Bis daß die Sonne ihr helles Licht dem Morgen
Ueber die Berge schickte, und es der König sah,
Daß sie gestritten hätten; gar zornig sprach er da:

„Wie nun Freund Hagen? traun, ihr verschmähet das,
Daß ich euch beigestanden, als euch also naß
Vom Blut die Panzer wurden. Wer hat das gethan?"
Er sprach: „Das that Else, der griff uns nächten an.

Um seines Fergen willen wurden wir angerannt.
Da erschlug Gelfraten meines Bruders Hand;
Drauf entrann uns Else; es zwang ihn große Noth.
Es blieben ihnen hundert, uns vier im Streite todt."

Wir können nicht berichten, wo sie sich legten nieder.
Die Leute in dem Lande sagten einander wieder,
Daß der edlen Ute Söhne zu Hofe ritten.
Zu Passau drauf begrüßte man sie mit edlen Sitten.

Der edlen Könige Oheim, der edle Pilgerein
War wohlgemuth zu sehen, als die Neffen sein
Mit also vielen Recken kamen in das Land.
Daß er sie gerne sähe, ward ihnen bald bekannt.

Es kamen sie zu empfangen die Freunde ihnen entgegen.
Man konnte dort zu Passau nicht ihrer aller pflegen,
Sie mußten über Wasser, da fanden sie ein Feld,
Da wurden aufgespannet Hütten und reich Gezelt.

Sie mußten dort verweilen den ganzen Tag als Gäste
Und auch die Nacht noch vollends. Man pflegte sie aufs beste.
Danach mußten sie weiter in Rüdigerens Land.
Dem wurde auch alsbalde danach die Märe bekannt.

Als die Wegesmüden Ruhe nun genommen,
Und sie zu dem Lande näher hingekommen,
Da fanden sie auf der Grenze einen schlafenden Mann,
Dem Hagen von Tronje ein starkes Waffen abgewann.

Er war geheißen Eckewart und war ein Ritter gut.
Er gewann darüber gar traurigen Muth,
Daß ihn die Fahrt der Helden um sein Schwert gebracht.
Sie fanden Rüdigerens Grenzen schlecht bewacht.

„Weh mir ob dieser Schande!" sagte Eckewart:
„Mich verdrießt im Herzen der Burgunden Fahrt.
Seit ich Siegfried verloren, ist meine Freude zergangen.
O weh, Herr Rüdiger, wie habe ich mich vergangen!"

Wohl hörte Hagen von Tronje des edlen Recken Noth;
Er gab ihm wieder sein Waffen und sechs Spangen roth:
„Die nimm, o Held, aus Liebe, du sollst ein Freund mir sein.
Du bist ein kühner Degen, wie du hie liegst allein." —

„Gott lohne euch eure Spangen!" sagte Eckewart:
„Doch mich verdrießt im Herzen zu den Heunen eure Fahrt.
Ihr erschlugt Siegfrieden, man ist euch hie gehaß.
Seid auf der Hut! ich rathe euch in Treuen das." —

„Uns möge Gott behüten!“ sagte darauf Hagen:
„Doch wisst, daß diese Degen um nichts mehr Sorge tragen,
Als um die Herberge, die Herrn und ihre Degen,
Wo wir in diesem Lande uns heut zur Ruhe legen.

Die Rosse sind verdorben auf den fernen Wegen,
Die Speise ausgegangen,“ sprach Hagen der Degen:
„Wir können nirgends kaufen; es thut ein Wirth uns noth,
Der gebe durch seine Tugend uns heut zur Nacht das Brot.“

Drauf Eckewart: „Ich mache euch einen Wirth bekannt,
Und sage euch: nimmer, in keinem Lande gewannt
Ihr bessere Herberge, als hie euch mag geschehn,
Wollet ihr schnellen Degen Rüdigeren sehn.

Der hauset bei der Straße und ist der beste Wirth,
Der je ein Haus besessen. Vom süßen Maien wird
Die Au geschmückt mit Blumen: sein Herze Tugend schafft,
Und soll er Helden dienen, so ist er freudenhaft.“

Da sprach der König Günther: „Wollt ihr mein Bote sein,
Ob Rüdiger, mein lieber Freund die Sippen mein
Und Mannen mir zu Liebe aufnehmen will als Gäste?
Ich will dafür ihm dienen wie ich es kann aufs beste.“ —

„Der Bote bin ich gerne,“ sagte Eckewart.
Mit vielem guten Willen hub er sich auf die Fahrt,
Und sagte Rüdigeren, was Kunde er vernommen.
Ihm war in langen Zeiten so liebe Kunde nicht gekommen.

Zu Bechlaren schaute man eilen einen Degen,
Den Rüdiger erkannte; er sprach: „Auf diesen Wegen
Seh ich Eckewarten den Mann Kriemhildens kommen.“
Er wähnte, daß er Schaden durch einen Feind genommen.

Da ging er vor die Pforte, wo er den Boten fand.
Der nahm das Schwert vom Gürtel und legte es aus der Hand.
Da wurde nicht verschwiegen die Botschaft, die er gebracht
Dem Wirth und seinen Freunden; er hat sie eilig kund gemacht.

Er sagte zum Markgrafen: „Der mich zu euch gesandt,
Das ist mein Herre Günther von Burgundenland
Und Geiselher sein Bruder und auch Gernot.
Wisset, daß der Recken jeder euch seinen Gruß entbot.

Dasselbe that auch Volker und der von Tronje Hagen
Mit allem Fleiß in Treuen. Noch mehr will ich euch sagen,
Daß euch des Königs Marschalk das durch mich entbot:
Es sei den guten Knechten Herberge bei euch noth."

Mit lachendem Herzen sprach Rüdiger dagegen:
„Wohl mir dieser Kunde, daß die hehren Degen
Meine Dienste heischen, die werde ich nicht versagen.
Wenn in mein Haus sie kommen, will frohen Muth ich tragen." —

„Von Dankwart dem Marschalk ist Botschaft euch ergangen,
Wen ihr in eurem Hause mit ihnen sollt empfangen:
Sechzig schnelle Recken und tausend Ritter gut
Und neuntausend Knechte." Da ward er frohgemuth.

Es sagte wieder Rüdiger: „Nun wohl mir dieser Gäste!
Es kommen nach meinem Hause der Recken allerbeste,
Die noch gar selten Dienste von mir gewannen.
Nun reitet ihnen entgegen, ihr Sippen mein und Mannen!"

Sie eilten zu den Rossen, Ritter so wie Knecht.
Was ihr Herr geboten, das däuchte alle recht:
Mit um so größerm Eifer boten sie ihre Dienste da.
Frau Gotlind saß in der Kammer und wußte nicht was geschah.

Wie Rüdiger Günthern empfing

Siebenundzwanzigstes Abenteuer.

Da ging der edle Markgraf, wo er die Frauen fand,
Sein Weib mit seiner Tochter, und sagte unverwandt,
Welche freudige Märe so eben er vernommen:
Daß ihrer Herrin Brüder in sein Haus wollten kommen.

„Liebe Traute," sagte Rüdiger zu ihr:
„Empfanget auf das beste die edlen Fürsten hier,
Wenn sie mit ihrem Gesinde her zu Hofe kommen.
Auch Günthers Mann Hagen sei freundlich aufgenommen.

Mit ihnen kommt auch einer, der heißet Dankwart;
Der andre heißet Volker, an Zühten wohlbewahrt:
Die sechse sollt ihr küssen, ihr und die Tochter mein,
Und sollet auch den Recken in Züchten freundlich sein."

Das gelobten die Frauen und waren gern bereit.
Sie suchten aus den Kisten manch ein schönes Kleid,
Darinnen sie den Recken wollten entgegen gehn.
Da waren schöne Weiber in großem Fleiße zu sehn.

Wie wenig falscher Farbe man an den Frauen fand!
Sie trugen auf den Häuptern von Golde lichtes Band,
(Das waren reiche Binden), daß ihren schönen Haaren
Nicht die Winde schadeten: wie schmuck und schön sie waren.

Indeß wir schalten lassen daheim die edlen Frauen,
War draußen auf dem Felde groß Eilen viel zu schauen
Von Rüdigerens Freunden, bis man die Fürsten fand.
Sie wurden wohl empfangen in des Markgrafen Land.

Als sie der edle Markgraf zu ihm kommen sah,
Sprach er zu seinen lieben Gästen fröhlich da:
„Mit allen euren Mannen, willkommen mir, ihr Herrn!
Hie in meinem Lande sehe ich euch gern!"

Da grüßten ihn die Herren mit Treue ohne Haß.
Daß zugethan er ihnen, wohl bewieß er das.
Besonders grüßte er Hagen, den hatte er eh gekannt,
Deßgleichen that er Volkern aus Burgundenland.

Er empfing auch Dankwarten. Da sprach der kühne Degen:
„Wollt ihr uns Herberg geben, so sagt, wer soll verpflegen
Unser Ingesinde, das wir mit uns gebracht?"
Da sprach der edle Markgraf: „Ich schaffe euch gute Nacht.

Spannet auf, ihr Knechte, die Hütten auf dem Feld!
Was ihr hie verlieret, deß gebe ich euch Entgelt.
Ziehet ab die Zäume, lasset die Rosse gehn!"
Solches war ihnen nimmer von einem Wirthe geschehn.

Deß freuten sich die Gäste. Als nun besorget das,
Ritten die Herren weiter. Es legten in das Gras
Sich überall die Knechte. Sie hatten gute Rast.
Wohl auf der ganzen Reise fanden so gut sies nirgends fast.

Mit ihrer schönen Tochter war die edle Markgräfin
Vor die Burg gegangen. Man sah mit ihr dahin
Minnige Frauen gehen und manche schöne Maid,
Die trugen viele Spangen und manch ein herrlich Kleid.

Sie hatten mit Edelsteinen durchwirkte Kleider an,
Die leuchteten von ferne: sie waren wohlgethan.
Da kamen auch die Gäste und saßen ab zuhand —
Hei, was man edler Sitte bei den Burgunden fand.

Sechsunddreißig Maide und viele andre Frauen,
Deren Leibesschöne nach Wunsche war zu schauen,
Gingen ihnen entgegen mit manchem kühnen Mann.
Da hub ein schönes Grüßen von edlen Frauen an.

Die junge Markgräfin küßte die Könige alle drei;
So that auch ihre Mutter. Hagen stund dabei,
Ihr Vater hieß ihn küssen, da blickte sie ihn an,
Er däuchte sie so schrecklich, daß sie es lieber nicht gethan.

Doch mußte sie vollbringen, was ihr der Wirth gebot.
Es wandelte sich ihr Antlitz, sie wurde bleich und roth.
Sie küßte auch Dankwarten, darauf den Spielmann,
Der um seines Leibes Stärke willen den Gruß gewann.

Die junge Markgräfin nahm bei der Hand
Geiselheren den jungen von Burgundenland.
Ihre Mutter führte Günthern den kühnen Mann;
Sie gingen mit den Helden fröhlich von hinnen dann.

Der Wirth ging mit Gernoten in einen weiten Saal,
Da setzten sich die Ritter und Frauen allzumahl.
Da hieß man balde schenken den Gästen guten Wein:
Es mochten nimmer Helden besser bedienet sein.

Da schaute wohl mancher Rüdigers Tochter an
Mit holden Augesblicken; sie war so wohl gethan.
Es koste in dem Herzen sie manch ein Ritter gut.
Das mochte sie auch verdienen; sie war wohl hochgemuth.

Sie dachten was sie wollten, doch mochte es nicht geschehn.
Da wurde hin und wieder manch liebes mal gesehn
Nach Maiden und nach Frauen, deren dort genug.
Ich meine, daß holden Willen dem Wirthe der edle Fiedler trug.

Nach des Landes Sitte schieden sie sich hernach,
Ritter und Frauen gingen in anderes Gemach.
Man richtete die Tafel in dem Saale weit
Und diente den fremden Gästen mit großer Herrlichkeit.

Es ging zu Lieb den Gästen die edle Markgräfin
Zu den Tischen. Ihre Tochter aber ließ sie drin
Bei den Jungfrauen bleiben, wo sie mit Rechte saß:
Nicht sahen sie die Gäste, wohl dauerte sie das.

Als sie getrunken hatten und gespeiset allzumahl,
Da führte man die Schönen wieder in den Saal.
Da wurde nicht gesparet mit lusterfüllten Worten:
Der kühne Degen Volker sprach deren viele dorten.

Es sprach der Fiedelspieler vor Allen öffentlich:
„Viel reicher Markgraf Rüdiger, Gott hat genädiglich
An euch sich wohl bewiesen, denn er hat euch gegeben
Ein Weib, ein so recht schönes, dazu ein wonnigliches Leben.

Und wenn ein Fürst ich wäre und Krone tragen sollte,
So wisst, daß keine andre ich mir zum Weibe wollte,
Als eure schöne Tochter, deß wäre ich wohlgemuth.
Die ist minniglich zu schauen, dazu edel und gut."

Darauf sagte Gernot, der wohlgezogne Held:
„Und sollte ich eine Traute haben, die mir gefällt,
So wollte ich solches Weibes immer werden froh."
Es sprach in edlen Züchten Hagen darauf so:

„Nun soll mein Herr Geiselher doch ein Weib sich nehmen.
Es hat so hohe Sippen die Markgräfin, wir schämen
Uns nimmer ihr zu dienen, die wir in seinem Lehn,
Würde sie unter Krone bei den Burgunden gehn."

Rüdigeren däuchte dieselbe Rede gut,
Und auch Gotelinde ward darob wohlgemuth.
Drauf schufen es die Degen, daß sie zum Weibe kürte
Geiselher der edle, wie Königen gebürte.

Was sich soll fügen, wer mag dem widerstehn?
Man bat die Jungfraue zu Hofe hin zu gehn:
Da schwur man ihm zum Weibe die wonnigliche Maid,
Da gelobte auch er die minnige zu lieben allezeit.

Man bestimmte der Jungfrau Burgen und auch Land.
Es versicherte mit Eiden des edlen Königs Hand
Und der edle Gernot diese Morgengabe.
Darauf sagte der Markgraf: „Da ich nicht Burgen habe,

So bleibe ich euch mit Treuen immer unterthan.
Ihr sollt mit meiner Tochter Silber und Gold empfahn,
Soviel als hundert Säumer immer mögen tragen,
Daß es den Helden nach Ehren möge wohl behagen."

Da hieß man nach der Sitte des Landes in einen Ring
Jene beiden stehen. Manch ein Jüngeling
Stand fröhlichen Herzens ihr gegenüber dorten,
Und dachte in seinen Sinnen wie junge Degen aller Orten.

Als man begann zu fragen die minnigliche Maid,
Ob sie den Recken wollte? ward es ihr ein wenig leid:
Ob sie den schnellen Degen zu nehmen schon gedachte,
Schämte sie sich doch der Frage, wies manche Maid schon machte.

Ihr rieth ihr Vater Rüdiger, daß sie spräche ja
Und daß sie ihn gerne nähme. Wie so geschwinde da
Geiselher der junge die holde Maid umschloß
Mit seinen weißen Händen — wie wenig sie sein doch genoß!

Da sprach der Markgraf Rüdiger: „Ihr edlen Könige reich,
Ich thue wie sich geziemet: wenn nach Burgundenreich
Ihr wieder reiten werdet, so gebe ich euch alsdann
Mein Kind, es mit zu nehmen." Solches gelobte man.

Was Jubel da erschollen, er mußte doch vergehn.
Man hieß die Jungfrauen nach den Kammern gehn
Und ließ bis an den Morgen im Schlafe ruhn die Gäste.
Da schaffte man den Imbiß; der Wirth sorgte aufs beste.

Nach dem Imbiß wollten sie wieder weiter fahren
Nach dem Lande der Heunen. „Das möge Gott bewahren!"
Sprach der Wirth der edle: „Ihr bleibt noch länger hie,
Denn so liebe Gäste gewann ich schier noch nie!"

Ihm antwortete Dankwart: „Solches kann nicht sein.
Woher nähmt ihr die Speise, das Brot und auch den Wein,
Daß ihr so viele Recken verpflegtet noch bis Morgen?"
Als das der Wirth vernommen, sprach er: „Seid ohne Sorgen.

Meine lieben Herren, ihr sollt mirs nicht versagen;
Ich gebe euch die Speise an vierzehen Tagen,
Auch all dem Gesinde, das mit euch hergekommen.
Mir hat der König Etzel gar wenig noch genommen."

Wie sehr sie sich auch wehrten, doch kamen sie nicht fort
Bis an den vierten Morgen. Der Wirth ließ ihnen dort
So seine Milde sehen, man pries ihn weit und breit.
Er gab seinen Gästen beides, Roß und Kleid.

Nicht länger durfte es währen, sie mußten weiter fahren.
Rüdiger der kühne konnte wenig sparen
Um seiner Milde willen: was immer wem gefallen,
Das weigerte er keinem; wohl behagte solches allen.

Ihr edles Ingesinde brachte vor das Thor
Viele gezäumte Rosse. Zu denen traten vor
Viele fremde Recken, die trugen Schild in Hand;
Denn sie wollten reiten in König Etzels Land.

Bevor die edlen Gäste den Saal verlassen haben,
Bot ihnen allen der Wirth dort seine Gaben.
Er konnte wohl voll Milde mit großer Ehre leben,
Da er seine schöne Tochter Herrn Geiselhern gegeben.

Da gab er Gernoten ein Waffen gut genug,
Das dieser noch in Stürmen mit großen Ehren trug.
Es gönnte ihm die Gabe des Markgrafen Weib:
Und doch verlor Rüdiger dadurch noch Leben und Leib.

Da gab er König Günthern, dem Helden lobesreich,
Was er wohl trug mit Ehren der edle König reich,
Wie selten er Geschenke genommen, ein Streitgewand.
Es dankte Günther der Gabe aus des edlen Rüdigers Hand.

Gotelind bot Hagen, wies ihr wohl zugekommen,
Ihre minnigliche Gabe, da Günther sie genommen,
Auf daß er unbeschenket nicht von ihr fahren sollte
Zu dem Festgelage: die er jedoch nicht wollte.

„Was Alles ich gesehen," also sagte Hagen:
„So begehre ich von hinnen nichts mit mir fortzutragen,
Als jenen Schild alleine, der dort an jener Wand:
Den führte ich wohl gerne in König Etzels Land."

Als die edle Markgräfin Hagens Wort vernommen,
Mahnte sie es ihres Leides, ihr mochte Weinen frommen:
Sie dachte da herzinnig an Nudunges Tod,
Den Wittich erschlagen hatte; das schuf ihr Jammer und Noth.

Sie sagte zu dem Degen: „Den Schild will ich euch geben.
Ach, wollte Gott im Himmel, daß der noch möchte leben,
Der einstens ihn getragen. Er blieb im Streite todt:
Ihn muß ich stets beweinen, deß hab ich arme Noth."

Die edle Markgräfin stund von dem Sessel auf:
Mit ihren weißen Händen nahm sie den Schild darauf
Und trug ihn hin zu Hagen, der nahm ihn in die Hand.
Die Gabe war mit Ehren an den Recken gewandt.

Eine seidne Decke verhüllte seinen Glanz.
Bessern Schild, bedecket mit Edelsteinen ganz,
Hat nie der Tag beschienen. Hätte ihn wer begehrt
Zu kaufen, so war am Preise er wohl tausend Marken werth.

Der Schild ward, als ers heischte, Hagen abgenommen.
Da sah man Dankwarten auch zu Hofe kommen.
Des Markgrafen Tochter gab ihm manch reiches Kleid,
Das trug er bei den Heunen hernach in Fröhlichkeit.

Was Alles von Geschenken von ihnen ward genommen,
Das wäre in ihre Hände nimmer sonst gekommen,
Als durch des Wirthes Liebe, der es so gütlich bot.
Sie wurden ihm noch so feindlich, daß sie ihn schlugen todt.

Man sah mit edlen Züchten den schnellen Volker gehn
Und vor Gotelinden mit seiner Fiedel stehn.
Er spielte süße Töne und sang dazu sein Lied,
Und also nahm er Urlaub, als er von Bechlaren schied.

Es hieß die Markgräfin eine Lade herbei tragen, —
Von minniglicher Gabe möget ihr hören sagen, —
Daraus nahm sie zwölf Spangen, schlang sie ihm um die Hand
Und sprach: „Die sollt von hinnen ihr führen in Etzels Land,

Und sollet mir zu Liebe sie bei Hofe tragen,
Daß, wenn ihr wiederkehret, man mir möge sagen,
Wie ihr mir wohl gedienet bei dem Freudenfeste.“
Was die Frau begehrte, das that er noch aufs beste.

Der Wirth sprach zu den Gästen: „Ihr sollet besser fahren;
Ich will euch selbst geleiten und heißen wohl bewahren,
Daß euch auf der Straße Niemand möge schaden.“
Da wurden in der Eile die Säumer sein beladen.

Der Wirth war wohl bereitet mit fünfhundert Mannen,
Mit Rossen und mit Kleidern; die hat mit ihm von dannen
Er zu dem Freudenfeste gar fröhlich mitgenommen.
Von ihnen ist nicht Einer lebendig heimgekommen.

Es geschah mit minnigem Kusse, als der Wirth von dannen schied;
Also thät auch Geiselher, wie ihm sein Herze rieth:
Mit umschlossenen Armen kosten sie schöne Frauen.
Das mußten noch beweinen gar viele Jungfrauen.

Da wurden allenthalben die Fenster aufgeschlossen.
Der Wirth mit seinen Mannen heischte nach den Rossen.
Ich meine, ihr Herze sagte ihnen das schwere Leid:
Da weinte manche Fraue und manche herrliche Maid.

Wohl ist genug des Sehnens nach lieben Freunden geschehn,
Die sie zu Bechlaren nimmer mehr gesehn.
Doch ritten sie mit Freuden nieder an dem Strande
Längs dem Donauflusse nach der Heunen Lande.

Da sprach zu den Burgunden der Ritter wohlgethan,
Rüdiger der edle: „Stehn wir nicht länger an
Kunde davon zu geben, daß wir zu den Heunen kommen:
Es hat der König Etzel so frohes nie vernommen.“

Durch Oesterreich hernieder sah man den Boten jagen
Und hörte ihn den Leuten es allenthalben sagen:
Es kämen nun die Helden von Worms über Rhein.
Das konnte dem Gesinde des Königs nicht lieber sein.

Es kamen bald die Boten an mit ihren Mären,
Daß die Nibelungen bei den Heunen wären:
„Du sollst sie wohl empfangen, Kriemhilde Fraue mein,
Dir kommen zu großen Ehren die lieben Brüder dein.“

Man schaute Frau Kriemhilden in einem Fenster stehn;
Sie spähte nach den Sippen, wie Freunde nach Freunden sehn:
Von ihrem Vaterlande sah sie manch einen Mann.
Als der König es erfahren, hub er vor Lust zu lachen an.

„Wohl mir ob meiner Freude!“ so sprach Kriemhild:
„Hie bringen meine Sippen manch einen neuen Schild,
Und weiße Halsbergen: wer will mein rothes Gold?
Der denke meines Leides, Kriemhilde ist ihm hold.“

Wie Kriemhilde Hagen empfing

Achtundzwanzigstes Abenteuer.

Als die Burgunden kamen in das Land,
Erfuhr es der von Berne, der alte Hildebrand.
Es war ihm leid; er meldete seinem Herrn die Gäste;
Der hieß ihn die kühnen Ritter empfangen auf das beste.

Wolfhart der schnelle ließ die Rosse bereiten;
Man sah manch starken Degen mit Herrn Dietrichen reiten,
Die Gäste zu begrüßen, zu ihnen auf das Feld.
Dort hatten sie aufgeschlagen manch herrliches Gezelt.

Als sie Hagen von Tronje von ferne reiten sah,
Mit edlen Züchten sprach er zu seinen Herren da:
„Nun sollt ihr, schnelle Recken, euch aus dem Sattel heben
Und ihnen entgegen gehen, die den Empfang euch geben.

Dort kommet ein Gesinde, das ist mir wohlbekannt,
Es sind viel schnelle Degen von Amelungenland;
Es führt sie der von Berne; sie sind gar hochgemuth.
Verschmähet nicht die Dienste, die man hie euch thut."

Da sprangen von den Rossen (solches geschah mit Recht)
Neben Dietrichen manch ein Herr und Knecht.
Sie gingen zu den Gästen, wo man die Helden fand;
Sie grüßten da in Liebe die von Burgundenland.

Als sie der Herr Dietrich zu ihm kommen sah —
Ihr möget gerne hören, was der Degen da
Zu Utens Kindern sagte: er hat die Fahrt beklagt.
Er wähnte, Rüdiger wüßte es und hätte es ihnen gesagt.

„Seid willkommen, ihr Herren, Günther und Geiselher,
Gernot auch und Hagen, nicht minder Volker
Und Dankwart der schnelle. Ist euch das nicht bekannt?
Kriemhild beweint noch immer den Held von Niederland." —

„Sie mag noch lange weinen," sagte darauf Hagen:
„Es ist schon lange Jahre, daß er liegt todt erschlagen.
Den König von den Heunen soll sie zum Lieb nun haben.
Siegfried kommt nicht wieder, der wurde längst begraben." —

„Lassen wir die Wunden Siegfriedens; bei dem Leben
Frau Kriemhildens mag es Schaden geben."
So redete von Berne der Herre Dieterich:
„Trost der Nibelungen, davor hüte du dich!" —

„Wie soll ich mich hüten?" sprach der König hehr:
„Etzel sandte uns Boten, — was sollte ich fragen mehr? —
Daß wir zu ihm sollten reiten in das Land.
Auch hat uns meine Schwester Kriemhilde Botschaft zugesandt."

Wiederum sprach Hagen: „Folget dem Rathe mein;
Ihr sollt Herrn Dietrichen und die guten Helden sein
Bitten, daß sie euch mögen weitere Märe sagen
Und künden, was Frau Kriemhild im Sinne möge tragen."

Da gingen die drei Könige um zu besprechen sich
Bei Seite, Günther und Gernot und auch Herr Dieterich:
„Viel edler guter Ritter von Berne, sage uns nun,
Was weißt du, das die Königin im Sinne trägt zu thun?"

Da sprach der Vogt von Berne: „Was soll ich euch nun sagen?
Ich höre alle Morgen das Weinen und das Klagen
Von König Etzels Weibe: in Jammer und in Noth
Schreit sie zu Gott im Himmel um des starken Siegfrieds Tod."

Da sprach der Fiedelspieler Volker, ein kühner Degen:
„Was wir vernommen haben, ist halt nicht beizulegen.
Lasst uns zu Hofe reiten und lasset dort uns sehn,
Was uns schnellen Degen bei den Heunen mag geschehn."

Als die kühnen Burgunden hin zu Hofe ritten,
Kamen sie gar herrlich nach ihres Landes Sitten.
Manch einen kühnen Heunen sah man verwundert stehn,
Wie der Held von Tronje Hagen wäre anzusehn.

Weil man von ihm erzählte (man hörte das genug),
Daß er Siegfrieden von Niederland erschlug,
Den stärksten aller Recken, Frau Kriemhildens Mann;
Deßhalb hub man bei Hofe groß Fragen nach ihm an.

Der Held war wohl gewachsen, das ist gewißlich wahr,
Er hatte breite Schultern; mit greiser Farbe war
Das Haar ihm untermenget, die Beine waren ihm lang,
Schreckhaft war sein Antlitz, er hatte stolzen Gang.

Als man der Burgunden Mannen Herberge gab,
Sonderte man Günthers Ingesinde ab.
Solches rieth Kriemhilde, die großen Haß ihm trug;
Weßhalb man drauf die Knechte in der Herberge erschlug.

Dankwart Hagens Bruder war zum Marschalk bestellt;
Es bat der König Günther mit Fleiße, daß der Held
Sein Gesinde wohl verpflege und reichlich es versorge.
Der Held von Burgunden trug für sie alle Sorge.

Es ist Kriemhild die schöne und ihr Gesind gegangen,
Wo sie die Nibelungen mit falschem Sinn empfangen.
Sie küßte Geiselherer und nahm ihn bei der Hand;
Das sah Hagen von Tronje, der fester den Helm sich band.

„Nach so gethanem Gruße," sagte darauf Hagen:
„Mögen schnelle Degen im Herzen Sorge tragen.
Man grüßet hie verschieden die Könige und ihre Mannen;
Zu diesem Feste huben wir schlimme Fahrt von dannen."

Sie sprach: „Nun seid willkommen dem, der euch gerne sieht,
Ihr, dem um seine Freundschaft kein Gruß von mir geschieht.
Sagt an, was ihr mir bringet von Worms über Rhein,
Weßwegen ihr mir solltet so hoch willkommen sein?" —

„Ich weiß nicht," sagte Hagen: „was diese Reden wollen,
Daß euch schnelle Degen Gaben bringen sollen.
Habe ich mich recht versehen, seid ihr so reich an Macht,
Daß ich euch meine Gabe nicht habe hieher gebracht." —

„Ihr sollet mich der Märe mehr noch wissen lassen:
Den Hort der Nibelungen, wo habt ihr den gelassen?
Der war doch mein eigen, das ist euch wohl bekannt,
Den solltet ihr mir bringen in König Etzels Land." —

„Wahrlich, Frau Kriemhilde, das ist schon manch ein Tag,
Daß ich des Nibelungen-Hortes nicht pflegen mag.
Den hießen meine Herren versenken in den Rhein,
Dort muß er bis zum jüngsten Gerichte wahrlich sein."

Da sprach die Königin wieder: „Ich habe es wohl gedacht,
Ihr habt mir noch gar wenig davon ins Land gebracht,
Obschon ich als mein eigen weiland ihn besaß.
Viel schwere Zeit und Tage voll Trauer macht mir das." —

„Ich bringe euch den Teufel!" erwiderte ihr Hagen:
„Ich habe an meinem Schilde hie so viel zu tragen
Und an meinem Harnisch, mein Helm der ist so licht,
Das Schwert in meinen Händen: drum bringe ich euch ihn nicht."

Da sagte Kriemhilde zu den Recken allzumahl:
„Man soll keine Waffen tragen in dem Saal:
Ihr Helden sollt mir sie geben, ich will sie wahren lassen." —
„In Treuen" sagte Hagen: „das wollen wir bleiben lassen!

Ich geize nicht der Ehren, o Fürstentochter mild,
Daß ihr zur Herberge traget meinen Schild
Und andres Kampfgeräthe; ihr seid eine Königin.
Wisst, daß nach meines Vaters Lehre ich selbst mein Kämmerer bin. —

„Weh mir ob dieses Leides," sagte Frau Kriemhild:
„Warum will mein Bruder, noch Hagen, seinen Schild
Nicht bewahren lassen? Sie sind gewarnet schon.
Und wüßte ich wer das wagte, ich gäbe ihm den Tod zum Lohn."

Da sprach in seinem Zorne der Degen Dieterich:
„Der die edlen reichen Fürsten gewarnet, der bin ich!
Ich warnte den kühnen Hagen von Burgundenland —
Nur zu, du Teufelin, fasse dafür mich deine Hand!"

Das Weib König Etzels schämte dessen sich;
Sie fürchtete gewaltig den edlen Dieterich.
Sie ging alsbald von hinnen und sprach kein Wort dazu,
Doch warf sie ihren Feinden jähe Blicke zu.

Da faßten zween Degen bei den Händen sich,
Der eine der war Hagen, der andre Dieterich.
Da sprach mit edlen Züchten der wohlgethane Degen:
„Wahrlich, ich bin bekümmert eurer Reise wegen,

Weil die Königin Kriemhild also gesprochen hat."
Drauf sprach Hagen von Tronje: „Dem Allem wird noch Rath!"
So sprachen mit einander die beiden kühnen Degen;
Das sah der König Etzel, und fragte dessenwegen:

„Ich möchte gerne wissen," sprach der König reich:
„Wer jener Recke wäre, den dort Herr Dietereich
So freundlich umarmet. Er ist wohl hochgemuth,
Wer immer ihn erzeugte, er mag wohl sein ein Recke gut."

Da sprach zum König Einer, der Kriemhildens Mann:
„Er ist geboren von Tronje, sein Vater hieß Aldrian.
Er ist ein grimmer Recke, wie hold er sich gebart;
Daß ich euch nicht belogen, wird euch noch offenbart." —

„Wie soll ich das erkennen, daß er so grimmig ist?“ —
Noch wußte nicht der König, wie viele arge List
Später noch die Königin an ihren Sippen bewieß,
Daß sie ihrer auch nicht Einen von den Heunen heimkommen ließ. —

„Wohl kannte ich Aldrianen, denn er war mein Mann,
Der Lob und große Ehre allhie bei mir gewann.
Ich machte ihn zum Ritter und gab ihm auch mein Gold;
Weil er getreu sich zeigte, darum war ich ihm hold.

Darum ist mir Hagen auch gar wohl bekannt.
Zwei waidliche Kinder waren als Geiseln mir gesandt,
Er und Walther von Spanien, die wuchsen hie zum Mann.
Hagen sandte ich wieder heim, Walther mit Hildegunden entrann.“

Er dachte lieber Märe, welche dereinst geschehn:
Seinen Freund von Tronje hatte er gesehn,
Der ihm in seiner Jugend viel starke Dienste bot.
Drauf schuf er ihm im Alter manch lieben Freundes Tod.

Wie Hagen vor Kriemhilden nicht aufstand.

Neunundzwanzigstes Abenteuer.

Nun schieden die lobesreichen beiden Recken sich,
Herr Hagen von Tronje und auch Herr Dieterich.
Es blickte über die Achsel König Günthers Mann
Nach einem Heergesellen, welchen er schnell gewann.

Er sah den kühnen Volker bei Geiselheren stehn,
Den schmucken Fiedelspieler. Er hieß ihn mit ihm gehn,
Denn er kannte trefflich seinen grimmen Muth:
Er war in allen Dingen ein Ritter kühn und gut.

Noch ließen sie die Herren auf dem Hofe stehn;
Niemand als die beiden sah man von dannen gehn
Ueber den Hof hin ferne vor einen Palast weit:
Die auserwählten Degen scheuten Niemandes Neid.

Sie setzten vor dem Hause auf eine Bank sich hin
Genüber einem Saale — Kriemhilde wohnte drin.
Vor ihrem Leibe glänzte ihr herrliches Gewand;
Viele, die das sahen, hätten sie gern gekannt.

Wie nach den übermüthigen Degen die Heunenmannen,
Als wärens wilde Thiere, zu gaffen da begannen!
Es hat sie durch ein Fenster Etzels Weib gesehn,
Da ist der schönen Kriemhild abermals Leid geschehn.

Es mahnte sie ihres Leides, sie hub zu weinen an,
Das nahm groß Wunder manch einen Etzelmann:
Was ihr also heftig betrübet ihren Muth?
Sie sprach: „Das that Hagen, ihr Helden kühn und gut."

Sie sprachen zu der Herrin: „Wie ist das geschehn,
Da wir euch doch so eben noch haben froh gesehn?
Es mag keinen so Kühnen, der euch gekränket, geben,
Wenn ihrs uns rächen heißet, so geht es ihm ans Leben." —

„Wer mein Leid rächte, dem dankte ich immerdar,
Alles was er begehrte, gäbe ich ihm fürwahr
Ich biete mich euch zu Füßen," sprach des Königs Weib:
„Rächet mich an Hagen und nehmet ihm den Leib."

Da rüsteten sich balde sechzig kühner Mannen;
Um Kriemhildens willen wollten sie von dannen
Um Hagen zu erschlagen, den viel kühnen Degen,
Und auch den Fiedelspieler. Sie hielten Rath deßwegen.

Als die Königin ihre Schaar so kleine sah,
Sagte in grimmem Muthe sie zu den Helden da:
„Was ihr im Sinne habet, das lasset ungeschehn,
Ihr dürfet als so wenige Hagen nicht bestehn.

Wie stark und wie kühne Hagen von Tronje, wisst,
Daß der dort bei ihm sitzet noch viel stärker ist,
Volker der Fiedelspieler: der ist ein schlimmer Mann.
Greifet solche Helden nicht so leichtfertig an."

Als sie das vernommen, rüsteten sich ihrer mehr,
Vierhundert Recken. Die edle Fürstin hehr
Hatte großen Eifer, daß sie in Leid sie brachte,
Was danach den Degen noch große Sorge machte.

Als sie wohl gewaffnet ihr Gesinde sah,
Sprach zu den schnellen Recken die edle Fürstin da:
„Nun wartet eine Weile, ihr möget stille stehn,
Ich will unter Krone zu meinen Feinden gehn.

Und ihr sollt vernehmen, was ich durch Günthers Mann
Hagen von Tronje für große Schmach gewann.
Ich weiß, er wirds nicht leugnen, der übermüthige Degen.
Drum will ich auch nicht fragen, was ihm geschieht deßwegen."

Der Fiedler, der ein Recke von wunderkühnem Sinn,
Sah von einer Stiege herab die Königin
Aus dèm Hause kommen. Als er solches sah,
Zu seinem Heergesellen sagte der kühne Volker da:

„Nun schauet, Freund Hagen, wie sie dorten naht,
Die uns ohne Treue ins Land geladen hat.
Ich habe nie noch irgend ein Königsweib gesehn,
Mit der so viele Mannen so streitbar Schwert in Händen gehn.

Wisset ihr, Freund Hagen, daß sie euch gehaß,
So will ich euch rathen: hütet desto baß
Des Lebens und der Ehre; das dünkt mich wahrlich gut.
Wenn ich es recht verstehe, so sind sie zorngemuth.

Auch sind von ihnen etwelche von Schultern also breit:
Wer sich selbst behüten will, dem ist es Zeit.
Mich dünkt, daß sie am Leibe die lichten Panzer tragen;
Wen sie damit meinen, höre ich Niemand sagen."

Da sprach in seinem Zorne Hagen der kühne Degen:
„Das geschieht Alles, ich weiß es, meinetwegen;
Drum tragen sie die lichten Waffen in der Hand.
Vor denen ritte ich sicher noch gen Burgundenland.

Nun saget mir, Freund Volker, wollet ihr bei mir stehn,
Wenn Kriemhildens Mannen mit mir zu streiten gehn?
Das lasset mich vernehmen, wie lieb daß ich euch sei;
Ich stehe euch auch immer mit treuen Diensten bei." —

„Gewiß will ich euch helfen," sagte der Spielmann:
„Und sähe ich mit dem Könige all seinen Heeresbann
Uns hie entgegenkommen, all meine Lebenszeit
Wiche ich als eure Hilfe von euch aus Furcht nicht fußesbreit."—

„Gott im Himmel lohne euch, edler Spielmann!
Wessen bedarf ich weiter, greifen sie mich an.
Wenn ihr mir helfen wollet, wie solches ich vernommen,
So mögen diese Recken behutsam näher kommen."

Da sprach der Fiedelspieler: „Lasset uns aufstehn,
Sie ist eine Königin, lasst sie vorübergehn.
Als edlem Weibe wollen wir Ehre ihr erweisen;
Man wird auch deßwegen jedweden von uns preisen.“ —

„Nein, lasst es mir zu Liebe!“ sprach Hagen dagegen:
„Wenn ich vom Platze wiche, so meinten diese Degen
Wohl gar, solches wäre aus Furcht von mir geschehn.
Ich will vor ihrer keinem von meinem Sitze stehn.

Es ziemet wohl uns beiden besser, daß wir es lassen.
Wie sollte ich denen Ehre erweisen, die mich hassen?
Das thue ich nicht, so lange als ich am Leben bin.
Was frage ich danach, hasset mich auch die Königin!“

Der übermüthige Hagen legte auf seine Knie
Ein blankes Schwert. An dessen Knopfe glänzte wie
Ein Gras so grün und schöner ein Jaspis wunderbar.
Wohl erkannte es Kriemhild, daß es Siegfriedens war.

Als sie das Schwert erkannte, verfiel sie schwerem Leide.
Das Gefäß war gülden, eine Borte roth die Scheide —
Es mahnte sie ihres Leides, sie hub zu weinen an;
Es hatte es traun deßwegen der kühne Hagen gethan.

Volker der schnelle Degen zog näher auf der Bank
Einen Fiedelbogen, der mächtig stark und lang,
Er glich schier einem Schwerte, war scharf dazu und breit.
So saßen ohne Zagen die zween Recken kampfbereit.

Die zween kühnen Mannen däuchten sich so hehr,
Daß sie aus Furcht vor Jemand sich dort nimmermehr
Vom Platze erheben wollten. Da trat vor ihre Füße
Kriemhilde und bot ihnen feindliche Grüße.

Sie sprach: „Nun sagt Herr Hagen, wer hat nach euch gesandt,
Daß ihr gewagt zu reiten daher in dieses Land,
Da ihr doch wohl wußtet, was ihr gethan an mir?
Wäret ihr bei Sinnen, ich sähe euch nimmer hier.“ —

„Nach mir schickte Niemand;“ sagte Hagen dagegen:
„Man ladete nach diesem Lande her drei Degen,
Die heißen meine Herren; darum ihr Mann bin ich:
Wenn sie zu Hofe fuhren, ließen sie selten daheime mich.“

Sie sprach: „Nun sagt mir weiter, weßhalb thatet ihr das,
Daß ihr das erworben, daß ich euch bin gehaß? —
Ihr schluget Siegfrieden, meinen lieben Mann,
Den ich bis an mein Ende nicht genug beweinen kann.“

Er sprach: „Was wollt ihr weiter? der Rede ist genug.
Ich bins, ja freilich, Hagen, der Siegfrieden schlug,
Den Helden schnell bei Handen. Wie schwer er das entgalt,
Daß die Frau Kriemhilde die schöne Brünhilde schalt.

Es ist auch ungelogen, reiche Königin,
Daß ich an all dem Schaden dem schlimmen schuldig bin.
Nun räche es wer da wolle, es sei Weib oder Mann.
Ich müßte es denn lügen: ich that euch viel des Leides an.“

Sie sprach: „Das höret, Recken, wie er es eingesteht,
Der all mein Leid geschaffen. Wie es ihm drum ergeht,
Danach will ich nicht fragen; höre es, wer Etzels Mann.“
Die übermüthigen Degen sahen alle einander an.

Es wäre wohl geschehen, wenn wer da Streit erhoben,
Daß man die zween Gesellen hätte müssen loben,
Denn sie hatten sich in Stürmen schon oft danach betragen;
Weß jene sich vermessen, das durften sie aus Furcht nicht wagen.

Da sprach Einer der Recken: „Was sehet ihr mich an?
Was ich zuvor gelobet, das lasse ich ungethan.
Um Niemands Gabe willen mag ich den Tod erwerben.
Das Weib des Königs Etzel verlockt uns ins Verderben.“

Ein Zweiter sprach daneben: „So ist auch mir zu Sinnen,
Und könnte ich auch Thürme von rothem Golde gewinnen:
Diesen Fiedelspieler möchte ich nicht bestehn
Ob seiner jähen Blicke, die ich an ihm gesehn.

Auch kenne ich noch Hagen aus seiner Jugend Tagen,
Drum mag man von dem Recken mir gerne Rühmens sagen.
In zwei und zwanzig Stürmen habe ich ihn gesehn,
Wo manch einem Weibe Herzeleid durch ihn geschehn.

Er und der von Spanien, die machten manchen Gang,
Als sie hie bei Etzeln dem Könige zu Dank
Manch einen Streit bestanden. Dessen ist viel geschehn.
Darum soll man Hagen billig Ehre zugestehn.

Und doch war der Recke damals noch ein Kind:
Wie sind wohl die als Männer, die so als Knaben sind?
Jetzt kam er zu Verstande und ist ein grimmer Mann;
Auch trägt er Balmungen, den er übel gewann.“

Damit wars entschieden, Niemand wagte Streit;
Das schuf der edlen Königin großes Herzeleid.
Die Helden kehrten von dannen: sie fürchteten den Tod
Von dem Fiedelspieler; wahrlich sie hattens noth.

Da sprach der Fiedelspieler: „Nun haben wirs ergründet,
Daß wir hie Feinde finden, wie man es uns verkündet.
Wir wollen zu den Königen nun zu Hofe gehn,
So darf unsere Herren wohl Niemand mit Streit bestehn.“

Wie oft, daß einem Manne durch Furcht der Muth vergeht,
Wo so in rechter Güte der Freund beim Freunde steht;
Wie oft dann, wer bei Sinnen, nicht thut, was er begehrt:
Durch klugen Sinn wird manches Mannes Unfall abgewehrt.

„Nun will ich euch folgen!“ sprach Hagen dagegen.
Sie gingen und sie fanden dort die zieren Degen
In großem Empfange auf dem Hofe stehn.
Volker der kühne Degen ließ lauten Ruf ergehn.

Er sprach zu seinen Herren: „Wie lange wollt ihr stehn
Und euch hie drängen lassen? Ihr mögt zu Hofe gehn
Und von dem Könige hören, wie der gemuthet sei.“
Da gesellten die kühnen Helden sich alsbald zu zwei.

Günthern den reichen König von Burgundenland
Nahm der Fürst von Berne Herr Dietrich bei der Hand;
Irnfried nahm Gernoten den Recken auserselyn;
Man sah Rüdigeren mit Geiselhern zu Hofe gehn.

Wie immer da zu Hofe ein jeder ging selbander,
Volker und Hagen schieden nimmer von einander,
Als nur in Einem Sturme, all ihre Lebenszeit.
Das brachte edle Frauen noch in groß Herzeleid.

Das edle Ingesinde der Könige sah man
Mit ihnen zu Hofe gehen, tausend kühne Mann,
Darüber sechzig Recken, die mit ihnen gekommen;
Sie hatte aus seinem Lande der kühne Hagen genommen.

Hawart und Iring, gepriesne Mannen zween,
Sah man mit einander bei den Königen gehn.
Dankwarten und Wolfharten, den theuerlichen Degen,
Sah man vor den Andern ihrer Tugend pflegen.

Es trat nun in den Palast der edle Vogt vom Rhein.
Da ließ der reiche Etzel nicht länger solches sein:
Er sprang von seinem Sessel, als er ihn kommen sah —
Das war ein Gruß, wie nimmer von Königen noch geschah.

„Seid willkommen, Herr Günther, und auch Herr Gernot,
Und euer Bruder Geiselher! Mit williger Treue bot
Ich euch meine Grüße gen Worms über Rhein.
Auch alles das Gesinde soll mir willkommen sein.

Nun seid uns hoch willkommen, beide Degen ihr,
Volker der viel kühne und Hagen auch, wie mir
Nicht minder meiner Frauen allhie in diesem Land!
Sie hat euch manchen Boten zum Rheine hingesandt."

Da sprach Hagen von Tronje: „Des habe ich viel vernommen.
Wäre ich durch meine Herren zu den Heunen nicht gekommen,
So wäre ich euch zu Ehren geritten in das Land."
Da nahm der Wirth der edle die lieben Gäste bei der Hand.

Er brachte sie zu dem Sessel, wo er erst selber saß.
Da schenkte man den Gästen (mit Fleiße that man das)
In weiten goldnen Schalen Meth, Moraß und Wein,
Und hieß die fremden Recken hochwillkommen sein.

Da sprach der König Etzel: „Das will ich euch gestehn,
Mir konnte hie auf Erden nichts Lieberes geschehn,
Als dieses, daß ihr Helden, seid zu mir gekommen.
Dadurch ist der Königin viel großes Trauern genommen.

Mich nimmt es immer Wunder, was euch von mir geschehn?
So viele edle Gäste habe ich bei mir gesehn,
Und euch gefiel es nimmer in mein Land zu kommen.
Daß ich euch nun gesehen wird mir zu Freuden frommen."

Darauf sagte Rüdiger, ein Ritter hochgemuth:
„Ihr mögt sie gerne sehen; ihre Treue ist gut.
Meiner Herrin Sippen können der Ehre pflegen:
Sie bringen euch zum Hause manch einen stolzen Degen.“

Am Sonnenwende-Abend waren die Herrn gekommen
Zu des reichen Etzels Hofe. Wohl selten ward vernommen
Von also hohem Gruße, wie er die Herrn empfangen.
Nun war es Zeit, der König ist mit ihnen zu Tische gegangen.

Es saß noch nimmer schöner ein Wirth bei seinen Gästen:
Zu trinken und zu speisen gab es allda vom Besten.
Was sie begehren mochten, es wurde nicht versagt.
Man hatte von den Gästen viel große Wunder gesagt.

Wie Hagen und Volker Schildwache standen.

Dreißigstes Abenteuer.

Der Tag war nun zu Ende und es begann die Nacht;
Der wegemüden Recken Sorge ist nun erwacht.
Es besprach Herr Hagen: wo sie sollten ruhn
Und in die Betten gehen? Man eilte es ihnen kund zu thun.

Günther sprach zum Wirthe: „Gott lasse wohl euch leben!
Wir wollen schlafen gehen; ihr sollt uns Urlaub geben.
Morgen, so ihrs gebietet, werden wir wieder kommen."
Er hat von seinen Gästen fröhlich Abschied genommen.

Da sah man die Gäste gedränget allerwegen;
Es sagte zu den Heunen Volker der kühne Degen:
„Was waget ihr den Recken vor die Füße zu gehn?
Wollt ihrs nicht bleiben lassen, so wird euch Leid geschehn!

So schlage ich etwelchem so schweren Geigenschlag,
Daß, hat er wen Getreuen, es der beweinen mag.
Weichet vor uns, Recken, das dünkt mich wäre gut:
Es heißen viele Degen, die wenig gleich an Muth!"

Als der Fiedelspieler also sprach zorniglich,
Da schaute der kühne Recke Hagen hinter sich
Und sprach: „Vom kühnen Fiedler ist guter Rath geschehn:
Ihr Kriemhildenhelden sollt zur Herberge gehn.

Was ihr im Sinne traget, das traun wagt keiner nicht;
Wollt ihr etwas beginnen, kommt mit dem Morgenlicht,
Und lasst uns fremde Recken heute der Ruhe pflegen!"
Ich meine, solches thaten nie noch so gerne Degen.

Da brachte man die Gäste in einen weiten Saal,
Dort fanden sie der Betten eine große Zahl,
Die waren für die Recken bereitet, lang und breit.
Frau Kriemhilde sann ihnen das allergrößte Leid.

Viele schöne Decken von Arras sah man da
Von lichtem Pfeller, von Seide aus Arabia
Viele Betthimmel, die konnten nicht besser sein,
Darüber lagen Borten, die gaben herrlichen Schein.

Da sah man Decklaken von Hermelin gemacht
Und von schwarzem Zobel, worunter sie die Nacht
Bis zum lichten Tage der Ruhe sollten pflegen.
Kein König mit seinem Gesinde hat so herrlich je gelegen.

„Weh dieser Nachtherberge!“ sprach Geiselher das Kind:
„Und wehe meinen Freunden, die mit uns gekommen sind!
Wie gütlich meine Schwester es immer uns erbot:
Ich fürchte, wir müssen alle durch sie noch liegen todt!“ —

„Lasst eure Sorgen fahren!“ sprach Hagen der Degen:
„Ich will heute selber der Schiltwache pflegen.
Ich will euch wohl behüten, bis daß der Tag bricht an;
Deß seid ohn alle Sorgen; dann wende es wer kann.“

Da neigten sich ihm alle und sagten deß ihm Dank.
Sie gingen zu den Betten; da währte es nicht lang,
Bis daß die stolzen Degen nieder sich gelegt.
Drauf hat der kühne Hagen die Waffen angelegt.

Da sprach der Fiedelspieler, Volker der kühne Held:
„Ich will mit euch Hagen, wenns anders euch gefällt,
Heute der Schildwache bis an den Morgen pflegen.“
Gar freundlich dankte also Volkern darauf der Degen:

„Nun lohne euch Gott im Himmel, viel lieber Volker mein,
Niemand begehre ich weiter, als nur euch allein,
In allen meinen Sorgen, in aller meiner Noth.
Ich wills um euch verdienen, es wehre es denn der Tod.“

Da legten an die beiden ihr lichtes Streitgewand,
Da nahm ihrer jedweder den Schild an seine Hand,
Und gingen aus dem Hause um vor der Thür zu stehn.
Dort hüteten sie der Gäste; das ist mit Treue geschehn.

Der schnelle Volker lehnte darauf aus seiner Hand
Seinen Schild den guten an des Saales Wand.
Er ging nach seiner Geige noch einmal hinein,
Und diente, wies dem Helden ziemte, den Freunden sein.

Unter der Thür des Hauses saß er auf einen Stein —
Wohl mochte nie ein kühnerer Fiedler zu finden sein —
Als nun der Saiten Tönen von ihm so süß erklang,
Sagten die stolzen Fremden dem kühnen Volker Dank.

Da klangen seine Saiten, daß all das Haus erscholl,
Wohl waren Kunst und Stärke ihm beide wundervoll.
Wie immer süßer, sanfter zu geigen er begann:
Da wiegte er in Schlummer manch einen sorgenden Mann.

Als sie entschlafen waren und als er das erkannt,
Da nahm der Degen wieder den Schild an seine Hand
Und ging aus der Kammer um vor der Thür zu stehn
Und wider Kriemhilds Mannen die Wache zu versehn.

Ich weiß nicht, ob es früher als Mitternacht geschah,
Daß der kühne Volker Helme blinken sah
Ferne aus der Finsterniß. Das waren Kriemhilds Mannen,
Die den Gästen heimlich Schaden anzuthun sannen.

Da sprach der Fiedelspieler: „Höret mich, Freund Hagen,
Uns ziemet mit einander diese Sorge zu tragen.
Ich sehe gewaffnete Leute vor dem Hause stehn:
Wenn ich es recht erkenne, wollen sie uns bestehn.“ —

„So schweiget,“ sagte Hagen: „und lasset näher sie,
Eh sie uns merken, werden viele Helme hie
Durch Schwertesschlag verrücket, durch unser beider Hand;
Sie werden Kriemhilden übel heimgesandt.“

Als ein Heunenrecke gar balde das ersah,
Daß die Thür bewacht war, wie eilig sprach er da:
„Was wir im Sinne hatten, das mag nicht geschehn,
Ich sehe den Fiedelspieler auf der Schildwache stehn.

Der trägt auf seinem Haupte mit gar hellem Glanz
Einen Helm, der lauter, hart und stark und ganz.
Auch lohen ihm die Ringe, wie das Feuer thut;
Bei ihm steht auch Hagen; da sind die Gäste in guter Hut."

Da kehrten sie alsbalde. Als Volker das erkannt,
Sprach er in seinem Zorne zum Gesellen sein gewandt:
„Nun lasst mich zu den Recken von dem Hause gehn;
Die Kriemhildenmannen sollen mir Rede stehn." —

„Nein, um meine Liebe!" sprach Hagen ihm dagegen:
„Geht ihr von dem Hause, so bringen die schnellen Degen
Euch mit ihren Schwertern leicht in solche Noth,
Daß ich euch helfen müßte: das wäre all der Unsern Tod.

Wären wir dann beide in den Streit geeilt,
So sprängen zween oder viere von ihnen unverweilt
Nach dem Hause und thäten uns dort ein solches Leid
An den Schlafenden, wir klagten all unsre Lebenszeit."

Da sagte wieder Volker: „So lasset doch geschehn,
Daß wir sie merken lassen, daß wir sie hie gesehn,
Damit sie nicht läugnen können, die Kriemhildenmannen,
Daß sie Untreue an uns zu üben sannen."

Da rief der kühne Volker ihnen alsbald entgegen:
„Weßwegen geht ihr also bewaffnet, schnelle Degen?
Wollt ihr, Kriemhildens Mannen, auf Wegelagerung reiten,
So lasset von mir und meinem Gesellen euch begleiten!"

Da gab ihm Niemand Antwort. Zornig war sein Muth:
„Pfui, ihr feigen Schufte!“ sprach der Degen gut:
„Wolltet ihr im Schlafe uns ermorden gehn?
Das ist so guten Helden gar selten noch geschehn.“

Da ward solches alles der Königin gesagt,
Daß die Boten nichts verrichtet. Sie hat mit Recht geklagt.
Da fügte sie es anders; gar grimmig war ihr Muth:
Davon mußten verderben noch Helden kühn und gut.

Wie sie zur Kirche gingen

Einunddreißigstes Abenteuer.

„Mich fühlet so der Panzer," sagte der Spielmann:
„Mich dünkt, die Nacht halte nicht mehr lange an,
Ich spüre es an den Lüften, es naht bereits der Tag."
Da weckten sie manch einen, der noch schlafend lag.

Da schien der lichte Morgen den Gästen in den Saal.
Hagen begann zu wecken die Ritter allzumahl,
Ob sie etwa zur Messe nach dem Münster gingen.
Nach christlichen Sitten hörte man laut die Glocken klingen.

Sie sangen ungleiche; wie mochte es anders sein?
Die Kristen und die Heiden stimmten nicht überein.
Da wollten zu der Kirche Günthers Mannen gehn;
Man sah sie sammt und sonders auf von den Betten stehn.

Da schnürten sich die Recken in also gut Gewand,
Daß niemals Helden wieder in eines Königs Land
Bessre Kleider brachten. Das war Hagen leid;
Er sprach: „Ihr Helden sollet hier tragen andres Kleid

Ihr habet doch genugsam schon, was man will, erkannt:
Drum traget statt der Rosen die Waffen in der Hand,
Statt der Hüte reich an Steinen die lichten Helme gut,
Da wir gar wohl erkennen der argen Kriemhilde Muth.

Wir müssen heute streiten, das will ich euch sagen.
Ihr sollet Halsbergen statt seidner Hemden tragen
Und statt der reichen Mäntel gute Schilde breit,
Ob jemand mit euch zürnet, daß ihr wehrhaft seid.

Meine lieben Herren, Sippen und Mannen auch,
Ihr möget gern zur Kirche gehn nach Kristenbrauch
Und Gott dem reichen klagen eure Sorge und Noth,
Denn wisset, daß uns wahrlich schon nahe ist der Tod!

Ihr sollt auch nicht vergessen, was Sünde ihr gethan,
Und sollet fleißig betend Gott dem Herren nahn.
Daran will ich euch mahnen, ihr Recken gut und hehr:
Wendet es nicht Gott im Himmel, ihr hört nie keine Messe mehr!“

So gingen zu dem Münster die Fürsten und die Mannen;
Auf dem heiligen Friedhof hieß sie nicht weiter von dannen
Hagen der kühne gehen, auf daß man sich nicht schied;
Er sprach: „Es weiß noch Niemand, was von den Heunen geschieht.

Stellet, meine Freunde, die Schilde vor den Fuß
Und lohnet, bietet Jemand euch einen schlimmen Gruß,
Mit tiefen Todeswunden: das ist Hagens Rath.
So werdet ihr befunden, daß Ruhm ein jeder hat."

Volker und Hagen die beiden gingen dann
Vor das weite Münster. Was man deßhalb begann,
Weil sie wissen wollten, ob sich die Königin
Mit ihnen drängen wollte: gar grimmig war ihr Sinn.

Da kam der Wirth des Landes und auch sein schönes Weib.
Es war mit reichem Gewande schön geziert der Leib
Der behenden Recken, die man sah mit ihm fahren;
Man schaute hohes Stäuben von Kriemhildens Schaaren.

Als der reiche König so gewaffnet sah
Die Könige und ihr Gesinde, wie balde sprach er da:
„Warum sehe ich die Freunde mein unter Helmen gehn?
Mir ist es leid auf Treue; ist ihnen Feindliches geschehn,

So will ichs ihnen büßen, wie es sie dünket gut.
Hat ihnen Wer beschweret das Herze und den Muth,
So sollen sie erkennen, daß es mir wahrlich leid.
Was sie verlangen mögen, dazu bin ich bereit."

Antwort gab ihm Hagen: „Uns ist nichts geschehn.
Es ist Sitte meiner Herren, daß sie bewaffnet gehn
Bei allen Freudenfesten zu vollen dreien Tagen.
Wenn hie uns Leid geschähe, wir würdens Etzeln sagen."

Gar wohl hörte Kriemhild, was Hagen sagte da;
Mit wie feindlichen Blicken sie in das Auge ihm sah!
Doch wollte sie nicht melden, was Brauch in ihrem Land,
Den sie bei den Burgunden so lange Zeit gekannt.

Wie stark und wie grimmig feind sie ihnen war,
Hätte Jemand Etzeln alles berichtet klar:
Er hätte wohl noch gewehret dem was hernach geschah.
Aus großem Uebermuthe sagte es Keiner da.

Es gab ein großer Haufe der Königin Geleit;
Jene beiden wollten nicht zwei Hände breit
Aus dem Wege weichen. Das war den Heunen leid;
Sie mußte sich drängen mit den Helden allbereit.

Etzels Kämmerlinge, die däuchte das nicht gut,
Sie hätten gerne den Recken allda erzürnt den Muth,
Nur daß sie es nicht durften vor dem Könige hehr.
Da gab es ein großes Drängen und noch nichts weiter mehr.

Nachdem man Gott gedienet, wollten sie von dannen;
Da heischten bald die Rosse gar viele Heunenmannen.
Da war bei Kriemhilden manch eine schöne Maid,
Wohl siebentausend Degen gaben ihr das Geleit.

Bei dem reichen Etzel in den Fenstern saß
Kriemhild mit ihren Frauen. Er sah gerne das.
Sie wollten reiten sehen die Helden stolz von Sitten:
Hei, was fremder Recken vor ihnen auf dem Hofe ritten.

Da war auch der Marschalk mit den Knechten gekommen;
Dankwart der kühne hatte zu sich genommen
Seines Herrn Gesinde von Burgundenland:
Wie man so wohl gesattelt der Nibelungen Rosse fand!

Als die Könige und ihre Mannen zu den Rossen gekommen,
Hat man vom kühnen Volker diesen Rath vernommen:
Sie sollten buhurdiren nach ihres Landes Sitten.
Darauf ward von den Helden gar ritterlich geritten.

Der Held hatte gerathen, was Allen wohlgefallen.
Groß wurden beide, der Buhurd und das Schallen;
Auf den Hof den weiten kam da manch ein Mann:
Etzel und Kriemhilde schauten das Alles an.

Zu dem Buhurd kamen sechshundert Degen,
Dietrichens Recken, den Gästen entgegen.
Sie wollten zum Kampfspiele mit den Burgunden gehn:
Hätte es Dietrich vergönnet, es wäre gern geschehn.

Hei, was guter Recken sind ihnen nachgejagt!
Herrn Dietrichen ward das angesagt,
Der mit Günthers Mannen ihnen das Spiel verbot,
Aus Furcht für seine Mannen. Deß hatte er sicherlich Noth.

Als nun die von Berne wieder fortgeritten waren,
Da kamen Rüdigerens Mannen von Bechlaren,
Fünfhundert unter Schilden, vor dem Saale an;
Lieb wäre es dem Markgrafen, sie hätten es nicht gethan.

Da ritt er wohlweislich zu ihnen in die Schaar
Und sagte seinen Mannen: sie würden wohl gewahr,
Daß in Unmuthe wären König Günthers Mannen;
Er würde es gerne sehen, sie ritten ohne Kampf von dannen.

Als von ihnen geschieden die Helden unverzagt,
Da kamen die von Düringen, wie uns das ist gesagt,
Und die von Dänemarke, wohl tausend kühner Mannen.
Da sah man von den Lanzen die Splitter fliegen von dannen.

Irnfried und Hawart in den Buhurd ritten:
Die vom Rheine harrten ihrer mit stolzen Sitten;
Sie boten Tioste denen von Düringenland.
Da ward von Stichen mürbe manch ein Schildesrand.

Da kam auch Herr Blödel mit dreitausenden dar;
Etzel und Kriemhilde nahmen sein wohl wahr,
Weil vor ihnen beiden die Ritterschaft geschah.
Wie gerne es die Königin den Burgunden zu Leide sah!

Da geschahs, daß auf den Buhurd Schrautan und Gibecke ritten,
Ramung und Hornboge nach heunischen Sitten.
Sie hielten gegen die Helden von Burgundenland:
Hoch flogen da die Schäfte über des Königssaales Wand.

Da war ihre Kurzweil so mächtig und so groß,
Daß durch die Satteldecken der Schweis der weiße floß
Von den guten Rossen, welche die Helden ritten.
Sie versuchtens an den Heunen mit gar hochfahrenden Sitten.

Da sprach der kühne Volker, der edle Spielmann:
„Traun, diese zagen Recken greifen uns nicht an!
Ich hörte einmal sagen, sie wären uns gehaß:
Nun könnte sichs ihnen wahrlich nirgend fügen baß." —

„Man soll uns die Rosse," sagte Volker wieder:
„Zu den Herbergen führen. Sinkt der Tag dann nieder,
So reiten wir noch einmal, findet sich die Zeit:
Ob wohl den Burgunden die Königin den Preis verleiht?"

Da erblickten sie Einen, der ritt so zierlich daher,
Es ritt von den Heunen keiner so wie er;
Der hatte dermalen wohl ein Herzenstraut:
Er ritt so schön gekleidet, als wäre es eine edle Braut.

Da sprach wieder Volker: „Nicht kann ich mich bezähmen!
Jener Weiberliebling muß eine Lehre nehmen.
Es kann ihm Niemand helfen, es geht ihm an den Leib.
Was frage ich, ob es erzürnet des Königs Etzel Weib.“ —

„Nein, bei meiner Liebe!“ sprach der König bald:
„Es tadeln uns die Leute, thun ihnen wir Gewalt.
Lasst die Heunen beginnen, es wird sich wohl noch schicken.“
Noch war König Etzel bei der Königin zu erblicken.

„Ich will den Buhurd mehren,“ sprach Hagen dagegen:
„Lasst immerhin nur schauen die Frauen und die Degen,
Wie wir reiten können, ihr thuet wohl daran.
Man gönnet Lob doch keinem, der König Günthers Mann!“

Als der schnelle Degen Volker wieder den Buhurd ritt,
Schuf er manch einer Fraue groß Herzeleid damit.
Er stach dem reichen Heunen die Lanze durch den Leib:
Das sah man noch beweinen beide Maid und Weib.

Es ritt Hagen von Tronje mit den Mannen sein,
Mit seinen sechzig Degen, hurtig hinterdrein
Hinter dem Fiedelspieler, wo das Spiel geschah;
Was Etzel wie Kriemhilde alles deutlich sah.

Da wollten die drei Könige den kühnen Fiedler gut
Unter seinen Feinden nicht lassen ohne Hut.
Da ward von tausend Helden mit rechter Kunst geritten.
Sie thaten, was sie wollten, mit hochfahrenden Sitten.

Als der reiche Heune zu Tode war erschlagen,
Hörte man seine Sippen rufen laut und klagen.
Da fragte all das Gesinde: „Wer that uns solches an?“ —
„Das that der Fiedelspieler, Volker der kühne Spielmann.“

Nach Schwertern und nach Schilden riefen unverwandt
Des Markgrafen Sippen von der Heunen Land.
Sie wollten Volkern wieder dafür den Tod ertheilen;
Da sah man von dem Fenster den Wirth herunter eilen.

Was Schreien von den Heunen es allenthalben gab!
Beim Saale saßen die Könige und ihr Gesinde ab
Und stießen zurück die Rosse, die Burgundendegen.
Da kam König Etzel den Streit noch beizulegen.

Einem von des Heunen Sippen, der nahe bei ihm stand,
Riß er schnell ein scharfes Waffen aus der Hand,
Und trieb sie alle zurücke, sein Zürnen war nicht klein:
„Ich büßte an diesen Helden all meine Treue ein,

Wenn ihr diesen Spielmann erschlüget hie bei mir!“
Sprach der König Etzel: „Groß Unrecht thätet ihr,
Weil der Tod des Heunen ohn seine Schuld geschehn,
Als ihm das Pferd gestrauchelt; ich habe es selbst gesehn.

Ihr sollet Frieden halten mit den Gästen mein!“
Er gab ihnen Geleite, man zog die Rosse ein
Zu den Herbergen. Sie hatten manchen Knecht,
Die waren ihnen mit Fleiße zu allem Dienste gerecht.

Der Wirth mit seinen Freunden ging in den Palast fort
Und ließ kein Zürnen sich weiter regen dort.
Als man die Tische richtete, das Wasser ihnen trug:
Da hatten die vom Rheine der starken Feinde genug.

Es währte, eh die Herren sich setzen, noch gar lang,
Weil Frau Kriemhilden zu große Sorge zwang.
Sie sprach: „Fürst von Berne, ich wende mich zu dir
Um Rath und Gnade und Hilfe, denn angstvoll steht es mit mir.“

Da gab Antwort Hildebrand ein Held untadelich:
„Schlägt Wer die Nibelungen, so thut ers ohne mich,
Ich thu es um keine Schätze; er muß es noch beklagen;
Sie sind noch unbezwungen die schnellen Ritter sonder Zagen.“

Da sprach mit edlen Züchten dazu Herr Dietereich:
„Die Rede lasset bleiben, Königin stolz und reich.
Mir ist durch eure Sippen nimmer Leid geschehn,
Daß ich die kühnen Degen sollte mit Streit bestehn.

Glaubt mir, edle Königin, daß es euch wenig ehrt,
Daß ihr euren Sippen nach dem Leben begehrt;
Sie kamen im Vertrauen auf euch in dieses Land.
Siegfried bleibt ungerochen von Dietrichens Hand!“

Als sie bei dem von Berne keine Untreue fand,
Gelobte sie alsbalde in Blödeleins Hand
Eine weite Marke, die Nudung eh besaß.
Drauf aber schlug ihn Dankwart, daß er der Gabe gar vergaß.

Sie sprach: „Du sollst mir helfen, Herre Blödelein.
Es sind in diesem Hause die schlimmen Feinde mein,
Die Siegfrieden schlugen, meinen lieben Mann.
Wer mir das hilft rächen, all meine Huld gewann.“

Blödelein gab ihr Antwort: „Herrin, nun wisset das:
Ich darf ihnen vor Etzeln zeigen keinen Haß,
Weil er eure Sippen gar gerne fröhlich sieht.
Er vergißt mirs nicht, wenn ihnen ein Leid durch mich geschieht.“ —

„Nicht doch, Herr Blödel, ich bin dir immer hold;
Ich gebe dir zum Lohne Silber und auch Gold
Und eine Braut gar herrlich, Nudungens Weib:
So magst du gerne kosen ihren minniglichen Leib.

Das Land mitsammt den Burgen will ich dir alles geben:
So magst du edler Ritter mit Freuden immer leben,
Gewinnest du die Marke, in der sonst Nudung saß.
Was ich dir heut gelobe, mit Treue leiste ich dir das."

Da Herr Blödel hörte, wie sie versprach so viel,
Und da durch ihre Schönheit die Braut ihm wohl gefiel,
So wollte er erkämpfen das minnigliche Weib;
Darüber mußte der Recke verlieren seinen Leib.

Er sprach zu Kriemhilden: „Geht in den Saal hinein,
Eh es Jemand merket, erhebe ich Kampfesschrein.
Hagen soll büßen für das was er begann:
Ich bringe euch gebunden König Günthers Mann." —

„Nun waffnet euch," sprach Blödel: „ihr all aus meinem Lehn,
Wir wollen zu den Feinden in die Herberge gehn.
Das hat das Weib Etzels uns nicht erlassen wollen,
Weßhalb wir Helden alle das Leben wagen sollen."

Als Blödeln, der zum Kampfe bereit, die Königin
Darauf verlassen hatte, ging sie zu Tische hin
Mit dem Könige Etzel und mit den Mannen sein.
Sie ließ sich auf schlimme Ränke wider die Gäste ein.

Da nicht anders mochte erhoben sein der Streit, —
Im Herzen eingegraben lag ihr ihr altes Leid, —
So hieß sie Etzels Söhnlein hin zu den Tischen bringen.
Wie konnte ein Weib aus Rache Entsetzlicheres vollbringen!

Viere von Etzels Mannen gingen da geschwind
Und brachten Ortlieben das junge Königskind
Zu der Fürsten Tische, wo auch Hagen saß.
Da mußte das Kind ersterben durch seinen mordlichen Haß.

Als der reiche König seinen Sohn ersah,
Sprach er zu seinen Schwägern in rechter Güte da:
„Nun sehet, meine Freunde, mein einzig Söhnelein
Und eurer Schwester, möge es allen euch zur Lust gedeihn.

Geräth er nach dem Stamme, so wird er ein kühner Held,
Reich und hoch von Adel, stark und wohlbestellt.
Lebe ich so lange, ich gebe ihm zwölf reicher Fürsten Land;
So mag euch wohl noch dienen des jungen Ortliebs Hand.

Drum sollt ihr, liebe Freunde, von mir gebeten sein,
Wenn ihr nach Hause reitet wieder an den Rhein,
So führt mit euch von hinnen eurer Schwester Kind
Und lasst an ihm erkennen, daß ihr ihm wohlgesinnt.

Dann ziehet ihn zu Ehren, bis daß er werde ein Mann.
Thut euch in euren Landen Jemand ein Unrecht an,
Das helfe er euch rächen, erwächst ihm erst sein Leib."
Die Rede hörte auch Kriemhild, des Königs Etzel Weib.

„Ihm sollten wohl vertrauen alle diese Degen,
Erwüchse er zum Manne;" sprach Hagen entgegen:
„Doch scheint ihm auf der Stirne ein früher Tod zu stehn,
Man wird mich selten sehen zu Hofe nach Ortlieben gehn."

Der König blickte nach Hagen, ihn kränkte diese Schmach.
Ob er in edlen Züchten auch nichts dagegen sprach;
Es trübte ihm das Herze und beschwerte ihm den Muth.
Es war da Hagens Laune zu keiner Kurzweil gut.

Es thät den Fürsten allen mit dem Könige weh,
Was Hagen von dem Kinde gesprochen hatte eh;
Daß sies ertragen sollten, ging ihnen schmerzlich nah.
Sie wußten nicht, was künftig von dem Recken noch geschah.

Wie Blödel erschlagen ward.

Zweiunddreißigstes Abenteuer.

Blödeleins Mannen waren gewappnet allzumal,
Mit tausend Halsbergen gingen sie zu dem Saal,
Wo Dankwart mit den Knechten ob den Tischen saß.
Da hub sich unter Helden der allergrößte Haß.

Als der Herr Blödel vor die Tische ging,
Wie Dankwart der Marschalk ihn da mit Fleiß empfing:
„Willkommen in dem Hause mein Herr Blödelein:
Was bringt ihr mir für Kunde, was führet euch herein?“ —

„Du brauchst mich nicht zu grüßen,“ also sprach Blödelein:
„Denn wahrlich, mein Kommen muß dein Ende sein
Um Hagen, deinen Bruder, der Siegfrieden schlug.
Das entgiltst du bei den Heunen und andre Degen genug.“

Da sprach der edle Dankwart: „Nicht doch, Herr Blödelein;
So müßte diese Festfahrt uns bald verleidet sein.
Ich war ein Kind als Siegfried das Leben mußte lassen,
Ich weiß nicht, wie König Etzels Weib mich könnte hassen.“ —

„Ich weiß dir von der Märe weiter nichts zu sagen,
Es thatens deine Sippen, Günther und Hagen.
Nun wehrt euch, ihr Verlassenen, ihr könnet nicht entrinnen;
Es muß euer Leben Kriemhild zum Pfande gewinnen.“ —

„So wollt ihr es nicht lassen?“ sprach Dankwart:
„So reuet mich mein Bitten, besser, ich hätte es gespart!“
Wie der schnelle kühne Degen auf von dem Tische sprang:
Er zog ein scharfes Waffen, das war groß und lang.

Da schlug er Blödeleinen einen jähen Schwertesschlag,
Daß ihm das Haupt alsbalde vor den Füßen lag:
„Daß sei die Morgengabe!“ sprach Dankwart der Degen:
„Zu Nudungens Wittib, der du mit Minne wolltest pflegen.

Man mag sie morgen trauen mit einem andern Mann,
Wünscht er das Brautgeschenke, thu ich ihm Gleiches an.“
Ein vielgetreuer Heune hatte ihm hinterbracht,
Welch großes Leid die Königin ihnen ausgedacht.

Da sahen Blödels Mannen: es lag ihr Herr erschlagen;
Da wollten sie nicht länger das von den Gästen tragen;
Mit hocherhobnen Schwertern sprangen sie kampfbereit
Herbei mit grimmem Muthe. Das ward noch Manchem leid.

Laut rief da Dankwart sein Ingesinde an:
„Ihr seht wohl, edle Knechte, wie es um uns gethan.
Nun wehrt euch, ihr Verlassenen; fürwahr uns drängt die Noth!
Hei, wie es uns so gütlich die edle Kriemhild entbot!“

Die keine Schwerter hatten, die langten nach der Bank
Und hoben von den Füßen manch einen Schemel lang.
Der Burgunden Knechte wollten es nicht ertragen;
Da ward mit schweren Stühlen manch eine Beule geschlagen.

Wie wehrten sich die Fremden so grimmig in dem Saal!
Sie trieben aus dem Hause die Gewaffneten zumal,
Doch mehr als fünfhundert die blieben drinnen todt.
Da war das Ingesinde vom Blute naß und roth.

Diese schlimme Kunde erfuhren in kurzer Zeit
König Etzels Recken (es ward ihnen grimmig leid):
Daß Blödelein erschlagen mit seinen Mannen allen,
Sie wären durch Hagens Bruder und durch die Knechte gefallen.

Eh es der König wußte, schaarten die Heunen sich
Ueber zweitausend Mannen, ihr Haß war fürchterlich.
Sie gingen zu den Knechten, nicht konnte es anders sein,
Und ließen des Gesindes auch nicht Einen gedeihn.

Die Ungetreuen brachten vors Haus ein großes Heer:
Die verlassenen Knechte stunden wohl zur Wehr.
Was half da schnelle Stärke? Sie mußten liegen todt;
Darauf in kurzen Stunden hub sich grausige Noth.

Hie möget ihr hören Wunder und Ungeheures sagen:
Neuntausend Knechte, die lagen todt erschlagen,
Dazu noch Ritter zwölfe aus Dankwartens Lehn.
Man sah ihn ganz alleine noch bei den Feinden stehn.

Der Lärm war still geworden, das Tosen war erlegen:
Da blickte über die Achsel Dankwart der Degen.
Er sprach: „O weh der Freunde, die ich habe fallen sehn,
Nun muß ich leider alleine bei meinen Feinden stehn.“

Die Schwerter fielen gedrange auf des Einen Recken Leib:
Das mußte noch beweinen gar manches Helden Weib.
Den Schild den rückte er höher, den Riemen nieder baß:
Da machte er viele Panzer von fließendem Blute naß.

„Wehe mir dieses Leides!“ sprach Aldrianens Kind:
„Nun weichet, Heunenrecken, und lasst mich an den Wind,
Damit die Luft mich kühle, mich kampfesmüden Mann!“
Da stürmte gar gewaltig der freudige Held heran.

Als nun der Streitmüde aus dem Hause sprang,
Wie da auf seinem Helme manch neues Schwert erklang!
Die nicht gesehen hatten, was Wunder seine Hand
Geschaffen, sprangen entgegen dem Helden von Burgundenland.

„Daß Gott,“ sagte Dankwart: „mir doch den Boten gönnte,
Der meinem Bruder Hagen wissen lassen könnte,
Wie ich vor diesen Recken allhie in solcher Noth:
Er hülfe mir von hinnen oder er läge bei mir todt.“

Da sprachen Heunenrecken: „Der Bote mußt du sein,
Wenn wir dich Todten tragen hin vor den Bruder dein:
Dann soll sein Leid erst sehen König Günthers Mann.
Du thatest dem König Etzel hie großen Schaden an.“

Er sprach: „Nun lasst das Dräuen, und weichet weiter baß!
Ich mache noch sonst manchem den Harnisch Blutes naß.
Ich will die Kunde selber hin zu Hofe tragen
Und will auch meinen Herren meinen großen Kummer klagen.“

Er verleidete den Mannen Etzels sich so sehr,
Daß keiner mit dem Schwerte sich an ihn wagte mehr;
Da schossen sie der Speere in seinen Schildesrand
So viele, daß vor Schwere er sank aus seiner Hand.

Sie hofften ihn zu zwingen, weil keinen Schild er trug:
Hei, was er tiefer Wunden durch die Helme schlug!
Davon sank vor ihm nieder manch ein kühner Mann,
Wodurch der kühne Dankwart großen Ruhm gewann.

Von beiden Seiten sprangen die Heunen auf ihn ein;
Da kam mancher zu zeitig in den Streit hinein:
Da fuhr er vor den Feinden, gleichwie ein Eberschwein
Zu Walde vor den Hunden. Wie mochte er kühner sein!

Wieder ward seine Fährte naß durch heißes Blut.
Wo stritt je ein einzelner Recke also gut
Wider seine Feinde, wie von dem geschehn?
Man sah Hagens Bruder herrlich zu Hofe gehn.

Truchsessen und Schenken vernahmen Schwerterklang.
Hei, wie da manch einem aus der Hand der Becher sank
Und Schüsseln voller Speisen, die man zu Hofe trug:
Es kamen ihm vor der Stiege der starken Feinde genug.

„Wie nun, ihr Truchsessen?“ sprach der müde Degen:
„Wohl sollet ihr der Gäste in rechter Güte pflegen,
Und sollet auch den Herren gute Speise tragen,
Mich aber lasst die Kunde meinen lieben Herren sagen!“

Wer durch seine Stärke ihm vor die Stiege sprang,
Derer schlug er vielen so schweren Schwertesschwang,
Daß sie vor Furcht ihm weiter hinauf noch Platz gemacht.
Er hat mit seiner Stärke großen Wunders viel vollbracht.

Wie die Burgünden mit den Heunen stritten.

Dreiunddreißigstes Abenteuer.

Als der kühne Dankwart unter die Thüre trat,
Und er Etzels Gesinde weiter zu weichen bat:
Da war mit Blute beronnen alles sein Gewand;
Er trug ein scharfes Waffen entblößt in seiner Hand.

Gar laut rief da Dankwart dem Degen die Worte zu:
„Bruder Hagen, ihr sitzet zu lange in guter Ruh!
Euch und Gott im Himmel klage ich unsre Noth:
Ritter und Knechte liegen in der Herberge todt!“ —

„Wer wars, der das vollbrachte?“ rief Hagen ihm entgegen. —
„Das that der Herr Blödel mitsammt seinen Degen.
Auch hat ers schwer entgolten, das will ich euch sagen:
Ich habe mit meinen Händen das Haupt ihm abgeschlagen.“ —

„Das ist ein kleiner Schaden!“ sagte Hagen dagegen:
„Sagt man solche Märe von irgend einem Degen,
Er liege von den Händen eines Recken erschlagen:
So sollen herrliche Frauen um so weniger klagen.

Nun sagt mir, Bruder Dankwart, wie seid ihr also roth?
Ich meine, daß von Wunden ihr leidet große Noth.
Lebt der in diesem Lande, durch den euch das geschehn,
Den rette der üble Teufel: es muß ihm an sein Leben gehn.“ —

„Ihr seht mich wohlbehalten, mein Kleid ist blutesnaß;
Von andrer Männer Wunden ist mir geschehen das,
Deren ich so manchen heute schon erschlagen:
Wenn ichs beschwören sollte, ich könnte ihre Zahl nicht sagen.“

Er sprach: „Bruder Dankwart, bleibt vor der Thüre stehn
Und lasset von den Heunen keinen von hinnen gehn,
Ich will mit den Recken reden nach unsrer Noth.
Unsre Knechte litten durch sie den unverdienten Tod.“ —

„Soll ich Kämmrer werden,“ sprach der kühne Degen:
„Bei so reichen Königen mag ich wohl Dienstes pflegen:
So hüte ich der Stiegen nach der Ehre mein.“
Den Kriemhildendegen konnte nicht leider sein.

„Mich nimmt es groß Wunder," sprach Hagen entgegen:
„Was in das Ohr sich raunen hie die Heunendegen.
Sie würden gern entbehren des, der die Thür bewacht
Und der zu Hofe die Kunde den Burgunden gebracht.

Ich hörte vor langen Tagen schon von Kriemhilden sagen,
Sie wolle ungerochen ihr Herzeleid nicht tragen.
Nun trinken wir die Minne und zahlen des Königs Wein:
Der junge Vogt der Heunen, der muß der allererste sein!"

Da schlug das Kind Ortlieben Hagen ein Degen gut:
Es lief am Schwerte hernieder auf seine Hand das Blut,
Es sprang das Haupt des Knaben der Königin in den Schoos.
Da hub sich unter Degen ein Morden grimm und groß.

Dem, welchem um den Knaben die Sorge oblag,
Schlug er mit beiden Händen einen jähen Schwertesschlag,
Daß ihm gar geschwinde das Haupt vor dem Tische lag.
Es empfing der Wärter kläglichen Lohn an diesem Tag.

Er sah vor Etzels Tische einen Spielmann:
Hagen in seinem Zorne sprang zu ihm heran
Und schlug ihm auf der Geige ab die rechte Hand:
„Das nimm für deine Botschaft in der Burgunden Land!" —

„O weh mir meiner Hände!" hub Werbel zu klagen an:
„Herr Hagen von Tronje, was habe ich euch gethan?
Ich kam auf große Treue in eurer Herren Land:
Wie greif ich nun die Töne, seit ich verlor die Hand?"

Was grämte es Hagen, fiedelte der nie nach dieser Zeit.
Der Held schuf in dem Hause lebenfressend Leid
An den Etzelrecken, deren er viele schlug.
Er brachte in dem Hause der Recken zu Tode genug.

Als der schnelle Degen Volker von dem Tische sprang:
Wie laut sein Fiedelbogen ihm in der Hand erklang!
Es fiedelte ungefüge Günthers Spielmann.
Hei, was er der kühnen Heunen ihm zu Feinden gewann!

Auch sprangen von den Tischen die drei Könige hehr:
Sie wolltens gerne scheiden, eh Schaden geschähe mehr.
Sie haben es vergebens zu schlichten unternommen,
Da Hagen und auch Volker so sehr in Wuth gekommen.

Als der Vogt vom Rheine unscheidbar sah den Streit,
Da schlug der Fürst selber manch eine Wunde weit
Durch die lichten Panzer den schlimmen Feinden sein.
Er war ein Held bei Handen, deß gab er klaren Schein.

Da kam auch zu dem Streite der starke Gernot:
Der schlug von den Heunen manch einen Helden todt
Mit einem scharfen Schwerte, das Rüdiger ihm gegeben.
Er stand den Etzelrecken furchtbar nach dem Leben.

Als der jüngste Sohn Frau Utens auch zu dem Streite sprang,
Wie da sein herrlich Waffen durch die Helme drang
Den Recken König Etzels aus der Heunen Land!
Da that viel große Wunder des kühnen Geiselhers Hand.

Wie brav da auch die Könige und ihre Mannen waren,
So sah man doch vor allen wider der Feinde Schaaren
Geiselheren stehen, recht als einen Degen gut.
Es fiel durch seinen Willen manch einer in das Blut.

Auch König Etzels Mannen wehrten sich aufs beste.
Durch den Saal des Königs sah man da die Gäste
Die leuchtenden Schwerter in den Händen schwingend schreiten.
Man hörte allenthalben sich Wehgeschrei verbreiten.

Die draußen waren, wollten zu ihren Freunden drinnen:
Sie fanden an der Stiege gar wenig zu gewinnen;
Die drinnen waren, wollten gern aus dem Saale wieder,
Dankwart ließ auf der Stiege Niemanden auf noch nieder.

Davon hub an der Thüre sich mächtiger Gedrang
Und auch von den Schwertern großer Helmklang.
Es kam der kühne Dankwart in eine große Noth:
Es sorgte um ihn Hagen, wie seine Treue ihm gebot.

Hagen ließ an Volkern lauten Ruf ergehn:
„Seht ihr dort, Geselle, meinen Bruder stehn?
Die Heunenrecken stürmen auf ihn mit starken Schlägen;
Freund, schirmet mir den Bruder; wir verlieren sonst den Degen!" —

„Das thue ich sonder Zweifel!" sagte der Spielmann.
Wie er da durch den Palast fiedelnd zu gehn begann,
Wie oft ein hartes Eisen in seiner Hand erklang!
Die Recken von dem Rheine sagten ihm großen Dank.

Man hörte, wie zu Dankwarten der kühne Volker sprach:
„Ihr habet heut erlitten viel großes Ungemach:
Mich bat euer Bruder zu Hilfe euch zu gehn.
Wollt ihr nun draußen bleiben, so will ich innerhalben stehn."

Nun stand vor der Thüre draußen Dankwart der schnelle Degen
Und wehrte von der Stiege, wer ihm da kam entgegen;
Da hörte man erklingen das Schwert in seiner Hand.
Drinnen that ein Gleiches Volker von Burgundenland.

Der kühne Fiedelspieler rief ins Gedränge hinein:
„Der Saal ist wohl beschlossen, Hagen, Geselle mein!
Von zweier Helden Händen ist König Etzels Thor
Aufs sicherste verriegelt, als lägen tausend Riegel vor."

Als nun Hagen von Tronje die Thüre sah in Hut,
Warf er den Schild zurücke, der theure Degen gut:
Nun erst hub er an zu rächen, was Leides ihm geschehn;
Da hoffte seiner Feinde keiner dem Tode zu entgehn.

Als der Vogt von Berne solches recht erschaute,
Wie der starke Hagen so manchen Helm zerhaute —
Ein König von Amelungen sprang er auf eine Bank,
Und sprach: „Hie schenket Hagen den allerherbsten Trank!"

Es ziemte wohl dem Wirthe, daß er große Sorge trug, —
Was man ihm lieber Freunde vor seinen Augen schlug! —
Er war vor seinen Feinden in tödtlicher Gefahr,
Er saß in großen Aengsten — was halfs ihm, daß er König war!

Es rief die reiche Kriemhild zu Dietrichen gewandt:
„Hilf mir, edler Ritter aus Amelungenland,
Durch aller Fürsten Tugenden mit dem Leben von hinnen;
Ich kann, erreicht mich Hagen, dem Tode nicht entrinnen!" —

„Wie soll ich euch helfen?" sprach Herr Dieterich:
„Ich trage, edle Königin, Sorge auch um mich.
König Günthers Mannen sind also zornentbrannt,
Ich kann jetzt keinen Frieden gewinnen für Niemand!" —

„Ach nein, Herr Dietrich, edler Ritter gut,
Laß heute scheinen deinen tugendlichen Muth,
Daß du mir hilfst von hinnen, oder ich bleibe todt.
Mich zwinget Jammers Sorge: es geht mir an des Lebens Noth." —

„Ich will es wohl versuchen, ob ich euch helfen kann:
Doch habe ich schier nimmer so manchen kühnen Mann
Gesehen so wie heute in bitterlicher Wuth.
Hei, springet durch die Helme von Schwertern hie das Blut!"

Der auserkorne Ritter rief seiner Stärke voll,
Daß gleich einem Büffelhorne die Stimme sein erscholl,
Und daß der weite Palast erklang von seiner Kraft —
Die Stärke Dietrichens war mehr als riesenhaft.

König Günther hörte rufen diesen Mann
In dem harten Kampfe: er hub zu lauschen an.
Er sprach: „Dietrichens Stimme ist in mein Ohr gekommen;
Traun, unsre Degen haben ihm einen Freund genommen.

Ich sehe ihn auf dem Tische winken mit der Hand.
Ihr Freunde und ihr Sippen von Burgundenland,
Haltet ein mit Streiten, lasst hören uns und sehn,
Was hie dem Degen von den Mannen mein geschehn!“

Als der König Günther bat und auch gebot,
Hemmten sie die Schwerter in des Streites Noth.
Da schaute man des Königs Gewalt, daß Niemand schlug;
Er fragte den von Berne, was er wollte, schnell genug.

Er sagte: „Edler Dietrich, was ist von Freunden mein
Euch hie gethan worden? Ich will bereit euch sein
Zur Buße und zur Sühne. Wenn Jemand euch ein Leid
Anthäte, solches wäre mir recht von Herzen leid.“

Da sprach der Herr Dietrich: „Mir ist nichts geschehn.
Lasst mich aus dem Hause mit eurem Frieden gehn
Von diesem harten Streite mit dem Gesinde mein.
Dafür will ich euch sicher immer zu Diensten sein.“ —

„Was fleht ihr so dringend?“ sprach da Wolfhart:
„Es hat der Fiedelspieler die Thür nicht so verwahrt,
Daß wir sie nicht erschließen, um hinaus zu gehn.“ —
„Schweig du,“ sprach Dietrich: „durch dich ist der Teufel geschehn!“

Da sagte König Günther: „Ich lasse das geschehn,
Ihr möget aus dem Hause mit wem ihr wollet gehn;
Nur ohne meine Feinde, die sollen hie bestehn,
Durch sie ist bei den Heunen mir großes Leid geschehn."

Als er das vernommen, umschloß er mit dem Arm
Die Königin Kriemhilde; sie war in großem Harm.
Am andern Arme führte er Etzeln mit sich von dannen,
Auch gingen mit Dietrichen viele waidliche Mannen.

Da ward der edle Markgraf Rüdiger vernommen:
„Soll weiter aus dem Hause noch irgend Einer kommen,
Der euch gerne dienet, das sollet ihr uns sagen:
So sollen gute Freunde zu stätem Frieden sich vertragen."

Und Antwort gab ihm Geiselher von Burgundenland:
„Friede und Sühne werde von uns euch zuerkannt,
Nachdem ihr Treue hieltet, ihr und eure Mannen.
Gehet ohne Sorgen mit euren Freunden von dannen."

Der edle Markgraf Rüdiger räumte drauf den Saal,
Da folgten fünfhundert und mehre ihm zumal.
Das war von den Herren aus Treue geschehn;
Daraus sollte Günthern noch großer Schaden erstehn.

Da sah ein Heunenrecke den König Etzel kommen
Mit Dietrichen; er meinte es sollte das ihm frommen.
Dem gab der Fiedelspieler einen solchen Schlag,
Daß sein Haupt gar balde vor Etzels Füßen lag.

Als der Wirth des Landes das Freie drauf gewann,
Da kehrte er sich wieder und sah Volkern an:
„O weh mir dieser Gäste, das ist gar grimme Noth,
Daß alle meine Recken durch sie sollen liegen todt!" —

„Ach weh des Freudenfestes!“ sprach der König mild:
„Da drinnen ficht einer gleich einem Eber wild,
Er heißt bei Namen Volker und ist ein Spielmann.
Ich danke es meinem Heile, daß ich dem Teufel entrann.

Seine Weisen klingen übel, sein Geigenstrich ist roth;
Es künden seine Töne manch eines Helden Tod.
Ich weiß nicht wes uns zeihet derselbe Spielmann,
Weil ich noch nie solch einen schlimmen Gast gewann!“

Es waren, die sie ließen, aus dem Saal gegangen;
Darauf hat drinnen wieder groß Toben angefangen.
Hei, wie die Gäste, was ihnen geschehen, schwer gerochen;
Volker der kühne Degen, was Helme der zerbrochen!

Der König Günther horchte hin nach jenem Ort:
„Höret ihr die Töne, Hagen, die Volker dort
Mit den Heunen fiedelt, wenn Wer den Thüren naht?
Es ist ein rother Anstrich, den er am Fiedelbogen hat.“ —

„Mich reuet ohne Maßen,“ sprach Hagen dagegen:
„Daß ich je mich scheiden mußte von dem Degen;
Ich war sein Geselle, er der Geselle mein:
Kommen heim wir wieder, wir wollens noch mit Treue sein.

Nun schaue, hehrer König, Volker ist dir hold;
Er verdient gar fleißig dein Silber und dein Gold;
Sein Fiedelbogen schneidet durch den harten Stahl,
Er bricht auf den Helmen die lichten Zierden allzumal.

Ich sah nie einen Fiedler also herrlich stehn,
Wie ich den Degen Volker heute habe gesehn.
Seine Weisen hallen durch Helm und Schildesrand:
Wohl ziemen ihm gute Rosse und herrliches Gewand.“

Was von der Heunen Sippen dort in dem Saal gewesen,
Von denen war nicht Einer drinnen mehr genesen:
Da stillte sich das Toben, weil sich kein Streiter fand.
Da legten die kühnen Recken die Schwerter aus der Hand.

Wie sie die Todten herauswarfen.

Vierunddreißigstes Abenteuer.

Die Herren setzten müde sich nieder und ruhten aus.
Volker und Hagen gingen vor den Saal hinaus.
Es lehnten sich über die Schilde die übermüthigen Degen
Und begannen beide spöttlicher Rede zu pflegen.

Es sagte von Burgunden Geiselher der Degen:
„Ihr dürfet, lieben Freunde, noch nicht der Ruhe pflegen;
Zuvor noch sollt die Todten ihr aus dem Hause tragen.
Wir werden noch bestanden, ich wills euch wahrlich sagen.

Sie sollen unter den Füßen uns hie nicht länger liegen.
Bevor daß uns die Heunen im Kampfe noch besiegen,
Hauen wir noch manche Wunde, die mir gar sanfte thut.
Dazu bin ich" sprach Geiselher „gar willig gemuth." —

„Wohl mir solch eines Herren!" sprach Hagen entgegen:
„Der Rath geziemte Niemand als einem solchen Degen,
Als den wir unsern jungen Herren heut gesehn:
Deß möget ihr Burgunden alle fröhlich stehn."

Da folgten sie dem Rathe und trugen vor das Thor
Die Todten, siebentausend die warfen sie davor.
Vor des Saales Stiegen warfen sie jene nieder;
Da schallte von ihren Sippen gar kläglich Jammern wieder.

Es waren ihrer manche noch nur so wenig wund,
Daß sie bei sanfter Pflege wohl würden noch gesund;
Von dem hohen Falle hatten sie nun den Tod.
Das beklagten ihre Freunde. Sie hattens wahrlich noth!

Da sprach der Fiedler Volker ein Degen unverzagt:
„Nun seh ich doch die Wahrheit von dem was man gesagt:
Die Heunen sind Feiglinge, sie klagen wie die Weiber,
Sie sollten lieber heilen der Wundenvollen Leiber."

Ein Markgraf war des Wahnes, der Degen meine es gut:
Er sah der Sippen Einen gefallen in das Blut,
Umfing ihn mit den Armen und wollte mit ihm fort:
Den schoß auf ihm zu Tode der kühne Spielmann dort.

Als die andern das sahen, flohen sie von dannen,
Indem sie dem Spielmanne alle zu fluchen begannen.
Er langte nach einem Speere, gar scharf und dabei hart,
Der von einem Heunen zu ihm hinauf geschossen ward.

Den schoß er mit Kräften hin durch die Burg von dannen
Ueber das Volk ferne. So rückte er den Mannen
König Etzels das Lager ferner von dem Saal.
Seine gewaltige Stärke fürchteten die Leute allzumal.

Es standen vor dem Hause manche tausend Mannen,
Als Volker und Hagen zu reden da begannen
Mit Etzeln dem Könige in großem Uebermuth.
Davon kamen noch in Sorge die Helden kühn und gut.

„Es ziemt" so sprach Hagen: „dem Trost des Volks zumeist,
Dem Herren, daß als ersten im Kampfe er sich beweist,
Wie von meinen Herren hie ein jeder thut.
Die hauen durch die Helme: es fließt den Schwertern nach das Blut."

Etzel, der kühne König erraffte seinen Schild.
„Nun fahret wohlgerüstet" sagte Frau Kriemhild:
„Bietet das Gold den Recken über Schildesrand.
Denn erreicht euch Hagen, so habt ihr den Tod an der Hand."

Der König war so muthig, er wollte drauf bestehn, —
Das sieht von reichen Fürsten man selten jetzt geschehn, —
Man mußte am Schildriemen ihn zurücke ziehn.
Der grimme Hagen höhnte aufs neue wider ihn:

„Es ist eine weite Sippschaft," sprach Hagen der Degen:
„Deren Etzel und Siegfried mit einander pflegen;
Er umarmte Kriemhilden, eh sie gesehen dich.
Ei, böser König, warum räthst du wider mich?"

Als das Weib des edlen Königs gehört was er gesprochen,
Ist neuer Haß im Herzen Kriemhildens ausgebrochen,
Daß er sie schmähen durfte vor König Etzels Degen;
Sie rieth wider die Gäste abermals deßwegen.

Sie sprach: „Wer jenen Hagen von Tronje dort erschlüge
Und das Haupt desselben her vor mich trüge:
Dem füllte ich mit Golde Etzels Schildesrand
Und gäbe ihm zum Danke viel gute Burgen und Land." —

„Ich weiß nicht was sie zaudern!" sprach der Spielmann:
„Ich sah es nie, daß Helden so zaghaft standen an,
Wo man bieten hörte also hohen Sold.
Kein Wunder, würde Etzel ihnen deßhalb nimmer hold!

Die so schmachbeladen essen des Königs Brot
Und lassen ihn nun sitzen in seiner größten Noth:
Ich sehe hie deren viele in Bangen und in Zagen
Und wollen kühn doch heißen: sie müssen immer Schande tragen!"

Wie Iring erschlagen ward

Fünfunddreißigstes Abenteuer.

Da rief der Markgraf Iring von Dänemark der Held:
„Ich habe all mein Leben auf Ehre längst gestellt,
Es ist von mir des Besten in Stürmen viel geschehn:
Bringet mir meine Waffen; ich will Hagen bestehn!“ —

„Das will ich widerrathen" sagte darauf Hagen:
„Es bekommen eure Sippen nur desto mehr zu klagen.
Ob eurer zween und dreie auch zu dem Saale springen,
Ich will sie zu der Stiege ungesund hinunter bringen." —

„Ich lasse es nicht deßwegen," sprach Iring dagegen:
„Ich ging wohl schon früher auf fährlichen Wegen.
Wohl will ich mit dem Schwerte bestehen dich allein:
Es wird dir wenig Hilfe dein übermüthig Reden leihn!"

Da ward gewaffnet balde der Degen Iring,
Und Irnfried von Düringen, ein kühner Jüngling,
Und Hawart der starke wohl mit tausend Mann.
Sie wollten bei ihm stehen, was Iring auch begann.

Da sah der Fiedelspieler eine große Schaar,
Die mit Iringen gewaffnet gekommen war.
Viele gute Helme trugen sie aufgebunden,
Das hat der kühne Volker gar zornig schier befunden:

„Sehet ihr, Freund Hagen, dort Iringen gehn,
Der euch mit dem Schwerte wollte allein bestehn?
Seit wann ziemt Helden Lügen? Deß habe er ewig Schmach!
Wohl über tausend Recken folgen ihm in Waffen nach."

Da sprach der Mann Hawarts: „Heißt mich nicht lügen nun!
Was ich gelobet habe, das will ich gerne thun;
Aus keinem Zagen lasse ich solches ungeschehn:
Sei Hagen noch so greulich, ich will ihn allein bestehn."

Zu Füßen bot sich Iring den Sippen und Mannen sein,
Daß sies ihm gönnten, bestünde den Recken er allein.
Das thaten sie ungerne, weil ihnen wohl bekannt
Der übermüthige Hagen aus Burgundenland.

Doch bat er sie so lange, bis daß es drauf geschah.
Als das Ingesinde seinen Willen sah,
Daß er um Ehre werbe, da ließen sie ihn gehn.
Darauf ist von den beiden ein grimmes Streiten geschehn.

Iring von Dänemarke hielt hoch den Speer empor,
Es warf der theure Degen den Schild zur Deckung vor;
Da lief er gegen Hagen vor den Saal hinan;
Da huben kühne Degen groß Kampfgetöse an.

Da schossen sie die Speere mit Kräften aus der Hand
Durch die festen Schilde auf ihr licht Gewand,
Daß die Speerspangen hoch wirbelten von dannen.
Da griffen zu den Schwertern die zween grimmen kühnen Mannen.

Des kühnen Hagen Stärke war schier wundervoll:
Doch schlug auf ihn Iring, daß all das Haus erscholl.
Man hörte von ihren Schlägen Palast und Thürme erklingen,
Doch konnte seinen Willen der Degen nicht vollbringen.

Iring ließ Hagen unverwundet stehn,
Um auf den Fiedelspieler feindlich loszugehn.
Er wähnte ihn zu zwingen mit seinen starken Schlägen:
Das wußte wohl zu verhüten der gar zierliche Degen.

Es schlug der Fiedelspieler: von des starken Volkers Hand
Flog ihm das Gespänge über des Schildes Rand.
Er ließ den Recken bleiben, der war ein übler Mann,
Und lief den edlen Günther der Burgunden König an.

Da war ihrer jedweder zum Streite stark genug.
Was Günther und was Iring eins auf das andere schlug,
Es brachte nicht aus Wunden fließendes Blut.
Das wehrte ihre Rüstung, die war schön und gut.

Günthern ließ er bleiben und lief Gernoten an,
Dem er aus dem Harnisch das Feuer zu hauen begann.
Da schlug von Burgunden der König Gernot
Den kühnen Degen Iring schon beinahe todt.

Da sprang er von dem Fürsten, wohl war er schnell genug:
Hei, wie der Held behende der Burgunden viere erschlug,
Vom edlen Ingesinde aus Worms über Rhein.
Da konnte nimmer zorniger der edle Geiselher sein:

„Weiß Gott, Herr Iring," sprach Geiselher das Kind:
„Ihr müßt mir die entgelten, die hier erlegen sind
Durch euch in dieser Stunde!" Da lief er ihn an
Und schlug den Däneländer, daß er ihm nicht entrann.

Er schoß vor seinen Händen nieder in das Blut,
Daß sie alle wähnten, daß der Recke gut
Im Streite nimmer wieder noch schlüge einen Schlag:
Und doch war unverwundet, der hie vor Geiselheren lag.

Von des Helmes Dröhnen und von des Schwertes Klang
Wurden ihm die Sinne also schwach und krank,
Daß sich der kühne Degen des Lebens nicht versann.
Das that ihm mit seinen Kräften der starke Geiselher an.

Als ihm vom Haupte der Schwindel zu weichen drauf begann,
Den er von dem großen Schlage zuvor gewann,
Dachte er: „Ich bin noch lebend und bin auch nirgend wund,
Nun ist mir erst die Stärke Geiselherens kund."

Zu beiden Seiten hörte er die Feinde stehn,
So sie gewußt es hätten, ihm wäre noch mehr geschehn.
Auch hatte er in der Nähe Geiselheren vernommen;
Er dachte wie er sollte von den Feinden kommen.

Hei, wie gleich einem Rasenden er aus dem Blute sprang!
Er mochte seiner Schnelle wohl sagen großen Dank.
Da lief er aus dem Hause, wo er Hagen fand
Und schlug ihm schnelle Schläge mit seiner starken Hand.

Allda dachte Hagen: „Dich hat der Tod erlesen!
Dir helfe denn der Teufel, sonst kannst du nicht genesen."
Doch schlug Iring Hagen durch den Helmhut;
Das thät der Held mit Wasken, das war ein Waffen gut.

Als der Herr Hagen die Wunde empfand,
Da regte sich ungefüge das Schwert in seiner Hand:
Da mußte der Mann Hawarts eilig vor ihm entfliehn,
Hernieder zu der Stiege; Hagen verfolgte ihn.

Es hat der kühne Iring mit dem Schilde das Haupt gedeckt.
Und hätte sich die Stiege dreimal so lang gestreckt:
Derweile ließ ihn Hagen nicht Einen Schlag mehr schlagen.
Hei, was da rothe Funken ob seinem Helme lagen!

Iring kam zu den Seinen zurücke noch gesund.
Da wurde, was geschehen, Kriemhilden kund,
Was er Hagen von Tronje im Streite angethan.
Da hub die edle Königin ihm hoch zu danken an:

„Nun lohne Gott dir, Iring, gepriesener Degen gut,
Du hast mir wohl getröstet das Herz und auch den Muth.
Ich sehe roth von Blute Hagens Streitgewand!"
Kriemhilde nahm ihm selber den Schild vor Freude von der Hand.

„Ihr mögt mit Maßen ihm danken!" sprach Hagen entgegen:
„Noch einmal es versuchen, das ziemte wohl dem Degen:
Wenn dann er wiederkehrte, wäre er ein kühner Mann;
Die Wunde frommet euch wenig, die ich von ihm gewann.

Daß ihr von meiner Wunde den Panzer sehet roth,
Das hat mich aufgereizet zu manches Mannes Tod.
Mich hat der kleine Schaden nur erzürnt, den ich gewann;
Mir that der Degen Iring noch gar wenig an!"

Da stand dem Winde entgegen Iring von Dänenland;
Er kühlte sich den Panzer, den Helm er nieder band.
Da sprachen all die Leute, seine Stärke wäre gut;
Darüber trug der Markgraf gar stolz und hoch den Muth.

Wieder sprach da Iring: „Freunde wisset das,
Ihr sollt alsbald mich waffnen; ich wills versuchen baß,
Ob ich den übermüthigen Degen mag bezwingen."
Sein Schild war verhauen, er ließ sich einen bessern bringen.

Bald war der Held gewaffnet, besser als vorher.
Er nahm in seinem Hasse einen starken Speer,
Womit er zum zweiten Male Hagen bestehen wollte.
Hei, wie der kühne Hagen nach ihm spähend feindlich grollte.

Es mochte ihn nicht erwarten Hagen der grimme Degen;
Er lief ihm bis zum Ende der Stiege hin entgegen
Mit Würfen und mit Schlägen; er zürnte ihm mit Macht.
Iringen hat seine Stärke wenig Heil gebracht.

Sie schlugen durch die Schilde, daß es zu lohen begann
Von feuerrothen Winden. Es ward Hawarts Mann
Von dem Schwerte Hagens also kräftig wund
Durch Schild und Helm: er wurde nimmer mehr gesund.

Als der Degen Iring seine Wunde empfand,
Rückte den Schild er besser über das Helmband.
Er meinte, daß des Schadens er schon vollauf gewann;
Doch that ihm bald noch größeren der Mann König Günthers an.

Es lag vor Hagens Füßen ein Speer: als er ihn fand,
Schoß er ihn auf Iringen, den Helden von Dänenland,
Daß man ihm vom Haupte die Stange ragen sah;
Ihm schuf der Recke Hagen ein grimmes Ende da.

Iring mußte entweichen zu denen von Dänenland.
Eh man da dem Degen den Helm vom Haupte band
Und den Speer herausbrachte: nahte ihm der Tod.
Da weinten seine Sippen, sie hattens wahrlich noth.

Da kam auch zu dem Helden die Königin heran;
Um den starken Iring hub sie zu klagen an,
Sie beweinte seine Wunden; es war ihr grimmig leid.
Da sprach vor seinen Sippen der Recke kühn zu aller Zeit:

„Hocherhabne Königin, lasst euer Klagen sein.
Was hilft euer Weinen? Ich muß das Leben mein
Verlieren von den Wunden, die ich im Kampfe fand.
Von euch und König Etzeln reißt mich des Todes Hand.“

Zu denen von Düringen und denen von Dänenland
Sprach er: „Es soll nicht nehmen die Gabe eure Hand,
Die euch Kriemhilde bietet an lichtem Golde roth.
Denn wer mit Hagen streitet, der wählet sich den Tod!“

Seine Farbe war erblichen; des Todes Zeichen trug
Iring der kühne Degen: sie hatten Leid genug.
Nicht mochte er genesen, der Recke, Hawarts Mann.
Da stürmten bald zum Streite die Dänenrecken heran.

Irnfried und Hawart sprangen vor das Haus
Mit tausend Helden. Ungestüm Gebraus
Hörte man allenthalben, gewaltiglich und groß.
Hei, was man scharfer Speere zu den Burgunden schoß!

Irnfried der kühne lief den Fiedler an,
Wovon er großen Schaden durch dessen Hand gewann:
Weil der edle Fiedelspieler — wohl war er grimm genug —
Dem Landgrafen einen festen Helm durchschlug.

Es schlug den kühnen Spielmann Herr Irnfried, daß die Spangen
Des Panzers von dem Schlage des Schwertes ihm zersprangen,
Und daß ihm der Harnisch erglänzte feuerroth.
Dennoch fiel der Landgraf vor dem Fiedler todt.

Hawart und Hagen waren zusammen auch gerathen,
Wohl Wunder mochte sehen, wer schaute ihre Thaten.
Die Schwerter ruhten wenig den Helden in der Hand:
Hawart mußte sterben durch den von Burgundenland.

Die Dänen und die Düringer sahn ihrer Herren Tod:
Da hub sich vor dem Hause fürchterliche Noth.
Ehe sie die Thüre mit kräftiglicher Hand
Gewannen, ward verhauen noch manch ein Helm und Schildesrand.

„Weichet!“ sprach da Volker: „und lasset sie herein;
Was sie im Sinne tragen, das mag ja sonst nicht sein;
In wenig Augenblicken müssen sie drinnen sterben.
Sie werden mit dem Tode der Königin Gut erwerben.“

Als die Uebermüthigen nun in den Saal gedrungen,
Da ward manch einem das Haupt herabgeschwungen,
Daß er ersterben mußte von ihren schnellen Schlägen.
Wohl stritt der kühne Gernot, nicht minder Geiselher der Degen.

Tausend und viere kamen in das Haus:
Da sah man blinken manchen geschwinden Schwertessauß.
Drauf wurden doch die Recken alle drinnen erschlagen.
Man könnte große Wunder von den Burgunden sagen.

Danach ward eine Stille, da der Lärm verscholl.
Das Blut der todten Mannen floß überall und quoll
Durch die Abzuglöcher und in die Riegelsteine:
Das schufen mit ihrer Stärke die Helden von dem Rheine.

Da saßen wieder ruhend die von Burgundenland,
Sie legten mit den Schilden die Waffen aus der Hand.
Da stand noch vor dem Hause der kühne Spielmann;
Er spähte, ob noch Jemand auf Streit mit ihnen sann.

Der König klagte bitter und also auch sein Weib,
Es quälten Frauen und Maide mit Klagen ihren Leib.
Der Tod, traun, hatte sich wider sie verschworen;
Drum haben sie durch die Gäste der Recken dort noch viel verloren.

Wie die Königin den Saal verbreñen hiess.

Sechsunddreißigstes Abenteuer.

Nun bindet ab die Helme!" sprach Hagen der Degen:
„Ich und mein Geselle wollen euer pflegen;
Und greifen Etzels Mannen uns noch einmal an,
So warne ich meine Herren so schnell als ich nur kann."

Da entwaffneten die Häupter gar viele Ritter gut.
Sie setzten sich auf die Todten, die nieder in das Blut
Vor ihnen hingesunken von ihrer Hand gefällt.
Da ward den edlen Gästen gar übel nachgestellt.

Noch eh es Abend wurde, schuf der König hehr
Und Kriemhild die Königin, daß die Heunenrecken mehr
Sich noch versuchten. Deren sah man vor ihnen stehn
Noch wohl zwanzig tausend: die mußten da zum Streite gehn.

Bald hub ein hartes Stürmen wider die Gäste an.
Dankwart Hagens Bruder, der wunderschnelle Mann,
Sprang von seinen Herren zu den Feinden vor das Thor.
Man wähnte er wäre erstorben: er kam gesund wohl davor.

Der harte Streit währte, bis ihn die Nacht hieß ruhn.
Da wehrten sich die Gäste, wie gute Helden thun,
Wider Etzels Mannen den langen Sommertag.
Hei, was der guten Helden todt vor ihnen lag!

Zu einer Sonnenwende geschah der große Mord,
Daß Frau Kriemhilde ihr Herzeleid alldort
An ihren nächsten Sippen und manchem Mann gerochen.
Dadurch ward König Etzeln all seine Freude gebrochen.

Es war der Tag zerronnen, sie hatten Sorge und Noth.
Sie dachten, ihnen wäre besser ein kurzer Tod
Als also langes Quälen in ungefügem Leid;
Es wünschten einen Frieden die stolzen Ritter allbereit.

Sie baten, daß man ihnen den König möchte bringen.
Die blutgefärbten Helden, geschwärzt vom Eisen, gingen
Aus dem Saale in der hehren drei Könige Geleit.
Sie wußten nicht, wem klagen ihr großes Herzeleid.

Etzel und Kriemhilde kamen beide daher.
Das Land war ihnen eigen, drum mehrte sich ihr Heer.
Er sprach zu den Gästen: „Sagt was begehrt ihr mein?
Wollt ihr Frieden gewinnen, das möchte schwerlich sein.

Auf also großen Schaden, als ihr mir thatet an, —
Ihr sollt deß nicht genießen, so lang ich athmen kann, —
Seit ihr mein Kind erschlagen und viel der Sippen mein,
Soll Friede und Sühne euch ganz versaget sein."

Drauf antwortete Günther: „Dazu zwang uns die Noth:
All mein Ingesinde lag durch die Deinen todt
In der Herberge. Was hatte ich dessen Schuld?
Ich kam zu dir auf Treue und baute auf deine Huld."

Da sagte von Burgunden Geiselher das Kind:
„Ihr, König Etzels Helden, die noch am Leben sind,
Weß zeihet ihr mich Recken? Was habe ich euch gethan?
Ich kam freundlichen Herzens in diesem Lande an."

Sie sprachen: „Deiner Güte ist all die Burg sowie
Das Land voll mit Jammer. Wollte Gott, daß nie
Du hergekommen wärest von Worms über den Rhein.
Ihr habt das Land verwaiset, du und die Brüder dein."

Da sprach in Zornesmuthe Günther der edle Degen:
„Wollt ihr die starke Fehde zur Sühne gütlich legen
Mit uns fremden Recken, das ist uns beiden gut.
Wir habens nicht verschuldet, was Etzel an uns thut."

Der Wirth sprach zu den Gästen: „Mein und euer Leid
Sind ungleich zugemessen. Zum Schaden in dem Streit
Habe ich auch noch die Schande von euch in Kauf genommen:
Drum soll mir eurer keiner nimmer von hinnen kommen."

Da sagte zu dem Könige Gernot ein Degen gut:
„So mag euch Gott gebieten, daß ihr uns freundlich thut:
Erschlagt uns fremde Recken, doch lasst uns zu euch gehn
Hernieder in das Freie: es wird zu Ehren euch geschehn.

Was uns dann soll geschehen, das lasst da kurz ergehn.
Ihr habt so viel Gesunde, die mögen uns bestehn,
So daß wir Kampfesmüden nicht werden Heil erjagen.
Wie lange sollen wir Recken noch dieses Mühsal tragen?"

Es wäre von König Etzels Recken schier geschehn,
Daß sie sie wollten lassen vor den Palast gehn,
Da hörte es Kriemhilde, der war es grimmig leid:
Da wehrte man den Fremden alsbalde das Geleit.

„Nicht doch, ziere Recken! Was ihr da tragt in Sinnen,
Ich rathe euch in Treuen, ihr sollt es nicht beginnen.
Lasset die Mordgierigen nicht von dem Saale scheiden,
Sonst müssen eure Sippen tödtlichen Fall erleiden.

Und ob nur sie noch lebten, die Utens Kinder sind,
Meine edlen Brüder, und kämen sie an den Wind:
Erkühlen ihre Panzer, so seid ihr alle verloren.
Es wurden kühnere Degen nimmer zur Welt geboren."

Da sprach der junge Geiselher: „Schöne Schwester mein,
Ich habe schlimm vertrauet, da du mich über Rhein
In dieses Land geladen in diese große Noth.
Sag an, wodurch verdiente ich bei den Heunen hie den Tod?

Du hast von meiner Treue nimmer ein Leid erlitten.
Ich bin in solcher Zuversicht zu Hofe her geritten,
Daß du mir hold wärest, liebe Schwester mein.
Laß Huld uns widerfahren; es kann nicht anders sein." —

„Ich will nicht Huld gewähren, wie ich nicht Huld empfangen,
Es hat Hagen von Tronje groß Leid an mir begangen;
Das wird nicht ausgesühnet, so lange ich lebend bin:
Ihr müsst es alle entgelten!“ sagte die Königin:

„Wollt ihr den Einen Hagen mir zur Geisel geben,
So will ichs nicht verreden, daß ich euch lasse leben,
Denn ihr seid meine Brüder und Einer Mutter Kind:
So rede ich um Sühne mit den Recken, die hie sind.“ —

„Das wehre Gott im Himmel!“ sprach darauf Gernot:
„Ob unsrer tausend wären, wir lägen alle todt
Vör deines Mannes Sippen, eh wir den Einen Mann
Hie zur Geisel gäben. Wir denken nimmer daran!“ —

„Wir müssen doch ersterben;“ sprach Geiselher: „daher
Soll uns Niemand scheiden von ritterlicher Wehr.
Wer Kampf mit uns begehret: wohlan, wir stehen hie!
An keinem meiner Freunde brach ich die Treue nie!“

Da sprach der kühne Dankwart, ihm ziemte nicht zu schweigen:
„Es wird mein Bruder Hagen sich nicht verlassen zeigen.
Die hie den Frieden weigern, die werdens noch beklagen.
Ihr sollt es inne werden, solches will ich euch sagen.“

Da sprach Kriemhilde: „Ihr Helden allbereit,
Geht näher zu der Stiege und rächet mir mein Leid,
Das will ich euch vergelten, wie ihr es könnt verlangen!
Der Uebermuth Hagens soll seinen Lohn von mir empfangen.

Lasset aus dem Saale keinen von den Recken,
Ich lasse an vier Enden den Saal in Flammen stecken;
So wird wohl gerochen all mein Herzeleid.“
König Etzels Recken waren alle schnell bereit.

Sie trieben nach dem Saale mit Würfen und mit Schlägen
Die so noch draußen stunden, da scholl es allerwegen.
Die Fürsten und ihre Mannen wollten sich nicht scheiden;
Sie wollten nicht ihre Treue gegen einander meiden.

Das Weib König Etzels hieß den Saal in Flammen stecken,
Da quälte man mit Feuer den Leib der kühnen Recken.
Von einem Winde entbrannte bald überall das Haus;
Traun, größre Aengste standen wohl nimmer Krieger aus.

Da schrieen ihrer viele: „O weh uns dieser Noth!
Wir fänden viel lieber im Kampfe unsern Tod.
Es möge Gott erbarmen, wie sind wir all dahin!
Nun rächet übermäßig ihren Zorn die Königin."

Es sagte ihrer einer: „Wir finden hie den Tod.
Was hilft uns das Grüßen, das uns der König bot?
Mir thut von starker Hitze der Durst so schrecklich weh,
Ich fürchte, daß mein Leben mir schier in dieser Noth vergeh."

Darauf sagte Hagen von Tronje der Ritter gut:
„Wen der Durst quälet, der trinke hie das Blut;
Das ist in solcher Hitze noch besser wohl als Wein.
Es mag in diesen Aengsten einmal nicht besser sein."

Da ging einer der Recken, wo er einen Todten fand,
Kniete ihm zu der Wunde, löste des Helmes Band
Und begann zu trinken das fließende Blut.
Wie ungewohnt er dessen auch war, es däuchte ihn gut.

„Nun lohne euch Gott, Herr Hagen," sagte der müde Mann:
„Daß ich durch eure Lehre so guten Trunk gewann.
Mir ward noch gar selten besserer Wein geschenkt.
Lebe ich noch eine Weile, mein Dank euch deß gedenkt."

Als das die andern hörten, daß es ihn däuchte gut,
Da gingen ihrer viele und tranken auch das Blut.
Es gewann manch einer dadurch neue Kraft:
Das hat herrlichen Frauen noch manch lieben Freund entrafft.

Das Feuer fiel in Menge im Saal auf sie herab,
Sie wehrten mit den Schilden es von ihnen ab.
Der Rauch und auch die Hitze thaten ihnen weh;
Ich meine, so großer Jammer an Helden nimmer mehr gescheh.

Da sprach Hagen von Tronje: „Stellt an die Wand euch alle,
Seht zu, daß euch das Feuer nicht auf die Helme falle.
Tretet die Brände tiefer in das Blut hinein.
Zu einem üblen Feste lud uns die Königin ein."

Als ihnen in solchem Leide dennoch die Nacht verrann,
Da stand noch vor dem Hause der kühne Spielmann
Und Hagen sein Geselle gelehnt auf Schildesrand.
Sie harrten mehr des Schadens von denen aus Etzels Land.

Da sprach der Fiedelspieler: „Gehn wir nun in den Saal;
So werden die Heunen wähnen, daß wir allzumal
Von der Qual getödtet worden, die uns durch sie geschehn.
Sie werden uns noch Manchem von ihnen im Streit begegnen sehn."

Da sagte von Burgunden Geiselher das Kind:
„Mich dünkt es wolle tagen, es hebt sich ein kühler Wind.
Nun lasse uns Gott im Himmel noch bessre Zeit erleben,
Uns hat meine Schwester Kriemhild ein arges Fest gegeben."

Da sagte wieder einer: „Ich spüre nun den Tag.
Da es uns nun nimmer besser werden mag,
So waffnet euch, ihr Helden, gedenket an das Leben.
Bald wird das Weib Etzels uns neue Arbeit geben."

Den Wirth wollte dünken, die Gäste wären todt
Von ihrem großen Drangsal und von des Feuers Noth:
Da lebten drinnen ihrer noch sechshundert kühne Mann,
Daß nie irgend ein König bessere Degen gewann.

Die Wächter bei den Fremden hatten wohl gesehn,
Daß die Gäste noch lebten, was ihnen auch geschehn
Zu Schaden und zu Leide, den Herren und den Degen.
Man sah sie wohlbehalten im Saale noch sich regen.

Als man Kriemhilden sagte, ihrer viele lebten noch,
Sprach die Königin: „Wie wäre solches möglich doch,
Daß ihrer auch nur Einer der Feuersnoth entronnen?
Ich glaube mehr, sie haben alle den Tod gewonnen.“

Die Herrn und ihre Mannen wären noch gern genesen,
Wäre irgend Jemand noch ihnen hold gewesen.
Den konnten sie nicht finden bei denen von Heunenland;
Da rächten sie ihr Sterben mit allbereiter Hand.

Der Gruß, den man zum Morgen des Tages ihnen bot,
War harter Krieg, da kamen Helden in große Noth.
Man schoß empor zu ihnen manch einen starken Speer:
Die kühnen Recken standen in ritterlicher Wehr.

Etzels Ingesinde hatte frischen Muth,
Sie hätten gern verdienet Kriemhildens Gut.
Dazu wollten sie leisten, was ihnen der König gebot,
Das brachte manchen von ihnen in einen jähen Tod.

Von Verheißungen und Gaben möchte man Wunder sagen:
Sie ließ das Gold das rothe herbei mit Schilden tragen;
Sie gab, wer es begehret und es empfangen gewollt.
Niemals gab wider Feinde Jemand so reichen Sold.

Es kamen viele Recken in Waffen ihnen nah;
Da sprach der kühne Volker: „Wir sind auch wieder da!
Nimmer sah ich Helden lieber zum Streite kommen,
Die das Gold des Königes wider uns genommen.“

Da riefen ihrer viele: „Ihr Helden nur herbei!
Wenn wir verenden sollen, daß es bei Zeiten sei.
Es bleibt hie keiner übrig, als der doch sterben soll!“
Bald sah man ihre Schilde geschoßner Speere voll.

Was soll ich weiter sagen? Wohl zwölfhundert Degen
Versuchtens hin und wieder mit Würfen und mit Schlägen;
Es kühlten mit den Wunden die Gäste ihren Muth.
Niemand gewährte Frieden: deßhalb floß dort das Blut

Von tödtlichtiefen Wunden, deren ward viel geschlagen.
Man hörte da jedweden um seine Freunde klagen.
Dem reichen Könige starben die Braven allzumal,
Drob hatten liebe Sippen noch großes Leid und Qual.

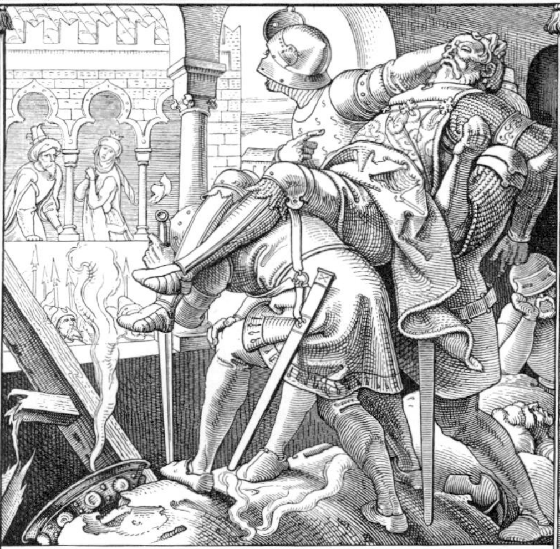

Wie der Markgraf Rüdiger erschlagen ward

Siebenunddreißigstes Abenteuer.

Die fremden Recken hatten gut Morgenwerk gethan,
Da kam Gotelindens Mann zu Hofe an.
Als der auf beiden Seiten den großen Jammer sah,
Da ging es dem Getreuen bis zu heißen Thränen nah.

„Weh mir," sprach der Recke: „daß Leben ich gewann,
Daß diesem großen Jammer Niemand wehren kann.
Wie gern ichs schlichten wollte, der König thut es nimmer,
Denn es wird vor seinen Augen sein Leid schlimmer und schlimmer."

Es eilte der gute Rüdiger an Dietrichen zu senden:
Ob bei dem hehren Könige sies wohl noch könnten wenden?
Da entbot ihm der von Berne: „Wer möchte solches wagen? —
Es läßt König Etzel Niemand von Schlichtung sagen."

Da sah ein Heunenrecke Rüdigeren stehn,
Deß Augen überliefen, wohl war es viel geschehn,
Der sagte zu der Königin: „Nun sehet, wie er steht,
Er deß Gewalt vor Allen bei König Etzeln geht,

Und welchem Alles dienet, die Leute und das Land!
Wie sind so viele Burgen an Rüdigern gewandt,
Deren er von dem Könige gar manche haben mag:
Er schlug in diesem Sturme noch keinen lobeswerthen Schlag.

Mich dünkt, er frage wenig wie es hie um uns steht,
Nachdem nach seinen Wünschen es ihm aufs beste geht.
Er wird vor allen Andern ein kühner Held gepriesen:
Das hat in diesen Sorgen er wahrlich schlecht bewiesen."

Es hörte in seiner Trauer der viel getreue Mann
Den, der die Rede sagte: der Held blickte ihn an.
Er dachte: „Du sollst es ernten! Du sagst ich sei verzagt:
Du hast deine Märe bei Hofe zu laut gesagt!"

Er ballte die Faust zusammen und lief ihn also an
Und schlug mit solchen Kräften den heunischen Mann,
Daß er ihm gar geschwinde todt vor den Füßen lag.
Die Noth des Königs Etzel ward größer durch den Schlag.

„Fahr hin, du feiger Bube!“ sprach Rüdiger dabei:
„Mich dünkt, daß zur Genüge in Gram und Leid ich sei.
Daß ich hie nicht fechte, wie verargest du mir das?
Wohl hätte ich Grund, ich trüge den Gästen großen Haß,

Und Alles thäte ich ihnen, was nur in meiner Macht,
Hätte ich nicht selbst als Führer die Recken hergebracht.
Ich war es, der sie leitete in meines Herren Land,
Drum streitet nicht mit ihnen meine des Heimathlosen Hand.“

Es sprach König Etzel zum Markgrafen dagegen:
„Wie habt ihr uns geholfen, Rüdiger, edler Degen?
Nachdem so viele Todte wir hie zu Lande sahn,
Bedurften wir nicht mehre: ihr habet übel gethan.“

Da sprach der edle Ritter: „Er kränkte mir den Muth,
Und hat mir vorgeworfen die Ehre und das Gut,
Deß ich aus deinen Händen so vieles schon genommen.
Das ist nun schlimm zu Statten dem Lügener gekommen.“

Es kam darauf die Königin, und als sie auch gesehn,
Was von des Helden Zorne dem Heunen dort geschehn,
Klagte sie ohnmaßen, die Augen wurden ihr naß.
Sie sprach zu Rüdigeren: „Womit verdienten wir das,

Daß ihr mir und dem Könige noch mehret unsre Klagen?
Ich hörte, edler Rüdiger euch immerdar uns sagen:
Ihr wolltet für uns wagen die Ehre und das Leben;
Ich hörte auch viele Recken den besten Ruhm euch geben.

Ich mahne euch der Treue, die ihr mir geschworen,
Als ihr mich Etzeln warbet, Ritter auserkoren,
Daß ihr mir dienen wolltet, bis einer von uns todt:
Deren hatte ich Arme noch nie so höchlich Noth.“ —

„Das ist unläugbar, ich schwur euch, edles Weib:
Ich wollte für euch wagen die Ehre und den Leib;
Die Seele zu verlieren, das habe ich nicht geschworen:
Ich brachte zu diesem Feste die Fürsten hochgeboren.“

Sie sprach: „Gedenke, Rüdiger, der großen Treue dein,
Der Stätigkeit, der Eide, daß du den Schaden mein
Immer rächen wolltest und auch all mein Leid.“
Da sprach der Markgraf: „Willig war ich euch jederzeit.“

Der reiche König Etzel hub auch zu bitten an,
Sie boten sich zu Füßen beide dem kühnen Mann.
Man sah den edlen Markgrafen in rechtem Kummer stehn,
Es ließ der treue Recke dieß Klagewort ergehn:

„O weh mir Gottverlassenem, daß ich muß das erleben!
Aller meiner Ehren muß ich mich begeben,
Aller Zucht und Treue, die Gott mir angebot.
O wehe Gott im Himmel, warum wendet es nicht der Tod?

Was ich von beidem lasse, das andre zu begehn,
Es ist doch immer Sünde und Schmach von mir geschehn;
Lasse ich aber beides, so schmäht mich alle Welt.
Daß er mich unterweise, welcher mein Leben hält.“

Da baten immer dringender der König und sein Weib:
Drob mußten Rüdigers Hände um Leben und um Leib
Noch manchen Recken bringen, bis auch der Held erstarb.
Ihr möget hie wohl hören, was Jammer er erwarb.

Wohl wußte er, daß Schaden und Jammer sein Gewinn;
Er hätte gern dem Könige und auch der Königin
Es versagt; wenn Einen von jenen er erschlüge,
So bangte er, daß deßwegen die Welt ihm Feindschaft trüge.

Da sagte zu dem Könige der muthige Mann:
„Herr König, nehmet wieder, was ich von euch gewann,
Das Land mitsammt den Burgen, nichts soll bei mir bestehn;
Ich will auf meinen Füßen fort in das Elend gehn."

Da sagte König Etzel: „Wer hülfe alsdann mir?
Das Land mitsammt den Leuten, das alles gebe ich dir,
Daß du mich rächest, Rüdiger, an den Feinden mein.
Du sollst ein gewaltiger König zur Seite Etzels sein."

Da sagte wieder Rüdiger: „Wie kann ich ihnen schaden?
Ich habe nach meinem Hause als Gäste sie geladen,
Ich habe Trank und Speise ihnen freundlich gegeben,
Ich bot ihnen meine Gabe: wie stünde ich ihnen nach dem Leben?

Die Leute mögen wähnen, ich wäre wohl verzagt.
Keinen meiner Dienste habe ich versagt
Den edlen drei Fürsten und auch ihren Degen;
Auch kränkt mich die Verwandtschaft, deren wir gelobt zu pflegen.

Ich habe Geiselheren die Tochter mein gegeben.
Ich konnte sie nicht besser verthun in diesem Leben
Was Zucht betrifft und Ehre, und Treue auch und Gut.
Nie war ein junger König so tugendlich gemuth."

Da sprach Kriemhilde wieder: „Rüdiger, edler Degen,
So möge unser Jammer zum Mitleid dich bewegen,
Meiner und der des Königs; gedenke wohl daran,
Daß also schlimme Gäste nimmer ein Wirth gewann."

Da sagte der Markgraf Rüdiger zur edlen Königin:
„Rüdigers Leben muß heute noch dahin.
Was ihr und auch mein Herre mir Liebes angethan,
Dafür muß ich sterben: es hält nicht länger an.

Ich weiß wohl, daß noch heute meine Burgen und mein Land
Anheim euch fallen müssen durch irgend welches Hand.
Ich befehle euch auf Gnade mein Weib und auch mein Kind,
Und alle die Verlassenen, die zu Bechlaren sind.“ —

„Nun lohne Gott dir, Rüdiger!“ der König sagte so.
Er und auch die Königin, die wurden beide froh:
„Uns sollen all die Deinen gar wohl empfohlen sein:
Auch traue ich meinem Heile, daß du wohl magst gedeihn.“

Er setzte auf die Wage die Seele und den Leib;
Da begann zu weinen König Etzels Weib.
Er sprach: „Was ich beschworen, wohlan denn es geschehe.
Wehe meinen Freunden, die ich ungern hie bestehe!“

Man sah ihn von dem Könige in großer Trauer gehn.
Da fand er seine Recken nahe bei ihm stehn.
Er sprach: „Ihr sollt euch waffnen, all meine Mannen ihr;
Ich muß die kühnen Burgunden leider bestehen hier.“

Sie hießen eilig laufen, wo man ihre Waffen fand.
Was dessen dort gewesen, so Helm wie Schildesrand:
Von ihrem Ingesinde ward es ihnen hergetragen.
Drauf hörten die stolzen Fremden leidige Märe sagen.

Fünfhundert Mannen legten mit Rüdigern Waffen an;
Mit ihm zogen ferner zwölf Recken noch heran,
Die wollten in den Nöthen des Sturmes Preis erwerben,
Sie wußten nicht, wie nahe ihnen schon Tod und Sterben.

Man sah nun Rüdigeren unter Helme gehn,
Mit den scharfen Schwertern waren die Mannen sein zu sehn
Und auch vor ihren Händen mit den lichten Schilden breit.
Das sah der Fiedelspieler; es war ihm mächtig leid.

Es sah der junge Geiselher seinen Schwäher gehn
Mit aufgebundnem Helme: wes konnte man sich versehn
Von ihm, was er da wollte, als Liebes nur und Gutes?
Es war der edle König deßhalb fröhlichen Muthes.

„Nun wohl mir solcher Freunde," sprach Geiselher das Kind:
„Die von uns auf dem Wege hieher gewonnen sind.
Um meines Weibes willen wird Heil uns hie ergehn:
Auf Treue, mich erfreuet, daß diese Heirath geschehn."

Der Spielman sagte: „Welchen Trost habt ihr gefunden?
Wann sind so viele Helden die Helme aufgebunden,
Die Schwerter in den Händen, zur Sühne je erschienen?
Die Burgen sein und Lande will Rüdiger an uns verdienen."

Bevor des Fiedelspielers Rede noch ganz geschehn,
Sah man den edlen Rüdiger vor dem Hause stehn:
Seinen Schild den guten setzte er vor den Fuß,
Er mußte seinen Freunden versagen Dienst und Gruß.

Es rief der edle Markgraf hinein dort in den Saal:
„Ihr kühnen Nibelungen, jetzt wehrt euch allzumal!
Ihr solltet mein genießen, doch ihr entgeltet mein;
Wir waren einstens Freunde, der Treue will ich ledig sein."

Da erschracken dieser Kunde die hartbedrängten Mannen,
Weil sie sammt und sonders nur Leid davon gewannen,
Daß der mit ihnen streiten wollte, dem hold sie waren;
Sie hatten schon von Feinden Mühsal genug erfahren.

„Gott im Himmel verhüte," sprach Günther der Degen:
„Daß ihr all der Treue und all der Huld entgegen
An uns handelt, deren wir uns von euch versehn.
Ich traue euch, daß nimmer dieß mag von euch geschehn." —

„Ich kann es nicht vermeiden," sprach der kühne Mann:
„Ich muß mit euch streiten, denn ich gelobte es an.
Nun wehrt euch, kühne Helden, so lieb als euch das Leben!
Das Weib König Etzels hat mirs nicht nachgegeben."

Der König sprach: „Ihr kündigt zu spät uns Fehde an.
Nun müsse, edler Rüdiger, was ihr an uns gethan,
Die Liebe und die Treue, Gott euch entgelten lassen.
Wolltet ihr bei dem Ende in Güte es belassen,

Wir wollten euch immer danken, was ihr uns gegeben,
Ich und meine Sippen, ließet ihr uns leben.
Gedenket, edler Rüdiger, der ritterlichen Gaben,
Die wir, als ihr uns führtet, von euch empfangen haben." —

„Wie gern ich euch das gönnte," sprach Rüdiger der Degen:
„Daß ich euch meiner Gabe die Fülle könnte wägen
Mit also gutem Willen, wie ehemals geschehn.
So würde nie ein Tadel deßwegen wider mich ergehn." —

„Laßt ab, edler Rüdiger!" sagte da Gernot:
„Wo ist der Wirth, der es also den Gästen sein erbot,
So minniglich, wie einstens ihr an uns gethan?
Bleiben wir bei Leben, wir denken euch daran!" —

„Wollte Gott," sprach Rüdiger: „edler Held Gernot,
Ihr wäret bei dem Rheine, ich aber wäre todt
Mit allen meinen Ehren, seit ich euch soll bestehn.
Es ist noch nie an Gästen von Freunden also schlimm geschehn." —

„Nun lohne euch Gott, Herr Rüdiger," sprach da Gernot:
„Um eure reiche Gabe. Mich jammert euer Tod,
Wird so viele Tugend mit euch zugleich gefällt.
Hie trage ich euer Waffen, das ihr mir gabt, o Held.

Das hat mir nie versaget in aller dieser Noth;
Es liegt von seiner Schneide gar manch ein Ritter todt;
Es ist fest und lauter, herrlich auch und gut;
Traun, daß so reiche Gabe nie mehr ein Recke thut.

Und wollt ihr es nicht lassen wider uns zu gehn,
Erschlagt ihr mir die Freunde, die hie bei mir stehn:
Mit eurem eignen Schwerte nehme ich euch den Leib —
So jammert ihr mich, Rüdiger, und euer herrliches Weib." —

„Das gebe Gott, Herr Gernot, ich wollte das geschehe,
Daß es nach allem eurem Wille hie ergehe,
Und daß ihr eure Freunde möget errettet schaun:
Mein Weib und meine Tochter möchten euch wohl vertraun."

Da sagte von Burgunden der schönen Ute Kind:
„Wie thut ihr so, Herr Rüdiger? die mit mir gekommen sind,
Sind alle euch gewogen. Ihr thut übel daran:
Eure schöne Tochter bringt ihr zu früh um ihren Mann.

Wenn ihr und eure Recken mit Streite mich besteht,
Welch unfreundlich Zeugniß mir dann von euch ergeht,
Daß ich euch mehr vertrauet, als jedem andern Mann,
Weßhalb ich eure Tochter zum Weibe mir gewann." —

„Gedenket eurer Treue, o edler König ihr!"
Sprach Rüdiger dagegen: „Entläßt euch Gott von hier,
So lasset die Jungfraue nicht entgelten mein;
Ihr mögt durch eure Tugend ihr hold und gnädig sein." —

„Also thäte ich billig!" sprach Geiselher das Kind:
„Wenn meine hohen Sippen, die noch hie bei mir sind,
Durch euch ersterben sollen, muß zu der Tochter dein
Und dir die stäte Freundschaft fortan geschieden sein." —

„Nun sei uns Gott gnädig!“ sprach der kühne Mann.
Da huben sie die Schilde und wollten so hinan
In den Saal Kriemhildens die Gäste zu bestehn.
Da ließ die Stiege nieder Hagen den Ruf ergehn:

„Bleibet, edler Rüdiger, noch eine Weile fern!“
Also sagte Hagen: „Ich und meine Herrn,
Wir haben noch zu reden, so zwinget uns die Noth.
Was hilft König Etzeln der Heimathlosen Tod?

Ich stehe in großen Sorgen,“ sagte wieder Hagen:
„Den Schild, den Frau Gotlinde mir gab um ihn zu tragen,
Den haben mir die Heunen zerhauen von der Hand;
Ich brachte ihn in Freundschaft in König Etzels Land.

Ach, daß es Gott im Himmel mir vergönnen wollte,
Daß ich einen so guten Schild noch tragen sollte,
Wie du, edler Rüdiger, hast vor den Händen dein,
So würde keine Halsberge mehr im Sturme mir nöthig sein.“ —

„Gern gäbe ich dir diesen meinen Schild dahier,
Dürfte vor Kriemhilden ich ihn bieten dir.
Doch nimm ihn hin, Hagen, und trage ihn an der Hand.
Hei, möchtest du ihn führen in der Burgunden Land.“

Als er ihm so willig den Schild als Gabe bot,
Da wurden viele Augen von heißen Thränen roth,
Es war die letzte Gabe Rüdigers von Bechlaren;
Er konnte keinem Degen mehr seine Milde offenbaren.

Wie grimm Hagen von Tronje und wie zorngemuth,
Doch rührte ihn die Gabe, welche der Degen gut
So nah vor seinem Ende ihm freundlich angethan.
Es hub manch edler Ritter mit ihm zu trauern an.

„Euch lohne Gott im Himmel, Rüdiger edler Held,
Es trägt eures Gleichen nimmer mehr die Welt,
Der heimathlosen Recken also herrlich gäbe:
Es möge Gott gebieten, daß eure Tugend immer lebe. —

Wehe mir dieser Märe," sagte wieder Hagen:
„Wir hatten andern Leides schon genug zu tragen:
Sollen wir mit Freunden streiten, dann Gott erbarme dich!"
Es sprach der edle Markgraf: „Es kränkt mich inniglich." —

„Nun will ich, edler Rüdiger, euch lohnen eure Gabe!
Wie jeder dieser Recken sich gegen euch gehabe:
Euch berührt hie nimmer mit Streite meine Hand,
Ob ihr sie alle schlüget die von Burgundenland."

Der gute Rüdiger neigte sich ihm in Dankbarkeit.
Sie weinten allenthalben, daß dieses Herzeleid
Niemand scheiden konnte, das war wohl große Noth.
Aller Tugenden Vater lag in Rüdigern todt.

Da rief der Spielmann Volker von dem Hause herab:
„Nachdem mein Geselle Hagen euch stäten Frieden gab,
Wird auch von meinen Händen nicht wider euch gestritten.
Ihr habet das verdienet, als in das Land wir ritten.

Edler Markgraf Rüdiger, seid mein Bote ihr.
Diese rothen Spangen gab die Markgräfin mir,
Daß ich sie tragen sollte bei dieser Festlichkeit.
Ihr mögt sie selber schauen, daß ihr deß mein Zeuge seid."

Da sprach der edle Rüdiger: „Daß Gott der reiche wollte,
Daß euch die Markgräfin mehr noch geben sollte.
Die Botschaft sage ich gerne dem lieben Weibe mein,
Sehe ich gesund sie wieder; deß sollt ihr ohne Zweifel sein."

Es hob den Schild Herr Rüdiger nach solchem Angeloben,
Er zögerte nicht länger, sein Muth begann zu toben:
Da lief er zu den Gästen recht einem Helden gleich
Und schlug gar schnelle Schläge der edle Markgraf reich.

Die zween, Volker und Hagen, wichen auf die Seite,
Wie ihm die beiden Degen gelobet vor dem Streite;
Noch fand er bei den Thürmen manch einen kühnen Mann,
Daß Rüdiger mit großen Sorgen den Kampf begann.

Günther und auch Gernot ließen ihn herein,
Um den Mord zu rächen, sie mochten Helden sein.
Es wich vor ihm Geiselher; wahrlich, er thats nicht gern:
Er versah sich noch des Lebens, drum mied er Rüdigern.

Des Markgrafen Mannen stürzten in die Feinde sich;
Sie folgten ihrem Herren nach gar ritterlich.
Die schneidenden Waffen trugen sie in der Hand:
Da brachen viele Helme und manch ein Schildesrand.

Da schlugen die müden Degen denen von Bechlaren
Viele schnelle Schläge, die tief und schneidend waren,
Die durch feste Panzer bis auf das Leben drangen.
Sie haben in dem Sturme manch herrliche That begangen.

Das edle Ingesinde war nun all herein,
Da sprangen Volker und Hagen in den Kampf hinein.
Sie gaben Niemandem Frieden als nur dem Einen Mann;
Es schufen ihre Hände, daß das Blut durch Helme rann.

Wie grimmig in dem Hause die Schwerter dort erklangen,
Wie viele Schildspangen von den Schlägen sprangen!
Die Schildsteine rieselten nieder in das Blut.
Sie fochten also grimmig, wie man nimmer mehr es thut.

Es ging da hin und wieder der Vogt von Bechelaren,
Wie einer, der mit Kräften im Sturme sich mag gebahren.
An diesem Tage machte Rüdiger offenbar,
Daß er ein lobeswerther und kühner Recke war.

Hie standen diese Recken, Günther und Gernot:
Sie schlugen in dem Streite viele Helden todt.
Geiselhern und Dankwarten lag wenig daran,
Ob durch sie manch einer den jüngsten Tag gewann.

Wohl bewies Herr Rüdiger, daß er stark genug,
Kühn und wohlgewaffnet: hei, was er Helden schlug!
Das schaute ein Burgunde, wohl war ihm Zürnen noth —
Da nahte nun alsbalde des edlen Rüdigers Tod.

Gernot der starke Degen rief den Helden an.
Er sprach zum Markgrafen: „Ihr lasset mir keinen Mann,
Edler Markgraf Rüdiger, vor eurem Schwerte bestehn.
Das kränkt mich ohne Maßen; ich kann es nicht mehr sehn.

Nun mag euch eure Gabe wohl zu Schaden kommen,
Seit ihr meiner Freunde so viele mir genommen.
Nun kehrt euch mir entgegen, edler kühner Mann,
Eure Gabe wird verdienet, wie ichs aufs höchste kann."

Bevor der edle Markgraf bis zu ihm hin gekommen,
Haben noch lichte Panzer Blutfarbe angenommen.
Da sprangen zu einander die ehrbegierigen Mannen,
Die sich vor starken Wunden beide zu schirmen begannen.

Sie führten scharfe Schwerter, nichts schirmte sie dagegen.
Es schlug Gernoten Rüdiger der Degen
Durch den steinharten Helm, daß ihm das Blut
Hernieder rann; das rächte alsbald der Ritter kühn und gut:

Er schwang die Gabe Rüdigers hoch in seiner Hand
Und schlug ihm, obschon er selber die Todeswunde empfand,
Durch den Schild den guten bis auf des Helmes Band.
Also ward Gotlindens Mann in den Tod gesandt.

Nimmer hat eine Gabe so bösen Lohn getragen:
Beide, Gernot und Rüdiger, fielen dort erschlagen,
Der eine wie der andre im Kampfe von ihrer Hand.
Nun erst ergrimmte Hagen, als er den großen Schaden erkannt.

Da sagte der von Tronje: „Das ist uns schlimm bekommen:
Wir haben an ihnen beiden so großen Schaden genommen,
Den wir nicht überwinden, die Leute nicht noch das Land:
Es sind uns fremden Recken Rüdigers Degen Unterpfand.“ —

„Weh mir ob meines Bruders, der hie erschlagen ward:
Wie wird so leide Märe mir nimmer doch erspart!
Auch muß den edlen Rüdiger ich alle Zeit beklagen:
Wohl habe ich hie wie dorten Schaden und Leid zu tragen.“

Als der junge Geiselher des Bruders Tod gesehn,
Da mußten, die drinnen waren, große Noth bestehn.
Es hielt auf sein Gesinde der Tod ein scharfes Jagen:
Da geschahs, daß von Bechlaren alle daselbst erlagen.

Die kühnen guten Degen Günther und Geiselher,
Hagen von Tronje, Dankwart und Volker
Gingen wo sie die beiden Helden liegen sahn
Und huben dort zu weinen und zu jammern an.

„Der Tod hat uns viel geraubet,“ sprach Geiselher das Kind:
„Nun lasset euer Weinen und gehn wir an den Wind,
Daß uns streitmüden Degen die Panzer kühler werden.
Traun, Gott läßt nicht länger uns leben hie auf Erden.“

Da sah man diesen sitzen, den lehnen, manchen Degen.
Sie hatten wieder Muße: es waren todt erlegen
Rüdigerens Helden. Das Toben — es verscholl.
Die Stille währte so lange, Etzel ward unmuthvoll.

Es sprach das Weib des Königs: „Weh dieser Dienste mir!
Nicht sind sie also treulich, daß unsre Feinde hier
Das Leben lassen müssen durch Rüdigerens Hand.
Er will sie wieder führen gen Burgundenland.

Was hilft es, König Etzel, daß wir, was er verlangen
Mochte, mit ihm getheilet? er hat uns hintergangen:
Er, der uns rächen sollte, will nun der Sühne pflegen."
Da antwortete ihr Volker der zierliche Degen:

„Dem ist nicht also leider, o edles Königsweib.
Dürfte ich Lügen strafen ein also edles Weib:
So hättet ihr an Rüdigern teufelisch gelogen.
Er und seine Degen sind um die Sühne arg betrogen.

Er that so treuergeben, was ihm der König hieß,
Daß er und sein Gesinde allhie das Leben ließ.
Nun seht euch um, Kriemhilde, wem ihr gebieten wollt,
Es hat der Degen Rüdiger euch bis ans Ende Dienst gezollt.

Wollt ihr das nicht glauben, ihr sollt es selber sehn."
Zu ihrem Herzeleide ist solches da geschehn:
Man trug den todten Helden, wo ihn der König sah,
Wovon den Recken Etzels so leid wie nie geschah.

Als sie den Markgrafen todt sahen tragen,
Da mag euch kein Dichter schreiben oder sagen,
Was klägliche Gebärde die Weiber und die Mannen
In ihrem Herzensjammer dort zu zeigen begannen.

Der reiche König Etzel war so des Jammers voll,
Daß in seinem Herzeleide sein Weheruf erscholl
Gleich eines Löwen Stimme; dasselbe thät sein Weib.
Sie beklagten ohne Maaßen des guten Rüdigers Leib.

Wie Herrn Dietrichs Mannen alle erschlagen wurden.

Achtunddreißigstes Abenteuer.

Da hörte man allenthalben also jammervollen
Weheruf, daß Thürme und Palast davon erschollen.
Das hörte auch ein Degen Dieterichs von Bern,
Der lief mit der schweren Kunde eilig zu seinem Herrn.

Er sagte zu dem Fürsten: „Hört mich, Herr Dieterich,
Was ich auch je erlebte, noch nimmer hörte ich
So übermäßig klagen, als ich nun vernommen.
Ich wähne, der König selber ist zu dem Feste gekommen.

Wie hätten sie sonst alle so große Herzensnoth?
Der König oder Kriemhild, ihrer eins ist todt
Von den kühnen Gästen durch ihren Haß erlegen;
Es weinet übermäßig gar mancher ziere Degen."

Da sprach der Vogt von Berne: „Werthe Mannen mein,
Uebereilt euch nicht; was immer hie mag geschehen sein
Von den fremden Recken, sie zwang die große Noth.
Lasset sie deß genießen, daß ich ihnen meinen Frieden bot."

Da sprach der kühne Wolfhart: „Ich will zum Saale gehn
Und will mich unterrichten von dem, was dort geschehn,
Und wills euch dann verkünden, lieber Herre mein,
So wie ichs dort erkunde, was die Klage möge sein."

Da sprach der Herr Dietrich: „Wo man sich Zornes versieht,
Und wenn dann unziemlich die Frage dort geschieht,
Solches kränket Recken leichtiglich den Muth;
Ich will nicht, Wolfhart, daß ihr die Frage thut."

Da bat er Helfrichen, er möge eilig gehn
Und forschen was das wäre, das allda geschehn;
Er hieß ihn Etzels Mannen oder die Gäste fragen.
Man hörte nimmer Leute in solchem Jammer klagen.

Der Bote begann zu fragen: „Was ist hie geschehn?"
Da sprach einer von jenen: „Es mußte schier zergehn,
Was irgend wir an Freuden hatten in Heunenland.
Hie liegt Rüdiger erschlagen von der Burgunden Hand.

Die ihn begleitet haben, sind keiner nicht genesen."
Nichts gab es was Helfrichen mehr wäre leid gewesen,
Er hatte keine Kunde so ungern noch vernommen;
Der Bote ist da weinend zu Dietrichen gekommen.

„Was habt ihr uns erkundet?" sagte Dieterich:
„Wie weint ihr so gewaltig, Degen Helferich?"
Da sprach der edle Recke: „Wohl habe ich Grund zu klagen:
Die Burgunden haben den guten Rüdiger erschlagen."

Da sprach der Held von Berne: „Das verhüte Gott!
Das wäre schwere Rache und auch des Teufels Spott.
Womit verdiente Rüdiger einen solchen Sold?
Ich weiß gewiß, der Degen ist den fremden Gästen hold."

Da gab Wolfhart Antwort: „Wäre das durch sie geschehn,
So sollte es ihnen allen an das Leben gehn.
Wollten wir das dulden, wir wären alle geschändet:
Die Hand des guten Rüdiger hat uns viel Dienst gespendet."

Der Vogt der Amelungen hieß näher sich erkunden,
Er setzte sich in ein Fenster mit tiefen Herzenswunden.
Da bat er Hildebranden zu den Gästen hinzugehn,
Daß er dort von ihnen erführe, was geschehn.

Der sturmkühne Recke, Meister Hildebrand,
Trug weder Schild noch Waffen mit sich in seiner Hand;
Er wollte in edlen Züchten zu den Gästen gehn.
Von seiner Schwester Kinde ist Tadel ihm geschehn.

Es sprach der grimme Wolfhart: „Wollt ihr ohne Waffen gehn,
Das mag ohne Beschimpfung nimmer wohl geschehn;
Ihr müsset dann zurücke kehren lästerlich.
Kommet ihr in Waffen, so hütet mancher sich."

Der Weise ist dem Rathe des Thoren nachgekommen.
Dietrichens Recken waren, eh er es wahrgenommen,
Alle in Streitgewanden und trugen Schwert in Hand.
Wohl war es leid dem Helden, er hätte es gern gewandt.

Er fragte: wohin sie wollten? — „Wir wollen mit euch gehn;
So wird von Hagen von Tronje desto mehr sich vorgesehn,
Spöttlich mit euch zu reden, wie er das wohl kann.“
Als er solches hörte, nahm er den Dienst der Degen an.

Nun sah der kühne Volker des edlen Dietrichs Degen,
Die Recken von Berne, in Waffen sich bewegen,
Umgürtet mit den Schwertern, die Schilde in der Hand.
Er sagte es seinen Herren aus Burgundenland.

Es sprach der Fiedelspieler: „Ich habe wahrgenommen,
Daß dort Dietrichs Mannen so recht feindlich kommen,
Gewaffnet unter Helmen; sie wollen uns bestehn.
Ich wähne, es wird übel uns Heimathlosen gehn.“

Im selben Augenblicke kam auch Hildebrand,
Der setzte vor die Füße seinen Schildesrand
Und hub Günthers Mannen also zu fragen an:
„Wehe, ihr guten Helden, was hat euch Rüdiger gethan?

Mich hat mein Herr Dietrich her zu euch gesandt:
Ob den edlen Markgrafen Rüdiger die Hand
Eines der Euren erschlagen, wie wir das hörten sagen.
Solch großes Leid könnten wir nimmermehr ertragen.“

Da sprach Hagen von Tronje: „Solches ist ungelogen,
Wiewohl ich euch gönnte, daß der Bote euch betrogen,
Rüdigern zu Liebe, daß er noch möchte leben,
Um welchen Frauen und Mannen nie Klage genug erheben.“

Als sie das vernahmen, daß er wäre todt,
Beklagten ihn die Recken, wie ihnen Treue gebot.
Man sah den Recken Dietrichs über Bart und Kinn
Die Thränen niederlaufen: groß Leid war ihr Gewinn.

Da sprach ein edler Herzog, Siegstab von Bern:
„Nun hat alles ein Ende, was wir von Rüdigern
Gutes empfangen haben nach unsers Unglücks Tagen:
Die Lust der Heimathlosen liegt von euch Helden hie erschlagen.“

Da sprach von Amelungen der Degen Wolfwein:
„Und sähe ich auch heute todt den Vater mein,
Ich wäre nicht leidvoller als um des Helden Leben.
Weh, wer soll Trost dem Weibe des guten Markgrafen geben?“

Da sprach in Zornesmuthe der Degen Wolfhart:
„Wer führt nun die Recken auf mancher Heerfahrt,
Wie von dem Markgrafen manch liebesmal geschehn?
Wehe, edler Rüdiger, daß wir dich so verloren sehn.“

Wolfbrand und Helfrich, deßgleichen auch Helmnot
Mit allen ihren Freunden beweinten seinen Tod.
Es konnte nicht mehr fragen vor Seufzen Hildebrand,
Er sprach: „Nun thut ihr Degen, wonach mein Herr gesandt.

Gebet uns Rüdigeren den Todten aus dem Saal,
An welchem unsre Freude in Jammer fiel zumal;
Laßt uns an ihm die große Treue sein verdienen,
Die stets an uns und manchem andern Mann erschienen.

Wie Rüdiger der Degen sind heimathlos auch wir.
Was lasset ihr uns harren? Lasset uns ihn von hier
Wegtragen, daß im Tode er möge den Lohn empfahn,
Den wir ihm im Leben billig hätten angethan.“

Da sagte König Günther: „Nie ward ein Dienst so gut,
Als den ein Freund dem Freunde nach dem Tode thut:
Das heiße ich stäte Treue, wer die begehen kann.
Ihr lohnet ihm von Schulden: er that euch Liebe an.“ —

„Wie lange sollen wir flehen?“ sprach Wolfhart der Degen:
„Seit von euren Händen unser letzter Trost erlegen
Und wir ihn leider länger nicht mehr mögen haben,
Laßt ihn uns von hinnen tragen, daß wir den Recken begraben.“

Volker sprach entgegen: „Es giebt ihn euch Niemand.
Holt aus dem Saale den Degen mit eurer eignen Hand,
Wo er liegt mit schweren Wunden, gefallen in das Blut.
So ist der Dienst erst völlig, den ihr hie Rüdigern thut.“

Da sprach der kühne Wolfhart: „Gott weiß, Herr Spielmann,
Ihr dürfet uns nicht reizen, ihr thatet uns Schlimmes an.
Dürfte ich vor meinem Herren, so kämet ihr in Noth;
So müssen wir es lassen, weil er den Streit uns hie verbot.“

Da sprach der Fiedelspieler: „Der ist allzu verzagt,
Der alles das will lassen, was man ihm untersagt.
Solches preise ich nimmer als rechten Heldenmuth.“
Seines Gesellen Rede däuchte Hagen gut.

„Deß laßt euch nicht gelüsten!“ sprach wieder Wolfhart:
„Ich verstimme euch die Saiten, daß, wenn ihr je die Fahrt
Zum Rheine heim noch machet, ihr davon möget sagen.
Nicht kann ich mit Ehren euren Uebermuth ertragen.“

Da sprach der Fiedelspieler: „Wenn ihr die Saiten mein
Um gute Töne bringet, muß eures Helmes Schein
Noch gar trübe werden durch diese meine Hand,
Wie immer ich mag reiten in der Burgunden Land.“

Da wollte er zu ihm springen, doch ließ es Hildebrand
Sein Ohm nicht zu: er faßte ihn fest mit seiner Hand.
„Durch dein thöriges Zürnen möchtest du wüthen, traun!
Du würdest nimmer wieder meines Herren Huld erschaun." —

„Laßt los den Leuen, Meister! er ist so grimm verwegen;
Kommt er mir vor die Hände," sagte Volker der Degen:
„Und hätte mit seinen Händen er alle Welt erschlagen;
Ich schlage ihn, daß er nimmer soll eine Antwort sagen."

Von dieser Rede wurden die Berner zorneswild.
Wolfhart ein schneller Degen rückte empor den Schild;
Gleich einem wilden Leuen lief er auf jenen ein,
Es folgten seine Freunde eilig hinterdrein.

In wie weiten Sprüngen er zu dem Saale gerannt,
Doch ereilte ihn vor der Stiege der alte Hildebrand:
Der wollte nicht, daß Wolfhart vor ihm den Streit begann.
Sie fanden was sie suchten bei den Heimathlosen dann.

Man sah den Meister Hildebrand zum kühnen Hagen springen,
Man hörte in beider Händen die Schwerter hell erklingen.
Sie waren sehr erzürnet, das schaute man geschwind:
Es ging von ihren Schwertern der feuerrothe Wind.

Die wurden da geschieden in des Kampfes Noth:
Das thaten die von Berne, wie ihre Kraft gebot.
Es wandte sich von Hagen der Meister Hildebrand;
Es hat der starke Wolfhart den kühnen Volker angerannt.

Er schlug den Fiedelspieler auf den Helm so hart,
Daß der bis auf die Spange vom Schwert zerspellet ward.
Das vergalt mit Kräften der kühne Spielmann,
Er schlug Wolfharten, daß es zu stieben begann.

Sie hieben aus den Ringen des Feuers viel genug:
Groß war der Haß, den jeder wider den andern trug.
Die schied ein kühner Degen von Berne Wolfwein.
Wärs nicht ein Held gewesen, es konnte nimmer sein.

Der Degen Günther grüßte mit kampfbereiter Hand
Die hochgepriesenen Helden von Amelungenland.
Herr Geiselher der junge machte dorten, daß
Viele lichte Helme von Blute wurden roth und naß.

Dankwart, Hagens Bruder, war ein grimmer Mann.
Was er wider Etzels Recken vor diesem auch begann,
Als er mit ihnen kämpfte, das war doch nur ein Wind:
Nun erst begann zu toben des kühnen Aldrians Kind.

Ritschart und Gerbart, Helfrich und Weikart,
Die hatten in vielen Stürmen selten sich gespart:
Das ließen sie Günthers Mannen wohl zur Genüge sehn.
Da sah man Wolfbranden im Streite herrlich gehn.

Es focht als ob er wüthe der alte Hildebrand.
Viele gute Recken mußten vor Wolfharts Hand
Durch das Schwert zum Tode fallen in das Blut.
So rächten Rüdigeren die Degen kühn und gut.

Da focht der Herr Siegstab, wie seine Kraft geboten.
Hei, was er in dem Streite der Helme dort zerschroten,
Der Schwestersohn Dietrichs den schlimmen Feinden sein.
Es schlug da in dem Sturme kein Degen besser drein.

Als der starke Volker aber das ersah,
Daß der kühne Siegstab aus hartem Panzer da
Blutige Bäche schlüge, hub er zu zürnen an.
Er sprang hin ihm entgegen. Von dem Spielmann

Verlor der Degen Siegstab gar geschwind das Leben.
Er begann ihm seiner Künste solch einen Theil zu geben,
Daß er mit seinem Schwerte ihn schickte in den Tod.
Das rächte der alte Hildebrand, wie ihm seine Stärke das gebot.

„Weh ob des lieben Herren," sprach Meister Hildebrand:
„Der hie liegt erstorben von Volkers Hand.
Nun soll der Fiedelspieler länger nicht gedeihn."
Hildebrand der kühne, wie konnte der grimmiger sein!

Da schlug er Volkern also, daß ihm alsbald die Spangen
Des Helmes allenthalben an des Saales Wände sprangen,
Vom Helme und auch vom Schilde dem kühnen Spielmann;
Wovon der starke Volker sein Ende dort gewann.

Dietrichs Mannen, die zu dem Streite drangen,
Schlugen daß weit von dannen die Panzerringe sprangen
Und daß man Schwertenden zur Höhe fliegen sah;
Sie holten aus den Helmen heißfließende Bäche da.

Da sah Hagen von Tronje den kühnen Volker todt:
Das war bei diesem Feste seine größte Noth,
Die an Sippen und an Mannen er in dem Streite gewonnen.
Wehe, wie hat Hagen den Helden zu rächen begonnen!

„Nun soll sich deß nicht freuen der alte Hildebrand!
Meine Hilfe liegt erschlagen von des Helden Hand,
Der beste Heergeselle, den ich je gewann."
Den Schild rückte er höher und ging hauend heran.

Es war der starke Helfrich, der Dankwarten schlug.
Günthern und Geiselheren war es leid genug,
Als sie ihn fallen sahen in der starken Noth.
Er hatte mit seinen Händen wohl vergolten seinen Tod.

Indessen ging auch Wolfhart her und hin dann wieder
Und schlug mit seinen Hieben Günthers Mannen nieder,
Schon zum dritten male schritt er durch die Schlacht;
Da ward von seinen Händen manch ein Held zu Fall gebracht.

Da rief der Herr Geiselher Wolfharten an:
„Wehe, daß ich jemals so grimmen Feind gewann.
Edler kühner Ritter, nun wende dich herein:
Ich will es helfen enden, es mag nicht anders sein!“

Zu Geiselheren kehrte Wolfhart in den Streit.
Da schlugen sie jedweder manch eine Wunde weit.
Es geschah mit solchen Kräften, als er zum Könige drang,
Daß ihm unter den Füßen das Blut zu Häupten sprang.

Der Sohn der schönen Ute kam mit grimmen Schlägen
Dem kühnen Helden Wolfhart zum Empfange entgegen.
Wie stark er auch der Degen, er durfte nicht genesen;
Es ist kein junger König nimmer so kühn gewesen.

Er schlug Wolfharten durch einen Panzer gut:
Daß ihm von der Wunde niederschoß das Blut.
Er verwundete zum Tode Dieterichs Mann;
Wahrlich, es war ein Recke, der solchen Sieg gewann.

Als der kühne Wolfhart die Wunde da empfand,
Ließ den Schild er fallen, höher in der Hand
Hub er ein starkes Waffen, das war scharf genug,
So daß der Held Geiselheren durch Helm und Panzer schlug.

So thaten beide einander den grimmen Tod dort an;
Es lebte auch nicht länger Dieterichs Mann.
Als Hildebrand der alte Wolfharts Fall gesehn,
Ist traun vor seinem Tode ihm nimmer größres Leid geschehn.

Günthers Mannen alle hatten den Tod empfangen
Und Dietrichs Mannen alle. Hildebrand war gegangen,
Wo Wolfhart gefallen nieder in das Blut.
Er umschloß mit Armen den Recken kühn und gut.

Er wollte ihn aus dem Hause mit sich von dannen tragen;
Weil er ihm zu schwer, so mußte er dessen sich entschlagen.
Da blickte aus dem Blute der todtwunde Mann,
Er sah wohl, daß sein Oheim ihn fortzubringen sann.

Da sprach der Todtwunde: „Lieber Oheim mein,
Ihr mögt zu dieser Stunde mir keine Hilfe leihn.
Nun hütet euch vor Hagen, solches dünkt mich gut;
Er trägt in seinem Herzen einen grimmen Muth.

Und wollen mich nach dem Tode die Sippen mein beklagen,
So sollet ihr den nächsten und besten von mir sagen:
Daß sie um mich weinen, das sei ohne Noth —
Von eines Königs Händen liege ich hie herrlich todt.

Ich habe auch mein Leben hierinnen so gerochen:
Manch guten Ritters Weibe wird noch das Herz gebrochen.
Und wenn euch Jemand fraget, so mögt ihr balde sagen:
Von mir alleine liegen wohl hundert hie erschlagen."

Da gedachte auch Hagen an den Spielmann,
Dem der kühne Hildebrand das Leben abgewann.
Da sprach er zu dem Degen: „Entgeltet mir mein Leid,
Manch einen zieren Recken entriß uns euer Neid!"

Er schlug auf Hildebranden, daß man wohl vernahm,
Wie Balmung dröhnte, den er Siegfrieden nahm,
Hagen der kühneDegen, als er den Helden schlug.
Da wehrte sich der Alte, er war auch kühn genug.

Es war ein breites Waffen, das auch heftig schnitt,
Womit der Recke Dietrichs wider den Tronjer stritt.
Doch konnte dem Manne Günthers er keine Wunde schlagen;
Durch einen schönen Panzer traf ihn dagegen Hagen.

Als der alte Hildebrand die Wunde recht empfand,
Besorgte er größern Schaden von des kühnen Hagen Hand:
Es warf auf den Rücken den Schild Dietrichs Mann,
Worauf mit der starken Wunde der Held Hagen entrann.

Nun mehr waren die Helden allzumal erschlagen
Bis auf die zween alleine, bis auf Günthern und Hagen.
Es ging mit Blute beronnen der alte Hildebrand:
Er brachte leide Märe als er Dietrichen fand.

Er sah den Helden sitzen in großer Traurigkeit.
Bald kam der Fürst von Berne in noch viel größer Leid.
Er sah auch Hildebranden, deß Panzer blutesroth,
Und fragte ihn der Märe, wie ihm die Sorge gebot:

„Nun sagt mir Meister Hildebrand, was seid ihr so naß
Von dem Herzblute, oder wer that euch das?
Ihr habt euch mit den Gästen im Hause, traun, geschlagen;
Ich verbot es euch so strenge: ihr solltet es nimmer wagen."

Da sagte er seinem Herren: „Solches that Hagen;
Der hat mir in dem Hause die Wunde hie geschlagen,
Als ich von den Recken mich wollte wegbegeben;
Ich entrann dem Teufel kaum noch mit dem Leben."

Da sprach der Fürst von Berne: „Ganz recht ist euch geschehn,
Die ihr mich Freundschaft hörtet den Recken zugestehn,
Da ihr den Frieden brachet, den ich ihnen gegeben:
Brächte mirs nicht Schande, ihr büßtet es mit dem Leben." —

„Herr Dietrich, ihr möget nicht gar so zornig sein;
Es ist zu groß der Schaden an mir und den Freunden mein.
Wir wollten Rüdigeren gerne von hinnen tragen,
Das wollten König Günthers Mannen uns versagen.“ —

„Wehe mir dieses Leides! Ist Rüdiger doch todt?
Ihn muß ich stets beklagen, das schafft mir große Noth.
Die edle Gotelinde ist meiner Base Kind,
Wehe den armen Waisen, die zu Bechlaren sind!“

Ihres großen Leides mahnte ihn sein Tod;
Er begann zu weinen; wohl wars dem Helden noth:
„Weh der getreuen Hilfe, die man mir entrissen.
König Etzels Degen werde ich immer missen.

Mögt ihr mir, Meister Hildebrand, die rechte Märe sagen,
Wer der Held gewesen, der ihn da hat erschlagen?“
Er sprach: „Das that mit Kräften der starke Gernot;
Von Rüdigers Händen nahm auch der Held den Tod.“

Er sprach zu Hildebranden: „Nun sagt den Mannen mein,
Daß sie sich balde waffnen; ich selber will hinein.
Und heißet mir gewinnen mein lichtes Streitgewand;
Ich selber will fragen die Helden von Burgundenland.“

Da sprach Meister Hildebrand: „Wer soll zu euch gehn?
Was ihr noch habt von Lebenden, das seht ihr vor euch stehn:
Das bin ich ganz alleine, die andern die sind todt.“
Da erschrack bei dieser Rede der Held, wohl wars ihm noth,

Weil er nimmer noch auf Erden so großes Leid ertragen.
Er sprach: „Sind meine Mannen alle mir erschlagen,
So hat Gott mein vergessen, ich armer Dietereich:
Ich war einmal ein König, gewaltig, hehr und reich. —

Wie konnte das sich fügen," sprach wieder Dietereich:
„Daß sie alle gefallen die Helden lobesreich
Von den Streitmüden, die doch in großer Noth?
Mein Unglück hats gefüget, sonst wären sie nicht todt!

Und wollte mein Unheil einmal länger nicht verziehen,
So sagt mir: ist der Gäste noch einer dort gediehen?"
Da sprach Meister Hildebrand: „Weiß Gott, keiner mehr,
Als nur allein Hagen und Günther der König hehr." —

„Wehe, lieber Wolfhart, habe ich dich verloren,
So wünschte ich, ach wäre ich nimmer doch geboren!
Siegstab und Wolfwein und auch Wolfbrand:
Wer soll mir fürder helfen in der Amelungen Land?

Helfrich der kühne, und ist mir der erschlagen —
Gerbart und Weikart — wo enden meine Klagen?
Das ist all meiner Freuden allerletzter Tag!
Wehe, daß vor Leide Niemand ersterben mag!"

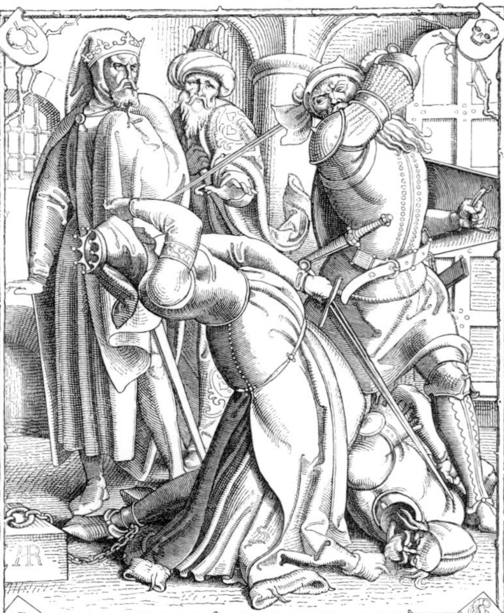

Wie Günther und Hagen und Kriemhilde erschlagen wurden.

Neununddreißigstes Abenteuer.

Da nahm der Herr Dietrich selber sein Gewand;
Ihm half, daß er sich waffnete, der alte Hildebrand.
Da klagte also kläglich der kräftige Mann,
Daß von seiner Stimme das Haus zu dröhnen begann.

Da gewann er aber wieder den rechten Heldenmuth;
In Grimme ward gewaffnet daselbst der Degen gut;
Einen festen Schildrand nahm er in die Hand.
Sie gingen schnell von dannen, er und Meister Hildebrand.

„Herr Dietrichen sehe dort ich gehn,“
Sprach Hagen von Tronje: „der will uns bestehn
Nach dem großen Leide, das ihm von uns geschehn: —
Man soll heute, wen als besten man rühmen möge, sehn!

Ei, dünket sich von Berne der Herr Dieterich
Also starken Leibes und also fürchterlich,
Daß er an uns zu rächen gedenkt, was ihm geschehn;“ —
Also redete Hagen: — „ich traue mich ihn zu bestehn!“

Diese Rede hörten Dietrich und Hildebrand.
Er kam wo er die Recken beide an der Wand
Sich lehnend vor dem Hause draußen stehend fand.
Herr Dietrich setzte nieder seinen guten Schildesrand.

In Leid und Sorgen sagte der Degen Dietereich:
„Wie habt ihr so gehandelt, Günther König reich,
Wider mich Heimathlosen? War wider euch mein Thun?
Alles meines Trostes bin ich verwaiset nun!

Ihr meintet, wir hätten des Leides noch nicht genug zu tragen,
Als ihr uns Rüdigeren den Helden todtgeschlagen:
Nun habt ihr meine Mannen alle umgebracht.
Ich hätte euch, ihr Helden, nimmer in solches Leid gebracht.

Gedenket an euch selber und an euer Leid,
An eurer Freunde Sterben, an die Mühseligkeit:
Ob es euch zieren Recken nicht beschwert das Herz.
Wehe, der Tod Rüdigers macht mir Leid und Schmerz!

Mehr Leid geschah auf Erden keinem Manne je,
Ihr gedachtet übel an mein und euer Weh.
Was ich Freuden hatte, die liegen von euch erschlagen:
Ich kann um meine Sippen nimmer zu Ende klagen!" —

„Wir sind wohl nicht so schuldig;" sprach Hagen dagegen:
„Es kamen zu dem Hause hieher eure Degen
Mit allem Fleiße gewaffnet in einer breiten Schaar.
Es scheint, man sagte solches euch anders als es war." —

„Was soll ich weiter glauben? Mir sagt Hildebrand:
Als hie meine Recken von Amelungenland
Begehrten, ihnen Rüdigern aus dem Saale zu geben,
Da hättet ihr nur Gespötte zur Antwort ihnen gegeben." —

„Sie sagten, daß sie Rüdigern" sprach der Vogt vom Rhein:
„Von hinnen tragen wollten: dazu sagte ich nein
König Etzeln zu Leide nicht Deiner Mannen wegen,
Bis daß da Wolfhart zu schelten begann deßwegen."

Da sprach der Held von Berne: „Dem muß nun also sein.
Günther, edler König, durch die Tugend dein,
Gieb mir Entgelt des Schadens, den ich durch dich genommen
Und sühne es, kühner Ritter, daß es dir mag zu gute kommen.

Ergieb Dich mir zur Geisel, du und auch dein Mann:
So will ich behüten, so gut als ich nur kann,
Daß dir hie bei den Heunen Niemand etwas thut.
Du sollst an mir nichts finden, als das, was treu und gut." —

„Das verhüte Gott im Himmel," sagte Hagen dagegen:
„Daß sich dir ergeben sollten zween Degen,
Die dir noch gegenüber also wehrhaft stehn
Und noch so ohne Banden vor ihren Feinden gehn." —

„Ihr sollt es nicht verreden," so sprach Herr Dieterich:
„Günther und Hagen, ihr habet beide mich
So sehr gekränket, betrübt mir Herz und Muth,
Daß, wollt ihr mirs entgelten, ihr nur was billig thut.

Ich gebe euch meine Treue und ehrenfeste Hand:
Ich reite mit euch wieder in euer Heimathland;
Ich geleite euch in Ehren oder ich liege todt,
Und will um euch vergessen der Meinen bittere Noth." —

„Muthet uns nicht weiter das zu," sprach wieder Hagen:
„Es ziemt uns nicht, daß Jemand könne von uns sagen,
Daß zween so kühne Degen sich gaben in eure Hand.
Man sieht bei euch Niemanden als den Einen Hildebrand."

Da sprach Meister Hildebrand: „Gott weiß, Herr Hagen,
Der euch hie den Frieden mit ihm angetragen —
Es kommt noch die Stunde, wo ihr ihn möchtet nehmen.
Der Sühne meines Herren braucht ihr euch nicht zu schämen." —

„Wohl nähme ich eh die Sühne," sagte wieder Hagen:
„Eh ich mich ließe so lästerlich aus einem Hause jagen,
Wie euch, Meister Hildebrand, hie vorhin geschehn.
Ich wähnte auf meine Treue, ihr könntet besser Feinden stehn."

Antwort gab ihm Hildebrand: „Wie verweiset ihr mir das?
Wer wars, der auf dem Schilde vor dem Wasgensteine saß,
Als ihm Walther von Spanien so viele Sippen schlug?
Auch habet ihr an euch selber zu zeigen noch genug." —

„Das ziemet Helden wenig," sprach Herr Dieterich:
„Daß sie wie alte Weiber schelten wider sich.
Ich befehle euch, Meister Hildebrand, daß ihr ruhig seid.
Mich heimathlosen Recken zwinget großes Leid. —

„Laßt hören," sprach Herr Dietrich: „edler Recke Hagen,
Was hattet ihr schnellen Degen einander zu sagen,
Als ihr mich bewaffnet sahet zu euch gehn?
Ihr spracht, ihr wolltet alleine im Streite mich bestehn." —

„Es läugnet das euch Niemand!" sprach Hagen der Degen:
„Ich will es hie versuchen mit den starken Schlägen,
Es sei denn, daß mir breche das Nibelungenschwert.
Ich zürne, daß man uns beide zu Geiseln hie begehrt."

Als Herr Dietrich hörte, wie grimmig Hagens Muth,
Zuckte den Schild behende der schnelle Degen gut.
Wie schnell ihm von der Stiege Hagen entgegen sprang!
Wie laut auf Dieterichen das Nibelungenschwert erklang!

Da wußte wohl Herr Dietrich, daß der kühne Mann
Gar grimmen Muthes wäre: der Herr von Berne begann
Aufs beste sich zu schirmen vor fürchterlichen Schlägen.
Wohl erkannte er Hagen den viel zierlichen Degen.

Auch scheute er Balmungen, ein Waffen stark genug.
Bisweilen geschahs, daß Dietrich kunstreich dagegen schlug,
Bis daß er in dem Streite Hagen doch bezwang:
Er schlug ihm eine Wunde, die war tief und lang.

Da dachte der Herr Dietrich: „Dich überwand die Noth,
Ich habe wenig Ehre, liegst du vor mir todt.
Ich will es so versuchen, ob ichs erzwingen kann,
Daß du mir Geisel werdest." Er griff es sorglich an.

Den Schild ließ er fallen, groß war die Stärke sein:
Er schloß Hagen von Tronje in seine Arme ein.
Also ward bezwungen von ihm der kühne Mann;
Es hub der edle Günther darum zu trauern an.

Dietrich fesselte Hagen und führte ihn unverwandt
Zu der edlen Königin, und gab in ihre Hand
Den allerkühnsten Recken, der je ein Waffen trug.
Nach ihrem starken Leide ward sie fröhlich genug.

Das edle Weib neigte sich freundlich vor dem Degen:
„Dein Herz und dein Leben sei immer reich an Segen!
Du hast mich wohl entschädigt für alle meine Noth;
Das will ich immer danken, verwehrt es nicht der Tod.“

Da sprach der Herr Dietrich: „Lasset ihm das Leben,
Edle Königin! Einstens mag es sich noch begeben,
Daß er euch wohl ersetzet, was euch durch ihn geschehn.
Er soll das nicht entgelten, daß ihr ihn seht gebunden stehn.“

Da ließ sie Hagen von Tronje in einen Kerker führen;
Dort lag er ungesehen hinter verschlossnen Thüren. —
Günther der edle König hub zu rufen an:
„Wo weilt der Held von Berne? er hat mir Leid gethan!“

Da ging der Herr Dietrich hin und ihm entgegen.
Der König Günther mochte löblicher Stärke pflegen.
Da harrte auch er nicht länger, er lief hin vor den Saal:
Da erhuben ihre Schwerter großen Schall zumal.

Wie sehr der Herr Dietrich längst schon hochgelobt,
Es hat in seinem Zorne Günther so sehr getobt,
Weil er nach starkem Leide sein Feind geworden war:
Man nennet, daß Herr Dietrich dort genas, noch wunderbar.

Groß war die Kraft und Stärke der beiden kühnen Degen.
Palast und Thürme hallten wider von ihren Schlägen,
Als sie mit Schwertern hieben auf die Helme gut.
Es hatte König Günther einen ritterlichen Muth.

Drauf zwang ihn der von Berne wie Hagen erst geschah.
Von einem starken Schwerte, das Dietrich führte, sah
Man wie durch die Ringe das Blut des Helden rann.
Doch hatte sich Herr Günther, der müde, gewehrt als Mann.

Dieterichs Hände haben in Banden ihn geschlagen —
Nimmer sollten Könige solche Banden tragen —
Er dachte, wenn er sie ließe, den König und seinen Mann,
Sie thäten den Tod allen, die sie fänden, an.

Dieterich von Berne nahm ihn bei der Hand
Und führte ihn gebunden wo er Kriemhilden fand.
Sie sprach: „Willkommen Günther, Held aus Burgundenland.“ —
„Nun lohne euch Gott, Kriemhild, wenn ich Treue an euch fand.“

Er sprach: „Ich sollte euch danken, liebe Schwester mein,
Wenn euer Grüßen möchte huldreicher sein.
Ich weiß euch, Königin, also zorngemuth,
Daß ihr mir und Hagen schwache Grüße thut.“

Da sprach der Held von Berne: „Edlen Königes Weib,
Nimmer ward noch Geisel so guter Ritter Leib,
Als ich euch, hehre Fraue, in ihnen brachte ein,
Nun sollt ihr die Heimathlosen genießen lassen mein.“

Sie sagte: sie thäte es gerne. Da ging Herr Dietereich
Mit weinenden Augen von den Helden lobesreich.
Das Weib König Etzels hat grimmig sich gerochen:
Den auserwählten Degen hat beiden sie den Leib gebrochen.

Sie ließ jeden besonders in einen Kerker legen,
So daß sich seitdem nimmer sahen die beiden Degen,
Bis sie ihres Bruders Haupt zu Hagen trug.
Es that Kriemhildens Rache an beiden sich genug.

Es ging die edle Königin, wo sie Hagen sah.
Wie sagte zu dem Recken sie so recht feindlich da:
„Wollt ihr mir wiedergeben, was ihr mir habt genommen,
So mögt ihr wohl noch lebend heim zu den Burgunden kommen.“

Da sprach der grimme Hagen: „Die Bitte ist verloren,
Edle Königin; ich habe mit einem Eide beschworen,
Daß ich den Hort nicht zeige, so lange noch am Leben
Einer meiner Herren: er wird Niemand gegeben.“

Da sprach die edle Königin: „Ich wills zu Ende bringen.“
Da hieß sie ihren Bruder um das Leben bringen.
Sein Haupt ward abgeschlagen: sie trug es bei den Haaren
Vor den Helden von Tronje. Der hat da Leid erfahren.

Als der Unmuthsvolle seines Herren Haupt ersah,
Wider Kriemhilden sagte der Recke da:
„Du hast es nach deinem Willen zum Ende nun gebracht,
Und so ist es ergangen, wie ich es mir gedacht.

Nun ist von Burgunden der edle König todt,
Auch Geiselher der junge und auch Gernot.
Den Schatz weiß nun Niemand als Gott und ich allein:
Der Schatz soll dir, Teufelin, immerdar verholen sein!“

Sie sprach: „So habt ihr üble Entschädigung mir gewährt,
So will ich doch behalten Siegfriedens Schwert.
Das trug mein holder Trauter, als ich zuletzt ihn sah,
An dem vor allem Leide mir Herzeleid geschah.“

Sie zog es aus der Scheide, das konnte er nicht wehren,
Da dachte sie dem Recken das Leben zu verhehren:
Sie hub es mit den Händen und schlug das Haupt ihm ab.
Das sah der König Etzel, dem es genug des Leides gab.

„Wehe," sprach der König: „wie ist er nun erlegen
Von eines Weibes Händen der allerbeste Degen,
Der je zum Sturm gekommen, der je den Schild getragen.
Wie feind ich ihm gewesen, ich muß ihn nun beklagen."

Da sprach der alte Hildebrand: „Sie soll es nicht genießen,
Daß sie ihn tödten durfte. Was man mir mag beschließen,
Wie hart er mich auch selber brachte in Angst und Noth:
So will ich dennoch rächen des kühnen Tronjers Tod!"

Da sprang der alte Hildebrand zu Kriemhilden hin
Und schlug mit seinem Schwerte nieder die Königin.
Wohl schmerzte da die Sorge von Hildebranden sie;
Was mochte es ihr helfen, daß sie so angstvoll schrie?

Da waren die Todterlesenen überall zu schauen,
Da war auch zu Stücken das edle Weib gehauen.
Dietrich und Etzel, zu weinen sie begannen:
Sie klagten recht von Herzen um Sippen und um Mannen.

All die große Ehre lag dorten todt.
Die Leute hatten alle Jammer und Noth.
Des Königs Festgelage — mit Leide wars geendet,
Wie stets zum allerletzten Liebe in Leid sich wendet.

Ich kann euch nicht bescheiden, was weiter dort geschah:
Nur daß Ritter und Frauen man dort weinen sah,
Dazu die edlen Knechte, um lieber Freunde Tod.
Hie hat die Märe ein Ende: dieß ist der

Nibelungen Noth

Verzeichniß der Holzschnitte. *)

---

*) Die Herren Bendemann und Hübner, welche sich auf unser Ansuchen bereit erklärt hatten, die Compositionen zu dieser Festausgabe des Nibelungenliedes zu liefern, konnten sich wegen anderer Arbeiten dieser Aufgabe nicht dergestalt unterziehen, daß wir im Stande gewesen wären, das Werk im Jahre 1840 zu beenden, obwohl dieses allerdings unser Wunsch war. Uebrigens haben die genannten Herren sich niemals verpflichtet, zu einem bestimmten Zeitpunkte diese Arbeit vollenden zu wollen, weßhalb auch von unserer Seite ein bestimmter Termin, zu welchem das Werk erscheinen sollte, niemals festgestellt wurde. — Da aber von allen Seiten die Beendigung des Werkes gewünscht und oft ohne Berücksichtigung der Umstände in der möglichst kürzesten Frist verlangt wurde, unvorhergesehene Umstände aber namentlich Herrn Professor Bendemann das Arbeiten unmöglich machten, so sahen wir uns gezwungen, gemeinschaftlich mit Herren Bendemann und Hübner noch zwei andere Künstler um ihre Mitwirkung zu ersuchen. Herr A. Rethel in Frankfurt und Herr C. Stilke in Düsseldorf erklärten sich auf unser Ersuchen bereit, einige Compositionen zu übernehmen. Nur durch die Bereitwilligkeit dieser beiden Männer ist es uns möglich geworden, das Werk jetzt vollständig zu liefern.

Leipzig am 31. Mai 1841.

Otto und **Georg Wigand.**

Zum 16. Abenteuer: Wie Siegfried erschlagen ward. Gezeichnet von Eduard Bendemann. Geschnitten von Alb. Vogel.

Der todte Siegfried. Gezeichnet von Ed. Bendemann. Geschnitten von Wilh. Nicholls.

Zum 17. Abenteuer: Kriemhilde bei der Leiche Siegfrieds. Gezeichnet von Ed. Bendemann. Geschnitten von F. Unzelmann.

Zum 18. Abenteuer: Siegmund heimkehrend. Gezeichnet von Julius Hübner. Geschnitten von E. Kretzschmar.

Zum 19. Abenteuer: Der Nibelungenhort. Gezeichnet von Eduard Bendemann. Geschnitten von H. Bürkner.

Zum 20. Abenteuer: Wie König Etzel um Kriemhilden sandte. Erfunden von Ed. Bendemann. Gezeichnet von J. Hübner. Geschnitten von H. Bürkner.

Günther und Hagen am Fenster. Gez. von Jul. Hübner. Geschn. von H. Bürkner.

Zum 21. Abenteuer: Kriemhildens Abschied. Gezeichnet von A. Rethel. Geschnitten v. G. Metzger.

Zum 22. Abenteuer: Kriemhildens Empfang. Gezeichnet von C. Stilke. Geschnitten von F. Unzelmann.

Zum 23. Abenteuer: Die Taufe. Gezeichnet von C. Stilke. Geschnitten von W. Nicholls.

Zum 24. Abenteuer: Werbel und Schwemmel bringen Botschaft. Erfunden von E. Bendemann. Gezeichnet Jul. Hübner. Geschnitten von H. Bürkner.

Zum 25. Abenteuer: Hagen und die Meerfrauen. Gezeichnet von Jul. Hübner. Geschnitten von Alb. Vogel.

Zum 26. Abenteuer: Der nächtliche Ueberfall. Gezeichnet von A. Rethel. Geschnitten von Alb. Vogel.

Zum 27. Abenteuer: Die Schildübergabe. Gezeichnet von A. Rethel. Geschnitten von Alb. Vogel.

Zum 28. Abenteuer: Wie Kriemhilde Hagen empfing. Erfunden von Ed. Bendemann. Gezeichnet von Julius Hübner. Geschnitten von H. Bürkner.

Zum 29. Abenteuer: Hagen steht vor Kriemhilden nicht auf. Gezeichnet von C. Stilke. Geschnitten von Ed. Kretzschmar.

Zum 30. Abenteuer: Die Schildwache. Erfunden von Ed. Bendemann. Gezeichnet Julius Hübner. Geschnitten von H. Bürkner.

Zum 31. Abenteuer: Der Kirchgang. Gezeichnet von Jul. Hübner. Geschnitten von H. Bürkner.

Zum 32. Abenteuer: Wie Dankwart gegen die Heunen streitet. Gezeichnet von C. Stilke. Geschnitten von Ed. Kretzschmar.

Zum 33. Abenteuer: Wie Burgunden und Heunen stritten. Gezeichnet von A. Rethel. Geschnitten von Braun und von Dessauer.

Zum 34. Abenteuer: Wie sie die Todten hinauswarfen. Gezeichnet von A. Rethel. Geschnitten von Alb. Vogel.

Zum 35. Abenteuer: Wie Iring erschlagen ward. Gezeichnet von A. Rethel. Geschnitten von F. Unzelmann.

Zum 36. Abenteuer: Wie die Königin den Saal verbrennen ließ. Gezeichnet von A. Rethel. Geschnitten von W. Nicholls.

Zum 37. Abenteuer: Wie Kriemhilden der Leichnam Rüdigers gezeigt wird. Gezeichnet von A. Rethel. Geschnitten von G. Metzger.

Zum 38. Abenteuer: Wie Dietrichs Recken erschlagen wurden. Gezeichnet von A. Rethel. Geschnitten von Ed. Kretzschmar.

Zum 39. Abenteuer: Wie Günther, Hagen und Kriemhilde erschlagen wurden. Gezeichnet von A. Rethel. Geschnitten von Braun und von Dessauer.

Verzeichniß der Subscribenten

auf die

neuhochdeutsche Festausgabe des Nibelungenliedes.

Aachen.

Bei Kaatzer's sel. Wittwe:

Das Kaatzer'sche Leseinstitut.

Bei J. A. Mayer:

Hr. Bernh. Berend, Kammergcr.-Assessor.
Hr. v. Cuny, Regierungs-Präsident.
Hr. Georg Friedr. Dremel, Gastwirth.
Hr. Englerth-The Losen, Rentner.
Hr. Emil Freiherr v. Fürth, Regierungsrath.
Hr. C. H. v. Görschen, geh. Reg.-Rath.
Hr. Dr. Jos. Hartung, Stadtphysikus.
Hr. v. Hatten, Major u. Stadtcommandant.
Hr. Laurent Nuellens, Gastwirth.
Hr. Emil Oeder, Kaufmann.
Hr. J. P. Pascal, Notar.
Hr. C. Richard, kön. hannöv. Major a. D.
Hr. Dr. G. v. Sartorius, Arzt der Civilspitäler und städt. Brunnen-Inspector.
Hr. Professor Carl Schmid, Maler.
Hr. Gust. Schwenger, Rentner.
Hr. C. v. Solemacher, Regierungsrath.
Hr. Steffens, Regierungs- und Forstrath.
Hr. M. Urlichs Sohn, Buchdruckereibesitzer.
Hr. G. Wagner, Handelsgerichtspräsident.
Hr. Dr. L. Wetzlar, Arzt.
Hr. F. Winkelmann, evangelischer Pfarrer.
Hr. W. Zurhelle, Comm.-Rath u. Bürgerm.
Hr. J. F. Binkhorst, Rentner in Maestricht.
Hr. Debrou, Maler in Brüssel.
Fräulein Marie Englerth in Eschweiler.
Hr. Friedr. Englerth in Eschweiler.
Hr. Graf v. Hompesch-Rurich, königl. preuß. Kammerherr auf Schloß Rurich.
Hr. Friedr. Gottfr. Leue, Ober-Procurator in Saarbrück.
Mr. Frédéric Natusch, Négociant London.
Hr. J. P. Städtler, geh. Secr. Sr. Durchl. d. Herzogs von Aremberg in Brüssel.
Hr. Gottfr. Stoltenhoff, Kaufm. in Stollberg.
Hr. v. Berna, Rentner in Rüsselsheim.

Aarau.

Bei J. J. Christen:

Hr. Friedr. Strauß, Bez.-Amtm. in Lenzburg.

In Sauerländer's Sort. Buchhdlg.:

Msr. Jul. Correvon, Maj. du Genie d'Yverdon.

Adorf.

Das Verlags-Bureau.

Altenburg.

Hr. H. A. Pierer, herz. sächs. Major a. D., Besitzer d. Hofbuchdruckerei u. Verlagshdl.
Hr. Wilh. Goldstein, Factor der Hofbuchdr.
Hr. Joh. Heinrich Jacob, Corrector,

In der Schnuphase'schen Buchhdlg.:

Se. Exc. Hr. Ernst Edler v. Braun, herzogl. S. Altenburg. Minister, wirkl. Geheime Rath und Kammer-Präsident.
Die Herzogliche Bibliothek.

Altona.

Bei Karl Aue:

Hr. Karl Aue, Buchhändler.
Hr. Gähler, Justizrath und Senator.
Hr. G. E. Klausen, Dr. Phil., Professor und Rector am Christianeum, Ritter v. Danebrogorden und Danebrogmann.
Hr. J. Franz, Apotheker auf Helgoland.
Hr. Georg Bernh. Blatt, Buchhändler.
Hr. J. F. Hammerich, Buchhändler.

Amberg.

Die C. Smith'sche Buchhandlung.

Amsterdam.

Bei Johannes Müller:

Hr. J. A. v. Eeghen.
Hr. Joh. Müller, Buchhändler.
Hr. Jacob de Vos, W. Z.

Anclam.

Bei W. Dietze:

Hr. Huth, Rittergutsbesitzer auf Pensin.
Hr. C. F. Radant, Cand. Phil.

Annaberg.

Bei Rudolph u. Dieterici:

Hr. Hermann Binder.
Hr. Dr. Schumann, Superintendent.

Ansbach.

Bei J. M. Dollfuß:

Hr. Dr. v. Grauvogel, Militairarzt.

Arnsberg.

Bei A. L. Ritter:

Hr. Graf Dietrich v. Bochholz auf Alme.

Arnstadt.

In der Ohlenroth'schen Hofbuchhdlg.:

Hr. Dr. C. T. Papst, Gymnasialdirector.

Arolsen.

Bei A. Speyer

Ihre Hochfürstl. Durchl. die regierende Fürstin zu Waldeck und Pyrmont.
Ihre Durchl. die verw. Fürstin zu Waldeck u. Pyrmont.
Se. Durchl. Prinz Hermann zu Waldeck und Pyrmont.
Hr. Herwig, Regierungs-Procurator.
Hr. A. Speyer, Buchhändler.
Hr. C. v. Stockhausen, Regierungsrath.
Hr. Dr. Gabert, Consistorialassessor u. Pfarrer in Mengeringhausen.
Hr. Freih. v. d. Malsburg, Kammerherr auf Escheberg.
Hr. Friedr. Schulz in Schaumburg.

Aschaffenburg.

Hr. C. Krebs, Firma: Th. Pergay.

Aschersleben.

In der Helm'schen Buchhandlung:

Hr. Ludolph v. Alvensleben, Lieutenant im königl. preuß. 10. Husaren-Regiment.
Hr. F. A. Cramer, Dr. Med. et Chir., Reg.-Arzt, Ritter, Mitgl. mehr. gel. Gesellsch.
Hr. Julius Hartmann, Lieutenant im königl. preuß. 10. Husaren-Regiment.
Hr. Richard Mirus, Lieutenant im kön. preuß. 10. Husaren-Regiment.
Hr. W. Noeldechen, Land- u. Stadt-Ger.-Dir.
Hr. J. D. Rambohr, Land- u. Stadtger.-Sec.
Hr. Sigismund v. Redern, Lieut. im königl. preuß. 10. Husaren-Regiment.
Hr. Egmont Freih. v. Reitzenstein, Lieutenant im königl. preuß. 10. Husaren-Regiment.
Hr. Ed. Ribbentrop, Ober-Land-Ger.-Assess.
Hr. Heinr. Sachse, Cand. der Theologie.
Hr. Carl Ludw. Schmidt, Kaufmann.
Hr. Ludolph v. Strantz, Lieutenant im königl. preuß. 10. Husaren-Regiment.
Hr. v. Strombeck, Lieutenant im kön. preuß. 10. Husaren-Regiment.
Hr. L. Ehlers, Ober-Amtmann in Frose.

Athen.

Hr. Adolph Nast, Buchhändler.

Augsburg.

Hr. Fidelis Butsch, Firma: Birett'sche Buchhandlung.
Hr. K. Kollmann, Buchhändler.

In der M. Rieger'schen Buchhdlg.:

Hr. Dr. Christ. Burckhard, Prof. am Gymn.
Hr. Carl Forster, Fabrikbesitzer.
Hr. Georg Heinzelmann, Großhändler.
Hr. J. P. Himmer, Buchhändler.
Frau Nanette Obermayer, geb. Kusel.
Hr. Moritz Graf Pappenheim, k. baier. Gen.-Lieut., Command. d. 2. Armee-Division.
Hr. Gust. Ad. Reichel, Buchdruckereibesitzer.
Sr. bisch. Gnad. Hr. Dr. Pet. Richarz, Bischof v. Augsb., Reichsr. d. Krone Baierns.
Hr. Fr. Röth, Geschäftsführer der Cotta'schen Verlags-Expedition.
Hr. Ludw. Sander, Fabrikbesitzer.
Freifrau Emilie v. Schätzler, geb. v. Fröhlich.
Hr. Wilh. Freih. v. Schätzler, Gutsbesitzer.
Hr. Carl Lebr. Scheler, Kaufmann.
Hr. Freih. Marc. v. Schnurbein, Gutsbesitzer.
Hr. Freih. v. Stransky-Greifenfels, königl. baier. Regierungsrath.
Hr. J. G. Freih. v. Süßkind, Banquier.
Hr. Albr. Volkhardt, Buchdruckereibesitzer.
Hr. Christoph v. Weidenbach, Gutsbesitzer.
Hr. Ferd. Wertheimer.
Hr. J. C. Wirth, Buchdruckereibesitzer und Verleger der Augsburg. Abendzeitung.

Hr. Ign. v. Anacker, Hauptmann im k. k. öst. Infant.-Reg. No. 48. zu Bregenz.
Se. Erlaucht Hr. Graf v. Grafenreuth, erbl. Reichsrath, k. baier. Kämmerer zu Affing.
Hr. Ladislaus Riesner v. Grävenberg, k. k. Oberl. im 48. hung. Inf.-Reg. zu Bregenz.
Hr. Franz Ott, k. k. Lieutenant im 48. hung. Infanterie-Regiment in Bregenz.
Hr. Fürst u. Altgraf Constantin zu Salm-Reifferscheid-Krautheim auf Schloß Hersberg.
Hr. J. T. Stettner, Buchhändler in Lindau.
Hr. Friedr. Vogt, Kaufmann iu Lindau.
Die J. Wolff'sche Buchhandlung.

Baireuth.

In der Grau'schen Buchhandlung:

Hr. Birner, Buchdruckereibesitzer.

Bamberg.

Bei dem literar. artist. Institut:

Hr. Dr. v. Hornthal, kön. baier. App.-Ger.-Advocat u. Vorstand d. Gem.-Bevollm.
Hr. C. A. Martin, Cand. Theol.

Barmen.

Bei W. Langewiesche:

Hr. C. H. Petersen, Apotheker in Schwelm.

Basel.

In der Schweighauser'schen Buchhdlg.:

Hr. B. Vischer.
Hr. Karl Vischer.

Bautzen.

Bei F. A. Reichel:

Hr. Dr. Friedr. Carl Gust. Stieber, königl. sächs. Hof- und Justizrath.

Bei A. Weller:

Hr. v. Egydy, königl. sächs. Obrist und Regiments-Commandant.
Hr. Heydemann, Dir. d. Sparkass.- u. Leihanst.

Berlin.

Bei C. F. Amelang:

Hr. Ferd. Krebs, Kaufmann.
Hr. Ludw. Ferd. Krüger, Buchhändler.
Hr. H. Münnich, Dr. d. Med. u. prakt. Arzt.

In B. Behr's Buchhandlung:

Hr. A. Strzelecki.

Bei G. Bethge:

Hr. R. Bethge, Holzschneidekünstler.
Hr. Neumann-Bloch.

Bei Bothe u. Bock:

Hr. Joh. Ludw. Gebh. v. Alvensleben.
Hr. E. Bothe, Buchhändler.
Hr. G. Bock, Buchhändler.

Bei G. Crantz:

Hr. Louis Abeking, Kaufm. u. Neusilberfabr.
Hr. G. Crantz, Buchhändler.
Hr. Joseph Eichberger, königl. Sänger.
Hr. Licht, Justiz-Commissarius.
Hr. Marquardt, Hofr. u. Geh. Ober-Registr.
Hr. Graf A. v. Raczynsky, kön. preuß. Gesandter u. Mitgl. der Akad. der Künste.
Hr. Oberlehrer Dr. Städler.

Bei Ferd. Dümmler:

Hr. Graf v. Dönhoff, Kammerherr.
Hr. v. Duesberg, wirkl. Geh. Ober-Justizrath.
Hr. Ferd. Dümmler, Buchhändler.
Hr. Klein, Factor d. Trowitzsch'schen Buchdr.
Hr. Kühne, Geheimer Ober-Finanzrath.
Hr. von und zur Mühlen, Staatsrath.
Hr. v. Röder, Oberstlieut. u. Minist.-Resid.

Bei A. Duncker:

Seine Majestät Friedrich Wilhelm IV., König von Preußen.
Ihre Majestät die Kaiserin von Rußland.
Seine kaiserl. Hoh. d. Großfürst Constantin Nicolajewitsch von Rußland.
Seine königl. Hoheit der Prinz von Preußen.
Seine königl. Hoh. Prinz Carl von Preußen.
Seine königliche Hoheit der Großherzog von Mecklenburg-Strelitz.
Ihre königliche Hoheit die Frau Großherzogin von Mecklenburg-Strelitz.
Seine Durchl. Wilhelm Fürst Radziwill, kön. preuß. General-Major.
Hr. Dr. Barez, Geh. Medizinalrath u. Prof.
Hr. Brinkmann, Probst.
Hr. L. v. Buch, königl. Kammerherr.
Das königliche Cadetten-Institut in Berlin.
Hr. Alex. Duncker, Buchhändler.
Hr. Heinr. Ehle.
Hr. Friedr. Ed. Eichens, Kupferstecher.
Hr. Benecke v. Gröditzberg.
Hr. Ed. Hänel, Hofbuchdrucker.
Frau Gräfin Ida Hahn-Hahn.
Hr. Alexander v. Humboldt.
Frau Generalin v. Kessel.
Hr. Dr. Kortüm, Geheim. Ober-Reg.-Rath.
Hr. Krausnick, Geh. Justizr. u. Oberbürgerm.
Hr. Lessing, Justiz-Commissarius.
Hr. Emil Loffhagen, Referendar.
Frau Bertha Magnus, geb. Humblot.
Hr. W. v. Massow, Geh. Regierungsrath.
Hr. Alexander Mendelssohn, Kaufmann.
Hr. Joseph Mendelssohn, Kaufmann.
Hr. Dr. Neander, Bischof und wirkl. Ober-Consistorial-Rath.
Hr. Nicolovius, wirkl. Geh. Ober-Reg.-Rath.
Hr. G. M. Oppenfeld.
Hr. Palm, Regierungs-Referendar.
Hr. Philipsborn, Geh. Legationsrath.
Hr. Professor Dr. Romberg.
Hr. Graf v. Roß.
Se. Excellenz Hr. v. Rother, wirkl. Geheim. Staatsminister.
Hr. Staberoh, Medizinalrath.
Hr. Carl Seydelmann, Hofschauspieler.
Hr. Eduard Simon.
Frau Gräfin v. Schwerin, geb. Gräfin Dönhoff.
Hr. v. Wulffen, General.
Hr. Heinrich Graf Itzenplitz auf Barskewitz, k. Kammerherr, Ober-Reg.-Rath, Dir. d. General-Commission f. d. Churmark.
Hr. Ed. Karl, Oekon.-Commiss. in Belzig.
Hr. C. Duncker, Firma: Duncker und Humblot.

In der Enslin'schen Buchhandlung:

Hr. S. Rösel, Professor.
Fräulein Emilie v. Waldenburg.
Se. Maj. Ferdinand, König von Portugal.
Hr. C. Freund in St. Petersburg.
Hr. Th. Josling, Banquier.
Der deutsche Leseverein in Lissabon.
Hr. C. A. T. Rigmann, Buchdruckereibesitzer in Cüstrin.
Hr. Ad. Preiß in St. Petersburg.
Hr. Dr. Carl Schütze, deutsch-evangelischer Prediger in Lissabon.
Hr. A. W. Hayn, Buchhändler und Buchdruckereibesitzer.

Bei F. A. Herbig:

Hr. Freiherr v. Gruben.
Hr. Wilh. Hermes, Verlagsbuchhändler.
Hr. Carl Heymann, Verlagsbuchhändler.

Bei A. Hirschwald:

Hr. Wilh. Busch, Gymnasiast.
Hr. A. Hirschwald, Buchhändler.
Hr. Julius Sittenfeld, Buchdruckereibesitzer.
Hr. J. F. Sobernheim, Dr. med. et chir.
Hr. Aug. Vetter, Dr. med.
Hr. de Doubovitzki, Dr. med. et chir., Professor an der Universität Kasan.
Hr. C. Housselle, Dr. med. in Elbing.
Hr. Dr. Keßler, Leibarzt Seiner Majestät des Königs in Lissabon.
Frau Dr. Rosalie Preiß in Hirschberg.

Bei L. Hold:

Hr. Gust. Johannes in Charlottenburg.

Bei C. H. Jonas:

Hr. J. F. Baltz, Doctor der Heilkunde.
Hr. Bendemann, sen.
Hr. Verduschek, Prediger.
Hr. Ad. Osw. Blumenthal, Kammerger.-Rath.
Hr. Lehr.
Hr. Paul Mendelssohn-Bartholdy, Banquier.
Hr. Herm. Alex. v. Plehwe.
Hr. Ferdinand Runge.
Hr. v. Brünneck, Oberburggraf v. Preußen.

Bei C. Klage:

Hr. W. Gundelach.
Hr. Carl J. Klemann.

Bei Liebmann u. Comp.:

Hr. Isidor Simon, Kaufmann.

Bei W. Logier:

Hr. F. Barbe, Hofrath u. Canzlei-Director.
Hr. Ed. Bolle, Apotheker.
Hr. Joh. Heinr. Fischer, Stadtgerichtsrath.
Hr. Otto Freytag, Kaufmann.
Hr. C. F. v. Gräfe, Gen.-Stabsarzt d. Armee.
Hr. Emil Kieckebusch, Buchhalter.
Se. Excellenz Hr. Graf v. Nostiz, General-lieut. u. Gen.-Adj. S. Maj. d. Königs.
Hr. Ad. Ed. Stiemcke, Kaufmann.
Hr. W. Stier, Professor.
Hr. C. Wagenmann, Dr. philos.
Hr. Wollny, Finanzrath.
Frau Wilkens, Geh. Staatsräthin auf Staffelde.

In der Lüderitz'schen Kunstverlagshdlg.:

Frau Friederike Hirschfeld.
Hr. Ad. Löwenstein.

Bei E. S. Mittler:

Hr. v. Bergh, Lieutenant.
Hr. A. Beyerhaus, Graveur u. Schriftgießerei-Besitzer.
Hr. R. L. Decker, geh. Ober-Hofbuchdrucker.
Hr. J. G. Francke, Schriftgießereibesitzer.
Hrn. Lehmann u. Mohr, Schriftgießereibes.
Hr. E. S. Mittler, Buchhändler und Buchdruckereibesitzer.
Hr. Ad. Nitsche, Kaufm. u. Papierfabrikant.
Hr. Hugo Bernh. Heinr. Pfitzer, Buchhändl.
Hr. C. W. L. Ponath, Buchdrucker.
Hr. J. H. Richter, Hof- u. Rathszimmermstr.
Hr. A. W. Schade, Buchdruckereibesitzer.
Hr. L. C. Schade, Buchdruckereibesitzer.
Hr. Heinr. Schultze, Papierhändler.
Hr. Freih. v. Tümpling, Lieut. i. Generalstabe.
Gräfin Fernanda zu Pappenheim in Tegernsee.

Bei A. Mylius:

Hr. Dr. Meineke, Dir. d. Joachimth. Gymnas.

In der Nauck'schen Buchhandlung:

Hr. Mor. v. Beurmann, Geh. Finanzrath.
Hr. Friedr. Phil. Fournier.
Hr. Geppert, Justiz-Commissarius.
Hr. Hotho, Kaufmann.
Hr. Herm. Gottfr. Benj. Müller.
Hr. Carl Friedr. Wilh. Nauck, Buchhändler.
Hr. W. Robiling, Geh. Ober-Finanzrath.
Hr. Gust. Lewin, Particulier in Dessau.

In der Nicolai'schen Buchhandlung:

Hr. G. Herz.
Hr. Heynich, Kriegsrath und Geheimer exped. Secretair im Kriegsministerium.
Hr. Dr. Carl Ritter, Prof. an d. Universität.
Hr. Joach. Heinr. Wilh. Wagner, Banquier, k. schwed. und norweg. Consul, Mitglied der Akademie der Künste, Ritter 2c.
Hr. J. v. d. Osten, Rittergutsbes. auf Warnitz.
Hr. F. W. Teßler, Kaufmann u. Bernsteinhändler in Stolp.
Hr. Ludw. Oehmigke, Verlagsbuchhändler.

In Oehmigke's Buchhandlung:

Hr. C. H. Bode, Justizrath.
Hr. J. Bülow, Besitzer der Oehmigke'schen Sortiments-Buchhandlung.
Hr. O. Baron v. Holtzendorf, Kammerger.-Auscultator.
Hr. J. G. C. Hüncher.

In der Plahn'schen Buchhandlung:

Se. Excell. Hr. Freih. v. Stein zum Altenstein, Geheimer Staatsminister.
Hr. Andreä, Hofrath.

Hr. Blell, Geheimer Hofrath.
Hr. Carl Bormann, Rector.
Hr. A. Brix, Commissionsrath.
Hr. C. E. Ebart, Kaufm. und Papierfabr.
Hr. W. G. Ebart, Kaufm. und Papierfabr.
Hr. Göring, Ober-Landesgerichtsrath.
Hr. Ferd. Güterbock, Kaufmann.
Hr. Gust. Güterbock, Buchhändler.
Hr. Dr. Humbert.
Hr. Kriese, Hofrath.
Se. Exc. Hr. v. Ladenberg, Geh. Staatsmin.
Hr. Mac-Lean, Bank-Commissarius.
Hr. Maurach, Apotheker erster Classe.
Hr. L. Nitze, Bes. d. Plahn'schen Buchhandl.
Hr. Remmert, Rechnungsrath.
Hr. L. Rieß, Banquier.
Hr. Rolcke, Geheimer Finanzrath.
Hr. Dr. Schmedding, Geh. Ober-Reg.-Rath.
Hr. Wollny, Geheimer Finanzrath.
Fräul. Car. v Flotow, Conventualin in Ribnitz.
Hr. F. W. L. Geertz, Pensionair in Gr. Breesen.
Hr. Gust. Kleffel, Kaufmann in Goldberg.
Hr. C. Kürschner, Buchhändler in Schwerin.
Hr. G. Lierow, Pastor in Lohmen.
Hr. L. Lierow, Actuar zu Kloster Dobbertin.
Hr. G. Mühlenbruch in Gerdshagen.
Hr. Aug. Owstien, Cand. Th. zu Kl. Dobbertin.

In der Schlesinger'schen Buchhdlg.:

Hr. v. Bonin, Capitain und Flügel-Adjutant Seiner Majestät des Königs.

Bei E. H. Schröder:

Hr. J. Schneider, Landschaftsmaler.

Bei Schropp u. Comp.:

Hr. Thom. Friedr. Otto Tuch.
Hr. J. F. J. Stackebrandt, Buchhdlr.

Bei A. Stange:

Ihre Durchlaucht die Frau Fürstin v. Pückler-Muskau.
Hr. C. A. Burmeister, Buchhändler.
Hr. v. Dachröder, Kammerherr in Neustrelitz.
Hr. Gustav Eisemann.
Hr. Wilhelm Herz.
Hr. Ludwig Klähn, Buchhändler.
Hr. Joh. F. Schilling, Custos zu St. Petri, academischer Künstler, Ritter rc.
H. A. Stange, Buchhändler.
Hr. August Steinrück.
Hr. F. G. Wagner, Hofmechanikus u. academischer Künstler.

In der Stuhr'schen Buchhandlung:

Se. kön. Hoheit Prinz Heinrich von Preußen.
Hr. de la Croix, Legationsrath.
Hr. Louis Düntz, Fabrikant.
Hr. A. Th. Hachtmann, Buchdrucker.
Hr. Christ. Heinr. Kretschmann, Buchhdlr.
Hr. v. Schenk, Lieutenant.
Hr. F. A. F. W. v. Uechtritz aus d. Hause Tschocha.

Bei T. Trautwein:

Hr. S. A. Benda, Kaufmann.

In der Voß'schen Buchhandlung:

Hr. Dr. J. Kops.
Hr. Ed. Magnus.
Hr. O. G. Oppenheim.
Hr. M. W. Oppenheim.
Hr. Aug. Remy, Professor.
Hr. Gust. Schindelmeißer, Buchhändler.
Hr. Rud. Schramm, Buchhändler.
Hr. Dr. Seegert, Hofrath u. prakt. Arzt.

Bei L. W. Wittich:

Hr. H. Wittich, Maler.
Hr. W. Wittich, Kunsthändler.

Bern.

Bei J. J. Burgdorfer:

Msr. le Baron Rougemont de la Chartreuse.
Hr. J. J. Burgdorfer, Buchhändler.

Bei Huber u. Comp.:

Hr. Max Gerlach, Buchhandlungsgehülfe.
Hr. Haller, Dr. med. und Buchdruckereibes.
Hr. A. Tscharner, Rentner.
Hr. W. R. Kutter, Ingenieur in Nidau.

Bei C. A. Jenni Sohn:

Hr. C. Stämpfli, Buchdrucker.

Bernburg.

Bei F. W. Gröning:

Ihre Durchlaucht Friederike Caroline Juliane regierende Herzogin v. Anhalt-Bernburg.

Bielefeld.

Bei A. Helmich:

Hr. Julius Bertelsmann.
Hr. Julius Helmich, Buchhändler.
Hr. C. F. Westermann.
Hr. Velhagen und Klasing.

Blankenhain.

Hr. L. Anholt:

Frau Wittwe J. Heuer, Besitzerin der Schweiger und Pirk'schen Buchdruckerei.

Bockenheim.

Hr. Jac. Bär Levy.

Boitzenburg.

Bei H. Hössel:

Hr. Dr. J. J. Schmidt, Hofrath u. pr. Arzt.

Bonn.

Hrn. Henry und Cohen, Buchhändler.

Bei H. B. König:

Frau A. Böchtling.
Hr. J. Schmitz, Gasthofsbesitzer.
Fräul. A. E. König in Vegesack bei Bremen.

Bei A. Marcus:

Hr. Dr. A. v. Bethmann-Hollweg, Geheimer Justizrath und Professor.
Hr. J. A. F. Koch, Ober-Bergrath.
Hr. Adolph Marcus, Buchhändler.
Hr. Dr. F. Ritschl, Professor.

Braunsberg.

Im Bücher-Magazin:

Hr. E. J. Dormann, Buchhandl.-Gehülfe.

Braunschweig.

Bei F. Lucius:

Hr. Egm. Lucius, Cand. jur.

Bei G. C. E. Meyer:

Hr. Sack, Registrator.
Hr. Dr. J. Heinr. Meyer.
Hr. C. W. Rambohr, Hofkunsthändler.

Die Schulbuchhandlung:

Die Bibliothek des herzogl. Officier-Corps.
Hr. A. E. v. d. Brincken.
Hr. J. N. Hilzheimer, Banquier.
Hr. W. v. Lübeck, Obristlieut. u. Flügeladj.
Hr. H. Graf v. Oberg.
Hr. Seidel, Ober-Commissair.
Hr. Freiherr Heyno v. Münchhausen auf Vahlberg.
Hr. Voigt, Baurath.
Hr. F. C. Freih. v. Strombeck, der Philos. u. d. Rechte Doctor, Geh. Rath u. Ober-Appellationsrath in Wolfenbüttel.
Hr. v. Veltheim auf Destedt.

Bremen.

Bei W. Kaiser:

Hr. Franz Feilner, Buch- u. Steindruckereibes.
Hr. D. W. Grommé, Conrads Sohn.
Hr. E. Hagedorn, Kaufmann.
Hr. Curio, Postverwalter in Rotenburg.
Hr. C. H. Fauvel, privil. Buchdr. in Vechta.
Hr. Aug. v. Halem, Senator in Norden.
Hr. Tapper, Buchdruckereibesitzer in Aurich.

Bei C. Schünemann:

Hr. H. Besemann, Kunstmaler.
Msr. C. Pompée, Professeur des langues.
Hr. Gust. Schünemann, Buchdruckereibesitzer.
Hr. Jul. Widmann, Dr. med.

Breslau.

Bei G. P. Aderholz:

Hr. Köhler, Typograph.
Hr. Silvius v. Minkwitz auf Grunewitz.
Hr. F. A. Pompejus, Buchhändler u. Buchdrucker in Glatz.
Hr. Carl Cranz, Musikalienverleger.

Bei A. Gosohorsky:

Hr. F. A. Kämp, Oberlehrer.
Hr. Rud. Kopisch, Dr. Philos.
Hr. Wilh. Schneider, Dr. Philos.
Hr. A. F. Lindau, Professor in Oels.

Bei Graß, Barth u. Comp.

Hr. Dr. C. G. Nees v. Esenbeck, Präs. der Akademie der Naturforscher u. Professor.
Hr. H. Barth, Buchdruckereibesitzer.

Bei Ferd. Hirt:

Hr. Robert Bartsch.
Hr. Dumack, Kaufmann.
Hr. Joh. Aug. Franck, Banquier.
Hr. George Frießner, Kaufmann.
Hr. C. Gelinek, Justiz-Commissarius.
Fräulein Julie v. Hänlein.
Hr. Carl Hansen, Kaufmann.
Hr. Heinke, Geheimer Ober-Regierungsrath und Polizei-Präsident.
Frau Kaufmann Luise Held.
Se. Exc. Hr. Carl Graf Henkel v. Donnersmark, Erb-Ober-Land-Mundschenk v. Schlesien und freier Standesherr.
Hr. Oscar v. Heydebrand, Ob.-Landger.-Ref.
Hr. Ferdinand Hirt, Buchhändler.
Hr. A. Hübner, Ober-Appell.-Gerichtsrath.
Hr. Ant. Klette, Ober-Land-Gerichts-Refer.
Hr. Herm. Kletschke, Justizrath.
Hr. Korb, Ober-Landesgerichtsrath.
Hr. C. Kraker v. Schwarzenfeld, Geheimer Regierungsrath.
Hr. Ernst Krug, Ober-Land-Ger.-Refer.
Hr. Dr. Kutzen, Professor der Geschichte.
Hr. Lange, Oberbürgermeister.
Se. Excell. Hr. Dr. v. Merkel, wirkl. Geh. Rath u. Ober-Präs. d. Prov. Schlesien.
Hr. Carl Milde, Kaufmann.
Hr. Julius Möcke, Cand. d. Rechtswissensch.
Hr. Carl Heinr. Müller, Kaufmann.
Hr. Eugen Müller, Justiz-Commissarius.
Hr. Wilhelm Otto, Kaufmann.
Hr. Eduard Philippi, Regierungsrath.
Hr. George Prins, Kaufmann.
Hr. Carl Freih. v. Reibnitz, Regierungsrath.
Hr. Reichardt, Graveur.
Hr. Stanislaus Rodewald, Justizrath.
Hr. W. v. Safft, General-Major.
Hr. Dr. Ernst Jul. Scholtz, Prof. a. d. Univ.
Hr. Julius Schramm, Schauspieler.
Hr. Carl Schulz, Dr. med.
Hr. Schulze, Justiz-Commissarius.
Hr. Franz v. Schwanenfeld, Oberstlieut. a. D.
Se. fürstbischöfl. Gnaden Hr. Leopold Graf v. Sedlnitzki, Fürstbischof von Breslau.
Die Universitätsbibliothek in Breslau.
Hr. Ad. Villaume, Regierungsrath.
Hr. Wachler, Ober-Ger.- u. Kreis-Justizrath.
Se. Excell. Hr. v. Wedell I., Generallieut.
Hr. Heinr. Weigelt, Ober-Landesger.-Assessor.
Hr. Aug. Weiß, Diaconus.
Hr. Aßmann, Conrector am Gymn. in Liegnitz.
Die Bibliothek d. Ritter-Akademie in Liegnitz.
Die Bibliothek des k. Gymnasiums in Ratibor.
Hr. Hans Graf v. Breßler auf Alt-Kemnitz.
Hr. Alexis Baron v. Buddenbrock, Lieutenant a. D. auf Wabnitz.
Hr. Hermann v. Dresky, Rittergutsbes. auf Ober-Gräditz.
Fräulein Ida v. Düringsfeld in Ostrawe.
Hr. Alexander Graf v. Dyhrn auf Gimmel.
Hr. v. Elsner, Landrath auf Pilgramsdorf.
Hr. Freih. v. Falkenhausen, Oberstlieutenant a. D. auf Pischkowitz.

Hr. Fischer, Superintendent in Winzig.

Hr. v. Frankenberg, Landesältester auf Bogislawitz.

Hr. Julius Fritz in Cracau.

Hr. Hermann v. Gaffron, Dir. des kön. Credit-Instituts für Schlesien auf Kunern.

Hr. Ed. Goguel, Diaconus in Schweidnitz.

Hr. Heinrich Gutmann, Oberlandesgerichts-Referendar in Ratibor.

Hr. Graf v. Hardenberg in Brieg.

Se. Durchl. Hermann Fürst v. Hatzfeld auf Trachenberg, Gen.-Landschafts-Director.

Frau Eleonore Gräfin Henkel von Donnersmark auf Grambschütz.

Hr. Hans Graf v. Hochberg, Majoratsbesitzer auf Fürstenstein und Wirschkowitz.

Seine Durchlaucht August Fürst zu Hohenlohe-Oehringen auf Schlawentzitz.

Frau Louise Gräfin v. Hohenthal, geb. Prinzessin v. Curland.

Hr. J. A. E. Graf v. Hoverden-Plenken, k. Geh. Justizr. u. Kammerherr auf Tauer.

Frau Gräfin v. Hoverden, geborne Gräfin v. Haugwitz auf Hünern.

Hr. Jeuthe, Ober-Landesger.-Ref. in Glogau.

Hr. Rud. Jonas, Patrim.-Richter in Ratibor.

Hr. Ferd. Kallmeyer, Rittergutsb. auf Schmolz.

Hr. Heinr. Kettner, Kaufmann in Stettin.

Frau Justiz-Commissarius Klapper, geborne Scotti in Ratibor.

Hr. Baron v. Köckritz auf Sürchen.

Hr. Jul. v. Koschembahr, Rittmeister a. D. auf Eisenberg.

Hr. Jul. Korneck, Justiz-Commissar. in Posen.

Hr. Aug. Graf v. Kospoth auf Briese.

Hr. Eduard Kramsta, Kaufmann in Freiburg.

Hr. August Kramsta, Kaufmann ebendas.

Hr. Wilhelm Kramsta, Kammergerichts-Referendar in Berlin.

Hr. Lanskoi, Rittmeister in Ohlau.

Frau Marie Gräfin Löben, geb. Gräfin zur Lippe auf Rudelsdorf.

Hr. Graf v. Luchesini, königl. Kammerherr auf Protsch.

Frau Marianne Freiin von Lüttwitz, geb. von Schuckmann auf Hartlieb.

Hr. v. Merckel, Regierungsrath in Liegnitz.

Hr. v. Mutius, Rittmeister a. D. auf Altwasser.

Hr. Fedor Neuland, Lieut. u. Adj. in Glogau.

Hr. Guido Neumann, Stadtgerichts-Rath in Posen.

Frau Leocadie v. Nimptsch, geb. v. Gilgenheimb auf Jäschkowitz.

Frau Julie Freiin v. Obernitz, geb. v. Keltsch auf Magnitz.

Hr. Gustav Leop. v. Ohlen und Adlerscron, Ober-Landesger.-Assessor in Ratibor.

Hr. Wilh. Oelsner, Kaufmann u. Fabrikherr in Trebnitz.

Hr. v. Pfuel, General-Major u. Divisions-Commandant in Neisse.

Hr. Emil Pinzger, Gymn.-Conr. in Ratibor.

Hr. v. Poser-Nädlitz, k. Kammerherr, Land-Hofrichter u. Landesältester auf Dombsel.

Hr. Leonh. v. Poser-Nädlitz, Lieut. in Kempen.

Hr. Casimir Graf v. Potulicki auf Potulice rc.

Hr. Erdmann Graf v. Pückler auf Schedlau, Regierungs-Präsident in Oppeln.

Hr. v. Radonitz, Lieut. in Sitzmannsdorf.

Hr. C. H. Rehmel, Lieutenant u. Justiziarius in Ratibor.

Hr. Heinr. Graf v. Reichenbach, Erb-General-Land-Postmeister v. Schlesien, freier Standesherr auf Goschütz.

Hr. Graf v. Renard, k. k. österr. Kämmerer auf Gr. Strelitz.

Hr. Richter, Justiziarius in Tarnowitz.

Hr. Freih. v. Richthofen auf Kohlhöhe.

Hr. F. J. Riedinger, Buchdruckereibesitzer in Ratibor.

Hr. Graf v. Rödern auf Mittel-Peilau.

Hr. v. Rosenberg-Lipinski, Landesältester auf Gutwohne.

Hr. August Rost in Erfurt.

Frau Tosca Freiin v. Rothkirch-Trach auf Hermsdorff.

Hr. Jos. Freih. v. Rottenberg, Ober-Landesgerichts-Referendar in Glogau.

Hr. Baron v. Sauerma auf Ruppersdorf.

Se. Erl. Hr. Leopold Reichsgraf v. Schaffgotsch, freier Standesherr u. Erb-Land-Hofmeister auf Warmbrunn.

Hr. Rud. Schottki, Land- u. Stadtgerichts-Assessor in Kempen.

Hr. v. Schweinitz, Geh. Reg.-Rath, Akad.- u. Studien-Dir. d. k. Ritter-Akad. in Liegnitz.

Hr. Frh. v. Seherr-Thoß, k. Landr. auf Cujan.

Hr. Ernst Graf v. Seherr-Thoß auf Dobrau.

Hr. Ferdinand Freiherr v. Seher-Thoß auf Olbersdorf.

Hr. Hermann Graf v. Seher-Thoß, Regierungs-Referendar in Oppeln.

Fr. Mathilde Gräfin v. Sierstorff auf Koppitz.

Hr. Ludw. Graf v. Sprinzenstein, k. k. Kammerherr auf Hoschütz.

Hr. Moritz v. Stegmann und Stein, Major a. D. und Landesältester auf Stachau.

Hr. Conrad Graf v. Sternberg auf Raudnitz.

Hr. Robert Steuer, Oberlandesgerichts-Referendar in Ratibor.

Hr. Theodor Stóc, Studiosus aus Posen.

Hr. Bernhard Graf zu Stolberg-Stolberg auf Schönwitz.

Hr. Süßenbach, Superintendent in Trebnitz.

Fräulein Auguste Teschner in Waldenburg.

Hr. v. Thielau, Rittergutsbes. auf Lampersdorf.

Hr. Boleslaw Thomas, St. Ph. aus Miloslaw.

Hr. Gustav Tschörtner, Rittergutsbesitzer auf Berbisdorf.

Hr. Unverricht, Lieutenant und Rittergutsbesitzer auf Eisdorf.

Hr. Eduard Vogel, Apotheker in Pleß.

Hr. Freiherr v. Wechmar, Rittergutsbesitzer auf Zedlitz.

Hr. Carl v. Weigel auf Zagorowo rc.

Hr. Wichura, Ob.-Ld.-Ger.-Assess. in Ratibor.

Hr. Wichura, Dr. med. u. Rittergutsbesitzer auf Woislowitz.

Hr. Otto v. Wilamowitz auf Smolice.

Hr. v. Winckler, Rittergutsbes. auf Miechowitz.

Hr. J. F. Witt v. Dörring, Rittergutsbesitzer auf Urbanowitz.

Hr. Graf v. Zedlitz-Leipe, Kammerherr auf Rosenthal.

Hr. Joseph Wold. Freiherr v. Zeschwitz auf Girlachsdorf.

Hr. v. Ziegler-Klipphausen, Lieut. in Brieg.

Hr. Graf v. Ziethen auf Adelsbach, k. Landrath in Waldenburg.

Bei Urb. Kern:

Ihre Durchl. die Frau Prinzessin Luise v. Hohenlohe-Ingelfingen, geb. Prinzessin v. Hohenlohe-Langenburg in Koschentin.

Hr. F. Graf v. Burghauß, Landschafts-Director auf Laasan.

Hr. Graf Chr. v. Poninski auf Siebeneichen.

Hr. Ernst Schindler, Kaufmann.

In der W. G. Korn'schen Buchhdlg.:

Hr. Ast, Stadtgerichtssecretair.

Hr. Wilhelm Gärtig, Typograph.

Hr. A. Höcker, Maler u. Lehrer d. Bildhauerk.

Hr. Wilhelm Junge, Typograph.

Hr. Ad. Lange, Typograph.

Hr. Wilhelm Langner, Typograph.

Hr. F. W. Möbius, Disponent d. Korn'schen Buchhandlung.

Hr. Guido Porsch, Typograph.

Hr. Wilhelm Santer, Lithograph.

Hr. Ad. Siegmund, Steinschneider.

Hr. Sohr, Ober-Regierungsrath.

Hr. F. A. Voigt, Disponent der Korn'schen Buchhandlung.

Hr. Wilhelm Korn auf Rudelsdorf.

In der F. E. C. Leuckart'schen Buchhdlg.:

Hr. Binner, k. Seminar-Director u. Pastor.

Hr. Schwürtz, königl. Geh. Rath und Ober-Post-Director.

Hr. v. Netz, königl. preuß. Major a. D., Ritter rc. in Reichenbach.

Das k. kathol. Gymnasium zu Groß-Glogau.

Bei J. Max u. Comp.:

Hr. J. Barthold, Handlungs-Commis.

Hr. Dziuba, Justizrath.

Hr. Dr. Ebers, Medizinalrath.

Hr. Hahn, Justizrath.

Hr. C. R. Krause, Zimmermeister.

Hr. Graf Conrad v. Dyhrrn auf Reesewitz.

Frau Julie Gräfin Kospoth, geb. v. Poser u. Nädlitz auf Schön-Briese.

Hr. Graf v. Pfeil auf Thomnitz.

Hr. Landrath Baron v. Richthofen auf Brechelshof.

Hr. Moritz Graf Strachwitz auf Peterwitz.

Hr. Heinrich Richter, Buchhändler.

Bei Aug. Schulz u. Comp.:

Hr. Dr. August Kahlert.

Der Breslauer Kunstverein.

Hr. Ferdinand Schiller, Kaufmann.

Hr. Louis Sommerbrodt, Kunsthändler.

Bei C. Weinhold:

Hr. Gelinek, Justizrath und Hoffiscal.

Hr. Ferdinand Koska, Maler.

Hr. F. F. Koblitz, Kaufmann und Buchhändler in Reichenbach.

Hr. J. F. W. Weilshäuser, Regierungs-Buchdrucker in Oppeln.

Hr. C. Weinhold, Buchhändler.

Brieg.

Bei C. Schwartz:

Hr. Landrath Graf Hoverden, Reichsfreiherr von Plenken auf Hühnern.

Bromberg.

Bei L. Levit:

Hr. Liersz, Regierungsrath.

Bei E. S. Mittler:

Hr. L. F. W. Koch, Geschäftsführer d. Mittler'schen Buchhandlung.

Hr. v. Ledebur, Regierungs-Assessor.

Hr. Dr. Ollenroth, Regierungs- und Medizinalrath.

Hr. Roquette, Landgerichtsrath und Justiz-Commissarius.

Hr. v. Wißmann, Regierungs-Chef-Präsident.

Brünn.

Hr. F. Gastl, Buchhändler.

Bei Seidel u. Comp.:

Hr. Johann Ohéral.

Hr. Franz Schmitzhausen, k. k. Cameralsecr.

Hr. Carl Freih. v. Sterneck, k. k. Beamter.

Se. Excell. Hr. F. J. Graf u. Hr. v. Zierotin, k. k. Kammerherr und Geh. Rath.

Bei Traßler u. Sohn:

Hr. Joh. Herring, Großhändler.

Hr. C. G. Satzger, Zuckerfabr. in Eichhorn.

Brüssel.

Bei C. Muqurdt:

Se. Majestät Leopold König der Belgier.

Se. Durchlaucht der Herzog von Aremberg.

Son Altesse le Prince Paul d'Aremberg.

Se. Durchlaucht der Prinz von Ligne.

Hr. Marquis von Beauffort.

Hr. Bosselaer, Vicair.

Se. Exc. Hr. General Buzen, Aide de camp des Königs und Militair-Gouverneur.

Hr. Graf Debaillet.

Hr. Baron v. Friedberg.

Hr. Dr. C. M. Friedländer.

Hr. Hardt.

Hr. Lichtenberg.

Hr. Mettenius, Banquier.

Hr. Raabe.

Hr. Baron v. Reiffenberg.

La Société des beaux arts.

Se. Excellenz Hr. v. Willmar, General.

Hr. Dr. Arendt, Professor in Loewen.

Hr. A. Kreglinger in Antwerpen.

Hr. Abbé Malon in Loewen.

Hr. C. A. Mitscher in Berlin.

Burgdorf.

Hr. C. Langlois, Buchhändler.

Carlsbad.

Bei Gebr. Franieck:

Hr. J. Graf Auersperg, k. k. Kämmerer in Hartenberg.
Hrn. Gebrüder Haidinger, privil. Porzellanfabriksinhaber in Elbogen.
Hr. Neumann, Praktikant bei dem Kreisamte in Elbogen.

Carlsruhe.

In der Braun'schen Hofbuchhandlung:

Se. k. Hoh. Leopold Großherzog von Baden.
Se. Durchlaucht Karl Egon Fürst zu Fürstenberg in Donaueschingen.
Die großherzogliche Hofbibliothek.
Hr. Molter, Geh. Rath u. Oberbibliothekar.
Hr. Berkmüller, Architekt.
Hr. Camill Macklot, Buchhändler.
Hr. P. Wagner, Lithograph.
Hr. Alb. Knittel, Hofbuchhändler.

Bei Creuzbauer u. Nöldeke:

Hr. J. P. Birks, Verleger u. Buchdrucker in Rastadt.
Se. Excellenz Hr. Graf v. Bismark, königl. würt. Generallieutenant und Gesandter.
Hrn. Creuzbauer und Nöldeke in Carlsruhe, Buchhändler.
Hr. Krieg v. Hochfelden, Obristlieutenant u. Flügeladjutant.
Hr. Hoffmann, Obrist und Regimentschef in Mannheim.
Hr. Jolly, Staatsrath u. Präsident des Justizministeriums, Excellenz.
Hr. Klüber, Geheime-Rath.
Se. Exc. Hr. v. Oberkamp, k. baier. Gesandter.
Die Groos'sche Buchhdlg. (Hr. A. Bielefeld).
Hr. C. T. Groos, Verlagsbuchhändler.
Hr. Carl Müller, Buchhändler.
Hr. Wilhelm Müller, Buchhändler.

Cassel.

Bei Wilh. Appel:

Se. Excellenz Hr. Phil. Braun, Feldmarschall in südamerikanischen Diensten.
Son Excell. Mr. de Cabre, Ministre plénipot. de France.
Hr. Joh. Jos. Derska, Hoffänger.
Hr. Alb. Wolff v. Haller.
Frau Maria v. Herder.
Die Hof- und Waisenhausbuchdruckerei.
Hr. Ferdinand Kießling, Buchhandlungsgehülfe aus Nürnberg.
Hr. J. Knatz, Kriegsrath.
Hr. Koch, Staatsrath.
Se. Erlaucht Hr. Graf v. Kuefstein, k. k. österreich. bevollmächtigter Minister.
Se. Excell. Hr. v. Motz, Staatsminister.
Hr. Freih. v. Riedesel, kurh. Erbmarschall.
Ihre Erlaucht Frau Gräfin v. Schaumburg.
Hr. Friedrich Schenkheld.
Hr. F. A. C. v. Specht, Capit. d. Leibgarde.
Hr. Jul. v. Buttlar, kurh. Kammerherr in Fritzlar.
Hr. G. Evert Habich, Fabr. in Beckerhagen.
Hr. Freih. Ferd. v. Hutten, Rittmeister à la suite und Kammerherr in Würzburg.
Se. Excellenz Hr. Baron v. Stein, österreich. Hofmarschall in Schaumburg.
Hr. H. E. v. Stockhausen, Gutsbesitzer in Wülmersen.

Bei J. J. Bohné:

Hr. J. J. Bohné, Buchhändler u. Stadtrath.
Hr. Friedrich Meisterlin, Ober-Finanz-Kammer-Director.
Hr. Gottl. Meyer, Kriegsrath.
Hr. Ludw. Möli, Obergerichts-Referendar.
Hr. Th. Friedr. Schäfer, Factor der Hotop'schen Buchdruckerei.
Hr. C. W. Wippermann, Stadtsecretair.

Bei Theod. Fischer:

Ihre Durchl. die Prinz. Amalie v. Hohenlohe-Waldenburg-Schillingsfürst zu Corvey.
Hr. Freih. K. S. Waitz von Eschen.
Die fürstliche Bibliothek zu Corvey.
Freifrau v. Dallwigk-Schaumburg, geb. v. Heister in Dillich.
Hr. Baron Heinrich v. Gilsa zu Gilsa.

In der Luckhardt'schen Hofbuchhdlg.:

Hr. L. E. Duysing, Ober-Appell.-Ger.-Präsid.
Hr. H. L. Kersting, Ober-Finanzrath.
Hr. S. F. v. Meyer, Ober-Gerichtsrath.
Hr. Mons, Hofschauspieler.
Hr. Rudolph, Architect.
Hr. v. Steuber, Staatsminister, Excellenz.
Hr. v. Stockhausen, Hauptmann.
Hr. Dr. G. Stracke, Ober-Medizinalrath.
Hr. Kothe, Steuer-Rectificator in Waldkappel.

In der Meßner'schen Buchhandlung:

Hr. S. Mauer, Schullehrer in Münden.

Celle.

In der E. H. C. Schulze'schen Buchhdlg.:

Hr. G. E. F. Schulze, sen., Buchhändler und Buchdrucker.

Chemnitz.

Hr. C. G. Kretschmar, Buchhändler.

Bei Pabst u. Sohn:

Hr. Carl Gotth. Friedr. Christ, Kramnadler.
Hr. F. W. Starke, Buchhändler.

Christiania.

Bei J. Dahl:

Hr. Gröndahl, Buchdruckereibesitzer.
Hr. Jürgemen, Cand. jur.
Die Universitäts-Bibliothek.

Clausenburg.

Hrn. Tilsch u. Sohn.

Cleve.

Bei J. Cohen:

Hr. A. v. d. Heuvel, Rector d. Gymnasiums in Ravenstein.
Hr. Koekoek, Maler, Ritter d. Löwenordens.
Ihre Erlaucht Frau Gräfin Amalie zur Lippe-Biesterfeldt.
Hr. Freih. Max v. Loe zu Wissen.

Coblenz.

Bei J. Hölscher:

Hr. Musculus, Hauptmann.

Coburg.

In der Riemann'schen Buchhdlg.:

Hr. v. Wangenheim, k. würt. Staatsminister.

In der Sinner'schen Buchhdlg.:

Hr. Geldner, Oberpfarrer und Kirchenrath in Sonnenfeld.

Coesfeld.

In der Riese'schen Buchhandlung:

Se. Durchl. Fürst Wilhelm Friedrich zu Salm-Horstmar.
Hr. Franz Hakebram, Apotheker in Dülmen.
Hr. H. Rosery, Pfarrer in Leyden.

Cöln.

Bei J. P. Bachem, Hofbuchhändler und Buchdrucker:

Se. Erl. Hr. Reichsgraf C. zur Lippe-Biesterfeld.
Hr. J. P. Bachem, Buchhändler.
Hr. Alfred v. Bünting, Lieutenant.
Hr. Jonas Friedsam, Buchdrucker.
Hr. E. W. Jäger, Tischlermeister.
Hr. v. Monsterberg, Portepée-Fähnrich.

Bei L. Bruère.

Hr. Franz Bruère.
Hr. Heinrich Bruère.

Bei M. Du Mont-Schauberg, Buchhändler und Buchdrucker:

Hr. Heinr. Math. Schmitz, Kaufmann.

Bei L. Kohnen:

Hr. Dr. v. Binzer.
Hr. Wilh. Clouth, Buchdruckereibesitzer.
Hrn. Gebr. Göbels, Steindruckereibesitzer.
Hr. Peter Lauter, Kaufmann.
Hr. E. Weber in Antwerpen.

Bei J. E. Renard, Buchhändler:

Die Loge Agrippina.
Hr. Jos. Bogen.
Hr. C. Eck.
Hr. D. Levy Elham.
Frau J. Herstatt.
Hr. Georg Jung, Landgerichts-Referendar.
Freiin C. v. Kleist.
Hr. G. König, Dr. med.
Der Kölnische Kunstverein.
Hr. J. J. Masson, junior.
Die Loge Minerva zum vaterländischen Verein.
Hr. Jos. Müller.
Hr. Franz Freih. v. Münch-Bellinghausen, kön. preuß. Regierungsrath.
Das Oberbürgermeister-Amt.
Hr. Franz Pape, Bibliothekar.
Hr. J. E. Renard, Buchhändler.
Hr. Carl Rothmann, Buchdrucker.
Hr. Schenk, Justizrath und Notar.
Hr. Franz Xav. Schlösser, Buchdrucker.
Hr. J. B. Schumacher.
Fräulein Julie Stein.
Hr. H. v. Wittgenstein.
Hr. Freih. J. v. Ayr in Nieder-Dollendorf.
Frau S. Mertens, geb. Schaaffhausen in Bonn.

Bei J. Ritzefeld:

Hr. Ant. Mayrhofer, Baumeister.
Hr. A. Rohr, Kaufmann.

Bei J. G. Schmitz:

Hr. Carl Engels, Kaufmann.

Constanz.

Hr. C. Glückher.

Copenhagen.

In der Gyldendal'schen Buchhdlg.:

Hr. Bianco Luno, Buchdrucker.
Hr. Georg Müller, "
Hr. J. D. Qvist, "
Hr. A. Seidelin, Hof- u. Universitätsbuchdr.
Hr. N. J. Gumpert, Buch- und Musikhändler in Gothenburg.
Hr. P. Hiort, Dr. Philos., Prof. d. deutschen Sprache u. Liter. an der Acad. in Soröe.
Hr. H. C. Klein, Buchhändler.

Bei Lose u. Olsen:

Hr. S. A. Blom.
Hr. L. Fabritius de Tegnagel.
Hr. N. Gerson.
Hr. Ed. Gottschalk.
Hr. F. Metze, Dr. med.
Hr. P. W. Olsen, k. Hof-Musikalienhändler.
Hr. C. A. Reitzel.

Cottbus.

Bei Ed. Meyer:

Hr. Ed. Meyer, Buchhändler.
Hr. Wilke, Hofrath.
Hr. v. Schönfeldt, Justizrath in Schroda.

Crakau.

Bei D. E. Friedlein:

Hr. Dr. Jos. v. Brodowicz, Rector der Jagiellonischen Universität und Regierungs-Commiss. für das Unterrichtwesen.
Hr. D. E. Friedlein, Buchhändler.
Hr. Mich. Wiszniewsky, Professor der jagiellon. Universität.

Crefeld.

In der Funcke'schen Buchhandlung:

Hr. Joh. Cramer, Buchhändler.
Hr. Matth. Haasen.

Hr. Abraham Sohmann, Handelsger.-Präsid.
Hr. Friedr. Diergardt, Commerzienrath, Ritter &c. in Vierssen.
Hr. Joh. Peter vom Rath, Rittergutsbesitzer, Haus Lauersfort, Kreis Geldern.

Danzig.

Bei S. Anhuth:

Hr. Julius Amort, Gymnasiast.
Hr. Belian, Premierlieutenant.
Hr. Leop. Engelmann.
Hr. Gelb, Zimmermeister.
Hr. E. Haub, Vicarius an d. königl. Capelle.
Hr. Krüger, Maurermeister.
Hr. J. A. Pilz, Fracht-Bestätiger.
Hr. Franz v. Rottenburg.
Hr. A. Walter, Kaufmann.

Bei F. S. Gerhard:

Hr. G. A. Friedr. Gerhard, Buchhändler.
Hr. Hermann, Hauptmann der 2. Art.-Brig.
Hr. Dr. Lievin.
Hr. Maquet, Regierungsrath.
Hr. Rothländer, Lazareth-Inspector.
Hr. Schirrmacher, Oberlehrer.
Hr. John Stoddart, Kaufmann.
Hr. A. G. Geysmer, Gutsbes. in Terranova.

Bei L. G. Homann:

Hr. H. B. Abegg, Kaufmann, Commerzien- und Admiralitätsrath.
Hr. G. Baum, Kaufm. u. Stadtverord.-Vorst.
Hr. S. Baum, Kaufmann und Stadtrath.
Hr. L. Botzon, Kaufmann und Stadtrath.
Hr. C. A. Dalmer, Kaufmann.
Hr. Ludw. Delmanzo, Buchdruckereibesitzer.
Hr. Herm. Baron v. Eichendorf, Referendar.
Hr. E. T. Grade, Handlungscommis.
Hr. C. H. F. Heidfeldt, Studiosus.
Hr. Fr. Heyn, Kaufmann.
Hr. Leop. Gottl. Homann, Buchhändler.
Hr. F. W. Jacobi, Geh. Regierungsrath.
Hr. Aug. Jenin, Kaufmann.
Hr. C. v. Könneritz, Major im 4. Inf.-Reg.
Hr. Ed. Krieger, Kaufmann.
Hr. J. Labes, Kammerger.-Assessor.
Hr. E. W. Lange, Dr. med. u. Kr.-Physikus in Neustadt in W. P.
Hr. E. Mankiewicz, Negociant.
Hr. A. Mundt, Predigtamts-Candidat.
Hr. C. F. Pannenberg, Stadtrath.
Hr. A. L. Randt, Kaufmann.
Hr. D. W. Rosenmeyer, Kaufmann.
Hr. E. A. F. Schönbeck, Kaufmann.
Hr. J. M. Steinmetz, Kaufmann.
Hr. Dr. L. Wagenfeld, Kreis-Thierarzt.
Hr. R. Walter, Justiz-Commissarius u. Not.
Hr. H. W. S. Ziesmer, Kaufmann.
Hr. James Balfour, Gutsbes. auf Königsdorf.
Hr. E. A. Böttcher, Kaufmann und Besitzer der Seebad-Anstalten in Zoppot.
Hr. Leop. Hepner, Gutsbes. auf Schwintsch.
Hr. Georg v. Kleist, Landrath auf Rheinfeld.
Hr. J. A. Knoop, Lehrer in Niederfeld.
Hr. Ludw. B. v. Platen, Landrath in Neustadt.
Hr. C. E. Waage, Landgerichts-Director u. Kreis-Justizrath in Carthaus.
Hr. Ad. v. Werner, Kreissecr. in Rheinfeld.

Darmstadt.

Bei C. Dingeldey:

Ihre Erl. Frau Fürstin von Erbach-Fürstenau.

Bei G. Jonghaus, Buchhändler:

Se. königl. Hoheit der Großherzog von Hessen und bei Rhein.
Se. Hoheit der Erbgroßherzog von Hessen u. bei Rhein.
Hr. Graf Lehrbach, Hofmarschall.

Bei G. G. Lange:

Se. Hoheit Prinz Carl von Hessen.
Ihre Hoheit Prinzessin Carl von Hessen.
Hrn. C. W. Leske's Verlagsbuchhandlung.

Dessau.

Se. Hochfürstl. Durchl. der regierende Herzog Leopold Friedrich von Anhalt-Dessau.
Se. Hochfürstl. Durchlaucht Prinz Wilhelm Woldemar zu Anhalt-Dessau.
Hr. Richard Brook, Kaufmann.
Die Hofbuchdruckerei.
Hr. Gustav Krüger, Kammersänger.
Hr. Heinr. v. Raumer, herzogl. Kammerrath.

Dorpat.

In F. Severin's Universitätsbuchhdlg.:

Hr. M. Aßmus, Rath und Ritter.
Hr. Al. v. Hasze, Stud. diplom.
Hr. Ed. Karow, Buchhändlergehülfe.
Das Kunst-Museum.
Hr. Dr. C. E. Otto, Collegienrath u. Professor der Rechte.
Hr. A. C. Tischner.
Hr. Baron v. Vietinghoff, Kammerherr.
Frau Martha v. Wahl.
Hr. Wilhelm v. Wahl.
Hr. Graf Bose zu Anzen.
Hr. Alexander Graf Igelstrom, Garde-Stabsrittmeister, Ritter &c. in Jewe.
Hr. O. v. Koskull, Rittergutsbes. in Sadjerw.
Hr. C. v. Meusenkampff, Rittergutsbesitzer auf Schloß Tarwast.
Hr. Fr. Severin, Buchhändler.
Hr. v. Stael-Holstein zu Testama.
Hr. O. v. Wahl, Rittergutsbes. in Kawast.
Hr. Aug. Hagen, Maler.
Hr. C. Fauchzy, Stud. med.
Hr. Joh. Marcuse, Stud. med.
Hr. O. F. Michaelis, Buchhändler.
Hr. Ed. Rogmann, Buchdrucker.
Hr. Baron u. Ritter P. W. v. Burhoewden, Landmarsch. d. Prov. Oessen in Arensburg.
Hr. Friedr. Reinh. Kreutzwald, Dr. med. u. Arzt in Werro.

Dresden.

In der Arnold'schen Buchhandlung:

Se. Maj. Friedrich August, König v. Sachsen.
Ihre Majestät Marie, Königin von Sachsen.
Se. königl. Hoheit Prinz Johann, Herzog zu Sachsen.
Ihre königl. Hoheit Amalia Augusta, Herzogin zu Sachsen.
Ihre königl. Hoheit Prinzessin Marie Amalie, Herzogin zu Sachsen.
Ihre königl. Hoheit Prinzessin Auguste, Herzogin zu Sachsen.
Se. königliche Hoheit Ernst, Erbprinz von Sachsen-Coburg-Gotha.
Se. königl. Hoheit Friedrich Franz, Erbgroßherzog v. Mecklenburg-Schwerin.
Se. Durchlaucht Hugo Prinz zu Hohenlohe-Oehringen.
Se. Durchlaucht Fürst Wilhelm v. Löwenstein-Wertheim.
Se. Durchlaucht Heinrich LXXIII. Fürst Reuß auf Klipphausen.
Se. Durchl. Heinrich LXIII., Prinz Reuß, Herr und Graf von Plauen.
Die Academie der bildenden Künste.
Hr. Dr. v. Ammon, Oberhofprediger.
Hr. C. H. Arndt, Lehrer a. d. Baugewerksschule.
Hr. Baron v. Bach.
Hr. Theod. Bassenge, Kaufmann.
Hr. Mor. Bellmann, Decorationsmaler.
Hr. Ernst Blochmann, Buchdruckereibesitzer.
Hr. Otto Freih. v. Bodenhausen, Rittmeister.
Hr. Graf v. Breza.
Hr. v. Broizem, Geh. Kriegsrath.
Hr. v. Buchan.
Hr. J. Büchel, Kaufmann.
Hr. C. A. Buchholtz, Stadt-Expeditor.
Hr. M. Calberla, Fabrikenbesitzer.
Hr. v. Carlowitz, Kammerherr u. Legat.-Rath.
Hr. Otto v. Carlowitz, Lieutenant.
Hr. Carl Conradi.
Hr. B. Crusen, Particulier.
Hr. J. C. Dahl, Landschaftsmaler und Prof.
Hr. Heinrich Graf v. Einsiedel.
Msr. J. Evelyn.
Se. Excell. Hr. Fr. Forbes, Großbritt. Gesandter und bevollmächtigter Minister.
Hr. Freih. Heinr. Ad. v. Friesen, königlicher Kammerjunker.
Fräulein v. Friesen, Hofdame.
Hr. Baron Ant. v. Gablenz.
Hr. Heinr. Freih. v. Gablenz, Rittm. v. d. A.
Hr. Carl Gärtner, Buchdruckereibesitzer.
Hr. Friedr. v. Globig, Geheimer Rath.
Hr. Alfr. v. Globig, Kammerherr.
Hr. C. W. v. Goldacker-Ufhoven.
Hr. J. H. Grünler, Geh. Legationsrath.
Hr. L. F. Gutbier, Advocat und Accessist b. Haupt-Staatsarchiv.
Hr. Felix Freiherr v. Gutschmid.
Hr. Friedr. Hanfstängl, Lithograph.
Hr. Ed. Heinz, Advocat.
Hr. Graf v. Hessenstein.
Hr. G. H. C. Jordan, Kaufmann.
Hr. C. L. Kohlschütter, Regierungsrath im Ministerium des Innern.
Hr. W. Kühnel.
Hr. C. T. Kunz, Major u. Wasserbau-Dir.
Hr. Rudolph Kunze.
Hr. Dr. F. A. v. Langenn, Geh.-Rath u. Ritt.
Frau v. Langenn, Oberhofmeisterin.
Frau Gräfin Langenstein.
Hr. Joh. Friedr. Lemaistre, Geh. Legat.-Rath.
Hr. Stanislaus Graf Leszczyc von Radolin Radolinski.
Hr. A. v. Lindenau, General-Major.
Frau v. Loqueyssie.
Hr. Ed. v. Löwenfels, H. S. Coburg-Goth. Kammerherr und Hauptmann.
Hr. J. L. Lucas, Architect.
Se. Excellenz Hr. v. Lüttichau, wirkl. Geh. Rath und General-Director.
Hr. Gust. Marschner, Dr. jur.
Hr. Fromherz Marr, Architect.
Hr. Carl Ludw. Meisel.
Hr. G. Meusel, Banquier.
Se. Exc. Hr. v. Minckwitz, wirkl. Geh. Rath.
Hr. Friedr. Moßdorf, Hof- und Justiz-Canzlei-Secretair.
Hr. W. Nerenz, Maler.
Hr. Nicolai, Architect.
Hr. R. R. Noel.
Hr. v. Oppel, Amtshauptm. und Polizei-Dir.
Hr. M. W. Oppenheim, Banquier.
Freifrau Philippine v. Palm, geb. Freiin v. Ellrichshausen.
Hr. Ludw. Pauli, Hofschauspieler.
Hr. Edm. Peschel, Candidat der Rechte.
Hr. Friedrich Rudolph Peyer.
Hr. Heinrich Plödterll, Juwelier.
Hr. Carl Ramming, Buchdruckereibesitzer.
Hr. Günth. Friedr. Reibisch.
Hr. Ad. Reisner.
Hr. v. Richter, k. russ. Gesandschafts-Secret.
Hr. Fr. Wilh. Schäffer, Baumeister.
Hr. Ludw. Schmidt, Architect.
Hr. C. v. Scholtz, k. preuß. Commerzienrath.
Hr. X. M. C. v. Schönberg-Roth Schönberg, Obristlieutenant.
Hr. J. H. Schramm, Maler.
Se. Excellenz Hr. A. v. Schröder, k. russ. Geh. Rath und Gesandter &c.
Frau W. Schröder-Devrient, Kammersängerin.
Hr. Friedrich Oscar Schwarze, Dr. jur. und Ministerialsecretair.
Hr. Eduard Schwender, Kaufmann.
Hr. Ed. v. Seebach, Sächs. Coburg. Forstmeister und Kammerjunker.
Hr. Dr. B. W. Seiler, Hof- u. Mediz.-Rath.
Hr. Freih. Ad. v. Sell, G. Meckl. Schwer. Kammerherr u. Gouverneur Sr. königl. Hoheit des Erbgroßherzogs.
Hr. G. Semper, ordentl. Professor der Academie der bildenden Künste.
Frau Generalin, Gräfin v. Seydewitz, geb. Gräfin v. Callenberg.
Hr. Paul Siemen, Baumeister.
Hr. Theod. Graf zu Solms-Sonnewalde.
Hr. Ed. Sonntag, Maurermeister.
Hr. C. B. Stannis, Maler.
Hr. Freih. v. Stenglin, Domcapitular und Ritter des Maltheserordens.
Hr. Joh. Felix Graf Tarnowski.

Hr. Jos. Tichatschek, Kammersänger.
Hr. C. A. Tiedge.
Hr. Adolph Türk.
Hr. Freih. v. Ungern-Sternberg, Geh. Rath.
Hr. Freih. v. Berger, k. baier. Geschäftsträger.
Hr. G. Weiß, Kunsthändler.
Hr. Henry Westmacott, Partic. aus England.
Hr. Rich. von Wurmb.
Hr. Ludw. v. Zedtwitz, Geheime Rath.
Se. Exc. Hr. Staatsminister H. A. v. Zeschau.
Hr. v. Ziemizcki, Hauptmann.
Frau Baronin Albedyle, wirkl. Geheimeräthin in Mitau.
Hr. Ralph A. Anstruther, Baronet. Scotland.
Hr. L. v. Burgsdorff in Bautzen.
Hr. Bernh. Cotta, Dr. ph. in Tharand.
Fräulein Luise Exe in Mitau.
Hr. Herm. Fiedler, Kaufmann in Oederan.
Hr. X. Gasch, Gutsbesitzer in Peutig.
Hr. Dr. Friedr. Ferd. Gley auf Oelsnitz und Gr. Thiemig.
Hr. Felix v. Globig, Oberlieut. in Borna.
Hr. Heinr. v. Globig, Kammerherr in Giesenstein.
Se. Erlaucht Hr. Franz Ernst Graf Harrach zu Rohrau in Wien.
Hr. Jos. Herrmann, Bildhauer in St. Petersburg.
Hr. C. F. Hilscher in Frankenberg.
Hr. Pet. Alfr. Graf Hohenthal, K. Kammerherr und Standesherr auf Königsbrück.
Hr. A. W. v. Löbenstein auf Lohsa.
Hr. Herm. Fred. Bar. Lövenskiold, königl. dänischer Hofjägermeister, Freih. zu Lövenborg auf Seeland.
Se. Excell. Hr. Freih. v. Mannteuffel, Conferenz-Minister in Frankfurt a. M.
Hr. Graf Marschall in Moritzburg.
Hr. Dr. C. W. T. v. Mayer auf Liesca, Landesbestallter d. Oberlaus. auf Ruppersdorf.
Hr. C. A. Meusel auf Kuhna bei Görlitz.
Hr. Ad. Oppenheim in Königsberg in Preuß.
Hr. Joh. Mor. Oppenheim in London.
Hr. W. E. F. Pflugk, Kammerh. auf Strehla.
Hr. J. George Reeve de la Pole auf Heilsberg.
Hr. R. B. v. Römer auf Löthayn in Neumark.
Hr. J. Roth, Apotheker in Hamburg.
Hr. Dr. A. G. Schweitzer, Prof. der Landwirthschaft in Tharand.
Hr. v. Lüttichau, k. Kammerh. in Bärenstein.
Hr. Franç. Vlad. Paczkowski, Maler in Warschau.
Hr. Graf C. v. Schall-Riaucour auf Gausig.
Hr. Uz v. Schönberg auf Purschenstein.
Hr. Heinr. Schütze auf Schweda.
Hr. A. v. Seebach, königl. sächs. Kammerherr in Petersburg.
Frau Majorin v. Serre auf Maxen.
Hr. Graf zu Solms-Baruth auf Baruth.
Hr. v. Stephani, Justizrath in Görlitz.
Hr. Graf v. Thun Sohn in Tetschen.
Hr. Herm. Freih. v. Uckermann auf Bendeleben.
Hr. Rob. Freih. v. Uckermann in Marienberg.
Frau Elisabeth Gräfin Vitzthum, geb. Freiin v. Friesen auf Oberlichenau.
Fräulein Alexandrine Warschauer in Königsberg in Preußen.
Hr. v. Zehmen auf Schleinitz.

In der Grimmer'schen Buchhandlung:

Hr. Dr. K. J. Blochmann, Dir. d. Vitzthum-Blochmann'schen Gymn.-Erziehungshaus.
Hr. Freih. v. Burgk.
Hr. C. F. Georgi, Zahnarzt.
Hr. Hedenus, Dr. med.
Hr. C. Hegewald, Lehrer d. Calligraphie.
Hr. W. Kämpffe.
Se. Exc. Hr. v. Lindenau, k. sächs. Staatsmin.
Hr. Jos. Ludw. Seisz, Particulier u. Stadtgerichts-Assessor.
Hr. Joh. Friedr. Sommer, Amts-Registr.
Hr. Herm. Zumpe, Cand. jur.

Bei G. K. Wagner:

Hr. August Kreiß.
Hr. Graf Wolf v. Baudissin auf Rantzau im Holstein.

In der Walther'schen Hofbuchhdlg.:

Hr. Edzard Willem v. Coopmanns, königl. dänischer Kammerherr.
Hr. Joh. Gottlob v. Quandt, Ritter des K. S. C. V. O. auf Dittersbach.
Hr. Graf Frz. v. Thun-Hohenstein in Tetschen.

Düsseldorf.

Hr. A. Bötticher, Buchhändler.

Bei J. Buddeus:

Se. kön. Hoh. Prinz Friedrich von Preußen.
Se. königl. Hoheit Prinz Georg von Preußen.
Hr. A. Achenbach, Maler.
Hr. L. Blanc, Maler.
Mons. A. Cheruit, Professeur.
Hr. Euler, Notar.
Hr. Graf Carl v. d. Gröben, Gen.-Major u. Commandeur der 14. Division.
Hr. Rud. Jordan, Maler.
Hr. Graf v. Keller, Premierlieut., Gouverneur S. k. Hoh. d. Prinz. Georg v. Preußen.
Hr. J. Keller, Professor.
Hr. C. Köhler, Maler.
Hr. J. G. Meyer, Maler.
Hr. R. v. Normann.
Hr. E. W. Pose, Maler.
Hr. v. Pritzelwitz, Oberlieut., Hofmarschall S. königl. Hoh. d. Prinzen Friedrich von Preußen.
Hr. C. Sohn, Prof. an d. Kunst-Academie.
Hr. J. B. Sonderland, Maler.
Hr. Freih. v. Spiegel-Borlinghausen, Regierungs-Präsident.
Hr. Ludw. Freih. v. Spieß-Büllesheim.
Hr. E. Steinbrück, Maler.

Bei J. E. Schaub:

Se. kön. Hoheit Prinz Friedrich von Preußen.
Ihre kön. Hoh. Prinzeß Friedrich v. Preußen.
Hr. John G. Böker, General-Consul d. Vereinigten Staaten von Nordamerika.
Hr. Graf v. Spee.
Hr. Jos. Wolf, Buchdruckereibesitzer.

Bei J. H. C. Schreiner:

Hr. Franz Custodis, Referendar.
Hr. Gustav Pieper, Kaufmann.
Hr. Eduard Sack, Regierungsrath.
Hr. Carl Georg Schreiner, Buchhändler.
Hr. Graf Leopold v. Spee.

Eisenach.

Hr. J. F. Bärecke, Buchhändler.

Eisleben.

Bei G. Reichardt:

Hr. v. Weise, Lieut. im 12. Husaren-Reg.

Elberfeld.

Bei Hrn. Löwenstein u. Comp.:

Hr. Johannes Löwenstein, Buchhändler.
Hr. Sam. Lucas, Buchdruckereibesitzer.
Hr. Alex. Pagenstecher, Dr. med.
Hr. Pet. Jac. Römer, Kaufmann.
Hr. Winand Simons, Firma: J. Simons Erben, Ritter des rothen Adlerordens.
Hr. Rob. Uellenberg, Kaufmann.
Hr. Pet. Willemsen, Dir. d. vaterl. Feuerversf.-Gesellsch., Ritter des rothen Adlerordens.

In der Schönian'schen Buchhdlg.:

Hr. G. Achenbach-Simons, Kaufmann.
Hr. Wm. Blank-Hauptmann, Kaufmann.
Hr. Aug. v. d. Heydt.
Hr. P. Kohl, Kaufmann.
Hr. Jacob Platzhoff.
Hr. Graf A. v. Spee.

Elbing.

Bei F. L. Levin:

Hr. Berndt, Apotheker.
Hr. Merz, Professor.
Hr. v. Tettau, Regierungsrath.
Hr. J. A. Annegarn, Prof. d. Theologie am Lyceum Hosianum in Braunsberg.

Emden.

Bei F. Rakebrand:

Hr. A. v. Halem, Senator in Norden.
Hr. Telting, Landsyndicus in Aurich.

Bad Ems.

Hr. L. J. Kirchberger, Buchhändler.

Erfurt.

Bei L. Hilsenberg:

Hr. Ludw. Hilsenberg, Buchhändler.
Hr. J. Hoffmann, Kaufmann.
Hr. Dr. Nagel, Hauptmann a. D.
Hr. Schotte, Regierungs-Referendar.
Hr. Trommsdorff, Apotheker.
Hr. J. J. Uckermann, Buch- und Steindruckereibesitzer.

Erlangen.

Bei Th. Bläsing:

Hr. G. E. A. Mehmel, Hofrath, Prof., Dir. u. 1. Bibliothekar d. Univ.-Bibl., Ritter ꝛc.
Die königliche Universitätsbibliothek.

Bei F. Enke:

Hr. Greiner, Justiz-Commissair in Ansbach.

Essen.

Bei G. D. Bädeker:

Hr. Wiesner, Bergger.-Assessor in Bochum.

Esslingen.

In der Dannheimer'schen Buchhdlg.:

Hr. Dr. Pfaff.

Flensburg.

Bei J. C. Korte-Jessen:

Hr. Fr. v. Schwarz, Obristlieut., Ritter ꝛc.

Frankenhausen.

Bei G. Bleichrodt:

Hr. K. F. Hornung, Kaufmann.
Hr. Schall, Landkammerrath.

Frankfurt a. M.

In der Andreä'schen Buchhandlung:

Hr. Dr. Bernstein, Regierungs- und Medizinalrath in Neuwied.
Hr. Jos. Bär, Buchhändler und Antiquar.

In der Döring'schen Buchhandlung:

Hr. H. Lud. Berck.

In der Herrmann'schen Buchhdlg:

Se. Excellenz Hr. General v. Schöler, kön. preuß. Bundestagsgesandter.
Ihre Erl. Frau Gräfin von Solms-Laubach, geb. Gräfin v. Ysenburg in Büdingen.
Se. Erlaucht Hr. Erbgraf Casimir von Ysenburg in Büdingen.
Frau Gräfin Adelheid v. Ysenburg in Büdingen.

In der Jäger'schen Buchhandlung:

Hr. Franz Bernus du Fay.
Die Jäger'sche Buchhandlung.
Hr. Friedrich Rasor.
Die deutsche Bibliothek in Genf.
Hr. G. A. Böcking, Besitzer der Abentheuer-Hütte bei Birkenfeld.
Hr. R. E. Böcking, Besitzer auf der Gräfenbacher Hütte.
Hr. F. W. Lossen, Besitzer auf der Emmershäuser Hütte bei Camberg.

Bei C. Jügel:

Hr. Bernhard Andreä.
Hr. Otto Andreä.
Hr. Georg v. St. George.
Hr. J. N. Gogel.
Hr. Friedr. Samuel Haßel, Schauspieler.
Hr. Heß, Stadtbaumeister.
Hr. C. Jügel, Buchhändler.
Se. Excellenz Hr. Minister von Mieg.
Mr. Molineux.

Hr. C. T. Pfeffel, Handelsmann.
Hr. F. Rumpf, Baumeister.
Hr. George Sarasin.
Hr. Mumm-Scheibler.
Sr. Erlaucht Hr. Graf Ad. von Isenburg in Wächtersbach.

Bei C. Körner:

Hr. Dr. A. Burkard, Fiscal.
Hr. Dr. jur. Dancker, Advocat ord.
Hr. Joh. Heinr. Hofmann, Kaufmann.
Hr. F. H. Mack, Kaufmann.
Hr. Dr. J. J. Müller, Polizei-Assessor.
Hr. Ad. Rommel, kurf. hess. Ob.-Finanzrath.
Hr. Meyer Trier, Kaufmann.
Hr. J. G. Weygandt, Handelsmann.

Bei J. D. Sauerländer:

Hr. Joh. Fr. Bayrhoffer, Buchdrucker.
Hr. H. L. Biersack, Geh. Ober-Finanzrath und Zolldirector.
Hr. Mor. Graf zu Bentheim-Tecklenburg.
Hr. G. H. Engelhardt, Apotheker.
Die Gesellschaft zur Beförderung nützl. Künste und deren Hülfswissenschaften.
Hr. Freih. v. Gruben, Gesandter am deutschen Bundestage.
Hr. C. A. Krutthofer, Lithograph.
Hr. C. Naumann, Buchdrucker.
Hr. J. D. Sauerländer, Buchhändler.
Hr. Dr. Schulz, Notar.
Hr. G. C. Springsfeld, Kaufmann.
Hr. Phil. Gros in Wesserling.
Hr. Charles Roman in Wesserling.

Bei S. Schmerber:

Hr. Remigius Bansa.
Hr. C. Rem. Brönner.
Hr A. Grunelius.
Hr. J. J. Conr. Kloß, Dr. jur.
Hr. J. G. B. J. Kloß, Dr. med. u. Prof.
Hr. Aug. Osterrieth, Buchdrucker.
Hr. S. Schmerber, Buchhändler.
Hr. Hans Georg Schwarz.

Bei F. Varrentrapp:

Hr. Franz Wilhelm Abel, Kaufmann.
Frau v. Both, geb. v. Harnier.
Hr. J. L. Heller, Buchdruckereibesitzer.
Frau M. Koch, geb. Metzler.
Hr. Benj. Krebs, Buchdruckerei-, Schriftgießerei- und Steindruckereibesitzer.
Hr. Phil. Krebs, Buchhändler.
Hr. Ed. Schilling, med. et chir. Dr.
Hr. Carl Schmid, Dr. jur.
Se. Excellenz Hr. v. Schöler, königl. preuß. General und Bundestagsgesandter.
Hr. Dr. Starck, Schöff und Syndicus.
Hr. Fr. Varrentrapp, Buchhändler.
Frau Varrentrapp-Lutteroth.
Fräulein Mar. Jacobee Zickwolff.

Bei Fr. Wilmans:

Hr. J. G. Brand, Kupferstecher, Besitzer einer Kupfer- und Steindruckerei.
Se. Erl. Hr. Graf Franz Erwin zu Schönborn-Wiesentheid zu Reichardshausen.
Hr. J. Gerhard Heimpel, Zimmermeister.
Hr. F. Hoigne, Kaufmann.
Hrn. Streng u. Schneider, Buch- u. Steindruckereibesitzer.
Hr. Moritz Willmar-Dötsch.

Frankfurt a. d. O.

In der Hoffmann'schen Buchhandlung:

Hr. Borsche, Assessor.
Hr. Heinrich Hoffmann, Buchhändler.

Bei R. Horwitzky:

Hr. Colmar v. Debschütz, Lieutenant.
Hr. v. Hagen, Generalmajor.
Hr. Karl v. Herford, Ob.-Landes-Ger.-Assess.
Hr. Korn, Justizrath.
Hr. Alb. Mettke, Ober-Landes-Ger.-Refer.
Hr. E. P. Wuttig, Kaufmann.
Hr. Isidor Imberg, Kaufmann in Berlin.

Frauenfeld.

Bei Ch. Beyel:

Hr. Ch. Beyel, Buchhändler.
Hr. Dr. Bern. Hirzel Pfarrer in Pfäfficon (Cant. Zürich).
Hr. J. J. Rietmann, Pfarrer in Nußbaumen.
Hr. S. Walcher, Particulier in Glarus.

Freiberg.

Bei Craz u. Gerlach:

Hr. Dr. Gust. Ettmüller, Bezirksarzt.

Bei J. G. Engelhardt:

Hr. Engelhardt, Buchhändler.
Hr. C. F. Gramp, Gerichts-Dir. u. Advocat.

Freiburg im Breisgau.

Bei A. Emmerling:

Hr. Dr. Franz Xav. Werck, geistlicher Rath und Professor der Theologie.
Hr. Jac. Chauffour, Advocat in Colmar.
Hr. C. Roth, Forstmeister zu St. Blasien.
Hr. Aug. Stark, Buchhalter ebendaselbst.

In der F. Wagner'schen Buchhdlg.:

Hr. Dr. Perleb, Hofrath und Professor.
Hr. Freih. v. Reinach-Werth, Commandenr, Ritter ꝛc.
Hr. Dr. Warnkönig, Geh. Hofrath u. Prof.

Friedland.

Bei G. Barnewitz:

Hr. G. Barnewitz, Buchhändler.
Hr. A. Berlin, Dr. med.
Hr. F. G. C. v. Dewitz, Ritter des königl. preuß. Johanniterordens.
Hr. Dühr, Prorector.
Hr. Rud. Göden, Dr. med.
Hr. Wilh. Mayer, Apotheker.
Hr. v. Schuckmann, Maler.

Fulda.

In der Müller'schen Buchhandlung:

Hr. Dr. Nic. Bach, Dir. u. Prof. d. Gymn.
Hr. Lange, Gymnasiallehrer.
Die Müller'sche Buchhandlung.

St. Gallen.

Bei C. P. Scheitlin:

Hr. J. B. Büsser, Professor.
Hr. C. P. Scheitlin, Buchhändler.
Hr. Leonh. Tanner, Kunstmaler.
Hr. Fr. Wartmann, Buchdrucker.
Hr. S. Zellweger, Kaufmann in Trogen.
Hr. Scheitlin u. Zollikofer, Buchhdlr.

Genf.

Bei J. Keßmann:

Hr. J. Keßmann, Buchhändler.
Hr. Dr. Christian Müller.

Gera.

Bei C. G. Scherbarth:

Hr. C. G. Scherbarth, Buchhändler.
Hr. C. Semmel, Kaufmann.
Hr. v. Strauch, Kanzler, Ritter ꝛc.

Giessen.

Hr. Georg Friedr. Heyer, Vater, Verlagsbuchhändler u. Universitätsbuchdrucker.

Bei G. F. Heyer, Sohn:

Freifrau v. Löw von und zu Steinfurt, geb. v. Diede in Staden.
Frau Gräfin Charlotte v. Rantzau, geb. v. Diede in Kiel.
Hr. Freih. v. Riedesel, Oberforstmeister, kön. würt. Kammerherr in Lauterbach.
Hr. Freih. Riedesel zu Eisenbach, Landmarschall des Großherzogth. Sachsen in Neuenhof.

In der Ricker'schen Buchhandlung:

Hr. Dr. Nebel, Geh. Medizinalrath u. Prof.

Glogau.

Bei C. Flemming:

Hr. Farthmann, Hauptmann und Rittergutsbesitzer in Kl. Schwein.
Fräulein Hermine Hammer in Fraustadt.
Hr. Quoos, Amtsrath in Altkloster.

Bei H. Prausnitz:

Hr. H. Prausnitz, Buchhändler.
Hr. H. J. Graf v. Schweinitz, Majoratsherr der Herrschaft Dieban.
Hr. Ziekursch, Justizrath.

In der Reisner'schen Buchhandlung:

Hr. Julius Großmann in Fraustadt.

Görlitz.

In der Heyn'schen Buchhandlung:

Hr. Graf Otto v. Matuschka, Reichsfreiherr v. Spättgen auf Ober-Schönefeld.
Hr. C. v. L'Estocq, Oberstlieutenant a. D. auf Ober-Girbigsdorf.

Bei G. Köhler:

Hr. Gustav Köhler, Buchhändler.
Hr. Hil. Franz Hieke, Capitular, Probst ꝛc. in Marienthal.
Hr. v. Müller, Aktuar in Rothenburg.
Hr. C. O. G. v. Schindel, Kammerherr u. Domherr auf Schönbrunn.

Gotha.

In der Becker'schen Buchhandlung:

Hr. Dr. Jacobi, Oberconsistorialrath u. Ober-Hofprediger.
Hr. Carl Gläser, Buchhändler.
Das J. G. Müller'sche Leseinstitut.

Bei G. Wenige:

Hr. Carl Engelhardt, Buchdrucker.

Göttingen.

Bei R. Deuerlich:

Hr. C. F. Caspar, Buchdr. in Hann. Münden.
Hr. A. Eberhardt, Gutsbesitzer ebendaselbst.
Hr. H. G. Goltermann, Gutsbesitzer in Rusteberge.
Hr. Lüder, Regierungsrath in Weende.

In der Dieterich'schen Buchhandlung:

Hr. J. F. L. Hausmann, Hofrath und Prof.
Hr. E. L. v. Leutsch, Dr. phil. u. Prof. extr.
Hr. Dr. Friedr. Lücke, Consistorialrath.
Hr. Julius Rücker, Buchhandlungsgehülfe.
Hr. F. Schlemmer, Buchhändler.
Die königl. Univ.-Bibliothek in Göttingen.
Hr. H. A. Zachariae, Professor der Rechte.
Hr. Georg Kübler, Buchhändler.

Bei Vandenhöck u. Ruprecht:

Hr. Hofrath Dr. F. C. Bergmann, Professor der Rechte, Ritter ꝛc.
Frau Goltermann.
Hr. Friedr. Ernst Huth, Buchdruckereibesitzer.
Hr. B. v. d. Knesebeck, Justizrath.
Hr. G. C. Kulenkamp, Doctor der Musik.
Hr. Carl Aug. Ad. Ruprecht, Buchhändler.
Hr. H. C. Seemann, Buchdruckereibesitzer.

Grätz in Steiermark.

Se. k. k. Hoh. Erzherzog Johann v. Oesterreich.
Hr. Ign. Graf v. Attems, Landeshauptmann.
Hr. Canal v. Ehrenberg, Major.
Hr. Ign. Dissauer, Oberamtmann.
Hr. Alois Eisl, Privatier.
Hr. J. Fellner, Gubern.-Präsid.-Secretair.
Hr. Freih. v. Hingenau, Kämmerer u. Gub.-Secretair.
Hr. Ant. Ritter v. Jacomini-Holzapfel-Waasen, Landstand.
Hr. M. C. Freih. v. Königsbrunn, Kämmerer und Ober-Einnehmer.
Hr. F. Krammer, Hörer der Rechte.
Hr. J. N. Krauß, Gubernialrath u. Probst.
Frau J. Freiin v. Mandell, geb. v. Jankorich.
Hr. Manndl, Gen.-Feldmarschall-Lieutenant.
Hr. Wilhelm Moline, Privatier.
Se. Excell. Hr. Graf v. Nugent, Commandirender in Mähren.
Hr. M. Pichler, Gubernialsecretair.
Hr. B. C. Ritter v. Pittoni, Truchseß und Landstand.

Hr. Dr. J. Schweighofer, Fiscal-Adjunkt.
Hr. Ludw. v. Steinberg, Apotheker.
Se. Excellenz Hr. Graf B. v. Szapary, Geheimerath, Kämmerer, Ritter rc.
Hr. F. Ritter v. Tobenz, Appellationsrath rc.
Se. Excell. Hr. Graf v. Wickenburg, Gouverneur der Provinz Steiermark.
Se. k. Hoh. Prinz Würtemberg, Gen.-Major.
Se. Hochw. Gnaden Hr. Benno, Abt des Stifts Admont.
Hr. M. Blagetingschegg, Edler von Kaiserfeld in Birkenstein.
Se. Hochw. Gnaden Hr. Joachim, Abt des Stifts St. Lambrecht.
Hr. J. Kommeter, Inhaber der Herrschaft Puchenstein.
Hr. B. Schimann, Kreis-Commissair in Judenburg.
Hr. Tremmel, Normalschullehrer in Marburg.

In der F. Ferstl'schen Buchhandlung:

Hr. J. L. Greiner, M. philos., Besitzer der Ferstl'schen Buchhandlung u. J. L. Greiners Kunst- und Musikalienhandlung.
Hr. Jos. Jany, Tonkünstler.
Der steiermärkische Industrie- u. Gew.-Verein.
Der Leseverein d. steierm. ständ. Joanneums.
Hr. Ludwig Freih. v. Mandell, k. k. wirkl. Kämmerer.
Hr. J. C. Mertens aus Osnabrück.
Hr. Ladislaus Graf Ostrowski, ehemal. poln. Reichstags-Marschall.
Hr. Wolf Herr und Graf v. Stubenberg, k. k. Kämmerer.
Hr. B. Tokarsky aus Brünn, M. pharm.
Hr. Ant. Edler v. Wurmser.
Hr. Matth. Jerusalem, k. k. Appell.-Canzelist in Klagenfurth.
Hr. C. Ludewig, Buchhändler u. Antiquar.

Greifswald.

Bei L. Bamberg:

Die Universitätsbibliothek.
Hr. C. A. Koch, Buchhändler.

Grimma.

Bei J. M. Gebhardt:

Hr. Bellermann, Caplan in Hubertsburg.

Gröningen.

Bei W. van Bökeren, Buchhändler:

Hr. C. J. R. Nobel, Stud. jur.

Grünberg in Schlesien.

Bei W. Levysohn:

Se. Durchlaucht Friedrich Prinz von Carolath auf Saabor.

Guben.

Bei C. Berger:

Hr. A. F. Domernicht, Bataill.-Arzt in Crossen.

Güns.

Bei C. Reichard:

Hr. Freih. v. d. Heyde, Rittmeister.

Güstrow.

Bei Opitz u. Comp.:

Hr. C. Anderßen, Bildhauer u. Eisengieß.-Bes.
Frau Advocatin Burmeister, geb. Neumann zu Güstrow.
Hr. F. G. Diederichs, Advocat.
Hr. Hofrath W. v. Meding, Canzleisecretair.
Hr. Dr. G. C. H. Raspe, Gymnasiallehrer.
Hr. Bolte, Criminal-Director in Bützow.
Hr. Engel, Gutsbesitzer auf Groß-Grabow.
Frau Aug. Flemming, Ober-Medizinalräthin in Sachsenberg.
Hr. Dr. Krogmann, Gutsbes. auf Neuhoff.
Hr. Viereck, Ober-Appell.-Rath in Parchim.

Haag.

Hr. Heinr. Hartmann, Buchhändler.

Halberstadt.

Bei F. A. Helm:

Hr. Hörling, Buchdrucker.
Hr. Carl Krüger, Kaufmann.
Hr. Dagobert Oppenheim, Referendar.
Hr. Freih. v. Spiegel zum Diesenberge, Domh.
Freiin v. Spiegel zum Diesenberge.
Hr. Jul. Reichsfreiherr Grote zu Schauen.
Hr. Reinecke, Amtmann u. Rittergutsbesitzer in Langenstein.
Frau Amtmann Rumpf in Hamersleben.
Hr. Henrich regier. Graf zu Stolberg-Wernigerode.
Hr. Herm. Erbgraf zu Stolberg-Wernigerode in Ilsenburg.

Halle.

Hr. Ed. Anton, Buchh. u. Buchdruckereibes.

Bei G. C. Knapp:

Hr. Arthur Lutze.
Hr. Aug. Stapel, Stadtbaumeister und Regierungs-Bau-Conducteur.

Bei J. F. Lippert:

Hr. J. F. Lippert, Buchhändler.
Hr. C. Miethe, Kaufmann in Potsdam.

Bei C. A. Schwetschke u. Sohn:

Hr. F. A. Schmelzer, Prof., Dr. jur. et phil., Dir. d. Univ., Ordinar. d. Jur.-Facult., braunschw. Geh. Justizrath, Ritter rc.

Hamburg.

Hr. B. S. Berendsohn, Buchhändler.

Bei J. P. Erié:

Hr. Ludw. Buk, Kaufmann.
Hr. Julius L. Berlin, Buchhalter.
Frau de Chaufepié, geb. Wortmann.
Hr. J. C. L. Ebeling, Dr. der Rechte u. Adv.
Hr. G. L. Fricke, Kaufmann.
Hr. C. E. Funck, Wundarzt erster Classe.
Hr. Heinrich Geffcken, Kaufmann.
Hr. J. Cés. Godeffroy, sen., Kaufmann.
Frau Sophie Godeffroy, geb. Meyer.
Hr. Ernst Goßler, Dr. d. Rechte u. Advocat.
Hr. A. L. Goetze, Kaufmann.
Hr. A. Halle, Dr. der Rechte und Präses des Handelsgerichts.
Frau Helbert, geb. Sahrland.
Hr. C. G. Hencke, Postinspector.
Hr. Hartwig Hesse.
Hr. J. F. Hinck, Kaufmann.
Frau Hinck, geb. Wolters.
Hr. Hugo Hübbe.
Hr. Joh. Ullrich Keßler, Prediger.
Hr. G. H. Kirchenpauer, Dr. d. R. und Adv.
Hr. J. C. Knauth, Dr. der Rechte und Adv.
Hr. Joh. Limpricht, Kaufmann.
Hr. Heinrich Lüdders, Geldwechsler.
Hr. Ed. Lüders, Kaufmann.
Hr. H. W. Lüring, Kaufmann.
Frau Mary Merck, geb. Schröder.
Hr. J. G. Minck, Bäcker.
Hr. L. Oppenheimer, Dr. d. Rechte und Adv.
Hr. J. N. Pieper, Kaufmann.
Hr. A. J. Rambach, Dr., Senior Min.
Fräulein Sophie Sahrland.
Hr. Ed. Schramm, Dr. der Rechte.
Hr. Alexander Schröder, Kaufmann.
Hr. Christ. Matth. Schröder, A. D. Sohn.
Hr. Christ. Matth. Schröder, jun., Kaufm.
Hr. Heinr. Aug. Schultz, Makler.
Hr. Phil. Stürmer, Kaufmann.
Hr. C. H. Bock.
Hr. Franz Bock.
Hr. H. J. de Voß, Kaufmann.
Hr. Etienne Benecke, Kaufmann in Mexico.
Hr. L. Otte, jun., Kaufmann in Havre.
Hr. Joh. Heinr. Schindler, Kaufm. in Lissabon.
Hr. L. A. Staudinger, Pachter zu Gr. Flottbeck.
Hr. Heinr. de Wilde, Kaufmann in Mexico.

In der Herold'schen Buchhandlung:

Hr. J. M. Ahrens.
Frau Ahrens.
Hr. G. S. Böneck, Dr. med. et chir.
Hr. G. v. Bülow, Kammerherr, Erblandmarschall des Herzogthums Lauenburg auf Gudow.
Hr. Dr. Aug. Gottlob Eberhard, sonst in Halle.
Die Expedition des hamburg. unpartheiischen Correspondenten.
Hr. Dr. E. P. Hinrichs, Professor.
Hr. O. C. Kreisel.
Hr. J. C. B. Langhenie, Director d. pract. Handlungs-Academie.
Hr. Edward Roß.
Hr. Octavio Rudolph Schröder, Kaufmann.
Se. Magnificz. Hr. Karl Sieveking, Syndikus.
Se. Excellenz Hr. v. Struve, k. russ. wirkl. Staatsrath und Minister-Resident.
Hr. D. F. Weber, jun.
Hr. Carl Friedrich Wierum, Kaufmann.
Hr. Georg Heinr. Heubel, Buchhändler.

Bei Hoffmann u. Campe:

Hr. Julius Campe, Buchhändler.
Die Commerzbibliothek.
Hrn. Genzsch u. Heyse, Schriftgießereibes.
Die patriotische Gesellschaft.
Hr. C. W. Harder, J. u. Dr.
Hr. Gerhard v. Hostrup.
Hr. A. G. F. Kunhardt, Dr. med.
Hr. F. W. Oppenheim, Dr. med.
Hr. J. M. Schumacher, Mechanikus.
Die Stadtbibliothek.
Hr. Dr. Tode.
Das königl. dän. Leibregiment leichter Dragoner in Itzehoe.
Hr. Gust. Brauns aus Lautenthal, Buchhandlungsgehülfe.
Hr. Julius Friedländer aus Breslau, Buchhandlungsgehülfe.
Hr. C. F. Holzhausen jun. aus Braunschweig, Buchhandlungsgehülfe.

Bei R. Kittler, Buchhändler:

Hr. Julius Grau.
Hr. Joh. Aug. Meißner, Buchhändler.

Bei Nestler u. Melle:

Hr. Aug. Abendroth, Dr. jur.
Hr. Ferd. Abendroth, Dr. jur.
Hr. J. E. Bieber.
Hr. J. Ph. Hauptfleisch.
Hr. Jenisch, Senator.
Hr. Christ. Wilh. Lüdert.
Frau Merk-Borgnis.
Hr. F. H. Meyer.
Hr. J. G. Mönckeberg, Senator J. U. L.
Hr. Charles Parish, jun.
Hr. Pehmöller, Senator.
Hr. Joh. Heinr. Schröder.
Frau H. W. v. Schwartz.
Hr. Wilh. Westphal.

Bei G. W. Niemeyer:

Hr. H. C. Asmus, Beamter.
Hr. Heinr. G. Voigt, Buchdruckereibesitzer.
Hr. P. S. Schönfeldt, Buchdruckereibesitzer in Itzehoe.

Bei Perthes-Besser u. Mauke:

Frau Gräfin Bernstorff-Gyldensteen, geborne Gräfin Kielmansegge.
Fräulein Johanna Mathilde Oppenheim.
Hr. Rob. v. Glehn in London.

Hameln.

Bei Herm. Weichelt:

Hr. Cohrs, Lieutenant im 2. Infant.-Reg.
Hr. Schläger, Senior min. et Pastor primar.
Hr. Wilh. Raapke, Gutsbes. zu Rohrsen.

Hanau.

In der Edler'schen Buchhandlung:

Ihre Durchlaucht die Prinzessin zu Ysenburg-Birstein.
Hr. Deines, Geheimer Finanzrath.

Bei F. König:

Se. Durchl. der regierende Fürst von Ysenburg und Büdingen in Birstein.

Hannover.

In der Hahn'schen Hofbuchhandlung:

Hr. Hermann Grimm aus Leipzig.
Demoiselle Pauline Grimm, Kammerfrau J. Maj. der Königin.
Hr. B. Hausmann.
Hr. Herzog, Maler.
Hr. T. B. v. Levetzow, Premierlieutenant d. Garde du corps.
Die v. Hakesche Bibliothek in Ohr.
Hr. Löhmann, Canzleirath in Glückstadt.

In der Helwing'schen Hofbuchhdlg.:

Ihre Maj. Friederike, Königin von Hannover.
Se. k. Hoh. Georg, Kronprinz von Hannover.
Hr. Graf Alten, General der Inf., Staats- und Kriegsminister.
Frau Staats- und Cabinetsminister Gräfin Luise Bremer.
Hr. v. Düring, Oberst, Begleiter Se. königl. Hoheit des Kronprinzen.
Hr. Rev. R. W. Jelf, Domherr von Oxford.
Hr. Laves, Ober-Hofbaurath.
Hr. Lüders, Polytechniker.
Hr. Niemeyer, Canzleirath.
Hr. Eisendecher, Amts-Assessor in Lauenau.
Hr. C. v. Steinberg, Gutsbes. in Brüggen.

Heide.

In der Dithmarscher Buchhandlung:

Hr. E. A. L. Hübener, der Heilkunde Doctor.
Hr. F. W. L. Bade, Buchdrucker in Friedrichstadt an der E.
Hr. C. J. F. Fischer, Buchdrucker ebendas.
Hr. Mark. Petersen, Prediger in Tellingstedt.

Heidelberg.

Bei J. Engelmann:

Hr. Jos. Engelmann, Buchhändler.
Hr. H. H. Hildebrandt, Buchbinderherr in Frankfurt a. M.

Bei J. C. B. Mohr:

Hr. J. C. B. Mohr, Buchhändler.
Hr. G. Reichard, Buchdruckereibesitzer.

Bei Karl Winter:

Hr. Bohnenberger, Kaufmann.
Hr. Dr. Gottfr. v. Bulmerincq.
Hr. Max Gundersheim, Stud. med.
Hr. Ch. Kapp, Professor der Philosophie.
Frau Elisabeth v. Lebebour.
Mr. Duncan Mitchell.
Mrs. James Mitchell.
Mr. William Mitchell.
Hr. Speyerer, Bürgermeister.
Hr. Heinr. Wilhelmi, Professor am Lyceum.
Hr. Ad. Zimmern.
Hr. Freih. v. Dorth in Neckarsteinach.
Hr. Dr. A. Finger, Lehrer in Weinheim.
Hrn. Finkenstein u. Comp., Papierfabrikanten in Schriesheim.
Hr. C. Goos, Pfarrvikar in Mauer.
Hr. C. Freiherr v. Lotzbeck, erbl. Reichsrath v. Bayern-München.
Hr. Georg Fürst zu Löwenstein-Wertheim.
Mr. John Mitchell, Antwerpen.
Hr. Freiherr v. Reitzenstein, Staatsminister in Carlsruhe.
Hr. Christ. Friedr. Winter, Buchhdlr.

Heilbronn.

Bei C. Drechsler:

Hr. Schell, Buchdrucker.
Hr. Graf C. v. Uexküll Gyllenbrand, Oberförster in Comburg.

Herrmannstadt.

In der M. v. Hochmeister'schen Buchhdlg.:

Hr. F. A. Credner, Geschäftsführer.
Hr. F. W. Waldhütter, Gehülfe.
Hr. Joh. Lemény v. Lemény, Bischof d. griech. Unirten in Siebenbürgen, in Blasendorf.

Hersfeld.

Hr. Florentin Schuster, Buchhändler.

Hildesheim.

In der Gerstenberg'schen Buchhdlg.:

Hr. Joh. Dan. Gerstenberg, Buchdrucker.
Hr. J. M. Grebe, Amtmann v. Steuerwald und Marienburg.

Hirschberg.

Bei E. Resener:

Die Bibliothek des Gymnasiums.

Bei A. Waldow:

Hr. Graf Stollberg-Werningerode auf Jannowitz ꝛc.

Innsbruck.

In der Wagner'schen Buchhandlung:

Hr. Dr. Joh. Schuler, ständ. Archivar.
Hr. Joh. Schumacher, Bes. d. Wagner'schen Buchhdlg., Buchdruckerei u. Schriftgieß.
Hr. Ed. v. Larcher, jun., Dr. jur. in Bozen.
Hr. Ignaz v. Martin, Privat in Bozen.
Hr. Onorato Tacchi in Bozen.
Hr. Jos. Streiter, Dr., Dikast. Adv. in Bozen.

Iserlohn.

Bei G. Müller:

Hr. Ad. Deutelmoser.
Hr. W. Gerhardi in Lüdenscheidt.
Hr. F. W. Grünenthal in Elberfeld.
Hr. Ed. Schmidt, Fabrik- und Gutsbesitzer, Ritter ꝛc. zu Nachrodt.

Kaschau.

Bei C. Hagen:

Hr. Graf Leop. v. Dernáth, k. k. Kämmerer und des Malthefer Ordens Ritter.
Hr. Ant. v. Ocskay, k. Rath u. Diöcesanbischof.

Kempten.

Die J. Kösel'sche Buchhandlung.

Kiel.

Bei Baurmeister u. Comp.:

Hr. Th. Olshausen.
Hr. S. W. Hirt, Buchdruckereibes. in Plön.
Hr. F. M. Wendell, privil. Buchdrucker in Rendsburg.
Hr. Chr. Dietr. A. Bünsow, Buchhdlr.

In der Universitätsbuchhandlung:

Se. Excell. Hr. Graf Otto v. Blome, k. hann. Geh. Rath, Kammerherr, Ritter ꝛc.
Hr. Aug. Alex. Kleekamp, Oeconom zu Augustenhof.
Hr. Ernst v. Lohse, Lieutenant.
Hr. J. C. F. v. Maack, Universitätsbuchhdlr.
Hr. C. F. Mohr, Universitätsbuchdrucker.
Hr. Al. Adler, Gutsbesitzer auf Büchenau.
Hr. Friedr. v. Ahlefeldt Baron v. Dehn auf Wulfshagener Hütten.
Fräulein A. v. Blome, Stiftsdame zu Preetz, auf Emkendorf.
Gräfin Charlotte Dorothea v. Brockdorff, Stiftsdame zu Preetz.
Gräfin Ernestine Sophie Friederike v. Brockdorff, Stiftsdame zu Preetz.
Gräfin Eleonore Marie Jeannette v. Brockdorff, Stiftsdame zu Itzehoe.
Hr. P. G. d'Orville auf Hohenfelde.
Hr. Graf J. C. v. Reventlow-Criminil zu Emkendorf, kön. Kammerherr und Amtmann in Rendsburg.

Kitzingen.

Die G. E. Köpplinger'sche Buchhandlung.

Klagenfurt.

In der J. Sigmund'schen Buchhdlg.:

Hr. Ferd. Graf v. Egger, k. k. Kämmerer.
Hr. J. G. Kumpf, Dr. med. u. 1. Stadtphysik.
Hr. Eduard Liegel, Buchhändler.
Se. Excell. Hr. Jos. Freih. v. Sterneck, wirkl. Geheimerath u. Appellations-Präsident.
Hr. Otto Hermann Freiherr v. Sterneck.
Hr. Watzke, Dr. med., ausüb. homöop. Arzt.
Hr. Gustav Graf v. Egger in St. Georgen.

Königsberg in Preussen.

Bei J. H. Bon:

Hr. St. Blanquart, Handlungs-Disponent.
Hr. J. H. Bon, Buchhändler.
Hr. L. Detroit, Prediger und Schuldirector.
Hr. Fr. v. Fahrenheid.
Hr. H. A. Preuß, Kaufmann.
Hr. Dr. Sartorius, General-Superintendent.
Hr. Bar. v. Schrötter, Oberlandger.-Refer.
Hr. Tamnau, Geheimer Commerzienrath.
Hr. Henke, Prediger u. Rector in Pillau.
Hr. Märcker, Land- und Stadtger.-Director in Insterburg.
Hr. C. W. v. Plehwe, Gutsbes. auf Dwarischken.
Hr. Schemioneck, Gutsbesitzer auf Katznase.
Hr. A. W. C. Siehr, Superint. in Memel.
Hr. v. Wernsdorff, Rittm. a. D. u. Ritter d. eis. Kreuzes 1. und 2. Cl. auf Truntlack.

Bei Gebr. Bornträger:

Hr. v. Auerswald-Rödersdorf, Geh. Rath, Ritter ꝛc.
Hr. G. D. Böhmer.
Hrn. Gebrüder Bornträger, Buchhändler.
Hr. Dr. Burdach, Geheimer Medizinal-Rath, Professor, Ritter ꝛc.
Hr. E. J. Dalkowski, Buchdruckereibesitzer.
Hr. Dicki, Steuerinspektor.
Frau Gräfin zu Dohna-Dönhoffstedt.
Se. Exc. Hr. Landhofmeister, Graf zu Dohna-Schlobitten, wirkl. Geh. Rath, Ritter ꝛc.
Hr. Graf Louis v. Eulenburg-Galingen.
Hr. Graf v. Eulenburg-Wicken, Landrath.
Hr. v. Ernest, Regierungsrath, Ritter ꝛc.
Hr. J. J. Haberbier, Wechselmäkler.
Hr. B. Kähler, Dr. med.
Hr. Graf v. Kanitz in Mednickew.
Hr. Dr. E. Schmiedicke, Tribunalsrath.
Se. Excell. Hr. Dr. v. Wegnern, Kanzler d. Königr. Preußen, Ritter m. hoh. Orden.
Hr. Friedr. v. Wichert, Hofrath u. Biblioth.
Hr. Bar. v. Buddenbrock, Landr. in Heilsberg.
Hr. Graf zu Dohna-Lauk auf Lauk.
Hr. Jachmann, Ober-Landesgerichts-Rath in Insterburg.
Hr. v. Kunheim-Stollen, kön. Kammerherr auf Juditten.
Hr. Schröder, Pfarrer in Mehlkemen.
Hr. Zieser, Gutsbes. u. Papierfabr. in Kiauten.

Bei Gräfe u. Unzer:

Hr. Louis Aegidi.
Hr. Burdach, Commerz.- u. Admiralitätsrath.
Hr. Dinter, Dr. med.
Hr. C. Douglas.
Hr. Ludw. Funke, Kaufmann.
Hr. Georg Friedr. Hartung, Hofbuchdrucker und Stadtrath.
Hr. Berend Lorck, königl. dän. Consul.
Hr. Dr. Ernst Meyer, Professor d. Botanik.
Hr. Dr. Rosenkranz, Professor.
Hr. Joh. Otto Unzer, Buchhändler.
Hr. Gust. Gisevius, Prediger in Osterode.
Hr. Arthur Graf v. d. Gröben auf Ponarien.
Hr. Friedr. Wilh. Horch, Buchdr. in Memel.
Hr. Otto Graf v. Kayserlingk auf Rautenburg.
Hr. Hector Bar. v. Keudell auf Orschen.
Fräul. Josephine v. Keudell in Insterburg.
Frau Baronin v. Korff auf Schönbruch.
Hr. A. v. Saucken auf Julienfelde.
Hr. Will, Kreisjustizrath, Dir. d. Land- u. Stadtger., Ritter ꝛc. in Neidenburg.

Bei Th. Theile:

Hr. Flottwell, Referendarius.
Hr. Ludwig Funke, Kaufmann.
Hr. Dr. Jachmann.
Hr. Aug. Wilh. Unzer, Verlagsbuchhändler.

Kreuznach.

Bei L. C. Kehr:

Hr. Ludw. Chr. Kehr, Buchhändler.

Hr. Carl Chr. Kehr, Handelsmann.
Hr. C. Lossen, Postmeister.
Hr. W. Theveny, Dr. med.
Hr. Emil auf'm Weerth, Gymnasiast.
Hr. Wilhelm Wenzel, Gymnasiast.

Landsberg a. d. W.

Bei Volger und Klein:

Hr. Livius, Gutsbesitzer in Waitze.

Bei G. Wilmsen:

Hr. v. Bassewitz, Lieut. im 3. Drag.-Reg.
Hr. G. Wilmsen, Buchhändler.

Landshut in Baiern.

In der Krüll'schen Universitätsbuchhdlg.:

Hr. Joh. Georg Klietsch, Factor der Palm'schen Buchdruckerei.
Die Bibliothek des Infanterie-Regiments Carl Pappenheim in Ingolstadt.
Hr. Martin Porzer, Studirender in München.

Leipzig.

In der Anstalt für Kunst u. Literatur:

Hr. G. Bodemer in Zschopau.

Bei Breitkopf u. Härtel:

Hr. Dr. Hermann Härtel.
Frau Elwine v. Leyser, geb. Härtel auf Cotta.
Hr. Friedrich Brockhaus.

Bei Ed. Eisenach:

Hr. Dr. Bror.

In der Fest'schen Verlagsbuchhandlung:

Hr. Dr. K. Haltaus, Lehrer der Geschichte an der Thomasschule.
Hr. E. Polz, Buchhändler u. Buchdruckereibes.

Bei Ernst Fleischer:

Hr. F. A. Gontard-Lutteroth.
Hr. Wilh. Harrer, Commerzienrath u. Fabrikbesitzer in Züllichau.
Hr. Graf Hohenthal-Döbernitz, Kreishauptmann a. D.
Hr. Pet. Alfr. Graf Hohenthal, Standesherr zu Königsbrück, k. s. Kammerherr.

Bei Friedr. Fleischer:

Se. Durchlaucht Prinz Heinrich LXVII. Reuß Schleiz zu Coburg.
Hr. Besser, Dr. med. u. Kreisphysikus in Zeitz.
Hr. Freih. v. Friesen, Kammerherr in Rammelburg.
Die Fürstenschule zu Grimma, d. Hrn. Rector M. Weichert.
Hr. Lucke, Oberamtmann in Bleesern.
Hrn. F. W. Nasse's Wittwe in Soest.

Bei L. Fort:

Hr. G. Schmilinsky, Buchhändler in Magdeburg.
Hr. C. L. Fritzsche, Buchhändler.

Bei Gebhardt u. Reisland:

Hr. Georg Friederici, Stud. jur.
Hr. Baron H. A. v. Haugk.

Bei J. F. Hartknoch:

Hr. O. Baumann, Buchhändler.
Hr. W. Gräff, Buchhalter.
Hr. Professor Dr. Ackermann, Bibliothekar in Lübeck.
Hr. Dr. Barchewitz, Hofrath in Schmiedeberg in Schlesien.
Hr. v. Häseler, Rittmeister auf Kloster Häseler.
Hr. Rich. Zeune aus Schwarzenberg.

Bei F. L. Herbig:

Hr. F. W. Grunow, Buchhändler.

Bei Bernh. Hermann:

Hr. Baron v. Apel auf Trautschen.
Hr. Wachsmuth, Reg.-Rath in Naumburg.
Hr. K. F. G. Zabel, Apotheker in Gera.

In der Hinrichs'schen Buchhandlung:

Hr. Dr. F. E. Feller, Lehrer d. Handelslehranst.
Hr. Fr. Aloys Fischer in Nixdorf.
Hr. Ferd. Gruner-Blümner auf Breitenfeld.
Hr. Christoph Friedr. Hentschel, Kramermstr.
Hr. Emil Otto Martini, Stud. jur.
Frau El. v. Planitz, geborne v. Bodenhausen auf Naundorf.
Hr. Ratjen, Prof. u. Bibliothekar in Kiel.
Hr. Graf v. Zech-Burkersroda auf Börln-Beendorf.

In der Kayser'schen Buchhandlung:

Hr. Carl Friedr. Lüders, Rathszimmermstr.

Bei J. Klinkhardt:

Hr. Jul. Ernst Oppenheim.
Hr. Minkewitz in Hamburg.

Bei K. F. Köhler:

Hr. K. Franz Köhler, Buchhändler.
Hr. Dr. F. G. v. Bunge, Hofrath in Dorpat.
Hrn. Dulau u. Comp. in London.
Die Universitätsbibliothek in Dorpat.
Hr. Alfr. Weber in Gera.
Hr. F. A. Leo, Buchhändler.

Bei W. Nauck:

Hr. A. Sendig.

Bei C. B. Polet:

Hr. Peter Buck, Kaufm. in St. Petersburg.
Hr. Tillmann Gromme, Kaufmann u. Consul ebendaselbst.
Hr. Hauff, Dr. med. ebend.
Hr. Christoph Heyde, Kaufm. u. Gastw. ebend.
Hr. Friedr. Heyde, Goldarbeiter ebend.
Hr. W. A. Lälius.
Hr. Lemson, Titularrath ebend.
Hr. Dr. W. Ludewig, Titularrath, Apotheker, Hauptzollamts-Inspektor ebend.
Hr. Christ. Ludwigs, Commissionair ebend.
Hr. Wilhelm Maschmeyer, Kaufmann ebend.
Hr. Mesmacher, Kaufmann ebend.
Hr. John Molloth, Kaufmann ebend.
Hr. F. B. Pabst, stud. jur. in Dresden.
Hr. C. B. Polet in Leipzig.
Hr. Friedr. Sauer, Hofrath, Stabsarzt ebend.
Hr. Carl Schenjahn, Kaufmann ebend.
Hr. Carl Schmiling, von d. Handlung ebend.
Hr. Dr. Ed. Siller, Apotheker, kaiserl. Rath, Ritter &c. ebend.

Bei C. H. Reclam:

Hr. Dr. A. G. Rudelbach, Consistorialrath und Superintendent in Glaucha.
Hr. Ph. Reclam, jun., Buchhändler und Buchdrucker.

In der Rein'schen Buchhandlung:

Hr. Karl Heubel, Buchhändler.
Die Rein'sche Buchhandlung.
Hr. Ludw. Schumann, Buchhändler.

In der Serig'schen Buchhandlung:

Hr. v. Aehrenfeld, Stud. jur.
Frau Gräfin Sophie von Stollberg.
Hr. Herm. Freih. v. Teubern aus Dresden.
Hr. v. d. Becke, Rittergutsbes. auf Leibnitz.
Hr. v. Ponikau, Reg.-Assess. auf Falkenstein.

Bei E. F. Steinacker:

Hr. Wilhelm Einhorn, Buchhändler.
Hr. Moritz Fischer.
Hr. Aug. Taubert, Buchhändler.
Hr. Karl Tauchnitz, Buchhdlr. u. Buchdr.
Hr. Bernhard Tauchnitz, jun., Buchhändler und Buchdrucker.

Bei B. G. Teubner:

Hr. Eduard Koch.
Hr. B. G. Teubner, Buchhändler u. Buchdr.

Bei Th. Thomas:

Hr. Heinr. Ernst Ferd. Gruner, Kaufmann.

Bei Leop. Voß:

Hr. Gotth. Heinr. Nordmann, Privatgelehrt.
Hr. Phil. v. Krusenstern, kais. russ. Colleg.-Assessor, Ritter &c. in St. Petersburg.
Hr. Baron Carl v. Küster ebend.

Bei J. J. Weber:

Hr. Carl Berendt Lorck, Buchhändler.
Hr. J. J. Weber, Buchhändler.
Hr. C. F. Hagedorn, baier. Consul in Philadelphia.
Hr. Dr. W. Lachmann II., Militair- u. Civil-Arzt, Stifter und Director des Blindeninstituts in Braunschweig.

In der Weidmann'schen Buchhdlg.:

Hr. Salomon Hirzel, Buchhändler.

Bei T. O. Weigel:

Revd. Robert Scott, Balliol College Oxford.

Bei O. u. G. Wigand:

Die Deputation des Vereins der Buchhändler.
Hr. Fr. Gottl. Bärwinkel, Besitzer der Salomonis-Apotheke.
Hr. H. L. Barthels, Schauspieler und Inspicient des Stadttheaters.
Hr. Dr. A. F. Berger.
Die Bibliothek der Bürgerschule.
Hr. Elhanan Bicknell, Herne Hill.
Hr. G. Biedermann, Professor.
Hr. Emil Blechschmidt, Kaufmann.
Hr. E. T. Brain, Kupferdrucker.
Hr. L. Donauer, Kaufmann.
Hr. Ph. J. Düringer, Schauspieler und Regisseur des Stadttheaters.
Hr. Joh. Paul v. Falkenstein, Kreisdirector und Regier.-Bevollmächtigter, Ritter &c.
Hr. Dr. J. G. Flügel, Consul der vereinigt. Staaten von Nordamerika.
Hr. C. G. Hander, Director der conc. Knaben- u. Töchterschule für höhere Stände, Mitglied mehrer gelehrten Gesellschaften.
Hr. Gustav Harkort, Kaufm., Dir. d. Leipzig-Dresdner Eisenbahn-Comp., Ritter &c.
Hr. Hermann Hartung.
Hr. Friedr. Chr. Aug. Hasse, Professor der historischen Hülfswissenschaften.
Hr. Carl Wilhelm Heincke, Kaufmann.
Hr. Carl Heinrich Jurany, Kaufmann.
Hr. Christian Friedrich Kees, Hofrath.
Hr. Dr. Keil, Domdechant, Hofrath, Ritter &c
Hr. Gustav Kluge.
Hr. Eduard Kretzschmar, Xilograph.
Hr. M. F. A. Kretschmann, Steuerproc., Justiziar d. Jur. Fac. Gerichte, Adv. u. Notar.
Hr. Dr. Wilh. Traug. Krug, Professor der Philosophie, Ritter &c.
Hr. A. Meurer, Kramer.
Hr. W. Nicholls.
Hr. Friedr. Nies, Buchdr. und Schriftgießer.
Hr. Albert Henry Payne, Stahlstecher.
Hr. G. L. Preusser, Kaufmann.
Hr. Dr. R. E. Prutz.
Hr. Louis Moritz Reinhardt.
Hr. Carl Steph. Richter.
Hr. Rud. Julius Salomon, Stadtrath.
Hr. Gust. Schmidt-Peuckert, Kaufmann.
Hr. Sibeth, Herne Hill.
Hr. Theod. Siebigke, Kaufmann.
Hr. Ferd. Sieler, Papierhändler.
Die Stadtbibliothek.
Hr. Franz Alb. Steche, Advokat.
Hr. F. W. Stockmann, Landgerichtsdirector.
Hr. Heinr. Adolph Täschner, Besitzer der Engelapotheke.
Hr. Oswald v. Teubern, Dr. jur. u. Adv.
Hr. J. C. Vogel, Papierhändler.
Hr. Wilh. Wachsmuth, Prof. der Geschichte.
Hr. Dr. Th. Wilhelmi.
Se. Hoh. Prinz Friedrich August zu Anhalt.
Hr. Aug. v. Behr, Geh. Finanzrath in Cöthen.
Die Bibliothek d. k. Bergacademie in Freiberg.
Die Bibliothek des Gymnasiums in Oels.
Hr. Hugo Bürkner, Maler in Düsseldorf.
Hr. Leop. Bürkner, Polizei-Dir. in Dessau.
Hr. E. Delius, Regier.-Assessor in Coblenz.
Hr. Dr. Theod. Echtermeyer in Halle.
Hr. E. Freudenberg, Ober-Organist zu St. Magdalena in Breslau.
Hr. Heinr. v. Gerstenbergk, Privatdocent d. Mathematik und Physik in Weimar.
Hr. Ad. Bernh. Gumprecht in Erfurt.
Hr. Johannes H. Heftye in Christiania.
Hr. C. Th. Hiecke, Apoth. in Böhm. Kamnitz.
Hr. Joh. Heinr. Kliebe in Ronneberg.
Fräul. Charl. v. Krusenstern in St. Petersburg.

Hr. Ed. Kuhnemann, Reg.-Rath in Cöthen.
Die königl. Kupferstichgallerie in Dresden.
Fräul. Friederike v. Pannwitz in Gulben.
Hr. Peschel, Maler in Dresden.
Hr. Dr. A. Platzmann auf Hohnstädt.
Hr. Moritz v. Rauch in Heilbronn.
Hr. Robe, Justiz-Commissar. in Hirschberg.
Hr. Dr. A. Ruge in Halle.
Frau Rittm. Jenny v. Sydow in Düsseldorf.
Hr. Albert Vogel, Holzschneider in Berlin.
Hr. Graf Wackerbarth zu Wackerbarthsruhe.
Hr. W. Witthöft, Kupferstecher in Dresden.
Hr. Dr. C. A. Zipser, H. S. Alt. Rath, Prof., Gerichtstafelbeis., Ritt. ꝛc. in Neusohl.

Lemberg.

Bei J. Millikowski.

Hr. Jos. Graf Dunin-Borkowski.
Hr. Gust. Freih. v. Hagen, Grundherr von Perespa, Zotkiewer Kreis in Galizien.
Hr. Jos. Mauß, Prof. der Universal-Gesch., Dr. der Philosophie.
Hr. Joh. Millikowski, Buchhändler.
Frau Friederike Theophile Therese Gräfin v. Moszyńska, Sternkreuz-Ordensdame u. Ehrendame des baier. St. Anna-Ordens.
Hr. Aloys Ritter v. Sartini.

Bei Franz Piller u. Comp.:

Hr. F. v. Piatkowsky, Dr. d. Rechte, Landes- und Gerichts-Advocat.
Hrn. Franz Piller u. Comp., Buchhändler.
Hr. Peter Piller, Buchdruckereibesitzer.
Hr. Joh. Salzmann, Ingenieur.

Bei E. Winiarz:

Hr. Alex. Ritter v. Batowski, Deputirter b. dem ständ. Ausschuß.
Hr. Wolf Fränkel, Handelsmann.
Hr. Joh. Ritter v. Hanisch und Greifenthal.
Hr. Leo Kolischer, Dr. der Rechte, Landes- und Gerichts-Advocat.
Hr. Oswald Menkes, Dr. der Rechte, Landes- und Gerichts-Advocat.
Hr. Eduard Winiarz, Buchhändler.
Hr. Gualbert Ritter v. Pawlikowski, Herr auf Medyka.
Hr. Thad. Ritter v. Zebrowski, Herr auf Zurawno.

Lemgo.

In der Meyer'schen Hofbuchhandlung:

Hr. Dr. Rosen, Landsyndicus in Detmold.

Leyden.

Hrn. S. u. J. Luchtmans, Buchhändler.

Liegnitz.

Bei J. F. Kuhlmey:

Das Cadetten-Institut in Wahlstadt.

Bei C. E. Reisner:

Hr. R. D'oench, Factor d. Reg.-Buchdruckerei.
Hr. C. E. Reisner, Buchhändler.
Frau Ulr. Aug. Scharfenort, Ob.-Reg.-Räthin.

Linz.

Bei Eurich u. Sohn:

Hr. Aloys Auer.

Bei Vinc. Fink:

Hr. Domini Lebschy, Abt zu Schlegl, k. k. Rath.
Hr. Carl Huber, Handelsm. in Weitzenkirchen.
Hr. Vincenz Fink, Buchhändler.

Bei Q. Haslinger:

Hr. Quirin Haslinger, Buchhändler.
Hr. Friedr. Hinterberger, Pfarrer.
Hr. L. K. Kraus, Regierungsbeamter.
Hr. Dr. Kaim.
Hr. Franz Pillwein, Rechnungs-Accessist ꝛc.

London.

Bei Ackermann u. Comp.:

Hr. Leop. Droosten, Buchhändler.

Bei Asher u. Comp.:

Messrs Asher & Comp., Booksellers.
James Cowan, Esq.
J. E. Denison, Esq.
John Dodson, Esq.
Lewis Jones, Esq.
W. H. Leeds, Esq.
Mr. Julius Loewenthal Huddersfield.
Wm. Longman, Esq.
Wm. Moberly, Esq.
J. W. Nicholson, Esq. Grays Inn.
Mr. D. Nutt, Bookseller.
Mr. Thomas Richards.
George Stewart Nicholson.
Richard Taylor, Esq. F. S. A., Printer to the London University.
W. J. Thoms, Esq. F. S. A., Secretary of the Camden Society.
Richard Thomson, Esq. Librarian, London Institution.
Charles Tilt, Esq.
George Vivian, Esq.
Royal Arsenal, Woolwich.
Mr. Brookmann, Printer, Glasgow.
Mrs. J. A. Gordon, Bristol.
Sir Jam Ramsay Bart. Banff House, Perthshire,
Prof. Ramsay, College, Glasgow.
Miss Caroline Scott Sundrige Part Bromley Kent.

Bei Black u. Armstrong:

Edward Minton, Esq.
Mr. Sydney Williams.
John Barry, Esq., Caius College Cambridge.
C. C. Whiteford, Esq., Plymouth.

Bei C. u. H. Senior:

Her Majesty The Queen Adelaide.
Her Royal Highness The Duchess of Kent.
His Grace The Duke of Northumberland.
His Grace The Duke of Sutherland.
His Grace The Duke of Buccleuch. K. G. F. R. S.
The Right Hon. The Earl of Aberdeen, F. R. S. Pr. S. A.
T. P. Anderson, Esq.
Mr. H. Apel.
J. Ashton, jun., Esq.
Miss Austin.
Miss Charlotte Austin.
David Baillie, Esq., Belgrave Square.
Mr. J. Bain, Bookseller.
Frederick Baker, Esq.
James Barclay, Esq.
Henry J. Baxter, Esq.
G. Bayley, Esq.
Miss Louisa Bayly.
H. S. Belcombe, Esq. M. D.
Mrs. H. Bellenden Ker.
G. H. Beltz, Esq. K. H.
Adolphus Bernays, Ph. D.
The Right Revd. The Lord Bishop of St. Davids.
Count Emile Boratyński.
Miss Emily Bowles.
Mr. James Bohn, Bookseller.
W. Boxall, Esq.
Miss Maria Bridge.
Miss Bridge.
The Right Hon. the Earl of Burlington F. R. S.
G. P. Bushe, Esq.
John Campbell, Esq.
Jos. Spencer Cardale, Esq.
His Excellency Baron von Cetto.
A. E. Chalon, Esq. R. A.
Edward Charlton, Esq. M. D.
J. G. Children, Esq. F. R. S.
The rev. E. Coleridge.
Henry F. Chorley, Esq.
Henry Nelson Coleridge, Esq.
J. W. Colvile, Esq.
Messrs. Combe & Crossley.
William Coningham, Esq.
Charles Purton Cooper, Esq. F. R. S.
J. S. Cotman, Esq. King's College.
Moritz Cronau, Esq.
Mr. J. Cross.
Adolphus Davis, Esq.
Stephen C. Denison, Esq.
Charles Dickens, Esq.
C. L. Eastlake, Esq. R. A.
Thomas S. Egan, Esq.
The Right Hon. Lord Francis Egerton M. P.
The Right Hon. Lord Ellenborough F. R. S.
H. Ellison, Esq.
Rev. G. M. Fallow.
The Right Hon. Lord Foley.
G. R. French, Esq.
His Excellency Baron von Gersdorff.
Miss Gladstone.
Sir Alexander Duff Gordon Bart.
James Graham, Esq.
Dr. Granville F. R. S.
William Grays, jun., Esq.
Joseph Henry Green, Esq. F. R. S.
The Grumbrecht, Esq.
The Right Hon. The Earl of Hardwicke.
Mr. William Hargrove.
Mr. George Harrison.
The Rev. E. C. Hawtrey, D. D. Eton College.
Mr. G. J. Heathcote, Bookseller.
Miss Louisa Heckel.
R. Henderson, Esq.
J. A. Heraud, Esq.
W. F. Higgins, Esq.
Miss Hill.
H. Hinrichs, Esq.
Miss Horne.
The Honorable Charles Howard M. P.
E. N. Hurt, Esq.
Mrs. Jameson.
Lewis Jones, Esq.
Henry Keyser, Esq.
D. Kidd, Esq.
C. Knapp, Esq.
Charles König, Esq., K. H. K. R. S.
George Aug. Kollmann, Esq.
Lady Elizabeth Leveson.
Arthur Loftus, Esq. R. N.
William Long, Esq.
Messrs. Longman and Co., Paternoster Row.
Arthur Mackenzie, Esq.
W. C. Macready, Esq.
Sir F. Madden, K. H., F. R. S.
His Excellency Count Mandelsloh.
The Right Hon. The Earl of Mansfield.
Capt. Marryat.
Miss Maule.
Miss Mellish.
J. H. Merivale, Esq.
The Rev. H. H. Milman.
Richard Monckton Milnes, Esq., M. P.
Robert Monteith, Esq.
Thomas Moore, Esq.
James Morier, Esq., F. R. S.
William H. Morley, Esq.
The Hon. Charles Augustus Murray.
John Murray, Jun., Esq.
William Nichol, Esq.
The Most Noble The Marquis of Northampton President of the Royal Society.
The Right Hon. Sir Gore Ouseley, Bart., G. C. H., F. R. S.
The Rev. Francis Russell Nixon.
The Hon. Mrs. Norton.
Mr. T. Oehler.
Thomas Pease, Esq.
H. W. Pickersgill, Esq., R. A.
Robert Phillimore, Esq.
Frederick Pollock, Esq.
Philip Pusey, Esq., M. P.
H. Reeve, Esq.
E. W. Robertson, Esq.
Henry Crabb Robinson, Esq.
Miss Rogers.
Mr. P. Rolandi.
Thomas Roscoe, Esq.
James Russell, Esq.
The Countess de Salis.
Miss Frances E. S. Sebright.
Nassau W. Senior, Esq.
Mr. C. Senior, Bookseller.
Mr. H. Senior, Bookseller.
John Simeon, Esq.
R. Simmons, Esq., F. R. S.
Mr. C. S. Simms.

Mrs. J. Abel Smith.
Thomas Smith, Esq.
Clement T. Swanston, Esq., Q. C. F. R. S.
Lieut. Colon Hamilton Smith K. H. F. R. Z. S.
Joseph Snowe, Esq.
Frederick Squire, Esq.
T. Starr, Esq.
Charles James Stuart, Esq.
John Stuart, Esq., Q. C.
The Hon. Robert Talbot.
John Edward Taylor, Esq.
W. M. Thackerey, Esq.
W. H. Tinney, Esq.
Thomas Toulmin, Esq.
Seymour Tremenheere, Esq.
Richard Zouch S. Troughton, Esq.
W. Twining, Esq.
His Excellency Baron van de Weyer.
Miss White.
Dr. Williams.
John Willis, Esq.
E. N. Winstanley, Esq.
G. L. Wood, Esq.
J. Worthington, Esq.
J. St. John Yates, Esq.
Mr. Henry Markenfield Addey, Manchester.
The Rev. E. Baines, Christ's College, Cambridge.
E. La Trobe Bateman, Esq., Manchester.
H. Birley, Jun., Esq., Manchester.
John S. Blackie, Esq., Aberdeen.
The Rev. J. W. Blakesley, Trinity College, Cambridge.
James Bowden, Esq., Hull.
The Rev. W. L. Bowles, Canon Residentiary of Salisbury.
John Bryden, Esq., Manchester.
William Bryden, Esq., Manchester.
H. Cadogan Campbell, Esq., Manchester.
Geo. Carr, Esq., Dublin.
J. R. Chorley, Esq., Liverpool.
W. B. Chorley, Esq., Liverpool.
J. J. Gibson Craig, Esq., Edinburgh.
Miss D'Arcy Cuninghame, Edinburgh.
Mr. Dearden, Nottingham.
Messrs. J. & J. J. Deighton, Cambridge.
The Master of Downing, College Cambridge.
George Dünner, Esq., Manchester.
B. P. Eysen, Esq., Manchester.
T. Fairbairn, Esq., Manchester.
Mr. G. Gancia, Brighton.
R. T. Gore. Esq., Bath.
P. Hawke, Esq., Angers France.
Mrs. Thom. Hutton, Summerhill near Dublin.
David Irving, L. L. D., Edinburgh.
William Ivory, Esq., Edinburgh.
Henry Kemmis, Esq., Q. C., Dublin.
William Langton, Esq., Manchester.
Library of the Society of Writers to Her Majesty's Signet, Edinburgh.
The Hon. Rev. H. G. Liddell, Christ. Church, Oxford.
J. Whitefoord Mackenzie, Esq., Edinburgh.
H. J. Marcus, Esq., Leeds.
Mr. Mensbier, Brighton.
George Moir, Esq., Edinburgh.
Dr. Perry, Exeter.
William Sawers Esq. Trin. Coll., Cambridge
Mr. Simms, Bath.
Mr. G. Simms, Manchester.
Mr. Charles Smith, Bookseller, Edinburgh.
Charles Souchay, Esq., Manchester.
S. E. Spring Rice, Esq.; Mount Trenchard, Ireland.
Rev. C. Thirlwall Pocklington Yorkshire.
The Rev. W. H. Thompson, Trinity College, Cambridge.
Miss Trevenen, Helston, Cornwall.
The University of Edinburgh.

Lübben.

Bei Chr. T. Gotsch:

Hr. Chr. Traug. Gotsch, Buchhändler.
Hr. Freih. v. Houwald, Landsyndicus, Ritter rc. zu Neuhaus.

Lübeck.

Bei F. Asschenfeldt:

Hr. Fr. Asschenfeldt, Buchhändler.
Hr. Heinr. v. d. Hude, Dr. jur.
Hr. Dr. H. Münzenberger.
Hr. Leopold Weber.

In der v. Rohden'schen Buchhandlung:

Hr. Friedr. Jacob, Director u. Professor am Katharineum.
Hr. Heinr. Aug. v. Rohden, Buchhändler.

Ludwigsburg.

In der Nast'schen Buchhandlung:

Die C. F. Nast'sche Buchhandlung.
Hr. Graf v. Scheler, Oberlieutenant d. Leibgarde zu Pferde.

Luzern.

Bei Xav. Meyer:

Hr. Constantin Guise, Maler aus Basel.
Hr. Jos. Ithen, Schriftsetzer.
Die Meyer'sche Buchdruckerei.
Hrn. Gebr. Räber, Buchdr. und Buchhändler.
Hr. Ignaz Thüring, Buchdrucker.
Hr. Josef Konrad, Buchdrucker in Sursee.

Magdeburg.

Bei E. Bühler:

Hr. C. M. Brook, Kaufmann.
Hr. E. Bühler, Buchhändler.
Hr. v. Ditfurth, General-Major und Divisions-Commandeur.
Hr. T. P. J. Golden, Kaufmann.
Hr. v. Mandrot, Lieutenant a. D.
Hr. E. Reußner, Kaufmann.
Hr. Eduard Rumpf, Kaufmann.
Hr. S. D. Schwartz, Kaufmann.
Hr. Graf zu Stollberg-Wernigerode, Ober-Präsident.
Hr. v. Alvensleben, Gutsbesitzer auf Rogätz.

In der Creutz'schen Buchhandlung:

Hr. Herrmann, Rathmann u. Fabrikbesitzer in Schönebeck bei Magdeburg.
Hr. Aug. Morgenstern, k. baier. Consul.
Hr. Eduard Rebelung, Kaufmann.
Hr. J. D. Schwarz, Kaufmann.

Bei W. Heinrichshofen:

Hr. C. Fuchs.
Hr. F. Kämpf, Kaufmann.
Hr. Köppe, Wegebaumeister.
Hr. Selbstherr, Oberlandesger.-Vice-Präsid.
Hr. v. Seydlitz, Mil.-Intendantur-Secretair.
Hr. Wm. Ad. Herm. Leo Graf vom Hagen, k. Kammerherr, St. Joh. Ord. Ritter, Majoratsherr auf und zu Möckern.

Bei F. Kägelmann

Hr. Ferd. Hartmann, Maler.
Hr. Carl G. A. Kette, Justizrath.
Hr. Dr. Reide, jun.

In der Rubach'schen Buchhandlung:

Hr. Emil Bänsch, Buchhändler.
Hr. Dr. Dohlhoff, Medizinalrath.
Hr. Josti, Kaufmann.
Hr. Julius Mühling, Dom-Organist.
Hr. Steltzer, Ober-Regierungsrath.
Hr. C. Ad. Freiherr v. Münchhausen in Althaus-Leitzkau.
Hr. Carl v. Pieschel, Rittergutsbesitzer auf Altenplathow.

Mainz.

Bei G. Faber:

Hr. v. Nordberg.

Bei F. Kupferberg:

Hr. Florian Kupferberg, Buchhändler.
Hr. Moßdorf, Geheimer Regierungsrath.

Bei J. Stenz:

Hr. Heinr. Prickarts, Buchdruckereibesitzer.
Hr. Jos. Stenz, Buchhändler.
Hr. Jos. Wirth, Buchhändler und Buchdruckereibesitzer.

Bei V. v. Zabern:

Hr. Carl Dresel-Tenge, Weinhändler in Geisenheim.

Mannheim.

Hrn. Artaria u. Fontaine, Kunsthändler.

Bei J. Bensheimer:

Hr. Graf v. Redern.

Bei H. Hoff:

Hr. Carl Bauer, Rittmeister im Drag.-Reg. 2.
Frau Amalie Dör, geb. Schmuckert.
Hr. Wilhelm Fischer, Privatgelehrter.
Freifrau M. J. v. Herding, geborne Gräfin Saint-Martin.
Hr. Heinrich Hoff, Buchhändler.
Frau Charl. Jerrmann, geb. Thalmann.

Bei T. Löffler:

Die Harmonie.
Hr. J. Kaufmann, Buchdruckereibesitzer.
Hr. Sigmund Löffler, Buchhändler.
Hr. J. P. Mayer, Hofkammerrath.
Hr. Schmidt II., Hauptmann.
Hr. Baron v. Venningen.
Hr. Wachs, Rittmeister.
Hr. Adolph, Erbprinz zu Löwenstein in Wertheim.
Hr. Gust. Freih. v. Lerchenfeld, Bezirksrichter in Frankenthal.
Hr. A. B. Murrmann, Kaufm. i. Philippsburg.
Hr. Al. Graf v. Wolkenstein in Germersheim.

In der Schwan- u. Götz'schen Hofbuchhandlung:

Hr. Friedrich Götz, Buchhändler.
Hr. Jos. Carl Reybeck.
Hr. Dr. Ad. Jos. Seitz.
Hr. Adolph Graf zu Castell auf Rüdenhausen.

Marburg.

Bei N. G. Elwert:

Frau v. Dörnberg, geb. v. d. Malsburg.
Hr. Dr. Christ. Ludw. Gerling, Professor.
Hr. Carl Christ. Hüter, Prof. u. Dr. d. Mediz.
Hr. Dr. Carl Wilh. Justi, Oberconsistorialrath, Superintendent u. Prof. d. Theol.
Hr. Reimann, Dr. med. in Rommershausen.
Hr. Dr. Aem. Ludw. Richter, ord. Prof. d. R.
Hr. Schenck zu Schweinsberg in Schweinsberg, Minister im Ruhestande.
Hr. N. G. Elwert, Buchhändler u. Buchdr.

Marienwerder.

Bei A. Baumann:

Hr. C. Burckhardt, Dr. med.
Hr. Lange, Oberlandesger.-Vice-Präsident.

Meissen.

Bei F. W. Gödsche:

Hr. Dietrich v. Miltitz, kön. preuß. Generallieutenant a. D. auf Siebeneichen.
Hr. J. Steinmetz, Steindruckereibesitzer.

Bei Klinkicht u. Sohn:

Die Bibliothek der königl. Landesschule.
Hr. Ed. Aug. Diller, Prof. an d. Landessch.
Hr. Gottl. Christ. Schmidt, Pfarr. zu St. Afra.
Hr. M. G. A. Schumann, Licentiat d. Theologie, Professor an der Landesschule.
Hr. Dr. Springer, Stiftssyndikus.

Merseburg.

Bei F. L. Nulandt:

Hr. Bendemann, Regierungs-Assessor.
Hr. Caro, Regierungsrath.
Hr. Danneil, Regierungsrath.
Hr. v. Kräwel, Land- u. Stadtgerichts-Director und Kreisjustizrath.
Hr. v. L'Estocq, Regierungsrath.
Hr. F. Louis Nulandt, Buchhändler.

Minden.

Bei J. Körber, jun.:

Hr. Krüger, Regierungsrath.
Hr. Victor Strauß, Archivar u. Regierungssecretair in Bückeburg.

Mitau.

Bei F. Lucas:

Hr. Wilhelm v. Ascheberg.
Hr. Wilhelm v. Bolschwing.
Hr. Ritter Fr. v. Klein, Procur. u. Staatsrath.
Se. Erlaucht Hr. Graf Königsfeld.
Hr. Friedr. Lucas, Buchhändler.
Se. Excell. Hr. Pet. v. Schrötter, wirklicher Staatsrath.
Die Buchdr. der Hrn. Steffenhagen u. Sohn.
Hr. Baron Louis Finck v. Finckenstein auf Hermanifeck.
Frau Louise v. Kleist, geb. Freiin v. d. Osten-Sacken in Goldingen.
Se. Exc. Hr. v. Kutschkoffski, wirkl. Staatsrath u. Ritter, Präs. d. Acad. in Wilna.
Fräul. Charlotte v. Lieven in Okten.
Hr. Wilhelm Aug. Wohlbrück, Regisseur des Stadttheaters in Riga.

Bei G. A. Reyher:

Frau Baronin v. Budberg, geb. v. Hahn.
Hr. v. Kleist, Oberhauptmann.
Frau Baronin v. Korff, geb. v. Hahn.
Hr. G. A. Reyher, Buchhändler.
Hr. Theod. v. Sacken, Ober-Hofger.-Advocat.
Hr. Baron v. Korff auf Sernaten.

Moskau.

Bei F. Severin:

Hr. Const. v. Aksakoff, Candidat der Philos.
Hr. Mich. v. Bacounin.
Hr. Wassily Botkin, Kaufmann.
Hr. A. Draschussoff.
Hr. Dr. Dreyer, Arzt.
Hr. Alex. Fischer v. Waldheim, Professor.
Hr. G. Fischer v. Waldheim, wirkl. Staatsrath und Ritter.
Hr. Carl Erdm. Görtz.
Das adelige Institut.
Hr. Klöpfer, Dr. philos.
Hr. Vict. v. Krouber, Secretair d. d. Ackerbaugesellschaft.
Hr. Andreas v. Péché, Hofrath.
Hr. Carl Rabus, Landschaftsmaler.
Hr. Pet. v. Redkin, Dr. der Rechte u. Prof.
Hr. Carl Renard, Dr. d. Med. u. Bibliothekar an der medizin. chirurg. Academie.
Hr. Dr. J. Schweikert, Arzt.
Die kaiserliche Universität.
Hr. Alex. Michaelow. Bogaewsky, Gutsbesitzer zu Klischky im Kroloweczky'schen Kreise.
Hr. Joh. Aug. Metelerkamp, k. Colleg. Secretair, Lector d. deutschen Sprache u. Literatur an der Universität Charkow.

München.

Die literar. artist. Anstalt der J. G. Cotta'schen Buchhandlung.

Bei Joseph A. Finsterlin:

Se. Excell. Hr. Carl v. Abel, Staatsminister.
Die Bibliothek des Staatsministeriums d. Inn.
Hr. Jos. A. Finsterlin, Buchhändler.
Hr. L. v. Klenze, Architekt, wirkl. Geheimerath, Kammerherr und Hofbauintendant.
Hr. Graf v. Montgelas, königl. Kämmerer u. erbl. Reichsrath.
Hr. v. Schilcher, Staatsrath und Präsident des obersten Rechnungshofes.
Hr. Dr. Schmidt, Ministerialrath und Cabinetsprediger.
Hr. Joh. Bapt. Stiglmaier, Inspector.
Hr. Dr. Straßer, Lect. d. engl. Spr. a. d. Univ.
Hr. Chr. Graf v. Yrsch, k. Kämmerer und Regierungsrath.
Hr. C. A. Bertele, Salinen-Inspector in Traunstein.

Bei C. A. Fleischmann:

Hr. Dr. Joh. Nep. Pichlmayr, königl. baier. Advocat.
Se. Excell. Hr. Dmitri v. Severin, k. russ. außerord. Gesandter u. bevollm. Minister.
Hr. B. Stölzl, königl. baier. Oberbergrath.
Hr. Dr. Franz Wild, Buchdruckereibesitzer.
Hr. Carl v. Zur-Westen, k. baier. Rittmeister im Küraß.-Regiment Prinz Carl.

Bei G. Franz:

Ihre Majestät Caroline, Königin von Baiern.
Se. königliche Hoheit Maximilian, Kronprinz von Baiern.
Hr. v. Hermann, Kunsthändler.
Frau Fanny v. Kerstorf, geb. Freiin v. Eichthal.
Hr. Dr. Meinel, Hofrath.
Hr. Graf Ant. v. Törring-Minucci, königl. Kammerherr.
Hr. Ign. Sartori, gräfl. v. Arco'scher Verwalter in Zinnenberg.

In der Hofbuchhandlung:

Hr. J. J. Eisenhardt, Ob.-Apell.-Ger.-Rath.
Hr. Dr. Graf, Medizinalrath und Leibarzt J. Majestät der Königin.

Bei G. Jaquet:

Hr. George Jaquet, Buchhändler.
Hr. Rösl, Hofbuchdrucker.

In der Lindauer'schen Buchhandlung:

Hr. Friedr. Sauer, Besitzer d. Lindauer'schen Buchhandlung.

Bei J. Palm:

Hr. Maxim. Graf v. Arco-Zinneberg, königl. Kammerherr, Rittmeister à la suite und Ritter des hohen St. Georgi Ordens.
Hr. Jos. v. Kirschbaum, Staatsrath.

Münster.

In der Coppenrath'schen Buchhdlg.:

Hr. Haindorf, Dr. und Professor.
Hr. v. Rappard, Regierungsrath.
Hr. Baron Roth v. Schreckenstein, Obrist u. Brigade-Commandeur.
Hr. Rüdiger, Ober-Regierungsrath.
Hr. Graf Solms-Sonnewalde, Lieut. u. Adj.
Se. Excell. Hr. Freiherr v. Wrangel, Generallieutenant und Divisionscommandeur.
Hr. Clem. Aug. Graf v. Westphalen auf Lär.
Hr. Zülecke, Obrist auf Freckenhorst.

Bei J. H. Deiters:

Hr. J. H. P. Deiters, Buchhändler.
Verwittwete Frau Gräfin Droste.
Hr. Freih. v. Ketteler auf Harkotten.
Hr. Jos. Schnell, Buchdruckereibesitzer in Warendorff.

Bei F. Regensberg:

Die verwittw. Frau Gräfin v. Droste-Nesselrode Erbdrostinn.
Hr. Freih. F. Egon von Fürstenberg.
Hr. Freih. v. Ketteler.
Hr. Friedrich Regensberg, Buchhändler.

In der Wundermann'schen Buchhdlg.:

Hr. Joh. Obergethmann, Reg.-Hauptcassen Buchhalter.
Hr. Friedrich Wundermann, Buchhändler.
Hr. Dr. W. Geßner, Domainenrath auf Arthausen.
Hr. F. W. J. Schulte, Grenzaufseher in Tecklenburg.

Naumburg an der Saale.

In der Franke'schen Buchhandlung:

Hr. Rabe, Ober-Landesgerichts-Assessor.
Hr. O. v. Münchhausen, Landrath in Cölleda.

Neisse.

Bei F. Burckhardt:

Hr. F. W. Dreckschmidt, Ob.-Ld.-Ger.-Assess.
Hr. Wossidlo, Dr. med.

Bei Th. Hennings:

Hr. Carl v. Adlersfeld, Bürgermeister.
Hr. Baron v. Lüttwitz auf Karchwitz, Hauptmann a. D.
Hr. v Pfuel, Gen.-Major u. Div.-Command.
Hr. Scholz, Justiz-Commissarius.
Hr. Baron v. Plotho, Domherr in Breslau.

Neubrandenburg und Neustrelitz.

Hrn. Ludw. Dümmler's Hofbuchhdlg.

Neuhaldensleben.

Bei A. Eyraud:

Hr. Reinike, Land- und Stadtger.-Director in Gardelegen.
Hr. v. Veltheim, Landrath auf Veltheimsburg.

Nordhausen.

Bei C. G. W. Köhne:

Hr. Dr. Richter.
Hr. Friedrich Thiele, Buchdrucker.

Nördlingen.

In der C. H. Beck'schen Buchhandlung:

Hr. Carl Beck, Buchhändler.
Hr. F. W. Doppelmayr, rechtskundiger Bürgermeister.

Nürnberg.

In der Campe'schen Buchhandlung:

Hr. C. B. Crämer, Kaufmann u. Fabrikbes.
Hr. Graf v. Giech, Regier.-Präsid. in Ansbach.
Hr. Ernst Fürst zu Hohenlohe-Langenburg in Langenburg.
Hr. J. W. Schnitzlein, Decan u. Stadtpfarrer in Roth.

Bei Ferd. v. Ebner:

Hr. Dr. Schramm, ausübender Arzt.
Hr. W. Tümmel, Buchdruckereibesitzer.
Hr. Wülfert, Landrichter und Obristlieutenant der Landwehr in Neumarkt.

Bei A. Recknagel:

Hr. F. Graf, Banco-Cassierer.
Hr. Wilh. Tümmel, Buchdruckereibesitzer.
Hr. J. A. Stein, Buchhändler.

In der C. H. Zeh'schen Buchhandlung:

Hr. Jacob Härtel, Kaufmann und Handelsgerichts-Assessor.

Offenbach.

Bei C. Heinemann:

Hr. G. Alewyn, Oberlieutenant im 4. hess. Infanterie-Regiment.

Oldenburg.

In der Schulze'schen Buchhandlung:

Ihre Durchlaucht die Herzogin Friederike von Oldenburg.
Hr. W. Berndt, Buchhändler.
Die großherzogliche Bibliothek.
Hr. J. P. E. Greverus, Professor.
Hr. Dr. K. Mayer.
Hr. Gerh. Stalling, Buch- und Steindruckereibesitzer.
Hr. v. Tungeln, Kaufmann in Varel.

Olmütz.

Bei J. Neugebauer:

Hr. Alois Skarnitzl, Buchdruckereibesitzer.

Oppeln.

In C. Baron's Buchhandlung:

Hr. C. Baron, Buchhändler.
Hr. Paul Graf v. Haugwitz.
Hr. Baron v. Korff, Justiziarius.
Hr. Baron v. Schöning.

Osnabrück.

In der Rackhorst'schen Buchhandlung:

Hr. Herb. Sig. Ludw. v. Bar, Dr. jur. und Geheime Rath.
Hr. J. H. B. Fortlage, Dir. d. Rathsgymnas.
Hr. Knippenberg, Vorsteher der Kißling'schen Buchdruckerei.
Hr. Graf zu Inn u. Knyphausen, Reg.-Rath.
Hr. Carl Graf zu Münster.
Hr. Joh. Carl Bertr. Stüve, Dr. jur. et philos., Bürgermeister und Schatzrath.
Hr. Freiherr Clamor v. d. Busche-Hünnefeld, Gutsbesitzer zu Hünnefeld.

Paderborn.

Bei W. Crüwell:

Hr. Hillenkamp, Bau-Conducteur.

Bei J. Wesener:

Hr. F. W. Heithecker, Maler.
Hr. Phil. Herle, Buchdruckereibesitzer.
Hr. Merten, Magazin-Rendant.
Hr. Louis Sprückmann, Buchdruckereibesitzer.
Hr. Friedr. Freih. von u. zu Brenken, Gutsbesitzer in Erpernburg.
Hr. Freih. v. Schorlemer, k. sächs. Kammerherr in Heringhausen.
Hr. Albert Wesener, Buchdruckerlehrling aus Paderborn, in Rudolstadt.

Bei L. D. Winkler:

Se. bischöfl. Gnaden Hr. Richard Dammers, Bischof von Tiberias, Weihbischof und Domprobst, Ritter &c.
Hr. L. D. Winkler, Buchhändler.

Parchim.

In der Hinstorff'schen Hofbuchhdlg.:

Se. Hoheit der Herzog Gustav von Mecklenburg-Schwerin in Villa Gustava.
Se. Exc. Hr. v. Both, General-Lieutenant in Ludwigslust.
Hr. v. Boddien, General-Major ebend.
Hr. v. Rantzau, Hofmarschall ebend.

Paris.

Bei Brockhaus u. Avenarius:

Se. königl. Hoheit Ferdinand Herzog von Orleans, Kronprinz von Frankreich.
Ihre kön. Hoh. Helene, Herzogin von Orleans.
Ihre königliche Hoheit Clementine, Prinzessin von Orleans.
La Bibliothéque du Roi.
Hr. H. Delloye.
Hr. Julius Denis.
Hr. Fritz Fabel, Buchhändler.
Hr. J. J. Hittorf, Architect.
Hr. F. O. Graf v. Jenison-Wallworth, außerordentl. Gesandter und bevollm. Minister des Königs von Baiern.
Hr. Graf Leon de Laborde.
Hr. Agathophron Nicolopoulo, Professor der griechischen Literatur.
Hr. W. Reddelien.
Hr. Friedr. Rehfeld.
Hr. J. Savoye, Director des Panorama de l'Allemagne.
Hr. Fréd. Vieweg.
Hr. v. Karroff, Hauptmann der Artillerie in Saragossa.
Hr. Friedr. Schüler in St. Rufine.

Passau.

Hr. Ambrosius Ambrosi, Buchhändler.

In der Pustet'schen Buchhandlung:

Se. Exc. Hr. Graf v. Armansperg, k. baier. Staatsminister und Reichsrath.
Hr. Freih. v. Asch, Appellationsgerichtsrath.
Hr. Heinr. v. Bohn, Besitzer der Herrschaften Mamling und Erb.
Hr. Graf v. Joner-Tettenweiß, k. baier. Lieut.
Hr. C. Pleuger, Buchhändler.
Hr. Carl Wilh. Troitzsch, Buchhandlungsgeh.
Hr. Graf v. Geldern, königl. Kämmerer auf Thurnstein.

Pesth.

Bei C. A. Hartleben:

Hr. Graf Sigm. Benyowszky.
Die Lesegesellschaft in Temeswar im Banate.

Bei G. Heckenast:

Hr. Pet. v. Benjovszky, Tabular-Advocat u. Gerichtstafel-Beisitzer mehr. Comitate.
Hr. Ludw. Landerer v. Füskut, Buchdruckereibesitzer und Gerichtstafelbeisitzer.
Hr. Gustav Heckenast, Buchhändler.
Baronesse Amalie Kray.
Hr. Pomikalko.
Hr. Jos. Benczur, Buchhändler in Eperies.
Hr. Joh. v. Szirmay in Kerekrét.
Die k. ungr. Universitätsbuchdruckerei in Ofen.

Bei G. Kilian's Wittwe u. Weber:

Hr. C. M. Fritz, Geschäftsführer.
A'Nemzeti-Casino Pesten.

Bei Kilian u. Comp.:

Hrn. Kilian u. Comp., Buchhändler.
Die Bibliothek des evang. reform. Collegiums in Clausenburg.

St. Petersburg.

Bei Eggers u. Comp.:

Hrn. Eggers u. Comp. Buchhandlung.
Hr. Holland, Regisseur des Hoftheaters.
Die W. Gräff'sche Buchhandlung.

Bei H. Schmitzdorff:

Hr. W. Dericker, Buchdrucker.
Hr. Julius Gillis.
Hr. Karl Kray, Buchdruckereibesitzer.

Pforzheim.

Bei Dennig, Finck u. Comp.:

Hr. Adolph Becher.
Hr. Moritz Schöfler, Factor der Buchdruckerei von Dennig, Finck und Comp.

Posen.

Bei J. J. Heine:

Hr. v. d. Gröben, Regierungsrath.
Hr. Schönborn, Oberlehrer am Friedr. Wilh.-Gymnasium.
Hr. Woykowsky, Redacteur d. lit. Wochenbl.

Bei E. S. Mittler:

Hr. v. Blumberg, Regierungssecretair.
Hr. v. Borkowsky, Major im 18. Inf.-Reg.
Hr. Louis Bosin, Sänger und Schauspieler.
Hr. Boy, Landgerichtsrath.
Hr. v. Damitz, Major und Adjutant.
Se. Excellenz Hr. Flottwell, wirkl. Geheimer-Rath und Ober-Präsident.
Hr. H. v. Frankenberg.
Hr. v. Hake, Capitain.
Hr. Helf, Hauptmann im Ingen.-Corps.
Hr. Herzog, Medizinalrath.
Hr. Otto Janke, Buchhandlungsgehülfe.
Hr. Klebs, Ober-Regierungsrath u. Director der General-Commission.
Der Kunstverein.
Hr. Lehmann, Maler und Lithograph.
Hr. Ehrenfried Lorenz, Geschäftsführer der Mittler'schen Buchhandlung.
Hr. Meyer, Ober-Appellationsgerichtsrath.
Hr. Carl Miesch, Kaufmann und Juwelier.
Hr. Niese, Divisionsprediger.
Hr. Peiler, Regierungsrath.
Hr. v. Pieronn, Generalpächter der Grätzer Güter, k. k. Erzieher des weiland durchl. Erzherz. Alexander Leopold k. k. Hoheit.
Hr. Dr. Rabuski, Maler.
Hr. F. W. v. Randow, Lieut. im 5. Uhl.-Reg.
Hr. v. Rehbein, Premierlieut. und Adjutant.
Hr. v. Reibnitz, Regierungsrath.
Hr. W. Rosenstiel, Rittmeister a. D., Besitzer der Decker'schen Hofbuchdruckerei.
Hr. Otto Schaper, Maler.
Hr. Herm. Sperling, Regier.-Supernumerar.
Hr. Dr. Suttinger, Medicinalrath.
Hr. Süvern, Ober-Regierungsrath.
Hr. v. Werder, Regierungsrath.
Hr. Fesnow, Landrath in Inowraclaw.
Hr. v. Normann, Kammergerichts-Assessor in Soldin.
Hr. Dr. Rosenbaum, Bataillonsarzt in Graudenz.
Hr. Sänger, Domainenpächter auf Mlynkowo.
Hr. Graf v. Skorzewski, Mitglied mehr. gel. Gesellschaften, Gutsbes. auf Czerniejewo.
Hr. E. v. Tempelhoff, Gutsbesitzer auf Dombrowko.
Hr. H. v. Treskow in Radojewo.

Bei Gebr. Scherk:

Hrn. Gebr. Scherk, Buchhändler.
Hr. v. Walther und Croneck, Hauptmann.

Potsdam.

Die Horvath'sche Buchhandlung.

Bei F. Riegel:

Hr. Jacobs, Stadtrath und Fabrikbesitzer.
Hr. F. L. Sommer, Factor der Decker'schen Hofbuchdruckerei.

In der Stuhr'schen Buchhandlung:

Hr. G. Gottschick, Mitbesitzer der Stuhr'schen Buchhandlung.
Hr. Dr. Puhlmann, Regimentsarzt.
Hr. G. C. Würger, Buchhändlergehülfe.

Prag.

Bei Borrosch u. André:

Se. Exc. Hr. Graf Carl v. Chotek, Oberst-Burggraf, k. k. Geh.-Rath u. Präsident des Böhmischen Landesgubernii &c. &c.
Son Altesse le Prince Camille de Rohan-Rochefort et Montauban.
Se. Durchlaucht, Fürst Karl Anselm v. Thurn und Taxis.
Hr. Graf Franz Xaver Auersperg.
Ihre Durchl. Frau Fürstin Friederike Auersperg.
Ihre Durchl. Frau Fürstin Wilhelmine Kinsky.
Hr. C. André, Buchhändler.
Hr. Freih. Enis v. Atter u. Iveaghe.
Hr. Alex. Ritter v. Bethmann, Herrschaftsbes.
Hr. Al. Borrosch, Buchhändler.
Hr. Ritter v. Bundschuh.
Hr. Johann Büttner, Rector und Probst.
Hr. Graf Heinrich v. Chotek.
Hr. Alex. Clarot, Historien- u. Portraitmaler.
Hr. Graf v. Colloredo-Mannsfeld, Oberst.
Hr. Conrath, Dr. med.
Ihre Excellenz Frau Gräfin Czernin.
Hr. J. Czerwenka, Erzieher.
Hr. Joh. Felsenfest, Erzieher.
Hr. C. A. Fiedler, Banquier.
Hr. Baron de Fin.
Hr. Joh. Nep. Gebhard, Erzieher.
Hr. C. H. Gerson in Kosmanos.
Hr. Anton Haasche, Großhändler.
Hr. Friedr. Kirschbaum, Landrath.
Se. Excell. Hr. Franz Graf v. Klebelsberg, k. k. Geh. Rath und Staatsminister.
Hr. Graf Johann Kolowrat-Krakowsky.
Hr. Edmund Konrad, Dr. jur.
Hr. Freiherr Christian v. Kotz.
Hr. Kranner, Baumeister.
Hr. Kuczera, Landschaftsmaler.
Hr. Edler v. Lämel, Banquier.
Hr. Major, Dr. jur. und Landesadvocat.
Hr. Jos. Miege, Dr. med.
Se. Excell. Hr. Graf v. Mittrowsky, Landrechtspräsident.
Hr. Graf Rudolph Morzin.
Hr. Muck, Cand. jur. und Erzieher.
Hr. Müller, Appell.-Rath u. Bürgermeister.
Hr. Joseph Dittmar Graf v. Nostitz.
Hr. Graf Erwin v. Nostitz-Rinek.
Hr. Giorgio Pallavicino-Trivulzio.
Hr. Marquis v. Paulucci, k. k. Hauptmann.
Hr. Jos. Quadrat, Dr. med.
Hr. Razga, Pastor.
Hr. Richter, Landrath.
Hr. Joh. Rohrweck, Erzieher.
Hr. Roskoßny, Dr. jur. und Landesadvocat.
Hr. Reichsaltgraf Johann Salm-Reifferscheid.
Ihre Excell. Frau Gräfin Philippine Schlick-Nostitz.
Se. Excell. Hr. C. F. Graf v. Schönborn.
Hr. Ritter Wenzel v. Schönherr, Landrath.
Hr. A. Spirk, Bibliothekar und Professor.
Hr. Stamann.
Hr. Franz Graf Thun-Hohenstein, Majoratsh.
Hr. Jos. Math. Graf Thun-Hohenstein.
Hr. Leopold Graf Thun-Hohenstein.
Hr. Anton Veith, Herrschaftsbesitzer.
Hr. Martin Wagner, Herrschaftsbesitzer.
Hr. Graf v. Wolkenstein-Trostburg.
Hr. Ritter v. Bergenthal, Kreis-Commissair.
Hr. Karl Graf v. Kaunitz.
Hr. Ferd. Richter, Major in Pension in Kuttenberg.
Hr. Baron Ant. Stilfried zu Bielohrad.

In der J. G. Calve'schen Buchhdlg.:

Die J. G. Calve'sche Buchhandlung.
Hr. A. J. Corda, Custos am böhm. Museum.
Hr. Carl Freih. v. Dalberg, k. k. Kämmerer.
Hr. Georg Döbler, Lehrer d. Kupferstecherkunst.
Hr. Heinrich Fischer, Buchhandlungsgehülfe.
Hr. Andreas Fortner, Maler.
Hr. Anton Gnirs, k. k. Beamter.
Hr. Jos. Halla, Med. et chir. Dr.
Hr. Carl Hennig, Steindruckereibesitzer.
Frau Agnes Baronin v. Leutsch, geb. Soos v. Sovar.
Hr. Gustav Pilz, Kaufmann.
Hr. Franz Wenzel Veith, Herrschaftsbesitzer.
Hr. N. Ybl, Architekt.
Hr. Graf Deym auf Nemischl.
Hr. Otto Bar. Leutsch, Oberlieut. im Ritt. v. Luxem 27. Infanterie-Reg. in Grätz.
Hr. Ed. Leitenberger, Fabrikbes. in Reichstadt.
Hr. Joh. Suchowsky, Kreis-Cassa-Controllor in Gitschin.

Bei J. Dirnböck:

Hr. Roman Fürst Auersperg.
Das Offiziercorps des k. k. II. Feldjäger-Bat.
Hr. P. W. J. Wobornjk, Priester u. Bibliothekar des ritterl. Kreuzordens mit dem rothen Stern.
Hr. Franz Bar. v. Chanowsky, Hauptmann und Herr der Herrschaft Niemcic.
Se. Excell. Hr. Jos. Graf Nostitz u. Rieneck, wirkl. Geh. Rath u. Kämmerer auf Rokitnitz.
Hr. Wilh. Nowotny, Apotheker in Przestitz.
Hr. Friedr. Ehrlich, Buchhändler.

Bei Gottl. Haase Söhne:

Se. herzogl. Durchl. Fürst Joh. Lobkowitz.
Hr. Placidus Benesch, Prälat zu St. Margareth
Hr. Baron v. Benkow, Oberlieutenant.
Hr. J. B. Chlumetzky.
Hr. Eugen Diehl.
Hr. Freih. J. M. v. Ehrenburg, Kr.-Commiss.
Hr. Gottlieb Haase, Buchhändler.
Hr. Rudolph Haase, Dr. der Rechte.
Hrn. G. Haase Söhne, Buchdruckereibesitzer.
Hr. Carl August Hail.
Se. Hochw. Hr. Milde, Domherr.
Hr. Edler v. Muth, Hofr. u. Stadthauptm.
Hr. Andr. Neureutter, J. u. Dr. u. Landesadv.
Hr. Dr. Schubert, Regimentsarzt.
Hr. Friedr. Thiemann, Erzieher der Prinzen zu Windisch-Grätz.
Ihre Durchl. Prinzessin Eleonore Windisch-Grätz, geb. Fürstin Lobkowitz.
Hr. C. Würbs.
Hr. Wenzl Barton in Turnau.
Hrn. Kobrtsch u. Gschihay, Buchhändler und Buchdrucker in Eger.
Hr. Ed. Kretzschmar, Dr. med. in Capstadt.
Hr. A. Landfraß in Neuhaus.
Die fürstl. Ferd. Lobkowitz'sche Bibliothek in Raudnitz.
Das Hochw. Prämonstratenser-Stift Tepl.
Frau Catharina Schupansky in Turnau.
Hr. Weleczka, Straßenbaucommiss. in Hayde.
Se. Hochw. Gnad. Hr. K. Zambauer, Prälat in Krummau.

Bei Kronberger u. Rziwnatz:

Se. Durchl. Hugo Fürst u. Altgraf zu Salm-Reifferscheid in Raitz.
Hr. Joh. Ritter v. Neuberg, k. k. Landrath.
Hr. Albert Graf v. Nostitz.
Hr. Schlindenbuch, Dr. jur.

In der C. v. Mayregg'schen Buchhdlg.:

Hr. P. H. Neukirchen, Besitzer der v. Mayregg'schen Buchhandlung.

Bei F. Scheib:

Hr. Ludw. Fortner, Silberarbeiter.
Hr. Franz Xaver Ramisch, Doctor d. Medizin und emeritirter Decan der medizin. Facultät an der Universität.
Hr. Franz Scheib, Buchhändler.
Hr. Joh. Aug. Zimmermann, Humanitäts-Professor am Kleinseitner Gymnasium.

Prenzlau.

Bei F. W. Kalbersberg:

Hr. Louis Itzig, Banquier.
Hr. v. Holtzendorff auf Bruchhagen.
Frau v. Holtzendorff auf Jagow.
Frau Reichsgräfin v. Schwerin auf Wolfshagen.

Pressburg.

Hr. Carl Friedrich Wigand, Buchhändler und Buchdruckereibesitzer.

Quedlinburg.

Bei G. Basse:

Hr. Carl Schmaltz.

Bei L. L. Franke:

Hr. F. C. Benninghauß, Hüttenmeister und Eisenhüttenbesitzer in Thale im Harz.

Regensburg.

Hr. G. Jos. Manz, Buchhändler.

In der Montag u. Weiß'schen Buchhdlg.:

Hr. Carl Graf Holnstein aus Baiern, k. Kämmerer und Regierungsrath.
Die Montag u. Weiß'sche Buchhandlung.
Hr. Georg v. Reider, Gerichtshalter in Wiesenfelden.

Bei F. Pustet:

Se. Durchlaucht Hr. Maximilian Carl Fürst v. Thurn und Taxis.
Hr. Ad. Auer, Typograph.
Hr. Ernst Brencks sel. Wittwe.
Hr. Ernst Grund, Typograph.
Hr. Georg Moser, Typograph.
Hrn. Friedr. H. Neubauers sel. Wittwe.
Die F. Pustet'sche Buchdruckerei.
Hr. Carl Mayer, Landrichter in Röding.
Hr. Jos. Strobel, Gouverneur der fürstlich Thurn und Taxisschen Prinzen.

Reval.

Bei G. Eggers:

Hr. R. v. Bleski.
Hr. F. W. Borm, Buchdrucker.
Hr. G. v. Brevern, Esthländ. Ritterschaftssecr.
Hr. Georg Eggers, Buchhändler.
Hr. Graf Carl v. Manteuffel.
Hr. v. Wulffert, Inspector der Domschule.

Bei J. F. Koppelson:

Frau Baronin v. Uexhüll, Geheimeräthin.
Hr. Joh. Christ. Kreimann in Narwa.
Hr. H. Laakmann, Buchdruckereibes. in Dorpat.
Hr. Hermann Sutthoff in Narwa.

Riga.

Bei J. Deubner:

Hr. J. Deubner, Buchhändler.
Hr. Ferd. Häcker, Stadtbuchdrucker.
Hr. Heinr. Steffenhagen, Kreisbuchdrucker.
Hr. E. Frantzen, Buchhändler.

Bei E. Götschel:

Hr. Edmund Götschel, Buchhändler.
Hr. Aug. Pacht, Collegien-Assessor, Ritter ꝛc., Schulinspector zu Wolmar.

Rostock.

Bei J. M. Oeberg:

Hr. Markwart, Lehrer.
Hr. v. Platen in Ystadt.

Bei F. L. Schmidtchen:

Hr. Dr. Beseler, Professor.
Hr. Geh. Hofrath Dr. Kämmerer, Professor.
Hr. Dr. Karsten, Bürgermeister.
Hr. Baron v. Plessen auf Dolgen.

In der Stiller'schen Hofbuchhdlg.:

Hr. Carl Friedr. Behm, Buchdruckereibesitzer.
Die Bibliothek der Ritter- und Landschaft.
Hr. C. v. Both, Vice-Canzler d. Universität.
Hr. J. C. Brandenburg, Dr. jur.
Hr. J. C. Hinrichsen, Particulier.
Die Stiller'sche Hofbuchhandlung.
Frau L. Ebert, Buchdruckereibes. in Güstrow.
Die F. Frege'sche Buchhandlung in Güstrow.
Hr. v. Kardorff, Gutsbesitzer auf Remlin.
Hr. Karl Le Fort, Baron auf Wendhoff, Klosterhauptmann in Dobbertin.
Hr. v. Meerheimb, Oberstlieutenant a. D. auf Gnemern.
Hr. L. v. Meerheimb, Drost auf Gr. Gischow.
Fräul. Friederike Mißfeldt in Schwerin.
Hr. v. Päpke, Justzirath und Gutsherr auf Lütgenhoff.
Hr. v. Restorff, Gutsherr auf Rosenhagen.
Hr. C. H. C. Trotsche, Canzley- und Hofrath in Güstrow.

Rothenburg an der Tauber.

Bei L. M. Beck:

Hr. F. E. Ostertag, Amtsrichter zu Niederstetten.

Rotterdam.

Bei Ad. Bädeker:

Hr. Jan Arrenberg.
Hr. Adolph Bädeker, Buchhändler.
Hr. A. v. d. Hoop, Jac. Z.
Hr. W. F. Büchner, Med. et chir. Dr. in Gouda.
Hr. Graf v. Lottum u. Wylich, bevollm. Gesandter Se. Maj. d. Königs von Preußen, Ritter ꝛc. in Haag.
Hr. Gregor Mees, Professor der Geschichte am Athenäum in Deventer.

Rotweil.

In der Herder'schen Buchhandlung:

Hr. Knoll, Präceptor.
Hr. Heschell, Schultheiß in Deißlingen.

Rudolstadt.

Durch die Fröbel'sche Hofbuchdruckerei:

Ihre Durchl. Caroline Prinzessin zu Schaumburg-Lippe.

In der Hofbuchhandlung:

Ihre Durchlaucht die regierende Fürstin Auguste von Schwarzburg-Rudolstadt.

Saarbrück.

Bei F. Neumann:

Hr. Hesse, Landrath.
Hr. Opffermann, Post-Director.
Hr. L. Sello, Oberbergrath und Bergamts-Director.
Hr. Friedrich Krämer, Eisenwerksbesitzer auf St. Ingberter Eisenwerk.
Hr. Ph. Heinr. Krämer, Eisenwerksbes. ebend.
Hr. Carl Stumm, Eisenwerksbesitzer auf dem Neunkircher Eisenwerk.
Hr. Ad. Wagner, Fabrikant in Sulzbach.

Salzburg.

In der Mayr'schen Buchhandlung:

Hr. P. Franz Esterl, Gymnasialpräfect und Bibliothekar am Stift St. Peter.
Hr. Ignaz Kaserer, Landrechtsbeamter.
Hr. Leop. Zaunrieth, Bes. d. Mayr'schen Buchhandl. u. d. Zaunrieth'schen Buchdruckerei.

Sangerhausen.

Bei J. L. Rohland:

Hr. Ben. Wilhelm, Rector emerit., Prof. u. Dr. d. Theol., Ritter d. roth. Adl. Ord. III. Cl. m. d. Schl., zu Kloster Rosleben.

Schaffhausen.

In der Hurter'schen Buchhandlung:

Hr. Ch. G. Hurter-Spleiß.
Hr. B. Keller.
Hr. Maurer-Constant, Bibliothekar.
Hr. Franz Graf v. Enzenberg in Singen.
Hr. Flueler, Capitain in Altorf, Canton Uri.

Schleiz.

In der Wagner'schen Buchhandlung:

Se. Hochfürstl. Durchl. der regierende Fürst Heinrich LXII. Reuß-Schleiz.
Hr. J. O. Bockelmann, Besitzer der Wagner'schen Buchhandlung.

Schleswig.

Bei M. Bruhn:

Frau Ida Bruhn, geb. Leithoff.
Hr. Feddersen, Justizrath.
Hr. Baron E. v. Heintze, Johanniterritter, Kammerherr und Regierungsrath.
Hr. H. Hensen, Etatsrath und Vorsteher des Taubstummen-Instituts.
Hr. A. S. Kastrup, Buchdrucker in Flensburg.

Schweinfurt.

Bei C. Wetzstein:

Hr. Wilh. Sattler, Kaufmann u. Fabrikant.
Hr. Schneider, Kreis- u. Stadtgerichtsrath.
Hr. Christoph Wetzstein, Buchhändler.
Hr. Friedr. Max Freih. v. Seckendorff, k. k. Kämmerer u. Obristwachtmeister zu Schloß Wonfurth.

Schwerin.

Bei C. Kürschner:

Hr. Carl Kürschner, Buchhändler.
Hr. v. Oertzen auf Roggow.

In der Stiller'schen Hofbuchhandlg.:

Ihre königl. Hoheit die Großherzogin Alexandrine von Mecklenburg-Schwerin.
Ihre Hoheit die Herzogin Louise von Mecklenburg-Schwerin.
Se. Hoheit Herzog Friedrich Wilhelm Nicolas von Mecklenburg-Schwerin.
Se. Hoheit Herzog Gustav von Mecklenburg-Schwerin.
Hr. v. Flotow, Kammer-Dir. u. Kammerherr.
Hr. Graf v. Blücher, Gutsbes. auf Finken.
Fräulein Fr. v. Henckel zu Kleefeld.
Hr. G. Jacobson, Gutsherr auf Grambow.
Hr. v. Könemann, Landrath u. Kammerherr auf Pritzier.
Hr. G. v. Ladiges, Gutsbes. auf Barnekow.
Hr. C. v. Rantzau, Hofmarschall, Kammerherr in Ludwigslust.
Hr. H. L. Rohrdantz, Gutsherr auf Dutzow.
Se. Excell. Hr. v. Schack, Geh. Rath und Bundestagsgesandter, auf Brüsewitz.

Siegen.

In W. Friedrich's Buchhandlung·

Hrn. W. Friedrich's Buchhandlung.
Hr. Holzapfel, Bezirksfeldwebel in Oepe.
Hr. J. F. Pehl in Münster.

Solingen.

Bei A. Pfeiffer:

Die lithogr. Anst. d. Hrn. Pfeiffer u. Koenen.
Hr. Aug. Schnitzler, Seitengewehrfabrikant u. Kaufmann.
Hr. Pet. Knecht, Inh. einer Waffen-, Stahl- und Eisenwaarenfabrik auch einer Stahl-, Eisen- und Metallgießerei.

Sondershausen.

Bei F. A. Eupel:

Hr. Friedr. August Eupel, Buchhändler und Landkammerrath.
Hr. v. Ziegler, Geh. Rath und Canzler.
Hr. Fritsch, Buchdruckereibes. in Nordhausen.
Hr. Bar. Gust. v. Uckermann in Bendeleben.

Sorau.

Bei F. A. Julien:

Die Petri'sche Bibliothek.
Hr. Peyer, k. Domainenpächter u. Oberamtm.

Bei W. Strecker:

Hr. J. D. Rauert, Buchdrucker u. Senator.

Speyer.

In der Lang'schen Buchhandlung:

Hr. F. V. Korn, Buchhändler.
Hr. G. L. Lang, Buchhändler.
Hr. Holzner, Ingenieur-Conducteur in Germershain.
Hr. Friedr. Scherer, Rentier in Schwegenheim.
Hr. C. v. Wisinger, Mineur-Lieutenant in Germershain.

In Neidhard's Buchhandlung:

Se. Durchl. Fürst Carl v. Wrede, Regier.-Präsident des Kreises Pfalz.
Hr. Dr. Dapping, Reg.-Kreis-Mediz.-Rath.
Hr. Dr. F. Heß, Erzieher d. Prinzen Wrede.
Hr. Dan. Kranzbühler, Buchdruckereibesitzer.
Hr. Phil. Mittl, Quartiermeister im 2. Jäger-Bataillon.
Hr. F. C. Neidhard, Buchhändler.

Stargard.

Hr. Ferdinand Hendeß, Buchhändler.

Stettin.

Hrn. Becker u. Altendorff, Buchhändler.

In der Morin'schen Buchhandlung:

Hr. Böhlendorff, Geh. Ober-Finanzrath und Provinz-Steuer-Director von Pommern.
Hr. F. A. v. Geisler, Regierungsrath.
Hr. Gerschow, Geh. Justizrath.
Hr. A. J. Grawitz, Kaufmann.
Hr. J. G. Kämmerling, Rathszimmermeister.
Hr. Krause, Justiz-Commissarius.
Hr. Lemonius, Generalconsul u. Kaufmann.
Hr. Fr. Marggraff, Kaufmann.
Hr. C. F. Münch, Maurermeister.
Hr. E. Silberschmidt, Kaufmann.
Hr. C. A. v. Würden, Mechanikus.
Hr. Ed. Fried. v. Enckevort, Erb-, Lehn- u. Gerichtsherr auf Vogelsang, Warsin, Bellin, Albrechtsdorf.
Hr. v. Flemming, Landrath d. Usedom-Wolliner Kreises.
Hr. v. Hosen, Kreissteuereinnehm. in Cammin.
Hr. F. W. A. Obenaus, Pastor in Schillersdorff.
Fräul. Henriette Saunier in Neu-Schöneberg.

Stockholm.

Bei Fritze u. Bagge:

Hrn. Fritze u. Bagge, Buchhändler.
Hrn. Norstedt u. Söhne, königl. Buchdrucker.

Bei S. J. Laseron:

Hr. C. J. Björklund, Buchdruckereibesitzer.
Hr. Graf Gyllenstolpe.

Stralsund.

In der C. Löffler'schen Buchhandlung:

Hr. C. Hingst, Bes. d. Löffler'schen Buchhdlg.
Hr. G. Möller, Landrentmeister.
Hr. Graf A. v. Ranzow.
Hr. v. Seydewitz, Regierungs-Präsident.
Se. Durchl. der Fürst und Herr von Putbus zu Putbus.
Hr. Baron v. Barnekow auf Ralswick.
Hr. G. Bethmann, Director des Stadttheaters in Rostock.
Hr. Graf v. Bismark-Bohlen, Obristlieutenant auf Carlsburg.
Hr. v. Boltenstern, Regierungsrath u. Rittergutsbesitzer auf Altenhagen.
Hr. v. Mecklenburg, Rittergutsbes. auf Pantlitz.

Bei A. Volkmann:

Fräulein Wilhelmine Sager.

Strassburg.

Bei F. G. Levrault:

Hr. P. H. Dannbach, Buchdrucker.
Hr. L. F. Leroux, Buchdrucker.
Hr. G. L. Schuler, Buchdrucker.
Hr. G. Silbermann, Buchdrucker.

Bei Schmidt u. Grucker:

Hr. F. G. Bergmann, Professor.
Hr. Daniel Schlumberger, Fabrikant in Quebweiler.

Bei Treuttel u. Würtz:

Hr. Friedr. Klinckrieck aus Rinteln.

Straubing.

Die Jac. Schorner'sche Buchhandlung.

Stuttgart.

In der J. J. Autenrieth'schen Buchhandlung:

Hr. Dr. Gottlob Fink.

Bei Beck u. Fränkel:

Se. Hochfürstl. Durchlaucht Carl Erbprinz zu Hohenzollern-Sigmaringen.
Se. Exc. Hr. General Graf v. Beroldingen, Minister der ausw. Angelegenheiten.
Hr. Bitzer, Referendar.
Hr. Jäger, Referendar.
Se. Erl. Hr. Alfred Graf v. Neipperg, k. k. Kämmerer u. Escadron-Commandant im Kaiser Nicolaus I. v. Rußl. 9. Husar.-Reg.
Hr. F. X. Biegger, Rechtsconsul. in Tettnang.
Hr. F. S. Gulde, Buchdr.-Bes. in Stockach.
Hr. v. Hövel, großherzogl. bad. Oberst in Sigmaringen.
Hr. H. Schnell, Ob.-Amts-Act. in Tettnang.
Hr. Freih. v. Speth, Rittm. in Zwifaltendorf.
Hr. J. Sprißler, Pfarrer in Empfingen.
Hr. Kuno Otto Graf v. Urkull-Gyllenband, kön. würt. Oberförster in Sulz a. N.
Hr. Walther, Oberamtmann in Tettnang.
Hr. Würth, Advocat in Sigmaringen.

Bei F. H. Köhler:

Hr. Heyd, Stadtpfarrer in Markgröningen.
Hr. F. Heinr. Köhler, Buchhändler.
Hr. Theodor Liesching, Buchhändler.

In der J. B. Metzler'schen Buchhdlg.:

Hr. Freih. Ad. Rüdt v. Collenberg, großh. bad. Kammerherr.
Hr. Heinr. Erhard, Besitzer der Metzler'schen Buchhandlung und Buchdruckerei.

In der Sonnewald'schen Buchhdlg.:

Hr. Wilhelm Uhlemann aus Leipzig.
Hr. J. F. Steinkopf, Buchhändler.

Bei Weise u. Stoppani:

Hr. Fz. Euting, Stadtschultheißenamtsactuar.
Hr. Carl Beckh in Tuttlingen.

Trier.

Hr. F. A. Gall, Buchhändler.

In der Lintz'schen Buchhandlung:

Hr. Friedrich Lintz, Buchhändler.
Hr. de la Fontaine, Advocat in Luxemburg.
Hr. v. Ladenberg, Reg.-Präsident in Berlin.
Hr. Charles München, Advocat in Luxemburg.
Hr. Hiob v. Nell.

Bei C. Troschel:

Hr. v. Hüser, General-Major und Commandant der 16. Division.
Hr. Schönberger, Buchdrucker.

Triest.

Bei H. E. Börner:

Hr. Ignaz Alber, k. k. Gubernial-Secretair.
Hr. A. Böckmann, großherzogl. hess. Consul.
Hr. Joh. Ant. Brentano, Consul der freien Stadt Frankfurt.
Hr. L. M. Brucker, Kaufmann.
Hr. Joh. Bühler, Kaufmann.
Das deutsche Casino.
Hr. F. Cimadori.
Hr. Frid. Conrad Schweitzer, Kaufmann.
Hr. Ernst Moritz Eltz.
Hr. Jos. Franz Englert, k. k. Gubernialrath.
Hr. Heinrich Escher, Kaufmann.
Hr. Julius Eunicke, Kaufmann.
Hr. G. A. Fesch, Kaufmann.
Hr. Georg Freytag, Kaufmann.
Hr. Leonhard Gechter, Kaufmann.

Hr. Joseph Gnesda.
Hr. Fr. Grahl.
Hr. Friedr. Gwinner, Kaufmann.
Hr. Georg Gwinner, königl. baier. Consul.
Hr. J. Hagenauer, Kaufmann.
Hr. H. v. Höslin, Kaufmann.
Hr. Heinrich Kempter, Kaufmann.
Hr. v. Kern, Ritter d. k. würt. Kron.=Ord. u. Consul S. M. d. Königs v. Würtemb.
Hr. Carl Kern.
Hr. Heinrich Koch.
Hr. Jacob Kosler, Kaufmann.
Hr. J. N. Kraigher, Kaufmann.
Hr. J. C. Lange, Kaufmann.
Hr. Aug. Heinr. Medicus, evangel. Pfarrer.
Hr. Joseph Friedr. Renner von Oesterreicher, Ritter des dän. Danebrogord., General=Consul S. M. d. Königs v. Dänemark.
Hr. Nicolaus Pertsch, Architect.
Hr. A. M. Petke, Kaufmann.
Hr. Joh. Paul v. Radieucig, Gubernial=Secr.
Hr. Carl Regensdorff, Kaufmann.
Hr. Constantin Ritter von Reyer.
Hr. F. J. Ritter von Reyer.
Hr. C. Rittmeyer, Kaufmann.
Hr. Albert Römer.
Hr. S. C. Rosenkart, Kaufmann.
Hr. J. W. Sartorio, königl. sächs. Kammerrath und Consul.
Hr. C. Schwachhofer, Kaufmann.
Hr. Anton Seipelt.
Hr. Franz Stecher, Kaufmann.
Hr. Friedr. Wilh. Steinbuch, Kaufmann.
Hr. Friedr. v. Stetten, Kaufmann.
Hr. Barthol. Streiff, Kaufmann.
Hr. P. Szabó, Kaufmann.
Hr. Markus Vogel, Kaufmann.
Hr. J. G. Vogel.
Hr. Georg Vortmann.
Hr. Joseph Wessely, Kaufmann.
Hr. Joseph Weyher.
Hr. H. W. Ritter v. Zahony.

Bei H. F. Favarger:

Hr. A. Böckmann, großherzogl. hess. Consul.
Hr. Carl v. Bruck, Kaufmann.
Hr. Dr. Friedrich Burger, Advocat.
Hr. Franz Falkner, schweizerischer Consul.
Hr. Heinr. Franz Favarger, Buchhändler.
Hr. Carl Fontana, Großhändler.
Hr. Jos. Mich. Hoffer, Kaufmann.
Hr. Karl Krauß, k. k. academ. Künstler u. Professor der Zeichenkunst.
Hr. Franz Marenigh, Buchdrucker.
Hr. Alexander Mauroner, Gutsbesitzer.
Hr. Ignatz Papsch, Agent d. k. k. österreich. priv. Lloyd.
Hr. Dr. Joh. Konrad Platner, Advocat und k. k. Notar.
Hr. Pietro Sartorio, Possidente.
Hr. Jos. Bened. Scharfetter, Cand. d. Theol. u. Hauptlehrer an d. evang. Hauptschule.
Hr. Ant. v. Senger, k. k. Feld=Kriegscommiss.
Hr. Jacob Prandi Edler v. Ulmhort, Kommandeur d. päbstl. Ordens Gregor d. Großen.
Hr. Ignaz Walland, Kaufmann.
Hr. Bar. Aldo Baratelli, Oberlieutenant bei Großherzog Toscana Husaren in Ferrara.
Marchese Francesco Cusani di Milano.

Tübingen.

In der Buchhandlung zu Guttenberg:

Hr. Dr. G. F. Jäger, ordentl. Professor der bibl. Literatur an der Universität.

Bei L. F. Fues:

Hr. L. F. Fues, Buchhändler.
Hr. Baron v. Hayn auf Geroldseck.

Bei H. Laupp:

Hr. C. Hopfer de l'Orme, Buchdrucker.
Hr. Rud. Bernus, Gutsbes. auf Schloß Roseck.
Hr. J. L. Höckle, Kaufmann in Ebingen.
Hr. C. F. Osiander, Buchhändler.

Ulm.

Bei J. Ebner:

Die Lesegesellschaft zur obern Stube.
Hr. Wörle, Elementarlehrer.
Hr. Joseph Feuerle, Decan des Landcapitels in Ravensburg.
Hr. Salliet, Ober=Rentamts=Secretair in Ober=Dischingen.
Hr. Freih. Friedrich Schenk v. Stauffenberg in Rißtissen.
Hr. Seifriz, Rentamtmann in Altheim.

Bei W. Neubronner:

Hr. C. L. Wolbach, Oberbürgermeister.

Bei E. Nübling:

Hr. Georg Paul Geuß, Schriftsetzer.
Hr. S. G. Lücke, Buchdrucker.
Hr. Ernst Nübling, Buchhändler u. Buchdr.
Hr. Theodor Nübling, Buchhändler.
Hr. Georg Württenberger, Buchhändler aus Cassel.

In der Stettin'schen Buchhandlung:

Verwittwete Frau Buchhändler Ebner.
Hr. Ed. Mauch, Zeichner.
Die löbl. Stadtbibliothek.
Hr. J. A. Walter, Besitzer der Wagnerschen Buchdruckerei.
Hr. v. Braun, Major in Friedrichshafen.
Hr. Alois Chabet, fürstl. Registr. in Wurzach.
Hr. Christoph Graf v. Degenfeld=Schomberg in Eybach.
Hr. Fz. Xav. Goßner, Kaufm. in Ravensburg.
Hr. K. F. Hering u. Comp., Buchdruckereibesitzer in Stuttgart.
Die fürstliche Fürstenberg'sche Hofbibliothek in Donaueschingen.
Hr. W. L. J. Kiderlen, Buchhändler in Philadelphia.
Hr. F. C. F. Kinzelbach, Dr. med. u. Chir. in Gerstetten.
Hr. J. Knapp, Fabrikant in Ravensburg.
Hr. Friedr. Freih. v. Lupin, Senior d. Lupinschen Familie, kön. baier. Oberbergrath, Mitgl. mehr. gel. Gesellsch. auf Illerfeld.
Hr. Münch, Pfarrer u. Schulinsp. in Unlingen.
Hr. R. Schlumberger, Negociant in Rheims.
Hr. Seb. Schückler, Kaufmann in Wurzach.
Hr. Freiherr Nep. v. Ungelter, Offizier à la suite auf Wahlberg.
Hr. J. H. Freih. v. Weßenberg, großherzogl. bad. Geh. Rath in Constanz.

Utrecht.

Bei R. Natan:

Se. Durchl. Herzog Bernhard von Sachsen=Weimar, kön. niederl. Generallieutenant.
Se. Exc. Hr. Bar. G. A. G. P. van der Capellen van Berkenwoude, Staatsminister.
Hr. Robert Natan, Buchhändler.
Hr. H. Wolters, med. Dr. in Groningen.

Varel a. S.

Bei J. N. Behrens:

Hr. Georg Hayessen, Particulier.
Hr. J. W. C. Wesche, Buchdruckereibesitzer.

Vollingen.

Bei Ferd. Förderer:

Hr. J. G. Hartmann, Cand. jur. in Freiburg.

Warschau.

Hr. Aug. Eman. Glücksberg, Buchhdlr.

Weimar.

Bei W. Hoffmann:

Hr. Savinin, kaiserl. russ. Probst.

In dem Landes=Industrie=Comptoir:

Hr. J. A. Friedr. Förster, Geschäftsführer.

Weissensee.

Bei C. F. Großmann:

Die Salon=Gesellschaft.
Hr. v. Münchhausen, Landrath in Cölleda.

Wesel.

Bei J. Bagel:

Hr. Dr. J. A. Luyken, Gutsbes. auf Landfort.
Die Becker'sche Buchhandlung.

Bei A. Prinz:

Hr. v. Gillhausen, Land= u. Stadtgerichtsrath.
Hr. Aug. Prinz, Buchhändler.
Hr. Wilhelm Florentin Fürst zu Salm=Salm in Anholt.
Hr. Freih. v. Rynsch, Rittergutsbes. in Haus Winkel.
Hr. Freih. v. Spaen, Rittergutsbes. in Haus Ringenberg.
Hr. v. Toerroerde, Bürgermeister a. D. in Bocholt.

Wien.

Hr. Carl Armbruster, Buchhändler.

In der Beck'schen Universitätsbuchhdlg.:

Hr. Friedrich Beck, Buchhändler.
Hr. Dr. Steph. Endlicher.
Die k. k. Hofbibliothek.
Hr. Jos. Hub. v. Steinburg, Hauptmann.

Bei Bermann u. Sohn:

Hr. Jos. Bermann, Kunsthdlgs=Gesellschafter.
Hr. Jos. Chimani, Criminalgerichtsbeamter.
Frau Amalia Müller, geb. Bermann.

Bei Braumüller u. Seidel:

Hr. C. Ambrozi, Droguist.
Hr. Bauernfeld.
Hr. Ad. Bäuerle, Red. d. Wiener Theaterzeitg.
Hr. M. A. Becker.
Hr. Carl Beyer, Justizbeamter.
Hr. G. Brandstetter, Handlungscompagnon.
Hrn. Braumüller u. Seidels Buchhandlung.
Se. Durchlaucht Hr. Ferd. Fürst Bretzenheim.
Hr. Gotthard Freih. v. Buschmann, Dr. d. R.
Hr. Jos. Chmel, k. k. Haus= u. Hof=Archivar.
Hr. Graf Albert Crivelli.
Hr. Diry, Hofcanzleibeamter.
Hr. A. Freih. v. Doblhoff.
Hr. Anton Dunkl, Secretair.
Hr. Edouard Ebers.
Hr. Carl Enderes, Hofrath.
Hr. Carl Fichtner, Hofschauspieler.
Hr. Vinz. Fiebrich, Polizei=Ober=Commiss.
Hr. Ludw. Aug. Franke, Doctor der Medizin.
Hr. Wilhelm Theodor Frühwald.
Hr. Gerstenbrand, k. k. Beamter.
Hr. Franz Goldhann.
Hr. Max. v. Górski.
Hr. Ludwig Gutmansthal, Dr. der Rechte.
Hr. Ludwig Hardtmuth, Fabriksinhaber.
Hr. Franz Hedbawny.
Hr. Eduard Heller.
Hr. Adolph v. Herz.
Hr. Anton Huber.
Hr. Leonhard Hütter.
Hr. Janini, General=Major.
Hr. Ignaz Jeiteles, Dr. der Philosophie.
Hr. Johann Kachler, Saamenhändler, vieler gelehrten Gesellschaften Mitglied rc.
Hr. Matth. Kalherr.
Hr. Malachias Koll, Haushofmeister d. Stifts Heiligenkreuz.
Hr. Karl v. König, Hauptmünzwardeins=Adj.
Hr. Matthäus Kuppitsch, Oberlieutenant im ersten Bürgerregiment.
Hr. Carl Graf v. Lanskoronski.
Hr. Joseph Baron v. Lezzeny.
Se. Durchl. Hr. Ferd. Fürst v. Lobkowitz.
Hr. Max v. Löwenthal, Hofconcipist.
Hr. S. Löwy.
Hr. Masarei, Dr. med.
Hr. J. G. Meinert, ehemal. Professor der Aesthetik in Prag, jetzt in Wien.
Hr. Baron v. Moll, Oberst.
Hr. Joh. Bapt. Freih. v. Moser, niederöst. Landstand, landesfürstl. Lehensträger d. Benedict. Stifts Altenb. u. Reg.=Concip.
Hr. Elig. Freih. v. Münch=Bellinghausen.
Hr. Coloman Graf von Ráko.
Hr. Ludw. v. Németh zu Köhalom, königl. ungar. Hofagent.
Hr. Niembsch v. Strehlenau.
Hr. Ferdinand v. Palmaffy.
Hr. Petzold, V. Militair=Ober=Verwalter.
Hr. Fz. Pitter, Hochfürstl. Reuß'scher Hofrath.
Hr. Plattensteiner, Herrschaftsbesitzer.

Hr. Claudius Freih. v. Podstatsky-Tonsen.
Hr. v. Pokasoffsky, Ritter mehr. hohen Orden, kaiserl. russ. Botschaftssecretair.
Hr. v. Prosky, Verw. d. allg. Krankenhauses.
Hr. Jos. Ritter v. Railscher, inful. Abt und Director der oriental. Academie.
Hr. Dr. Eman. Raindl, Hof- u. Gerichtsadv.
Hr. Jacob v. Reinlein.
Hr. Carl Rettich, Hofschauspieler.
Hr. Theod. Rizy, Dr. der Rechte.
Hr. Edm. Taulow v. Rosenthal.
Hr. Joseph Ruf.
Hr. Franz Schlick.
Frau Sophie Gräfin Schmidegg.
Hr. Constantin Schmidtler, Cooperator.
Hr. Franz v. Schober.
Hr. L. W. Seidel, Buchhändler.
Hr. E. M. Selinger, Prof. u. Dr. d. Rechte.
Hr. Graf Louis v. Sereniji.
Hr. Wilhelm Graf von Sickingen.
Hr. Leopold Sommer.
Hr. J. S. del Sotto.
Frau Louise v. Spaun.
Frau Caroline Gräfin Sternberg, geb. Gräfin Walsegg.
Hr. Aug. Stainer, Doctor der Medizin.
Hr. Dr. Franz Stradal, Conceptsbeamter d. Hof- und Kammerprocuratur.
Hr. Ludwig v. Sztankovitz, kön. ungar. Hof-Notar.
Hr. Gustav Ritter v. Suttner.
Hr. Valentin Teirich.
Hr. Friedr. Teltscher, Hof- u. Gerichtsadvocat.
Hr. Demeter Theod. Tiska, griech. Großhdlr.
Hr. Ludw. Bötter, Hofapotheken-Beamter.
Hr. Aug. Wedl, Großhandlungsgesellschafter.
Hr. Joh. Wienner, Rechnungs-Offizial.
Hr. F. Witthauer, Redact. d. Wien. Zeitschrift.
Hr. Franz Graf v. Wratislaw.
Hr. N. Zulauf.
Hr. Franz v. Bretschneider, Kreis-Ingenieur in Bochnia.
Hr. Dr. Fabius in Ungarn.
Hr. v. Gervais, Ritter mehr. hohen Orden, Hofrath und kaiserl. russ. Legations-Secretair in Constantinopel.
Hr. Rud. Seeliger, Kaufmann in Biala.
Die Stiftsbibliothek zu Kremsmünster.
Hr. Ludw. v. Zitkovszky, Prof. in Kesmark.

In der C. Gerold'schen Buchhdlg.:

Son Altesse Royale la Princesse Charlotte de Danemark, née Duchesse de Mecklenburg-Schwerin.
Se. Hoheit Milosch E. Obrenowitsch, Prinz von Serbien.
Hr. H. Anschütz, Hofschauspieler u. Regisseur.
Frau Gräfin Sophie v. Apponyi, geb. v. Mara.
Hr. Rudolph Arthaber.
Hr. Joh. Bapt. Bach, d. Rechte Doctor, Hof- und Gerichtsadvocat.
Hr. Baron Carl Badenfeld-Erdödy.
Hr. Joseph Bergmann, Custos der Cimbraser Sammlungen.
Hr. J. Bleil.
Hr. J. Freih. v. Bockelberg.
Se. Excell. Hr. Carl Freih. v. Bodenhausen, Ritter mehr. hoh. Orden, kön. großbritt. hann. Geh. Kriegsrath, außerordentl. Gesandter und bevollm. Minister.
Hr. Adam Burg, Ritter d. k. port. Christusorden, mehr. in- und ausl. gel. Gesellsch. Mitgl., Prof. am polytechn. Institut.
Hr. Carl Diesner, Erzieher.
Hr. Franz v. Duschek, k. k. Hofrath.
Hr. Paul Etz, Lieutenant.
Hr. Jacob Eyb.
Hr. Dr. Wilhelm Fleischmann, Ordinarius bei den barmherzigen Schwestern.
Hr. Dr. Gustav Ritter v. Frank.
Hr. Joh. Nep. Friedrich.
Hr. Graf Moritz Fries.
Hr. Baron Adolph von Friesenhof.
Hr. D. Früwirth.
Hr. Otto Graf v. Fünfkirchen, k. k. Kämmerer.
Hr. Jos. Galler.
Hr. Christian Ant. Geisler, Doktor d. Philos.
Hr. Philipp Graf Saint Genois, k. k. Kämmerer, Ritter des Leopoldordens.
Hr. Carl Gerold, Buchhändler.
Hr. Joh. Gorischek, Inhaber d. Leop. Grund'schen Buchdruckerei.
Frau Joh. Gorischeck.
Hr. Carl v. Graffen, Geschäftsträger d. freien Stadt Hamburg.
Hr. J. M. Grienwaldt, Factor der Buchdruckerei der von Ghelen'schen Erben.
Hr. Grulich, Platzhauptmann.
Hr. Joh. Mich. Häusle, k. k. Hofcaplan und Studienpräfect bei St. Augustin.
Hr. Ludw. Haynald, Priester d. Graner Erzdiöcese, Mitglied der höh. Bildungsanstalt bei St. Augustin.
Hr. Pater Ottmar Helferstorfer, Curat, Prediger und Bibliothekar zu den Schotten.
Hr. Carl Freih. v. Hietzinger, Hofrath und staatsräthl. Referent, Mitglied der Landwirthschaftsgesellschaft.
Hr. Em. Th. Hohler.
Hr. Clem. Freih. v. Hügel, Ritt. mehr. Orden.
Hr. J. B. Kaemerer.
Hr. Baron v. Kallenbach, gewes. Canonicus in Lüttich.
Hr. Adolph Kasper, Baubeamter.
Hr. Carl Kremla, Magistrat. Factor d. Hagenauer'schen Buchdruckerei.
Hr. J. Klucky, Dr. der Medizin.
Hr. Aug. Krommer, Wirthschaftsbesitzer, Ehrenmitgl. mehr. philharm. Gesellschaften.
Hr. Ign. Kron.
Hr. Jos. v. Kopácsy, Erzbischof von Gran, Primas von Ungarn.
Hr. Carl Lehmann.
Hr. Ludwig v. Loehner, Med. Doctor.
Hr. Alex. Löwe, General-Land- und Hauptmünzprobirer.
Hr. Johann Arnold Löwe, Dr. der Med. u. Mitglied der mediz. Facultät.
Hr. Carl Löwenstein.
Se. Exl. Hr. Franz Anton Graf v. Magnis, k. k. Kämmerer.
Hr. Jacob Manner, bürgerl. Handelsmann.
Hr. A. J. Maier, Hofrath an dem Münz- u. Bergwesen.
Hr. H. Marr, Hofschauspieler.
Hr. Livius v. Marzibanyi.
Hr. Dr. Ludwig Mauthner, Mitglied der medizin. Facultät.
Hr. Dr. Carl Mayer.
Hr. Moritz v. Merey.
Hr. Joh. Necola, Hofconcipist.
Hr. Johann Nossek, Oberfeuerwerker d. Bombardier-Corps.
Hr. Baron Adolph Pereira-Arnstein.
Hr. Baron Ludwig Pereira-Arnstein.
Frau Baronin Henriette Pereira-Arnstein.
Hr. J. J. Prechtl, Regierungsrath, Director des polytechn. Instituts.
Hr. Anton Prokesch, Ritter v. Osten, Herr u. Landstand in Steyermark, Ritter mehr. hohen Orden, k. k. Oberst und bevollm. Minister am griech. Hofe.
Hr. Baron Emmerich Redl.
Hr. Jos. Reichle, Papierfabriks-Inhaber.
Hr. Joh. Romano, Architect und Assistent der Bauwissenschaft am polytechn. Institut.
Hr. M. Sack, Staatsbeamter.
Hr. Sebes Scherzenlechner.
Hr. Leopold Schiehel, Geschäftsführer der A. Pichler'schen Buchhandlung.
Hr. August Ritter v. Schäffer, Dr. der Medizin und Mitglied der medizin. Facultät.
Se. Exl. Hr. Franz Graf Schönborn-Buchheim, wirkl. Geh. Rath.
Hr. Joseph Scholz, Rauchwaarenhändler.
Hr. Steph. Schroff, Dr. d. Arzneikunde, k. k. Rath, Stabsfeldarzt, Prof. an der Jos.-Academie, Mitglied der mediz. Facultät.
Hr. Carl Schubert, bürgerl. Wundarzt.
Hr. Dr. Romeo Seligmann, Prof. d. Gesch. der Medizin.
Hr. Eduard Sieger.
Hr. Carl Freih. v. Sternbach.
Hr. And. Freih. v. Stifft.
Hr. J. Szlavy.
Hr. Adolph Wilhelm Taußig, Doctorand der Medizin und Chirurgie.
Hr. Carl Ueberreuter, Buchdrucker.
Hr. Baron de Vaux.
Die Wallishausser'sche Buchdruckerei.
Hr. Dr. Gust. Wenzel, Professor der Rechte am Theresianum.
Hr. Joh. Christian Wittenbecher.
Hr. Ferd. Edler v. Wolffarth, J. u. Dr., Obersthofmarschallamts-Commiss., mehr. gel. Gesellschaften Mitglied.
Hr. Andreas Zelinker, Dr. der Rechte, Hof- und Gerichtsadvocat.
Hr. Heinrich Zimmermann, Oberfeuerwerker des Bombardiercorps.
Hr. Alex. Demeter Zinner.
Hr. Colonius in Fullneck.
Hr. E. Deuberth, Großhändler in Leipzig.
Hr. Joseph Doetz, Zahlamtscontrollor in W. Neustadt.
Hr. Dymtschevitsch, Inspector der Kron-Anstalten im Odessaer Lehrbezirk.
Hr. Ens, Professor in Troppau.
Hr. K. Essenwein in Zlabings.
Hr. Rudolph Gersprich, Professor in Admont.
Hr. H. Haßhagen, Professor am Lyceum Richelieu in Odessa.
Hr. Ferdinand Hosch in Grybow in Galizien.
Hr. Albert Keller Edler v. Kellerer in Mailand.
Hr. Ignaz Edler v. Kleinmayr, Buchhändler und Buchdrucker in Laibach.
Hr. Dr. v. Knesevich, Curator des Odessaer Lehrbezirks.
Hr. N. Nadeschdin, kais. russ. Hofrath und Doctor in Odessa.
Hr. M. Oertel, Lehrer a. Odessaer Gymnasium.
Hr. Joh. Lad. Pyrker, Patriarch, Erzbischof von Erlau, k. k. wirkl. Geh. Rath und Erbobergespann.
Hr. Jos. Pukalsky, Pfarrer in Willamovice.
Hr. J. v. Purgenef, Candidat der Philosophie in St. Petersburg.
Hr. August v. Roskovanyc, Abt und Domherr in Erlau.
Hr. Aug. Edler v. Rosthorn, Fabriksinh. in Oed.
Hr. de la Rue, Inspector am Lyceum Richelieu in Odessa.
Hr. Sales Edler v. Schreibers, Professor und Bibliothekar in Stift Klosterneyburg.
Hr. P. Simonowitsch, Professor am Lyceum Richelieu in Odessa.
Hr. Ritter v. Staudenheim in Mühlhof.
Hr. Ritter Franz v. Töth, Gerichtstafelbeisitzer in Sumeg, Zalader Comitat.
Hr. Joseph Wagner, wirkl. Gubernialrath in Laibach.

Bei J. G. Heubner:

Hr. Joh. Bapt. Kaiser, erster Cassier. d. städt. Steuerkasse.
Hr. Paul Partsch, Custos des k. k. Mineralien-Cabinets.
Hr. J. B. Freiherr v. Pilgram, Staats- u. Conferenzrath, Canzler d. Ord. v. goldn. Bließe.
Hr. Joh. Gotthelf Heubner, Buchhändler.

Bei Kaulfuß Wittwe u. Kugler:

Hr. Alois Kugler, Buchhändler.
Hr. J. L. Rupp, Privatier.
Hr. Joh. Schratt.
Hr. Carl Rößler in Silberberg.
Hr. Ignaz Klang, Buchhändler.

Bei M. Kuppitsch:

Hr. Matthäus Kuppitsch, Buchhändler, ord. Mitgl. des histor. Vereins zu Bamberg, des vaterl. Museums f. Oesterreich ob der Ems und d. Herzogth. Salzburg.
Hr. Jos. Michnick, Privatier.

Bei Mayer u. Comp.:

Hr. Andreas Heckel.
Hr. Alex. Ludwig Mayer, Buchhändler.
Hr. Heinrich Friedrich Müller, Buch- und Kunsthändler.

Bei P. Rohrmann:

Die Fürstl. v. Esterhazy'sche Bibliothek.
Se. Durchlaucht Hr. Fürst v. Palffy.
Hr. Baron Heinrich v. Geymüller.
Hr. Graf Leopold v. Kaunitz.
Hr. Peter Rohrmann, k. k. Hofbuchhändler.

Bei Schaumburg u. Comp.:

Ihre k. k. Hoheit Frau Erzherzogin Sophie v. Oesterreich.
Se. kais. königl. Hoheit der Erzherzog Karl v. Oesterreich.
Se. k. k. Hoheit der Erzherzog Johann von Oesterreich.
Se. k. k. Hoheit der Erzherzog Stephan von Oesterreich.
Se. Durchl. d. regier. Fürst Louis Liechtenstein.
Ihre Durchl. Fr. Fürstin Therese Jablonowska.
Ihre Durchlaucht Frau Fürstin Schwarzenberg, geb. Fürstin Liechtenstein.
Frau Gräfin Hunyady, geb. Fürst. Liechtenstein.
Se. Durchl. Hr. Fürst Vincenz Auersperg.
Se. Durchl. Hr. Fürst August Lobkowitz.
Se. Durchl. Hr. Fürst Franz Georg Lobkowitz.
Se. Excellenz Hr. Graf Saint-Aulaire, kön. franz. Botschafter.
Se. Excell. Hr. Graf Bellegarde, k. k. Feldmarschall.
Hr. Joseph Bernard.
Hr. Graf Franz Dietrichstein-Proskau.
Hr. Robert Ritter v. Frank.
Hr. Ignaz Gruber, Dr. med.
Se. Excellenz Hr. Graf Joh. Keglevich, k. k. Kämmerer, Geh. Rath, Obergespann u. Oberst Mundschenk.
Hr. Carl Eman. Ritter v. Liebenberg de Zsittin.
Hr. Graf Johann Paar.
Hr. Carl Partl.
Frau Josephine v. Remekházy.
Hr. Friedrich Schaumburg, Buchhändler.
Se. Excell. Hr. Graf Fr. Schönborn-Buchheim, k. k. Geheime Rath.
Hr. A. v. Zaremba, k. k. Hofrath.
Hrn. Singer u. Göring, Buchhändler.

Bei Tendler u. Schaefer:

Se. Majestät Kaiser Ferdinand I.
Se. Durchlaucht Fürst Metternich-Winneburg, k. k. öst. Haus-, Hof- u. Staatskanzler rc.
Hr. Freih. Ludwig v. Bedekovich, k. ungar. Hof-Vice-Kanzler.
Hr. Graf zu Clam-Martinicz, Feldmarschalllieutenant und Generaladjutant S. Majestät des Kaisers rc.
Hr. C. H. Edler v. Coith, Director der öst. National-Bank.
Hr. A. Corti.
Hr. Jos. Mayer v. Gravenegg, Vice-Präsident der k. k. allgem. Hofkammer.
Hr. Dr. Franz Ritter v. Heintl, Landstand und Hofconcipist.
Hr. Graf v. Inzaghi, k. k. Hofkanzler der vereinigten Hof-Kanzlei.
Hr. Probst Jüstel, Staats- u. Conferenzrath.
Hr. Franz Kloß, Cassier b. d. 1. öst. Sparkasse.
Hr. Graf Kolowrat-Liebsteinsky, kais. österr. Staats- und Conferenz-Minister rc.
Hr. Karl Freih. v. Kübeck, Präsident des k. k. General-Rechnungs-Directoriums.
Hr. Joh. Langer.
Hr. Joh. Mayer, Großhändler.
Hr. Graf A. F. Mittrowsky, Oberster Kanzler u. Präsid. der Studien-Hof-Commission.
Hr. Graf Nádasdy, Staats- und Conferenz-Minister rc.
Hr. Jos. Neumann, Dr. und Professor, auch Patrimonialgerichts-Anwalt.
Hr. Graf d'Orsay.
Hr. Freih. v. Pillersdorff, kais. öst. Kanzler.
Hr. Graf Sardagna, n. öst. Oberst-Landrichter.
Hr. Graf Sedlnitzky, Präsident der Polizei-Hofstelle.
Hr. Berthold Sengschmitt, Benedictiner und Professor am Schotten Gymnasium.
Hr. Graf Széchen, Vice-Präsident der allgemeinen Hofkammer.
Hr. Graf Franz Teleky, k. k. Kämmerer und Hofrath.
Hr. Alois Graf v. Terlago.
Hr. Joh. Ritter v. Trattnern.
Hr. Graf Wilczek, Hofkammer-Präsident.
Hr. Leopold Edler v. Würth, Hof- u. Gerichts-Advocat.
Wilhelm Prinz zu Thurn u. Taxis, k. k. Obrist und Regiments-Commandant.
Hr. Marquis d'Adda in Mailand.
Il Duca Antonio Litta a Milano.
Hr. J. J. H. Tournier, Appellationsrath in Mailand.
Hr. Dott. Gius. Leopoldo Gross, J. R. Professore a Milano.
Hr. Jan, Professore a Parma.
Hr. Francesco Conte di Hartig, J. R. Governatore della Lombardia a Milano.
Hr. Sigmund Karis, Consigliere zu Mailand.
Hr. Johann Dav. Mack in Mailand.
Hr. Heinrich Mylius-Mennet in Mailand.
Hr. Gustavo Conte Neipperg, J. R. Capitano del Genio a Milano.
Hr. Ferd. Ritter v. Ohms, öst. Botschaftsrath am heil. Stuhle in Rom.
Hr. Enrico Mylius, banchiere a Milano.
Hr. Schönhals, J. R. Generale a Milano.
Hr. Carlo Conte di Pachta, J. R Consigliere di Governo a Milano.
Frau Caroline v. Seufferheld in Mailand.
Hr. Carlo di Torresani, Nobile di Lanzenfeld, J. R. Consigliere e Direttore generale della Polizia nella Lombardia a Milano.

In F. Volke's Buchhandlung:

Hr. Ant. Dietrich, k. k. Oberst im Inf.-Reg. No. 15.
Hr. Joseph Etzelt.
Hr. Michael Edler v. Rambach, Miteigenthümer und Administrator d. v. Ghelenschen Buchdruckerei.
Hrn. Fr. Volke's Buchhandlung.
Hr. Jos. Wilh. Witteczek, k. k. öst. Hofrath.

Bei J. B. Wallishauser:

Hr. Joh. Zahlbruckner, Privatsecretair S. k. k. Hoh. d. Erzh. Johann v. Oesterreich.

Wiesbaden.

Bei H. Fischer:

Hr. Major C. Strobel, General-Auditeur.

Bei J. F. Haßloch:

Hr. Albrecht, Regier.-Rath und Director des landw. Vereins f. d. Herzogth. Nassau.
Hr. Ludw. Riedel, Buchdruckereibesitzer.
Hr. Heinr. Graf zu Rantzau auf Hohenhain.

In der Ritter'schen Buchhandlung:

Hr. Möller, Geh. Rath, Mitgl. des Staatsraths, Präs. der Landesregierung.
Hr. v. Mumme, Obristlieutenant.
Hr. Zimmermann, Secr. d. öffentl. Bibliothek.
Hr. Stephan Krotnoff in Moskau.
Die Schellenberg'sche Hofbuchhandlung.

Wittenberg.

In der Zimmermann'schen Buchhdlg.:

Hr. Gause, Regierungsbauinspector.
Hr. Carl Schöne, Probst zu Schlieben.

Worms.

Bei F. W. Kunze:

Hr. Dechent, evangel. Pfarrer in Westhofen.

Würzburg.

In der Stahel'schen Buchhandlung:

Hr. Professor Dr. v. Lassaulx.
Die Stahelsche Buchhandlung.
Die Universitätsbibliothek.
Hr. Phil. Weidmann, Buchsetzer.
Hrn. König u. Bauer in Kloster Oberzell.

Bei Voigt u. Mocker:

Hr. Fr. Jos. Anselm, Typograph.
Se. Erl. Hr. Ludwig Franz Adolph Friedrich Carl Erbgraf zu Castell in Rüdenhausen.
Hr. Dr. C. F. v. Marcus, Hofrath, Professor, Ritter rc.
Hr. Baron Fritz v. Guttenberg, großherzogl. toscan. Kammerherr.
Hr. Dr. Johann Narr, Professor.
Hr. Max Römer, Landrichter.
Elenonore Freifrau v. Stauffenberg.
Hr. Dr. Caj. Textor, Hofrath, Prof., Ritter rc.
Hr. Freih. Franz Lambert v. Varicourt.
Fr. Louise Freiin v. Zobel in Darstadt.
Hr. Baron Rinaldo v. Zobel in Darstadt.

Zeitz.

Bei Im. Webel:

Hr. Freih. v. Herzberg auf Heuckenwalde u. Hermsdorf.

Zittau.

In der J. D. Schöps'schen Buchhdlg.:

Hr. Jos. Knesch, Oberamtmann in Grafenstein.
Frau v. Kyaw, geb. v. Linnenfeldt auf Hainewalde.
Hr. Christ. Dav. Wäntig jun., Fabrikant in Gr. Schönau.

Znaym.

Bei C. J. Fournier:

Hr. Ernst Josias Fournier, Buchhändler.
Frau Gräfin Anna v. Hardegg.
Hr. Carl Graf v. Nimptsch, Freih. v. Oels, k. k. Kämmerer.
Hr. Franz Weber, Dr. med. et chir., Oberfeldarzt.
Hr. Joh. Mayer, Kaufmann in Iglau.
Hr. Andreas Sterly, Magistratsrath in Iglau.

Züllichau.

Bei A. Eyssenhardt:

Hr. Graf v. Stosch, Landesältester auf Poln. Kessel.

Zürich.

Hrn. Heinr. Füßli u. Comp. Kunsthdlg.

Bei S. Höhr:

Hr. Graberg, Schriftgießer.
Hr. Graf Christ. Ernst v. Benzel-Sternau in Mariahalden.
Hrn. Meyer u. Zeller, Buchhändler.
Hrn. Orell, Füßli u. Comp. Buchhdlg.

Bei F. Schultheß:

Hr. Paul Heinrich Schultheß.
Hr. Fr. Schultheß, Buchhändler.
Hr. Herzog v. Effingen, Obrist in Aarau.

Zweibrücken.

Hr. G. Ritter, Buchhändler.

Zwickau.

Bei H. Laurentius:

Hr. F. W. Meyer, Bürgermeister.
Fräulein Henriette Caspari.
Hr. J. F. Kuntzsch, Baccal. und Organist.
Die Lesegesellschaft in Schneeberg.
Hr. Hermann Laurentius, Buchhändler.

Die bibliophilen Taschenbücher

Bisher sind erschienen:

Die Gutenberg-Bibel, Band 1
Nach der Ausgabe von 1450–1455
Die bibliophilen Taschenbücher Nr. 1
Mit Nachworten von Wieland Schmidt
und Aloys Ruppel
320 Seiten, ISBN 3-921846-01-3
14,80 DM

Lieder der Heimath
Nach der Ausgabe von 1868
Die bibliophilen Taschenbücher Nr. 2
140 Seiten, ISBN 3-921846-02-1
7,80 DM

Kladderadatsch
Nach dem 1. Jahrgang 1848
Die bibliophilen Taschenbücher Nr. 3
140 Seiten, ISBN 3-921846-03-X
6,80 DM

Stowe, Harriet Beecher
Onkel Tom's Hütte
Nach der Ausgabe von 1853
Die bibliophilen Taschenbücher Nr. 4
356 Seiten, ISBN 3-921846-04-8
12,80 DM

Ludwig Bechstein's Märchenbuch
Nach der Ausgabe von 1853
Die bibliophilen Taschenbücher Nr. 5
174 Holzschnitte von Ludwig Richter
280 Seiten, ISBN 3-921846-05-6
9,80 DM

Kugler, Franz/Menzel, Adolph
Geschichte Friedrichs des Großen
Nach der Ausgabe von 1856
Die bibliophilen Taschenbücher Nr. 6
zahlreiche Illustrationen
545 Seiten, ISBN 3-921846-06-4
16,80 DM

Das Lob des Tugendsamen Weibes
Nach der Ausgabe von 1885
Die bibliophilen Taschenbücher Nr. 7
zahlreiche Illustrationen von L. von Kramer
60 Seiten, ISBN 3-921846-07-2
6,80 DM

Pater Hilarion alias Joseph Richter
Bildergalerie weltlicher Misbräuche
Nach der Ausgabe von 1785
Die bibliophilen Taschenbücher Nr. 8
270 Seiten, ISBN 3-921846-08-0
9,80 DM

Weigel, Christoph
Abbild- und Beschreibung der Gemein-Nützlichen Haupt-Stände
Nach der Ausgabe von 1698
Die bibliophilen Taschenbücher Nr. 9
434 Seiten, 212 Tafeln, ISBN 3-921846-09-9
14,80 DM

Bry, Theodore de
Das vierdte Buch Von der neuwen Welt
Nach der Ausgabe von 1594
Die bibliophilen Taschenbücher Nr. 10
191 Seiten, ISBN 3-921846-10-8
9,80 DM

Zeitung für Pferdeliebhaber
Nach der Ausgabe von 1825
Die bibliophilen Taschenbücher Nr. 11
414 Seiten, ISBN 3-921846-11-6
14,80 DM

Praktische Konditoreikunst
Nach der Ausgabe von 1913
Die bibliophilen Taschenbücher Nr. 12
242 Seiten, ISBN 3-921846-12-4
16,80 DM

Richter, Ludwig/A. E. Marschner
Alte und neue Studentenlieder
Nach der Ausgabe von 1844
Die bibliophilen Taschenbücher Nr. 13
66 Holzschnitte
80 Seiten, ISBN 3-921846-13-7
6,80 DM

Ridinger, Johann Elias
Vorstellung und Beschreibung derer Schul und Campagne Pferden nach ihren Lectionen
Nach der Ausgabe von 1760
Die bibliophilen Taschenbücher Nr. 14
118 Seiten, 46 Abb., ISBN 3-921846-14-5
9,80 DM

Hancarville
Bilder aus dem Privatleben der römischen Cäsaren
Nach der Ausgabe von 1906
Die bibliophilen Taschenbücher Nr. 15
Mit einem Nachwort von Henry Herbedé
257 Seiten, 51 Abb., ISBN 3-921846-15-3
9,80 DM

Dichand, Hans
Jugendstilpostkarten
Die bibliophilen Taschenbücher Nr. 16
70 Farbtafeln
Mit einem Nachwort von Hans Dichand und Künstlerbiographien von Michael Martischnig
164 Seiten, ISBN 3-921846-16-1
16,80 DM

Lügen-Chronik oder Wunderbare Reisen zu Wasser und zu Lande und lustige Abenteuer des Freiherrn von Münchhausen
Nach der Ausgabe von 1839
Die bibliophilen Taschenbücher Nr. 17
117 Holzschnitte
504 Seiten, ISBN 3-921846-17-X
14,80 DM

Fischer von Erlach, Johann Bernhard
Entwurf einer historischen Architektur
Nach der Ausgabe von 1721
Die bibliophilen Taschenbücher Nr. 18
84 Kupferstiche
Mit einem Nachwort von Harald Keller
296 Seiten, ISBN 3-921846-18-8
16,80 DM

Grandville:
Die Seele der Blumen – Les Fleurs Animées
Nach der Ausgabe von 1847
Die bibliophilen Taschenbücher Nr. 19
116 Seiten, 50 Farbtafeln, ISBN 3-921846-19-6
Mit einem Nachwort von Marianne Bernhard
14,80 DM

Goethe, Johann Wolfgang von
Die Leiden des jungen Werthers/
Nicolai, Friedrich
Die Freuden des jungen Werthers
Nach den Ausgaben von 1774 und 1775
Die bibliophilen Taschenbücher Nr. 20
Mit einem Nachwort von Heiner Höfener
314 Seiten, ISBN 3-921846-20-X
12,80 DM

Anmuth und Schönheit
Nach der Ausgabe von 1830
Die bibliophilen Taschenbücher Nr. 21
zahlreiche Abb.
302 Seiten, ISBN 3-921846-21-8
9,80 DM

Alte Bilderrätsel
Die bibliophilen Taschenbücher Nr. 22
Mit einem Nachwort von Ulrike Bessler
160 Seiten, 148 Tafeln, ISBN 3-921846-22-6
6,80 DM

Hancarville
Denkmäler des Geheimkults der römischen Damen
Nach einem Privatdruck um 1910
Die bibliophilen Taschenbücher Nr. 23
144 Seiten, 48 Tafeln, ISBN 3-921846-23-4
9,80 DM

Flögel, Karl Friedrich
Geschichte des Grotesk-Komischen
Nach der Ausgabe von 1862
Die bibliophilen Taschenbücher Nr. 24
zahlreiche Farb- und Schwarzweiß-Abb.
548 Seiten, ISBN 3-921846-24-2
16,80 DM

Deutsches Balladenbuch
Nach der Ausgabe von 1861
Die bibliophilen Taschenbücher Nr. 25
zahlreiche Holzschnitte von L. Richter u. a.
360 Seiten, ISBN 3-921846-25-0
12,80 DM

Herzensangelegenheiten. Liebe aus der Gartenlaube
Aus dem 19. Jahrhundert
Die bibliophilen Taschenbücher Nr. 26
Mit einem Nachwort von Marianne Bernhard
148 S., 140 Abb., ISBN 3-921846-26-9
6,80 DM

Rösel von Rosenhof, August Johann
Insecten-Belustigung
Nach den Ausgaben von 1746/49/55/61
Die bibliophilen Taschenbücher Nr. 27
200 Seiten, 175 Farbtafeln,
Mit einem Nachwort von Wolfgang Dierl
ISBN 3-921846-27-7
19,80 DM

Hey, Wilhelm
Funfzig Fabeln für Kinder
Nach der Ausgabe von 1833
Die bibliophilen Taschenbücher Nr. 28
50 Tafeln von Otto Speckter
Mit einem Nachwort von Walter Scherf
142 Seiten, ISBN 3-921846-28-5
9,80 DM

Baedeker, Karl
Rheinreise von Basel bis Düsseldorf
Nach der Ausgabe von 1849
Die bibliophilen Taschenbücher Nr. 29
15 Tafeln und 10 Karten
Mit einem Nachwort von Peter Baumgarten
377 Seiten, ISBN 3-921846-29-3
14,80 DM

Comenius, Johann Amos
Orbis sensualium pictus
Nach der Ausgabe von 1658
Die bibliophilen Taschenbücher Nr. 30
Mit einem Nachwort von Heiner Höfener
408 Seiten, ISBN 3-921846-30-7
14,80 DM

Reinick, Robert/Hiller, Ferdinand
ABC-Buch für kleine und große Kinder
Nach der Ausgabe von 1876
Die bibliophilen Taschenbücher Nr. 31
Mit einem Nachwort von Ulrike Bessler
139 Seiten, 25 Tafeln, ISBN 3-921846-31-5
6,80 DM

Ludlow, J. W.
Das Buch der Tauben
Nach der Ausgabe um 1870
Die bibliophilen Taschenbücher Nr. 32
120 Seiten, 50 Farbtafeln,
ISBN 3-921846-32-3
9,80 DM

Kaiser-Wilhelm-Album
Die bibliophilen Taschenbücher Nr. 34
160 Seiten, ca. 100 Abb.,
ISBN 3-921846-34-X
12,80 DM

Das Nibelungenlied
Übersetzt von Gotthard Oswald Marbach
Nach der Ausgabe von 1840
Die bibliophilen Taschenbücher Nr. 35
416 Seiten, 44 Holzschnitte,
ISBN 3-921846-35-8
14,80 DM

La Piazza di San Marco
Nach der Ausgabe von 1831
Die bibliophilen Taschenbücher Nr. 36
Mit einer Einführung von Harald Keller
72 Seiten, 16 Farbtafeln,
ISBN 3-921846-36-6
9,80 DM

Im Juni 1978 erscheinen:

12 000 Deutsche Sprichwörter
Nach der Ausgabe von 1846
Die bibliophilen Taschenbücher Nr. 37
592 Seiten, ISBN 3-921846-37-4
16,80 DM

Goldsmith, Oliver
Der Landprediger von Wakefield
Übersetzt von Ernst Susemihl
Nach der Ausgabe von 1841
Die bibliophilen Taschenbücher Nr. 38
58 Holzschnitte von Ludwig Richter
Mit einem Nachwort von Heiner Höfener
272 Seiten, ISBN 3-921846-38-2
7,80 DM

Richter, Ludwig
Beschauliches und Erbauliches
Nach der Ausgabe von 1855
Die bibliophilen Taschenbücher Nr. 39
54 Seiten, 35 Holzschnitte,
Mit einem Nachwort von Reinhard Bentmann
ISBN 3-921846-39-0
6,80 DM

Kiefer, F. J.
Die Sagen des Rheinlandes
Nach der Ausgabe von 1845
Die bibliophilen Taschenbücher Nr. 40
340 Seiten, 20 Stahlstiche,
ISBN 3-921846-40-4
16,80 DM

Bry, Theodore de
Biblia sacra
Nach der Ausgabe von 1609
Die bibliophilen Taschenbücher Nr. 41
256 Seiten, 126 Kupferstiche,
ISBN 3-921846-41-2
9,80 DM

Hebel, Johann Peter
Allemannische Gedichte für Freunde, ländlicher Natur und Sitten
Nach der Ausgabe von 1851
Die bibliophilen Taschenbücher Nr. 42
95 Holzschnitte von Ludwig Richter
218 Seiten, ISBN 3-921846-42-0
7,80 DM

Im August 1978 erscheinen:

Burgkmair, Hans
Turnier-Buch
Nach der Ausgabe von 1853
Die bibliophilen Taschenbücher Nr. 43
27 Farbtafeln von Hans Burgkmair
Mit einem Nachwort von R. Bentmann
86 Seiten, ISBN 3-921846-43-9
14,80 DM

Herder
Der Cid
Nach der Ausgabe von 1859
Die bibliophilen Taschenbücher Nr. 44
73 Abbildungen von Eugen Neureuther
Mit einem Nachwort von Heiner Höfener
240 Seiten, ISBN 3-921846-44-7
12,80 DM

Storm, Theodor
Immensee
Nach der Ausgabe von 1857
Die bibliophilen Taschenbücher Nr. 45
13 Abbildungen von Ludwig Pietsch
52 Seiten, ISBN 3-921846-45-5
6,80 DM

Zschokke
Die klassischen Stellen der Schweiz
Nach der Ausgabe von 1842
Die bibliophilen Taschenbücher Nr. 46
84 Abbildungen von Gustav A. Müller
596 Seiten, ISBN 3-921846-46-3
16,80 DM

Scherer
Die schönsten deutschen Volkslieder
Nach der Ausgabe von 1875
Die bibliophilen Taschenbücher Nr. 47
94 Abbildungen von Ramberg und Richter
Mit einem Nachwort von Bausinger
240 Seiten, ISBN 3-921846-47-1
9,80 DM

Hopf (Hrsg.)
Ex Libris
Nach der Ausgabe von 1873
Die bibliophilen Taschenbücher Nr. 48
220 Abbildungen, davon 32 in Farbe
144 Seiten, ISBN 3-921846-48-X
7,80 DM

Im September erscheinen:

Goethe/Kaulbach
Reinecke Fuchs
Nach der Ausgabe von 1867
Die bibliophilen Taschenbücher Nr. 49
36 Abbildungen von Wilhelm von Kaulbach
Mit einem Nachwort von Walter Scherf
320 Seiten, ISBN 3-921846-49-8
12,80 DM

Machiavelli/Friedrich II
Regierungskunst/Antimac.
Nach der Ausgabe von 1745
Die bibliophilen Taschenbücher Nr. 50
Mit einem Nachwort von Heiner Höfener
536 Seiten, ISBN 3-921846-50-1
16,80 DM

Sancta Clara
100 Ausbündige Narren in Folio
Nach der Ausgabe von 1709
Die bibliophilen Taschenbücher Nr. 51
101 Abbildungen von Christoph Weigel
606 Seiten, ISBN 3-921846-51-X
16,80 DM

Hey
Noch 50 Fabeln
Nach der Ausgabe von 1837
Die bibliophilen Taschenbücher Nr. 52
50 Abbildungen von Otto Speckter
Mit einem Nachwort von Walter Scherf
150 Seiten, ISBN 3-921846-52-8
9,80 DM

Wolff
Naturgeschichte des Studenten
Nach der Ausgabe von 1847
Die bibliophilen Taschenbücher Nr. 53
29 Abbildungen
214 Seiten, ISBN 3-921846-53-6
9,80 DM

Stornberg
Knasterkopf
Nach der Ausgabe von 1834
Die bibliophilen Taschenbücher Nr. 54
16 Abbildungen
188 Seiten, ISBN 3-921846-54-4
9,80 DM